Contes Érotiques Tabous

Histoires Explicites de Sexe Hard

Roxanne Duval

Roxanne Duval © 2022

Notes

Tous droits réservés. Aucune partie de ce livre ne peut être reproduite sous quelque forme que ce soit sans l'autorisation écrite de l'éditeur, à l'exception de courtes citations utilisées dans des articles ou des revues.

Ce roman est entièrement une œuvre de fiction. Les noms, personnages et événements qui y sont décrits sont le fruit de l'imagination de l'auteur. Toute ressemblance avec des personnes réelles, vivantes ou décédées, des événements ou des lieux est entièrement fortuite.

Aucun des personnages décrits dans cette histoire n'a moins de 18 ans, n'est lié par le sang ou ne participe à des actes auxquels il ne souhaite pas prendre part.

Histoires

TAXE SUR LE PLAISIR 5

ALEXANDRA 16

SEULE 25

MA PREMIÈRE EXPÉRIENCE LESBIENNE 28

MON FANTASME D'HÔTEL 44

ENFIN UTILISÉE 50

LE CADEAU 65

PIPER 80

SE SENTIR SALE 102

LES MERVEILLES DE L'AMITIÉ 109

VISITE SURPRISE 119

UN COUPLE PARFAIT 129

QUELLE MAGNIFIQUE PERSONNALITÉ ! 137

AYE CAPITAINE ! 145

RETOURNER LES TABLES 155

WHITE STAR V. MR. SHADOW 162

LA PLUIE LORS D'UNE JOURNÉE CHAUDE 177

GANG BANG 181

UN ÉTRANGER 189

UN BON PIQUE-NIQUE 197

UNE PREMIÈRE RENCONTRE MOUVEMENTÉE 205

CHARLOTTE 212

UNE IDÉE NÉE DU BESOIN 231

LA PARTIE DE POKER 235

TRANSFERT ÉROTIQUE 247

QUATRE FILLES DE L'UNIVERSITÉ 272

LE FANTASME DES JEUNES	284
L'ENTRETIEN D'EMBAUCHE	305
TOUS DEHORS	323
UN VÉRITABLE AMANT DÉSINTÉRESSÉ	336
TRENTE-CINQ ANS	369
DES ENDROITS ÉTROITS	385
UNE NUIT INOUBLIABLE	399
DEMANDE SIMPLEMENT	406
25 CM DE SURPRISE	414
TOUT OU RIEN	424
QU'EST-CE QUE J'AI FAIT ?	443
SURPRISE ?	448
CHERCHER L'AMOUR ET FOUCAULT	458
SE VENGER DE MON HOMME	469
UNE MILF FANTASTIQUE !	488
REMERCIEMENTS	497

Taxe sur le plaisir

"Je vois que tu es sur le point d'avoir un rapport sexuel".

La soirée avait été merveilleuse jusqu'à présent. Liz et moi étions allés dans le même restaurant faiblement éclairé où je lui avais demandé de m'épouser quinze ans plus tôt. Pendant les hors-d'œuvre, elle a caressé ma main et m'a lancé des regards rosés. Pendant le plat principal et les deux bouteilles de vin, elle frottait sa jambe contre la mienne, comme pour une musique de grillons. Pour le dessert, son orteil était au niveau de mon aine.

Une fois à la maison, nous nous sommes déshabillés en nous dirigeant vers la chambre, nous serrant l'un contre l'autre et laissant une traînée de vêtements et d'inhibitions derrière nous. Liz s'est laissée tomber sur le lit et a écarté ses longues jambes pour moi.

"Je te veux", a-t-elle chuchoté d'un ton étouffé.

J'ai sauté sur elle et j'étais sur le point de friser mes orteils quand cette voix est arrivée.

Liz a crié d'alarme. Moi aussi, j'aurais pu faire un bruit effrayant et peu viril.

L'intrusion est la première chose qui m'est venue à l'esprit. Le deuxième était un timing horrible. Je me suis retournée pour chercher le propriétaire de la voix, prête à défendre mon bien-aimé et à faire amende honorable pour le couinement de surprise que j'avais émis un instant plus tôt.

Un homme s'est assis sur une chaise dans un coin sombre de la chambre. Je ne l'avais pas remarqué en entrant, mais pour être honnête, j'étais plus intéressé à suivre le derrière nu de Liz qu'à évaluer mon environnement. Bien que la chaise soit le réceptacle des vêtements sales - Liz me rappelait toujours que nous avions un panier pour ce genre de choses - l'homme avait plié chaque article de vêtement et les avait empilés soigneusement autour de lui.

"Qui es-tu et qu'est-ce que tu fais dans ma chambre ?"

"Notre chambre", m'a corrigé ma femme. Elle était sensible à ce genre de choses. Néanmoins, j'ai été surprise par sa réaction. Je me serais attendu à une hystérie irrépressible de la part de Liz à la présence d'un étranger inattendu dans notre chambre, mais incroyablement, ce n'était pas le cas.

"Notre chambre", ai-je corrigé.

L'homme a croisé ses jambes et a passé son index et son pouce le long du pli de son pantalon. S'il avait peur de se faire prendre, il ne le montrait pas. Il était habillé de façon élégante, bien que conservatrice, en costume et cravate. Il a arqué sa tête, me regardant à travers des lentilles épaisses et arborant un sourire qui semblait contenir trop de dents. Malgré ses dents trop nombreuses, l'homme ne semblait absolument pas menaçant. Il était, en fait, l'essence même de la douceur.

Je suis sortie du lit et j'ai serré mes mains en poings. J'espérais avoir l'air menaçant malgré ma pâle nudité d'âge moyen.

"Dwight Dunker, auditeur". Il a sorti son portefeuille et a agité une carte d'identité. "Je suis avec le service des impôts internes."

Ses mots m'ont soudainement arrêté dans mon élan. Il avait prononcé des mots qui inspirent plus de peur à un homme que tout autre, à l'exception peut-être de la syphilis ou de la pension alimentaire. Internal Revenue Service.

J'ai laissé tomber ma main sur mon côté. Puis je me suis assis sur le lit et je l'ai fait tomber sur le couvre-lit, sur lequel il a grimpé un moment avant de tirer un rabat pour cacher mon érection.

Liz, qui avait bu pas mal de vin pendant le dîner, n'était pas du tout pudique ou bouleversée comme moi par la présence inexplicable d'un étranger dans notre chambre. Peut-être que le vin lui avait insufflé du courage et de l'audace. Peut-être avait-elle confiance en ma capacité à écarter la menace que représentait ce petit homme. Peut-être a-t-elle aimé être observée par une nouvelle paire d'yeux. Quelle que soit la raison, elle s'est perchée sur un coude, ses seins pleins obéissant joliment aux lois de la gravité alors qu'elle s'allongeait sur le lit comme une odalisque. Alors qu'elle regardait l'auditeur avec méfiance, sa main s'est glissée sous la couverture qui cachait mon érection. La couverture a commencé à s'agiter, comme si un petit animal essayait de s'échapper.

"Que fais-tu ici ?" J'ai demandé.

"C'est un pré-contrôle". Elle a dû interpréter mon regard écarquillé comme de la confusion, bien que ce soit en fait le résultat des ongles de Liz qui courent le long du dessous de mon pénis avec un picotement. Elle a continué : "Tu n'as pas reçu la lettre ?".

"Non", ai-je dit.

"Nous avons envoyé une lettre", dit l'auditeur. "En fait, deux."

Il y a peut-être eu une lettre. Ou deux,' admet Liz.

"De quoi s'agit-il ?"

L'auditeur a ajusté ses lunettes et s'est penché en arrière sur sa chaise. "Si tu avais lu la lettre - et je dois te dire que tu devrais vraiment faire plus attention aux communications du gouvernement - tu saurais que le gouvernement a lancé une nouvelle initiative fiscale. Ayant épuisé tous les autres moyens de générer des recettes, nous avons été contraints d'introduire ce que les médias ont appelé à tort une taxe sur le plaisir. Tu en as peut-être entendu parler. Peu importe comment tu veux l'appeler, je suis ici pour établir une base de référence pour toi, c'est-à-dire pour vous deux, afin que la taxe soit juste et équitable. Tu dois continuer à travailler comme si je n'étais pas là et te comporter comme d'habitude. Comme je l'ai dit, je veux établir une base de référence sur laquelle nous facturerons des frais modestes en fonction de la fréquence et de la qualité de ton jumelage. Si tu t'abstiens de certaines activités habituelles dans l'espoir de réduire ta charge fiscale - bien que je te le déconseille fortement - nous serons obligés d'imposer une pénalité si l'on découvre que tu exerces effectivement de telles activités.

"Mais tu ne peux pas t'introduire chez les gens !"

"Si tu avais lu la lettre, tu aurais su qu'elle contenait une communication de retour indiquant ton souhait de t'exempter de l'examen préalable. Depuis la semaine dernière, nous n'avons reçu aucune instruction de ce type de ta part. Par conséquent, le fait que vous n'ayez pas répondu indique que vous avez adhéré à notre demande d'évaluation de la valeur relative des services que vous vous rendez mutuellement."

"C'est ridicule !"

"On me le dit souvent, mais tu dois comprendre que les services que vous vous rendez mutuellement ont une valeur intrinsèque. Est-ce que tu le nies ?"

C'était une question difficile et j'ai choisi d'invoquer mon droit de garder le silence.

"Considère, par exemple, la travailleuse du sexe qui est privée de ses costumes par tes actions. Il est vrai que les travailleurs du sexe ne cotisent pas au système en termes de retenues à la source ou de taxe de vente, mais c'est précisément le problème. Le gouvernement a l'obligation d'offrir un niveau de vie modeste à tous ses citoyens, qu'ils aient ou non contribué financièrement. De plus, de nombreuses études faisant autorité ont montré que les personnes qui ont des rapports sexuels réguliers vivent plus longtemps que celles qui n'en ont pas. Par conséquent, la société engage des dépenses énormes pour soutenir ceux qui, en raison de leurs relations intimes saines, risquent d'épuiser leurs économies et de devenir ainsi une charge pour la société".

Liz m'a tiré les vers du nez. "Viens", a-t-elle supplié.

Sa main se sentait bien sur la partie de moi qu'il tirait et j'ai fermé les yeux momentanément.

"Si tu devais procréer," ajoute l'auditeur, "tu pourrais demander une déduction, bien sûr. Tu sais, pour avoir créé un autre petit contribuable."

J'ai rouvert les yeux et fixé l'auditeur. "Je ne veux pas avoir d'enfants", ai-je dit.

"Je le sais", dit Liz.

Je ne voulais pas recommencer cette discussion. "Nous n'avons pas encore décidé."

'Il y a du temps, mais pas trop de temps'. L'auditeur m'a fait un clin d'œil.

Je ne suis pas si vieille que ça, dit Liz.

Une idée m'est venue à l'esprit ; une faille potentielle, pour ainsi dire. "Nous pourrions arrêter complètement de faire l'amour. Qu'en dis-tu ?" J'ai dit de manière provocante.

La main de Liz m'a serré douloureusement. Je voulais la rassurer en lui disant que ce n'était qu'une menace vide.

L'auditeur secoue tristement la tête. Je ne le recommande pas. J'ai peur que ce soit de l'évasion fiscale. Les sanctions pour ceux qui nient délibérément leurs relations intimes pour éviter les impôts sont sévères. Au fait, tu ne l'es pas."

J'ai baissé les yeux et j'ai vu que le couvercle avait glissé et j'ai aussi remarqué que ce qu'il avait dit était vrai. J'étais assez vieux pour savoir que l'érection d'adolescent que j'avais eue jusqu'à quelques minutes auparavant était quelque chose de rare, de merveilleux et qui méritait d'être préservé. La présence de l'auditeur avait produit un dépérissement inquiétant, malgré les attentions de Liz.

"Oh merde.

Liz a rampé autour de moi pour enquêter et a poussé un cri d'alarme. Bientôt, ses lèvres s'enroulent autour de moi dans une tentative de résurrection.

"Je comprends qu'un audit est éprouvant pour les nerfs, mais détends-toi. Ce sera beaucoup plus facile pour nous tous si tu es ouvert et honnête. Je suis sûr que tu ne veux pas me donner une raison de revenir. Alors fais comme si je n'étais pas là."

Tu pourrais quitter la pièce", ai-je suggéré faiblement, alors que Liz s'est jetée sur moi.

L'auditeur a ri. "Et tu fais confiance à ta parole ? Ne le prends pas mal, mais vraiment, je ne peux pas."

Liz a levé la tête. "Oh, pour l'amour de Dieu, arrête de parler !"

L'auditeur a sorti un cahier de sa mallette et a fait mine de trouver une page blanche. Il a vérifié sa montre et a noté l'heure. De manière ennuyeuse, il a cliqué sur le stylo plusieurs fois. Liz, je dois dire, a été magistrale et j'ai été immédiatement attirée à nouveau. Un chœur silencieux d'Alléluia s'est élevé dans mon cerveau.

La tête de Liz a bougé de haut en bas sur ma longueur imbibée de salive et l'auditrice a hoché la tête en signe d'encouragement. Je me suis affalé sur le lit, ma main trouvant rapidement les plis humides entre les jambes de Liz, puis remontant pour libérer son clito de son nid protecteur. Bientôt, l'auditeur était oublié, mon attention divisée entre les agréments oraux de Liz et mes propres efforts.

Liz a gémi d'abandon pendant que je la grattais. C'est le vin qui lui a fait ça. Elle m'a pris plus profondément, son excitation l'emportant sur le réflexe qui inhibe normalement l'insertion complète de ma virilité dans sa gorge. Ses lèvres se sont refermées autour de ma base et sa langue s'est balancée contre moi. Nous sommes restés ainsi engagés pendant plusieurs minutes, chacun de nous donnant et recevant du plaisir dans la même mesure. À travers la brume béate produite par la chaleur de sa bouche sur ma queue, j'ai remarqué les signes révélateurs de son orgasme imminent et j'ai redoublé d'efforts, me concentrant sur la perle scintillante de son clitoris. Finalement, ses jambes se sont jointes à ma main. Des cris sourds ont accompagné le battement rythmique de ses hanches pendant qu'elle jouissait.

"Oh oui !" s'exclame-t-elle.

Oh non, j'ai pensé.

"L'a-t-il fait ?" demande l'auditeur avec intérêt, confirmant ma crainte.

"Il ne fait pas semblant." J'ai dit tristement.

"Uh-huh", déclare Liz d'un air rêveur avant qu'une autre vague ne l'empêche de parler de façon intelligible.

L'auditeur m'a lancé un regard furieux et a griffonné quelque chose dans son carnet.

Liz était une de ces femmes pour qui l'orgasme était un ami ancien et fiable, qui venait régulièrement leur rendre visite et restait un certain temps. Je me suis surprise à souhaiter que Liz soit moins effusive en accueillant cet ami et plus sobre et calculatrice en le saluant. Vu la compagnie que nous avions, il aurait été préférable qu'elle arrête cet ami particulier au seuil. Après tout, l'auditeur avait mentionné la qualité de nos bécots et je craignais que les cris de Liz nous aient fait passer dans une tranche d'imposition tout à fait malvenue.

Liz a rampé jusqu'au milieu du lit et s'est positionnée sur ses mains et ses genoux. Elle a arqué son dos, inclinant son bassin pour mieux se montrer à moi. Les plis scintillants de sa chatte m'ont appelé. Sa main s'est glissée entre ses jambes et ses doigts ont écarté ses lèvres, révélant la chaleur humide qui était la mienne.

J'ai regardé de Liz à l'auditeur et de nouveau à Liz.

"Je le ferais", a dit l'auditeur. "Tu sais que tu veux le faire".

Je l'ai fait. Mon Dieu, je ne voulais rien de plus. J'ai appuyé mon membre raide contre son entrée. Combien cela va-t-il nous coûter ? Je me suis demandé. J'ai mis mes mains sur sa taille serrée et j'ai maintenu Liz fermement en place. Elle a essayé de se presser contre moi et a gémi lorsque je me suis retiré.

Baise-moi", a-t-il supplié.

L'auto-préservation fiscale s'est heurtée à l'envie irrésistible de s'immerger en elle. Je pouvais entendre l'auditeur bouger dans son fauteuil.

Liz s'est rapprochée de moi et a remué ses hanches. Avant de m'en rendre compte, je l'avais pénétrée d'un autre centimètre. Elle a resserré ses muscles autour de moi, la plus intime des étreintes. C'était une sensation exquise.

Mon indécision a dû l'exaspérer, car elle a tendu la main entre mes jambes, a attrapé mes couilles et a tiré. L'instinct de conservation m'a obligé à suivre la trajectoire de mes testicules et j'ai bientôt été enterré par elle.

Il n'y avait aucune raison d'arrêter maintenant, alors je l'ai attrapée avec plus de force et je l'ai pénétrée violemment, encore et encore, en colère qu'elle ait interrompu mes réflexions.

Liz a hurlé de façon étourdissante sous les coups et a bientôt enfoui son visage dans un oreiller, étouffant ses cris.

Après quelques minutes, il a levé la tête. Je veux que tu finisses dans mon cul, dit Liz.

C'était une suggestion qu'elle ne faisait que lorsqu'elle était ivre et j'obéissais généralement de bonne grâce. Cette fois, j'ai hésité, soudainement inquiète des implications fiscales.

J'ai regardé l'auditeur. Il a haussé les épaules et a pris note.

"Laisse-moi faire", gémit Liz. "S'il te plaît !" Ses mains ont saisi ses fesses, écartant ses joues pour révéler le bouton serré de son anus.

J'ai réalisé que ce n'était pas le moment d'être un conservateur fiscal. Il y avait de fortes chances que nous soyons déjà fichus.

Je me suis penchée et j'ai tâtonné dans le tiroir de ma table de chevet. L'auditeur, qui avait senti mon besoin, s'est approché et m'a tendu un flacon de lubrifiant.

"Merci", ai-je murmuré.

Ne parle pas de ça".

J'ai appliqué une quantité généreuse de lubrifiant sur Liz, puis j'en ai badigeonné un peu sur moi-même. J'ai noté distraitement que j'avais sans doute déjà payé la taxe de vente harmonisée sur ces produits, avec un revenu après impôts en plus, et j'ai chassé cette idée de mon esprit avec colère.

J'ai enduit le lubrifiant autour de son anus avec le bout de ma queue et j'ai appuyé contre la résistance initiale avant que le muscle ne cède légèrement, accueillant la tête de ma queue dans son trou bien serré.

"Entre toi et moi", a dit l'auditeur, "l'article 159 du code pénal désapprouve ce que tu fais en ce moment, mais je vais passer sous silence le fait que la sodomie est illégale si plus de deux individus sont présents.

Bien sûr, cette disposition est un peu archaïque et probablement non pertinente étant donné mon statut d'observateur et d'agent du gouvernement plutôt que de participant. Sois donc assuré qu'il n'y a aucune raison de s'inquiéter. Vas-y.

Je dois admettre qu'à ce moment-là, je suis devenue un peu nerveuse. L'idée que j'opère maintenant dans la zone grise de la loi, qui plus est avec la présence d'un agent du gouvernement, a donné un certain frisson de danger à la scène. Nous faisions quelque chose d'interdit. Mais je ne doutais pas que le gouvernement fermerait les yeux s'il pouvait en tirer profit.

J'ai senti ses doigts presser mon clitoris alors que je m'enterrais en elle. Ses fesses décrivaient des cercles irréguliers et pompaient contre moi.

Il n'a pas fallu longtemps pour que je ressente la pression annonçant la libération. Quelques poussées supplémentaires et j'étais là, tremblant alors que je me consumais en elle.

Elle s'est effondrée sous mon poids et je suis tombé sur elle, ma queue toujours logée dans son cul.

Il m'a serré la main. "C'était génial", a-t-il dit après quelques longs moments.

"Uh-huh", je suis d'accord.

L'auditeur a fait quelques clics avec son stylo, a ouvert sa mallette et a placé le cahier à l'intérieur. "Au nom du gouvernement, je vous remercie tous les deux pour votre coopération".

Je l'avais presque oublié dans mon hibernation post-coïtale.

Il s'est dirigé vers la porte de la chambre et est sorti. Je l'ai suivi rapidement, m'arrêtant assez longtemps pour récupérer mes sous-vêtements sur une sculpture dans le couloir pour me couvrir.

À l'entrée, l'auditeur s'est tourné vers moi. "Tu es un homme chanceux.

J'ai hoché la tête.

"Avec une femme comme la tienne, si belle, énergique et désinhibée, je dois admettre que je t'envie. Tu es riche d'une manière qui est difficile à quantifier."

Alexandra

Je devrais peut-être commencer par le début. Après avoir garé la voiture devant la maison d'Alexandra, j'ai remonté le trottoir jusqu'à la porte. Alexandra me harcelait depuis des semaines pour que je sorte avec elle. J'avais finalement accepté son offre, cédant à ses nombreuses promesses. "Cela va être très amusant, Connor ! Je ferai en sorte que ce soit un moment très excitant", a-t-elle chuchoté dans le téléphone en gloussant.

Chaque fois qu'elle disait des choses comme ça, des images vives explosaient dans ma tête, me forçant à trouver une salle de bain et à prendre soin de moi. Plusieurs fois, Alexandra est restée au téléphone pendant que je me masturbais, l'entendant murmurer des choses sales à travers le téléphone. Elle avait toujours l'air si satisfaite quand j'ai tiré ma charge partout, de petits gémissements s'échappant de mes lèvres tout le temps.

Je frappe doucement à la porte. Après quelques secondes, la porte s'est ouverte et elle était là. Elle était encore plus belle que dans mes souvenirs : de longs cheveux noirs soyeux, des pommettes hautes, des yeux bleus et des lèvres pleines. Mais ce qui a vraiment attiré mon attention, c'est son corps. Elle avait de longues jambes lisses et nues, parfaitement bronzées et seulement partiellement couvertes par un short moulant. Elle avait un derrière haut et ferme dont elle semblait fière. Mes yeux sont montés de sa taille fine à un autre élément qui attire l'attention. Ses seins étaient un bonnet C, si je me souviens bien. Elle portait un T-shirt moulant, décolleté et révélateur. Elle était perversement heureuse pendant que j'admirais son incroyable corps pendant quelques secondes.

"Entre, entre", s'exclame-t-elle en attrapant mon bras et en le claquant contre sa poitrine. Elle m'a conduit dans le salon, me faisant visiter les lieux avec empressement, comme si c'était extrêmement peu important. Elle m'a poussée sur le canapé et s'est assise à côté de moi, en me regardant attentivement.

'Tu as un bel endroit', ai-je commenté, en essayant de faire la conversation. Elle a souri rapidement et a continué à me regarder fixement.

"Où sont tes parents ?" J'ai demandé.

"Ils seront partis toute la nuit", dit-il en souriant avec malice.

"Oh," ai-je répondu simplement, ne sachant pas quoi dire.

"Que veux-tu faire ?" Alexandra a demandé d'une voix rude.

'Nous pourrions faire nos devoirs ou regarder un film', ai-je suggéré. Le visage d'Alexandra est devenu triste pendant un instant, mais a ensuite été remplacé par un nouveau sourire.

"C'est un film", dit-elle. Alexandra s'est levée et est allée mettre un film. Elle ne semblait même pas se soucier de ce qu'elle choisissait. Après avoir lancé le film, elle a éteint les lumières et est retournée à son siège. En pressant sa jambe contre moi, j'ai réalisé à quel point nous étions proches.

Après avoir regardé le film pendant quelques minutes, Alexandra a lentement fait glisser sa main le long de ma jambe. Mon pénis avait commencé à tressaillir, s'excitant au fur et à mesure qu'elle déplaçait sa main vers le haut.

Quand Alexandra a eu sa main à quelques centimètres de ma queue, elle a chuchoté dans mon oreille : "Est-ce que je te mets mal à l'aise ?".

Je me suis tournée vers elle. "Non", lui ai-je chuchoté. J'ai hésité un moment avant de me pencher en avant, comblant la distance entre nous. Lorsque nos lèvres se sont jointes, une secousse de luxure a parcouru mon corps. La même chose semble se produire pour Alexandra alors qu'elle continue à faire remonter sa main le long de ma jambe jusqu'à ma queue. Elle a commencé à le frotter lentement, respirant déjà fortement. Son autre main a couru sur ma chemise, sentant les plans durs de mon corps.

J'ai poussé en avant avec impatience, glissant ma main sur sa poitrine pour toucher un de ses seins. Lorsque j'ai massé son mamelon à travers sa chemise, elle a gémi. Un feu se développait à l'intérieur de moi et il a augmenté lorsque j'ai senti le corps d'Alexandra. J'ai mis ma langue dans sa bouche et elle l'a acceptée avec empressement.

Une petite partie de moi me criait d'arrêter, de ne pas faire quelque chose d'irréfléchi ou de stupide dans le feu de l'action. J'ai hésité un moment, déchirée entre cette fille magnifique et follement sexy et ma pensée logique. Après un moment, mes pensées moralisatrices ont pris le dessus sur moi. Je me suis retiré, alors que mon corps me criait dessus et me suppliait de continuer avec elle.

'Attends, arrête,' ai-je commencé, en essayant de m'éloigner. Alexandra m'a ignoré et m'a fait taire en poussant à nouveau ses lèvres contre les miennes. J'ai reculé une fois de plus, mais Alexandra a poussé contre ma poitrine, me forçant à m'allonger. Elle s'est allongée sur moi, embrassant mon cou et revenant sur mes lèvres. Je l'ai arrêtée et mes mains l'ont coincée avec une prise douce mais ferme.

"Nous exagérons, Alexandra. Sois raisonnable."

"Je suis raisonnable. Je te veux."

'Je ressens la même chose que toi, mais c'est mal de le faire en ce moment'.

"Je pensais que tu m'aimais".

"Je le fais.

"Alors prouve-le, car je ne te crois pas."

J'ai réfléchi pendant un moment. "Jusqu'où dois-je aller pour le prouver ?".

Laisse-moi décider", a-t-elle chuchoté à mon oreille en la mordant doucement. J'ai réfléchi un moment puis je l'ai poussée légèrement en arrière.

"À une condition", lui ai-je dit sévèrement.

Bien sûr, n'importe quoi", a répondu Alexandra sans un mot.

Je l'ai regardée dans les yeux et j'ai dit : "Faisons-le dans ta chambre, OK ?

Alexandra a profondément rougi et s'est levée, me conduisant à sa chambre à l'étage. Sa chambre était peinte en violet clair et la plupart des meubles étaient assortis d'une manière ou d'une autre. Avant que je puisse spéculer davantage, Alexandra a claqué la porte et a recommencé à m'embrasser fougueusement. J'ai essayé de la ralentir, mais en vain.

"Tais-toi et fais ce que je te dis", m'a-t-il ordonné. Normalement, cela m'aurait fait rire, mais pour une raison quelconque, cela a fait durcir ma bite à nouveau. Il m'a poussée sur le lit et s'est à nouveau tenu au-dessus de moi.

Absolument, j'ai dit.

Alexandra a souri et a commencé à déboutonner ma chemise. Elle essayait de me contrôler, mais je pouvais voir ses mains trembler de nervosité et d'excitation. Sa chemise a été enlevée ainsi que la mienne en quelques secondes.

Alors qu'Alexandra a baissé la main pour déboutonner mon pantalon, je me suis tourné et j'ai glissé sur elle. Nos langues se sont battues férocement pendant un moment, cherchant la soumission de l'autre. Je me suis éloignée un moment, en tournant la tête sur le côté. "Quoi ?" demande Alexandra avec impatience.

J'ai continué à écouter en silence, avec un sourire sur les lèvres.

"Quoi ?" Alexandra a demandé à nouveau, son hystérie devenant évidente. J'ai posé ma main sur sa poitrine en silence. Alexandra a eu l'air momentanément confuse.

"Veux-tu sentir mon pouls ?" a-t-elle demandé. Je l'ai interrompue.

"Ton battement de cœur", ai-je dit. Alexandra a arrêté de parler et a aussi écouté. Sous mes doigts, je pouvais sentir son cœur battre rapidement et à un rythme toujours plus rapide.

'Oh, parfois j'ai du mal à garder mon cœur sous contrôle', dit Alexandra en souriant maladroitement. Je fronce les sourcils.

Peut-être que nous devrions arrêter Alexandra, ai-je dit.

"Ne recommence pas avec moi. Tu m'as déjà suffisamment rendue folle et je ne te laisserai pas t'arrêter. Nous sommes tous deux majeurs et nous pouvons faire ce que nous voulons", a-t-il dit. Il s'est penché plus près de moi et a chuchoté : "Je suis tellement mouillé par toi en ce moment". C'était mon tour d'avoir le cœur qui bat vite. J'ai déboutonné son pantalon et commencé à l'enlever, révélant ses sous-vêtements noirs. J'ai utilisé deux doigts pour frotter son monticule à travers sa culotte. J'ai été surpris de sentir son string déjà mouillé par son humidité. Glissant ma main dans sa culotte, j'ai commencé à masser son clitoris. Alexandra a commencé à gémir, saisissant ma main et la poussant plus profondément dans ses intestins.

Pendant plusieurs minutes, le son des gémissements d'Alexandra a envahi la pièce. Elle a commencé à se balancer dans ma main et a fermé les yeux, respirant peu. Finalement, Alexandra a laissé échapper un cri et je pouvais sentir son vagin se contracter, son orgasme provoquant des vagues de plaisir dans tout son corps.

Lorsque sa respiration s'est calmée, il a dit : "J'ai quelque chose à dire.

"Qu'est-ce que c'est ?" J'ai dit, curieux.

"Je... Eh bien... en fait, je n'ai jamais...". Alexandra a commencé, son visage rougissant un peu.

"Tu n'as jamais... fait l'amour ?" J'ai demandé, stupéfaite. Alexandra a hoché la tête.

"Mais... au téléphone, tu as dit que tu l'avais déjà fait", ai-je dit.

"Je pensais que c'était ce que tu voulais entendre. Si tu ne veux plus de moi, je comprends."

"Bien sûr que je te veux. Je voulais juste savoir la vérité."

Alexandra m'a regardé intensément et a dit : "La vérité est que je veux que tu m'enlèves ma virginité. S'il te plaît." Je l'ai regardée sans rien dire. Alexandra a attrapé la fermeture éclair de mon pantalon et l'a dézippée en tirant dessus. Elle a mis la main dans mon caleçon et a attrapé ma queue, ce qui m'a fait gémir. Alexandra a haleté.

"C'est si grand !" Il s'est exclamé. J'ai dézippé mon pantalon et enlevé mon caleçon, montrant complètement ma queue. Ma queue mesurait 20 centimètres quand elle était dure. Alexandra m'a fixé pendant un moment, puis m'a tiré sur elle, en écartant les jambes. Elle semblait si petite et fragile maintenant, même si elle avait une expression déterminée. J'ai positionné ma queue près de son entrée.

"Si je te fais mal, dis-le moi pour que je puisse arrêter", l'ai-je suppliée. Elle a hoché la tête.

Lentement, j'ai poussé la tête de ma bite à l'intérieur d'elle, glissant facilement dans son vagin déjà humide. Alexandra a semblé se crisper un peu lorsque j'ai avancé et s'est rapidement arrêtée. Quand je l'ai regardée, elle se mordait la lèvre et me regardait avec un regard de pur désir gravé sur son visage. J'ai poussé plus avant et j'ai rencontré la résistance que j'attendais.

"Fais-le", a-t-il chuchoté. Je secoue lentement la tête.

S'il te plaît", a-t-il dit encore plus doucement. J'ai dégluti.

J'ai poussé contre son hymen, en attendant qu'il se brise. Elle n'a pas bougé, résistant à mes poussées insistantes. J'ai poussé plus fort et j'ai senti que ça se déchire. Alexandra a grimacé et émis un petit halètement, mais sinon, elle n'a rien dit. Ayant un accès libre, j'ai poussé plus loin en elle. Elle était si serrée ! J'ai senti son vagin se resserrer contre moi, entourant ma queue d'une pression incroyable. Je n'ai pas pu me retenir et j'ai poussé plus fort, enfonçant ma queue dedans.

"Oh, oui", gémit Alexandra avec plaisir.

J'ai continué à forcer jusqu'à ce que j'aie toute ma bite à l'intérieur d'elle. Je pensais que je lui faisais mal, mais elle continuait à me dire de continuer. J'ai commencé à me retirer et à pousser à l'intérieur d'elle, générant une friction qui nous a fait gémir tous les deux. Je ne pouvais pas m'arrêter même si je le voulais, mes instincts dominaient mon esprit.

J'ai poussé plus fort dans Alexandra, la faisant gémir d'extase. Elle a enfoncé ses ongles dans mon dos, me suppliant de continuer. Le feu coulait dans nos veines alors que nous nous balancions d'avant en arrière sur le lit.....

"Oh, mon Dieu", a-t-il crié.

Alexandra a atteint son deuxième orgasme avant que je puisse atteindre mon premier. Tout son vagin a commencé à se contracter, massant ma queue et envoyant de l'électricité dans mes muscles. Alexandra a crié fort et a joui. Alors que son vagin se resserrait complètement sur ma queue, je me suis préparé à jouir. J'avais atteint le sommet du plaisir quand Alexandra a crié.

"Stop !" Elle a crié. Je me suis figé, sur le point d'envoyer mon sperme en elle. "Je veux faire une dernière chose." Puis elle a proposé ce qu'elle voulait faire, ce qui m'a fait écarquiller les yeux.

J'avais hâte de sortir ma queue de son vagin serré et douillet, mais j'étais encore plus excité par ce qui allait se passer. Alexandra est descendue du lit et s'est mise à genoux, en m'attendant. Je me tenais devant elle, ma queue dépassant impatiemment devant moi. Me fixant dans les yeux, Alexandra l'a pris et l'a mis dans sa bouche. J'ai gémi et fermé les yeux.

La sensation de sa bouche chaude et humide qui suçait ma queue m'a fait perdre la tête. J'ai dû me battre pour ne pas jouir automatiquement pendant qu'elle s'occupait de moi. Pendant un moment, j'ai réussi à garder le contrôle de moi-même et à écouter sa succion. Si je la regardais, je savais que je ne pourrais pas m'arrêter. Quelque chose m'a fait ouvrir les yeux et regarder immédiatement vers elle.

Alexandra avait pris toute ma queue dans sa bouche, me donnant une profonde jouissance. Elle a continué à le faire, surmontant son réflexe de bâillonnement et me tenant dans sa gorge. Le fait de la voir sucer ma queue et la sensation absolument fantastique qu'elle a ressentie était encore mieux que de prendre sa virginité. J'ai senti le sperme monter en moi et je n'ai pas essayé de le retenir. Alexandra a arrêté de me sucer et m'a retiré de sa bouche, me masturbant avec les deux mains. Je l'ai regardée, surprise.

"Éjacule sur mon visage", dit-il. "Je le veux sur mon visage".

Je l'ai regardée fixement, complètement abasourdie. Je pensais qu'elle me laisserait jouir dans sa bouche et qu'elle le recracherait ensuite. Mais me laisser jouir sur son visage était mon plus grand fantasme. Je ne voulais pas la dégrader comme ça, mais elle était catégorique : c'était soit sur son visage, soit rien.

Peut-être que je profitais d'elle.

Peut-être que je faisais simplement ce qu'il me disait.

Ou peut-être que je m'en fichais.

Nous nous sommes regardés dans les yeux tandis que je sentais mon sperme approcher. J'ai grogné quand j'ai finalement joui, en tirant ma charge. Le visage d'Alexandra était de plus en plus couvert après chaque coup. Elle semblait ronronner de satisfaction. Quand j'ai terminé, j'ai attendu que ma respiration se calme. Je l'ai regardée et elle a souri. Fronçant les sourcils, je suis allée dans sa salle de bain et j'ai pris une serviette. Je suis retournée et j'ai séché son visage.

"Merci pour ça", ai-je dit. Je me suis approché d'elle et l'ai embrassée doucement.

"Alors... aimerais-tu me revoir ?" Alexandra a demandé, en souriant.

"Bien sûr. Mais peut-être que la prochaine fois nous pourrons aller voir un film ou autre chose...".

"Allons-nous faire l'amour en public ?"

Nous avons toutes deux ri de bon cœur et sommes retournées nous coucher.

Seule

Ce n'est pas un sentiment nouveau pour elle. Dernièrement, son mari a travaillé la nuit à toutes les heures possibles pour gagner plus d'argent. Pour prendre de l'avance. Cela signifie que lorsqu'elle rentre à la maison, il est déjà parti au travail et ne lui envoie qu'un court message pour lui dire qu'il a laissé sortir les chiens.

Mais dernièrement, cet être solitaire s'est transformé en une pierre dentelée dans son ventre, un sac de sable dans sa tête. Trop lourd à porter. Depuis qu'elle a déménagé à la campagne, elle n'a personne à qui rendre visite, avec qui compatir, seulement ses chiens. Elle a commencé à marcher sur les routes de campagne pendant des heures. Elle cherche sans cesse quelque chose, n'importe quoi qui lui donne ce sentiment de connexion, d'appartenance et d'amour.

Au cours de ses voyages, il a découvert une zone de pêche peu fréquentée dans une réserve forestière bordant une rivière. De temps en temps, il y a des pêcheurs, mais ils vont à la rivière pour pêcher, pas pour rencontrer une femme seule avec ses pensées. Depuis trois nuits qu'elle l'a découvert, elle est attirée par la solitude du pont suspendu qui enjambe le canal de drainage de la ferme et qui mène au chemin de la rivière.

Lors de sa deuxième visite, elle a invité son mari à la rejoindre lorsqu'il lui a envoyé un message pendant sa nuit de repos. Mais il était sur sa moto et s'amusait. Seule à nouveau, elle s'est assise au milieu du pont et a siroté sa bière. Elle appréciait le balancement et le mouvement des pêcheurs qui allaient et venaient, mais aurait aimé avoir des bras autour d'elle, des lèvres frôlant son cou.

Lors de sa troisième visite, une soirée très sombre avec la promesse d'une forte tempête, elle s'est assise comme d'habitude sur le pont, buvant sa bière et fumant ses cigarettes, une nouvelle habitude pour alléger le fardeau de la solitude. À l'approche de la tempête, elle était seule, aucun pêcheur ne s'est aventuré dans cet endroit isolé. Elle a pensé à la pression qui montait en elle, au vide de ne pas avoir quelqu'un pour l'embrasser, pour la gronder pour sa morosité, pour l'aimer. Elle a posé ses mains au-dessus de sa tête sur le câble et a ressenti une envie d'étirer ses muscles, une envie soudaine d'être attachée au câble. Possédé par un amant qui comblerait ce besoin.

Lorsque la bière s'est épuisée et que la tempête a fait rage autour d'elle et en elle, elle s'est allongée sur le pont et a passé ses mains sur ses seins, son ventre, ses cuisses. Elle a senti la pluie tomber sur elle et a souhaité qu'elle lave son besoin. Mais la tension dans l'air n'a fait qu'augmenter celle de son corps. Chaque coup de tonnerre ne faisait qu'accélérer son corps, aspirant maintenant à un contact quelconque, elle a enlevé son short et a commencé à se caresser.

Sachant, et sans s'en soucier, que personne ne s'aventurerait à la chercher. Il a senti la chaleur de ses lèvres, l'humidité de son besoin. Il a fantasmé sur un amant qui l'attacherait à ce même pont et la prendrait. Il allait tester son désir et prendre ce qu'elle voulait. Elle a frotté furieusement son clitoris et ses lèvres, enfonçant de temps en temps ses doigts dans son vagin vide et attendant plus d'humidité pour assouvir son besoin. L'orgasme, quand il est arrivé, a soulagé une certaine tension, mais il était vide. Il n'y avait pas d'amant pour la tenir, pour caresser son corps et lui murmurer son plaisir à l'oreille.

Lors de son quatrième voyage à la rivière, elle a succombé à l'attrait de l'eau et s'est dépouillée de ses vêtements, de ses inhibitions, a plongé dans l'eau au clair de lune et a flotté dans les bras de son amant imaginaire. Ses seins flottaient sur l'eau comme deux sphères blanches, en harmonie avec la lune dans le ciel. Elle a tendu la main et joué avec ses tétons, imaginant une fois de plus que le vide pouvait être comblé, que les mains sur ses seins étaient celles de l'homme qu'elle aimait. Roulant et plongeant dans les profondeurs, elle s'est sentie avalée par l'eau chaude, complètement à l'écoute des besoins de son corps.

Flottant librement sur la rivière, son esprit s'abandonnant au besoin et au désir, elle a recommencé à se caresser, flottant en apesanteur, s'efforçant d'atteindre cette harmonie, cette libération en apesanteur d'un doux orgasme alors qu'elle se frottait et se caressait. La tension a augmenté et s'est calmée comme les douces vagues de la rivière. Un amant qui la taquine jusqu'à ce qu'elle soit distraite. Enfin, avec une dernière poussée explosive, elle a explosé en extase dans ce royaume de paix, flottant au-dessus d'elle-même. Son besoin, pour l'instant, a été apaisé.

Elle a remonté la rivière, a rassemblé ses vêtements et s'est tenue nue, se séchant sur le pont. Toujours seule, mais avec son amant secret, la rivière, plus si seule, sachant qu'elle serait là pour la remplir et l'entourer à nouveau, lorsque le vide deviendrait insupportable.

Ma première expérience lesbienne

Merde !!! J'ai 29 ans, putain, et je découvre il y a 24 heures que je suis sur le point de devenir une femme libre, divorcée et bientôt vieille fille. Ce bâtard de mari (depuis huit ans) avait besoin d'une chatte plus jeune, n'est-ce pas ? Eh bien, qu'il aille se faire voir ! Je déteste les hommes et les petites membranes tronquées entre leurs jambes avec lesquelles ils pensent. Je m'enterre dans mon travail, oubliant la romance et toute forme de vie sociale. Les hommes ! Trous du cul !

Merde. A quoi je pensais ? J'aime mon stupide connard de mari et, sans lui, je n'avais aucune idée d'où j'irais ou de ce que je ferais.

En ce moment, c'était la fin de l'année à l'Université de Georgetown et j'avais une pile de feuilles de calcul à terminer pour le patron ; je devais donc essayer de chasser cette tête de noeud de mon esprit. Au moins, M. Tête de Noeud a eu la décence de me dire qu'il prenait une chambre de motel jusqu'à ce qu'il puisse trouver une nouvelle maison à acheter, pour que je n'aie pas à le voir en rentrant chez moi.

Il était difficile de se concentrer avec la colère qui crachait son venin et faisait bouillir mon sang, mais j'ai réussi à remplir des rapports et des feuilles de calcul pour ma patronne, Jo, diminutif de Joséphine, une lesbienne avouée. Beaucoup d'hommes machos se sont vu remettre leurs couilles sur un plateau d'argent lorsqu'ils ont essayé de lui attirer des ennuis et je l'ai beaucoup admirée pour cela. Elle n'était pas idiote quand il s'agissait de travailler, mais elle adorait follement sa femme sexy et la traitait avec le plus grand amour, ce que j'admirais.

En plus d'être une femme exceptionnelle et une super comptable, Jo était incroyablement intuitive et savait que quelque chose n'allait pas chez moi. Après avoir examiné la paperasse, elle s'est penchée en arrière dans son fauteuil en cuir, a passé une main dans ses cheveux courts et hérissés et a dit avec un soupir : "Le travail a l'air super. Maintenant, dis-moi ce qui te tracasse."

J'avais été silencieuse toute la journée, mais je ne savais pas que j'avais porté mes sentiments "le monde me déteste" sur ma manche et que c'était si évident, alors j'ai été un peu surprise.

"Qu'est-ce que tu veux dire, Chef ?"

"Ce que je veux dire, Adams, c'est que tu as produit un excellent travail comme d'habitude, mais tu as été dans tous tes états toute la journée, alors je veux savoir ce qui se passe."

C'est mon nom.... Adams.... Bientôt Jenkins, mon nom de jeune fille. Je pense que Rachel est mieux avec Jenkins qu'avec Adams. Alors prends ça, mon cher et tendre. Tu peux récupérer ton nom dégoûtant. La pensée de cette infamie m'a fait monter les larmes aux yeux pour la première fois de la journée ; alors, je suppose que l'instinct protecteur de Jo l'a poussée à se lever de son grand bureau en chêne et à venir poser ses fortes mains sur mes épaules pour me dire : "Qu'est-ce que c'est Adams ?".

À ce moment-là, les larmes retenues ont commencé à couler. Cela faisait bizarre d'être pris dans les bras de ton patron, qui plus est une femme, mais je m'en fichais. À ce moment-là, je me suis sentie réconfortée par ses bras et, alors que les larmes coulaient, j'ai marmonné : "Ce fils de pute m'a quittée hier soir".

Je pense que Jo a lu entre les lignes et que pendant 30 secondes, il n'a fait que me bercer et frotter mon dos de haut en bas, me laissant le temps de laisser le sang circuler. Finalement, j'ai réussi à arrêter de sangloter et Jo m'a tenu à bout de bras par les épaules et a dit calmement : "Alors tu veux que je lui botte le cul pour toi, blondie ?".

C'était la première fois que je riais depuis probablement une semaine..... Je retire ce que j'ai dit... la première fois que j'ai ri au cours de la dernière année de mariage. Je savais que le mariage était terminé et que la nuit dernière n'était que le point culminant de la séparation. Mais à 29 ans, je me sentais toujours perdue.

Je n'étais certainement pas une fille glamour à 70 kg, mais on m'a toujours dit que j'avais un joli visage avec de grands yeux en amande et des lèvres pleines. J'avais des seins plutôt massifs et des fesses rondes et rebondies qui gigotaient un peu. À ce moment-là, je me suis sentie laide et en surpoids et j'ai pensé que ces lèvres boudeuses ne suceraient jamais la bite d'un autre homme et que je serais une vieille fille célibataire pour le reste de ma vie.

"Merci pour l'offre Jo. J'apprécie, mais je veux que ce bâtard de rat vive assez longtemps pour qu'un avocat véreux prenne chaque centime qu'il a."

Jo a gloussé et a ajouté : "C'est l'esprit. J'ai essayé de te dire que la chatte est toujours mieux que la bite, mais tu ne m'as jamais écouté."

Cela m'a encore fait rire. Jo était incroyable pour savoir la bonne chose à dire et résoudre les problèmes personnels et professionnels. Je n'avais pas de problème avec le sexe gay et j'ai même expérimenté quelques fois au lycée et à l'université, mais je sais que je suis hétéro à 99,9 %, même si mon cœur est toujours brisé par des connards stupides et inconsidérés. Je pensais simplement que mon mari était différent et durerait toujours, et que je ne serais pas si facilement remplacée par une Minnie plus jeune et plus mince.

"Ma femme et une de ses amies me rejoignent ici et nous sortons nous amuser et boire un verre". Le mariage homosexuel a récemment été approuvé à Washington et Jo et sa "femme" ont été les premiers à être admis, bien qu'ils vivent ensemble depuis sept ans.

Je n'étais pas d'humeur à faire la fête, alors je lui ai dit non, mais elle ne voulait pas se laisser faire et a fini par me convaincre de les rejoindre vers 20h30, une demi-heure avant l'arrivée de son amant et de son ami. J'avais des choses de dernière minute à régler, alors je suis retournée dans mon box et j'ai commencé à ranger.

Alors que je terminais, j'ai entendu Stacy, la femme de Jo, et leur ami entrer dans le bureau. J'ai regardé dehors et j'ai immédiatement fait une double prise. La femme qui entrait avec Stacy ressemblait incroyablement à mon crétin de mari. Même taille, environ 1,80 m, même carrure trapue, seulement son visage avait des traits plus doux et ses cheveux noirs courts pendaient sous ses oreilles. C'était comme voir un fantôme, et je sais qu'elle a dû penser que j'étais folle de l'avoir dévisagée de façon si ostensible.

Stacy l'a présentée comme Dennie (diminutif de Denise), j'ai serré sa grande et forte main et regardé dans ses yeux bleus perçants. Elle était habillée d'un jean serré qui mettait en valeur ses fesses rondes et musclées et elle semblait avoir à peu près mon âge, même si j'ai appris plus tard qu'elle avait 36 ans. C'était une nuit d'été chaude et humide à Washington, elle portait donc une chemise musculaire sans manches et, bien qu'elle n'ait pas le physique de Jo, ses bras étaient bronzés et tonifiés et il était très évident qu'elle faisait de l'exercice. J'ai appris qu'elle était procureur dans l'administration Obama, il était donc évident que cette belle femme avait un physique, des muscles et un cerveau.

Lorsqu'elle a souri avec ses belles dents blanches et parfaites, j'ai senti quelque chose s'agiter en moi qui m'a fait mourir de peur. Je suis une femme qui adore et vénère les bites, les pénis, les bites, les dispositifs phalliques de toutes sortes, tant qu'il s'agit de chair remplie de sang et non de plastique pendouillant.

Je ne suis pas une lesbienne.... Alors pourquoi ai-je ressenti un étrange picotement dans ma chatte en présence de cette femme fascinante ?

Je me suis détournée d'elle et j'ai essayé de trouver du travail dans mon cube pour gagner du temps, rassembler mes pensées et essayer de reprendre mon souffle. Peut-être que c'était simplement parce que j'adorais mon mari et que les deux auraient pu être de faux jumeaux. Pourquoi fallait-il que ce soit une femme ? Mon Dieu, elle était chaude ! Qu'est-ce que je disais ? Allez, Rachel, calme-toi. Tu n'es pas une lesbienne ! ".

Après que Jo ait fait quelques travaux de dernière minute sur les dossiers, nous étions prêtes à partir et nous nous sommes dirigées vers l'un de leurs clubs lesbiens préférés, Phaze 1. Je dois admettre que lorsque nous sommes entrés, l'endroit était incroyable au premier regard. Les magnifiques lustres et rideaux rouges étaient doucement éclairés et le club était rempli de toutes sortes de femmes, certaines s'embrassant, d'autres partageant un verre et apprenant à se connaître, d'autres encore dînant et d'autres dansant sur du hip hop.

C'était agréable mais étrange d'être là et encore plus étrange lorsque Dennie a mis sa main sur mon dos pour me conduire à notre table alors que nous suivions Jo et Stacy. La serveuse nous a montré notre table et Jo et Stacy ont pris un côté, tandis que Dennie a attendu que j'entre dans l'autre, puis s'est glissée... un peu trop près de moi.

Le fait d'avoir une patronne lesbienne et de vivre à DC aurait dû me préparer à ce qui se passait autour de moi, mais le fait de voir des femmes de toutes tailles, formes et couleurs "en drag" m'a désorientée, et pourtant je me suis retrouvée à me détendre et à en profiter. un peu plus que je ne voulais l'admettre à moi-même.

Après que Leslie, notre jolie serveuse, a disparu pour aller chercher nos boissons, Jo a pris la main de Stacy et l'a entraînée vers la piste de danse, me laissant seule avec Dennie et les sentiments étranges que j'éprouvais pour lui. Nous nous sommes souri en regardant Jo et Stacy faire bouger la piste de danse. Je n'avais aucune idée que mon grand patron pouvait bouger comme elle.

Après trois danses, Jo et Stacy sont revenues à notre stand et j'étais un peu triste, car pendant leur courte absence, Dennie m'a fait rire et m'a tellement amusée en écoutant ses merveilleuses histoires et blagues sur son travail, ses loisirs et oui, son mode de vie.

Après avoir bu les deux verres, je me sentais un peu sur les nerfs, ce qui explique probablement pourquoi je n'ai pas dit "non" lorsque Dennie m'a demandé de danser un slow. Le DJ a annoncé "The Moment" de Framing Hanley. Je n'avais jamais entendu cette chanson auparavant, mais elle était magnifique, et lorsque Dennie m'a prise pour la diriger, j'ai ressenti le même étrange élancement dans ma poitrine et mon aine que j'avais ressenti lors de ma première rencontre avec elle. Je détestais m'avouer que Dennie était de meilleure compagnie et plus intelligente que mon stupide mari ne pourrait jamais souhaiter l'être et je commençais à profiter pleinement du temps que je passais avec elle. Je répète. "Mon Dieu, pourquoi ne peut-elle pas être un homme ?".

Nous étions au club depuis deux heures et être fermement dans les bras de Dennie était le meilleur moment de la soirée, même si je déteste l'admettre. Je ne sais pas si c'était les bières ou mon excitation face au mariage sans sexe des six derniers mois, mais j'ai presque fondu dans ses bras alors qu'il me guidait sur la piste de danse. Ses mains ont semblé se déplacer un peu plus bas, vers le haut de mes fesses, alors que je resserrais mes doigts autour de sa nuque et que je glissais sans effort grâce à ses conseils.

Je n'ai pas réalisé que j'avais fermé les yeux jusqu'à ce que j'entende le souffle chaud de Dennie me murmurer à l'oreille qu'elle avait vraiment apprécié la soirée et ne voulait pas qu'elle se termine. Mon cœur a commencé à battre 100 battements par minute lorsqu'elle m'a surpris et m'a demandé si je voulais partir et aller chez elle.

Mort de peur, j'ai rompu notre étreinte et pris congé en courant presque vers les toilettes pour femmes pour m'échapper. Je suis rapidement entrée dans la première salle de bain disponible et, bien que je n'aie pas envie de faire pipi, je me suis assise sur les toilettes pour essayer de me repérer. Qu'est-ce qui se passe, bon sang ? J'étais une femme intelligente. Moral. Semi-chrétien. Et hétérosexuel. J'avais beau me le répéter, je ne pouvais pas nier que Dennie me faisait passer le meilleur moment de ma vie et que je n'avais jamais rencontré quelqu'un d'aussi incroyable qu'elle.

Je n'ai tiré aucune conclusion, mais j'ai réalisé que je ne pouvais pas me cacher dans la salle de bain jusqu'à la fermeture et me faufiler chez moi sans que Jo, Stacy et Dennie ne me voient. J'ai pris une grande inspiration, j'ai affiché mon plus beau sourire, je suis sortie des toilettes pour dames et je suis retournée dans notre cabine. Dennie s'est levée avec un regard inquiet et m'a glissée à l'intérieur, puis s'est assise à côté de moi.

Quand elle s'est penchée vers moi pour parler, j'ai failli m'évanouir, mais je l'ai laissée me crier à l'oreille par-dessus la musique : "Je suis vraiment désolé Rachel.

J'étais choquée. Dennie n'avait rien fait de mal et avait simplement demandé à poursuivre la soirée et à partager davantage ma compagnie. Il était clair que j'étais au paradis en sa présence, alors ce n'était pas un choc de penser qu'il me proposerait de continuer.

J'ai dû faire comprendre à cette belle et merveilleuse femme que c'était moi, et non elle, qui devait s'excuser. C'est moi qui n'avais pas toute ma tête. J'ai fait de mon mieux pour essayer d'expliquer, mais la musique était si forte que je n'arrivais pas à me faire entendre, et finalement j'ai dit : "Oui, Dennie, je voudrais rentrer avec toi".

J'avais l'impression d'avoir pris le plus grand engagement de ma vie et j'étais morte de peur lorsque nous avons dit à Jo et Stacy que nous allions prendre un taxi et aller chez Dennie, qui me ramènerait plus tard.

Nous avons quitté le club et je tremblais comme une feuille lorsque Dennie a hélé un taxi. Je ne m'étais pas sentie aussi nerveuse depuis mon cours de danse Cotillion de septième année. Le trajet en taxi était plutôt court et silencieux et je n'avais aucune idée de l'endroit où nous allions jusqu'à ce que nous nous arrêtions à l'entrée du Watergate.

Mon Dieu ! J'ai pensé à moi-même. Non seulement Dennie est intelligente, une grande danseuse et une fantastique causeuse, mais elle doit aussi avoir de l'argent à brûler. Les appartements du Watergate étaient destinés à la crème de la crème des riches.

Nous sommes descendus du taxi, avons traversé le somptueux hall d'entrée et pris les ascenseurs jusqu'au sixième étage. Dennie a ouvert la porte du 613 et nous sommes entrés dans un hall spacieux avec le luxueux salon sur la gauche.

"Pourquoi ne pas t'asseoir et te détendre pendant que je prépare un verre de vin. Tu aimes Don Perignon ?"

J'ai pensé que je devais être impliquée dans un rêve effrayant mais merveilleux. Je n'étais pas pauvre, mais je n'avais jamais bu un Don Pérignon de ma vie et Dennie agissait comme si c'était n'importe quelle Budweiser. J'ai dû admettre que je n'en avais jamais bu et elle s'est dirigée vers le bar en disant qu'une surprise m'attendait.

Peu importe le comportement agréable ou merveilleux de Dennie, je ne pouvais pas perdre le sentiment de nervosité que je ressentais. Je ne voulais pas m'avouer que je développais vraiment des sentiments forts pour une autre femme, surtout si elle semblait si à l'aise avec sa sexualité et sa facilité de séduction. Avant de retourner sur le canapé avec deux verres de vin à la main, elle a allumé un CD de musique à peine audible mais magnifique. La conversation et le vin ont continué à couler pendant 45 minutes, puis Dennie a lentement fait son entrée.

Nous étions à environ un mètre de distance sur le canapé et venions de finir de partager un rire, quand elle a pris le dos de sa main et a doucement caressé ma joue.

"Tu sais que ton mari est vraiment un idiot ignorant. Tu es une femme très belle, drôle et intelligente'.

Toute la bière et le vin de Washington n'ont pas pu arrêter ma panique. Comment cette déesse peut-elle s'intéresser à un petit analyste comptable universitaire joufflu ?

Mon Dieu ! Il va m'embrasser !"

Je n'ai rien fait pour l'arrêter, c'était le baiser le plus doux que j'avais jamais reçu et, au lieu de courir vers la porte, je me suis surpris à la regarder et à en vouloir plus. Lentement, elle s'est approchée et a doucement pris mes lèvres entre les siennes, me faisant me perdre dans sa tendresse humide. C'était tellement inhabituel de ne pas sentir la barbe du rasoir masculin de l'autre côté d'un baiser.

C'était délicieux et quand il a glissé le bout de sa langue entre mes lèvres séparées, j'ai cru que j'allais mourir. Je ne savais pas où cela me mènerait, mais une partie de moi ne voulait pas que cela se termine et ma langue a doucement rejoint celle de Dennie dans une danse lente de plaisir exploratoire humide.

J'étais à bout de souffle lorsque Dennie a finalement rompu le baiser, a souri à mon visage rougi et impatient et a dit presque en chuchotant : "Rachel, je veux que tu saches que je te respecte totalement et que je ne veux pas t'insulter ou te mal comprendre, mais j'ai vraiment besoin d'une douche et j'aimerais beaucoup que tu te joignes à moi. Si je suis allé trop loin avec la question, tu es libre de me gifler et je te ramènerai chez toi et ne t'embêterai plus jamais."

J'ai mordu la jointure de mon index alors que ma tête me criait de fuir à toutes jambes, mais mon cœur et ma chatte me disaient que tu le regretterais toujours si tu refusais cette offre. Finalement, bien qu'effrayée à mort, ma chatte trempée a eu raison de moi et j'ai murmuré faiblement : "J'aimerais me joindre à toi, Dennie".

Tout ce que je pouvais penser, c'était à quel point j'étais grosse et moche et qu'une fois qu'elle me verrait nue, elle rirait de façon hystérique ou vomirait. Je l'ai suivie dans la salle de bain la plus luxueuse que j'aie jamais vue de ma vie et, après avoir allumé la douche, Dennie s'est retournée et a avancé vers moi, s'arrêtant, prenant mon menton entre ses doigts et se penchant pour m'embrasser une fois de plus. Il a continué à explorer ma bouche tendrement, faisant se transformer mes genoux en gelée, et a simultanément retiré ma robe.

Soudain, j'ai eu envie de disparaître. Pourquoi ne pouvais-je pas courir des tours de piste, faire des pompes ou 100 abdominaux par nuit ? J'avais des seins énormes, un cul énorme et un ventre énorme, et je me faisais déshabiller par la plus belle des femmes, avec un corps d'olympienne. Dieu, s'il te plaît, ne me laisse pas rire et tomber malade'.

Dennie a rompu le baiser pour déposer délicatement ma robe sur une chaise à côté des toilettes, alors je suis restée nerveusement en soutien-gorge et en culotte. Je devais faire quelque chose pour essayer de calmer mes nerfs, alors j'ai commencé à enlever la chemise de Dennie, ce qui n'a fait que m'exciter davantage.

Sa poitrine et ses seins sans soutien-gorge étaient magnifiques, parfaitement formés et seulement un quart de la taille de mes seins mammouths bonnet D. Je me sentais comme une baleine échouée à côté de cette magnifique créature. Je ne pouvais pas détacher mes yeux de ses aréoles brunes, de ses tétons tendus et de son ventre dur comme de la pierre. Mon Dieu, je me suis senti si mou et inadéquat alors que je travaillais nerveusement à la fermeture de son jean.

Oh mon Dieu !" En faisant glisser mon pantalon le long de ses jambes, j'ai découvert que Dennie était partie en commando. Je me suis immédiatement retrouvé à hauteur des yeux de la plus belle plaque de cheveux noirs épais qui recouvrait sa chatte nue. Je n'avais jamais été aussi près du vagin d'une autre femme de toute ma vie et celui de Dennie était magnifique, avec une incroyable odeur musquée. Ma tête tournait comme une folle. J'ai fait glisser ses chaussures et son jean pour que son corps soit complètement nu, ce qui a fait que mon cœur a presque bondi hors de ma poitrine.

Lentement et maladroitement, je me suis levée et j'ai essayé de détourner le regard de la beauté nue qui se trouvait devant moi. Une fois de plus, elle s'est avancée vers moi et a mis ses bras autour de moi pour dégrafer mon soutien-gorge. Mes énormes seins, avec leurs tétons roses en forme de gomme, sont sortis... ou devrais-je dire ont fait saillie. Je me sentais si dégoûtante, énorme et grosse, mais quand Dennie s'est penché en avant, a attrapé mon sein droit et a doucement pris le téton dans sa bouche pour le sucer goulûment, j'ai cru que j'allais mourir.

Puis il a pris mon sein gauche et lui a donné le même traitement affectueux, pendant qu'il caressait mon gros derrière rond à travers ma culotte. Puis j'ai senti ses doigts au niveau de l'élastique de ma culotte et je les ai sentis glisser sur mes cuisses et mes mollets.

Mon esprit a crié : "Oh merde !!! Tu es complètement nue Rachel. D'une minute à l'autre, tu vas vomir."

Dennie s'est levé et m'a regardé de la tête aux pieds et je savais que ce serait la fin, mais au lieu de cela, il m'a choqué avec un énorme sourire affamé et s'est penché pour joindre nos lèvres dans un autre merveilleux baiser.

Je ne sais pas si c'était de la luxure, de l'excitation pure ou de la folie, mais après ce sourire et ce baiser, je ne me sentais plus comme la chose la plus moche et la plus grosse de la planète, dont le mari l'avait quittée 24 heures plus tôt. Dennie m'a fait sentir belle et totalement désirable alors qu'elle me prenait par la main et me conduisait dans la douche.

Tout son corps était incroyable, mais son cul musclé était époustouflant et j'avais une étrange envie de le fesser, de le lécher ou d'y enfouir mon visage pour suffoquer et mourir au paradis. C'était un spécimen incroyable.

Elle m'a laissé me mouiller, puis m'a doucement éloigné du jet de la douche et a entrepris de se savonner les mains et de laver et caresser doucement mes énormes melons tombants. Elle ne semblait pas être dégoûtée par mes énormes seins, mais semblait plutôt presque les vénérer et les traiter avec la plus grande admiration et le plus grand respect.

Elle s'est penchée et a de nouveau pris un mamelon rose et dur dans sa bouche, l'a sucé et mordu à merveille, suscitant des gémissements de plaisir dans ma bouche. Ses mains savonneuses étaient occupées à laver toute la moitié inférieure de mon corps et, au lieu d'être rebutée par mes grosses fesses flasques, elle semblait fascinée par celles-ci, massant et caressant la chair douce tandis qu'elle lavait doucement de haut en bas de ma fente, envoyant des courants électriques dans mon corps.

Je n'en pouvais plus et j'ai attrapé les épaules de Dennie pour la retourner et échanger avec elle. Je voulais gagner du temps pour récupérer et ne pas m'évanouir, et en plus je voulais sentir et caresser le corps de cette amazone en pleine forme.

Je l'ai lavée lentement de la tête aux pieds, ne voulant pas manquer un pouce de sa chair dure et bronzée. Lorsque j'ai mordu ses tétons bruns sexy en glissant un doigt savonneux dans son cul, j'ai été ravi d'entendre un merveilleux gémissement de plaisir lascif. J'ai savonné son abdomen, puis elle a attrapé mes épaules pour me soulever et me donner un baiser qui a exploré mes amygdales.

Nous étions tous les deux des animaux sauvages, en chaleur, et lorsqu'elle a coupé l'eau et dit avec une expression suppliante : "Rejoins-moi dans ma chambre", pour une fois ce soir-là, je me suis senti parfaitement à l'aise dans mon grand corps et j'ai commencé à sortir de la douche et à la sécher pendant qu'elle me séchait, tous les deux continuant à s'embrasser et à se mordre avidement.

Lorsque Dennie m'a pris dans ses bras, j'ai eu une crise d'angoisse momentanée en m'inquiétant une fois de plus de mon poids, mais lorsqu'elle a de nouveau rapproché nos lèvres et s'est dirigée vers sa chambre luxueuse, je ne me suis pas soucié d'un peu de chair supplémentaire qui bougeait ici et là. Tout ce que je pouvais admirer, c'était sa force et ces magnifiques lèvres talentueuses.

Elle m'a fait m'allonger sur un énorme lit double avec des draps en soie et j'ai ressenti un autre pincement au cœur. Dennie avait été parfaite toute la soirée. Était-elle si expérimentée qu'elle pouvait coucher avec toutes les femmes qui se présentaient à elle ? J'étais juste une autre conquête pour elle ?

Comme si elle lisait mes pensées, Dennie s'est doucement assise sur le lit et, tout en caressant doucement mon avant-bras avec ses doigts, elle a dit : "Rachel, je ne veux pas que ce soit un coup d'un soir. Ton corps et ton esprit me rendent fou, mais je sais que tu vis un enfer avec ton mari ; alors, je ne veux pas précipiter les choses et je te donnerai tout le temps et l'espace dont tu as besoin."

À ce moment-là, je pense que j'ai commencé à flotter dans sa chambre et, en voyant mon énorme sourire, Dennie n'a pas eu besoin d'autres encouragements pour se pencher sur l'endroit où j'étais allongé, pour un autre baiser chaud et époustouflant.

Le baiser s'est déplacé vers mes joues, mes oreilles et mon cou, tandis qu'elle taquinait lentement mes tétons avec ses doigts et massait mes gros seins avec sa main droite forte et expérimentée.

Je voulais rendre la pareille à l'attention que je recevais, mais je me sentais totalement impuissante, incapable de bouger, et je suis restée allongée, les yeux fermés et les jambes écartées comme une salope.

En continuant à mordiller et à lécher mon cou et mon visage, sa main a doucement caressé mes épaules, mes bras et est descendue le long de ma poitrine jusqu'à mon ventre doux. Il a fait courir son doigt en cercle autour de mon nombril, puis a inséré le bout, provoquant une nouvelle sensation merveilleuse.

Son voyage exploratoire ne s'est pas arrêté là, et lorsque ses doigts se sont lentement abaissés sur mes petites fesses blondes, j'ai repris mon souffle et mon cœur a battu la chamade.

Elle s'est penchée en avant et a de nouveau pris un téton dans sa bouche et l'a sucé goulûment pendant que ses doigts parcouraient doucement mon vagin chaud et humide. Mon Dieu, cette femme connaissait bien le corps féminin et savait comment le taquiner et produire les effets les plus érotiques.

Lentement, elle a déplacé un doigt de haut en bas de ma fente chaude et humide, ce qui m'a fait cambrer le dos et soulever involontairement mon cul, la poussant à entrer en moi. Enfin, après ce qui m'a semblé être une heure de torture, elle a doucement déplacé un doigt à l'intérieur de moi, suivi d'un autre, et j'ai cru que j'allais mourir. Le souffle primal que j'ai émis ne s'était jamais échappé de mes lèvres auparavant.

Dedans et dehors, il m'a caressée, poussant et poussant consciemment jusqu'à ce que finalement tous les muscles de mon corps se contractent et que je laisse échapper un cri d'extase avec un orgasme comme je n'en avais jamais connu.

Dennie ne m'a pas laissé le temps de récupérer et a lentement déplacé ses lèvres talentueuses sur ma poitrine, mon ventre et, se positionnant entre mes jambes, a commencé à donner des baisers et des morsures sur l'intérieur de ma cuisse. Quand il s'est approché de ma chatte chaude et trempée, j'ai paniqué. Mon salaud de mari n'aurait jamais fait de fellation avec moi car il pensait que c'était sale et après avoir essayé une fois, il m'a dit : "Ça sent le poisson".

J'ai retenu mon souffle alors qu'elle s'approchait de mon centre, redoutant de l'assouvir avec mon parfum. Alors qu'elle léchait les côtés de mes lèvres, puis remontait doucement au centre de ma fente, s'arrêtant juste en dessous de mon clito, elle s'est arrêtée une seconde et a grogné lascivement : "Bon sang, tu sens bon !".

Elle est revenue à mon entrejambe chaud, reniflant, goûtant, taquinant et m'emmenant de plus en plus haut alors que mes hanches se sont enfoncées dans elle et que sa longue langue est entrée encore plus loin dans ma chatte. Elle m'a baisé avec sa langue avec des coups profonds et pénétrants et quand elle a commencé à taquiner mon clito, j'ai attrapé ses cheveux à deux mains et j'ai poussé son visage plus profondément dans ma chatte, le recouvrant de mes jus d'amour.

Je n'avais jamais connu une telle félicité ni un tel manque de contrôle. Tout mon corps se tordait et frissonnait d'extase et une fois de plus, je n'ai pas pu contenir les sensations et j'ai explosé avec un cri primal. Alors qu'elle continuait à me caresser et à me lécher, tout ce que je pouvais faire, c'était de me tourner et de me retourner dans l'immense lit comme un poisson hors de l'eau et d'avoir des spasmes de pur plaisir.

Les spasmes ont fini par se calmer et ma respiration et mon rythme cardiaque ont semblé essayer de revenir à la normale. Je me suis allongée avec mon avant-bras sur mon front et mes yeux fermés, avec l'impression que je venais de courir un marathon béat. Je voulais sentir et goûter cette belle brune plus que tout au monde, mais j'étais complètement épuisé et je gisais en haletant comme une flaque d'air.

Lentement, Dennie s'est approché de moi et, en s'appuyant sur mon coude gauche, a doucement caressé mon contrôle avec sa main droite.

"Rachel, tu es la plus belle femme que j'ai jamais rencontrée et tu m'excites plus que quiconque."

Encore haletante, ma première pensée a été "et tu dis beaucoup de conneries", mais j'ai laissé mon insécurité se taire et, en y repensant, je me suis réjouie de la possibilité de croire que j'étais attirante et que quelqu'un pouvait vraiment m'aimer "telle qu'elle est", avec tous ses défauts.

Je me sentais toujours hors de moi, incapable de lui répondre, alors elle a continué à remplir le silence en me caressant. "Je sais que cela prendra du temps, mais je suis prêt à faire l'effort de te suivre. Tu es la femme intelligente la plus intéressante que j'ai jamais rencontrée et je veux être avec toi."

Puis les larmes ont commencé à couler de façon incontrôlable et Dennie m'a regardée avec beaucoup d'inquiétude. "Pourquoi pleures-tu, bébé ?"

Après une pause, j'ai reniflé et pleurniché : "En partie parce que je n'ai jamais été aussi heureuse de ma vie et en partie parce que je suis triste, car maintenant je suis 100 % lesbienne et quand ma mère le découvrira, elle la tuera".

Dennie a éclaté d'un tel rire que je pense que cela a réveillé tout le monde dans le bâtiment, jusqu'au premier étage.

Mon fantasme d'hôtel

Je suis une femme célibataire qui a posté une annonce sur Internet à la recherche d'un amant pour transformer mon fantasme en réalité. J'attends patiemment une réponse. Enfin un homme répond à ma demande d'amour. Je l'aime bien. Nous avons parlé et fait du cyber sexe et c'était génial, ce qui a finalement mené au sexe par téléphone. Ensemble, nous décidons qu'il est temps de nous rencontrer et de faire bouger les choses.

Nous faisons des recherches et trouvons un hôtel réservé aux adultes et fait pour le jeu. Les vêtements sont facultatifs. Nous nous enregistrons et montons dans notre chambre. Nous sommes au troisième étage et le balcon donne sur la piscine. Lorsque nous ouvrons la porte, nous trouvons toutes sortes d'objets pour améliorer notre jeu. Il y a des barres de striptease, des bougies, de la nourriture sexy, du champagne et un panier d'amour avec des huiles, des lubrifiants et des jouets pour notre plaisir à tous les deux.

C'est une chaude journée d'été, alors je décide immédiatement d'allumer la climatisation. À mon grand étonnement, cela ne fonctionne pas. J'ouvre la porte du balcon et regarde par-dessus le bord : la piscine est pleine de toutes sortes de gens. Il y a des personnes nues qui baisent sur des chaises longues, un homme qui se fait tailler une pipe près du jacuzzi et de nombreuses personnes qui se baignent à poil dans la piscine. Tout cela m'excite.

Je t'invite à me rejoindre sur le balcon et tu sors. Tu as enlevé ta chemise ; ta poitrine est légèrement rougeoyante de sueur. Maintenant, je te trouve complètement irrésistible. Je te pousse dans le hamac. Tu fredonnes et tu te demandes ce que je suis sur le point de faire. Je retourne dans la chambre et mets de la musique de danse sexy. Je retourne sur le balcon, te regarde avec mes yeux bleus sexy et me mords doucement la lèvre inférieure. Tu commences à me dire que je t'excite.

Je commence à danser lentement devant toi ; j'ai dû attirer ton attention, tu t'es arrangé pour me voir. Je me rapproche de toi ; je peux voir la bosse dans ton pantalon qui devient de plus en plus grosse. Cela m'excite.

Je danse et me touche en essayant de ne pas te montrer trop de peau. Tu déboutonnes lentement ton pantalon et le descends juste assez pour exposer ta queue dure comme le roc. J'ai haleté quand je l'ai vu, la taille de ta queue m'a fait mouiller instantanément. J'ai soulevé un peu ma minijupe et me suis laissée tomber à genoux. J'ai embrassé doucement la tête de ta queue et je me suis remise sur mes pieds.

Je déboutonne ma chemise et te taquine avec mes seins fermes et nerveux.

Oooops.

Je l'ai laissé tomber sur le sol. Je me suis retourné pour le ramasser. Quand je me suis penchée, ma jupe est montée encore plus haut et ma chatte a été aperçue vers toi. Je me lève lentement et je jette ma chemise sur toi. Tu te mords la lèvre et tu caresses lentement ta queue dure. Je dégrafe mon soutien-gorge et l'enlève un bras à la fois, en essayant de ne pas te regarder. Je danse toujours et ma jupe est maintenant remontée autour de ma taille.

Ma chatte chaude et humide est prête à jouer. Je me rapproche de toi et me penche, mon soutien-gorge tombe sur ta poitrine. Tu lèves la main pour essayer de les toucher ; je recule rapidement pour que tu ne puisses pas m'attraper. Mes mamelons sont si durs qu'ils me font presque mal. Je glisse doucement un doigt entre les lèvres de ma chatte jusqu'à ce qu'il soit mouillé par mes jus. Je frotte l'humidité sur mon mamelon dur et le lèche ensuite avec ma langue. Cela a dû te rendre folle car tu as décidé de t'asseoir dans le hamac pour avoir une meilleure vue.

Maintenant, je danse juste devant toi, mes seins touchent ton visage, tu essaies de me donner un coup de langue, mais je suis trop rapide pour toi. Je me retourne et me penche devant toi pour enlever ma jupe. Tu te lèves d'un bond, attrape mes hanches et tire mon cul vers ta queue dure. Tu es pressé contre moi ; tu chuchotes à mon oreille et tu me dis que tu veux baiser ma chatte serrée. Tu m'accompagnes vers le mur du balcon et tu me fais me pencher.

Les gens en bas regardent pendant que tu commences à baiser ma chatte. Je crie de plaisir et te dis de me baiser. Je veux que tu me baises. Tu baises ma chatte si fort que mes seins rebondissent sur la balustrade. Les gens dans la piscine continuent à regarder et à applaudir. Cela te rend très sexy. Tu me baises de plus en plus vite et de plus en plus fort. Soudain, tu t'arrêtes. Je ne peux plus te sentir à l'intérieur de moi.

Je tourne la tête pour te chercher ; soudain, je sens le léger contact de ta langue sur ma chatte. Je baisse mon regard et tu es là. Mes jus coulent sur ton menton. Tu as trouvé mon clito et tu l'as accroché. Tu suces fort et puis doucement, tu le brosses avec ta langue. Tu me rends folle. Je crie et te dis de manger cette chatte. Je crie : "N'arrête pas, j'en veux plus." Tu glisses quelques doigts à l'intérieur de moi pour masser mon point G. Je gémis si fort. Je serre et pince mes mamelons d'extase. Tu t'arrêtes à nouveau. Je regarde en bas et tu n'es plus là.

À ce moment-là, je sens ta queue dure commencer à pénétrer lentement dans mon cul. Je te dis que ça fait du bien et je l'enfonce à fond. Tu restes là pendant une seconde en essayant d'étouffer ton envie de jouir dans mon cul. Tu entres et sors lentement de mon cul serré. Je tourne la tête et te regarde ; tu attrapes mes cheveux et m'attire à toi pour un violent baiser.

Tu repousses ma tête sur le balcon et continues de la pousser de plus en plus bas pendant que tu me claques le cul.

Baise-moi, j'ai dit. Tu me baises si fort dans le cul. Nous gémissons tous les deux si fort. J'ouvre les yeux et je vois mon public qui me regarde. Ils sont tous excités en te regardant me baiser par derrière, mes seins cognant contre la balustrade. Tu me donnes une fessée et tu attrapes mon cul d'une main.

Tu sors mon cul et tu me fais tourner. Tu es maintenant contre la balustrade et tu me dis d'aller te faire voir. Je m'agenouille et mets ta queue dans ma bouche, tu soupires de plaisir alors que je la suce entièrement et que tu sens mes amygdales sur le bout de ta queue. Je mets ma main sur tes couilles pour les masser. Tu attrapes mes cheveux et les poussent et les tirent de haut en bas à chaque coup de lèvres. Je lève les yeux vers toi et je vois que tu es prête à exploser. Je suce plus fort et serre ta queue avec mes lèvres.

Tu serres mes cheveux encore plus fort. Soudain, tu attrapes ma tête et tu enfonces ta queue dans ma gorge et tu me maintiens en place. Tu explodes dans ma bouche. Je goûte ton doux nectar. Un peu de ton sperme commence à dégouliner sur mon menton. Tu me regardes avec un sourire sur les lèvres et tu me dis que j'ai été une bonne fille. Je me lève et m'essuie le visage. Tu m'embrasses à nouveau et tu me chuchotes à l'oreille à quel point c'était bon de me baiser.

Je t'ai regardé et j'ai dit : "Nous n'avons pas fini". Je t'ai dit de ne pas jouir avant que je te le dise. Je te pousse dans la chaise longue et grimpe sur toi. Je commence à danser et à bouger, tu aimes le lap dance, je peux le dire. Tu commences à bander à nouveau. Je te sens grandir entre mes jambes. Je continue à frotter ma chatte chaude et humide contre ta bite énorme et grandissante jusqu'à ce qu'elle soit prête à être utilisée. Je le glisse dans ma chatte et commence à rebondir lentement de haut en bas sur ta queue. Mes seins rebondissent à chaque mouvement.

Je vais de plus en plus vite, gémissant en frottant mon clitoris contre toi pendant que tu es en moi. Je te dis que je suis sur le point de jouir. Tu attrapes mes hanches et me tire vers le bas sur ta queue, je crie "jouis maintenant !". Je commence à jouir sur ta queue et à ce moment-là, tu exploses dans ma chatte. Je reste assise sur toi pendant un moment, t'embrassant et frottant légèrement ta poitrine avant d'avoir assez de force pour me lever.

Je me lève et me tourne pour partir, tu me donnes une fessée de plus, je me tourne pour te regarder et ricane en continuant à entrer. Tu te lèves pour me suivre. Je vais dans la salle de bain pour prendre une serviette pour me nettoyer, tu viens derrière moi et tu me demandes si j'ai aimé ça.

Je souris et réponds : "Oui. Tu m'as dit de prendre des affaires pour aller à la piscine. Lorsque nous arrivons, nous sommes accueillis par les applaudissements des spectateurs pour un travail bien fait. Je plonge immédiatement dans l'eau pour me rafraîchir. L'eau fraîche me permet de me détendre. J'adore l'eau fraîche sur mes seins nus. Je regarde autour de la piscine.

Je t'ai trouvé en train de parler à un homme sur le pont. Il m'a crié dessus et m'a dit à quel point j'étais belle et sexy. Tu m'as appelé hors de la piscine et je suis venu vers toi. L'homme à qui tu parlais voulait voir mon corps nu de près. Je me suis retournée et j'ai fait une petite pose pour lui. Tu as continué à parler à l'homme pendant que je m'allongeais sur la chaise longue. Mes seins nus et humides scintillaient au soleil.

Tu t'assieds sur le bord de la chaise et tu commences à toucher ma cuisse. J'ouvre légèrement mes jambes pour te laisser toucher ma chatte. Le soleil est si brillant que mes yeux sont fermés. J'ai vu le soleil disparaître de mes yeux, alors je les ai ouverts. L'homme à qui tu parlais se tient maintenant au-dessus de ma tête, nu. Je te regarde et tu me dis de te sucer. J'ai dit OK.

Je l'ai laissé mettre sa queue dans ma bouche. Je commence à le sucer pendant que ses couilles me frappent la tête. Je m'arrête et me tourne sur les mains et les genoux. Ma chatte est à l'air libre et j'ai la bite de cet homme dans ma gorge. Tu viens derrière moi et tu mets à nouveau ta bite en moi. Tu me pompes si fort que je lutte pour le sucer. J'arrête de souffler sur l'homme étrange et je dis que j'ai une idée.

Je vous en ai parlé à toutes les deux et cela a suscité votre intérêt. J'ai décidé qu'il était temps de réaliser une partie de mes fantasmes. J'ai demandé qui voulait le fond. Tu as accepté et tu t'es inclinée dans le fauteuil. Je suis montée sur toi et j'ai inséré ta queue dans ma chatte. J'ai regardé l'autre homme et lui ai dit de venir mettre sa bite dans mon cul. Il a accepté et s'est dépêché de se mettre en position.

Maintenant, je vous ai tous les deux en moi. Je te chevauche si vite et si fort et tu serres mes seins et mes tétons. Il tape si fort dans mon cul. C'est fantastique, ai-je dit. Vous êtes tous les deux en train de me baiser. Mon clito se frotte contre ton corps. Nous sommes tous sur le point de jouir en un seul gros orgasme.

Je crie et gémis et vous deux faites de même. Tu me pompes dans les deux sens, c'est nouveau et fantastique. Je l'aime beaucoup. Je te dis que je jouis. Et nous commençons tous à baiser plus vite et plus fort. Nous jouissons tous ensemble, en gémissant et en râlant. Les personnes autour de la piscine nous regardent avec étonnement. Il a terminé et le sperme dégouline de mon cul, je me roule et m'allonge pour me prélasser au soleil.

Enfin utilisée

Elle avait l'intention de passer la porte sans se retourner. Le sentiment de rejet est difficile à gérer pour elle. Elle l'a ressenti toute sa vie de la part de ceux qui l'entourent. Ne jamais être à la hauteur, ne jamais être assez bien, ne jamais être ce que l'on veut ou attend d'elle. Cette fois-ci, c'est différent, pire pour elle, car cette fois-ci, c'est elle qui voulait quelque chose. Vouloir vraiment quelque chose pour elle-même était nouveau pour elle ; par conséquent, son corps et son cœur ont profondément ressenti ce rejet.

Soudain, sa main s'accroche à son bras et la fait tourner sur elle-même, la forçant contre le mur, tandis que son corps se presse contre le sien par derrière pour la maintenir juste là où il le veut. Il attrape ses cheveux et tire sa tête sur le côté, exposant son cou. Le corps pressé contre elle, il se penche pour embrasser légèrement son cou, avant de commencer à grignoter sa chair avec de petites bouchées qui lui donnent la chair de poule. Alors que son corps frissonne et se détend contre lui, elle soupire.

Il ne lui est jamais venu à l'esprit de s'opposer à ce traitement brutal de son corps par lui. C'était quelque chose qu'elle voulait, avait besoin, désirait simplement de lui. Sa main glisse entre son corps et le mur alors qu'il saisit son sein et le serre juste au-delà du point de pression, juste en dessous du point de douleur. C'est un équilibre difficile à trouver, mais il y parvient à la perfection.

Il commence à lui murmurer dans les moindres détails ce qu'il a l'intention de faire avec elle, comment il a l'intention d'utiliser complètement son corps pour satisfaire le besoin douloureux qu'elle a créé en lui. Toujours pressée contre son dos, sa main lâche ses cheveux pour descendre lentement vers le bas. Par-dessus son épaule, le long de son bras jusqu'au coude, glissant sur son côté et atteignant l'ourlet de sa jupe courte.

Il commence lentement à remonter sa jupe le long de sa cuisse, tandis qu'il éloigne son autre main de ses seins pour pouvoir rejoindre l'autre pour remonter sa jupe. Elle doit reculer pour finir de relever sa jupe, exposant ses fesses à son regard.

Il s'éloigne d'elle et passe sa main sur ses fesses couvertes de culottes, remonte le long de son dos en prenant son bras pour la guider doucement dans la maison jusqu'à sa chambre. Il s'arrête avec elle debout au milieu de la grande pièce et jette un coup d'œil autour d'elle jusqu'à ce qu'il soit de nouveau en face d'elle. Il se baisse et prend son menton, soulevant son visage jusqu'à ce que leurs yeux se rencontrent. Il étudie la sienne pendant un moment avant de parler. "C'est ta dernière chance de partir", lui dit-il. "Tu m'as tenté, taquiné et tourmenté pendant des mois. Je ne voulais pas encore ressentir quoi que ce soit.

Je ne voulais pas te désirer. Tu as réussi à surmonter tout cela et à faire naître en moi le besoin de te posséder. C'est un choix que tu dois faire de ton plein gré. Tu dois savoir et comprendre parfaitement que si tu choisis de rester, c'est la dernière décision que tu prendras pour cette nuit. J'utiliserai ton corps exactement comme je le souhaite, mais je te promets ceci. Tu seras satisfaite quand tu partiras d'ici. Même si tu marches un peu raide et étrange'. Il a gloussé pour lui-même à cette pensée, mais a continué à observer son visage, ses yeux de près. Il s'est dit que ses yeux étaient en effet le miroir de son âme.

Elle le regarde dans les yeux, écoutant attentivement chaque mot qu'il prononce. Elle sait sans aucun doute qu'il pense exactement ce qu'il dit.

Si elle reste, son corps sera utilisé, violé de toutes les manières possibles, exactement comme il le choisit pour son plaisir. Pourtant, elle sait qu'elle sera satisfaite d'une manière qu'elle n'a fait qu'imaginer jusqu'à ce moment. Elle sent son cœur s'accélérer dans sa poitrine alors que ses yeux la transpercent. Elle y a pensé de nombreuses fois, mais maintenant que le moment est venu, il y a toujours une légère nervosité en elle. Néanmoins, elle sait sans aucun doute que c'est quelque chose dont elle a "besoin" pour elle-même, même si ce n'est que pour cette fois dans sa vie. Elle a besoin de ressentir ce que lui seul peut lui faire ressentir. Ses yeux ne quittent jamais les siens alors qu'elle parle clairement et fermement, pour qu'il n'y ait aucun malentendu entre eux. "Pour cette nuit, mon corps t'appartient. Tu es libre de l'utiliser comme bon te semble." Elle le regarde droit dans les yeux pendant un autre moment, puis baisse lentement son regard, sans s'opposer à sa prise sur son menton.

Il quitte son menton pour laisser sa main tomber sur sa poitrine, où l'autre se retrouve alors qu'il arrache son chemisier de sa jupe. Puis, sans prévenir, il secoue les côtés du chemisier, faisant s'envoler les boutons tandis que ses yeux admirent ses seins à peine contenus dans les lambeaux de soie et de dentelle qui tentent de la retenir mais ne font que la caresser.

Il pousse son chemisier sur ses épaules, mais laisse ses bras pour le moment. Il lève les mains et serre ses deux seins dans ses paumes et commence à presser et à pétrir doucement sa chair. Il pousse les bouts de tissu vers le bas tandis que ses doigts commencent à se concentrer sur ses mamelons tendres. Il sait, d'après les choses dites dans le passé, à quel point ses seins sont sensibles et réactifs ; il prend donc soin de pincer ses mamelons entre ses doigts et commence à les faire rouler d'avant en arrière tout en les tirant légèrement vers le haut et hors de son corps. Une fois de plus, il trouve l'équilibre parfait entre pression et douleur.

Elle laisse échapper un profond gémissement en luttant pour rester immobile, attendant de voir ce qui va se passer. Après un moment, il relâche sa prise sur sa poitrine et déplace ses mains vers sa taille, la guidant pour qu'elle se tienne devant sa chaise pendant qu'il s'assoit. Il lui ordonne d'enlever sa jupe et son chemisier alors qu'il se penche pour regarder, sachant qu'elle ne le décevra pas. Ses mains se déplacent lentement derrière son dos jusqu'à la ceinture de sa jupe. En balançant lentement ses hanches au rythme de la musique qu'elle entend dans sa tête, elle déboutonne sa jupe et fait lentement glisser la fermeture éclair vers le bas.

Avec ses hanches qui bougent toujours dans un rythme lent, presque hypnotique, ses mains se déplacent à nouveau autour de sa taille alors que sa jupe commence à glisser lentement vers le bas, s'accrochant à peine à ses hanches. Elle passe ses mains sur la peau, touche le bord et donne une légère poussée alors que le tissu se détache et tombe doucement de son corps pour se mettre en flaque à ses pieds chaussés. Elle bouge ses bras juste assez pour permettre au chemisier de glisser d'elle et baisse le regard pour regarder qu'il tombe doucement sur le sol.

Elle se tient devant lui dans un soutien-gorge et une culotte assortis, avec des talons hauts aux pieds et un léger sourire impétueux sur le visage. Il observe chacun de ses mouvements et apprécie le spectacle qui s'offre à lui. Il se dit qu'elle n'a aucune idée du nombre de fois où il l'a imaginée et a essayé de la représenter devant lui exactement comme elle est à cet instant. Il lui tend la main, elle la prend et s'avance vers lui avec toute sa disponibilité, tandis qu'il la tire vers lui, la guidant jusqu'à ce qu'elle soit allongée sur ses genoux, les fesses en l'air, devant et au centre, pour que ses yeux puissent l'admirer et que ses mains puissent se promener librement.

C'est le bon moment pour elle. Elle est exactement là où elle veut être, où elle doit être, réalisant enfin le rêve qu'elle a depuis si longtemps. Être simplement ici avec Lui, en choisissant de Lui donner le plein contrôle de son corps d'une manière que peu de gens pourraient gérer. Avoir une confiance totale dans le fait qu'Il protégerait à la fois son corps et son esprit. Savoir qu'Il comprend à quel point il est difficile pour elle de céder le contrôle total à un autre.

Lentement, il commence à frotter légèrement la matière soyeuse qui recouvre ses fesses. Alors qu'elle se détend sur ses genoux, il lève sa main et la ramène vers le bas avec un coup sec qui atterrit sur ses fesses. Elle grimace légèrement au coup inattendu, puis soupire alors qu'il recommence à frotter sa main sur son corps.

Il attend qu'elle se détende complètement sous sa main, puis ::smack: : il abaisse sa main un peu plus fort sur le contrôle des fesses opposé. Il sourit à son léger souffle alors qu'elle lutte pour rester calme et détendue contre lui. Il recommence à frotter ses fesses recouvertes de tissu, appréciant la sensation de la matière si douce contre ses mains rugueuses.

Cela ne suffira pas longtemps et il devra sentir sa peau douce sous ses paumes, mais pour l'instant, il va profiter de ce moment. Alors qu'elle se détend sur ses genoux, il lève sa main et la ramène sur un côté, rapidement suivie d'un autre coup sur l'autre côté. Il sourit à lui-même lorsque son corps s'agite légèrement, mais elle reste comme il l'a positionnée. Il répète plusieurs fois les coups rapides sur chaque fesse, puis fait une pause et retourne frotter le tissu lisse qui la recouvre, protégeant ses fesses de ses yeux.

Elle sent la chaleur qui commence à s'accumuler sur ses fesses à cause de la dernière série de claques qu'il lui a données. Elle lutte contre elle-même pour ne pas se tortiller, pour rester comme il l'a mise. Elle sait que cela se passe vraiment, mais elle en rêve depuis si longtemps que la réalité et le rêve se confondent pour elle. Elle essaie de mémoriser chaque détail de ce qui se passe. La sensation de son corps pressé contre elle, la façon dont il s'adapte parfaitement à ses genoux, la chaleur que ses mains créent en elle et l'apaisent.

Il recommence avec des coups rapides allant d'avant en arrière entre les commandes, d'un côté et de l'autre, de plus en plus forts, permettant au feu de se développer progressivement sur sa peau. Il finit par s'arrêter à nouveau et, avec une main posée sur ses fesses et l'autre sur son dos, il observe son corps pour voir ses réactions.

Il a besoin de la voir complètement maintenant, pour enlever le dernier bouclier qu'elle avait de ses yeux. Il commence lentement à faire glisser sa culotte le long de ses hanches, observant la peau déjà teintée de rose qu'elle dévoile à ses yeux. Elle soulève ses hanches juste assez pour qu'il finisse de faire glisser le morceau de tissu sur elle. Il pousse la culotte le long de ses cuisses et la laisse comme un lien sur ses jambes. Une main retourne frotter la chaleur qu'il a créée sur sa peau, tandis que l'autre touche l'intérieur de sa cuisse et commence un lent voyage vers le haut.

Appréciant la sensation de la peau lisse et soyeuse au bout de ses doigts, elle prend son temps pour tendre la main et contrôler la réaction de son corps à ce qui se passe. Lorsque ses doigts touchent les lèvres extérieures au centre de son être, elle laisse échapper un doux soupir. Elle n'a pas besoin d'aller plus loin pour connaître sa réaction, mais continue quand même. Très lentement, il place deux doigts sur son ouverture et les enfonce au cœur de son corps. Son corps n'offre aucune résistance, la chaleur et l'humidité pures lui facilitant la tâche.

Son corps s'ouvre à son toucher même si elle s'accroche à lui pour en avoir plus. Il pousse ses doigts à l'intérieur d'elle aussi loin que sa main peut atteindre, en déplaçant sa main jusqu'à une position où son pouce effleure son clito alors que ses doigts sont toujours à l'intérieur d'elle. Il lève sa main de ses fesses nues et commence une série de caresses d'avant en arrière. Il commence lentement et doucement, puis augmente progressivement l'intensité et la vitesse. Comme les coups deviennent plus forts, elle ne peut pas contrôler la réaction de son corps, qui commence à frémir.

Elle ne peut pas dire si elle essaie de s'éloigner des claques choquantes combinées à l'invasion de ses doigts, ou si elle pousse réellement vers cette invasion en en cherchant davantage. Il apprécie sa réaction ; à chaque gifle, son corps est légèrement secoué alors que ses muscles le saisissent et le serrent. La teinte rose se transforme en un rouge ardent sur sa peau alors qu'il continue de frapper sa peau tendre avec sa main. Elle lutte pour rester immobile et calme, mais le feu grandit à la fois de son bas et en elle. Elle est très proche de perdre sa lutte pour rester silencieuse car le besoin de crier est de plus en plus fort. Son corps est sur le point de s'effondrer lorsque sa main se pose sur ses fesses.

Elle est étonnée de la chaleur qui se dégage de sa peau lorsque sa main se pose sur ses fesses. Il commence à déplacer son pouce autour de son clito pendant qu'il déplace légèrement ses doigts à l'intérieur d'elle. Il les plie pour toucher cet endroit magique et le frotte de l'intérieur et de l'extérieur de son corps. Elle ne peut pas s'empêcher de contrôler la réaction de son corps et pousse ses hanches vers le haut, en essayant d'obtenir plus de friction de sa main. Il commence à faire entrer et sortir ses doigts d'elle, en commençant très lentement et en augmentant doucement mais régulièrement la vitesse et sa main commence à claquer contre son corps.

Il sait qu'elle est proche de l'explosion qu'il recherche et que le timing est crucial. Sa respiration est devenue rapide et superficielle et elle sait qu'elle est trop proche de l'explosion pour l'arrêter maintenant. Il a oublié son clito et sa main continue de claquer contre son corps, ses doigts la pénétrant aussi profondément qu'ils le peuvent.

Il sourit à ses réactions, les respirations, les poussées inconscientes de son corps vers cette invasion, les sons qu'elle ne se rend même pas compte qu'elle fait. Il prononce enfin les mots dont son esprit a besoin pour se libérer et lui ordonne : "Profite maintenant, ma petite salope". Alors que son cerveau lâche prise, son corps se secoue et tremble de bonheur à cause de cet orgasme massif et finit par crier sous la force de cette libération. Ses muscles se raidissent pour essayer de retenir ses doigts en elle alors qu'il continue de la baiser, forçant son corps à se libérer complètement.

Finalement, il commence à ralentir sa main, son corps s'accrochant toujours à lui alors qu'il la guide vers le bas de l'apogée de la libération. Son corps commence à se détendre contre lui, devenant aussi mou qu'une poupée de chiffon. Elle n'arrive pas à croire ce qu'il vient de tirer des profondeurs d'elle-même. Mais elle sait que cette nuit est loin d'être terminée, car alors que son corps se détend contre le sien, elle sent la dureté de son corps masculin se presser contre elle.

Sa queue s'est mise au garde-à-vous et supplie maintenant d'être libérée. Il retire ses doigts de son corps et observe les traces de son orgasme sur eux. De son autre main, il lui donne une légère poussée sur la hanche : "Agenouille-toi devant moi, bébé. Tu as réussi à créer un besoin en moi que tu dois maintenant satisfaire." Elle finit de retirer sa culotte de ses jambes en se déplaçant pour s'agenouiller devant lui. Sans même y penser, son corps semble connaître la position et elle écarte automatiquement ses genoux, en gardant le dos droit avec ses mains qui tiennent son poignet derrière son dos et en poussant ses seins vers le haut et vers l'extérieur, et la tête inclinée en regardant vers lui.

Il lui ordonne de le regarder et leurs yeux se croisent un instant avant qu'il ne se tienne devant elle. Elle observe chacun de ses mouvements alors qu'il débuckle sa ceinture, défait le bouton de son jean et abaisse sa fermeture éclair. Elle ne s'est même pas rendu compte qu'elle s'était léchée les lèvres en prévision de voir et de goûter sa queue pour la première fois. Mais il a remarqué ; il observe tout ce qui la concerne pour voir ses réactions. Il ne sait pas laquelle des deux a hâte que sa bite se glisse entre ces lèvres.

Lorsqu'il s'est baissé et a sorti sa queue dure de son jean, ses yeux se sont agrandis et elle a pris une grande inspiration en se léchant les lèvres une fois de plus. Il a souri en regardant sa main monter et descendre lentement sur sa queue et savait qu'elle était à deux doigts de baver en prévision de ce qui allait arriver.

Il s'est dirigé vers elle, continuant à frotter sa queue paresseusement de haut en bas jusqu'à ce qu'elle soit devant son visage. Déplaçant sa main à la base, il a guidé sa queue vers sa bouche. Elle a automatiquement ouvert la bouche en grand, impatiente de le goûter pour la première fois. Il a juste posé la pointe de sa tête sur ses lèvres ouvertes et l'a maintenue pendant un moment, attendant de voir ce qu'elle ferait. Elle lutte pour rester immobile alors que tout ce qu'elle veut, c'est le dévorer. Il finit par lui donner la permission de goûter, et les mots n'avaient pas encore fini de quitter sa bouche que sa langue s'élançait pour goûter le dessus et tournoyer autour de lui avant que ses lèvres ne se referment autour des siennes.

Elle a commencé à bouger sa tête de haut en bas sur lui, prenant autant qu'elle pouvait dans sa bouche sans s'étouffer. Il lui a donné carte blanche pendant quelques instants, mais cela ne lui suffisait pas. Ses mains sont allées à sa tête pour pouvoir la guider dans le mouvement qu'il voulait. Ses hanches ont commencé à pousser en avant alors qu'il tirait son visage vers lui.

Il prend un moment de calme pour lui permettre de s'adapter à ce qu'il fait, mais il sait ce qui va se passer ensuite. À chaque poussée, il s'enfonce de plus en plus jusqu'à atteindre le fond de sa bouche, se retire et pousse rapidement vers l'intérieur, dépassant le fond de sa bouche et poussant sa bite dans sa gorge. Elle ne peut pas s'empêcher de contrôler le bâillon qui a suivi ce mouvement car il tient sa tête pendant un moment et sentir les muscles de sa gorge travailler autour de sa queue est une sensation incroyable.

Il la laisse se retirer, le retirant de sa gorge mais gardant sa queue dans sa bouche ; quand elle reprend son souffle, il la tire à nouveau en forçant sa queue à rentrer dans sa gorge. Il adore la sensation de sa gorge qui travaille autour de lui en essayant de faire sortir sa queue alors qu'il la retient avant de la laisser se retirer pour reprendre son souffle, puis de l'enfoncer à nouveau, encore et encore. Il sait déjà ce qu'elle ressent lorsqu'il jouit dans sa bouche, mais il n'a pas l'intention de l'y déposer. Juste au moment où elle commence à avoir un orgasme, il la tire à nouveau en poussant sa queue aussi loin que possible dans sa gorge et la retient pendant qu'il déverse son sperme avec les muscles de sa gorge qui travaillent pour faire sortir chaque goutte.

Il sait qu'il doit se retirer pour lui permettre de respirer à nouveau et relâche sa prise sur sa tête. Elle se retire jusqu'à ce que seule la pointe de la bite reste dans sa bouche, mais garde ses lèvres enroulées autour de lui. Elle a du mal à reprendre son souffle alors qu'elle passe sa langue autour de la tête de la bite. Il regarde son visage pour s'assurer qu'elle va bien. Il s'attendait à voir les marques qui couraient sur son visage à cause de la façon dont il la bâillonnait, mais il ne s'attendait pas à voir le sourire qui irradiait de ses yeux lorsqu'elle levait les yeux vers lui, les lèvres toujours fermées autour de la tête de sa bite.

Elle continue à sucer sa queue, en aspirant lentement de plus en plus de choses lorsqu'il redevient dur. Cela le surprend, mais il se laisse aller et la laisse faire le travail pour lui. Il pensait qu'il faudrait un moment avant qu'il ne récupère suffisamment pour la baiser. Il a besoin de la sentir à nouveau, de la toucher. Il retire lentement sa queue d'entre ses lèvres et sourit au petit gémissement qu'elle émet à ce mouvement. Il la tire sur ses pieds et la colle à son corps pendant un moment, appréciant la douceur de son corps contre la dureté du sien. Elle laisse échapper un doux soupir alors que son corps semble fondre contre le sien.

Relâchant sa prise sur elle, il pose une main sur son épaule pour la faire tourner, glissant sa main jusqu'à sa taille et la tirant au pied du lit. Poussant avec son autre main sur le milieu de son dos, il la force à se pencher, les mains posées devant elle sur le lit. Il pousse une jambe entre ses jambes, les écartant jusqu'à ce qu'il atteigne la position désirée. Il recule pour finir d'enlever ses vêtements, en observant sa réaction pendant tout ce temps. Lorsqu'il tire la ceinture dans les boucles de son jean, il la voit émettre un léger soupir et sa curiosité est piquée. Il se déplace à son côté et, en faisant une boucle avec la ceinture, il la fait " claquer ". Ses yeux ne quittent jamais son corps, il ne manque donc pas les légers mouvements saccadés de la jeune femme qui essaie de se tenir tranquille.

Il tend une main sur ses fesses, en observant le mouvement de sa main. Le feu d'avant a disparu, ne laissant qu'une légère teinte rose sur la peau délicate. Elle lève sa main et la ramène sur ses fesses, voyant l'empreinte rouge laissée derrière elle. Sa seule réaction a été un souffle rapide. Il s'éloigne d'un pas et fait soigneusement pivoter la ceinture en cuir pour qu'elle finisse sur ses fesses. Elle ne peut s'empêcher de sauter et de haleter devant cette action inattendue. Il reste là à regarder un petit bouton rouge légèrement en relief se former sur sa peau. Il soulève la ceinture et la balance à nouveau, en veillant à atterrir sur un nouvel endroit pour voir le petit naître à nouveau. Elle grimace à nouveau à l'impact, mais ne fait aucun bruit, ne tente pas de bouger et essaie de rester détendue.

Encouragé par sa réaction, il passe à nouveau la ceinture sur son cul et, au lieu de s'arrêter pour regarder le bouton rose, il se retire et donne un autre coup, puis un autre. Cinq coups d'affilée avant qu'il ne s'arrête à nouveau pour jauger sa réaction et admirer son travail. Le rouge vif des petits contre sa peau pâle l'excite complètement.

Il attend qu'elle commence à se détendre avant de faire tourner la ceinture à nouveau en série du haut de ses fesses jusqu'en bas, en s'assurant de tout couvrir pour obtenir une belle couleur rouge uniforme sur toute la surface. Il étend une main sur son travail, sentant une chaleur intense émaner de sa peau. Elle laisse échapper un doux gémissement alors qu'il continue de frotter ses mains sur elle. Il déplace ses mains pour tenir ses hanches alors qu'il se positionne derrière elle et presse son corps contre son cul chaud.

Il s'est retiré juste assez pour aligner sa queue avec son ouverture et d'une seule poussée, il s'est enterré en elle jusqu'à ce que son cul soit pressé contre lui. Il s'est arrêté un moment, appréciant la sensation de chaleur qui se répandait de sa peau à la sienne. Puis, tenant ses hanches pour la stabiliser, il a commencé à plonger dans son corps aussi fort et rapidement qu'il le pouvait. Il sait que c'est la façon dont elle désire, veut et a besoin d'être baisée. Il sent son corps se tendre et sait qu'elle est sur le point de voler, et voulant le lui donner, il s'enfonce dans son corps en demandant "Profite maintenant". Il reste parfaitement immobile, s'accrochant à ses hanches alors qu'elle hurle en s'envolant. Elle se serait effondrée s'il n'avait pas tenu ses hanches, et alors qu'elle commençait à descendre lentement, il a retiré sa queue d'elle.

Il lui laisse un autre moment pour prendre son pied avant de pousser sur ses hanches, la faisant tomber sur le lit puis la retournant sur le dos. Il se baisse pour attraper ses chevilles et les tire vers le haut et par-dessus ses épaules. En la regardant dans les yeux, il enfonce à nouveau sa bite en elle. Il la baise comme elle n'avait jamais été baisée auparavant, pénétrant son corps sans pitié. Avant qu'aucun d'entre eux ne s'en rende compte, son corps est déjà en train de se lever et de se tenir sur le bord, prêt à jaillir.

Il passe la main entre leurs corps pour appuyer son pouce sur son clito, ce qui la fait voler à nouveau. Cette fois, il ne s'arrête pas ou ne se retire pas, mais continue de la pénétrer, l'accompagnant jusqu'à l'orgasme, ne s'arrêtant que lorsque son corps ralentit.

Il se retire de son corps, abaisse ses jambes sur le lit et s'assied à côté d'elle pendant un moment. Pour l'instant, elle est allongée dans une flaque d'eau sans aucune pensée. Jusqu'à ce qu'il parle : "Tu sais, bébé, je ne pense pas que tu aies eu la permission pour ce dernier orgasme. Et je crois bien que je vais te botter le cul pour ça." Il laisse échapper un rire en observant les différentes expressions sur son visage maintenant extrêmement alerte. Elle essaie encore de comprendre ce qu'il veut dire exactement lorsqu'elle le voit prendre quelque chose et sait soudain qu'il va lui botter le cul.

Il observe son visage à la recherche d'une réaction et connaît le moment exact où elle s'en rend compte. Il sait que s'il n'est pas d'accord avec elle, il n'insistera pas. En observant sa réaction, il ne voit aucun retrait ou éloignement de sa part, mais un simple regard d'acceptation. Il savait qu'il devait procéder avec prudence. Il se penche et passe sa langue autour de son mamelon avant de l'aspirer dans sa bouche. Il prend le tube de lubrifiant et en prend un peu avec ses doigts. Elle suce fortement le mamelon, en concentrant son attention dessus, tandis qu'elle met sa main en position et commence à pousser doucement mais régulièrement contre ses fesses, glissant lentement dans une toute nouvelle partie de son corps.

Elle commence à se crisper lorsqu'elle réalise où se trouve sa main, mais lutte avec elle-même pour rester calme et détendue, sachant que ce serait mieux et plus facile pour elle. Il enfonce un doigt à fond dans ses fesses pendant qu'il suce son mamelon et passe sa langue dessus. Il la libère de sa bouche pour pouvoir observer sa réaction à cette nouvelle invasion de son corps. Avec son autre main, il commence à pincer, tordre et tirer sur ses mamelons, ce qui lui donne autre chose sur lequel se concentrer pendant qu'il continue à travailler sur son cul. Il commence lentement à retirer son doigt d'elle, et dès qu'il atteint le bout, il ajoute un deuxième doigt et recommence à l'enfoncer lentement mais sûrement dans son corps. Une fois qu'il a glissé deux doigts jusqu'au fond de son cul, il commence à les faire entrer et sortir doucement pour la décoincer et la préparer.

Rester détendue n'était plus si difficile et elle a commencé à apprécier les sensations qu'il créait en elle. Il a senti qu'elle gérait bien la situation, alors il a arrêté de jouer avec ses tétons et a fait glisser sa main le long de son corps et s'est glissé entre ses jambes pour jouer avec son clitoris. Il sent la moiteur de son corps et joue avec son clito. Il sait qu'elle aime ça, alors quand il retire ses doigts, il en rajoute pour y revenir.

Il doit la faire se crisper suffisamment pour empêcher sa queue de la déchirer en entrant. Il continue à manipuler son clito tout en la laissant s'habituer à trois doigts dans son cul. Il continue à observer attentivement son visage et quand elle est à nouveau complètement détendue, il recommence à la baiser d'avant en arrière. Un doux gémissement s'échappe entre ses lèvres ; il peut dire que son corps commence à apprécier ce qu'il lui fait. Il appuie son pouce sur son clito alors qu'il augmente la vitesse et la pression de ses doigts qui baisent son cul et murmure "jouis maintenant, bébé". À sa grande surprise, elle se lève à nouveau dans un autre orgasme époustouflant.

Alors que son corps est tendu par la force de ses libérations, il se met en position et lorsqu'il éloigne sa main d'elle, sa queue glisse en place. Il enfonce toute sa bite dans son cul aussi profondément qu'il le peut, puis se retient pendant qu'elle redescend. Elle le regarde toujours dans les yeux et il se rend immédiatement compte que c'est sa queue qui est enfouie dans son cul. Il commence à bouger, se retirant lentement jusqu'au bout, puis remontant lentement en elle. Alors qu'il baise lentement son cul, une main descend pour jouer à nouveau avec son clito, tandis que son autre main remonte pour presser et pétrir la peau tendre de ses seins. Lentement, il commence à augmenter sa vitesse en entrant et en sortant d'elle jusqu'à ce qu'il ne soit plus suffisant.

Il laisse ses seins et son clito en retirant sa queue de son corps et attrape son côté pour la faire rouler sur le ventre. Puis, en s'agrippant aux deux hanches pour soulever son cul en l'air, il revient vers elle et, en la maintenant immobile et stable, enfonce à nouveau sa queue dans son cul jusqu'à l'enfoncer jusqu'aux couilles. Il reste immobile pendant un moment, la laissant s'habituer au nouvel angle et à la profondeur, avant de retirer sa queue jusqu'à la pointe et de la repousser à l'intérieur. À chaque extraction et pénétration, il augmente la vitesse et l'intensité jusqu'à ce qu'il claque dans son cul d'une manière qu'elle n'a jamais connue auparavant.

Il laisse ses hanches pour se pencher et glisse ses mains sous elle pour saisir ses deux seins, la poussant vers le haut pour qu'elle soit à quatre pattes pendant qu'il entre et sort de son cul. En utilisant ses mains sur ses seins pour guider son corps, il la force à se balancer d'avant en arrière avec sa queue. Il ne lui faut pas longtemps pour comprendre l'allusion et les rythmes, alors il relâche sa prise sur un sein et recommence à caresser son clito.

Il sait qu'il se rapproche et veut que ce soit une double fin, l'emmenant vers le haut et vers le bord, la faisant voler comme jamais auparavant. À l'approche de l'orgasme, il pince son téton d'une main et avec l'autre, il pince et tire son clito, en lui donnant l'ordre final : "Jouis avec moi, maintenant, salope". Il n'en faut pas plus pour que son corps explose autour de lui tandis que le sien explose en elle. Il continue de pousser à l'intérieur d'elle, déchargeant tout ce qu'il peut de lui-même alors qu'elle frissonne et finit par s'effondrer sur le lit, incapable de se maintenir plus longtemps. Il retire sa queue d'elle et se déplace pour s'effondrer sur le lit à côté d'elle.

Toutes deux essaient encore de reprendre leur souffle lorsqu'elles reviennent au sol après cette intense défonce. Son corps ressemble à de la gelée liquide et elle n'arrive toujours pas à faire l'effort de se retourner. Alors qu'elle est allongée et essaie de retrouver un peu de force et de sang-froid, elle repense aux mots qu'il lui a dits plus tôt dans la soirée.

Il lui avait dit qu'elle serait pleinement satisfaite quand elle partirait d'ici, même si elle marchait un peu bizarrement. Comme ces mots étaient justes et vrais. Elle n'avait jamais été aussi complètement satisfaite et vidée de sa vie. Et après cette fin, elle n'avait aucun doute qu'elle partirait d'ici d'une manière étrange, si elle pouvait marcher.

Il n'avait pas voulu ou eu besoin de cela. Il savait qu'une fois qu'il l'aurait, cela ne serait jamais suffisant. Il avait raison. Ils n'avaient même pas récupéré et il la voulait déjà à nouveau. Ils savaient tous les deux que c'était une occasion unique de réaliser son rêve et de lui donner quelque chose dont elle avait désespérément besoin. C'était une expérience unique dans sa vie qui lui permettrait de se sentir enfin complète. Il savait qu'il avait fait de son mieux pour l'aider à trouver ce qu'elle cherchait et ne pouvait qu'espérer que c'était suffisant.

Il s'est tourné sur le côté, étirant un bras autour de sa taille pour la tirer à son côté et la faire s'accrocher à son corps. Alors qu'elle laissait échapper un petit gémissement, sachant que son corps ne pouvait en supporter davantage, il lui a chuchoté : "Chut, bébé, c'est bon. Repose-toi pour l'instant." Puis il a fermé les yeux et, sachant qu'elle était déjà endormie, s'est endormi lui-même.

Le cadeau

Lily a fait tourner une mèche de cheveux détachée dans sa main et a regardé Tom à travers la table. "Un autre verre, maestro ?" demande-t-elle.

Tom a acquiescé.

Lily se sentait plutôt impatiente. Tom et Lily avaient décidé d'aller dîner et voir un film, mais elle avait d'autres choses en tête. En particulier sa grosse bite. Étant son esclave, elle hésitait à commencer à adorer sa queue sans permission, mais elle ne pouvait pas s'en empêcher, elle avait faim.

Elle a fait signe au serveur pour une autre tournée de Bloody Marys, faisant tomber une serviette en tissu de la table. "Je suis maladroit", a-t-il dit en se glissant sous la table pour le ramasser.

Saisissant l'occasion, il a doucement caressé le pied de son maître.

Avec sa main libre, elle a légèrement touché sa queue au repos. Quand il a répondu à son toucher, elle a appliqué plus de pression. Sans se faire dire d'arrêter, elle a ouvert sa fermeture éclair tendue. Sa queue est sortie de l'ouverture et Lily a commencé à la lécher.

La serveuse arrive avec leurs boissons et s'éloigne. Elle entend un doux "Esclave lève-toi".

Soupirant, Lily s'est mordue la lèvre inférieure de frustration d'être interrompue, mais elle a obéi. Elle a fermé la fermeture éclair de son Maître et est retournée de son côté de la table. Elle a ramassé la serviette en tissu blanc et a tamponné les coins de sa bouche avant de la poser nonchalamment sur ses genoux.

Tom a levé un sourcil sombre vers elle comme pour dire : "Je ne sais pas à quoi tu pensais, mais je m'occuperai de toi plus tard".

Lily a commencé à faire courir son doigt autour du haut du verre, les yeux baissés, elle a fait la conversation avec Tom avant qu'ils ne partent environ 15 minutes plus tard. Tom n'avait toujours pas fait de commentaire sur sa tentative de lui donner du plaisir, alors Lily a commencé à se détendre et a pensé que ce qu'elle avait fait était bien.

Le parking était désert alors qu'elles se dirigeaient vers la voiture. Lily a déverrouillé les portes de la voiture et a commencé à ouvrir la porte côté passager pour Tom. Il a attrapé son poignet et l'a arrêtée. Surprise, elle s'est retournée pour le regarder. "Maître ?"

"Que faisais-tu tout à l'heure, esclave ? Je ne t'ai pas dit de me toucher au bar, alors pourquoi l'as-tu fait sans ma permission ?" lui a-t-il demandé.

Elle a bégayé. "Je voulais goûter ta queue Maître et j'ai pensé que tu aimerais aussi."

Il a secoué la tête. 'Mauvaise fille.

Tenant toujours son poignet, il l'a fait s'agenouiller à quatre pattes sur le trottoir. Pas tout à fait sûre de ce qu'elle allait faire, elle s'est agenouillée en silence. Elle s'est immédiatement rendu compte que Tom s'était assis sur son dos et l'utilisait comme une chaise, juste à côté de leur voiture.

Lily s'est immédiatement sentie gênée par cet étalage public. Elle a senti ses joues devenir rouges alors qu'elle fixait le trottoir. Ses genoux étaient déjà en lambeaux à cause du pavé, ses bas nylon fins n'étaient pas à la hauteur de la surface rugueuse.

"Esclave, puisque tu as voulu manipuler publiquement ma queue, je vais te discipliner publiquement. Non seulement tu m'as caressée sans ma permission, mais tu as aussi supposé que je le voulais. J'essayais de me détendre et de profiter de ta compagnie avec un verre'.

Après son bref discours, il s'est tourné de façon à être à califourchon sur son dos, face à ses fesses. Il a remonté l'ourlet de sa robe noire et a commencé à lui donner des fessées à plusieurs reprises, en lui parlant pendant qu'il le faisait. "Ne suppose jamais que je veux que tu me donnes du plaisir, pute".

Whack, whack !

"Si tu refais quelque chose comme ça sans ma permission, considère que c'est un avant-goût de ce qui t'attend."

Whack, whack, whack !

"Tu me comprends, ma fille ?"

Whack, whack !

Lily prenait une inspiration pour répondre, mais sa patience était à bout.

Whack, whack, whack !

"Réponds-moi, ne reste pas assis là !"

"Oui, Maître, je comprends", a-t-il répondu faiblement.

À présent, elle faisait de son mieux pour ne pas pleurer. Elle détestait pleurer devant lui quand il la punissait et il le savait. Lily était déterminée à ne pas céder et à le laisser voir à quel point cela lui faisait mal, à quel point elle était humiliée d'être fessée en public.

Continuant à lui donner la fessée, il dit : "Tu comprends quoi, esclave ?".

En prenant une autre profonde inspiration, il a répondu : "J'ai compris qu'il ne fallait pas supposer que tu voulais qu'on te caresse la bite sans ta permission et qu'il ne fallait pas le faire en public Master.

Tom lui a donné quelques fessées de plus. "OK, alors."

Elle a ramené l'ourlet sur son cul rouge et palpitant et a descendu son dos. "Maintenant, embrasse mes pieds et remercie-moi de t'avoir corrigée, ma fille".

Avec ses bras et ses jambes tremblant de l'effort de l'avoir sur son dos et des coups reçus par ses fesses, elle a baissé la tête vers ses pieds tendus. Elle a embrassé chaque pied environ cinq fois, puis a dit : "Maître, merci de m'avoir montré que ce n'est pas à moi de décider pour toi. Tu sais ce qui est le mieux. Merci de me punir.

Lily a embrassé ses pieds quelques fois de plus avant de sentir sa main saisir ses cheveux près de sa nuque.

"OK, lève-toi et ramène-moi à la maison." Il a dit.

Soulagée, elle est descendue du trottoir et a essuyé la saleté de ses mains et de ses genoux. Elle a ouvert la porte pour Tom et s'est dirigée vers le côté conducteur. Une fois qu'ils étaient sur le chemin du retour, Tom a glissé sa main sur le devant de sa robe pour pincer ses tétons. Il a serré beaucoup plus fort que d'habitude et Lily était contente qu'il fasse nuit car elle n'arrivait pas à garder son visage droit à cause de la douleur qu'elle recevait. Il a lâché sa main pendant quelques secondes, puis a répété le pincement.

Elle a fait cela pendant tout le chemin du retour. Ses mamelons étaient très durs et turgescents lorsque la maison est arrivée.

Après avoir tourné dans l'allée, Lily a fait le tour pour ouvrir la porte de Tom. Il a attaché le collier qu'elle portait à la maison et lui a aussi mis une laisse.

Il a désigné le sol. "Mets-toi à genoux, esclave.

Lily s'est immédiatement agenouillée sur le sol. En tenant la laisse, Tom est sorti du garage et a marché sur le porche. Lily, obligée de ramper derrière lui, a continué à marcher aussi vite qu'elle le pouvait. Lily a senti l'humidité entre ses cuisses mais a essayé de réorienter ses pensées. Il n'y avait aucune chance que son Maître lui permette de profiter de cette soirée, après son erreur de tout à l'heure. Elle se sentait déjà frustrée à la simple pensée.

Une fois à l'intérieur, il l'a conduite à la chaise de la cuisine et s'est assis. Lily savait ce qu'il voulait, alors elle l'a simplement regardé et il a légèrement hoché la tête. Elle a de nouveau baissé les yeux et a enlevé ses chaussures et ses chaussettes. Il adorait qu'elle lui masse les pieds, alors elle les a embrassés et frottés alternativement pendant une bonne demi-heure avant qu'il ne se réveille.

"Esclave, va me chercher une bière et rejoins-moi dans le solarium".

"Oui, maître.

Lily s'est levée avec reconnaissance de ses genoux endoloris et a senti la laisse pendre sur son dos alors qu'elle allait au réfrigérateur pour prendre de la bière. Rapidement, elle le lui a apporté. Après lui avoir remis, elle s'est à nouveau agenouillée à ses pieds et a attendu patiemment, en position agenouillée, qu'il lui donne des instructions. Elle l'a senti retirer la laisse de son collier, puis caresser ses cheveux doux.

"Esclave, je voudrais que mes pieds soient mouillés et frottés. Va chercher une bassine d'eau pour mes pieds." Elle a dit.

Lily a répondu de nouveau : "Oui, maître.

Elle s'est levée et est allée chercher une petite baignoire d'eau chaude qu'elle a immédiatement rapportée. Lorsqu'elle est entrée, elle a remarqué qu'il regardait ses genoux à vif. Après avoir trempé ses pieds, il lui a dit : "Esclave, va chercher quelque chose pour tes genoux pendant que je me détends. Tu peux aussi t'asseoir sur un coussin quand tu reviens. Assure-toi de revenir nue aussi, ma fille'.

Reconnaissante pour son indulgence, elle n'a pas perdu de temps pour aller chercher de la pommade pour ses genoux. Après s'être installée et déshabillée, elle est retournée dans le solarium avec son oreiller à genoux et a trouvé Tom en train de regarder son programme télé préféré.

Lily a sorti ses pieds de l'eau et les a embrassés, remerciant son Maître de lui avoir permis d'avoir un coussin et de la lotion pour ses genoux. Elle a séché ses pieds et a commencé à les masser avec la lotion, en faisant attention à ses orteils. Pendant qu'elle les massait, Tom lui a parlé.

"Pour la plupart, tu es une fille obéissante et tu sais me servir, mais même si je sais que ce soir tu n'avais que mon plaisir en tête, je ne veux pas que tu penses que tu sais ce qui est le mieux pour moi ou que tu penses à ce que je veux. Je suis ton Maître et tu es mon Esclave. N'oublie pas de garder ta place, tu m'as déjà mis en colère bien avant et ce n'est que parce que tu as été sage que j'ai été indulgent avec toi."

Lily a senti qu'elle avait appris sa leçon et a simplement répondu : "Oui, Maître. Je ne le referai pas. J'ai appris ma leçon.

Une bonne fille.

À présent, ils étaient tous deux endormis et détendus. On a sonné à la porte et avant que Lily ne puisse se lever, sa voisine et amie Betty a franchi la porte.

Betty connaissait beaucoup de choses sur la vie de Lily, et même certaines de ses préférences sexuelles, mais elle n'était pas au courant de la relation maître/esclave entre elle et Tom. Elle savait seulement que Lily semblait toujours se plier en quatre lorsque Tom lui demandait de faire quelque chose.

Cependant, Betty ne pouvait pas en vouloir à Lily. Tom était certainement beau et avait aussi un joli pécule. Elle pensait que Tom était tout aussi chanceux avec Lily et Betty enviait secrètement ses courbes. Betty, bien que mince, avait une silhouette aussi droite qu'un bâton, tandis que Lily avait de beaux seins et des hanches bien arrondies, avec des cheveux blonds brillants pour compléter son look.

Betty avait l'habitude d'entrer quand elle rendait visite à Lily, sauf quand elle savait que Tom serait à la maison. Il voyageait beaucoup et Betty pensait qu'il serait absent ce week-end, alors elle n'a même pas pensé à entrer pour discuter avec son amie.

Lily et Tom étaient suffisamment endormis pour ne pas être aussi effrayés que Betty à leur vue. La dernière chose que Betty s'attendait à voir était Lily assise nue aux pieds de Tom, les frottant l'un contre l'autre pendant qu'il roupillait devant la télévision.

"Désolé les gars, je ne voulais pas m'imposer", a balbutié Betty.

Tom a répondu d'un geste de la main. "Pas de problème Betty. Prends une chaise. Lily va t'apporter un verre."

Lily, un peu gênée d'être surprise de la sorte, a regardé Tom. Il lui a lancé un regard qui lui disait d'obéir ou il paierait, alors Lily s'est tournée vers Betty et a dit : "Oui, s'il te plaît, reste et dis-moi pourquoi tu es venue ici."

Betty s'est assise sur la chaise la plus proche en essayant de ne pas les regarder et a dit : "Je suis venue parler à Lily de mon rendez-vous, mais je peux le faire demain matin.

Encore une fois, Tom a simplement hoché la tête : "Non, vous discutez les filles, je vais m'asseoir ici. Lily, va t'asseoir à côté de ton amie, discute et ne t'occupe pas de moi."

Lily s'est levée en hésitant et a marché lentement, très lentement, jusqu'à Betty et s'est assise à côté d'elle. Elle savait que Tom voulait qu'elle reste nue, mais elle était surprise qu'il ne semble pas se soucier du fait qu'elle soit devant son amie. Elle pensait que cela faisait encore partie de sa punition "publique" pour avoir pris des libertés avec lui plus tôt.

Lily et Betty ont fait la causette et se sont toutes deux détendues à propos de la situation inhabituelle dans laquelle elles se trouvaient. Betty n'avait jamais vu Lily nue et ne pouvait s'empêcher de l'envier une fois de plus. Betty aimait vraiment les hommes, mais elle appréciait les femmes séduisantes. Le temps a filé et avant de s'en rendre compte, elles avaient vidé la bouteille de vin que Lily avait ouverte après l'arrivée de Betty. Elles étaient toutes les deux en train de rire lorsque Betty a fini de lui raconter le gars avec qui elle était sortie.

Betty a regardé l'endroit où Tom se reposait. Il semblait dormir, mais elle a baissé encore plus la voix pour dire : "Est-ce que tu fais toujours ça quand il est là ?".

Lily savait qu'il voulait dire qu'elle était nue et qu'elle " servait " Tom. Lily a décidé d'être honnête : "En grande partie. Ce mode de vie particulier que je partage avec Tom est un peu nouveau pour moi, mais je ne voudrais pas qu'il en soit autrement avec lui. Tom est tout simplement fantastique et c'est un vrai plaisir de le servir'.

Betty a hoché la tête.

Lily savait que Betty avait un léger béguin pour Tom. Elle n'était pas en colère ou jalouse, elle savait qu'elle avait une bonne prise et en était fière. Une pensée l'a frappée et elle l'a murmurée à Betty. Les yeux de Betty sont devenus comme des soucoupes et Lily pouvait presque voir les roues tourner dans sa tête, ce qui a incité Lily à dire : "Peu importe Betty, oublie ce que j'ai dit.

Betty a dit : "Non, non. Tu m'as pris au dépourvu. Fais-le, je suis bon."

Lily a hoché la tête et s'est levée. Elle s'est penchée près de Tom et a chuchoté : "Maître, j'ai dit à Betty que ton anniversaire est la semaine prochaine mais que tu ne seras pas là. Je peux te donner ton cadeau maintenant ?"

Tom a réfléchi un moment et a dit : "Très bien ma fille, que veux-tu me donner qui ne peut pas attendre que je revienne ici ?".

"Pour ce soir, je te permets d'avoir un autre esclave. Pour cette nuit seulement, Betty sera aussi ton maître d'esclave." Elle lui a dit.

Cela a attiré l'attention de Tom. Il savait que Lily voulait être sa seule esclave, qu'elle voulait être la seule à le servir et à lui donner du plaisir ; c'est pourquoi il était ému par le cadeau qu'elle avait décidé de lui faire, car il savait à quel point c'était difficile pour elle de le faire. Il a touché sa joue, a passé un doigt sur ses lèvres puis jusqu'à son oreille, "Un beau cadeau, esclave. Bonne fille et bon travail."

Il s'est redressé et a regardé Betty : "Viens ici, ma fille, et tiens-toi devant Lily. Je vais appeler Lily Esclave et toi Fille. Je ne te le dirai qu'une fois, alors réponds quand je t'appelle par ton nom."

Betty a hoché la tête et a fait ce qu'on lui a dit.

"Déshabille-toi esclave, fille. Quand tu auras fini de vénérer mes pieds, tu m'apporteras une bière et tu me masseras le cou."

Lily a déshabillé Betty. Elle a retiré son T-shirt blanc et son soutien-gorge de sport. Lily a regardé les seins de Betty et a hoché la tête. 'Pas mal, petit, mais pas mal', a-t-elle pensé. Lily s'est agenouillée pour enlever son jean et sa culotte. Une fois que cela a été fait, Lily est allée vénérer les pieds de Tom comme il le lui avait demandé.

Betty est restée immobile un moment, comme une biche prise au dépourvu, avant de se lever pour aller chercher la bière de Tom. Lorsqu'elle est retournée dans la chambre, elle a trouvé Lily en train de lécher les pieds de Tom de manière plutôt passionnée.

Wow, elle aime vraiment faire ça,' pensa Betty.

Betty est ensuite allée masser le cou de Tom, son maître pour cette soirée. Tom, enchanté par l'idée d'avoir un autre esclave, était au paradis pour ce duel de plaisir. Lily voulait que son Maître passe une nuit inoubliable ; elle a donc décidé de le laisser faire ce qu'il voulait ce soir.

Tom commençait à être excité pendant que Lily adorait ses pieds et que Betty, de son point de vue, regardait sa queue grandir. Tom a laissé échapper un petit gémissement. "OK, esclave, je veux que tu aimes ma queue. Fille, je veux que tu lèches la chatte de l'esclave."

Lily était plus que prête à sucer sa queue. L'idée de mettre sa viande dans sa bouche la faisait mouiller à la simple pensée. Lily s'est agenouillée devant Tom et a pris sa queue dans sa bouche. Elle a gémi au goût. Une fois qu'elle était installée, Tom a fait signe à Betty de lécher Lily.

Betty est passée derrière Lily et s'est allongée sur le sol. Lily a soulevé ses fesses du sol pour que Betty puisse se placer en dessous.

Betty a entrevu la chatte rose de Lily avant qu'elle ne s'assoie sur son visage. Betty n'avait jamais goûté une autre chatte auparavant, mais elle n'a pas trouvé le goût de la sienne très différent. Elle a fait à Lily les mêmes mouvements qu'à elle-même lorsqu'elle se masturbait et a été heureuse de constater que la chatte de Lily répondait en devenant encore plus glissante à chaque coup de langue.

Lily a gémi et s'est tordue de plaisir. Elle était déjà prête à jouir après avoir sucé la queue de son maître et Betty avait léché sa chatte.

Tom savait qu'elle était proche : "Esclave, supplie-moi de jouir".

Lily n'a pas perdu de temps. "Maître, s'il te plaît, oh s'il te plaît, laisse-moi jouir. J'ai tellement envie de venir, s'il te plaît Maître !"

"Oui, esclave, tu peux y aller, dis-moi comment c'est bon pendant que tu jouis".

Betty a ressenti l'orgasme de Lily avec sa langue. Lily a eu un orgasme si grand qu'elle a basculé. "Oh Maître, merci ! Mon Dieu, ça fait tellement de bien de jouir. Merci Maître, merci. C'est merveilleux de jouir pendant que je te suce, merci Maître !".

Betty a continué à manger la chatte de Lily, en prenant son humour dans sa bouche. Betty s'est arrêtée pour laisser un bref instant à Lily avant de recommencer. Après tout, Tom ne lui avait pas dit d'arrêter.

Une fois qu'elle a atteint l'orgasme, Lily s'est remise à sucer la queue de Tom. Il était aussi dur qu'elle ne l'avait jamais vu. Une fois de plus, elle a senti le début d'un orgasme en adorant sa queue et en sentant la langue de Betty courir de haut en bas de sa chatte dégoulinante.

"Oh Maître, je pense que j'ai besoin de jouir à nouveau, s'il te plaît ne me refuse pas. S'il te plaît, Maître !

Il a répondu : "Oui, esclave, jouis encore, mais cette fois, garde ta bouche sur ma queue, ne t'arrête pas. C'est bon si tu jouis plus d'une fois cette fois-ci".

Lily est revenue. Elle a continué à sucer la queue de son maître, ajustant ses succions aux léchages qu'elle recevait. Lily a eu un autre orgasme. Quand elle est revenue, Tom est venu aussi. Elle a senti son jus chaud remplir sa bouche et l'a avalé. Cette fois, elle a failli en laisser sortir, mais a réussi à tout retenir. Après avoir avalé, elle l'a léché proprement, exactement comme il l'aimait.

Tom a caressé la tête humide de Lily, "Bonne esclave. Maintenant je veux que tu t'allonges devant moi et fille je veux que tu 69 l'esclave."

Les filles ont fait ce qu'on leur a ordonné. Lily n'avait jamais mangé de chatte non plus, mais elle était presque sûre de savoir quoi faire. Elle voulait que Betty s'amuse aussi. Elle a regardé Betty descendre son monticule sur son visage et a donné quelques coups de langue à sa chatte avant de plonger sa langue dans les plis roses. Elle a mis ses mains sur le cul de Betty et a caressé ses fesses et son dos pendant qu'elle léchait la chatte humide de Betty. Oh oui, Betty adore ça, pense Lily.

Betty a doucement balancé ses hanches pour céder à la langue de Lily.

Tom s'est levé de sa chaise. Même s'il venait de jouir, sa queue était à nouveau dure à cause de la vue de ces deux-là. Il s'est approché et s'est placé derrière les fesses de Betty. Elle l'a observé alors qu'il se déplaçait avec l'alimentation de Lily vers sa chatte.

Il a posé ses mains sur ses fesses et les a caressées. Il a commencé à lui fesser les fesses, mais pas fort.

"Mmm, joli cul de fille. Tu as un beau cul pour ton maître. Je me demande si tu aimerais que je mette un doigt dans ton trou. Est-ce que tu aimerais, ma fille, que je te baise les deux trous ?" a-t-il demandé en enfonçant son petit doigt dans son trou du cul.

Betty a gémi : "Oui, maître. J'aime bien."

"Oh, bien, bonne fille". Il a répondu.

"Maintenant, les filles, je veux que vous changiez de place."

Lily et Betty ont échangé leurs places. Elles ont toutes les deux entrevu qu'elle se caressait en regardant les deux. Elles ont toutes deux ressenti un frisson à la simple pensée. Maintenant, Tom a commencé à toucher et à frotter les fesses de Lily.

"Esclave, tu as aussi un joli cul. Quel beau cul tu as pour ton maître." Maintenant, il lui enfonce un doigt dans le cul.

Lily crie : "Maître ! Oh, ça fait du bien'.

"Mmm je sais que tu aimes que tes trous soient baisés, ma petite suceuse de bite".

Il sort son doigt. "Maintenant, je veux que vous adoriez tous les deux mon corps. L'esclave commence avec mon cul et toi, Fille, avec ma queue."

Betty et Lily ont laissé échapper un gémissement alors que leurs chattes attendaient l'orgasme. Lily avait déjà atteint l'orgasme, mais elle était si chaude que c'était presque comme si elle n'avait pas encore joui, tant elle était excitée.

Betty s'agenouille devant Tom et prend sa grosse bite dans sa main. Elle le guide dans sa bouche et Tom gémit en le faisant.

Lily a embrassé ses joues. Elle les a caressés et les a écartés avec ses mains pour pouvoir embrasser son trou. Tom pouvait à peine se tenir debout à cause du plaisir qu'il recevait, Lily avec son trou du cul et Betty avec sa queue. Lily l'a senti trembler plusieurs fois à cause du plaisir. Il a gémi et a ensuite demandé : "Maître, puis-je aussi adorer ta queue ?".

"Oui, esclave".

Lily s'est rapprochée de sa queue. Tom a regardé pendant qu'ils léchaient tous les deux sa queue. Sa queue dégoulinait de leur salive et était si dure à cause de l'excitation qu'elle faisait presque mal. Lily s'est dirigée vers ses couilles et les a léchées et embrassées tandis que Betty est retournée lécher et sucer sa queue.

Tom grogne et renverse sa tête en arrière. Il a joui dans la bouche de Betty. N'étant pas habitué à avaler du sperme, un peu sort.

"Esclave, ma fille, c'était bien. Les bonnes filles." Il les a caressés sur la tête.

"Fille, pour avoir laissé échapper un peu de mon sperme de ma bouche, je te ferai donner une fessée par un esclave. Appuie-toi contre le mur et écarte largement les jambes. Après chaque fessée, je veux que tu dises "Désolé Maître", compris ?" a-t-elle demandé.

Betty a hoché la tête et a fait ce qu'elle a demandé. Lily a commencé à gifler les fesses de Betty.

Whack ! "Désolé Maître !"

Whack ! "Désolé Maître !"

Lily lui donne dix fessées avant que Tom ne la fasse arrêter. "OK, c'est assez. Maintenant, vous deux allez préparer mon bain et appelez-moi quand il est prêt."

Lily a hoché la tête : "Oui, maître.

Betty lui a emboîté le pas, frottant en même temps son derrière qui pique.

Pendant que la salle de bain se remplit, Lily et Betty parlent. Betty dit : "Wow, c'est assez intense. Aussi bizarre que tout cela puisse paraître, c'est plutôt excitant et je suis contente que ce soit avec toi. Je me sentirais mal à l'aise avec n'importe qui d'autre."

Lily a gloussé : "Je sais, c'est pourquoi je t'ai demandé. Je ne pense pas que j'aurais pu le faire sans quelqu'un avec qui je me sentais à l'aise. Merci d'en avoir fait un cadeau que Tom n'oubliera jamais." Il a fait un clin d'œil à Betty.

"Heureux de pouvoir t'aider. Souviens-toi juste de ceci. Un jour, j'aurai peut-être une faveur à demander aussi." Il a répondu en plaisantant.

Une fois que l'eau était prête, ils l'ont appelé. Elles se sont relayées pour le laver, en veillant à ne pas manquer un endroit. Betty n'aimait pas autant que Lily, mais elle faisait de son mieux pour être une bonne esclave. Elles l'ont toutes deux séché et lorsqu'il était sec, elles ont massé tout son corps avec de la lotion. Betty a pris sa gauche, Lily sa droite.

Lorsqu'il a terminé, il a désigné sa queue : "Adora".

Betty et Lily se sont regardées. Elles ont pensé qu'il voulait dire les deux et donc Betty a léché sa gauche et Lily sa droite. Il l'a regardée lécher sa queue, appréciant la sensation de deux langues sur elle. Il n'était pas sûr de pouvoir jouir à nouveau après avoir joui deux fois déjà, mais par Dieu, il était prêt à essayer. Mais regarder les filles l'a vraiment excité.

Lily a massé ses couilles tout en continuant à les lécher. Lily et Betty semblaient presque avoir une compétition, se regardant l'une l'autre pour voir qui pourrait lécher plus vite. La façon dont elles se disputaient sa queue n'était que pure excitation pour lui.

Les deux étaient de nouveau mouillés.

Tom était presque prêt à jouir. "Fille, allonge-toi sur le dos, esclave mange sa chatte".

Ils ont fait ce qu'on leur a demandé. Betty s'est allongée sur le lit sur le dos et Lily s'est mise à genoux pour lécher la chatte de Betty.

Betty a roulé les yeux en arrière avec plaisir lorsqu'elle a senti la langue de Lily sur elle.

Tom a pris le cul de Lily dans ses mains et a enfoncé sa queue dans sa chatte. À ce moment-là, il a roulé les yeux en arrière. Lily avait une chatte comme aucune autre. Il appréciait la sensation qu'elle avait autour de sa queue. Il l'a pompée avec force. Regarder Lily lécher Betty l'a fait pomper encore plus fort.

"La fille peut jouir. Même l'esclave peut jouir. Maintenant !"

Quelques instants plus tard, Betty a eu un orgasme. Lily a léché son jus alors qu'elle commençait elle-même à jouir. Tom a senti Lily jouir et l'étroitesse autour de sa queue l'a fait basculer. Il est venu aussi.

Maintenant épuisée, Lily a léché son maître une fois de plus avant de s'effondrer à côté de lui. Betty est retournée chez elle pour dormir. Tom a serré Lily dans ses bras et a murmuré "Merci, esclave" avant de s'endormir.

Lily a embrassé sa joue : "Tout pour toi, Maître, ma chère.

Piper

Cela avait commencé quelque temps auparavant, une conversation générique sur MSN en regardant la télévision qui s'était transformée en quelque chose de plus. Nous étions collègues de travail et allions au bar ensemble à l'heure du déjeuner. Elle m'a dit qu'elle prenait un bain, qu'elle sirotait du vin rouge en surfant sur le Web, et des pensées d'elle nue, passant ses mains savonneuses sur ses courbes, ont surgi dans mon esprit.

"Tu as besoin d'une main pour te laver le dos ?" J'ai demandé, avec un peu de nostalgie mélangée.

"Je pourrais toujours avoir besoin d'un coup de main", a-t-elle répondu, "et pas seulement pour mon dos, si tu proposes."

L'idée de regarder la télévision avait disparu alors que les pensées s'entassaient dans ma tête. "Pour quoi d'autre as-tu besoin d'un coup de main ?" J'ai demandé, excitée, mais voulant être sûre qu'il voulait dire ce que je pensais qu'il voulait dire, pour ne pas me ridiculiser.

"Eh bien, tu pourrais aider à laver d'autres parties de moi, ou tu pourrais "aider" d'autres façons", a-t-il répondu. Oui, il voulait dire ce que je pensais !

Inutile de dire que mon pantalon s'est ouvert et que j'ai libéré ma queue, qui grandissait d'excitation.

"Si seulement je pouvais arriver chez toi avant que l'eau ne refroidisse", ai-je répondu. J'espère que cela n'a pas interrompu la conversation !

"Ce serait bien", a-t-elle répondu. "J'ai toujours pensé que tu n'avais pas envie de faire quoi que ce soit, je pensais juste que tu étais un gars sympa qui aimait déjeuner avec moi."

Bien sûr, elle n'a jamais remarqué que je fixais son chemisier lorsqu'il s'ouvrait dans l'espoir d'apercevoir ses magnifiques seins enfermés dans les soutiens-gorge en dentelle ou transparents qu'elle portait toujours. C'est peut-être à cause de mes lunettes de soleil foncées. J'imagine qu'elle aurait eu du mal à voir que je regardais ses fesses lorsqu'elle se rendait au bar devant moi, ou lorsqu'elle sortait de mon bureau, avec le string assorti parfois aperçu au-dessus de l'ourlet de son pantalon de survêtement. Il y a eu quelques fois où j'étais contente d'être celle qui était assise derrière un bureau.

Je me suis dit que j'allais prendre des risques, car il me semblait que cela en valait la peine. "Ce n'est pas parce que je suis un gars timide qui aime te parler au déjeuner que je n'admire pas ton corps quand j'en ai l'occasion." Voilà, je l'ai dit.

"Donc tu dis que lorsque je me penche sur la table au déjeuner, tu regardes vraiment ma poitrine ? Je n'ai jamais eu de réaction, alors j'ai supposé que tu n'étais pas intéressée."

"Non, j'ai toujours été très intéressée, mais je ne voulais pas franchir la ligne", ai-je répondu.

"Maintenant que je le sais, j'aimerais que tu sois là pour pouvoir te déshabiller et me montrer ton corps avant de me laver. Je pourrais alors te rendre la pareille et m'assurer que chaque endroit de ton corps est propre."

Hmmm, ça a l'air bien, mais que se passerait-il une fois que nous serions propres ? J'avais une idée générale, mais je voulais qu'elle le dise. Cela semble plus sexy et elle ne pourrait pas me gifler pour avoir suggéré quelque chose.

"Oh, si tu me lavais assez bien à mon goût, je sucerais probablement ta queue dans ma bouche jusqu'à ce que tu éjacules sur la poitrine que tu aimes tant !" dit-elle, rapide comme l'éclair.

Eh bien, après cette promesse de sa part, je jouis immédiatement !

Un certain temps s'est écoulé. Je lui ai raconté ce qui s'était passé et elle m'a simplement répondu : "Joli". Après un peu d'absence maladroite de frappe, elle m'a dit qu'elle sortait du bain. "Je commence à être toute ridée, mais j'imagine que tu me séches avant de m'emmener au lit et de me violer. Je penserai à toi en descendant. On se voit au travail", a été la dernière réponse qu'elle a écrite avant de se déconnecter.

Merde, ça pourrait être gênant demain,' ai-je pensé. Même s'il était évident que ses intentions étaient MSN, étant timide, je n'étais pas tout à fait sûre de ce que ses intentions pouvaient être en face à face.

Le lendemain matin, je suis entrée dans le bureau et Piper n'était pas à son bureau. Bien,' ai-je pensé, ne serait-ce que pour retarder l'inévitable. Je me suis mise au travail et j'ai répondu à quelques e-mails. Le temps a passé assez vite jusqu'à ce que je reçoive un e-mail de Piper en fin de matinée, me disant qu'elle était occupée par quelque chose et ne pouvait pas se joindre à moi pour le déjeuner. Oh, génial,' ai-je pensé. Maintenant elle m'évite'. Je commençais à craindre que nous ayons franchi la ligne.

Je suis allée au café seule pour déjeuner, puis je suis retournée au bureau et j'ai mangé à mon bureau. Après quelques heures, j'ai dû me rendre à notre entrepôt. Nous expédions des produits dans tout le pays, mais généralement seulement par grands lots une fois par jour, donc l'entrepôt était généralement vide. Moi et un autre gars étions les seuls à avoir accès. J'ai entendu frapper à la porte peu après l'avoir franchie et ouverte : il y avait Piper qui me fixait.

"Bonjour", a-t-il dit simplement.

"Salut", ai-je répondu. C'était gênant.

"Je suis désolée de ne pas être venue au déjeuner, il y avait trop de demandes de dernière minute que je n'ai pas pu éviter."

"Je pensais que tu m'évitais", ai-je répondu.

"Ah non, pas exactement, je me demandais en fait si tu pensais vraiment ce que tu as dit hier soir ?" Sa voix était légèrement élevée et un peu plus rapide que d'habitude.

Wow", ai-je pensé, ce n'est pas aussi grave que je le pensais. N'étant pas un grand bavard lorsqu'il est acculé, j'ai décidé de me taire, plus ou moins, et je me suis penché pour l'embrasser durement sur les lèvres. Elle a ouvert sa bouche en réponse et a glissé sa langue au-delà de mes dents de devant et a commencé à jouer avec ma langue.

Cependant, après quelques secondes, il s'est retiré. "Et si quelqu'un entre ici ?" a-t-il demandé. Être vu ensemble ne passerait pas bien dans le bureau avide de ragots. J'ai simplement répondu en haussant les épaules. "Je ferais mieux d'y aller. Nous allons certainement déjeuner demain." Elle a fait un de ses sourires sexy en se retournant et en sortant de l'entrepôt.

Le reste de la journée a filé, mais je n'étais pas très concentrée, j'ai répondu à quelques e-mails mais pas beaucoup plus. Mon esprit était ailleurs.

J'ai couru à la maison et j'ai dîné avant de m'asseoir sur le canapé et d'ouvrir l'ordinateur portable, mais Piper ne s'est pas connectée du tout cette nuit-là. Je suis restée assise à regarder la télévision presque toute la nuit, revivant les dernières 24 heures. J'avais donné un bisou avec la langue à la femme la plus sexy du bureau ! Puis je suis allée me coucher mais je n'ai pas pu dormir.

Le lendemain, je suis retournée au travail, je suis arrivée avant Piper et je me suis assise à mon bureau, feuilletant les emails de la nuit. Après environ

10 minutes, on a frappé et j'ai levé les yeux pour voir Piper appuyée contre le coin du cadre de la porte, ce qui me permet de voir un peu de son sein droit à travers le décolleté de son chemisier, mais malheureusement pas assez. "Déjeuner à 12h30 !" C'était un commentaire, pas une question.

"Bien sûr", ai-je répondu. "A plus tard". Le reste de la matinée a encore une fois été flou jusqu'à ce que l'heure du déjeuner approche et là, bien sûr, elle a commencé à s'éterniser.

Vers 12 h 15, on a encore frappé à la porte et j'ai levé les yeux, Piper était de nouveau appuyée contre la porte : "Allons-y, je meurs de faim et je ne peux pas me concentrer sur le travail".

"Tu ne peux pas te concentrer parce que tu as faim ?" J'ai demandé de clarifier.

"Non, pour une raison différente", a-t-elle répondu avec un sourire sexy.

Bien,' ai-je pensé, en me levant et nous avons marché vers le bar.

Alors que nous sortions dans la lumière du soleil, il m'a demandé : "J'espère que tu n'es pas restée trop longtemps assise sur le MSN à m'attendre hier soir".

"En fait, je l'ai fait. J'espérais que tu viendrais me voir pour que nous puissions continuer à discuter," ai-je répondu.

"Oui, désolé, hier soir, j'étais pris par des questions de travail et quand j'ai terminé, j'étais épuisé et je me suis pelotonné dans mon lit."

Nous avions maintenant atteint le comptoir et commandé. Nous nous sommes assis à une table dans un coin à l'extérieur, elle juste en face de moi, son dos à la zone de service. Notre déjeuner est bientôt arrivé et dès que la serveuse a posé nos commandes et s'est retournée, Piper a déboutonné les boutons de son chemisier, le laissant cependant rentré. "J'ai pensé que je pourrais avoir un peu de soleil !" dit-elle.

Je suis restée bouche bée lorsqu'elle a baissé son chemisier, révélant ses magnifiques seins cachés malheureusement dans un soutien-gorge à coques, sans dentelle, je ne voyais rien. Elle a ri de ma surprise et de mon malheur. "Eh bien, je ne peux pas dévoiler tous mes secrets !" dit-elle. Alors que nous étions assis à manger notre déjeuner, faisant étonnamment la causette, je ne me suis pas trop plaint, ce n'est pas tous les jours que tu es invité à regarder la poitrine d'une femme sexy tout en mangeant ton sandwich. J'ai regardé les autres convives et personne ne semblait remarquer l'étalage : avec Piper assise comme ça, ils ne verraient que son dos et ma bouche ouverte.

J'ai commencé à penser à l'emmener dans un endroit moins public, alors je lui ai dit que nous pourrions acheter le déjeuner demain mais aller ailleurs. "Oh, vraiment ?", répond-elle, "Où ?".

"Tu le découvriras quand nous arriverons demain", lui ai-je dit.

Nous sommes rapidement parties, après que Piper ait caché son soutien-gorge de mes yeux indiscrets, et sommes retournées au travail. Nous sommes retournés au bureau dans la confusion habituelle et la journée nous a échappé une fois de plus. Plus tard, Piper a de nouveau frappé à ma porte et a annoncé qu'elle partait, alors que j'avais encore du travail à faire et que je ne partirais pas de sitôt. Une fois terminé et de retour à la maison, je me suis connecté à MSN, mais Piper n'était pas là. J'ai dîné et me suis couchée.

Le lendemain est venu une autre longue matinée qui s'est éternisée avec l'attente du déjeuner. Une fois encore, à ma grande déception, je n'ai pas eu l'occasion de parler ou de voir Piper avant l'heure du déjeuner. À 12h30, cependant, on a frappé à ma porte. "On y va ?" demande-t-elle en souriant. J'ai levé les yeux et je l'ai vue debout, splendide dans sa tenue de bureau habituelle, jupe et chemisier, avec un modeste talon aujourd'hui. J'ai pris mes clés et suis sortie de la porte pour aller au parking.

Après avoir acheté le déjeuner dans une sandwicherie le long de la route, nous nous sommes dirigés vers l'endroit que j'avais en tête. Piper m'a demandé une dizaine de fois où nous allions avant d'entrer dans le parc. Il était assez grand, avec une route sinueuse qui le traverse, un restaurant et des sentiers d'observation des oiseaux dans la forêt. Je me suis garée à une courte distance du restaurant, où il y avait une petite descente du côté de la route vers un ruisseau, avec une zone herbeuse. J'ai pris une couverture de pique-nique dans la voiture et je l'ai étalée pour que nous puissions nous asseoir dessus. Elle a enlevé ses chaussures et s'est assise sur la couverture. Nous avons déjeuné, discuté en général et il semblait qu'il y avait une certaine tension et qu'aucun de nous ne voulait faire un geste.

Une fois que j'ai terminé mes sandwichs et ma boisson, j'ai décidé que ça suffisait, je me suis penché, j'ai attrapé sa nuque et j'ai rapproché sa bouche de la mienne. Elle a immédiatement semblé sortir de sa coquille et a presque attaqué ma langue avec la sienne. Nous nous sommes embrassés passionnément pendant quelques instants, j'ai commencé à passer mes mains sur son dos et elle m'a fait rouler sur le dos et s'est allongée sur moi, sa langue attaquant toujours la mienne.

Mes mains ont touché ses fesses, sentant ses joues se mouler dans mes mains sans aucune restriction. Le sang a commencé à couler vers ma queue alors qu'elle poussait son bassin contre moi. "Es-tu nue sous ta jupe ?" Je lui ai demandé.

"Pas de commentaire, je ne peux pas dévoiler tous mes secrets". Ce commentaire devenait répétitif !

J'ai commencé à remonter sa jupe.

À ce moment-là, nous avons entendu une sonnette de vélo et nous avons regardé dehors pour voir un couple de dames à vélo descendre le chemin en bas de la colline. Ils ont levé les yeux et ont souri, manifestement amusés par ce qu'ils pensaient nous avoir embarrassés. En fait, cela m'a excité de savoir que d'autres pourraient nous rejoindre si j'allais aussi loin que je le voulais. À en juger par le fait que Piper se rapproche à nouveau de moi et gémit dans ma bouche en m'embrassant, elle avait des pensées similaires.

Cela va vite, me suis-je dit. S'il n'y avait pas eu les dames à vélo, nous aurions pu nous retrouver dans une situation bien plus compromettante.

Au cours des semaines suivantes, en se voyant de plus en plus souvent, en déjeunant ensemble dans le parc, en prenant quelques verres tranquilles ensemble lors de soirées, la tension n'a cessé de croître. Les frottements dans le parc se sont transformés en masturbation ouverte avec Piper sous ma jupe ou à travers mon pantalon déboutonné, sa main dans la braguette de mon pantalon, visible à quiconque nous jetait plus qu'un simple regard. Plus d'une fois, je suis retournée au travail avec son goût sur mes doigts.

Un jour, je décide de poser ma question standard à un nouvel amant. "Alors, quel est ton fantasme préféré ?".

"Je veux avoir une bite en moi pendant qu'une autre fille suce mon clitoris !" Elle a répondu avec une certaine hésitation. Je voulais désespérément l'aider à s'en rendre compte à l'avenir. Nous avons discuté de ce qui nous excitait l'un l'autre, des possibilités d'aventures sexuelles et des exploits sexuels passés et présents de chacun. Elle m'a raconté que son voisin masculin s'est déshabillé pour elle après quelques verres et que Piper l'a aspiré dans sa bouche en se tenant devant elle.

Cela m'a donné envie de me renseigner encore plus, en pensant que cette amie pourrait être moi. Nous avons parlé du fait qu'elle se faisait épiler professionnellement tous les mois et que les mains de l'esthéticienne s'attardaient à toucher des zones qui n'étaient peut-être pas nécessaires. Tous ces propos auraient pu être complètement inventés, mais je m'en fichais car cela m'aurait énormément excité.

De toute évidence, nous ne voulions pas que cela se termine, et comme le désir et la frustration commençaient à grandir, nous avons décidé de prendre une chambre d'hôtel pour une nuit ce vendredi-là, une chambre avec un spa pour en profiter au maximum. Quand le moment est venu de quitter le travail, l'anticipation a commencé à grandir dans mon estomac. Je suis arrivée à l'heure et j'ai attendu sur le parking, la chambre était réservée à son nom.

J'ai attendu patiemment, au bout de 30 minutes, je craignais qu'elle ne se soit ravisée, la tension montait. Elle m'a appelé et m'a dit qu'elle avait été retenue au travail mais qu'elle était en route. Mon inquiétude s'est calmée et l'anticipation a encore augmenté. Elle est arrivée sur le parking et je me suis approché pour la saluer, nous nous sommes serrés dans les bras et nos langues se sont rapidement rencontrées alors que mes mains trouvaient la courbe de ses fesses.

"Bonjour Lover !", me salue-t-il.

"Bonjour à toi", ai-je répondu. Je sais, c'est banal.

J'ai brièvement pensé à l'emmener sur le bonnet à ce moment-là, mais la pensée d'un lit douillet à l'intérieur m'a attiré. Nous nous sommes séparés et sommes entrés, nous nous sommes enregistrés et nous avons marché dans un long couloir jusqu'à notre chambre, la tension sexuelle augmentant encore plus. Nous avons laissé nos sacs sur l'étagère à bagages et elle m'a poussé sur le lit, grimpant sur mes genoux et se glissant dedans. D'une main, j'ai attrapé sa tête et amené sa bouche vers la mienne, tandis que mon autre main est remontée à l'arrière de sa chemise, frottant sa colonne vertébrale.

"Mmmm c'est sympa. J'ai apporté mes huiles, alors je te rendrai cette faveur plus tard." Dans une autre vie professionnelle, elle avait suivi une formation de masseuse. Je l'attendais avec impatience !

Piper a commencé à déboutonner ma chemise et a passé la main à l'intérieur, massant ma poitrine. La sensation de ses mains parcourant les poils de mon torse était fantastique, utilisant une petite quantité de force et finissant comme un massage doux. Elle s'est assise et a déboutonné son chemisier, révélant un soutien-gorge sexy en dentelle noire. Elle a retiré le chemisier de ses épaules et l'a jeté de côté. Je pouvais voir la couleur douce de ses mamelons à travers la dentelle. J'allais enfin voir ce chaton sexuel sans vêtements, sans parler des choses que je voulais faire avec elle depuis longtemps.

Je me suis assis et j'ai commencé à embrasser son cou et ses épaules, pendant qu'elle faisait glisser la chemise de mes épaules et la jetait sur le lit. Nos bouches se sont à nouveau rencontrées, nos lèvres se sont jointes avant que nos langues ne fassent de même. Elle m'a repoussé sur le lit et s'est frottée contre mon entrejambe : sentir ma queue la frotter à travers ses vêtements était presque douloureux, tellement elle était dure. Elle s'est déplacée un peu plus bas, se donnant assez de place pour défaire ma ceinture et ouvrir ma braguette.

Nous avions toutes les deux besoin d'une douche avant que les choses n'aillent trop loin, alors je l'ai fait descendre et l'ai aidée à se relever. Elle a fait glisser mon pantalon le long de mes jambes pendant que j'en sortais, avant d'attraper la ceinture de mon caleçon et de faire de même, devant tirer la ceinture pour la dégager de la tête de ma bite en érection. Elle a regardé pour la première fois sans entrave ma queue, qui pointait droit devant son visage, réalisant que j'étais rasé de près. Je lui en avais parlé pendant nos conversations, mais elle était encore impressionnée.

"Joli !" a-t-il dit en faisant doucement courir sa main le long de ma longueur, puis en touchant mes couilles nues, sans quitter mon aine des yeux.

Elle s'est levée et a défait sa jupe, la laissant tomber lentement sur le sol. J'ai fait un pas en arrière pour observer la scène devant moi.

"Tourne-toi", lui ai-je demandé, ma voix pleine de luxure. Son string sexy était coincé dans la fente de ses fesses. Il aurait presque été dommage qu'elle doive l'enlever pour avancer. Je l'ai tirée vers moi et j'ai dégrafé son soutien-gorge pendant que nous nous embrassions à nouveau. J'ai légèrement reculé pour lui permettre de le laisser glisser de ses bras, avant de la tirer en arrière et de sentir ses magnifiques seins se presser contre ma poitrine.

Mes mains sont descendues jusqu'à la courbe de ses fesses, la touchant et la soulevant légèrement de ses pieds. Je l'ai lâchée et j'ai glissé mes doigts dans son string, le faisant glisser sur ses fesses. Elle s'est retirée et, prenant ma main, elle s'est retournée et m'a accompagnée à la salle de bain sans me laisser entrevoir ses fesses.

"Je ne peux pas révéler tous mes secrets !" dit-elle en haussant les épaules avec son petit sourire sexy.

Elle a démarré la douche pendant que je me tenais derrière elle et que j'embrassais le haut de ses épaules et la nuque, en caressant ses seins par derrière. Une fois que l'eau était à température, nous sommes tous les deux entrés et nous nous sommes embrassés sous l'eau chaude.

Comme la passion grandissait, elle a pris le savon et a commencé à le passer sur mon dos et mes joues de cul pendant que nous nous embrassions, avant de s'accroupir pour le passer sur mes jambes. J'ai baissé les yeux pour regarder l'eau couler de ses seins à sa chatte. Il y avait une petite touffe au-dessus de sa chatte, mais je ne pouvais pas voir plus loin. "Tout n'a pas commencé avec toi me lavant ?" m'a-t-elle demandé avec son merveilleux sourire.

Elle a fait couler le savon vers mon aine, me savonnant sous les couilles et vers mes fesses, son doigt le passant avec la moindre pression alors qu'elle me lançait un regard espiègle et un sourire. Puis elle a avancé le savon et l'a passé sur la longueur de ma queue, au-dessus et en dessous, avant d'enrouler sa main autour de moi et de me caresser doucement plusieurs fois. Elle a laissé l'eau rincer la sueur, puis a pris le bout de ma queue dans sa bouche et l'a sucé doucement, puis un peu plus jusqu'à ce que la tête soit dans sa bouche.

Il a libéré ma queue de ses lèvres, mais pas sa main à la base. "J'aime les gars qui se rasent. Je n'ai pas de cheveux là où je ne devrais pas."

"Eh bien, j'adore les chattes lisses, alors j'ai pensé que je pourrais leur rendre la pareille", ai-je répondu.

"Eh bien, j'espère que tu aimes le mien !" a-t-elle demandé d'un ton sensuel en se levant, reculant sous le jet d'eau, et pour la première fois, je l'ai vue complètement nue et exposée. Mes yeux ont observé ses formes, les courbes à tous les bons endroits, et lorsque mes yeux sont descendus vers sa chatte, j'ai été récompensé par la vue de son dessous rasé et lisse, et la confirmation d'un petit nœud serré sur le dessus, bien rasé et court. J'avais hâte de passer ma langue dessus.

J'ai levé les yeux sur ses seins pleins et elle m'a surpris avec son commentaire : "Tu ne t'es pas éteinte, n'est-ce pas ?".

J'ai presque fait une double prise : "Désolé ?".

"Avec mes mamelons, ils sont inversés".

"Ils me semblent très bien", ai-je dit en souriant, et j'ai appuyé cette affirmation en me penchant et en aspirant le mamelon droit dans ma bouche, puis en répétant l'opération avec le gauche.

Avant que je n'aille trop loin, il s'est retiré et s'est soulevé pour laver ma poitrine. Elle a rincé le reste de la mousse avant de me tendre le savon et j'ai commencé à la laver.

"Maintenant, tu peux m'aider avec cette promesse", a-t-il dit. Elle s'est retournée et a appuyé son front contre le mur, poussant ses fesses vers moi, ses bras au-dessus de sa tête et ses mains sur le mur. J'ai passé le savon sur son dos et ses fesses, en les massant et en ouvrant ses joues pour voir son anneau brun et, au-delà, les lèvres glabres de sa chatte. Je me suis occupée de ses jambes et j'ai soulevé un pied pour y frotter le savon et lui faire un léger massage avant de faire de même avec l'autre pied. J'ai glissé à nouveau pour laisser ma queue se nicher agréablement entre ses joues et mordiller la nuque.

"Mmmm !" Il a gémi son approbation avant de se tourner et de m'embrasser fort.

"J'aime être nu avec toi", dit-elle. Elle a pris mes mains et les a posées sur ses seins, ses mains sur le dessus et m'a fait les frotter pendant que nos langues dansaient. J'ai interrompu le baiser et me suis concentrée sur le lavage, en rinçant ses seins et en faisant couler le savon sur le devant de son entrejambe et en dessous, sur les lèvres de sa chatte. J'ai posé le savon sur le support et je me suis agenouillée pour prendre un sein dans ma bouche, le suçant doucement tandis qu'elle tenait la nuque.

"Mmmm", gémit-elle doucement. Je me suis baissé et je me suis assuré que la sueur avait été lavée de sa chatte et je l'ai regardée scintiller dans l'eau. J'ai tendu la main et fendu ses lèvres pour voir son clito. Je me suis avancé et j'ai passé ma langue le long de sa chatte, d'arrière en avant, avant de me lever pour la reprendre dans mes bras.

Après avoir terminé le lavage, j'ai pris un peu de shampoing et l'ai passé dans ses cheveux, en les massant au fur et à mesure. Après avoir lavé le shampoing, elle a éteint l'eau et pris une serviette pour me sécher, prenant un peu plus de temps que nécessaire sur ma queue. Je lui ai fait la même chose, lui rendant la pareille en m'attardant sur ses seins et sur le devant de sa chatte. Avec une journée entière de barbe sur mon visage, j'avais besoin d'un rasage, alors elle a jeté la serviette sur ses cheveux et l'a enveloppée, avant d'enfiler la robe de chambre de l'hôtel et de me laisser à mon bain.

Je me suis rasé aussi vite que j'ai pu sans me couper, voulant avoir un visage lisse pour ne pas être brutal avec elle. C'était probablement le rasage le plus rapide que j'aie jamais fait ! Je me suis lavé le visage, me suis nettoyé et suis sorti dans la pièce principale où je l'ai trouvée allongée sur le ventre sur le lit, le bas de son peignoir n'étant pas loin de ses fesses, me laissant entrevoir sa chatte. Je n'ai pas perdu de temps et me suis assis sur le lit à côté d'elle, j'ai soulevé la partie inférieure du peignoir et j'ai plongé avec ma bouche sur sa chatte et son cul, en passant ma langue d'avant en arrière et à l'intérieur.

"Ooooh !" gémit-elle avec plaisir. Je n'en pouvais plus de cette chatte que j'attendais de dévorer depuis des mois. Elle a gémi d'appréciation pendant que je léchais, écartais ses lèvres et grignotais son clito. J'étais au paradis. Elle a levé une jambe pour me permettre un meilleur accès. Je me suis rapproché et j'ai frotté son clito pendant que ma langue la pénétrait. Elle m'a repoussé et s'est agenouillée sur le lit, enlevant sa robe de chambre et sa serviette de sa tête. Elle s'est assise à califourchon sur ma tête et a demandé doucement : "Ça te dérange si je m'assois ici ?". N'entendant manifestement aucune plainte de ma part, elle a abaissé sa chatte sur mon visage, me permettant de l'attaquer encore plus avec ma langue.

Puis j'ai senti sa bouche sur ma queue, qui en a pris au moins la moitié avant de monter et descendre pour en prendre plus, jusqu'à ce que je sente son nez à la base de ma queue. C'était la position la plus profonde que ma bite ait jamais eue dans la bouche de quelqu'un et j'avais l'impression que j'allais exploser à cause de la tension sexuelle qui s'était accumulée à ce moment-là, mais j'ai fait de mon mieux pour éviter de jouir.

Nous avons continué comme ça pendant ce qui semblait être des heures, mais qui n'était en réalité qu'une dizaine de minutes, avant qu'elle ne se soulève de moi et ne s'allonge contre les oreillers, écartant ses jambes et passant un doigt dans sa chatte. Elle savait que j'aimais la voir et semblait prendre plaisir à me taquiner. "Tu en veux ?" demande-t-elle, en glissant un doigt à l'intérieur d'elle-même.

Je me suis glissé sur elle et, après avoir donné un autre coup de langue à sa chatte, je l'ai embrassée de là à sa bouche. Quand j'ai atteint sa bouche, elle a sucé ma langue comme elle l'avait fait avec ma queue plus tôt. "J'aime me goûter sur la langue d'un garçon." J'espérais qu'elle aimait aussi le goût de ma queue.

J'ai senti une main sur ma queue et alors qu'elle me guidait dans sa chatte, j'ai senti les doigts de son autre main de chaque côté de moi alors qu'elle écartait ses lèvres. J'ai lentement poussé en elle jusqu'à ce que je sente ses lèvres lisses à la base de ma queue rasée : la sensation était exquise. Je l'ai pénétrée lentement tandis qu'elle soulevait sa chatte pour me rencontrer à chaque fois. Elle a écarté ses jambes autour de moi et les a utilisées pour me pousser à l'intérieur, tandis qu'elle a tendu la main et attrapé mes fesses, avec tout son corps pour s'assurer que je la remplisse autant que possible.

Cela faisait longtemps que nous arrivions à ce moment et, avec la sensation de sa chatte enveloppant ma queue et le reste de son corps enveloppant le mien, je ne pouvais plus me retenir et elle l'a senti.

"Jouis pour moi, mon amour, nous avons toute la nuit !" a-t-elle demandé doucement, et avec cela, j'ai plongé profondément en elle en jouissant fort. C'était intense et j'ai commencé à trembler alors qu'elle resserrait les lèvres de sa chatte pour traire ma queue. J'ai continué à pomper ma queue pendant qu'elle me trayait, nos langues se rencontrant à nouveau alors que nous nous embrassions.

Nous nous sommes reposés pendant un moment alors que je me tordais en elle et que mon sperme s'écoulait autour de ma queue. Je me suis retiré et elle a immédiatement lâché ma main pour frotter son clito en laissant échapper un faible gémissement, savourant la sensation et l'atmosphère, avant de porter ses doigts couverts de nos deux jus à sa bouche pour les goûter et les sucer à fond. "Miam !" a été tout ce qu'elle a dit.

Je me suis allongé sur le côté à côté d'elle, passant mes mains sur son ventre et ses seins, tandis qu'elle continuait à frotter doucement sa chatte et à porter ses doigts à sa bouche de temps en temps pour nous goûter, avant de se pencher et de glisser à nouveau sa langue dans ma bouche pour me faire goûter ce qu'elle goûtait.

Piper s'est retournée, a pris le menu du room service sur la table de chevet et l'a feuilleté, tandis qu'avec son autre main, il passait doucement sur ses seins et sa chatte, son corps semblant picoter à son contact. Nous nous sommes décidés pour un repas et avons commandé, puis nous sommes allés à la douche pour un nettoyage rapide.

Elle a encore terminé avant moi et est sortie dans la pièce principale avec son peignoir. J'ai entendu frapper à la porte alors que le service d'étage arrivait et j'ai immédiatement vu du coin de l'œil le préposé passer devant moi, car la porte ne permettait pas de voir l'intérieur. J'ai réalisé qu'en rentrant, la préposée pourrait voir l'entrée, mais avant que je puisse la fermer, elle est passée devant moi, jetant un regard et voyant ma splendeur nue, avec un petit sourire sur le visage. Après son départ, je suis sortie et j'ai vu Piper sur le lit, les jambes croisées et son peignoir presque en haut de ses jambes.

L'assistante a dû voir sa chatte chauve scintillante dans toute sa gloire, tout comme elle m'avait vue maintenant. Je ne pouvais pas dire si Piper l'avait fait exprès et si elle espérait que ce soit un homme ou une femme.

Nous avons mangé, regardé un film et siroté le vin que nous avions commandé avec notre repas. Je crois que c'était la première fois que je mangeais un repas nu et je faisais de mon mieux pour ne pas laisser le jus chaud de mon repas couler sur mon ventre et ma queue.

Le repas terminé, elle a plongé ses doigts dans le vin et les a passés sur mes tétons, avant de les sucer. Elle a bu une dernière fois, avant de renverser le résidu sur ma queue et de baisser promptement la tête pour le lécher. J'avais entendu parler du dentifrice et des blocs de glace, mais cela m'a quand même fait du bien. Elle a continué à sucer fort, me faisant revivre. J'étais à nouveau dur en un instant et elle s'est retirée et a enlevé les assiettes et les verres du lit, avant de revenir s'asseoir à califourchon sur ma queue, s'empalant entièrement d'un seul mouvement.

Piper s'est lentement levée et abaissée et, sachant qu'elle n'avait pas encore joui, je l'ai laissée suivre son rythme et ses besoins. Elle s'est penchée en avant et s'est soutenue d'un bras, tandis qu'avec l'autre, elle a tendu le bras vers le bas et a touché doucement son clitoris, ses cheveux encore mouillés s'étalant sur son visage, ses yeux alternant entre grands ouverts, mi-clos dans un état de joie et fermés dans l'extase, tandis qu'elle laissait échapper de profonds soupirs et de doux gémissements.

J'ai passé mes mains sur ses hanches, l'extérieur de ses cuisses et le bas de son dos pendant qu'elle me baisait lentement. J'ai soulevé sa taille du lit, la soulevant avec moi et l'empalant doucement jusqu'à la garde. Elle a crié de plaisir et s'est arrêtée brusquement pour savourer la sensation.

J'ai tendu la main et j'ai doucement caressé un sein et j'ai soulevé pour sucer l'autre pendant qu'elle gémissait. "Que veux-tu que je fasse ?" Je lui ai demandé. En un instant, elle s'est détachée de moi et s'est allongée sur sa poitrine, ses superbes fesses en l'air.

"Baise-moi fort !" a été sa seule réponse. Sans hésiter, j'étais derrière elle, elle m'a attrapé et m'a guidé dans sa chaude moiteur. Une fois à l'intérieur, sa main n'a jamais quitté sa chatte et elle l'a parcourue de long en large, me sentant et frottant son clitoris. J'ai tendu un doigt vers le bas et j'ai massé doucement ses fesses. Elle commençait aussi à se pousser contre moi pendant que je glissais dedans et dehors. J'ai augmenté le rythme de ma main sur son clito et soudain, sa chatte s'est serrée sur ma queue et elle a joui violemment. Son corps a frissonné et elle a attrapé mes couilles et les a caressées, alternant entre brutalité et douceur à mesure que son orgasme augmentait. Ses gémissements alternaient entre courts et forts et longs et doux.

Une fois que Piper s'est remise, je glissais toujours dedans et dehors lentement et doucement, elle a enfoncé deux doigts lentement, ses jointures poussant le dessous de ma queue, avant de les retirer couverts de sa mouille. Elle a mis un doigt sur les côtés de ma queue et l'a pressée : je savais qu'il ne faudrait pas longtemps pour sentir le sperme jaillir de mes couilles. Elle a dû le sentir et s'est rapidement penchée en avant pour nous séparer, avant de se retourner et d'attraper ma queue.

"Jouis sur moi !" supplie-t-elle en me branlant et en pointant ma queue sur sa poitrine pendant que je jouis sur ses seins. Mes yeux sont presque sortis de ma tête alors qu'elle se frottait un peu les seins d'une main tout en continuant à me traire avec l'autre. Je savais qu'elle était très sexuelle, mais c'était plus que ce que j'attendais. Quand elle a été sûre d'avoir extrait la dernière goutte, elle s'est penchée en avant et m'a pris dans sa bouche, nettoyant ma queue. "J'aime le goût que nous avons", dit-elle d'une voix rauque, "J'aime le goût que nous avons". J'avais réalisé mon souhait. Elle s'est penchée en arrière et a utilisé ses deux mains sur sa poitrine, frottant mon sperme sur ses deux seins.

"Viens !" demande-t-elle après un moment, en se levant et en me traînant à nouveau dans la salle de bain, mais cette fois en faisant couler l'eau dans la baignoire. J'ai regardé comment, assise au milieu avec le tuyau sorti, elle lavait mon sperme de sa poitrine. Elle était incroyablement sexy.

"Tu veux te joindre à moi ?" dit-elle en ronronnant, avant d'insérer le bouchon dans l'évacuation pour remplir la baignoire et ajouter un mélange de bulles. J'ai plongé alors que l'eau montait au-dessus de nous et j'ai passé mes mains couvertes de sueur sur le corps de Piper comme elle l'a fait pour moi. Je me suis allongé contre l'extrémité de la baignoire et elle s'est allongée aussi, dos à moi. Je lui ai doucement massé les épaules, tandis qu'elle me massait le bas des jambes avec une main et me frottait le cou avec l'autre. Nous sommes restés là un moment, à nous prélasser, avec de nombreuses caresses, l'eau chaude calmant nos températures et, comme pour le reste de la nuit, sans rien dire.

Mais bientôt, nos besoins ont pris le dessus. Elle s'est levée de l'eau et s'est assise sur le bord de la baignoire. Elle a écarté ses jambes et a passé ses doigts dans sa chatte, en me regardant droit dans les yeux avec les paupières mi-closes. Je savais ce qu'elle voulait et je me suis penché pour passer ma langue sur elle une fois de plus, en me concentrant sur son clito et en le suçant lentement pour rester dans le sujet. En passant ma langue de ses fesses à son clito et en revenant, puis en la glissant dans sa chatte encore et encore, je n'en avais jamais assez.

Nous avons changé de place et Piper m'a sucé doucement, en caressant mes boules lisses. Elle a passé sa langue de chaque côté de ma queue, puis directement en dessous et a sucé doucement une boule, avant de m'aspirer. C'était comme si elle essayait de reproduire ce que je venais de lui faire de toutes les manières possibles.

Au bout d'un moment, l'eau a commencé à être froide, alors nous sommes sortis et nous nous sommes séchés. Alors que nous nous dirigions vers la chambre, elle a fouillé dans son sac et a sorti son appareil photo. Avec une étincelle dans les yeux, elle a demandé : "Je peux prendre des photos d'action ?". Elle m'a tendu la caméra et s'est allongée sur le lit.

Elle a écarté ses jambes et a commencé à jouer avec elle-même, passant ses doigts sur les lèvres de sa chatte avant de les glisser à l'intérieur. Je n'arrivais pas à croire à sa résistance ! J'ai pris quelques photos en gros plan de ses mains engagées dans sa chatte scintillante, avant de changer les paramètres pour faire des courts métrages et de faire tourner la caméra, filmant son doigt qui entre et sort de sa chatte encore et encore, entre deux frottements de son clito. J'ai pris quelques autres photos d'elle avant de changer le mode vidéo et de prendre une vidéo de moi passant ma langue sur son clito et dans sa chatte.

Nous avons continué avec des photos et des films d'elle me suçant et de moi la baisant dans différents angles où la caméra pouvait être tenue. Tout cela était très différent pour moi et m'excitait beaucoup, mais l'accouplement rapide et ensuite les changements de position en tenant la caméra commençaient à me faire perdre ma dureté. Maintenant je savais pourquoi les professionnels avaient des peluches !

Nous nous sommes débarrassés de la caméra et Piper m'a fait sortir sur le balcon par une porte en verre coulissante. À ce moment-là, la plupart de l'hôtel était sombre, mais certaines personnes étaient encore dans la piscine en bas. Il semblait même qu'un couple s'amusait ensemble dans le spa. Elle s'est penchée par-dessus la balustrade et m'a présenté ses fesses, complètement nues et visibles pour quiconque regarde à travers le verre soutenant la balustrade à cause de la lumière provenant de l'intérieur de notre chambre. Elle m'a regardé par-dessus son épaule et a remué ses fesses, ses yeux m'invitant à m'empaler sur elle à nouveau. "Viens me baiser !", a-t-elle chuchoté. Je n'avais pas l'intention d'argumenter.

Je me suis guidée à l'intérieur, encore une fois avec son aide. Cette fois, c'était tout en douceur, en faisant glisser toute ma longueur à l'intérieur et à l'extérieur. Sa chatte était toujours aussi humide qu'au début de la soirée et elle n'a eu aucun problème avec mon épaisseur. Je me suis mis sous elle et j'ai joué légèrement avec son clito, tandis qu'elle gémissait d'approbation.

Il commençait à faire un peu froid dehors, alors nous sommes retournés à l'intérieur. "Allonge-toi sur le ventre", m'a-t-elle demandé doucement, et je l'ai entendue fouiller à nouveau dans son sac pour trouver des huiles de massage. Elle est revenue vers moi et a étalé un peu d'huile sur mon dos, avant de le frotter profondément et lentement. C'était fantastique ! Elle est passée sur mes épaules et mon dos, puis sur mes fesses et mes jambes, tout en faisant glisser ses seins le long de mon corps, qui devenaient lentement gras à cause du contact. Quand il est arrivé à mes pieds, il m'a demandé de me retourner, ce que j'ai fait bien sûr.

Puis elle est montée sur mes jambes, ses seins clapotant maintenant sur mes orteils et mes rotules. En s'approchant de mon aine, elle a ramené ses mains sur mes hanches et a évité ma queue, me taquinant en continuant à monter vers ma poitrine. Cependant, elle a laissé ses seins passer de chaque côté de ma queue, la laissant glisser dans son décolleté avec l'huile qui s'y était accumulée.

Puis elle est redescendue et a versé plus d'huile directement sur ma queue, en commençant à la frotter de haut en bas et en faisant tourner sa prise en même temps, avec les deux mains. Puis elle a passé ses mains sous mes couilles et les a doucement poussées vers le haut, les faisant glisser hors de ses mains avec l'aide de l'huile. J'ai essayé de frotter ses seins, mais elle a simplement repoussé mes mains.

Cela a continué pendant un moment, sans rien dire, j'appréciais ce que Piper faisait et elle semblait aimer le faire aussi. "Comment veux-tu baiser cette fois ?" demande-t-elle en continuant à masser ma queue.

"Cowgirl inversée ?" Je n'avais jamais essayé la cowgirl inversée, qui est ma position préférée dans le porno. Elle m'a monté sur le lit, devant le miroir mural, et a lentement chevauché ma queue pendant que nous regardions toutes les deux notre reflet. Nous sommes restés comme ça, calmement, à nous amuser sans avoir trop chaud ni transpirer, en regardant ma queue disparaître lentement en elle puis réapparaître. Elle s'est allongée sur moi, je me suis mis sous elle pour tirer ses jambes vers le haut et j'ai commencé à glisser en elle un peu plus fort et avec plus de force. Son corps a commencé à glisser de haut en bas sur ma poitrine huilée.

Après avoir pris notre temps, elle était assez excitée pour jouir presque immédiatement après que j'ai augmenté la vitesse et qu'elle a frissonné jusqu'à un autre orgasme. "Comment veux-tu descendre ?" Je lui ai demandé après qu'elle se soit rétablie.

"J'ai tellement aimé quand tu m'as baisée par derrière avant, alors refaisons-le", a-t-elle demandé. Cette fois, elle s'est mise à genoux sur le bord du lit, et moi, je me tenais debout sur le sol à côté du lit pendant qu'elle me guidait en elle une fois de plus. "Mets un pied ici à côté de moi !" a-t-elle demandé une fois que j'étais à l'intérieur. L'angle était légèrement différent, mais la sensation était très différente ! Je pouvais sentir l'avant de sa chatte appuyer contre le dessous de ma queue, exerçant juste la bonne pression et me faisant presque jouir immédiatement.

"Oooh, ça fait du bien", lui ai-je dit. "Mais ça va me faire jouir rapidement !".

"Eh bien, ralentis un peu et profite de la sensation", a-t-elle répondu. J'ai ralenti pendant un moment, mais ça devait être trop, même pour elle, car elle a commencé à pousser de haut en bas sur moi. Cela m'a incité à augmenter le rythme jusqu'à ce que je sois sur le point de jouir. Elle l'a remarqué à ma respiration, s'est retournée et m'a pris dans sa bouche alors que je venais, giclant profondément dans sa gorge. Un peu de sperme a coulé sur le côté de sa bouche alors qu'elle a tout absorbé avec avidité, ses yeux se déplaçant entre ma queue lorsqu'elle l'a retirée de sa bouche et mes yeux lorsqu'elle l'a aspirée. Elle a lentement pompé ma queue dans et hors de sa bouche de manière sensuelle, en s'assurant que pas une goutte ne reste.

C'était une excellente façon de terminer la soirée. Nous nous sommes couchés et endormis, nous nous sommes levés le lendemain matin pour le petit-déjeuner et un peu de caresses, mais après la nuit précédente, aucun de nos corps n'était capable de prendre un autre tour.

Nous nous sommes séparés sur le parking après le check-out, mais pas avant une autre séance de baisers. En rentrant chez moi, j'ai reçu des e-mails d'elle avec des photos et des séquences prises avec la caméra vidéo la veille. J'ai regardé les vidéos de sa bouche sur ma queue, de ma langue sur son clito et de ma queue qui entre et sort d'elle. J'avais hâte de voir ce que me réservait la semaine suivante au travail.....

Se sentir sale

Elle ne voulait pas aller au mariage. Elle ne connaissait pas du tout la mariée et le fait qu'elle soit allée à l'école avec la mère de la mariée n'a pas arrangé la situation. C'était quatre jours avant son 39e anniversaire et plus elle essayait de ne pas y penser, plus cela ne semblait pas avoir d'importance. Elle a passé l'après-midi effectivement seule.

En général, elle ne se sentait pas vieille, mais d'une certaine manière, regarder les filles danser, s'amuser et généralement se jeter sur les garçons lui faisait mal au cœur. Tout ce qu'elle voulait, c'était un homme. Elle n'était pas particulièrement exigeante. Elle devait avoir un pénis et un trousseau de clés pour rentrer chez elle. C'était trop demander ?

Une heure a passé. Les toasts sont venus et sont repartis, tout comme une assiette de poulet et une sauce sans goût. Ce n'est qu'au moment de couper le gâteau qu'il s'est approché d'elle. De derrière elle, il a entendu une voix. Elle a fermé les yeux et a fait un vœu. Un petit garçon qui avait besoin d'être enseigné, un père divorcé qui avait besoin de compagnie'.

Le jour du mariage est arrivé.

Elle s'est retournée et a trouvé un homme au teint rougeâtre, aux cheveux gris et au ventre qui poussait sa veste de costume. Il a marmonné quelque chose sur la danse et a posé une question ridicule sur le fait qu'elle allait à l'école avec la mariée. Elle a demandé s'il avait une chambre d'hôtel. Il a répondu non. Elle lui a dit d'en trouver un.

Son baiser était chaud et sec et avait le goût du bourbon. C'est aussi bien. Elle s'est déshabillée rapidement, portant un gilet et un caleçon. C'était presque drôle, elle était dans un film et il était le ridicule John. Elle était la prostituée désespérée poussée au point de rupture. Soudain, c'était mieux. D'une certaine façon, c'était plus excitant. Elle pensait vraiment qu'elle était aussi salope qu'elle pouvait l'être, mais elle avait tort.

Soudain, elle ne grattait plus le fond du baril. Soudain, elle n'était plus la vieille sorcière désespérée qui couchait avec le seul homme qui voulait lui parler. Elle attendait qu'il la déshabille, anticipant les vieilles mains qui farfouillent dans les boutons du devant de sa robe.

Au lieu de cela, il a glissé autour du lit. Elle s'est léchée les lèvres. Elle a donc défait les boutons elle-même, lentement.

Elle a rampé jusqu'au bout du lit. Elle aurait dû être nerveuse, mais il avait l'air si ridicule, comment pouvait-elle l'être ? "Je peux voir M. Winky ?" Est-ce que cela était vraiment sorti de sa bouche ?

Elle l'a tiré vers elle et a baissé son stupide demi-boxer. OK, c'était un défi. Bien sûr, elle n'avait pas été avec beaucoup d'hommes et elle n'était pas une déesse du sexe de MTV, mais honnêtement, n'était-il pas excité par elle ? Elle n'était pas un bacon cru, mais elle était quelque part entre un pain de viande et un légume flétri.....

"Qu'est-ce qui ne va pas, chérie ? Il ne m'aime pas ?"

"Oh... Il t'aime bien ! Il t'aime bien !" et a tendu la main pour le tirer. Il se balance de haut en bas.

"Pauvre M. Winky, tu crois qu'il aime que je le suce".

"Oh ! Oui ! Oui, il le ferait !"

Il a fait glisser son membre mou dans sa bouche. En le suçant, il a commencé à bouger. Elle s'est approchée de ses fesses, qui étaient grosses et informes. Elle l'a pincé et la bite a commencé à prendre vie. "Oh, nous y voilà. C'est tellement gros ! Ne m'étouffe pas !" lui a-t-elle dit. Cela l'a aidé à ne pas rire.

Elle s'est perdue dans ce moment. D'une manière ou d'une autre, elle a laissé tout cela échapper à son esprit. Elle l'a léché, elle l'a sucé. Elle a travaillé la courte et grosse queue entre ses lèvres. C'était dégoûtant. C'était sale et méchant. Elle ne faisait pas que 'baiser un mec'. Il suçait une inconnue. Elle était une sale petite salope et il était sur le point de jouir.

"Oh, ne fais pas ça." Il a dit et a serré la petite queue.

Il a gémi comme un chien.

"Tu ne veux pas me baiser ?" Des yeux de chiot.

Il a encore beuglé.

"Tu veux me prendre par derrière ? Ma chatte est tellement humide pour toi !

Il y a de nouveau eu un gémissement, mais elle a fait semblant de ne pas entendre. Elle a grimpé sur le lit à quatre pattes. "Tu aimes mon cul ?" Il la massait. Elle a tendu la main entre ses jambes et a passé ses doigts dessus. Elle a été surprise de voir à quel point elle était prête. Elle l'a senti glisser un gros doigt à l'intérieur d'elle. Elle l'a pris facilement. Quelle sale petite salope. Ses doigts étaient maladroits mais cela n'avait pas d'importance. Il a taquiné sa chatte et elle a enfoncé son visage dans le couvre-lit.

Il a gémi pour lui. Elle l'a incité à continuer. "Oh, c'est ça, bébé. Fais-moi jouir !" et il a fait travailler ses doigts plus rapidement. Il a pensé à ce que cela pourrait être. Son cul en l'air, un vieux gros homme qui lui enfonce un doigt dans le corps. "Oh, baise cette chatte, grand garçon. Baise-moi fort !" Plus c'est sale, mieux c'est. Plus elle était sale, plus elle était proche. "Oh, donne-moi ta queue, mon gros, remplis cette chatte humide !" Elle est venue rapidement. Il l'a surprise. Ce n'était pas un choc tellurique. Ses jambes ne tremblaient pas, mais ça faisait du bien. "Allez, bébé, tu veux me baiser, n'est-ce pas ?"

Il se sentait plus grand à l'intérieur d'elle que ce à quoi elle s'attendait. Il était lourd derrière elle et quand il a commencé à augmenter le rythme, elle a commencé à le sentir. Elle était une mauvaise fille et elle se faisait baiser par un étranger. Elle l'a senti claquer contre ses fesses. "Oh oui, fais-le moi. Fais-le moi, grand garçon !"

Maintenant, il se balançait. Plus profond ! Elle voulait qu'il soit plus profond en elle. Elle ne pouvait pas s'approcher plus près. En hurlant, elle l'a supplié. "Plus fort !"

Elle était une sale pute. "Baise-moi !" Elle le suppliait maintenant. Elle le poussait en arrière. Il ralentissait. Bon sang. Elle pouvait l'entendre haleter pour respirer. Elle n'y a pas pensé. Il le voulait. Il devait venir.

"Va sur le lit !" S'allonger sur le dos n'a pas fait disparaître son immense ventre. Elle s'est mise à cheval sur lui, poussant ses yeux à se fermer. D'une manière ou d'une autre, elle n'a jamais réussi à rester au dessus de lui sans penser au mot "engorgé". Elle s'est poussée sur lui. S'il te plaît, ne me laisse pas. Elle a fermé les yeux et s'est balancée sur lui. Elle était si proche ! Il venait en elle. Il grogne. Elle s'est accrochée à lui et l'a atteint. Se poussant sur lui, elle a pensé à lui venant complètement en elle. L'orgasme l'a frappée comme une gifle dans le dos. C'était rapide mais puissant. Elle attendait une réplique et se balançait d'avant en arrière sur le gros bonhomme rond en espérant qu'elle viendrait. Quelques instants ont passé et elle a réalisé qu'elle avait terminé.

Il s'est levé du lit. Il n'était que trop conscient de sa vue. Elle ne pouvait s'empêcher de penser qu'elle devait s'échapper. Nerveuse, à la limite de la panique, elle a fait les cent pas et s'est finalement retirée dans la salle de bain. Elle s'est appuyée contre le comptoir, la lumière était éteinte et elle ne pouvait pas réfléchir. Sa tête nageait, ses jambes étaient engourdies. Elle ne sentait rien d'autre que la chaleur qu'elle ressentait à l'intérieur et dont elle voulait se débarrasser.

Elle s'est touchée et l'a ressentie à nouveau, le choc électrique parcourant son dos et remontant le long de ses cuisses. Elle a passé un doigt sur elle-même et a trouvé son clitoris. Ferme et relevé, suppliant. Elle l'a pris entre ses doigts. Ses genoux ont tremblé et elle les a verrouillés. Elle a reposé sa poitrine sur l'évier, le marbre froid pressé contre ses mamelons.

En gros. Il a pincé. Elle a appuyé. Ses pieds ont des crampes et elle a creusé plus profondément dans son clito. Elle a imaginé quelqu'un derrière elle ; elle a imaginé sa bite dans son cul. Elle a haleté.

Il a tiré sur la corde.

Il a appuyé plus fort.

Il a pincé.

Il a sifflé plus fort.

Son orgasme a commencé dans ses mollets, serrés. Elle a grimpé le long de ses cuisses jusqu'à ce qu'elle semble faire le tour de son corps, un frémissement palpitant dans sa chatte taquinée qui s'est finalement transformé en une chaleur qui a lentement remonté le long de sa poitrine, dans ses seins, pour finir par un léger rougissement sur ses joues.

Il a allumé la lumière. Ses cheveux étaient enchevêtrés. La sueur perlait sur son front. Elle ne se souvenait pas d'avoir déjà ressemblé à ça auparavant. Si délicieusement sale. Quelle sale garce tu es ! En lissant ses cheveux, elle ne pouvait s'empêcher d'être légèrement troublée par la fierté qu'elle ressentait à ce moment précis. En se regardant dans le miroir, elle a souri.

"Où vas-tu ?" Elle était vraiment curieuse. Il avait réussi à faire rouler son gros cul hors du lit.

"Je... dois...". Oh, il n'avait pas besoin de raconter des conneries.

"Cela n'a pas d'importance. La chambre était vraiment très confortable. Il est sorti sur le petit balcon. Pour la première fois depuis des années, il avait vraiment besoin d'une cigarette. Au lieu de cela, il se tenait dans le soleil couchant, sa chaleur sur sa poitrine nue. Il est parti sans même dire un mot.

"Hé ! Tu pars comme ça ?" Ce n'est pas qu'elle voulait qu'il fasse quelque chose de différent, elle était juste un peu en colère de ne pas être celle qui l'a mis à la porte. Quel genre de salope pensait-il qu'elle était ? Et si elle était vraiment une sale petite pute ? Son cœur battait la chamade à cette seule pensée. C'est 900. Mais je pense que tu devrais arrondir à mille."

"Huh ?" Oh, quel look merveilleux ! Il était définitivement terrifié !

"Oui, un grand, grand homme. Je ne veux pas appeler mon mac en bas, il serait en colère contre nous deux !" Mais sont-ils vraiment appelés des proxénètes ?

Je... Je...' il a cherché son portefeuille à tâtons. Fuck ? Il allait vraiment la payer. "Je ne savais pas, je le jure. Je... J'ai six cents dollars", lui tendit-il l'argent. Putain !

"Fous le camp d'ici". Elle s'est admirée dans le miroir. Elle n'avait jamais vu son corps nu comme ça. É épaules en arrière, poitrine en évidence. Où était le ventre ? "Assure-toi que la chambre est payée jusqu'à demain, connard."

La porte a claqué.

Elle avait faim, un peu soif et était encore un peu agitée. Elle a pris une douche et a tiré sa robe sur sa tête. Elle ne s'est pas souciée de ses cheveux, mais c'était définitivement une soirée rouge à lèvres.

Le bar n'était pas bondé, mais il y avait pas mal de gens assis aux tables. Elle a pris un siège à l'extrémité du bar. Oui, elle s'était intentionnellement assise à côté du grand homme avec la veste de sport et les cheveux longs. Elle lui a souri. Il a souri en retour.

Il s'est penché vers elle. Intriguée, elle a fait un pas en arrière.

Calmement, il a parlé : "Si tu es en service, je dois te dire que je suis un policier.

Elle s'est lentement tournée vers lui, en souriant. Elle a levé le vin blanc à ses lèvres et en a pris une gorgée. S'approchant de lui, elle a renversé sa main en arrière et a laissé le verre de vin frais se vider sur ses genoux.

"Maintenant que nous avons clarifié les choses, mon nom est Melody."

"Je suis vraiment désolé", et son embarras est évident, il se pousse du comptoir comme pour se lever.

"Reste, je suis aussi désolé." Elle a souri et a serré son bras. "En plus, j'ai besoin d'un autre verre de vin".

Quelle sale garce elle aurait été aujourd'hui.

Les merveilles de l'amitié

Léa était en route pour le centre-ville pour retrouver sa meilleure amie, Melinda. Ils se rencontraient souvent, comme le font les meilleurs amis, donc ce n'était pas la raison pour laquelle Léa ressentait des papillons dans son estomac. La pensée lui a traversé l'esprit qu'elle n'avait jamais été aussi nerveuse en 24 ans de vie. Elle semblait inquiète et nerveuse ; n'importe qui dans le bus pouvait sentir le stress dans l'air autour d'elle. Cela n'a pas empêché les hommes de la dévisager, imaginant cette blonde courte et galbée sur leur lit, et cela n'a certainement pas empêché les femmes de la regarder, voulant être désirées par les hommes comme elle.

Léa respirait la sexualité et cela n'était pas seulement dû à sa belle silhouette, mais aussi aux vêtements qu'elle portait. Elle portait généralement des hauts moulants pour mettre en valeur ses seins, sa caractéristique préférée, et aujourd'hui ne faisait pas exception. Son haut rose était serré mais ne montrait pas trop de peau ; il laissait tout à l'imagination.

Elle aimait l'attention qu'elle recevait en portant des hauts moulants, elle se sentait bien quand elle faisait tourner les têtes en marchant et, secrètement, elle aimait quand elle parlait à un homme ordinaire et qu'il devait faire un effort presque insupportable pour la regarder dans les yeux au lieu de fixer ses seins enfermés dans le tissu. Elle a gloussé doucement pour elle-même, nerveusement.

Elle est descendue du bus et a cherché un visage familier. Melinda devait être là à l'attendre. Un moment plus tard, elle a vu sa meilleure amie marcher vers elle. Depuis que Jordan a mentionné son fantasme de plan à trois, elle ne pouvait pas s'empêcher de penser à sa meilleure amie de manière sexuelle. Bien sûr, il y avait eu quelques baisers ivres et peut-être quelques prises de fesses en dansant dans leur club préféré, mais elle n'y avait jamais réfléchi jusqu'à récemment. Alors que Melinda s'avançait vers elle, affichant ce sourire désarmant et incroyable qui faisait graviter les hommes autour d'elle, Léa ne pouvait pas s'empêcher de penser à ce qui allait se passer plus tard dans l'après-midi.

Melinda était très différente de sa meilleure amie, mais tout aussi belle. Ses longs cheveux foncés et soyeux encadraient parfaitement son visage et le maquillage foncé qu'elle portait sur ses yeux attirait les gens. Elle avait l'air mystique et ne passerait pas inaperçue pour tout homme qui se respecte. Elle a souri quand elle a vu Léa à l'arrêt de bus et a pensé que son amie était très belle.

Ce n'était pas la première fois qu'elle pensait à Léa de manière sexuelle ; en fait, elle avait déjà eu des fantasmes dans le passé qui l'incluaient. Lorsque sa meilleure amie lui a dit que son amie Jordan aimerait qu'elles soient ensemble dans un plan à trois, elle n'a pas hésité à accepter. Même si elle n'était pas absolument sûre d'aimer les autres filles, Léa avait définitivement un effet sur elle.

Lorsque Melinda s'est approchée d'elle, Léa a réalisé une fois de plus à quel point son amie était belle. Elle portait un jean foncé et un débardeur noir simple, des bracelets en cuir foncé et une ceinture assortie, ainsi que des sandales à talons hauts et cloutées. Melinda était définitivement un peu vampire, un rappel de ses jours de lycée. Ils se sont embrassés sur la joue avec un rapide "bonjour" et se sont dirigés vers l'appartement de Jordan sans dire un mot.

Léa a levé la main pour sonner la cloche mais Melinda a attrapé son poignet, l'arrêtant.

"Es-tu nerveuse, Lea ?"

"Je le suis. N'est-ce pas ?

"Non, pas du tout. Tu peux toujours t'arrêter si tu le veux..." Dit Melinda en relâchant son poignet.

"Non. Je veux le faire."

"OK, alors allons-y." Et elle a sonné la cloche pour son amie.

Un instant plus tard, elles étaient dans l'ascenseur. Melinda a ri doucement de la nervosité de son amie et l'a serrée légèrement dans ses bras pour lui donner un peu de courage. Ils sont sortis et Jordan les attendait déjà, appuyé contre le cadre de la porte et souriant. Il ne portait que son jean bleu et rien d'autre, ce qui mettait en valeur sa poitrine parfaite et ses muscles abdominaux.

Lorsque ses yeux ont rencontré ceux de Jordan, Léa a senti un frisson parcourir sa colonne vertébrale. Elle avait déjà couché avec lui, mais chaque fois qu'elle le voyait sans sa chemise, elle commençait à mouiller.

Jordan a fait son meilleur sourire arrogant et s'est écarté du chemin pour laisser entrer les deux filles. Léa est entrée la première et Jordan n'a pas pu s'empêcher de remarquer ses courbes parfaites. Melinda est entrée la première et, comme toujours, les yeux de Jordan se sont attardés sur les siens. Elle savait que ce serait un après-midi parfait.

"Puis-je t'offrir un peu de courage ?" Il a demandé. Ils ont poliment refusé. La vérité était que tous les trois se sentaient gênés, mais Jordan n'était pas du genre à laisser des petites choses comme la gêne l'atteindre. Il s'est assis sur le canapé entre les deux filles et a regardé chacune d'entre elles, prenant son temps pour imaginer ce que contenaient ces vêtements inutiles.

Léa connaissait Jordan mieux que Melinda, alors elle a posé sa main sur son visage lorsqu'il a regardé son amie et a tourné la tête vers elle pour qu'ils puissent s'embrasser. La main libre de Léa a frotté la jambe de Jordan de haut en bas, s'approchant dangereusement de son aine. Alors que ses lèvres taquinaient les siennes, il a passé son bras autour de sa taille et l'a attirée vers lui. Du coin de l'œil, il pouvait voir Melinda qui souriait. Son sourire était malicieux et n'importe quel idiot aurait pu deviner ce qu'elle pensait.

En réalité, Melinda n'était pas aussi douce et bien élevée que Léa ; elle était beaucoup plus sauvage et contrôlante. Son amie lui avait dit que Jordan aimait la domination, alors elle s'est un peu retenue. Cependant, elle a imité l'action de son amie et a également caressé la jambe de Jordan.

Jordan a rompu le baiser avec Léa pour taquiner les lèvres de Melinda avec les siennes. Ce faisant, sa main s'est déplacée vers la nuque de Melinda, saisissant ses longs cheveux noirs, soyeux et brillants. Il l'a tiré légèrement pour qu'elle rejette sa tête en arrière, lui permettant d'accéder à son cou, qu'il a embrassé et léché lentement. Melinda a laissé échapper un faible gémissement alors que Léa n'a pas cligné des yeux pour manquer une seconde de ce qui se passait.

"Je ne vais pas faire tout le travail, n'est-ce pas ?" dit Jordan, en riant un peu. Les deux filles ont gloussé à ses mots et on aurait dit qu'elles lisaient dans les esprits car elles se sont levées exactement au même moment. Elles se sont regardées dans les yeux et se sont rapprochées. Melinda a pris Léa dans ses bras et l'a embrassée.

Bien sûr, c'était étrange d'enlacer une autre femme pour embrasser ses lèvres ; ses seins qui frottaient contre ceux de son amie ne lui permettaient pas de s'approcher aussi près qu'elle l'aurait voulu, mais elle l'a fait. Leurs lèvres se sont touchées légèrement, puis plus passionnément. Alors que les mains de Léa ont commencé à caresser les bras et les épaules de Melinda, Melinda a sucé la lèvre inférieure de Léa et a laissé ses mains errer entre ses hanches et les siennes. Jordan a regardé et a senti sa bite se contracter.

Léa a légèrement sorti sa langue de sa bouche pour la glisser entre les lèvres de son amie (maintenant amante, en fait) et peu après, leurs langues se sont rencontrées. À ce moment-là, les mains de Melinda étaient déjà entre les deux, à la recherche des seins de Léa. Sa main droite a atteint le sein gauche de Léa et a commencé à pétrir doucement ses fesses. Cela faisait du bien d'avoir Léa dans sa main et elle a appliqué un peu plus de pression. Léa a laissé échapper un gémissement pendant leur baiser et Melinda a réalisé qu'elle faisait la bonne chose.

Jordan s'est levé, avec maintenant une bosse dans son pantalon. Il a éloigné les deux filles en attrapant l'arrière de leur cou. Il a embrassé la bouche de Léa, tandis que Melinda a embrassé sa joue et son cou ; ses mains sont allées vers leurs fesses et les ont serrées fermement. Leur baiser a duré plusieurs minutes, aucun des deux ne voulant lâcher prise. Un simple baiser leur donnait à tous les trois tellement de plaisir qu'ils ne pouvaient qu'imaginer tout ce qui allait suivre.

Jordan a rompu le baiser et s'est tourné vers Melinda. Au lieu d'embrasser ses lèvres, il a commencé à retirer ses vêtements. Léa a décidé de se mettre à genoux et de commencer à défaire la ceinture de Jordan. Lorsque la ceinture a été détachée, Melinda se tenait à côté de Léa et Jordan, ne portant que son string noir, son soutien-gorge en dentelle assorti et ses sandales. Il ne fait aucun doute que Melinda était belle habillée, mais même déshabillée, elle était éblouissante. Elle était définitivement une vision.

Melinda s'est agenouillée à côté de Léa et a commencé à déboutonner le jean de Jordan. Léa a retiré le haut rose et a libéré ses seins du tissu, les laissant rebondir un peu. Aussi incroyable que cela puisse paraître, elle ne portait pas de soutien-gorge. Elle ne portait maintenant que la minijupe blanche. Portait-elle peut-être une culotte ?

Jordan a dézippé son pantalon et l'a enlevé. Le boxer noir n'était pas suffisant pour cacher son membre palpitant. Les deux filles ont caressé sa queue à travers le tissu, en sentant à quel point elle était grosse. Ils l'ont sentie forte et dure sur leurs mains ; ils ont adoré. La main libre de Melinda est allée vers les seins de Léa, les touchant et les massant, pinçant doucement les mamelons durs.

Les mains des filles ont joué avec l'élastique du boxer de Jordan et elles ont rapidement décidé qu'il était temps de l'enlever. Ils l'ont fait et sa bite dure s'est dressée devant eux, prête à être adorée. Elles ont toutes deux embrassé le long de ses jambes, Léa du côté droit et Melinda du côté gauche. Jordan a senti deux langues sur ses couilles, les léchant lentement. Il a baissé les yeux et a vu que les deux langues se touchaient en se léchant. Les filles se sont regardées dans les yeux, conscientes du plaisir à venir.

Melinda a bougé la première, prenant la queue de Jordan dans sa bouche. Elle a sucé légèrement le bout pendant un moment, mais a rapidement commencé à sucer fort. Pendant ce temps, Léa s'est agenouillée derrière son amie et a dégrafé son soutien-gorge. Elle a joué avec ses seins comme Melinda l'avait fait avec les siens. Melinda a pris davantage de la queue de Jordan dans sa bouche et Léa a laissé une main glisser le long du ventre de Melinda jusqu'à son bas-ventre. Incertaine de ce qu'elle doit faire, elle a laissé sa main y reposer mais a embrassé le cou de son amie par derrière. Les gémissements étouffés de Melinda lui ont donné le stimulus dont elle avait besoin pour glisser sa main dans son string noir et trouver son sexe.

Léa n'était pas du tout prête pour ce qu'elle était sur le point de rencontrer. Elle a touché les lèvres douces et gonflées de la chatte de Melinda, mais elles étaient si humides qu'elle n'a même pas eu besoin de forcer pour qu'elles s'ouvrent et lui donnent accès à sa chatte chaude. Léa a trouvé le petit clito de Melinda en regardant la queue de Jordan entrer plus profondément dans la bouche de son amie. Léa a effleuré le petit bourgeon avec ses doigts et a senti que Melinda se mouillait instantanément.

Melinda n'arrivait pas à croire que cela se produisait enfin. Sa bouche était remplie d'une grosse bite délicieuse ; son clito était taquiné par la fille sur laquelle elle avait fantasmé pendant si longtemps. Elle a encore plus apprécié la queue de Jordan. Elle l'a sucé fort, puis l'a laissé glisser dans et hors de sa bouche avec facilité, en resserrant ses lèvres.

Jordan a attrapé les cheveux de Melinda pour qu'elle suce sa queue comme il le voulait. Elle a enfoncé sa queue dans sa gorge, sans se soucier de savoir si elle était trop profonde ou non.

"Suce-le. Suce-le à fond, salope." Il a dit. Les lèvres de Melinda étaient douces et sa bouche chaude et humide.

Après un moment, Jordan a lâché les cheveux de Melinda et a retiré sa queue d'elle. Il s'est assis de nouveau sur le canapé, comme s'il voulait voir plus d'action entre filles. Melinda s'est débarrassée de sa culotte, toujours à genoux, et savait exactement ce qu'elle voulait faire ensuite. Léa a compris et s'est aussi débarrassée de sa jupe. Il n'y avait aucune culotte à voir, seulement son bourrelet parfait. Elle a légèrement écarté ses jambes et Melinda s'est glissée sous elles.

Melinda a finalement goûté la chatte de Léa. Elle a passé sa langue sur une chatte presque humide et a goûté ses jus salés. Ils étaient tout ce qu'elle avait imaginé et plus encore. Ses lèvres se sont enroulées autour de son clito et l'ont sucé. Les jambes de Léa ont commencé à trembler un peu avec le plaisir, mais elle pouvait à peine se tenir debout lorsque la main de Melinda l'a touchée. Melinda a glissé un doigt à l'intérieur d'elle et a taquiné son trou. Léa a gémi et s'est penchée en avant. Avant qu'elle ait pu atteindre les épaules de Melinda avec ses mains, Jordan était déjà là, l'aidant à se relever. Il les a guidés tous les deux jusqu'à la chambre, où un lit king-size l'attendait.

Jordan a attrapé le bras de Melinda et l'a jetée sur le lit ; il était volontairement agressif avec elle. Melinda est tombée sur le lit, les jambes écartées pour que Léa et lui puissent voir à quoi ressemblait sa chatte. Elle était rose et scintillait de jus délicieux. Jordan et Léa l'ont toutes deux léchée lentement, en s'embrassant en même temps. Melinda n'a pas pu s'empêcher de gémir.

"Lea, va t'asseoir sur son visage. Va t'asseoir sur son visage et je vais dire à cette pute comment lécher la chatte parfaite que tu as." Et Léa a fait ce qu'on lui a dit.

"Lèche sa fente, lentement. Tu m'entends, sale pute ? Lèche-la comme ça." Jordan a baissé ses lèvres et a léché la chatte de Melinda comme il voulait que Melinda lèche Léa. Sa queue réclamait de l'attention, alors il a arrêté de lécher et a décidé de baiser la chatte de Melinda. Il a d'abord enfoncé la pointe et a senti la moiteur de la chatte autour de lui. Il a poussé son membre plus loin et bientôt il était tout entier dans sa chatte serrée, l'écartant au-delà de toute croyance. Il a martelé lentement au début, frottant de temps en temps son clito avec son pouce.

Léa a frotté sa chatte contre le visage de Melinda et a gémi plus fort. Elle pouvait dire qu'elle était proche de l'orgasme.

"Cette salope excitée fait un bon travail, n'est-ce pas, Lea ? Tu vas jouir dans son visage, n'est-ce pas ? Petite salope." Léa a joui sur le visage de Melinda. Melinda a léché tout ce qu'elle pouvait, le sperme de Léa était si savoureux, sucré et salé en même temps, définitivement crémeux. Léa s'est calmée et s'est apaisée.

Jordan a retiré sa grosse bite de Melinda et l'a donnée à Léa. Léa, qui était maintenant à genoux sur le bord du lit, l'a sucé, savourant le goût de son amie. Jordan a continué à doigter Melinda, dont le visage était mouillé par le sperme de Léa. C'était un spectacle parfait.

Jordan a retiré sa queue de la bouche de Léa pour la gifler en l'appelant de toutes sortes de noms cochons. Melinda a gloussé.

Léa s'est mise à quatre pattes sur le lit. Sa chatte avait désespérément besoin d'être baisée par la queue de Jordan. Elle pouvait le sentir dégoutter et trembler. Jordan ne pouvait pas s'empêcher de baiser cette chatte parfaite. Il connaissait bien cette chatte, il savait ce qui faisait crier et gémir Léa et il savait ce qui la ferait jouir. Avant de glisser sa grosse bite à l'intérieur d'elle, il a giflé son cul, lui disant qu'elle était une belle poupée à baiser. Puis, il a senti que sa queue était accueillie dans cette chatte familière et sensible. Il a caressé rapidement, ayant besoin d'être soulagé.

Melinda a glissé sous Léa, le visage tourné vers son entrejambe. Tout ce que Léa avait à faire était de baisser son visage pour lécher Melinda, et c'est ce qu'elle a fait. Melinda a senti les lèvres de Léa sur sa chatte et a lâché prise, prête à jouir. Elle a levé les yeux et juste au-dessus de son visage, elle a vu la queue de Jordan entrer et sortir de la chatte parfaite de Léa. Elle a tendu la main et sorti sa langue, de sorte qu'elle a touché non seulement le clito gonflé de Léa, mais aussi la queue de Jordan. Melinda a commencé à chauffer et à trembler. Elle se serait mouillée si elle avait pu. Mais elle n'a pas pu. Ses gémissements se sont intensifiés, tout comme ceux de Léa. Elles étaient toutes deux si proches de l'extase, si proches d'orgasmes époustouflants..... Leurs gémissements se sont transformés en cris lorsqu'elles ont toutes deux joui, ensemble. Jordan a donné une forte fessée aux joues de Léa. Il n'a pas arrêté de la traiter de salope. Leurs chattes tremblaient et dégoulinaient ensemble et c'était le deuxième orgasme de Léa. Elle n'en pouvait plus et s'est éloignée des poussées de Jordan. Il a simplement souri : il avait Melinda.

Rapidement, il s'est mis sur elle et a baisé sa chatte à fond. Léa a regardé, essayant de reprendre son souffle. Melinda a gémi bruyamment, a arqué son dos et a presque pleuré. L'orgasme l'avait rendue si sensible que Jordan la baisait maintenant comme une torture. Une torture délicieuse, mais une torture quand même. Elle l'a supplié d'arrêter.

Jordan ne pouvait plus se contenir. Il ne pouvait tout simplement pas. Ses couilles étaient serrées et palpitaient plus que jamais. Il a joui sur tous les murs de Melinda, laissant sa chatte encore plus humide. Son sexe dégoulinait de son propre jus et maintenant le sperme de Jordan dégoulinait aussi. Il ne pouvait pas bouger car il était vidé de toute énergie. Ce n'est que lorsque Léa l'a écarté qu'il a réalisé qu'il était toujours à l'intérieur de Melinda.

Léa a léché la chatte de Melinda. Elle a léché son jus et son sperme. Elle aimait la combinaison de son goût salé et de son amertume. Melinda ne pouvait plus gémir, mais elle était sur le point de jouir à nouveau. Les lèvres de Léa se sont enroulées autour de son clito, le suçant. Elle a encore joui fort, directement sur le visage de sa meilleure amie. Léa a gloussé et l'a léchée à nouveau.

Une fois que Melinda a repris son souffle, elle a déplacé son torse de façon à être plus proche de Jordan et l'a léché aussi. Elle s'est goûtée elle-même, Léa et son sperme. Elle voulait ce goût encore plus, elle voulait que ce goût reste dans sa bouche pour toujours.

Une fois que tous les trois ont eu un moment de repos, ils se sont mis sous les couvertures, nus. Léa à droite, Jordan entre les deux filles. Ils sont tombés dans un sommeil paisible.

Visite surprise

Me faire sentir mieux est ce que je préfère, et aujourd'hui n'a pas fait exception.

Il est 17 heures, c'est l'heure de fermer le bureau et j'ai peur de rentrer chez moi ce soir.

La vie peut être fatigante, mais je ne veux jamais laisser les "problèmes" obscurcir mon point de vue. Cela ne fait que priver ton âme des émotions et des plaisirs qui se cachent parmi les épines de la vie. Cependant, prendre mes conseils n'est pas aussi facile que de les donner. Parfois, je me sens seule et lorsque je dois annuler des projets pour faire plaisir à un mari indifférent, il est difficile de se rappeler qu'il n'y a pas que des épines.

"Salut Jenn, comment s'est passée ta journée ?" Je demande. Mon amie de l'autre bureau est aussi sur le point de partir. Elle est si mignonne. Elle m'inspire. Elle a 36 ans et en paraît 18. Une belle fille asiatique. Lentilles de contact bleues, faux cils, tatouages sur tout le corps. Elle porte toujours des talons aiguilles et des vêtements sexy et aujourd'hui ne fait pas exception. Elle propose d'allumer ma cigarette et je m'arrête pour discuter. Nous avons une conversation amusante en attendant notre retour à la maison.

C'était une belle journée, mais tellement intense et stimulante. Je ne sais pas pourquoi je me sens si mal, mais je me sens soudain si envieuse d'elle et si triste pour moi. Elle est tellement égoïste. Cela ne me ressemble pas du tout. En la regardant, mes yeux verts se remplissent de larmes et j'anticipe la question que ses yeux vont me poser.....

"Tu vas bien, Beth ?" Comment puis-je mentir à ces yeux ? Elle me voit à l'intérieur. Ce n'est pas bien de mentir, mais la vérité fait très mal. Je commence à pleurer.

"Ohhh, désolé." Je souris et mes larmes sont oubliées alors que mon soutien-gorge bourdonne à cause des vibrations de mon téléphone. Quelques bourdonnements courts et longs, pas un appel. Un message texte. Je sors le téléphone de sa cachette dans mon soutien-gorge et ouvre le message.

Boooh', c'est tout ce que ça dit. C'est un message de 'Harley', mon amant secret.

"Aww", je réponds à voix haute. Il me lit. Il est à un pays de distance et connaît tous mes mouvements. Nous avons dû être amants dans une autre vie. Je me compose pour ne pas laisser paraître à quel point cet homme me rend folle et me met sens dessus dessous.....

"Que fais-tu ce soir ? Tu vas aller en cours ?" Jenn me demande alors que je reviens à la réalité.

"Non, je rentre à la maison. J'ai bien peur qu'il n'y ait pas de tour de pole pour moi ce soir. Je prendrai la prochaine session." Je réponds avec une respiration frémissante. Mon cours de pole dance pour débutants de six semaines était censé être mon cadeau de liberté à moi-même, et lentement, même cela échouait. Je ne pouvais pas tenir plus longtemps !

Mon téléphone sonne à nouveau, Dieu merci ! Parce que c'est mon amant. Mon amant n'est rien d'autre qu'une usine à sensations fortes, un tour de montagnes russes vers l'extase. Depuis que nous nous sommes rencontrés, j'ai pris vie. Entre nos messages, nos emails et nos chats en ligne, nous avons une vie secrète. Et c'est tellement beau. Nous avons rempli le vide que nos mariages sans sexe nous ont laissé.

'Je peux venir chez toi ce soir?' me demande-t-il avec des petits clins d'œil dans son texte.

mmm... mes fossettes se creusent et Jen me sourit pendant que je tape, 'Bien sûr' je réponds en sachant qu'elle est à un fuseau horaire d'ici et qu'elle ne pourra jamais venir.

Soudain, j'entends le bruit d'une Harley. Mes genoux faiblissent. Oh mon Dieu. C'est une putain de Harley violette, pas bleue, pas..... Mon Dieu, c'est le sien !

"Pas du tout. George !?" Je me tourne vers le bruit du moteur. Jenn me pince le bras et me rappelle que mon mari va bientôt se garer et que je ferais mieux de remettre ma langue dans ma bouche.

"Oh Jenn, quand il sera là, dis-lui que je suis allée faire un tour avec 'Joyce' ! Il comprendra !" Mes yeux s'illuminent de feu et de rire alors que je cours jusqu'au bord du parking et que je dépose mon sac.

"Salut chéri ! Il fallait que je sois là en personne pour te dire que tu es merveilleuse comme tu es. Ne laisse personne te dire le contraire. C'est presque terminé et tu seras alors libre d'être toi-même, de déployer tes ailes et de voler comme un aigle." Elle dit en tenant mon visage dans ses mains.

Je regarde l'aigle sur l'emblème de sa Harley. Il m'était destiné. Je respire son parfum et une force de vie si profonde qu'elle s'enflamme et brûle en moi jusqu'au cœur.

Salut bébé. Dit George,

Bonjour à toi aussi. Je réponds

"Comment vas-tu ?" demande-t-il avec inquiétude en me serrant dans ses bras.

"Bien ! Mieux ! Je n'arrive vraiment pas à croire que tu es là'. J'étais excité.

"J'espère que tu te sentiras mieux, je ferai en sorte que tu ne le laisses pas, lui et ses conneries, t'atteindre. Saute dedans, maintenant ! Ne pose pas de questions. Reste avec moi." Il dit.

"Embrasse-moi ! Si tu veux que je monte sur ce vélo, tu ferais mieux de m'embrasser." Je le taquine.

"Tu es merveilleuse et tu devrais toujours t'en souvenir. Je vais te faire." Il promet.

"J'ai besoin de t'entendre, George". J'ai une respiration sifflante.

Il s'approche et me serre dans ses bras.

"Mon Dieu, j'ai besoin de sentir tes bras autour de moi... mmm baby.... monte sur ce vélo !" demande-t-elle avec un sourire sur son visage bronzé. Ses dents sont si blanches. Il est si beau.

Nous enfourchons le vélo et nous dirigeons vers l'hôtel en face. Mon cœur bat la chamade. Je sens sa chaleur couler en moi alors que nous nous serrons si fort l'un contre l'autre pendant le trajet. Je me demande combien de fois j'ai regardé cet hôtel et souhaité qu'il soit là avec moi ?

Il se gare et m'aide à descendre de la moto. Nous sommes debout sur le parking et nous nous serrons dans les bras. Alors qu'il s'accroche à moi, je le sens me donner un peu de sa force. Il est si calme et si tendre. Rien ne presse. Je suis juste chaleureuse et en sécurité avec lui. Son toucher me montre qu'il me protégera toujours. Il prendra soin de moi.

"Mmm, ohh bébé. Je me sens tellement en sécurité dans tes bras !" Je lui dis.

"Ne t'inquiète pas, chérie. N'aie jamais peur." Il dit en m'entourant de ses épaules et me conduit à l'intérieur de l'hôtel, en mettant le billet de chambre dans ma main et en me souriant avec ces yeux verts malicieux qui me font tellement mouiller. Soudain, nous entendons une chanson familière alors que nous entrons dans l'ascenseur. 'I Need You Now', par Lady Antebellum. Comme nous nous languissons l'un de l'autre. Notre amour donne un sens aux chansons. Chaque fois que nous l'entendons, nous pensons à l'autre et maintenant nous sommes capables de nous embrasser.

C'est étrange comme j'ai besoin d'écouter quelque chose avec toi lorsque nous sommes loin l'un de l'autre. Je chuchote à son oreille alors que l'ascenseur s'arrête au onzième étage. "Harley, mon cœur se réchauffe, si tu vois ce que je veux dire !" Je ronronne à son oreille et je ris alors que nous entrons dans la pièce et fermons la porte.

"Tu te moques de moi ? Peut-être as-tu besoin d'un tuyau pour te rafraîchir ?" Il pose sa main sur mon aine en embrassant doucement mes lèvres. Long et tendre. Les langues se battent en duel. Ils se frottent l'un contre l'autre.

"Nous sommes habillés, mon enfant, mais pas pour longtemps. Nous allons enlever une pièce à la fois. Taquiner, augmenter. Nous sommes tous les deux très excités mais nous ne voulons pas aller trop vite." Elle jubile en déboutonnant mon chemisier. Un bouton à la fois, en le faisant glisser.

"Mmm, chérie. C'est sympa." Je ronronne.

Laisse-moi frotter tes doux seins à travers ton soutien-gorge, Beth. Il bafouille et commence à me caresser plus fort.

"Je t'aime George. Tu ne peux même pas parler quand tu me fais un câlin." Je rigole. "George, je peux dire que tu es en train de babiller du sperme et j'adore ça. N'oublie pas que tu n'as pas assez de sang pour faire fonctionner les deux cerveaux en même temps. Tu es un homme après tout !" Je plaisante, alors que nous commençons à nous masser et à nous frotter l'un l'autre, nous faisant mutuellement gémir. Je défais son jean. Il me serre dans ses bras. Je glisse ma petite main dans son short.

"Oh, tu es mouillée ! Tu as pensé à moi ?"

Il prend mes mamelons avec ses mains fortes, les frottant et les tordant. Il me fait pleurer. Mes mamelons se durcissent lorsqu'il les suce à travers le tissu de mon soutien-gorge. Mon mamelon gauche palpite sous son baiser. Il suce fort la bonne et la mord. Je jette ma tête en arrière et mes cheveux roux volent. Je masse ses oreilles et le serre contre moi. Il passe la main derrière mon dos et décroche mon soutien-gorge, le laissant tomber. Libérer mes 38 C pour ses yeux verts, ses mains et sa bouche affamée. Nous baissons tous les deux le regard lorsque nous entendons le bruit sourd de mon téléphone qui frappe la moquette de notre chambre. Nous sourions, sachant que ce téléphone est notre ligne d'écoute lorsque nous sommes séparés.

"Aïe !" Je crie alors que nous nous penchons tous les deux vers le téléphone et que nous entrons en collision. Sa queue palpite à cause de l'attention que je lui porte. Il se lève et j'enlève son short et il se tient debout devant mes yeux. Je me laisse tomber sur le sol alors qu'il embrasse mon ventre, en me suivant. Je ricane alors qu'il défait mon jean et le descend. Je me tortille et je suis tellement mouillée que je crains de faire une flaque d'eau ici même sur le tapis. Je ne porte maintenant que ma culotte en satin vert. Ils sont humides de mon désir. Il frotte ma chatte avec la paume de sa main.

Il sent mon sexe, sa grosse bite non coupée palpite. Je le regarde bouger avec une vie qui lui est propre alors qu'il me doigte à travers le tissu doux. Il me stimule. Mon sperme s'écoule de ma fente et sur ma culotte alors qu'il glisse un doigt à l'intérieur et me tâte. Alors qu'il frotte mes lèvres et taquine mon clitoris, il pousse ma culotte à l'intérieur de moi.

"Je ne peux pas supporter ça Beth !" Il les arrache et fait glisser son doigt à l'intérieur de moi. Sa main frotte et taquine mon clito et c'est si dur pour lui.

"Ohhh baise George !" Je crie alors qu'il m'embrasse plus bas et fouette ma chatte avec sa langue. D'avant en arrière, d'avant en arrière, encore et encore, me faisant jouir alors que je me remplis de crème dans sa bouche.

Il sent que j'essaie d'étreindre son visage pendant que sa langue me fouette. Il mord mon clito et le suce plus fort. Il glisse deux doigts dans ma chatte et ils l'aspirent. Oh, maintenant il me pompe. Un autre ! Baiser. Trois doigts bien profonds à l'intérieur, me poussant plus fort.

Je le repousse. "Donne-moi cette bite !" Je demande alors qu'il pousse son poing de sa chatte à son clitoris. "Oh, c'est l'heure du 69 ! J'ai faim !" J'exulte lorsqu'il me retourne et met sa queue dans mon visage. Si dur, plus de huit pouces de merveille non circoncise pointant vers mon visage. Du liquide préséminal coule sur ma joue. Il la frotte sur mon nez et mes yeux pendant que je la suce entre mes couilles et ma queue et que je souffle doucement sur la peau humide.

"Oh putain Beth ! Ohhh. Jésus ! C'est tellement excitant !" Elle halète. "Oh bébé !" crie-t-il alors que je lèche et lèche encore, juste sous son extrémité. Mon endroit, juste à l'endroit où la tête de sa bite rencontre le manche. Je donne de petits baisers sur les côtés de sa tige alors que sa bite dure dégouline. Je sens sa langue en moi et un doigt qui appuie sur mon trou du cul.

"Oh Georgie ! Putain ! Comme tu lèches !" Je halète." Je ris en jouissant dans son visage. Je peux sentir qu'il me boit. S'enivrer de notre sperme.

"Oh Beth, caresse-moi !" supplie-t-il inutilement alors que je lèche la tête de sa queue et que je retire la peau pour dénuder la tête. "Sens ma dureté, fais en sorte que ça arrive !" dit-il en prenant mon téton gauche et en l'enfonçant dans son trou à pipi, écrasant son prépuce autour de mon téton et y poussant sa dureté. Le sperme gicle et je l'écope pour enrober sa tige. Je serre ses couilles.

"Oh bébé, je vais tirer une charge d'une minute à l'autre !" prévient-il alors que je continue à frotter sa tige, en la caressant. "Oh mon Dieu ! Je vais bientôt jouir. Sur tes seins, sur ton visage et sur ta bouche."

Je prends sa queue et la frotte sur ma joue gauche, puis je la fais glisser vers ma joue droite. Je peins le sperme le long de moi, des rayures scintillantes sur mon beau visage. Je le trace le long de mon cou.

"Bon Dieu, ma fille, je ne peux pas le faire ! Ma bite est si dure !" Il gémit alors que je lèche un peu la tête de sa queue. Maintenant le côté... mmm... Je suce des petits baisers partout, puis je souffle doucement. "Beth bébé, tu dois t'arrêter ou je vais jouir ! Je suis si proche, si proche."

"Oh bébé !" crie-t-il alors que je le pousse de moi et sur son dos. Je rampe sur son corps et le chevauche. Ma chatte est en feu. J'essaie de le monter et sa queue se courbe lorsque la pointe gonflée me pénètre et s'arrête.

"Aide-moi... aide-moi..." Je supplie en tirant sur ses bras pour essayer de changer de position. "Il n'y a pas d'espoir", me dis-je. Je suis gonflée et sa tête est si dure.

Je m'agenouille et le regarde. Son visage me dit qu'il a besoin de baiser maintenant. Ses yeux s'illuminent. Oh 'doggy-style', son préféré ! Nous sourions toutes les deux et nos yeux verts correspondent, tout comme notre envie de jouir. Il glisse sa queue entre mes joues de cul pendant que j'écarte ma chatte pour lui.

"Va te faire foutre, salope !" crie-t-il en prenant sa queue et en répandant son sperme sur toute ma chatte et en fessant mon clito avec sa queue dure. Whap ! Whap ! La sensation me fait frissonner et ma peau se soulève en protubérances démontrant mon désir pour cet homme.

"Oh, donne-moi une fessée, bébé ! Donne-moi une fessée, je suis tellement mouillée, putain !" Je dis alors qu'il prend sa queue et s'enfonce dans ma chatte trempée, poussant sa viande en moi.

"Maintenant, prends-le !" me gronde-t-il, "Je vais te baiser jusqu'à ce que tu deviennes folle". Prends tout !" Ses couilles claquent fort contre mes fesses alors qu'il pulse à l'intérieur de moi et frappe mon col de l'utérus. "Ne te retiens pas". Il me prévient.

"Oh, ne te retiens pas ! Ne le fais pas ! Ne le fais pas ! Baise-moi George, oh baise-moi fort !" Je le supplie. Sa queue se courbe à l'intérieur de moi et frotte ma chatte de tous côtés, frappant des endroits jamais atteints par un autre homme. Il est fait pour moi ; mon orgasme explose alors que des larmes s'échappent de mes yeux. Il me fait prendre jusqu'au dernier centimètre alors que ses couilles donnent leur rythme. Il me pousse de plus en plus vite.

Il enfonce un doigt dans mon cul alors que je tends la main pour attraper ses couilles et le serrer contre moi pendant que je jouis. Il me gifle durement le cul, encore et encore, puis enfonce deux doigts dans mon cul pendant qu'il me baise jusqu'à épuisement. Je me sens faiblir et je glisse mon doigt dans son cul ferme. Mes ongles manucurés créent en lui des sensations qu'il ne peut pas contrôler. Je sens l'animal prendre le dessus pendant qu'il me baise.

"Oh, putain, salope ! Putain ! Bébé !", crie-t-elle en envoyant sa semence si profondément dans mon corps. Cela me fait exploser. En s'enfonçant dans moi, il s'arrête, puis glisse en arrière et se remet à spasmer en moi comme une machine. Mes genoux raclent le sol alors que je hurle dans les affres d'un orgasme incontrôlable. Je bégaie de façon incohérente. Je roule sur le côté et le serre dans mes bras. L'entendre respirer. Il me guide sur lui pour qu'il puisse me lécher pendant que je suce sa bite ramollie. Je lèche ses cuisses avec plaisir.

"MMM, nous avons si bon goût, chérie", dis-je. "Quel merveilleux mardi cela s'est avéré être". Je roule sur le côté et embrasse ses lèvres.

Le jacuzzi est prêt en bas. Il dit. "C'est risqué, mais tu veux peut-être jouer à "cacher le clin d'œil" avec Georgie avec les jets d'eau qui font exploser cette jolie chatte ? Hmmm ?", le taquine-t-elle.

Un couple parfait

Paula et Bob, le couple parfait.

Paula s'est réveillée en sentant le corps chaud de son mari derrière elle. Elle avait mal à la tête après avoir trop bu hier soir, mais alors qu'elle fermait les yeux pour essayer de dormir un peu plus, le téléphone a sonné.

"Bonjour." Il a dit d'un ton bourru.

"Bonjour, chérie. Tu es toujours au lit ?" C'était Bob, son mari.

Incrédule, elle a regardé par-dessus son épaule pour voir qui était au lit avec elle. C'était un homme noir, un nègre, comme elle appelait toujours les Noirs. Elle a laissé tomber le téléphone.

Il l'a rapidement ramassé sur le sol, pour entendre Bob lui dire : "Qu'est-ce qui s'est passé, tu vas bien, mon coeur ?

"Oui, je vais bien, j'ai juste laissé tomber mon téléphone. Où es-tu, tu rentres bientôt à la maison ?" Elle devait le savoir pour résoudre la situation. Elle était maintenant complètement réveillée, mais tout était encore flou.

"Je suis toujours à San Francisco et je ne pourrai probablement pas partir avant demain".

Dieu merci, a-t-il pensé, il y a du temps. Mais il a poursuivi : "…. donc cela va durer plus longtemps que……". Elle ne pouvait pas entendre ce qu'il disait, mais a essayé de penser à ce qui s'était passé à la fête de Glenda hier soir.

Il parlait encore : "……e avec un peu de chance, nous pourrons finir ce soir et je t'appellerai demain matin. Au revoir, chérie."

"Au revoir, chérie". Il a dit en raccrochant.

Il n'avait pas entendu grand-chose de ce qu'elle avait dit, si ce n'est qu'il ne rentrerait pas avant demain matin. C'était une fête d'église chez Glenda, mais il y avait eu beaucoup de vin et elle s'était saoulée. Quelqu'un avait dit qu'elle ne devait pas conduire, alors cet homme, un homme noir, avait proposé de la raccompagner.

Le prêtre, Cal, changeait les choses, essayait d'intégrer la congrégation et avait fait venir un homme noir, Clarence, comme pasteur adjoint pour faire avancer les choses. Elle et Bob envisageaient de changer d'église parce qu'ils ne voulaient rien avoir à faire avec les Noirs. Ils vivaient dans un quartier entièrement blanc d'Atlanta, dans une communauté fermée. Ils ne s'étaient jamais mélangés à ces gens et n'avaient jamais eu l'intention de le faire.

Maintenant, cela commençait à lui revenir. Pendant qu'ils roulaient, elle a commencé à se demander si ce qu'ils disaient était vrai, que les hommes noirs avaient de grosses bites. Elle s'était donc approchée et avait posé sa main sur ses genoux.

"S'il te plaît, ne fais pas ça." Il avait dit

Elle avait ri et continué à palper son pénis, trouvant finalement une douce masse de chair dans son pantalon. Il avait repoussé sa main. Pour qui se prenait-il, en la rejetant, elle, la reine du bal de son collège cinq ans plus tôt ?

Puis elle s'est souvenue d'avoir glissé sa main dans son pantalon et d'avoir trouvé son pénis qui gonflait lorsqu'elle le caressait.

Clarence avait des difficultés à conduire. "S'il te plaît, arrête ce que tu fais". Il a dit et a essayé de repousser sa main.

"C'est mieux." Il a dit alors qu'elle commençait à durcir dans sa main.

Immédiatement, il s'est souvenu qu'ils étaient entrés dans l'allée et se sont arrêtés. Elle avait sorti sa queue et essayait de mettre sa bouche dessus.

"Arrête !" Il lui a donné une forte poussée et est sorti de la voiture.

Il est allé à son côté et a ouvert la porte. Sa jupe est remontée sur ses cuisses, elle s'est tournée vers lui et a écarté ses jambes.

"Veux-tu me baiser Clarence ?"

Le reste était flou, mais elle se souvenait qu'il l'avait traînée dans la maison et qu'elle s'était effondrée dans ses bras. Il a dû l'emmener à l'étage, mais rien n'était clair à partir de là. Elle l'avait clairement embrassé ; elle avait embrassé ces lèvres épaisses qui étaient si sensuelles. Puis elle s'est souvenue d'être allongée sur le dos sur le lit, les jambes écartées, pendant qu'il la tripotait.

Elle était encore toute habillée, à l'exception de sa culotte, et il venait d'enlever son pantalon et la baisait à fond. Elle sentait sa grosse bite l'étirer et elle adorait ça. Elle avait toujours aimé baiser, mais c'était le premier homme qu'elle avait depuis son mariage.

Maintenant, elle s'est assise dans le lit et a regardé l'homme à la peau noire. Les Noirs l'avaient toujours dégoûtée, mais pas Clarence, en fait il était très beau. Elle s'est levée pour faire pipi, puis au lieu de se lever, elle s'est remise au lit. Elle a tendu la main sous les couvertures à Clarence et a trouvé son pénis maintenant mou.

Il s'est réveillé. "Je dois aller à la salle de bain".

Elle lui a dit où se trouvait la salle de bain principale et a attendu avec impatience qu'il revienne. Puis elle lui a demandé de retourner au lit avec elle. Pendant qu'elle était réveillée, elle avait pris un analgésique et s'était sentie mieux ; quand il était retourné au lit, elle s'était penchée sur lui et l'avait embrassé.

"Je suis désolé de ce qui s'est passé, mais tu as été persistant". Il a dit

"Tout était de ma faute, mais je pense que j'ai apprécié, j'étais tellement ivre".

Ils se sont à nouveau embrassés, mais maintenant d'une manière plus profonde et plus sexy, avec beaucoup de langue.

"Nous ne devrions pas faire ça". Il a dit. "C'est mal".

"Tu veux dire parce que tu es noir et que je suis blanc ?" Il lui a demandé.

"Non, parce que je suis le pasteur adjoint de ton église. Je pourrais avoir beaucoup d'ennuis."

Elle s'est détournée de lui. "Écoute, je ne pense pas que les races se mélangent, pas plus que je ne pense que les gens font l'amour avec des animaux, mais tu m'as surpris au bon moment la dernière fois."

Il a commencé à sortir du lit. "Je n'ai pas besoin d'entendre ces choses. Je ferais mieux d'y aller."

"Non, s'il te plaît. Je suis désolé, je le veux, je te veux maintenant. Il n'y a rien de racial, je te veux comme un homme." En même temps, il pensait que si quelqu'un voyait cet homme quitter sa maison, sa vie telle qu'il la connaissait serait terminée.

Elle s'est lentement remise au lit et ils se sont à nouveau embrassés. "Où est ton mari ?"

"Il est à San Francisco jusqu'à demain".

Pendant qu'ils s'embrassaient, sa main a touché sa cuisse et s'est déplacée sur le haut de son bas haut jusqu'à l'intérieur doux de sa cuisse.

Il s'est détaché : "Tu as toujours tes bas. Il a dit en souriant.

"Dois-je les enlever ?"

"Non, j'aime la sensation qu'elles procurent." Il l'a embrassée à nouveau, mais cette fois le baiser était profond, tout en langue.

Ses doigts ont cherché sa fente humide et l'ont pénétrée. Avec sa bouche, il a trouvé son sein, puis son mamelon, et en doigtant son clitoris et en suçant son sein, il l'a amenée près de l'orgasme alors qu'elle gémissait de plaisir.

En même temps, Paula a caressé sa grosse et dure virilité qui dégoulinait maintenant. Les caresses et les baisers ont continué jusqu'à ce qu'elle doive avoir ce gros truc et qu'elle se roule sur le dos et qu'il se blottisse entre ses jambes, la tête de son pénis trouve sa marque et glisse en elle.

"Oh mon Dieu, oui... oui... oui." Il a respiré et a laissé échapper un profond soupir.

Lentement, il est entré et sorti de son vagin, son humidité lubrifiant son trou avide tandis que son grand pénis bougeait comme un piston à l'intérieur et à l'extérieur, augmentant progressivement la vitesse jusqu'à atteindre un rythme régulier. Elle n'avait jamais connu ou apprécié un tel sexe. Son mari était vraiment la seule personne qu'elle connaissait depuis longtemps, mais il n'était pas de taille pour elle.

Elle a répondu par des grognements rythmés et des gémissements occasionnels lorsqu'il a touché un point sensible et a chuchoté et murmuré des encouragements obscènes.

"Ici, ici, baise-moi... donne-moi cette grosse bite".

Puis, 'Oh si bon..... plus vite... baise-moi plus fort'.

Clarence aimait aussi faire l'amour. Cette délicieuse femme l'avait observé toute la nuit et, en tant que nouvel assistant du pasteur, il savait que c'était mal. Finalement, il a pensé qu'il avait résisté à la tentation assez longtemps, alors quand il l'a fait monter pour s'allonger sur le lit et qu'elle a soulevé sa jupe et enlevé sa culotte, il a enlevé son pantalon et s'est allongé entre ses jambes ouvertes.

Il avait réagi comme un animal, un animal exigeant. Leur amour avait été sauvage et surchauffé. Ensuite, il s'est déshabillé et s'est mis au lit avec elle. Il s'était endormi et dormait profondément pour découvrir qu'elle le touchait à nouveau au petit matin.

Maintenant, ils baisaient à nouveau et elle était comme un animal, avec de multiples orgasmes jusqu'à ce qu'il éjacule enfin dans son vagin chaud. Ils se sont allongés ensemble et elle a enroulé ses bras et ses jambes autour de lui.

"Wow. C'était la meilleure baise que j'ai jamais eue. Mmmmmm." Et il a senti qu'elle serrait son pénis avec ses muscles vaginaux.

Elles sont restées allongées jusqu'à ce qu'elles commencent toutes les deux à s'endormir.

Il s'est réveillé soudainement. "Je dois y aller".

"Je vais préparer le petit-déjeuner tout de suite." Paula a dit qu'ils s'embrassaient et qu'il se retirait d'elle.

Ils ont pris un petit-déjeuner rapide et il a répété qu'il devait partir.

"Je suis désolée, mais on ne doit pas te voir partir d'ici. Je mettrai la voiture dans le garage, puis nous monterons tous les deux et partirons. Il y a des chances qu'ils ne te voient pas." Dit Paula.

Elles sont toutes deux montées à l'étage pour s'habiller. Alors qu'ils commençaient à s'habiller, il a levé les yeux pour voir Paula penchée sur le lit, dos à lui, et entre ses cuisses, il pouvait voir ses poils pubiens. Lorsqu'il a tendu la main et touché ses fesses, elle s'est arrêtée et a légèrement écarté les jambes.

Il s'est levé et s'est placé derrière elle, puis a glissé un doigt en elle et elle a répondu en se laissant tomber à genoux sur le lit, dos à lui et jambes écartées. Son pénis était maintenant complètement érigé, il l'a ouverte avec ses pouces et a enfoncé son pénis dans son vagin trempé qui était déjà plein de son sperme.

Elle n'a pas dit un mot, mais elle a haleté lorsque son grand pénis s'est enfoncé profondément en elle. Il a attrapé ses hanches avec ses mains fortes et a commencé à pousser fort et rapidement, à chaque poussée profonde, son scrotum et ses testicules claquaient contre ses lèvres. Cela lui procurait un plaisir si intense qu'elle a crié, presque en larmes.

Soudain, son dos s'est arqué et elle a senti une série de spasmes secouer tout son corps en un énorme orgasme, et ses muscles vaginaux ont agrippé son pénis avec tant d'acharnement qu'il a commencé à éjaculer et à tirer au fond d'elle.

Pendant quelques instants, il s'est accroché à ses hanches, puis l'a quittée et elle a continué à s'habiller. Toujours pas un mot n'avait été dit. Elles se sont toutes deux habillées rapidement et Paula s'est dépêchée de descendre, de sortir par la porte, de déplacer la voiture dans le garage et de fermer la porte.

Ils ont bu une dernière tasse de café avant de quitter la maison et de se diriger vers le garage. Même pendant le café, ils n'avaient pas beaucoup parlé car ils pensaient tous les deux à l'avenir. Comment réagiraient-ils lorsqu'ils se rencontreraient aux services religieux ? Auraient-ils pu se rencontrer à nouveau ? Voulaient-ils se rencontrer à nouveau ?

Ils sont montés dans la voiture mais avant que Paula ne puisse la démarrer, Clarence s'est penché sur elle et l'a embrassée, sa main tâtant ses seins. Puis sa main a glissé sous sa jupe pour toucher l'intérieur doux de sa cuisse.

"Je veux te revoir." Dit Paula.

"J'aimerais bien, en fait, j'aime bien ça."

"Nous ne pouvons pas nous rencontrer en public.

"Je sais." Ses doigts avaient glissé sous la jambe de sa culotte. Il a retiré sa main, a pris une note dans son portefeuille et la lui a tendue. "Appelle-moi".

"Je le ferai". Avec la télécommande, il a ouvert la porte du garage et ils sont sortis à la lumière du soleil.

Épilogue : Bob est rentré chez lui le dimanche matin et après le déjeuner, il est allé jouer au golf. Quand il est rentré chez lui, il l'a dit à Paula :

"Tu sais ce que Fred a dit ? Il dit qu'il t'a vu hier en ville avec un nègre dans la voiture. Je lui ai dit que ce n'était pas drôle, mais il a insisté pour que ce soit toi."

"Ton ami Fred est fou ! ".

Quelle magnifique personnalité !

Lorsque j'ai demandé à Tom "à quoi ressemble-t-elle ?" et qu'il a répondu qu'elle avait une "grande personnalité", j'ai su que Kiri serait grosse. Je le savais ! C'est un mot de code universel et seul un idiot ne le saurait pas. Pas vrai ? Mais Tom est mon plus vieil et meilleur ami et je lui ai laissé le bénéfice du doute quand il m'a assuré qu'elle me plairait. J'ai donc accepté un rendez-vous à l'aveugle.

Je me suis dit que si elle était si bonne, pourquoi avait-elle besoin d'être installée ? Mais là encore, j'ai été réparé aussi, alors je suppose que je n'ai pas beaucoup de place pour parler. Alors, quels mots de code Ellen (la femme de Tom) a-t-elle utilisés pour décrire sa cousine Kiri, pour que j'aie l'air moins nulle ? "Décontracté ? Snob. "Survivant d'un mauvais mariage" ? Divorcée brûlée ! "Un gars sympa" ? Perdant !

OK, je n'étais pas de bonne humeur à cette époque. Peut-être que cela m'aurait fait du bien d'être de nouveau sur le marché. J'ai décidé de faire de mon mieux et de ne pas laisser les pensées négatives s'opposer à l'amusement de Kiri et moi. Et qui sait ? Elle aurait peut-être été un coup de foudre. Peut-être que, même si elle ne l'était pas, nous nous serions entendues et je me serais fait une amie. C'est avec cette perspective positive que j'ai entrepris de rencontrer Kiri.

Je devais retrouver Tom, Ellen et Kiri dans un bar local, où nous prendrions quelques verres, puis un taxi pour aller dîner. Je suppose que c'était pour donner à Kiri ou à moi une dernière chance de nous échapper avant d'être coincés pour la nuit.

Tom s'est approché de moi, qui était debout au bar. Ellen et Kiri étaient dans les toilettes pour dames, alors nous sommes allés chercher une table et les avons attendues. Nerveuse comme un chat, je suis restée assise à parler à Tom pendant des heures avant que les dames ne sortent des toilettes.

Le premier regard a confirmé mes soupçons. Il était en effet en surpoids. Je n'ai pas laissé mon expression trahir ma déception. J'étais déterminé à ne pas être le connard superficiel que je sentais que j'étais à ce moment-là. Bien sûr, c'était une grande femme, mais cela ne voulait pas dire qu'elle n'avait pas de sentiments et je n'allais pas la faire se sentir mal parce qu'elle était plus grande que la moyenne.

Tom nous a présentés et j'ai souri en lui serrant la main. Nous nous sommes assis et avons fait la conversation en attendant que notre serveur prenne nos commandes de boissons. Rien de profond. Comme je l'ai dit, une petite conversation. Mais j'ai commencé à remarquer quelque chose à propos de Kiri. Elle avait une grande personnalité ! Elle était sympathique, joyeuse, intelligente et avait le sens de l'humour.

Son rire était facile et léger et avait un timbre très agréable. Elle n'était pas renfermée sur elle-même et timide et ne se cachait pas derrière des vêtements ressemblant à des tentes. Au contraire, Kiri se comportait avec une assurance du genre "j'emmerde le monde s'il n'aime pas mon corps" et quand j'ai commencé à la regarder avec des yeux plus ouverts, j'ai réalisé qu'elle était vraiment un canon !

Pourquoi ne l'ai-je pas vu quand elle s'est approchée de notre table ? Elle avait ses beaux cheveux longs et foncés tirés en arrière dans un chignon, avec des boucles qui pendaient librement, encadrant un très joli visage.

Ses yeux verts brillants fixaient les miens et ses lèvres étaient pleines et rouges, avec une pointe de malice derrière son sourire. Et j'ai commencé à la voir non pas comme une "grosse dame", mais comme une femme sexy et voluptueuse !

Et cela n'a pas fait de mal du tout que nous semblions avoir tout en commun. Notre musique, nos convictions sociales et politiques, nos hobbies ; tout s'accorde parfaitement ! À la fin du dîner, nous avons ri ensemble comme de vieux amis et nous nous sommes tenus la main dans le taxi sur le chemin du retour au bar pour récupérer nos voitures.

J'ai pris Tom à part, lorsque Kiri et Ellen sont entrées dans les toilettes, et je l'ai remercié sincèrement d'avoir organisé la soirée. Et à sa suggestion, j'ai proposé de conduire Kiri chez elle. J'étais ravie quand elle a accepté.

Elle m'a invitée à entrer pour prendre un café quand je l'ai raccompagnée à la porte, et je suis entrée avec elle avec plaisir. Nous avons parlé pendant des heures, de tout, de notre enfance, de nos émissions de télé préférées et de nos rêves désespérés pour l'avenir.

J'ai regardé ma montre : trois heures dix-sept ! Bon sang ! "Je suis désolée de t'avoir empêchée de dormir pendant si longtemps !" Je me suis excusée en ouvrant la porte d'entrée. "Je crois que je ferais mieux d'y aller."

'Pas besoin de t'excuser, John, j'ai passé une excellente soirée. Ou plutôt, la nuit dernière," dit-il en souriant.

"Moi aussi", ai-je dit en regardant dans ses beaux yeux. J'ai serré sa main et elle l'a serrée un instant de trop. En me rapprochant d'elle, je lui ai donné un baiser doux et persistant sur sa belle joue.

Elle a fermé les yeux et m'a attiré plus près, en enroulant ses bras autour de moi. Mes lèvres se sont approchées des siennes, j'ai embrassé profondément sa bouche entrouverte et je l'ai serrée fort dans mes bras. L'étreinte s'est transformée en un serrement et le baiser a commencé à devenir de plus en plus passionné. J'ai poussé ma langue au-delà de ses lèvres, sondant sa bouche et caressant son dos, tandis que mes mains descendaient sur ses belles fesses rondes et luxuriantes.

Kiri a rompu le baiser et j'ai pensé que j'avais fait quelque chose de mal. Que j'avais été trop effrontée et qu'elle me jetterait dehors ! Mais elle ne l'a pas fait. Au lieu de cela, elle a claqué et verrouillé la porte et a immédiatement sauté dans mes bras, m'embrassant profondément. Son corps était si chaud dans mes bras et, pressée contre moi, elle a dû sentir la bosse dans mon jean.

Rompant à nouveau le baiser, il a attrapé mes mains et m'a traînée dans le couloir jusqu'à sa chambre. Mon Dieu, je ne pouvais pas croire à ma chance ! Nous avons commencé à arracher les vêtements de l'autre, notre passion croissante nous rendant impatients. Très vite, je l'ai dépouillée de ses vêtements les plus sexy : un soutien-gorge push-up transparent en dentelle noire, qui s'efforce de retenir ses énormes seins, et une culotte assortie.

Elle s'est agenouillée devant moi et, en baissant mon caleçon, a commencé à embrasser mes couilles poilues. C'était un sentiment fantastique et pas seulement parce que c'était la première fois depuis je ne sais pas combien de temps qu'une femme faisait cela pour moi. Elle a fait tournoyer sa langue sur mes testicules et a fait courir ses mains de haut en bas sur mes jambes.

En passant mes doigts dans ses cheveux (qui étaient maintenant détachés et descendaient au milieu de son dos), j'ai gémi alors qu'elle m'embrassait de haut en bas sur la tige de ma queue. Quand elle a atteint la pointe, elle l'a prise entre ses lèvres et m'a aspiré profondément dans sa bouche. Elle a avalé ma queue jusqu'à la base et la sensation était si bonne que mes genoux ont faibli. Je devais m'asseoir sur le lit ou risquer de tomber sur Kiri.

Elle a sucé ma queue comme si elle aimait le faire, et elle l'a fait mieux que n'importe qui avec qui j'avais été ! En utilisant ses lèvres, sa langue et, oui, même ses dents, elle a fait trembler mon corps et, trop vite, j'ai atteint l'orgasme. Je ne voulais pas encore jouir, car je savais que je le ferais. Je ne pourrais pas le reprendre avant le matin et je ne voulais pas attendre aussi longtemps pour baiser Kiri.

Mais, oh, c'était si bon ! Je ne pouvais pas supporter de l'arrêter ou de me retirer de sa bouche ! Tous les muscles de mon corps se sont contractés et, en poussant ma queue dans sa bouche alors qu'elle la suçait avec force, j'ai atteint le moment de vérité et j'ai déclenché un élan de passion et elle a avalé chaque goutte de mon sperme !

Respirant difficilement, je me suis effondrée sur le lit, momentanément épuisée, et Kiri a grimpé sur moi, m'embrassant passionnément. Elle a embrassé mon cou et ma poitrine et a léché mes tétons avec sa langue amicale. Kiri était excitée et me l'a dit. Et j'étais là, avec ma bite qui s'affaisse. Inutile. Mais je suis un homme pratique et libre. Si ma queue n'était pas à la hauteur, alors ma langue prenait le relais !

En partant du bout des doigts de Kiri, j'ai embrassé son bras, son dos et ses épaules. Je suis descendu jusqu'à ses énormes seins, embrassant ces coussins d'amour charnus et passant ma langue entre eux. Kiri a poussé un soupir sensuel et j'ai tendu la main vers le bas pour dégrafer son soutien-gorge, libérant ses énormes seins de leur attache. Je me suis émerveillé devant ses seins melon qui fuyaient et j'ai noté avec une certaine satisfaction que l'on ne trouve pas de tels seins chez une femme maigre ! Prenant un sein lourd dans chaque main, je l'ai pressé doucement et en suçant ses gros tétons, elle a soupiré et tiré sur mes cheveux ébouriffés.

Je l'ai fait rouler et j'ai embrassé une piste le long de son dos, sur ses larges hanches sexy et jusqu'à ses délicieuses fesses. Je me suis nourri de ses fesses généreuses, les grignotant, les embrassant et les léchant. Elle était de plus en plus chaude et j'avais hâte de manger sa douce chatte.

Et oh, c'était si gentil ! En se retournant sur le dos, Kiri a écarté ses jambes et, à genoux sur le sol à côté du lit, j'ai fait glisser sa culotte et j'ai déposé un léger baiser affectueux sur les lèvres de sa chatte. Elle a frissonné à mon contact et a murmuré : "Oh, bon sang, John, lèche ma chatte ! Fais-moi jouir avec ta langue !"

J'ai fait ce qu'on m'a demandé. En fait, je l'ai fait jouir avec ma langue plusieurs fois ! Après cinq, j'ai arrêté de compter et j'ai continué à lécher et lécher ! Elle avait un goût si bon que je n'en avais jamais assez ! Et chaque fois qu'elle est venue, c'était comme découvrir une nouvelle planète. Elle a hurlé mon nom et crié des mots sales en venant dans mon visage avec une vague après l'autre de doux miel d'amour et a pressé sa chatte contre mon visage, m'invitant à continuer de la lécher.

Son parfum naturel, le goût de son nectar, le son de ses gémissements et surtout la chaleur de sa passion ont eu un effet profond sur moi. Après avoir léché Kiri jusqu'à plusieurs orgasmes, ma queue a commencé à se contracter et à chaque orgasme de plus en plus intense de sa part, ma queue est devenue un peu plus forte, un peu plus dure. Finalement, j'étais en pleine érection et prêt à baiser !

Kiri a dû sentir ma passion croissante, car juste au moment où la pensée m'a traversé l'esprit que je n'aurais pas à attendre pour la baiser, elle m'a tiré sur le lit, m'embrassant fougueusement. "Je veux ta queue dure en moi, John ! Baise-moi !"

Comme je l'ai déjà dit, nous avions beaucoup de choses en commun !

Allongé sur le dos, je l'ai tirée sur moi et, en utilisant sa main comme guide, j'ai glissé ma queue profondément dans sa chatte ferme. Oh ! Elle m'allait comme un gant de velours, elle était chaude et humide et rebondissait de haut en bas sur ma queue raide, s'empalant encore et encore. En chuchotant à mon oreille, elle a dit : "J'adore être baisée fort ! Enfonce ta bite en moi !".

En arquant le dos et en poussant mes hanches, je l'ai baisée fort et rapidement et elle a gémi bruyamment. J'ai léché et sucé ses seins et les ai pressés avec mes mains. J'étais comme un enfant le matin de Noël, qui venait de déballer le jouet en haut de sa liste de souhaits ! Mon Dieu, ses seins étaient fantastiques !

Kiri était vraiment chaude et a joui plusieurs fois de plus, durement, pendant que j'enfonçais ma queue dans sa chatte et que je jouais avec ses gros et beaux seins. Kiri m'a étonnée. Je n'avais jamais connu de femme capable de jouir autant de fois en un mois, et encore moins en une nuit !

"Tu aimes mes seins, n'est-ce pas, John ?" demande Kiri après une jouissance frémissante. J'ai hoché la tête, "Tu es prête à jouir ?". J'ai de nouveau hoché la tête, complètement incapable de parler. "Eh bien, j'ai quelque chose de spécial en tête pour toi, mon amour".

En même temps, il s'est détaché de ma queue endolorie et s'est agenouillé sur le sol. Je me suis assis, m'attendant à ce qu'elle suce à nouveau ma queue, mais ce n'était pas exactement ce qu'elle avait en tête. Prenant ses seins gigantesques dans ses mains, elle les a placés de chaque côté de ma queue raide. Elle a commencé à faire glisser ma queue, encore humide de son sperme, entre ses énormes seins, léchant la tête chaque fois qu'elle sortait de son profond décolleté. J'ai haleté devant la merveilleuse sensation qu'elle produisait, ainsi que devant la vue ultra-sexy de ma queue glissant entre ses magnifiques seins !

Pour la deuxième fois de la soirée, je me suis retrouvée dangereusement proche de jouir, mais cette fois, je n'ai pas essayé de me retenir. Je me suis tortillé comme un étalon sauvage, tremblant de partout, et j'ai couvert les seins de Kiri d'un flot de sperme collant. Puis je l'ai regardée lever chaque sein vers sa bouche, léchant mon sperme. Je n'ai jamais vu un spectacle plus sexy, ni été avec une femme plus sexy !

Nous avons passé le reste de la nuit ensemble et avons refait l'amour après le petit-déjeuner.

Depuis, nous avons passé beaucoup de temps ensemble et notre vie sexuelle est, à ce jour, fantastique au-delà de toute attente. Le mois prochain, nous fêterons nos 25 ans de mariage.

Ma vie a changé cette nuit-là, merci à Tom et Ellen de nous avoir présentés et merci surtout à Kiri d'être la femme formidable qu'elle est.

Aye capitaine !

Les compliments de Wyatt étaient agréables, mais étant son mari, ils étaient pratiquement considérés comme acquis. Ses yeux écarquillés, sa mâchoire béante et la façon dont il marchait autour d'elle pendant qu'il se préparait en disaient bien plus. Elle n'arrivait vraiment pas à croire qu'elle allait porter cette robe.

Elle ne pouvait pas imaginer un moment de sa vie, pas même lorsqu'elle était une vingtaine d'années célibataire à la recherche d'une fortune, où elle s'habillerait aussi peu sans aller à la plage. C'était une fête d'Halloween organisée par ses parents les plus fous, tout compte fait, elle ne s'attendait pas à porter le costume le plus salace.

C'était un thème pirate, car l'engouement bizarre de Wyatt pour tout ce qui est pirate signifiait qu'ils pouvaient trouver des costumes complets juste en pillant les armoires. Cette année, cependant, il y avait quelque chose de différent. Elle était différente. Le moment était venu de repousser les limites. Elle avait juste besoin d'un peu d'aide.

David était le frère de Wyatt, plus jeune et plus fou. Trisha était la petite amie de David. Elle était encore plus jeune et encore plus folle. Trisha l'avait emmenée faire du shopping pour un costume et elles avaient fini dans un magasin de lingerie en ville. Qui savait que c'était là que se trouvaient les costumes ? Ils en ont essayé des dizaines et au bout d'une heure, ils se sont décidés. Trish en a eu un rouge avec une bordure noire, Dottie un noir avec une bordure rouge.

Devant le miroir, elle était satisfaite. Elle ne pouvait pas imaginer qu'un pirate le porte, mais bon ! Cela lui convenait parfaitement. La jupe était incroyablement courte. Le costume était fait de dentelle noire. La jupe courte et froncée était rendue plus courte par le jupon noir qu'elle portait en dessous. Ses jambes semblaient s'étirer de manière impossible sous le vêtement et l'effet était souligné par des bottes hautes et fines à talons aiguilles. Elle n'allait nulle part ce soir.

Wyatt avait insisté pour avoir des bas, des bas résilles avec une vraie couture qui descend à l'arrière des jambes. Il était impossible que la jupe couvre les poignets élastiques et elle devait se forcer à ne pas penser à ses cuisses exposées. Wyatt n'avait pas l'air d'essayer très fort de ne pas remarquer ses cuisses. Chaque fois qu'il passait devant elle, il sentait sa main effleurer sa fesse. Il ne faut pas se pencher, elle devait se le rappeler.

Wyatt avait délaissé son habituel costume de capitaine pour un simple marin. Il portait un pantalon et des bottes marron, une écharpe et un T-shirt déchiré. Elle serait capitaine ce soir et son chapeau était fait du même tissu et de la même dentelle que sa robe. Il a attrapé leurs épées en plastique, les a rapidement utilisées pour soulever sa jupe et jeter un coup d'œil, puis ils se sont dirigés vers la porte.

Le trajet jusqu'à l'appartement de David a été court. Il s'est garé et ils se sont promenés dans le complexe. Un groupe d'adolescents l'a observée pendant qu'elle passait. Pas mal pour avoir presque 40 ans ! David était assis sur son patio quand ils sont arrivés. Il fumait, pas une cigarette, et tenait une bière. Il était habillé mais n'avait pas l'air d'aller à une fête.

Assises sous le porche, elles apprennent l'histoire de Trish et de son ex et comment il les a surprises à mi-chemin du travail un matin pour récupérer une présentation qu'il avait laissée sur le comptoir. Il n'était pas parti plus de 15 minutes. Il s'est demandé si l'ex avait attendu sur le parking qu'il parte.

Dans tous les cas, une fête pourrait aider. Non, ils savaient tous que cela ne servirait à rien, mais c'était la première fête de la cousine Shelly et ils y allaient quand même. Il y en aurait trois. Il a entouré son équipage de ses bras et a plaisanté en disant qu'il était maintenant le seul capitaine et que leur travail consistait à faire tout ce qu'il leur disait et à la rendre heureuse, sinon ils seraient renvoyés.

Personne n'allait marcher sur une planche cette nuit-là.

Ils n'étaient pas les premiers à arriver à la fête, mais ils étaient en avance. Assis avec Shelly et un autre cousin, David a été obligé de revoir une fois de plus les événements de la journée. En s'apitoyant, elles lui ont parlé de toutes les femmes célibataires qui se promèneraient bientôt à la recherche d'un plaisir effrayant. Il a grommelé et est sorti.

Dottie a pris son sac et l'a suivi. Boissons à la main, ils ont fumé et parlé pendant un moment. Elle a essayé d'éloigner la conversation de ses fiançailles brisées. David a pris une autre cigarette et a souri à mi-course. En terminant sa cigarette, il a gloussé. Les bottes étaient un peu un défi avec deux rhums et un demi-joint, mais elle a fait avec le bras du chien scorbutique.

La nuit a continué. La fête s'est réchauffée. La compétition était féroce. Les pirates abondent et le petit costume rouge de Trish est monté sur scène trois fois. Il y avait une policière sexy et une pom-pom girl. Une femme déguisée en banane, portant uniquement un bikini jaune, une jupe en herbe et un chapeau géant en forme de pénis jaune.

Ils étaient plus jeunes et leurs corps étaient parfois plus serrés, mais l'attention qu'elle recevait des hommes et des garçons lui disait qu'elle régnait toujours sur la nuit. Ce qui était amusant pour elle, c'était son groupe. L'attentif et jaloux Wyatt et le grand frère David sont restés à ses côtés toute la nuit. Le rhum coulait à flots, la musique jouait. Il a découvert qu'il pouvait même danser un peu en talons hauts ; bien sûr, avec le peu qu'il portait, une petite cabriole allait loin. Wyatt avait raison : elle aurait dû porter plus de décolletés.

Debout sur le balcon, juste son équipe et Shelly, ils ont partagé une autre des faveurs préférées de David, bu plus de rhum et ri. Elle ne se souviendra jamais exactement de ce qui a été dit, David a dit quelque chose à propos de Trish, Shelly a fait un câlin à David, elle a fait un câlin à David, Wyatt l'a fait, elle a embrassé Wyatt, David a dit quelque chose à propos de ne pas pouvoir le faire ce soir et elle a embrassé David, elle se souvient avoir dit quelque chose comme "Il est temps de rentrer à la maison". Wyatt se souvient de quelque chose avec les mots "service et s'il vous plaît". Quoi qu'il en soit, David est allé héler un taxi et Wyatt s'est agenouillé devant elle et a retiré sa culotte de ses fesses et de ses jambes, la glissant dans sa poche.

"Hé !", a-t-elle protesté. Elle ne le pensait pas. Avant même qu'elle n'y pense, sa main descendait le long de sa jambe. Elle s'est balancée à son contact. Cela lui a semblé une éternité, mais il a finalement réussi à atteindre sa cuisse nue. Son toucher était chaleureux et bienvenu. Elle a ronronné.

Allez vous deux, la voiture est là. En traversant la maison, ils ont salué les autres retardataires. David s'est approché et a serré ses cousins dans ses bras. Wyatt n'a pas bougé à plus de six centimètres d'elle. Si sa taille n'avait pas été recouverte d'une couche de jabots, elle aurait pu sentir sa queue pressée contre elle. Son visage était chaud à la simple pensée. Ses seins étaient chauds à l'idée qu'il la touche. En fait, tout était chaud. David était de nouveau avec eux lorsqu'elle a ouvert la porte pour partir.

Devant eux se trouvait une grande voiture noire. Au début, elle a dû admettre qu'elle pensait que c'était une limousine et a ressenti la délicieuse pensée de ce qu'ils pourraient faire dans cette voiture allongée et surdimensionnée. Qu'est-ce qui lui arrivait ? Elle était ivre. "Ohhh...", a-t-elle miaulé. La main de Wyatt était sur ses fesses nues. Elle a senti l'air froid de la nuit sur elle. Elle était déjà mouillée pour lui. Cela allait se passer rapidement.

Ils se sont glissés dans la voiture. Elle a senti la peau froide sur ses cuisses nues. Elle les sentait tous les deux si proches d'elle. David parlait au chauffeur. Wyatt lui caressait le cou. Elle avait besoin qu'il la touche. Ils avaient besoin d'être seuls.

Elle a étudié David. Il était assis si près d'elle. Lui et son frère pourraient clairement passer l'un pour l'autre. Wyatt était plus âgé et plus grand. Les cinq années avaient été un peu dures pour lui, comme la trentaine était connue pour l'être. David était grand et mince, tout comme Wyatt l'avait été en smoking le soir de leur mariage.

L'image de lui à cette époque lui est revenue à l'esprit et soudain il était David et soudain elle était nue et si Wyatt n'avait pas cessé de déplacer sa main sur ses seins. Avait-il réalisé que le velours était rugueux de l'autre côté ? Avait-il réalisé qu'elle avait déjà mal pour lui et que tout ce qu'elle voulait était d'être touchée ?

Ses yeux se sont fermés. Elle arrivait. Elle grandissait dans ses seins et comme une charge électrique s'accumulait dans son clitoris chaud et gonflé. Elle a bougé ses hanches contre le siège de la voiture mais il n'y a pas eu de contact. Elle a rapproché ses jambes et a ronronné. Elle a senti sa main sur sa poitrine, sa main nue sur sa poitrine nue. À présent, elle ne pouvait plus s'en empêcher. Ses mains ont cherché quelque chose à saisir et ont trouvé la jambe d'un homme. Il arrivait.

Comme l'eau qui coule en bas d'une colline, il l'a sentie, ressentie. Elle arrivait. Il a gémi et s'est serré plus fort. "Ne t'arrête pas." Elle a chuchoté puis l'a senti. Sa main était sur elle, son doigt en elle. Elle a haleté pour respirer. "Ne t'arrête pas." Il a encore chuchoté. Un dernier murmure avant que le gémissement ne se transforme en un doux cri et que ses jambes ne deviennent de la gelée. Sa chatte humide se serre contre ses doigts. Il a pincé ses mamelons. Sa main s'est déplacée vers sa cuisse. Ses lèvres sur ses seins.

Attends.

Respire.

Elle a ouvert les yeux. La main de Wyatt était sur sa cuisse et sa bouche sur son téton. Elle a regardé David et il lui a souri, ses doigts étaient plongés profondément en elle et continuaient à bouger lentement d'avant en arrière. Son pouce a lentement circulé sur ses lèvres chaudes et humides.

"Ung". C'est tout ce qu'elle pouvait penser, c'est tout ce qu'elle pouvait dire. Elle s'est penchée vers le petit frère de son mari et dès que leurs lèvres se sont rencontrées, elle a chuchoté à nouveau : "Ne t'arrête pas".

Cela a dû être un spectacle pour le conducteur. Elle a joui deux fois alors que les deux hommes qu'elle aimait le plus avaient passé le voyage à l'embrasser, la caresser et la doigter en alternance. Elle aurait pu venir encore et encore, mais ils l'ont obligée à s'arrêter. "Tiens bon, capitaine."

Wyatt lui a dit. Elle s'est assise, respirant lourdement. En suppliant, ils n'avaient pas réussi à remonter son chemisier sur ses gros seins. Elles étaient encore nues et étaient occasionnellement caressées. Elle s'est abaissée sur le siège, une main sur chaque cuisse. Le voyage n'aurait pas dû être aussi long et il s'est demandé s'ils avaient intentionnellement tourné en rond. Lorsqu'ils se sont enfin arrêtés, il a vu la grande entrée bien éclairée du Dunhill, le grand complexe haut de gamme dont David était le concierge.

"Quoi ? Où allons-nous ?"

"L'adhésion a ses privilèges. Tu dois te couvrir avant d'entrer. Je dois m'arrêter au comptoir." David s'est détourné. Le petit cul était de la famille. "Mmmm".

"Mmmm ?"

"Oh mon Dieu, ça va arriver, n'est-ce pas ?" Il était blotti derrière elle. Cette fois, elle le sentait dur contre ses fesses. Elle a brièvement réfléchi à ce que cela signifiait. Sa jupe était transparente, mais l'inquiétude a disparu aussi vite qu'elle était apparue. Ses mains ont saisi sa taille et elle avait d'autres choses à penser.

"A moins que tu ne veuilles pas. C'est à toi de décider."

"Est-ce que je vais être ton jouet de baise ?"

"Oui.

"Est-ce que tu vas me regarder ?"

"Oui.

"Tu vas aussi me baiser.

"Eh bien, seulement après que tu m'aies sucé".

"Unnngh". Elle s'est tournée vers lui et l'a embrassé.

"Tu veux aller au bar ? Peut-être que tu peux aller chercher quelque chose à manger ?

Il s'est retourné et a lancé un regard mauvais à David.

"Oh, eh bien, alors... Par ici, je pense." Il était nerveux. Elle pouvait s'en occuper.

Le trajet en ascenseur a été rapide. En fait, plus vite qu'il ne l'aurait souhaité. Il a brièvement embrassé Wyatt et se déplaçait pour entourer son jeune frère de ses bras lorsque les portes se sont ouvertes. Bon sang.

Il a ouvert la porte de la chambre. Il avait la légère impression qu'elle était plus grande que la plupart des chambres. Elle avait envie de l'explorer, mais n'en a pas eu l'occasion. Dans la chambre, Wyatt a de nouveau posé ses mains sur ses hanches, cette fois sous sa jupe. Il a tiré deux fois et le jupon s'est montré têtu. Il a tiré une troisième fois avec force et le jupon a cédé et est tombé sur le sol à ses pieds. Elle s'en est débarrassée.

"Des ordres pour nous, Capitaine ?" David souriait maintenant. La nervosité qu'il semblait avoir disparaissait. Il ne pouvait tout simplement pas parler. Elle a fait un geste et un grognement et il a retiré sa chemise. Les mains de Wyatt se sont déplacées sur elle. Dès que Wyatt a relâché ses seins, David est descendu sur elle. Il était à genoux devant elle et sa bouche appuyait fort sur son mamelon.

"J'ai besoin de m'asseoir.

"Pas encore", dit Wyatt. Sa bouche était sur ses fesses. Elle a senti ses dents, puis sa langue. Elle s'est penchée en avant sur ses talons et a pressé fortement ses seins contre l'homme agenouillé devant elle. Wyatt la pousse et elle se débat, écartant ses jambes pour lui. Sa langue n'a pas manqué une minute. Sa main sur ses fesses l'a écartée et il l'a léchée, la pointe dansant sur le petit cercle serré de ses fesses.

David s'est poussé encore plus bas. Il a descendu le long de son corps jusqu'à ce que sa jupe couvre sa tête. Elle a senti sa langue sur elle. Il n'était pas exactement là, mais putain, il était assez proche. Elle n'a pas tout à fait trouvé son équilibre. Elle s'est balancée et les mains des hommes l'ont maintenue debout. Un autre orgasme l'envahissait et ses jambes tremblaient.

"Viens avec moi.

Elle l'a suivi à travers une porte et l'a emmené vers un lit. Il s'est immédiatement effondré en regardant vers eux. David se déshabillait. Wyatt avait retiré son pantalon et ne portait que son T-shirt moulant. Elle a réussi à trouver la force de se lever pour s'asseoir et voir sa queue. Grand, magnifique et prêt pour elle, il s'est avancé et l'a prise.

Elle a dévoré son membre en attente, elle l'a léché et a tiré son cul pour l'emmener de plus en plus profondément dans sa gorge. Il pouvait déjà goûter le sperme sur lui ; jouer avec elle avait tendance à le faire sentir. David a caressé sa cuisse et elle l'a vu s'agenouiller devant elle. D'un geste de la main, elle l'a fait se remettre sur ses pieds.

Elle a regardé son mari et il lui a souri. "Oh mon Dieu". Elle a dit qu'elle le libérait. Glissant sa main entre les jambes de David, elle a attrapé son cul et a amené sa queue à sa bouche. Elle a travaillé sur l'un puis sur l'autre. Il a ouvert la bouche plus grand et a sucé plus longtemps qu'il ne l'avait jamais fait auparavant. Ce soir, elle n'était rien de plus qu'un jouet de baise. Et elle allait le devenir pour de bon.

Elle s'est perdue dans la nuit. Elle ne se souvenait pas quand elle avait perdu sa robe, mais le lendemain, elle l'a trouvée complètement déchirée sur un côté. Elle souhaitait pouvoir se souvenir d'avoir été dévastée comme ça. Elle s'asseyait au travail des semaines plus tard et se souvenait. Elle se souviendrait d'être à genoux avec la bite de son mari incroyablement profonde dans sa gorge et de ne pas bouger. Chaque long coup de la bite dans sa chatte l'a écrasée sur la bite dans sa bouche.

Il se souvient clairement de David l'appelant par son nom alors qu'elle roulait sur lui et de la façon dont elle l'a corrigé. "Tu m'appelles un putain de jouet !" Les nuits au lit, elle se souvient de Wyatt au pied du lit qui la regarde baiser David. Cela la rendait folle et plus elle le regardait dans les yeux, plus elle poussait ses hanches sur lui, plus il poussait sa bite en elle. Elle s'est souvenue, alors qu'elle suçait longuement et lentement la queue de David, faisant courir sa langue le long de sa tige engorgée, de la douceur avec laquelle il avait lentement glissé sa queue encore dure dans son cul serré. Ils ne l'avaient pas fait souvent et elle n'avait jamais pris autant de plaisir que ce soir-là.

Elle avait été un jouet de baise, une pute comme elle ne l'avait jamais imaginé. Elle avait donné du plaisir à deux hommes de toutes les manières possibles et imaginables. Elle a repensé à la façon dont elle s'était allongée sur le lit avec une bite dans chaque main en attendant que l'une d'elles bouge et quand c'était celle de Wyatt, elle s'était à nouveau jetée sur lui. Elle l'avait sucé furieusement jusqu'à ce que David prenne lui aussi sa tige raide et se déplace derrière elle pour la baiser à nouveau, rapidement et fort, en écartant ses jambes pour l'ouvrir davantage pour lui.

Elle se souvient aussi s'être endormie entre eux. David l'avait embrassée longuement et passionnément avant de se retourner pour s'endormir. Elle avait pensé que Wyatt était déjà endormi, mais lorsqu'elle s'était tournée vers lui, elle avait ouvert les yeux.

"Tu aimes ton jouet à bite ?"

"Oui, j'aime mon jouet à bite presque autant que je t'aime toi." Il a souri alors que ses yeux se fermaient.

Le lendemain matin, David était parti. Elle a dormi serrée contre son mari, avec son bras autour d'elle, en ronflant doucement. Elle a pris une douche et est revenue pour le trouver réveillé. En retournant au lit, il l'a embrassée et lui a fait l'amour lentement et doucement.

Il ne pouvait pas compter le nombre d'orgasmes qu'il avait eus cette nuit-là ni le nombre de fantasmes qui s'en étaient suivis. David n'en avait plus jamais parlé. De temps en temps, il lui souriait. Une fois, à la piscine, elle lui avait montré un sein et il avait souri. S'il a jamais été différent d'elle, c'est uniquement parce que sa main s'est posée plus doucement sur son épaule lorsqu'ils se croisaient dans la cuisine ou parce que leurs conversations sur sa vie étaient plus ouvertes et honnêtes. Elle en avait parlé à Wyatt. Souvent en chuchotant, au lit, comme une sorte de préliminaires qui menaient toujours à un sexe incroyable.

Tout cela ressemblait plus à une fantaisie qu'un Halloween ne pourrait l'être. Cependant, il semblait toujours trouver une fête pour cette occasion et, chaque année, un costume incroyablement sexy.

Retourner les tables

Je t'ai laissé un mot affiché sur la porte disant : "Déshabille-toi et rejoins-moi dans notre arrière-salle". Depuis l'arrière-salle, je pouvais t'entendre rire en le lisant, mais j'ai souri et espéré que tu accepterais. Je t'ai entendu enlever tes chaussures et les laisser tomber bruyamment sur le sol. Le silence qui a suivi m'a fait penser que tu te moquais de moi, mais j'ai lâché un soupir lorsque je t'ai entendu marmonner quelque chose à propos de ton pantalon.

J'ai entendu tes pas s'approcher de la porte. Alors que je regardais la poignée tourner, la porte s'est ouverte lentement et sans bruit. J'ai regardé vers la porte, restant dans l'ombre de la pièce sombre. Lorsque tu es entré, j'ai appuyé sur un interrupteur pour allumer le feu dans la pièce.

En te voyant debout, avec la lueur du feu qui brille sur ta peau, j'ai laissé échapper un petit soupir de plaisir à ta proximité. Je suis sorti de l'ombre pour que tu puisses me voir complètement. Je portais mon col et une chemise de nuit sans bonnets, tandis que des pasties couvraient mes tétons de ta vue. La chemise de nuit ne descendait que jusqu'à ma taille, laissant ma culotte noire bien en vue. Je t'ai rendu ton sourire alors que tes yeux défilaient sur mes vêtements. Mes cheveux étaient tirés en arrière dans une torsion française, avec seulement quelques boucles lâches encerclant mon visage. Je me suis approché de toi et j'ai dit :

"Chéri, tu m'as dominé et j'ai apprécié. Je ne serai pas la même pour toi que tu l'as été pour moi. Cette expérience sera différente."

J'ai fait courir mes doigts le long de ton corps, de la taille vers le haut et lentement autour de ta poitrine. Mes yeux ont observé ta stature alors que tu me permettais d'étudier ton corps de près. Mes doigts ont atteint tes épaules et je me suis retrouvée face à toi :

"Je vais commencer maintenant.

J'ai pris ta main dans la mienne et t'ai conduite au fond de la pièce, te laissant voir mon excitation à te donner du plaisir d'une manière différente. Les murs de notre arrière-salle étaient des blocs de béton, non peints et froids. J'ai fait en sorte que tu t'opposes à l'un d'entre eux. J'ai descendu la corde au-dessus de ta tête et j'ai attaché tes mains fermement ensemble. J'ai donné un léger baiser à chacune de tes mains avant de tirer l'autre extrémité de la corde et de regarder tes bras se lever lentement au-dessus de ta tête. J'ai gardé les yeux fixés sur ton visage pendant que je me rendais inaccessible à tes mains normalement tendres et masculines.

Je me suis mordu la lèvre inférieure nerveusement et j'ai attaché la corde lentement, en m'assurant qu'elle te tenait pendant que tu te débattais contre mes railleries. Tu as frissonné et tu t'es tortillé lorsque ton dos a touché le mur froid et dur. J'ai souri, cachant le plaisir que j'ai retiré de ta légère déception. Je me suis à nouveau approchée de toi et j'ai regardé dans tes yeux, te laissant lire mon regard pour voir à quel point je t'aimais. J'ai gardé mes traits doux, pour que tu saches que j'avais seulement l'intention de te donner du plaisir. Ton odeur virile m'a beaucoup excité lorsque je me suis approché de toi.

Je me tenais à quelques centimètres de toi et j'ai tendu la main pour vérifier les liens de tes mains, m'assurant qu'ils étaient bien fixés. Mes seins ont frotté contre ta poitrine et j'ai tendu la main pour te sourire en chuchotant,

"As-tu aimé la sensation de mes seins ?"

Tu as laissé échapper un gémissement incohérent de réponse avant que je ne continue.

"Oh, c'est vrai. Tu ne peux pas voir mes tétons et combien ils sont délicieux. Tu devras le mériter."

Je me suis agenouillée et j'ai verrouillé tes chevilles légèrement écartées, limitant encore plus tes mouvements. Je me suis levée et je t'ai regardée :

"Je pense que je vais te laisser t'y habituer avant de passer à autre chose."

Je t'ai laissé seul pendant quelques minutes pour que tu t'habitues aux sangles. Je me suis assise et je t'ai regardée en pleine lumière, en t'assurant que tu ne ferais rien sans moi. Lorsque tu t'es habituée à être attachée, je me suis approchée de toi avec les mains derrière le dos et je t'ai regardée avec un sourire en coin :

"Je souhaite te donner du plaisir et te rendre fou jusqu'à ce que tu me désires plus que tu ne l'as jamais fait. Je ne veux pas être une dominatrice mais seulement une partenaire de plaisir."

Je t'ai montré la main qui tenait la plume de soie de tout à l'heure. J'ai souri quand tu as senti un chatouillement sur ta cheville, révélant que j'en avais apporté un autre. J'ai lentement fait glisser les deux plumes sur tes jambes, te laissant sentir leur douceur soyeuse. Je les ai soulevés sur tes cuisses et tes hanches, appréciant tes efforts pour rester immobile malgré le léger chatouillement et le plaisir croissant. Je les ai fait glisser lentement sur ta poitrine, sautant délibérément ta virilité. Je les ai fait glisser légèrement sur ton cou, puis sur ton visage. J'ai souri et fait un pas en arrière pour regarder ton corps une fois de plus.

Lorsque j'ai ramené la plume à l'intérieur de tes cuisses, je l'ai laissée effleurer légèrement tes couilles, les regardant se contracter de plaisir. Je me suis mordu la lèvre inférieure alors que je devenais excité en regardant ta réaction. Je me suis à nouveau retiré, te laissant savourer les sensations que je t'avais données.

Lorsque j'ai fait un pas en arrière vers toi, j'ai tenu un miroir devant toi. Tu as souri de confusion, ne comprenant pas vraiment pourquoi j'en avais besoin. J'ai ouvert mon autre main, révélant un rouge à lèvres rouge vif. J'ai tenu le miroir et t'ai laissé regarder pendant que j'appliquais le rouge à lèvres sur mes lèvres douces et pulpeuses.

"Je veux marquer ton corps avec la preuve que je t'ai caressé partout", ai-je dit avec une expression douce.

Je me suis agenouillée devant toi et j'ai commencé à embrasser tes deux pieds, laissant la marque de mes lèvres sur chacun d'eux. J'ai remonté le long de tes jambes, embrassant les zones sensibles où je voulais laisser une marque de mon affection. J'ai marché le long de l'intérieur de tes cuisses, m'arrêtant lorsque j'ai approché ta virilité. En te regardant avec un sourire espiègle, j'ai légèrement embrassé tes couilles qui se resserraient, en les enduisant d'une trace de rouge à lèvres brillante. Je me suis déplacée autour de ton aine, sentant ton corps se tendre à cause de la sensation de mes lèvres qui caressent ta peau.

Je me suis déplacée vers tes abdominaux et ta poitrine, laissant de petites marques tout au long du chemin. J'ai embrassé ton cou doucement, laissant mes lèvres apprécier les points sensibles des deux côtés. J'ai émis un petit gémissement de plaisir en te sentant frissonner sous mes tendres caresses.

Je t'ai embrassé sur les deux joues avant de prendre du recul et d'admirer mon travail : ton corps était couvert des résidus de mes douces lèvres. Je me suis encore arrêtée, te permettant de savourer le plaisir que tu as ressenti et de le laisser te rendre folle.

J'ai souri en te regardant et j'étais heureuse que tu n'aies pas encore arrêté de te taquiner. Les mains derrière le dos, j'ai fait un autre pas vers toi. Je t'ai dit de fermer les yeux et je leur ai bandé les yeux.

"Je vais l'enlever dans un instant."

Je t'ai permis de me sentir pendant que je déplaçais quelques objets près de toi. Soudain, tu as senti mes mains chaudes autour du bout de ta virilité excitée, poussant quelque chose sur le bout, te causant du plaisir en sentant sa prise. En descendant le long de la tige pour se reposer à la base, elle s'est légèrement resserrée autour de ta tige épaisse. Mes mains ont travaillé avec diligence autour de la base de ta tige.

Je t'ai caressé alors que tu prenais conscience d'un autre mouvement entre la base de ta tige et tes couilles qui se resserraient. Soudain, tu as entendu un petit bourdonnement et tu as ressenti des vibrations intenses à cet endroit sensible. Je laisse échapper un soupir, voyant enfin ton corps se tendre et se relâcher. J'ai vu ta virilité massivement dure palpiter de plaisir à la sensation. En léchant légèrement tes tétons, j'ai laissé une trace d'humidité sur eux avec ma petite langue humide.

"J'espère que tu apprécies cette provocation, mon amour".

J'ai fait un pas en arrière et je t'ai admiré debout, ressentant les vibrations intenses de l'anneau pénien vibrant.

"Maintenant, je vais te faire ressentir plus d'intensité", ai-je dit, et avec cela, j'ai élevé la télécommande au maximum. Je voulais que tu ressentes toute l'intensité et je voulais tellement te toucher maintenant, pour te donner encore plus de plaisir.

D'une manière ou d'une autre, je me suis retenue. Je me suis à nouveau retiré, en observant ton corps pendant que j'alternais entre les réglages élevés et faibles de l'anneau vibrant. Mon plaisir a augmenté lorsque je me suis rapprochée de toi et que j'ai dit :

"Tu n'as pas le droit de jouir avant plus tard, mon amour".

J'ai baissé les vibrations à un niveau bas et je me suis à nouveau déplacé autour de toi. J'ai ramené les plumes sur ton corps une fois de plus, en te faisant sentir qu'elles caressent ta peau pendant que l'anneau pénien donne du plaisir à ta virilité. J'ai regardé ta tige gonflée, le bout de ta queue presque violet d'excitation intense. Je me suis léché les lèvres en me penchant, goûtant une goutte de ton fluide préséminal.

"J'aime beaucoup ton jus de jouissance, mon amour".

Avec ces mots, je me suis préparé à te provoquer pour la dernière fois. Toujours les yeux bandés, tu as senti quelque chose autour de ta pointe épaisse et palpitante, quelque chose qui ne t'était pas du tout familier. Elle était chaude et humide en glissant le long de ton manche, presque comme ma chatte tenace. Alors que tu le sentais glisser de haut en bas de ton membre massivement excité, je me suis penchée vers toi et j'ai légèrement embrassé ton cou.

J'ai sucé ta peau et gémi doucement dans ton oreille en te donnant encore plus de plaisir. Quand j'ai senti que tu te gonflais de plaisir, j'ai enlevé ton bandeau et t'ai permis de voir tout ce que je te faisais. Tu as vu la chatte en silicone que j'utilisais pour taquiner ta virilité gonflée et l'anneau de bite vibrant. Je t'ai souri en retirant la chatte en silicone :

"Je pense que si tu recommences, cela pourrait te pousser à bout, mon amour."

En me retirant une fois de plus, j'ai mis le cock ring vibrant à fond. J'ai approché la corde et fait descendre lentement tes mains, puis je les ai libérées des liens pendant que tu te laissais aller à la vibration intense autour de la base de ta grosse queue et de tes couilles. Alors que je m'agenouillais pour retirer les crochets de tes chevilles, j'ai regardé un instant ton membre palpitant. Je me suis à nouveau levé devant toi comme ton égal.

"Mon amour, à quel point veux-tu me baiser ?"

Je t'ai fixé en attendant ta réaction, mon cœur battant la chamade, ne sachant pas quelle serait ta réponse à mes manières séduisantes et provocantes. Mon corps était encore excité d'avoir observé ton corps subir toutes mes provocations. Ma posture a progressivement pris l'apparence de ton amant doux et innocent. En regardant dans tes yeux brillants de passion, j'ai chuchoté :

"Je suis à toi.

J'ai frotté mon doigt sur les coussinets qui recouvraient mes mamelons et je me suis légèrement balancée à cause de mes sensations intenses en attendant ta réponse.

White Star v. Mr. Shadow

Barbie Horton a expiré lentement et s'est détendue dans le fauteuil alors que l'esthéticienne à ses pieds commençait sa pédicure. Elle en a profité pour jeter un œil à l'intérieur luxueux du spa ; à l'extérieur, il y avait des salles privées pour les chaises longues et les bancs de massage. Dans le grand espace central où elle était allongée, il y avait quelques fauteuils de pédicure et des chaises longues en bois disposés autour de l'énorme baignoire à remous qui dominait la pièce.

La clientèle était exclusivement riche et privilégiée, car c'était le spa le plus luxueux de Metro City, situé dans l'hôtel Worthington International, mondialement connu. L'adhésion était considérée par certains comme un signe de richesse et de position.

Pour les autres clients, elle ressemblerait à n'importe quel autre client : belle et classe, avec ses ongles élégamment manucurés, ses jambes toniques et sa bonne mine. Peut-être un modèle ou une femme ou une maîtresse qui s'ennuie ?

Mais elle n'était rien de tout cela : elle était White Star, l'une des principales super-héroïnes de la ville, et en ce moment même, elle était impliquée dans une aventure risquée.....

La semaine dernière, lors de sa réunion régulière avec le chef de la police, il lui avait révélé qu'ils avaient découvert un grand mafieux et lui avaient fourni de précieuses informations. L'archi-criminel Mr Shadow préparait un audacieux vol de bijoux ; il allait frapper le coffre-fort de l'hôtel Worthington International.

Avec des invités allant des diplomates à la royauté étrangère, des stars de cinéma aux magnats des affaires, le butin potentiel du coffre de l'hôtel pourrait être colossal. Et M. Shadow avait un plan typiquement ingénieux pour réussir son hold-up : il avait été informé par un architecte corrompu qu'il y avait une faiblesse dans le mur du coffre-fort qui était importante pour la santé de l'hôtel.....

Et c'est exactement ce que White Star faisait à ce moment-là.

La police avait utilisé une combinaison de surveillance et d'informateurs pour déterminer que M. Shadow avait l'intention de s'introduire dans le spa et d'utiliser des explosifs pour faire un trou dans le coffre-fort, mais ils n'étaient pas sûrs de la façon dont il le ferait. Ils ont fait surveiller la zone avec une équipe du SWAT prête à intervenir et des tireurs d'élite en position. Mais un homme à l'intérieur aurait été d'une valeur inestimable. White Star a suggéré une femme à la place....

Elle n'était pas très heureuse de passer incognito sans masque ni costume, mais elle pensait que personne ne ferait particulièrement attention à elle. De plus, elle était préparée : le masque était dans sa poche, prêt à être mis quand le moment le nécessiterait. Et sous sa robe de chambre en éponge blanche, elle portait un soutien-gorge et une culotte (après ses récentes expériences humiliantes avec le Clown, elle était déterminée à ne pas se retrouver à nouveau nue, quoi qu'il arrive).

Une petite oreillette électronique, intégrée derrière son oreille gauche, a permis à l'équipe de surveillance de la police de communiquer avec elle et de lui délivrer maintenant le message qu'elle attendait :

"White Star, la cible est en mouvement ! Attends-toi à ce qu'il soit dans ta région dans trente secondes !"

White Star a réfléchi rapidement.

Sois gentil et apporte-moi un verre d'eau minérale, dit-elle à l'esthéticienne à ses pieds. Elle n'aimait pas avoir l'air si condescendante, pensa-t-elle, alors que la fille se levait et s'éloignait, mais elle devait nettoyer la zone autour d'elle et c'était le moyen le plus rapide auquel elle pensait pour le faire.

Il a sorti son masque de la poche de son costume et l'a glissé dans une manche.

Puis il a commencé à marcher d'un pas vif vers l'entrée principale.

Quelques instants plus tard, Mr Shadow et ses sbires font irruption. Elle a crié et ouvert grand les yeux, jouant parfaitement le rôle de la civile terrifiée, mais pendant ce temps, elle a scruté ses adversaires. Les voyous habituels, pensa-t-elle avec mépris ; cagoules et fusils d'assaut mais pas d'armure. Le plus surprenant est que Mr Shadow lui-même avait abandonné son habituelle armure de combat noire, ne portant que des vêtements clairs et sombres. De toute évidence, il s'attendait à pouvoir entrer et sortir rapidement, sans résistance.

White Star était impatient de réfuter cette attente.....

L'un de ses hommes l'avait attrapée ; cela lui permettait de rester proche de l'action. Bien sûr, elle a continué à agir comme une femme paniquée, gémissant et se débattant faiblement.

Avec ses hommes de main qui contrôlent facilement la foule, Mr Shadow a traversé le hall avec confiance pour se rendre dans les salles privées à l'arrière.

Mesdames et Messieurs, s'exclame-t-il, avec un sourire amical sur son visage peint. Sois tranquille, ne fais pas de problèmes et aucun de vous ne sera blessé. Si tu veux, vas-y et profite du tourbillon, cela ne fait aucune différence pour moi.

L'idiot qui tenait White Star lui a souri ; de toute évidence, l'idée de l'emmener dans un jacuzzi lui plaisait. Dans tes rêves, a pensé White Star, en jetant un coup d'œil dans la direction qu'avait prise Mr Shadow.

Il était entré dans l'une des salles privées avec un sac en bandoulière et travaillait visiblement sur quelque chose. Il n'y avait pas à deviner quoi. Elle a estimé que c'était le meilleur moment pour faire son déménagement. Elle a levé les yeux avec crainte sur le visage de sa prisonnière.

Monsieur, je ne sais pas qui tu es mais je m'appelle Amber et ....'.

Le mot "ambre" était un mot clé. Dès que la police, qui écoutait dans l'oreillette, l'a entendu, elle a dû éteindre les lumières du centre de bien-être. White Star a fermé les yeux juste avant que cela n'arrive, afin de préparer sa vision.

Les sbires ont été complètement surpris, non pas qu'ils aient eu beaucoup de chances.

White Star a déclenché un puissant uppercut sur la mâchoire de son ravisseur, l'assommant immédiatement. Il a profité des cris de panique des trois autres pour surmonter la distance qui les séparait. Il pensait avoir une dizaine de secondes d'avance avant que même leur vision ne s'adapte à l'obscurité.

Il y a beaucoup de temps disponible.

Le sbire numéro un a soudainement trouvé son fusil tourné vers l'arrière et la crosse enfoncée dans son front, le faisant tomber.

Le sbire numéro deux a entendu l'impact et s'est tourné dans la direction du bruit. Mais White Star était déjà en mouvement : il avait attrapé le fusil de Numéro Un qui tombait par la courroie et se dirigeait maintenant vers Numéro Deux, déchaînant un puissant coup de pied circulaire.

Son magnifique pied droit s'est écrasé contre sa mâchoire, l'envoyant voler.

Il a continué sa pirouette, faisant tourner le fusil par la sangle dans un arc qui l'a envoyé s'écraser sur la mâchoire du sbire Numéro Trois.

Lorsque son pied a de nouveau touché le sol, il a senti sa tête heurter le sol avec un bruit sourd satisfaisant.

Quatre sbires en un peu plus de quatre secondes... il en avait encore envie, il a ri.

Il s'est dirigé vers la salle du fond, a tiré le masque de sa manche et l'a mis.

Personne ne bouge!' a-t-il crié aux passants effrayés, puis à la police. 'Équipe de police 1 -- rétablis les lumières maintenant !

M. Shadow était en train de quitter la pièce lorsque les lumières se sont complètement rallumées... elle a savouré le regard de surprise sur son visage.

L'équipe du SWAT en action', a-t-il crié. J'engage le méchant maintenant!'.

En courant, elle s'était débarrassée de sa robe de chambre en éponge, trop restrictive pour se battre correctement, se réduisant à son masque et à sa lingerie, tandis qu'un léger éclat de l'atmosphère vaporeuse recouvrait son corps presque nu.

Mr Shadow s'est arrêté dans son élan en la voyant.

Une grosse erreur, pensa-t-elle, même si elle était secrètement heureuse de la réaction.

Elle a jeté la lourde robe à sa tête pour l'aveugler et a simultanément donné un puissant coup de pied frontal. La boule de son pied a heurté ses abdominaux durs et l'a fait tomber en arrière contre le cadre de la porte. Seul son instinct de lutteur émérite l'a sauvé du prochain crochet, le protégeant alors qu'il se débarrassait de son costume.

White Star !" dit-il en se mettant en position défensive. J'aime le nouveau costume !

Profite de la vue tant que tu le peux, a-t-elle répondu. Là où tu vas, tu ne verras pas de vraie femme avant longtemps !

Elle a déclenché une combinaison rapide de coups de poing à la tête et à la poitrine, qu'il a habilement bloqués.

Il a vu son poids se déplacer et a réalisé ce qui allait se passer : un de ses coups de pied tournants. Il s'est approché d'elle alors qu'elle se tournait, évitant le coup de pied, et lui a tripoté les fesses en même temps. White Star a crié de surprise et d'indignation et a fait un pas en arrière, les yeux flamboyants.

M. Shadow a profité de la pause pour la charger, utilisant son poids supérieur pour la renverser et les faire tomber tous les deux dans le jacuzzi. Alors qu'elles luttaient toutes les deux pour se remettre sur leurs pieds dans l'eau chaude, il y a eu une rafale de mouvements. Une escouade entière de policiers du SWAT est entrée dans la pièce et a entouré le jacuzzi, armes dégainées sur M. Shadow.

Le méchant a secoué la tête avec résignation et a levé les mains en signe de reddition.

Seule White Star a capté le mouvement d'un doigt qui s'enroule vers le centre du gant.

Il a jeté un coup d'œil à la porte ouverte derrière eux et a su instinctivement ce qui allait se passer. Elle n'a pas eu le temps de crier un avertissement à l'équipe du SWAT : elle a rapidement plongé sous la surface de l'eau.

BOOM !!!!!

Des ondes de choc ont rempli la pièce alors que Mr Shadow a fait exploser à distance des explosifs dans la pièce éloignée !

White Star a sauté en arrière, rejetant ses cheveux mouillés hors de son visage et levant ses poings pour se défendre. En clignant des yeux pour enlever l'eau de ses yeux, il a vu un spectacle désagréable. Les policiers avaient tous été assommés par l'onde de choc et Mr Shadow avait profité des quelques secondes où elle était sous l'eau pour arracher un revolver d'une de leurs ceintures.

Qu'il avait maintenant jeté son dévolu sur elle.

Ne bouge pas ! Mr Shadow lui a dit brusquement. Tu n'es pas assez rapide pour esquiver une balle et nous le savons tous les deux.

White Star s'est figé, son esprit s'emballant, essayant de trouver un moyen de sortir de cette situation.

M. Shadow a gardé ses yeux et son arme sur elle, mais il s'est approché derrière elle, là où se tenaient les policiers du SWAT, a sorti une paire de menottes de sa ceinture et les a jetées sur White Star.

Les saisir instinctivement.

Mets-les. Les mains derrière ton dos. Et je veux entendre le clic des deux menottes, comme ça je saurai que tu les as mises correctement'.

White Star n'a pas vu d'autre option. À contrecœur, il a refermé une des menottes autour de son poignet droit.

Tourne-toi, s'il te plaît'. Mr Shadow lui a demandé poliment. 'Pour que je puisse te voir fermer l'autre'.

En soufflant, White Star lui a tourné le dos, a levé ses bras derrière lui et a fermé l'autre manchette autour de son poignet gauche. En le faisant, il a vu deux des sbires de Mr Shadow debout, stupéfaits, sur le sol. J'aurais dû les frapper plus fort, pensa-t-il avec colère.

Puisque tu as transformé cela en un siège, tu seras mon otage, White Star, a dit M. Shadow, s'approchant de derrière elle. 'Avance, agenouille-toi sur le siège du jacuzzi et tourne le dos à moi.

À contrecœur, White Star a obtempéré, sentant le corps de Mr Shadow contre elle et son arme près de sa tête.

Les garçons !" a-t-il crié à ses hommes. Sors dans le couloir ! Garde tes armes à feu pointées vers l'entrée, assure-toi que personne n'entre !"

Les deux sbires se sont mis au garde-à-vous et sont sortis des portes avec leurs fusils levés.

Et puis il y en a eu deux", a chuchoté Mr Shadow à l'oreille de White Star.

Il était maintenant pressé contre elle, son grand corps la maintenant contre le côté de la baignoire.

'Ne te fais pas d'idées, monsieur, car....' commença-t-elle.

Pourquoi, White Star ?" a-t-il demandé. De toute façon, les idées drôles sont la responsabilité du Clown, pas la mienne.

Les yeux de White Star se sont plissés. Bon sang, avait-elle entendu ce que le Clown lui avait fait ? La déshabiller, elle et la diabolique Alley Cat, et les baiser comme deux salopes bon marché ? Ces gars se réunissaient-ils pour discuter de ce qu'ils avaient fait aux super-héroïnes captives ?

Alors le Clown est l'un de tes amis ?" demande-t-il, en espérant paraître dédaigneux.

Ce fou ? Mr Shadow a ri. Non, je ne pense pas. Il est préférable de l'éviter'.

White Star s'est sentie soulagée, mais elle ne respirait plus facilement car les mains de Mr Shadow commençaient à vagabonder. Ils ont caressé ses cuisses et son ventre tonique.

Il a posé le revolver sur le bord de la baignoire, hors de sa portée, et a sorti un couteau long et fin. White Star s'est crispée en le voyant.

Détends-toi, White Star, je ne vais pas faire de mal à mon otage, n'est-ce pas ?" a-t-il murmuré.

Elle l'a senti tirer sur la bretelle de son soutien-gorge et a entendu le clic lorsque le couteau l'a coupée. Elle a également coupé les deux bretelles et a retiré le vêtement, le jetant ainsi. L'eau n'atteignait que ses côtes, alors les bulles chatouillaient maintenant le dessous de ses seins exposés.

Mais Mr Shadow n'avait pas terminé.

Elle l'a entendu répéter le traitement du string, a senti la nudité soudaine du bas de son corps.

Le string a suivi le soutien-gorge, atterrissant mouillé sur le sol de la baignoire.

'OK, écoute,' a-t-elle commencé.

"Tais-toi", dit-il en mettant une main gantée sur sa bouche. Tu vas gâcher le moment'.

Elle a regardé son autre main, qui tendait la main vers une petite bouteille près des marches.

Mmmmm, de l'huile de massage, je me demande ce que nous pourrions faire avec ça, eh...'.

Il a tourné le bouchon de la bouteille, la tenant devant son visage pour qu'elle puisse sentir l'arôme exotique. Puis il l'a versé sur le côté du cou de la fille, de façon à ce qu'il dégouline sur ses seins.

Ses mains sont arrivées derrière elle et ont commencé à tripoter ses seins, qui étaient maintenant mouillés d'huile, délicieusement glissants. Ses doigts ont commencé à les travailler, pinçant par intermittence ses tétons qui durcissent.

Elle était agenouillée sur la surface d'assise du jacuzzi, tournée vers l'extérieur, nue à part son masque. Mr Shadow était debout derrière elle et elle pouvait sentir son érection contre ses fesses.

Les bulles ont caressé les corps des deux.

Mon Dieu, c'était sexy !

Non, non, se dit-il, tu n'es pas comme ça, pense à ton petit ami. Dark Star. Héros de Metro City. Le Chevalier Noir, même si elle était la Dame de la Lumière.

Ils étaient le super couple parfait.

Sauf que.

Exception.....

Mais la vérité, c'est qu'il ne pouvait pas garder sa queue dans le costume !

Combien de fois avait-elle dû écouter les rumeurs selon lesquelles il baisait un super-méchant ? Même avec cette salope de rue Alley Cat ? Et il l'avait toujours nié mais.....

..... Les mains de Mr Shadow sont maintenant descendues plus bas, utilisant ses doigts huilés pour sonder son cul et sa chatte.

Mon Dieu, c'était bon......

Fais chier, a-t-il pensé. C'est l'heure de la revanche. Si Dark Star peut baiser toutes les super putes qu'il attrape, il est peut-être temps pour moi de m'occuper aussi.

Son pouls s'accélérant, elle s'est soudainement secouée contre Mr Shadow, comme si elle était alarmée.

Oh non !", dit-il en haletant. 'Tu as trouvé mon oreillette !

Mr Shadow a fait une pause, confus.

Elle a secoué ses cheveux mouillés et a penché la tête sur le côté pour qu'il puisse voir le communicateur niché derrière son oreille gauche.

Essayer de l'atteindre.

Non !" dit-elle avec conviction. Ne l'enlève pas !

La femme a jeté un regard impatient, indiquant à Mr Shadow de faire exactement cela.

Il l'a arraché et l'a jeté à travers la pièce.

Tu es plutôt lent à comprendre, pour un génie du crime", a-t-elle chuchoté doucement.

En riant, elle a tourné la tête pour le regarder droit dans les yeux. Tu crois que je veux que les flics m'écoutent gémir et haleter ?"

M. Shadow ne savait pas quoi dire.

En supposant que je vais gémir et haleter ?' a-t-elle poursuivi. 'Alors ? Il y a un instant, tu semblais pleine d'idées. Ne me laisse pas t'arrêter....'.

Maintenant qu'elle était déterminée, White Star avait hâte de s'activer. Elle s'est penchée en avant et a poussé ses fesses contre son "ravisseur". Derrière elle, elle a attrapé le devant de sa chemise avec ses mains menottées et l'a tiré contre elle. Surpris mais ravi, M. Shadow a eu l'idée et elle a senti sa queue nue sortir de son pantalon et se tortiller entre ses jambes.

Il y a beaucoup de choses là, s'est-il dit.

Ses mains fortes ont saisi ses hanches et elle a arqué son dos pour faciliter son angle. Quelques instants plus tard, elle a été récompensée par la sensation de la tête de sa queue sondant les lèvres de sa chatte.

Elle a gémi profondément alors qu'il glissait facilement en elle.

Il a rapidement établi un rythme et elle a bougé contre lui en même temps que ses poussées ; elle avait toujours aimé le sexe en levrette.

Il la baisait fort contre le bord de la baignoire ; elle sentait la froideur des carreaux contre ses seins et la délicieuse dureté de sa bite en elle. Et pendant tout ce temps, les bulles du jacuzzi continuaient à chatouiller et à caresser son corps excité.

Elle a serré les yeux fermés, aimant le mélange de sensations et a frémi lorsque le premier orgasme l'a engloutie, rapide et dévorant comme un raz-de-marée de plaisir.

Ahhh," elle a haleté, le souffle coupé, puis "Uhhhh...." lorsqu'elle a senti les mains de Mr Shadow passer sous elle pour saisir ses seins. Une grande main a saisi fermement chaque sein alors qu'il commençait un nouveau rythme, la berçant d'avant en arrière.

Oh, oh mon Dieu, oui", a-t-elle haleté, alors que leurs corps en train de se tordre éclaboussaient des vagues d'eau hors de la baignoire et sur le sol.

Elle a soufflé lorsque l'eau est entrée dans son nez, mais elle s'en fichait, un deuxième orgasme arrivait, plus profond et plus intense que le premier, ohhh yes !!!!!.

Elle était au septième ciel maintenant, prête et impatiente pour tout ce qu'il voulait lui faire.

Il s'est retiré et l'a tournée pour qu'elle s'assoie sur le siège du bain à remous, le visage et la poitrine rougis par l'intensité de son orgasme.

Ses mains toujours menottées derrière elle, elle a écarté ses jambes de manière invitante lorsqu'il l'a tirée vers lui. Il l'a pénétrée à nouveau par devant et elle a gémi à la sensation d'être à nouveau remplie par une bite dure. Elle a enroulé ses longues jambes toniques autour de lui, bloquant ses talons derrière son dos et le tirant profondément en elle.

'Uhhhh,' gémit M. Shadow dans une félicité inattendue.

Il était submergé par elle, il était comme un tigre en chaleur, Dieu, il était hors de contrôle.

Putain oui, baise-moi, espèce de bâtard diabolique !" White Star a haleté alors qu'il poussait sauvagement en elle. Elle a commencé à faire tourner ses hanches en avant au rythme de ses poussées et l'a pressé rythmiquement avec sa chatte, en trayant sa queue.

Mr Shadow perdait rapidement le contrôle de la rencontre, ses hanches s'enfonçant dans elle de façon incontrôlée tandis que ses mains tripotaient frénétiquement ses seins humides.

Fais-moi plaisir ! Baise-moi ! Viens en moi, espèce de criminel ! White Star a gémi.

M. Shadow a senti l'orgasme monter en lui comme un volcan, partant de ses couilles et s'élevant à travers lui, explosant de son pénis alors qu'il venait incontrôlablement en elle.

White Star a senti sa queue tressaillir et s'agiter, ce qui a déclenché son troisième orgasme, la faisant trembler de plaisir sexuel débridé.

Haletantes, elles se sont toutes deux affalées contre le côté du jacuzzi.

Ouf, dit enfin M. Ombre en se levant d'elle.

White Star lui a de nouveau souri.

'Alors,' a continué Mr Shadow, son visage à quelques centimètres du sien. Tu aimerais sortir un jour ?

Pas possible", a-t-elle souri paresseusement, "Tu seras en prison".

Je suppose que nous devrons accepter de ne pas être d'accord sur ce point", a souri M. Shadow en se retirant d'elle.

White Star a légèrement gémi lorsqu'il a quitté son corps.

M. Shadow s'est secoué, essayant de se recentrer.

" Remettons-nous au travail ", a-t-il dit en sortant de la baignoire.

White Star s'est également levée, les mains toujours menottées derrière elle, et s'est assise d'un air pudique sur le bord de la piscine, ses jambes se balançant toujours dans l'eau.

'Salut,' dit-il doucement. Tu as encore des affaires inachevées ici....'.

Mr Shadow s'est approché de la baignoire et s'est penché.

Elle l'a embrassé profondément, effleurant sa langue avec le bout de la sienne.

Veux-tu m'envelopper d'une robe de chambre ?" a-t-il demandé. Je suis peut-être ton otage, mais je ne veux pas être ici, nue, lorsque tes hommes retourneront sur ......'.

Mr Shadow lui a souri. Je ne vois pas pourquoi pas. Tu es toujours menotté et je pense que je peux être à peu près sûr que tu ne portes pas d'armes dissimulées", a-t-il dit.

Elle a souri en retour.

Alors qu'il s'éloignait pour aller chercher un peignoir sur le banc, elle a ajusté sa position. Il était trop occupé avec elle pour le remarquer, mais elle avait vu un trousseau de clés (qui avait dû se détacher de la ceinture d'un des policiers du SWAT quand il était tombé) sur le bord de la baignoire.

Lorsqu'elle s'était assise, elle avait soigneusement posé ses fesses galbées dessus.

En avançant légèrement, ils étaient maintenant à portée de ses mains menottées. Évidemment, c'était trop espérer qu'il s'agisse des clés de ses menottes, mais dans tous les cas, il était assez habile pour utiliser l'une d'entre elles comme un pic improvisé.

Elle a refermé ses doigts manucurés autour des touches pendant que Mr Shadow enroulait la robe de chambre blanche autour d'elle et serrait la ceinture, couvrant ainsi sa pudeur.

Alors qu'il accueillait volontiers ses lèvres sur les siennes une fois de plus, ses doigts habiles sélectionnaient les touches, choisissant celle qu'il utiliserait pour libérer ses mains entravées.

Le sexe avait été bon et nécessaire, mais elle était toujours une super-héroïne et lui un super-méchant. Il est temps de se remettre au travail.

Mr Shadow était sur le point de découvrir que ses compétences ne se limitaient pas à la gymnastique sexuelle dans le jacuzzi !

La pluie lors d'une journée chaude

C'est une journée tellement chaude et collante que je dois t'emmener te promener à la campagne et pendant que nous marchons, je passe mes mains sur tes fesses, tâtant ta culotte et ta robe d'été. Lorsque nous atteignons un endroit calme, herbeux et peu fréquenté, je t'arrête en t'embrassant, je lève mes mains pour toucher tes seins, puis je les retire à mon tour pour lécher et grignoter doucement tes mamelons.

Tu frissonnes doucement, en fermant les yeux et en te concentrant sur les sensations exquises qui te traversent alors que ta chatte commence à devenir très glissante et que tu peux sentir la mouillure se répandre le long du gousset de ta culotte.

Mes mains commencent à soulever ta robe jusqu'à ce que je puisse voir ta culotte : elle est ample et blanche, elle semble bien usée et humide. Je glisse ma main entre tes cuisses et tu ouvres ta position pour me donner un accès total. Je peux voir la tache humide où ta chatte chaude a perdu son pouvoir collant et, en retirant le gousset pour regarder ta fente humide, je peux voir les taches de pipi à l'intérieur du tissu et je sais que tu ne t'es pas essuyée quand tu as fait pipi, sachant à quel point j'aime voir et goûter ta culotte sale.

Tu me dis que tu as vraiment besoin d'aller aux toilettes en ce moment et tu me demandes si je voudrais regarder ; je te réponds que je voudrais participer à l'expérience, pas seulement regarder. J'enlève mon jean et je m'assois sur l'herbe douce pendant que tu soulèves ta robe, que tu te tiens au-dessus de moi et que tu commences à te laisser aller dans ta culotte. Le nectar chaud commence à se répandre sur ta veste car le matériau est assez absorbant ; cependant, il commence bientôt à se déverser et je le sens éclabousser tout mon corps et ma queue a atteint ses huit centimètres, réagissant avec excitation à la sensation chaude et humide contre elle.

J'aime la sensation du pipi chaud mais je sais aussi qu'il a un goût délicieux ; par conséquent, je tiens tes fesses et attire ta chatte vers mon visage, où je goûte le merveilleux liquide jaune qui coule à travers ta culotte. Pendant que tu te baignes pour moi, je glisse un doigt dans ton anus serré qui cède rapidement lorsque mon doigt est couvert de tes jus glissants et de ton pipi. Je le fais glisser à l'intérieur de toi et j'en remplis deux autres. Je sens que tu es pleine là-dedans et que tu n'as pas réussi à relâcher la pression avant de sortir, mais cela ne me décourage pas, en fait cela rend l'idée de profiter de toi analement encore plus excitante et perverse.

Lorsque le jet de pipi chaud s'est transformé en un doux filet, je t'amène au sol et te positionne à quatre pattes, avec ta robe autour de la taille et ta culotte mouillée descendue autour de tes cuisses. Mon pénis palpite et gonfle, il est prêt à éclater et j'ai tellement envie d'être en toi que je peux à peine attendre. Je fais glisser la tête dans tes fesses, pour qu'elle puisse entrer grâce aux jus laissés là par mes doigts ; il faut ensuite un certain effort pour l'enfoncer davantage et ma main la guide pendant que tu détends tes muscles et absorbe le plus possible.

Au fur et à mesure que ma queue raide se fraye un chemin dans ton canal arrière, elle commence à ressentir une certaine résistance à l'intérieur de toi et je sais que non seulement je te remplis de l'extérieur, mais que je compacte aussi ce qui était déjà là pour que ton derrière se sente si plein, si dilaté, si intensément agréable et je sais qu'être si intime te fait te sentir si désirée, si impatiente, si absolument sale et crasseuse. Après quelques minutes de forage par derrière, tu me demandes plus : tu as besoin que ta chatte soit aussi étendue et remplie. Je me retire de ton anneau, nettoie ma queue dans la partie de ta culotte et la tire à nouveau autour de toi. Le pipi chaud a refroidi et le contraste entre la chaleur de la friction que nous avons créée et la culotte froide te fait encore plus frissonner.

Je te laisse t'asseoir pendant que je m'allonge avec ma queue en l'air, prête à s'empaler sur toi. En gardant ta robe relevée et ta culotte tirée sur le côté, tu t'accroupis et enfonces le bout de ma queue dans ta chatte chaude, humide et dégoulinante de pisse et tu ressens instinctivement l'envie de te reposer sur moi autant que possible. Sa profondeur te surprend : elle pousse contre ton point G, puis remonte vers tes régions les plus intimes. Tu le ressens si profondément en toi que cela frise la douleur, mais le plaisir est tout simplement atroce.

Tu sais que tu as le contrôle maintenant, tu sais comment monter ma queue au maximum en toi et te faire jouir, et tu continues à monter cette viande épaisse jusqu'à ce que les muscles de ta chatte atteignent le point de non-retour et que ta prise en étau sur ma queue m'indique que tu jouis d'un énorme orgasme. Les muscles qui se contractent amènent aussi ma queue au point où l'intensité est vraiment excessive et je sais que je ne peux plus me retenir.

Je dois me libérer, je ne peux plus me retenir, ton orgasme a déclenché le mien. Je peux sentir le sperme monter jusqu'en haut et quand je le sens gicler dans ta chatte humide, je sais que tu pourras le sentir, chaud et humide, et que lorsque je me retirerai lentement, tu le sentiras encore plus.

Mes mains se lèvent pour embrasser tes seins alors que tu tombes en avant sur moi, plantant un baiser sur mes lèvres alors que mon pénis se dégonfle légèrement, mes efforts étant terminés pour le moment. Je te retourne et le retire, puis j'enlève ta culotte et l'enfile moi-même, adorant la sensation de ton pipi frais sur ma peau.

Pendant que nous marchons, je peux voir les traînées collantes à l'intérieur de ta jambe alors que mon sperme coule, tandis que tes jus se frottent contre moi dans mes zones les plus intimes. Nous pouvons à peine marcher, mais nous arrivons à rejoindre le chemin et continuons notre route.

Gang Bang

"Es-tu prête ?" demande-t-elle d'un ton incertain.

"Je vais y aller en premier", a répondu l'un d'entre eux. Il s'est avancé, un sourire en coin sur les lèvres, et l'a dévisagée. Tous les autres le regardent avec impatience.

C'était la dernière chance de faire marche arrière. Non, désolé, c'était une blague. Ha ha. Au revoir.

Mais s'il le faisait, il n'aurait plus jamais une telle opportunité. Il a décidé de prendre une décision.

Elle rejeta ses cheveux noirs en arrière d'un air de défi et, soutenant son regard, s'abaissa à genoux devant lui. Le sourire a disparu de son visage lorsqu'elle a passé une main sur sa jambe et a senti les muscles de sa cuisse se tendre. Son zip était incroyablement fort dans le silence soudain de la pièce.

"Je croyais que tu avais dit que tu étais prêt", l'a-t-elle légèrement réprimandé en sortant sa bite à moitié molle de son sous-vêtement. "J'ai compris."

Ses yeux ont roulé dans sa tête lorsqu'elle a pris sa queue dans sa bouche chaude et a commencé à la sucer. Alors qu'il gémissait, elle a regardé les visages étonnés des autres hommes. Ils pensaient manifestement qu'elle avait été sérieuse après tout.

Alors que la queue du premier garçon grandissait dans sa bouche, élargissant sa mâchoire, elle a enroulé sa main autour de sa tige épaisse et a commencé à le pomper. Le deuxième garçon avait maintenant une énorme bosse dans son pantalon et s'est avancé, non seulement pour avoir une meilleure vue, mais aussi pour revendiquer son droit d'être le prochain. Elle a souri et a senti les jus tourbillonner entre ses jambes. Cela allait être tellement amusant.

Elle a léché la tête de la bite du premier garçon et a goûté sa saveur qui s'échappait de sa fente. Elle l'a taquiné doucement et l'a entendu gémir au-dessus d'elle. Eh bien, ça l'a fait taire pour sûr. Il se réchauffait bien et a commencé à pousser doucement dans sa bouche. Elle le contrôlait d'une main, tandis qu'avec l'autre elle se glissait sous sa robe. Ses jus avaient déjà commencé à mouiller sa culotte. Il les a détachés avec un doigt et a facilement glissé un autre doigt dans son ouverture humide.

Elle a gémi à son propre contact, puis a remarqué les autres visages qui la regardaient attentivement, appréciant le spectacle. Eh bien, si c'était un spectacle qu'ils voulaient…..

Tout en continuant à sucer cette splendide queue, elle s'est penchée en avant et a remonté sa robe sur ses hanches et autour de sa taille. Il y a eu des murmures d'approbation lorsque ses jambes galbées et sa culotte blanche sont apparues. Les murmures sont devenus des applaudissements lorsqu'elle a révélé son soutien-gorge. Avec un peu de difficulté, elle a réussi à tirer sa robe sur ses épaules et en tirant sa tête en arrière, il est venu. Elle a tenu la robe en avant et le filet de sperme a traversé le col de la robe, le manquant fortement, et a fini sur sa poitrine et son soutien-gorge.

Le premier garçon s'est retiré avec un soupir et le deuxième a pris sa place. Il a débouclé sa ceinture et fait tomber son jean sur le sol pour révéler sa queue raide pointant vers le haut à un angle aigu. Soudain, il a compris d'où venait le terme "descendre". Elle a jeté sa robe dans un coin sûr, s'est agenouillée et a abaissé sa bouche sur sa nouvelle queue. Il a gémi et s'est glissé entre ses lèvres et elle a senti la peau lisse et satinée frôler l'arrière de sa gorge. Elle a baissé la tête et a haleté un peu, mais l'a maintenue pendant qu'il passait la main derrière elle et décrochait son soutien-gorge.

Avec ses mains, elle a retiré tout le sperme de son soutien-gorge et l'a jeté aussi dans un coin, puis a essuyé ses mains collantes sur ses cuisses. Pendant qu'elle était occupée, la queue raide avait glissé plus loin dans sa gorge, ce qui lui rendait la déglutition plus difficile. De la salive a coulé des coins de sa bouche et a recouvert son menton, et elle a utilisé la lubrification pour déplacer sa tête plus rapidement et plus profondément sur la deuxième bite. Elle n'a pas tenu longtemps.

Avec un gargouillement, il a poussé sa queue en avant, mais elle était plus rapide et a tiré en arrière. Son sperme a éclaboussé son cou et ses seins, dégoulinant et se mélangeant à la charge précédente. Elle a plongé un doigt dans le liquide chaud et a comparé son goût avec le précédent. C'était plus sucré mais plus subtil et elle se demandait quel serait le goût du prochain. Il n'a pas eu à attendre longtemps pour le découvrir.

Elle a senti que le garçon suivant lui attrapait la tête et qu'une bite épaisse et palpitante était poussée fort dans sa gorge, l'étouffant presque. Il a enroulé ses mains dans ses cheveux et a commencé à baiser son visage. Elle pouvait sentir son excitation et a détendu sa gorge alors que sa queue glissait plus rapidement entre ses lèvres. Elle a tendu une main pour se stabiliser et s'est accrochée à la jambe nue de quelqu'un. Avec sa tête maintenue fermement, elle ne pouvait pas voir qui c'était, mais elle a glissé sa main le long de sa cuisse et s'attendait à trouver une autre bite raide. Elle n'a pas été déçue et a commencé à le pomper d'une main pendant qu'elle se glissait à nouveau dans sa culotte trempée avec l'autre.

Son clitoris était incroyablement sensible et quand elle a glissé un doigt à l'intérieur, un mini orgasme a secoué son corps. Les voix autour d'elle l'ont poussée à continuer, la suppliant de leur en montrer plus. Puis elle a senti des mains lui caresser les fesses et sa culotte a été baissée pour permettre au public de la regarder jouer. Elle a levé ses jambes une à une et son aide a retiré sa culotte et l'a jetée avec le reste de ses vêtements.

Elle était maintenant nue, à genoux, se doigtant d'une main et pompant une bite avec l'autre tandis que sa bouche était baisée comme la chatte d'une pute de supermarché. L'homme qu'elle suçait l'a poussée et elle est tombée en arrière, répandant la salive et le liquide préséminal de sa bouche sur ses seins. Il a tiré sa queue deux fois et son sperme a coulé sur ses cuisses et son pubis. Un autre claquement et quelques secondes plus tard, une autre ruée de sperme provenant de la bite qu'elle masturbait s'est déversée sur son bras et ses côtes. Elle a senti le liquide chaud recouvrir un téton en érection et, adorant la sensation, elle en a étalé sur l'autre téton et a commencé à le presser entre son pouce et son index.

Les hommes se pressent autour d'elle. Une autre bite a été enfoncée dans sa bouche alors qu'elle s'allongeait et pouvait voir d'autres bites se branler au-dessus d'elle, visant ses beaux seins et sa chatte humide. Leurs mains chaudes l'ont caressée et pressée tandis que leur sperme refroidissait les zones de sa peau où il était passé.

Une autre bite est venue dans sa main. Elle a changé de main, utilisant sa main pleine de sperme pour lubrifier davantage sa chatte et atteignant une autre bite dure avec sa main libre. Du sperme chaud et salé a éclaboussé le fond de sa gorge et elle a poussé trois doigts à l'intérieur d'elle-même et a joui à nouveau sur sa propre main. Alors qu'elle se tordait d'extase, la bite est sortie de sa bouche et une autre giclée de sperme a éclaboussé son épaule blanche comme du lait. Elle a récupéré un peu et s'est retrouvée avec une seule bite.

Quelques hommes gisent épuisés dans la pièce et au moins un était déjà parti. Un dernier homme était debout, nu, mais regardant et attendant. Elle lui a souri timidement, puis a mis la queue qu'elle tenait dans sa bouche. Deux succions et elle a explosé entre ses lèvres. Elle n'a pas avalé et lorsque la bite a été retirée de sa bouche, elle a souri et le sperme a coulé des coins de sa bouche jusqu'à son menton. Le propriétaire de la bite a regardé rapidement autour de lui, a attrapé ses vêtements et a couru hors de la pièce.

Elle a regardé dans les yeux du dernier homme et s'est léchée les lèvres. Il a souri en la voyant et s'est avancé, balançant sa longue queue. En réponse, elle s'est lentement mise à quatre pattes et s'est étirée sinueusement sur ses genoux jusqu'à ce que ses yeux soient au niveau de son nombril. Elle a tendu une main vers sa queue et il a tendu sa main vers elle comme pour l'aider à se relever. Au lieu de cela, il a pris son poignet fermement et a maintenu son bras au-dessus de sa tête. Elle l'a regardé timidement alors qu'une goutte de sperme tombait de son menton sur son mamelon foncé.

Elle a tendu son autre main vers sa queue et il l'a prise aussi et l'a tenue au-dessus de sa tête. Son regard est passé du sien et elle l'a suivi jusqu'à ses seins fermes qui dépassaient. Même si ses mains la maintenaient immobile, elle a fait un bond en avant avec sa tête et a essayé de prendre sa queue dans sa bouche.

Il l'a retiré d'un air taquin, puis l'a remis et l'a placé sur ses lèvres. Elle a ouvert la bouche et il l'a repoussée à nouveau. Elle est restée immobile et a attendu patiemment, la bouche ouverte. Ce n'était qu'une question de temps et il a fait glisser sa queue en avant, l'a utilisée pour essuyer le sperme sur son menton, puis l'a fait glisser sur sa langue.

Lentement, elle a passé sa langue sur la longueur de la tige, puis sur la tête enflée et violacée. Il a gémi et un genou a failli céder, mais il a continué à maintenir ses bras en l'air. Tout doucement, elle a enfoncé sa queue de plus en plus profondément dans sa bouche jusqu'à ce qu'elle sente sa tête contre le fond de sa gorge.

Avec une poussée soudaine de sa tête, sa queue a glissé dans sa gorge. Elle s'est retirée brusquement avant de haleter, a maintenu sa queue sur le dos de sa langue jusqu'à ce qu'elle se détende, puis a répété le processus plusieurs fois. Il a frissonné et soupiré sous ses attentions et elle a progressivement augmenté le rythme, faisant comme si sa gorge était une chatte chaude et douce dans laquelle sa queue s'enfonçait.

Deux autres poussées et il l'aurait eu. Mais il a dû se rendre compte de la même chose et a soudainement retiré sa queue de sa bouche. De la salive a coulé sur ses seins. En utilisant ses bras, il l'a abaissée sur le dos et s'est agenouillé au-dessus d'elle. Elle pensait qu'il allait éjaculer sur ses seins, mais au lieu de cela, il a baissé la bouche vers son mamelon et l'a léché. Des frissons ont parcouru son échine lorsqu'il a commencé à laper le jus de ses seins, puis l'a entièrement avalé dans sa bouche et a sucé le mamelon douloureux.

Il a joint ses poignets et les a tenus d'une main, sans qu'elle n'essaie de l'arrêter. Tout en continuant à se nourrir de ses seins, il a mis sa main libre entre ses jambes. Elle était pleine de jus et il les a étalés davantage autour de sa chatte et a facilement glissé ses doigts à l'intérieur. Elle a haleté lorsqu'ils sont entrés en elle, mais il les a ensuite fait glisser et a trouvé son clito. Elle a commencé à presser ses hanches contre sa main, essayant de se remplir une fois de plus de ses doigts, mais il n'a fait que frotter son clitoris plus fort et plus rapidement, la faisant frémir de plaisir.

Continuant à la tenir immobile, il a léché ses épaules, son cou et sa poitrine, léchant les nombreux dépôts qui couvraient sa peau, jusqu'à ce qu'il prenne l'autre téton dans sa bouche. Elle se tordait sous ses doigts et sa langue et, alors que son orgasme commençait à la secouer, il lui a mordu le téton, la faisant crier de plaisir. Elle a arqué son dos, poussant ses seins encore plus loin dans sa bouche, puis est tombée sur le sol. Elle a senti son corps entier battre au rythme des battements de son cœur.

Quand elle s'est un peu détendue, il a relâché ses poignets et a continué à lécher le long de son corps, tandis qu'avec son autre main, il remuait les jus dans sa chatte. Sa langue a tracé une piste autour du dessous de ses seins, a légèrement effleuré ses côtes, a glissé sur son ventre et a récupéré le contenu de son nombril. Il a continué à lécher et sucer le long de la douce courbe de sa taille et sur ses hanches et l'a fouettée en ralentissant le rythme tout en grignotant le haut de ses cuisses.

Quand il a atteint sa chatte trempée, il a retiré ses doigts humides d'elle et les a mis dans sa bouche. Elle a léché et sucé le jus de ses doigts, tandis qu'il a léché et caressé le jus de sa chatte avec sa langue.

Alors qu'elle glissait sa langue entre ses doigts, il a glissé sa langue dans sa chatte pour se régaler de son contenu et, pendant qu'elle suçait ses doigts, il a sucé son clito alors qu'elle gémissait de bonheur. Elle a posé ses mains sur sa tête, mais il a soulevé ses genoux sur son dos, a de nouveau pris ses deux poignets dans ses mains, l'a maintenue immobile et a ensuite enfoui son visage dans sa chatte. Elle était si sensible qu'elle a essayé de se tortiller pour sortir, mais sa prise était trop forte.

Sa langue est entrée et sortie d'elle, pompant sa chatte et ravageant son clitoris. Son jus suinte d'elle et cela semble le stimuler. Les sensations l'ont bientôt submergée et elle a crié lorsqu'un autre orgasme a secoué son corps fatigué.

Il l'a lâchée et elle est tombée en arrière, molle et détendue. Son visage était rouge et sa peau était chaude. Son visage était couvert de sa rosée. La tenant par les poignets, il l'a doucement tirée à genoux et s'est tenu devant elle, attendant. Elle a pris ses couilles dans une main et les a doucement massées. Avec l'autre main, elle a pris son membre rigide et l'a senti palpiter sous son toucher. Elle a tiré la peau vers l'avant sur la tête gonflée et il a gémi pendant qu'elle le faisait.

Doucement, elle l'a pris dans sa bouche, l'a sucé doucement pendant un moment, puis l'a plongé dans sa gorge deux fois. Elle a senti ses couilles se contracter, a tiré sa tête en arrière et l'a regardé. Son visage s'est contorsionné en un cri silencieux et la première giclée de sperme a coulé sur son visage, passant de sa frange à ses yeux et du bout de son nez au coin de sa bouche. Elle a ouvert grand les yeux et a visé le deuxième jet, qui a éclaboussé sa joue et rempli sa bouche. Elle a placé sa langue sous la tête de sa queue et a attrapé la plupart de la troisième giclée, bien qu'un peu ait coulé sur son menton.

Elle a doucement trait sa queue et l'a léchée jusqu'à ce qu'il tombe à genoux devant elle.

En regardant à travers ses cils couverts de sperme, elle a souri à son visage, brillant de sa sueur et de ses jus. Il a souri en retour, puis s'est penché en avant et a léché ses yeux. Il a léché son front et a passé sa langue sur son nez et sa joue. Il a recueilli le filet de sperme à la pointe de son menton et a suivi sa trace jusqu'au coin de sa bouche.

Elle a ouvert ses lèvres et il l'a embrassée très doucement.

Un étranger

C'était une journée chaude et humide et je n'étais pas de très bonne humeur : mes vêtements collaient aux mauvais endroits, mes cheveux collaient à mes joues et à mon front et, en général, je ne passais pas une bonne journée. J'avais oublié à quel point je détestais l'été jusqu'à ce qu'il arrive et je priais pour le jour où les feuilles tomberaient et où je pourrais légitimement retourner à mes jambières et à mes journées à la maison blottie contre le radiateur.

J'avais mon sac serré contre ma poitrine quand j'ai levé les yeux, pour réaliser que j'avais réussi à presque entrer en collision avec une grosse poitrine dure - il m'a fallu une seconde pour réaliser qu'une poitrine devait être reliée à un corps et donc à une personne, et je n'étais pas d'humeur à m'excuser et à me déplacer sur le côté.

Malheureusement, ayant à le faire, j'ai levé les yeux pour rencontrer le propriétaire de ladite poitrine et je me suis déplacée sur le côté, mais je n'ai pas été plus loin avant que mon cœur ne se mette à battre la chamade lorsque j'ai posé les yeux sur l'un des gars les plus mignons que j'ai vu depuis un bon moment : c'est peut-être un témoignage de ma vie sexuelle et amoureuse inexistante, mais quand même... wow !

Environ cinq secondes après avoir pris conscience de sa présence, je me suis souvenue que dans la société générale, il faut dire quelque chose après avoir presque heurté quelqu'un, et j'ai ouvert la bouche avec la vague intention de m'excuser et de passer à autre chose... Typiquement, je n'ai pas réussi à formuler ce seul mot, et un " hum... " quelque peu ébouriffé est sorti de ma bouche, ajoutant à la représentation idiote que je donnais.

Sa bouche a tressailli et il a déplacé son poids de ma jambe gauche à ma jambe droite, me donnant un lent va-et-vient que je ne méritais en aucun cas - non pas que je me plaignais, car chaque centimètre de mon corps semblait être au garde-à-vous. Malgré la chaleur, j'étais soudainement reconnaissante pour le sac qui enserrait ma poitrine, car il cachait le fait que mes tétons dépassaient du coton fin de mon T-shirt, et j'étais également troublée lorsque j'ai repris le contrôle de ma voix et que j'ai réussi à expulser un "désolé pour ça" de mes poumons.

"Très bien", a-t-elle dit, d'une voix plus grave que ce à quoi je m'attendais. Il a de nouveau souri et je me suis demandé si les bouffées de chaleur étaient courantes chez les femmes de mon âge - elles ne sont pas censées se produire pendant la ménopause ? Étais-je anormal ou cet homme était-il simplement dévastateur et mortel ? Il s'est légèrement rapproché de moi et je me suis mordu la lèvre, me demandant ce qui allait se passer ensuite, "Tu devras peut-être me payer un verre pour te faire pardonner, cependant...".

J'ai souri en retour, en essayant de cacher le fait que mon cœur battait si fort que j'ai cru qu'il allait sortir de ma poitrine : c'était du flirt, pour l'amour de Dieu, je savais comment faire. Ou du moins, je pensais savoir comment le faire..... J'ai pris une grande inspiration, en faisant courir mon regard sur son corps, puisque regarder dans ses yeux ne me faisait certainement pas du bien - 'Oh, c'est vrai ? Je ne savais pas qu'il y avait une pénalité pour avoir presque heurté des gens...'.

"D'habitude, il n'y en a pas", a-t-il répondu en se rapprochant encore un peu, "mais je ne rencontre presque jamais de personnes aussi belles que toi".

J'ai senti mes joues rougir et j'ai maudit le temps : c'était typique pour moi de rougir à un moment où je fondais pratiquement, n'est-ce pas ? Soudain, ma bouche s'est asséchée et, par-dessus son épaule, j'ai vu un étal vendant de la limonade - mes yeux se sont dirigés vers lui au moment où il a hoché la tête dans cette direction - "Je plaisante, si tu t'assieds, je vais te donner un jus de fruit - tu as l'air d'en avoir vraiment besoin...".

Avant que je puisse penser à une réponse, il s'est retourné et s'est dirigé vers le chariot, me laissant rapidement prendre deux sièges à l'ombre - la sensation d'air frais sur ma peau refroidie était un soulagement béni et ma tête s'est suffisamment éclaircie pour me permettre de me rappeler la double intention de son dernier commentaire - oh mon Dieu, c'était évident ; la réaction que j'avais eue envers lui ? J'ai serré ma lèvre entre mes dents et je l'ai regardé se retourner avec deux tasses de jus épicé à la main et se diriger vers moi.

Soudain, j'ai senti mes jambes se gonfler et je ne savais pas où les mettre ; je me suis contentée de les croiser, et quand j'ai réalisé que cela ne faisait qu'ajouter au sentiment de fin de journée, il était déjà assis à côté de moi et me tendait une boisson.

"Tiens", a-t-il dit et j'ai hoché la tête en signe de remerciement, enroulant mes doigts autour du plastique froid et regardant le liquide pâle.

"Alors, qui dois-je remercier pour la boisson ?" J'ai demandé, en levant les yeux de sous mes cils dans une faible tentative d'équilibre séducteur, pour le trouver plus proche que je ne le pensais, à seulement cinq centimètres de mon visage.

"Disons que j'étais au bon endroit au bon moment, hein ?" a-t-il murmuré et son intention est immédiatement devenue claire lorsqu'il a réduit la distance entre nous et a légèrement effleuré ma bouche avec ses lèvres. Mon esprit s'est instantanément éteint alors que je ressentais ce doux baiser avec chaque fibre de mon être, le simple fait de le toucher a fait vibrer mon ventre alors que je frôlais de mes doigts son menton mal rasé, consciente que je n'aurais pas dû le laisser m'embrasser mais je le voulais tellement. C'était absurde de voir à quel point j'avais envie de son contact, alors que je le connaissais depuis moins de cinq minutes, mais c'était tellement bien.

Alors j'ai enroulé mes doigts autour de son cou et je l'ai embrassé en retour, sentant sa surprise dans la façon dont il souriait contre ma bouche. Nos boissons ont été oubliées à côté de nous alors que je me rapprochais de lui, puis il a enroulé ses mains autour de mes hanches et m'a tirée sur ses genoux ; j'ai légèrement grimacé quand il m'a déplacée, puis j'ai laissé échapper un rire doux et j'ai passé mes doigts dans ses cheveux, retirant ma bouche de la sienne.

"D'habitude, je ne suis pas ce genre de fille, tu sais", lui ai-je dit, souriant au cliché que je prononçais mais sachant que je devais le lui faire savoir - il a hoché la tête et a pressé sa bouche contre mon cou.

"C'est pour ça que ça fait du bien, de savoir que tu ne le fais pas avec n'importe quel gars au hasard - quelque chose en toi me fait réaliser..." a-t-il répondu, ses mots rauques contre ma peau alors qu'il passait ses mains sur mon dos pour les poser sur mes hanches. "Retourner vers moi ?"

J'ai hésité une seconde, luttant contre les restes de bon sens qui traînaient dans mon esprit, mais sachant que je me demanderais toujours "et si" si je refusais son offre - c'est cela, plus que toute autre chose, combiné à l'incroyable attirance pour lui, qui l'a convaincu - "OK", ai-je murmuré à voix basse, immobile contre lui. Il s'est déplacé rapidement, sa main s'est posée sur ma joue et il m'a embrassé à nouveau, profondément et intensément, contre mes lèvres.

Sa langue a tracé mes lèvres avant de plonger dans ma bouche, la mienne correspondait parfaitement à la sienne tandis que j'arquais mon dos contre son corps, adorant la sensation de sa poitrine contre mes seins. Il m'a embrassée pendant je ne sais pas combien de temps, avant que je ne déplace ma bouche vers son cou et qu'il laisse échapper un souffle étouffé et me tire loin de lui.

"Partons d'ici avant qu'il ne perde la tête", a-t-il dit, et j'ai hoché la tête, légèrement étourdie en me levant et en trébuchant contre lui, oubliant presque ma sacoche, que j'avais placée à côté des boissons. Il me l'a tendu et m'a pris par la main alors que nous nous éloignions de nos boissons abandonnées : j'étais prête pour une longue marche, mais il m'a conduite dans la rue suivante et jusqu'à une maison avec une porte bleue.

En fouillant dans sa poche, il a sorti un trousseau de clés et a ouvert la porte, se reculant pour me laisser entrer. J'ai hésité : c'était ma dernière chance de crier au loup et de partir, mais malgré ma tête qui me disait de partir, je ne voulais pas. J'en avais envie, tellement que mon estomac se tordait à l'idée de ce que cela ferait de l'avoir en moi... et à cette idée, j'ai franchi la porte et j'ai senti ses bras se glisser autour de ma taille alors qu'il fermait la porte derrière nous.

J'ai tendu mes bras autour de son cou, sa tête s'est abaissée pour embrasser mon cou alors que ma chemise se soulevait pour exposer mon ventre et que ses doigts dardaient sur la courbe lisse de mon abdomen. J'ai laissé échapper un doux soupir alors que sa langue serpentait sur mon cou et que sa main remontait le long de mes côtes pour s'accrocher à l'armature de mon soutien-gorge. Ses doigts se sentaient si bien sur ma peau nue que j'ai fermé les yeux et cambré un peu le dos, sa main s'est déplacée pour toucher mes seins tandis que son autre main tirait doucement mon T-shirt sur ma tête. Lorsque l'air frais a touché ma peau, j'ai ouvert les yeux et j'ai vu son visage s'approcher rapidement du mien pour m'embrasser.

Je me suis retournée et j'ai fait courir mes doigts le long de ses hanches, grignotant sa chemise pour exposer sa peau lisse et masculine. Il a souri et a levé les bras pour me permettre de l'enlever, le tissu tombant pour me montrer l'étendue tendue de son ventre et les doux poils éparpillés sur sa poitrine.

Mon estomac s'est serré de désir et de convoitise lorsqu'il a glissé ses bras autour de mon cou et l'intimité soudaine de la prise m'a fait gémir doucement lorsque sa bouche a rencontré sa langue et que la mienne a pénétré mes lèvres. J'ai fait courir mes doigts le long de son dos, ayant soudain envie de le voir complètement et, avant de savoir ce qui se passait, j'étais dans ses bras et on me portait à travers la pièce.

Il a continué à m'embrasser en me déposant sur le lit avant de se retirer et de déboucler sa ceinture. Le doux pop du métal contre le métal dans la pièce calme et fraîche n'a fait qu'augmenter mon excitation, et quand il a descendu son jean le long de ses jambes, je me suis agenouillée et je l'ai aidé à l'enlever, mes doigts explorant chaque partie de sa peau pendant qu'il se déshabillait. Je me suis penchée en avant et j'ai embrassé son ventre, une main allant directement à la lourde silhouette de sa queue qui se pressait à l'intérieur de son boxer - il a laissé échapper une douce expiration et a rapidement dégrafé mon soutien-gorge, faisant glisser les bretelles sur mes épaules et allant directement à la fermeture éclair de ma jupe flottante et estivale.

Le soutien-gorge a glissé de mon corps et est tombé directement sur le sol, suivi immédiatement par la jupe et la culotte. Je me suis allongée sur le lit tandis qu'il s'est déplacé pour s'allonger à côté de moi. Je ne me souciais plus particulièrement du fait que - oh mon Dieu, je ne connaissais même pas son nom - il était un parfait inconnu pour moi ; au contraire, le fait que je ne le connaisse pas m'excitait un peu et augmentait le sentiment d'abandonner la raison pour une fois dans ma vie et d'en aimer chaque seconde.

Nos jambes se sont entrelacées et j'ai enroulé une jambe autour de sa hanche, la sensation de son érection pressant à travers le tissu humide sur ma chatte ouverte et humide m'excitant incroyablement. C'était un sentiment si intime alors qu'il passait ses mains sur mes hanches, m'embrassant profondément et frottant lentement ses hanches contre moi. Il a commencé à m'embrasser dans le cou et m'a fait rouler doucement sur le côté pendant que sa bouche suivait ses doigts sur ma clavicule et entre mes seins avant que sa langue ne se lance autour de mes tétons et en prenne un totalement dans sa bouche.

Des sensations ont parcouru mon corps et j'ai frissonné, émettant un doux cri lorsque ses dents ont effleuré l'aréole sensible. Il a sucé le téton pendant un moment avant de le faire tomber de sa bouche avec un bruit doux et humide et d'embrasser mon ventre ; j'ai baissé le regard pour voir son visage entre mes cuisses, ses mains les caressant et ses yeux me scrutant à travers la saillie de mes os de hanches alors qu'il léchait doucement et lentement la longueur de mon clitoris.

Les sensations qu'il me donnait étaient supérieures à toutes celles que j'avais connues auparavant et je me suis cambrée en arrière, poussant ma chatte dans sa bouche alors qu'il aspirait mon clito entre ses lèvres et jouait avec sa langue, ses doigts glissant sous ma mâchoire pour s'enfoncer profondément dans ma mouille. Je savais que s'il continuait plus longtemps, j'allais jouir et je voulais jouir avec lui en moi, alors je me suis penchée en avant et j'ai passé mes bras autour des siens, le tirant pour qu'il se couche sur moi avant de rouler et de me mettre à genoux.

Il s'est légèrement redressé, s'appuyant sur mon bras et m'a fixé, ses lèvres encore humides de mon excitation, tandis que je me penchais en avant pour prendre sa queue dans ma main, enroulant mes doigts autour de la circonférence et la tirant lentement avec ma main autour de sa tige. L'air a sifflé entre ses dents et il a fermé les yeux alors que je me suis penchée en avant et que j'ai embrassé l'extrémité, faisant tournoyer ma langue autour de la tête de sa queue avant de glisser ma bouche sur sa longueur et de sucer doucement en me retirant.

J'ai continué pendant environ une minute, sa main allant vers mes cheveux et prenant le contrôle de la vitesse de ma bouche sur lui, avant qu'il ne se raidisse et se retire, respirant lourdement et me tirant sur le lit. Il m'a poussé sur le dos, s'est penché vers une table de chevet que je n'avais jamais remarquée et a sorti un préservatif, qu'il m'a tendu. "Tu es prête à le faire", a-t-il demandé.

J'ai souri en réponse et je lui ai pris, l'ouvrant et pinçant le bout pendant que je le faisais glisser sur son érection. En léchant mes lèvres, je pouvais encore le goûter et lorsqu'il s'est déplacé pour s'allonger entre mes jambes, je les ai repliées autour de lui et j'ai incliné mes hanches vers le haut pour lui permettre de se glisser profondément en moi. La belle intrusion de son érection dans ma chatte serrée et humide m'a fait tellement de bien que j'ai légèrement frissonné lorsqu'il s'est retiré pour se replonger en moi, me remplissant alors qu'il commençait à me baiser plus fort.

Sa bouche était humide sur mon cou et mes bras s'enroulaient autour de lui, sentant l'humidité de sa peau pendant que nous baisions, la sensation d'être si proche de lui m'excitait tellement qu'après seulement une minute ou deux, je criais, ma chatte se resserrant autour de sa queue dure et mon esprit tournant alors que je venais, suivie de peu par lui. Son corps a frissonné et il a lâché un doux grognement dans mon oreille, "Oh, mon Dieu", alors qu'il jouissait, projetant son sperme en moi et je voulais sentir son éjaculation au plus profond de ma chatte, mélangeant notre sperme ensemble et le recouvrant de mon orgasme.

Nous sommes restés là pendant un moment, les yeux fermés et respirant fortement, avant qu'il ne m'embrasse profondément et que nous allions vivre nos vies séparées.

Un bon pique-nique

Pamela et moi avions décidé que puisque nous traversions les montagnes Poconos pour rendre visite à ma famille dans le New Jersey, nous pourrions nous arrêter pour un week-end de détente. Par chance, nous avions un ami qui dirigeait un centre de villégiature dans cette région et il avait réservé une cabine pour nous avec une énorme réduction. Nous avions rencontré Maxine dans l'un des nombreux chats adultes sur Internet quelques semaines auparavant et avions depuis eu de nombreuses conversations épicées avec elle, mais ce serait la première fois que nous la rencontrerions en personne.

La cabine était petite, mais confortable et chaude et nous nous sommes installés et lavés après le long voyage. Max n'était pas encore au travail et nous avait laissé un message disant qu'il nous contacterait après s'être détendu. Ce qu'il a fait. Après une sieste de deux heures (plus ou moins), le téléphone a sonné. C'était Maxine et elle était en route, "...et j'ai préparé le déjeuner pour nous. Je t'emmènerai faire un bon pique-nique dans les bois. Tu vas adorer ; c'est magnifique ici." Il n'aurait pas pu avoir plus raison. L'épaisse forêt luxuriante, avec toutes les couleurs changeantes de l'automne, était à couper le souffle et nous avons trouvé une petite clairière isolée, où Maxine a étendu une couverture et préparé un copieux déjeuner.

Mais aussi beaux que soient les Poconos, ils pâlissent en comparaison de Max. Nous avions échangé des photos ; donc en principe, nous savions à quoi ressemblerait Maxine et vice versa, mais les photos ne rendent presque jamais justice à une personne. Et c'était le cas avec Max. Elle était un peu plus grande que Pamela, alors je l'ai estimée à 1m70, et elle était agréablement ronde ; voluptueuse est un mot plus exact, vraiment, avec des seins ronds et volumineux, un corps tout en courbes et un derrière délicieusement charnu. Ses cheveux couleur fraise coulaient sur ses épaules en vagues douces et encadraient joliment ses yeux noisette et ses jolies joues potelées.

Nous avons mangé lentement, en profitant du paysage et de la compagnie, puis nous nous sommes blottis l'un contre l'autre, allongés sur la couverture, en parlant de tout et de rien. Le corps svelte de ma Pamela d'un côté et le corps voluptueux de notre nouvel ami Max de l'autre étaient si invitants et doux que je n'ai pas pu m'empêcher de les serrer tous les deux. Je les ai serrées très fort dans mes bras, puis je les ai embrassées à leur tour, et elles m'ont toutes deux rendu mon baiser, un baiser doux et prolongé qui n'a pas seulement fait gonfler mon cœur. Puis j'ai regardé Maxine presser ses lèvres contre celles de Pamela et leurs langues se sont jetées l'une sur l'autre, et j'ai laissé échapper un petit gémissement. "Tu aimes ça, n'est-ce pas ?" a demandé Max, sachant très bien quelle serait ma réponse avant même que je ne la demande.

J'ai acquiescé et elle, en me faisant un clin d'œil, a de nouveau embrassé Pamela, profondément et passionnément. Je me suis allongé sur le dos, profitant de la vue de ces deux belles femmes sur moi et sentant ma queue devenir de plus en plus dure. Leurs mains se sont promenées l'une sur l'autre et sur moi pendant qu'elles s'embrassaient, et quand Max a trouvé ma dureté sous son jean, il l'a lentement dézippée. En sentant la fermeture éclair, Pamela a rompu le baiser pour regarder Max défaire ma ceinture, ouvrir mon jean et mon caleçon et sortir ma queue engorgée.

Et juste là, sous le ciel ouvert, elle a embrassé ma queue dure comme de la pierre. Elle l'a embrassé à nouveau, avec amour, et avant que Pamela ou moi ne nous remettions de la surprise initiale, Max avait ma queue dure dans sa bouche humide. Et oh, comme c'était bon ! Elle a sucé ma queue comme si c'était un privilège pour elle, plutôt que pour moi, et en un rien de temps, elle m'a fait gémir dans un bonheur paradisiaque.

Tirant ma chemise, Pamela l'a soulevée au-dessus de ma tête, l'a jetée de côté et, pendant que Maxine suçait ma bite heureuse, a fait des choses délicieuses avec mes tétons ; elle les a pressés et pincés entre ses pouces et ses index, me faisant haleter de pur plaisir.

Pendant que Maxine continuait à sucer ma queue, Pamela a enlevé mes baskets et mes chaussettes, puis mon jean bleu et mon boxer gris. Bientôt, j'étais complètement exposé au monde extérieur et Pamela a passé la main entre mes jambes tendues et a commencé à m'embrasser et à lécher tendrement mes couilles, tandis que Max léchait la tige de mon pénis dur et épais. À tour de rôle, chacune d'elles a patiemment démontré ses admirables compétences orales et je les ai incitées à continuer avec des bruits excités provenant de ma gorge.

C'était un si beau spectacle, ma queue disparaissant d'abord dans une bouche puis dans l'autre, et de voir la luxure dans les yeux de Pamela alors qu'elle tenait amoureusement ma queue pour que Maxine la suce pendant qu'elle regardait. Bientôt, je n'étais plus qu'un paquet de muscles contractés et de nerfs sensibilisés et ma respiration se faisait par à-coups courts et lourds. J'étais sur le point de jouir et je voulais durer un peu plus longtemps, alors j'ai rapidement dit à mes amants d'arrêter ce qu'ils faisaient.

Je pense que mon urgence a fait croire à Max qu'il m'avait fait du mal. "Tu vas bien ?" a-t-il demandé avec une expression inquiète.

Pamela et moi avons souri en connaissance de cause. Je suis plus que bien, chérie, ai-je répondu, je ne veux juste pas jouir encore. Puis j'ai réalisé quelque chose. "Hé, pourquoi suis-je le seul à être nu ici ?" J'ai demandé avec une indignation simulée et j'ai commencé à tirer sur les vêtements des dames. En riant, elles m'ont aidé à les déshabiller et à déshabiller l'autre et bientôt, grâce à nos efforts combinés, elles portaient toutes les deux leur lingerie sexy.

Pamela portait un soutien-gorge de sport noir et une minuscule culotte en soie verte, tandis que Max portait une minuscule culotte de bikini en nylon blanc et un soutien-gorge assorti, s'efforçant de toutes ses forces de retenir ses seins généreux. Glissant mes mains sous le soutien-gorge de sport de Pamela, j'ai pris ses tétons sensibles et guillerets et leur ai fait subir le même traitement affectueux qu'elle avait donné aux miens. Elle a grimacé de douleur et de plaisir et m'a demandé de serrer plus fort, ce que j'ai fait. J'ai serré et tordu ses tétons pointus jusqu'à ce qu'elle serre les dents et se dresse sur la pointe des pieds. En passant derrière Pamela, Maxine a embrassé sa nuque et a passé ses mains dans les longs cheveux blonds et raides de Pamela.

J'ai regardé dans ses yeux émeraude et j'ai pu voir le désir se former derrière eux, avant qu'elle ne les ferme, alors que Max lui mordait doucement l'épaule. Replaçant mes mains sous le soutien-gorge de Pamela, Maxine a commencé à caresser ses tétons turgescents pendant que j'entourais Pamela de mes bras, sentant la chair douce et chaude de Max avec mes mains.

Nous avons serré Pamela entre nous et l'avons fait gémir et se tordre d'extase pendant que nous explorions son magnifique corps avec nos lèvres, notre langue et nos dents. J'ai enlevé son soutien-gorge de sport noir et léché ses seins en coupe champagne, tandis que Max s'agenouillait derrière elle, baissant sa culotte et embrassant son beau cul rond. Sifflant et gémissant d'excitation, Pamela a accepté nos attentions orales et a attrapé une poignée des cheveux roux sauvages de Max, qui ont embrassé ses hanches et se sont dirigés vers la chatte de Pamela qui attendait.

Allongeant Pamela sur le dos sur la couverture de pique-nique, j'ai regardé Maxine embrasser ses cuisses soyeuses, se rapprochant de plus en plus du miel entre elles, tandis que je prenais ma queue dans ma main et la caressais paresseusement, appréciant énormément le spectacle. Maxine savait vraiment comment manger la chatte et bientôt Pamela a annoncé son orgasme avec des gémissements lascifs. Agenouillé derrière Max, j'ai frotté ma queue sur ses fesses et j'ai regardé par-dessus son épaule pendant qu'elle léchait Pamela jusqu'à un deuxième orgasme hurlant.

Serrant ses énormes seins dans mes mains, je me suis assis, tirant Maxine sur mes genoux et enfonçant ma queue dans son somptueux tunnel d'amour, tandis que Pamela, à peine remise de ses puissants orgasmes, commençait à lécher le clito excité de Max et à jouer avec mes grosses boules poilues. J'ai baisé Maxine lentement mais fermement, en embrassant son cou et son dos et en prenant de temps en temps un suçon par-ci par-là, tandis que Pamela suçait et slurpait son clito dur et ensemble nous avons réussi à l'amener à un orgasme époustouflant.

Maxine a rebondi rapidement et durement sur ma queue, s'empalant encore et encore, a attrapé la tête de Pamela, pressant sa chatte contre la bouche de Pamela et avec un cri de plaisir, elle est venue par vagues, lavant ma queue et mes couilles ainsi que le visage de Pamela avec son jus de chatte chaud.

Et son plaisir m'a inspiré ! Quelques secondes après le violent orgasme de Max, mes couilles se sont resserrées dans mon scrotum et, avant que je puisse l'arrêter, mon sperme crémeux se frayait un chemin le long du manche de ma queue et dans sa chatte humide. Je pouvais sentir mon sperme couler de sa chatte sur mes couilles et Pamela a eu la gentillesse de nous lécher tous les deux avec sa langue douce et aimante.

En sortant de sous Maxine, j'ai regardé Pamela continuer à lécher sa belle chatte. J'avais atteint l'orgasme plus tôt que je ne le voulais, mais cela ne voulait pas dire que j'avais perdu le contrôle. En prenant position à côté de Pamela, je l'ai aidée à lécher la douce chatte de Max. Nous nous sommes relayées pour lui lécher le clito et lui lécher la chatte, pendant que je faisais courir mes mains le long du dos et des fesses de Pamela, et en temps voulu, Max a laissé échapper un gémissement de désir et a murmuré férocement : "Oh, je jouis !". Et il a été fidèle à sa parole, et Pamela et moi avons rayonné devant ses sucs d'amour sucrés.

Je me suis approché des cuisses de Pamela et, trouvant sa chatte humide et palpitante, j'ai décidé que la chatte de Pamela avait été ignorée pendant trop longtemps. Allongée sur le dos, j'ai déplacé mon corps entre les jambes ouvertes de Pamela et j'ai pressé mes lèvres sur son trou de miel, puis j'ai commencé à lécher et sucer comme si ma vie en dépendait, pendant que Pamela continuait à manger Max.

Leurs voix se sont unies en un long et fort gémissement et bientôt Pamela a couvert ma langue de son sperme. Elle a crié et Max a hurlé, tous les deux se secouant violemment alors que je cédais à l'orgasme de Pamela avec ma langue dans sa chatte et que je continuais à la lécher. J'ai été un peu décontenancé lorsque j'ai senti les lèvres de Maxine s'enrouler autour de ma queue molle et qu'elle a commencé à l'aspirer dans ma bouche.

Il n'est pas resté mou longtemps, laisse-moi te dire ! Max avait une technique experte et une langue très talentueuse et avant que je puisse dire "Aaaah !", ma queue est redevenue complètement raide. Ce n'était pas facile de se concentrer sur le plaisir de Pamela avec Max qui faisait de son mieux pour me distraire, mais j'ai réussi à provoquer un autre orgasme de ma belle Pamela, ce qui l'a fait crier si fort qu'elle a fait sursauter une volée d'oiseaux qui se reposaient dans un chêne voisin.

"Je veux te voir baiser Pamela, Wolf", a dit Maxine en retirant ma queue de sa bouche et Pamela s'est éloignée de mon visage.

Pamela n'avait aucune objection, et moi non plus, alors je me suis placé sur elle dans la bonne vieille position du missionnaire. Enroulant ses jambes autour de ma taille, elle m'a attiré profondément en elle alors que je glissais ma queue dure dans sa chatte humide. Lentement, je l'ai baisée, savourant les sensations que sa chatte palpitante transmettait à ma queue et elle a fait ce qu'elle fait toujours quand elle veut que je la baise plus fort. En me donnant des claques sur le cul, mais de façon ludique, Pamela a commencé à me supplier : "Baise-moi plus fort, Wolf ! Enfonce cette queue dans ma chatte ! Oh, bon sang ! Baise-moi !" Et qui suis-je pour discuter ? En grognant comme la bête sauvage et poilue que je suis, j'ai enfoncé ma queue dans sa chatte avec force et rapidité, la baisant de toute ma puissance, tandis que Maxine glissait un doigt entre mes fesses.

Mmmmmm, oui.

Je pensais qu'il allait mettre un doigt dans mon trou du cul, et je n'allais pas m'y opposer de quelque façon que ce soit : j'aime ça ! Mais ce n'était pas ce qu'elle avait en réserve. En massant délicatement la zone sensible entre l'anus et le scrotum, Maxine a décuplé mon plaisir déjà grand et m'a poussé à bout ! Au moment où Pamela se crispait pour avoir son propre orgasme puissant, j'ai joui violemment, envoyant ce qui devait être un litre de ma substance blanche collante dans sa chatte surchauffée. Pamela a encore crié, j'ai gémi, nous avons toutes les deux joui vigoureusement, et Maxine a mérité ce sourire satisfait qu'elle avait sur le visage lorsque nous sommes retournées toutes les deux sur le continent ! "Wow !", me suis-je exclamée, quand j'ai eu le souffle pour le faire, "C'était fantastique !".

Elle a fait un sourire sensuel et nous a embrassées toutes les deux passionnément sur les lèvres.

Nous nous sommes habillés tranquillement, avons marché jusqu'à la voiture avec des jambes tremblantes, puis sommes retournés à la cabane, où Pamela et Max ont pris un café et où j'ai descendu deux bières glacées (la boisson de choix pour les hommes qui viennent de vivre la baise de leur vie). Malheureusement, les engagements professionnels de Max et notre calendrier de vacances ne nous ont pas permis de nous retrouver ce week-end-là, pour autre chose qu'un dernier dîner ensemble dans un restaurant local, mais ce fut un moment agréable, c'est le moins qu'on puisse dire. Et Max nous rendra visite dès qu'il pourra prendre ses vacances.

"Comment s'est passé ton week-end dans les Poconos ?" m'a demandé mon frère en portant mes bagages et ceux de Pamela dans la chambre d'amis, tandis que sa femme et ses enfants nous accueillaient avec enthousiasme.

'Ce n'est pas mal du tout', ai-je minimisé.

Une première rencontre mouvementée

L'horloge semblait planer au-dessus d'elle. Elle s'imaginait pouvoir entendre le son de son tic-tac incessant battant au rythme de son cœur. Elle a attendu que les deux bras minces s'entrelacent l'un dans l'autre, comme des amoureux, à douze heures. Il semblait qu'il ne viendrait jamais. Et s'il ne venait pas ? Elle n'avait aucune garantie qu'il se présenterait. Son cœur a dansé plus vite. Il viendrait. Il ne la laisserait pas comme ça.

Il a regardé autour de lui. Les gens se précipitaient comme des fourmis. Il a regardé les amoureux qui se tenaient, s'embrassant à travers des voiles de larmes alors qu'ils se préparaient à se séparer. Des hommes d'affaires se serraient la main. Les mères portaient des enfants et d'énormes sacs en se précipitant vers les trains. Une autre minute s'est écoulée. Il a de nouveau regardé les rangées lumineuses de chiffres, d'heures et de destinations. C'était définitivement la plateforme neuf et l'heure était définitivement midi.

Il a pensé à leur première rencontre fortuite. Il cherchait quelque chose. La vengeance ? Le plaisir ? Elle n'était pas sûre. Elle était fatiguée des hommes qui agissent comme des garçons et ne savent pas comment lui donner ce qu'elle veut. Elle a été blessée et endommagée trop de fois. Sa valeur était au plus bas. Elle voulait simplement s'oublier pendant un moment. Elle s'est connectée timidement. Quel nom choisir ? Elle a opté pour quelque chose de convenablement vulnérable qui reflète ce qu'elle ressentait à l'intérieur. Elle ne savait même pas ce qu'elle cherchait.

Il n'avait jamais participé à un salon de discussion et ne savait pas à quoi s'attendre. Son nom, jolie fille 24, il a immédiatement réalisé qu'il était très banal par rapport aux autres noms dans cette pièce.

Elle a été inondée de demandes : "Salut chéri", "Salut sexy", ... Elle était complètement perdue. Alors qu'elle s'apprêtait à répondre, elle s'est retrouvée quelque part entre le ridicule et la folie. Peut-être que c'était une mauvaise idée. Aucun de ces hommes, manifestement là juste pour se branler pendant que leurs femmes dormaient, n'aurait pu satisfaire la profonde curiosité et le désir qui brûlaient en elle.

Il est resté quelques instants de plus, regardant les réponses défiler sur l'écran. Soudain, le nom "Teacher" est apparu. ' La réponse était simple et pas chargée de sous-entendus sexuels comme beaucoup d'autres. Il pensait qu'elle aimait l'ironie, puisqu'elle venait aussi de se qualifier comme enseignante. Il pourrait peut-être lui apprendre quelque chose.

"Salut", a-t-elle répondu. "Ça craint vraiment." Un petit émoticône souriant est apparu. Il est clair qu'ils étaient au moins au même niveau.

"Je sais. Qu'est-ce que tu cherches exactement ?" Elle a fait une pause, ne sachant pas comment répondre à une question dont elle ne connaissait honnêtement pas la réponse.

"Je ne sais pas", dit-il en faisant une nouvelle pause, "Je suppose que je cherche quelqu'un qui peut prendre soin de moi. J'en ai assez des hommes qui ne savent pas ce qu'ils font." L'écran est resté immobile pendant une seconde.

"Eh bien, je suis sûr que je peux le faire. Pourquoi ne pas me donner les coordonnées de ton coursier ?"

"Je ne pense pas. Elle n'était vraiment pas prête à accueillir un de ces hommes dans son espace personnel, même si ce n'est que sur l'ordinateur.

Tu devrais. Je suis fiable. Je te promets que tu ne le regretteras pas."

La conversation a continué dans le même sens. Il a essayé de la persuader, elle a essayé de le repousser. Il était gentil et faisait des blagues pour se moquer de la situation étrange dans laquelle ils se trouvaient. Après environ une demi-heure de discussion, elle a accepté de lui faire connaître son nom.

Elle avait du mal à croire que leur première rencontre avait eu lieu il y a six mois et maintenant elle était là, à attendre qu'il descende d'un train pour la rejoindre. Elle a entendu le bruit et le grincement d'un train qui approchait et s'est levée de son siège métallique chauffé pour avoir une meilleure vue. Le train a lentement serpenté dans la gare, s'arrêtant à quelques mètres des barrières. Une vague de peur l'a envahie. Peut-être qu'elle aurait dû partir ? C'était peut-être une mauvaise idée. Cependant, elle savait qu'elle ne pouvait pas le faire. Il avait fait un long chemin pour la voir.

Après quelques minutes, les gens ont commencé à se déverser du train dans la gare. Elle a scanné les visages. Elle a cherché celui qui était déjà si familier et pourtant si peu familier en même temps. Soudain, il était là, l'air un peu fatigué et un peu inquiet, jusqu'à ce qu'il voie clairement son visage dans la foule. Un énorme sourire a illuminé son visage et elle s'est précipitée sans réserve vers lui, écartant les bras pour sentir la chaleur de son étreinte.

"Je n'arrive pas à croire que tu es vraiment là." Son visage brillait d'allégresse, un regard qui lui était déjà familier. Elle a soupiré dans sa poitrine avec soulagement. Il était enfin là avec elle. Il l'a tirée de ses bras et a pris sa main, frottant doucement l'articulation entre son pouce et son index. "Allons à l'hôtel, chérie."

Il avait réservé un appartement à deux lits dans la ville. Il lui avait dit que c'était pour sa sécurité et sa tranquillité d'esprit. Si elle ne voulait pas rester avec lui, elle pouvait choisir de ne pas partager sa chambre. C'était simple mais terrifiant.

L'idée d'être seul avec quelqu'un qui était essentiellement encore un étranger. Son corps frémissait d'impatience. Une réaction à l'idée d'être enfin si proche de lui. La façon dont il la regardait, si affamée et avec tant d'adoration, lui faisait mal à l'intérieur.

La marche jusqu'à l'appartement n'était pas longue. Ils ont échangé des histoires sur leurs voyages, la météo et la simple incrédulité de se voir enfin face à face. L'appartement était agréable et elles se sont dirigées vers le salon. Elle a jeté son sac sur le sol, soulagée d'être débarrassée de ce poids lourd. Il a posé son plus soigneusement sur le canapé et s'est tourné vers elle. "Viens ici, ma belle".

Elle a obéi presque sans réfléchir et il l'a tirée près de lui, l'enveloppant étroitement dans ses bras. Il l'a tirée en arrière, prenant sa tête dans ses mains, brossant les mèches de cheveux bruns qui étaient tombées sur ses joues et faisant courir ses doigts le long de sa mâchoire. "Tu sais, tes lèvres sont tout aussi pleines et magnifiques en personne".

Elle l'a regardé avec adoration et a examiné ses yeux bleus qui la regardaient avec tant de sérieux, en remarquant à quel point ses joues étaient pleines lorsqu'il lui souriait. Il a légèrement tracé ses mains le long des bras qui la soutenaient. Elle avait la tête qui tournait lorsqu'il s'est penché pour l'embrasser. Doucement d'abord, en cherchant une réponse de sa part. Des mois de passion lui sont montés au ventre et elle l'a embrassé fougueusement.

"Bébé", gémit-il dans son souffle en l'embrassant à son tour, reflétant sa passion avec la sienne.

"Je te désire depuis si longtemps". Elle a poussé son corps et ses lèvres contre les siennes en prononçant ces mots. Une fois de plus, il a répondu à son intensité, la poussant contre le mur plat. De la chaleur émanait de son corps et elle a fait courir ses mains le long du bord croustillant de sa chemise tandis qu'il déplaçait ses mains le long de la courbe de sa poitrine. Il s'est retiré juste une seconde pour la fixer sauvagement, en serrant ses fesses et en la tirant plus près de lui.

"C'est aussi beau que je l'avais imaginé", lui a-t-il dit avec un sourire tranquille, "maintenant tu vas me donner ce que je veux, bébé ?". Sans attendre de réponse, ses mains se sont déplacées vers l'avant de ses cuisses, soulevant la courte jupe en jean pour révéler la délicate culotte en dentelle.

Elle a gémi alors que le toucher évoquait une autre vague de mouillure dans sa chatte déjà humide et chaude. Elle a légèrement inhalé lorsque ses doigts ont trouvé le bord de sa culotte et l'ont décollée. "Tu es toute mouillée, chérie. Dis-moi pourquoi tu es si mouillée ?" En disant cela, il a frotté doucement son clito gonflé, ce qui l'a fait gémir. "Eh bien ?" Il a fait une pause, "Tu veux que je te baise ? C'est ça ?" Elle a à peine réussi à dire oui en haletant, "Dis-moi ce que tu veux".

"Je veux que tu me baises." Les mots se sont échappés de ses lèvres comme un gémissement aigu. Il l'a embrassée plus fort sur la bouche tout en glissant ses deux mains sous sa jupe et en tirant sa culotte jusqu'en dessous de ses genoux. Ses doigts ont trouvé la moiteur de son trou serré et elle a gémi de satisfaction.

"J'ai tellement besoin de toi." Sa respiration a augmenté en rythme, en accord avec les battements accélérés de son cœur. Lentement, il a glissé ses doigts à l'intérieur d'elle et elle pouvait sentir son humidité couler sur eux.

Avec son autre main, il a commencé à défaire maladroitement les boutons de son jean, révélant le boxer qu'il portait en dessous. Sans hésiter, il a sorti sa queue déjà dure et a fait glisser sa main vers elle. Lorsque le frisson de sa main a touché son extérieur lisse et chaud, il a laissé échapper un souffle grondant contre son cou.

Il a soulevé sa jambe sur le côté, permettant à son corps de se rapprocher du sien. Il a retiré ses doigts de sa chatte palpitante et a doucement tracé ses doigts humides le long de la ligne de ses lèvres. Automatiquement, elle a ouvert la bouche pour goûter les jus chauds. Elle était consciente de sa bite dure qui se dirigeait vers l'ouverture de sa chatte.

"Est-ce que ça a bon goût, bébé ?" Elle a laissé échapper un gémissement de oui à peine cohérent et il l'a embrassée fort sur la bouche. "Tu as bon goût". Il s'est rapproché d'elle, la soulevant légèrement pour qu'elle soit presque assise sur le bout de sa queue. Elle a poussé plus fort contre lui, impatiente de sentir sa dureté s'enfoncer dans son trou déjà serré et palpitant.

Il a répondu en poussant encore plus fort, la faisant haleter. Elle pouvait déjà sentir la pression monter en elle et a appuyé sa tête contre le mur, sentant la pression monter, attendant l'orgasme qu'elle savait arriver trop tôt. Elle s'est rendu compte qu'il avait senti son immédiateté et l'a de nouveau embrassée profondément.

"Allez, bébé, jouis pour moi." À la fois à cause de la permission et du frottement de lui en elle, elle s'est sentie jouir presque immédiatement sur sa queue. Ses jambes ont commencé à frémir alors qu'il continuait à pousser en elle. Il l'a serrée plus fort et, après l'avoir regardée jouir, il s'est poussé lui-même jusqu'à l'orgasme.

"Je veux que tu me remplisses de ton sperme". Elle a de nouveau frissonné lorsqu'une autre vague l'a envahie. "S'il te plaît, s'il te plaît, j'en ai tellement besoin à l'intérieur de moi". Les yeux mi-clos, elle a regardé comment il se laissait aller et la remplissait de son sperme chaud et épais. Il s'est affalé contre elle sur le mur, toujours en elle, tous deux appréciant le plaisir de la proximité entre eux. Après un moment, il a commencé à embrasser son cou et sa joue.

"Je le voulais depuis si longtemps. Je n'arrive pas à croire que tu es ici et que tu es à moi." Il s'est retiré et l'a tirée vers le canapé. Viens ici, chérie.

Elle s'est approchée de lui, frottant ses mains sous sa chemise partiellement déboutonnée. Elle a fermé les yeux et écouté le son des battements de son cœur qui commençait lentement à se calmer. Elle pensait que cela pouvait être le début d'une longue relation.

Charlotte

Charlotte a senti que quelqu'un était dans la pièce avec elle. Malgré le bandeau, elle a tourné son visage vers cette présence ; ses doigts se sont resserrés autour des bras de la chaise. Les narines de Charlotte se sont dilatées, son odorat étant aiguisé par la peur et l'impossibilité de voir.

L'odeur lui a dit que ce n'était pas Peter, l'odeur n'était certainement pas la sienne, c'était une odeur plus féminine.

Elle a senti une bouffée d'air sur sa joue et a essayé de se lever de sa chaise, une tâche impossible car ses poignets étaient attachés aux bras en bois.

Une voix est venue de l'autre côté de la pièce ; l'accent polonais a confirmé que c'était Peter : il était donc là aussi !

"Tu me fais confiance ?"

Charlotte a senti ses doigts tracer une ligne douce comme une plume le long de sa joue. L'étranger la touchait. Elle a avalé lourdement, mais a hoché la tête face à sa peur.

"Bien", murmure Peter. "Tu peux partir quand tu veux". Il a prononcé un seul mot et a expliqué : "Dis ce mot n'importe quand...". Peter a fait une pause et a insisté : "N'importe quand, et ça s'arrêtera..... Immédiatement."

Une autre pause avant de continuer. "Mais", a dit Peter, son accent épaissi par l'anticipation, "si tu pars, c'est fini ; complètement parti... fini".

L'homme s'est tu, mais Charlotte savait qu'il était toujours avec elle ; elle pouvait entendre son souffle. Ses mots l'ont réconfortée même s'il y avait une troisième personne dans la pièce. C'était une femme, Charlotte en était certaine.

Elle a mis de côté la frustration ennuyeuse du parfum et a réfléchi rapidement. Les effets du vin s'estompaient et elle devait prendre une décision. Était-elle prête à être contrôlée ? Pour se soumettre à la volonté de Pierre et de tous ceux qui étaient avec eux ? L'offre de Peter d'une issue de secours l'a rassurée et Charlotte a réalisé l'issue finale de la situation si elle hésitait et s'enfuyait.

Voulait-elle vraiment ce qui lui était proposé ?

La femme a réfléchi à sa situation. Elle a pensé aux e-mails qu'elle avait découverts : l'échange ignoble entre Peter, un fournisseur de tissus pour son usine, et son assistante, Vanessa. Au début, les échanges écrits avaient dégoûté Charlotte, mais la découverte lui avait donné un frisson.

Malgré sa moralité offensée, Charlotte avait ressenti un frisson chaud entre ses jambes et, rougissant de mortification, s'était retrouvée à fermer la porte de son bureau et à se frotter jusqu'à l'orgasme en s'imaginant dans les scènes décrites.

Charlotte confronte Peter au sujet des communications obscènes entre lui et Vanessa, une action étrange étant donné que Vanessa était une employée, mais Charlotte est incapable de réconcilier ses actions sur un plan logique ; elle est poussée par une force plus primaire : la chaleur de sa chatte.

Ils se sont rencontrés dans un restaurant londonien coûteux, comme convenu. Peter, grand, large d'épaules et avec un visage rugueux et intéressant qui trahissait son inquiétude, a complimenté Charlotte sur sa longue robe noire.

Charlotte savait qu'elle était belle, discrète mais élégante, avec un simple collier de perles autour du cou. Elle avait choisi sa robe et ses chaussures exprès. Son bob blond cendré avait été récemment coupé et s'enroulait autour de son visage de manière gracieuse.

Elle a remarqué que les yeux de Peter frôlaient son profond décolleté et elle a souri : "Les gros seins, pensait-elle, les séduisent toujours".

Ignorant le murmure poli des conversations feutrées autour d'eux, Peter a immédiatement mis le sujet à l'ordre du jour. Levant son regard affamé du haut des seins ronds de Charlotte, Peter a fixé ses yeux bleu-gris sur son visage. "Je suis surpris", dit Peter après qu'un serveur ait versé le vin et soit parti. "Tu trouves qu'il y a tellement d'e-mails entre Vanessa et moi, pourtant tu me parles à moi et pas à elle..... Pourquoi ?"

"Je peux m'occuper de Vanessa à tout moment", a répondu Charlotte de sa manière typiquement hautaine : étant une self-made woman, elle avait l'habitude d'obtenir ce qu'elle voulait.

Elle a haussé les épaules, un mouvement qui a fait remuer ses seins et Charlotte a vu Peter jeter un autre regard sur sa poitrine. "Elle est une employée, je peux la remplacer, mais toi, Peter, tu es bien plus important pour moi."

L'homme a serré les lèvres et a secoué la tête. Il a passé une main sur ses cheveux coupés. "Non, Charlotte, il y a plus", a-t-il poursuivi.

Il a étudié le visage de Charlotte.

Dis-moi, a-t-il insisté.

Peter a utilisé le silence comme une arme. C'était un tour que son père lui avait appris il y a des années.

Ils seront mal à l'aise", avait dit le vieil homme. "Tu contrôles le silence et ils essaieront de le combler. Un truc utile dans les négociations, avait-il dit en souriant.

"OK", a finalement lâché Charlotte. Peter a souri à lui-même. Cela avait marché. "Au début, j'étais... dégoûtée par ce que j'avais lu. Les choses que tu as écrites l'une à l'autre... Je n'ai jamais..."

"C'est un jeu de rôle, Charlotte", a interrompu Peter. "Un jeu. Tu as dit que tu étais dégoûtée. Qu'est-ce qui a changé ? Comment se fait-il que tu ne sois plus aussi offensé ?"

Peter a de nouveau profité du silence.

"Je..." Charlotte a commencé.

"Tu as été excitée", conclut Peter pour elle. Sa voix s'est abaissée jusqu'à un murmure, "Tu as été excitée". L'homme s'est penché à travers la table et a soutenu le regard de Charlotte, "Tu as joué avec toi-même, Charlotte. Tu as utilisé tes mains sur toi-même... là-bas." Peter a fait un signe de tête vers les genoux de Charlotte.

La femme a rougi et a détourné le regard. Elle avait raison : Peter savait exactement ce qu'elle avait fait.

"Ce n'était pas comme ça", a lâché Charlotte. Son attitude confiante habituelle s'est évaporée. L'homme pouvait lire en elle comme dans un livre. Maudit soit-il, maudit soit ses yeux intrigants et son regard sévère.

Une image a traversé son esprit : elle a vu Peter debout au-dessus d'elle alors qu'elle était allongée sur le dos, les jambes écartées, s'offrant à lui.

Charlotte a rougi à cette image vivante ; elle a vu le sourire confiant de Peter alors qu'il se tenait au-dessus de sa forme soumise, elle a senti ses mamelons se contracter alors que, dans son esprit, sa bite épaisse frôlait son ouverture. Charlotte s'est tortillée contre le siège. Une impulsion a pulsé entre ses jambes.

"C'était exactement ça, Charlotte." L'anglais étranger de Peter l'a ramenée au présent.

Les résidus de son fantasme persistaient ; ses seins lui faisaient mal et ses tétons avaient envie d'être sucés par l'homme..... Charlotte a fondu à l'intérieur.

Quarante-cinq minutes plus tard, Charlotte s'est retrouvée dans un taxi noir avec Peter. Elle a entendu Peter parler au chauffeur : elle a reconnu l'adresse quelque part, mais la luxure et le vin ont émoussé ses sens. De plus, dès que le taxi a tourné à cent quatre-vingts vers leur destination, Peter s'est jeté sur Charlotte comme une bête prédatrice.

Ses mains se sont immédiatement posées sur ses cuisses. Charlotte, sentant ses doigts parcourir ses membres, a laissé ses jambes s'écarter. La main de Peter a glissé sous l'ourlet de sa robe. Il a poussé fort sur les cuisses de Charlotte, impatient d'atteindre le point le plus chaud de leur jonction.

Charlotte s'est avancée pour accueillir la main insistante de Peter ; elle a écarté ses jambes plus largement et, en même temps, elle a vu le conducteur qui la regardait dans le rétroviseur. Excitée par l'intention voyeuriste du chauffeur de taxi, Charlotte l'a fixé de manière belliqueuse, comme pour le défier.

Va te faire foutre, a-t-elle pensé. Regarde tant que tu veux, je n'en ai rien à faire. Elle a gémi lorsque la paume de la main de Peter a touché sa chatte à travers le tissu fragile de ses sous-vêtements.

Peter a remonté le long de son corps pour l'embrasser. Charlotte a retourné le baiser. Le rouge à lèvres, si soigneusement réparé après le repas, s'est étalé sur son visage. Même ses cheveux sont tombés en désordre, bavant sur le siège alors que la langue de Peter explorait la caverne humide de sa bouche ouverte.

"Tu veux faire ça". Peter a murmuré pendant une pause dans leur baiser frénétique.

"Absolument," dit Charlotte. Elle a haleté lorsque le doigt de Peter a dépassé le film tendu de ses sous-vêtements et a trouvé la fente huileuse de son ouverture.

"Tu dois me faire confiance", dit Peter à son oreille. "Cela va être bizarre, mais tu dois me faire confiance."

Charlotte a gémi et a de nouveau regardé le miroir. L'homme regardait Peter en train de doigter son trou. La situation était déjà étrange pour Charlotte. Divorcée et âgée de 42 ans, elle était habituée à diriger le sexe derrière des portes fermées. S'allonger sur le siège arrière d'un taxi avec le chauffeur qui regarde sa chatte béante n'était pas vraiment son style.

"Je le veux", a-t-elle haleté. "Je te fais confiance..."

Peter a souri dans l'intérieur sombre du taxi. Charlotte ne pouvait pas voir son expression ; son attention était portée sur les yeux du chauffeur de taxi et la flamme entre ses jambes. Les choses se passaient mieux que ce qu'elle avait prévu.

Sa queue, déjà dure, palpitait pour ce qui allait arriver.

Le chauffeur de taxi a accepté la course et le pourboire et, avec un sourire en coin, est parti. Lorsque le bruit du moteur du taxi s'est estompé, Peter a conduit Charlotte sur une courte volée de marches vers la façade impassible d'un manoir londonien coûteux.

Avec une certaine appréhension, Charlotte s'est laissée bander les yeux et attacher à la chaise par les poignets.

Et maintenant, elle devait faire son choix.

Elle était ferme en affaires et une fois qu'elle a pris une décision, elle s'y tient. Charlotte a décidé de rester. "Je te fais confiance, Peter", dit-elle fermement. "Je veux le faire".

"Excellent", a chuchoté une voix féminine à l'oreille de Charlotte. L'accent était typiquement anglais ; l'orateur était bien éduqué, le produit de parents indulgents et d'une école privée de filles. Charlotte a reconnu la voix de Vanessa, son assistante.

"Toi !" Charlotte s'est exprimée. "L'adresse, ton parfum...". J'aurais dû le savoir avant...."

Vanessa a sifflé, "Tu ne parles pas. Tout le monde se fiche de ce que tu penses. Tu es ici pour mon plaisir."

Un frisson de peur a parcouru Charlotte. Elle a pensé au mot de sécurité et l'a presque appelé. Puis, alors que le code était sur le point de se former dans sa bouche, elle s'est souvenue de l'insistance répétée de Peter sur la confiance. Elle a dégluti lourdement, toujours effrayée, mais maintenant un fil de luxure traverse le tissu sombre de sa peur.

Charlotte a renoncé, pour l'instant, à arrêter de jouer.

"Continue à la plaquer au sol", dit Vanessa.

Charlotte a réalisé que Peter bougeait pour obéir à l'ordre. Ce n'est donc pas Pierre qui commandait, mais lui aussi était au pouvoir de la femme. Charlotte n'a pas eu plus de temps pour réfléchir car elle a senti des mains lui saisir les chevilles.

"Mets tes jambes sur les bras de la chaise", dit Peter.

Il a guidé les membres de la femme en position. C'était inconfortable mais pas intolérable. Charlotte s'est assise avec ses fesses sur le bord du siège rembourré, les poignets liés et l'arrière de ses genoux accrochés à ses avant-bras. Dans cette position, Peter a soulevé deux poignées de sa robe et a fait remonter le tissu autour du ventre de Charlotte.

La femme a senti ses doigts contre son corps lorsque Peter a tiré les rabats en dentelle de ses sous-vêtements sur le côté.

"On dirait que la pute est toute chaude pour ta langue, Peter. Sa chatte est gonflée, rouge et bouillonnante de jus." Le visage de Charlotte brûlait sous le bandeau, mais la description vulgaire de Vanessa a provoqué une vague de luxure dans son corps. "Tu peux l'embrasser là", a autorisé Vanessa.

Charlotte a senti un souffle chaud sur son sexe alors que Peter se mettait en position. Ses lèvres vaginales ont été écartées comme Charlotte l'avait imaginé avec les pouces de Peter, puis elle a gémi lorsque la bouche de l'homme a touché son sexe brûlant.

"Oh... putain..." Charlotte a grogné et s'est immédiatement tue lorsque les doigts de Vanessa se sont à nouveau enfoncés dans ses joues.

"Pas un mot de toi, salope. Si tu dis encore un mot, je t'enlèverai ce bâtard à grosse bite. Ensuite, tu peux t'asseoir là avec ta chatte non baisée."

Charlotte a gémi mais n'a fait aucun son articulé.

Quelques minutes ont passé. Les seuls bruits dans la pièce étaient le murmure de la bouche et de la langue de Peter contre la chair glissante de la chatte de Charlotte et les doux gémissements de sa bouche.

Peter a mis deux doigts à l'intérieur de Charlotte et les a recourbés pour frotter le point sensible à l'intérieur. Il a frotté durement le point rugueux comme il le sentait et a été récompensé par une grande explosion de plaisir de Charlotte. La femme a gémi encore plus fort lorsque Peter a tamponné sa langue sur son clitoris excité.

La voix insistante de Vanessa a fait irruption dans les pensées de Charlotte : "Ne la fais pas jouir ! Si elle apprécie, tu n'auras pas ta récompense."

Immédiatement, Charlotte a senti les doigts de Peter glisser hors de son ouverture. Sa langue a formé des motifs paresseux autour de ses lèvres au lieu d'exercer la pression sur son clitoris qu'elle adorait. Elle s'est tortillée pour tenter de pousser Peter à retrouver son ardeur d'antan.

Mais ce n'était pas le cas.

"C'est l'heure du collier", a ordonné Vanessa. "Détache-la, enlève le bandeau et déshabille-la."

Une vague de malaise a fait frissonner Charlotte pendant une seconde.

La déshabiller ? Nu ? Elle n'était pas préparée à cela. Son corps n'était plus celui d'une jeune femme. Elle était consciente de ses courbes et se sentait gênée d'être nue devant ces personnes.

Prise dans un dilemme, Charlotte s'est à nouveau souvenue du mot "sécurité". Elle a hésité et avant de pouvoir formuler une protestation, elle a senti les cordes autour de ses poignets se desserrer.

Elle a fléchi ses doigts et a pris conscience de la douleur dans ses avant-bras. Charlotte avait tiré sur les liens sans s'en rendre compte pendant que Peter la léchait. La gêne s'est éloignée momentanément de l'anxiété qu'elle ressentait en étant dénudée.

Le bandeau a été retiré et Charlotte a cligné des yeux. Elle a regardé autour de la pièce. La pièce était peu meublée, mais les meubles qui s'y trouvaient étaient manifestement chers.

Charlotte a vu son employée, Vanessa. La femme a fixé Charlotte avec une expression hautaine sur le visage, un sourire arrogant. Charlotte a été surprise par le regard intense des yeux verts et s'est empressée de détourner son visage pour regarder Peter.

Charlotte a haleté quand elle l'a vu. Il était nu. Peter tenait ce qui semblait être une courte ceinture et une chaîne en cuir dans une main ; dans l'autre se trouvaient ce qui était manifestement des menottes. Ce n'est pas la vue de l'attirail qui a provoqué le choc de Charlotte, ni le corps fortement musclé de Peter : c'est la circonférence de son pénis qui l'a fait haleter.

"C'est énorme, n'est-ce pas ?" dit Vanessa ; ses yeux pétillent. "Tu vas le sucer. Tu vas enfoncer cette queue dans ta bouche et dans ta gorge..... Et tu vas l'adorer."

La perspective de prendre Peter par voie orale effrayait Charlotte. Il aurait été impossible de mettre ce pénis dans sa bouche, elle se serait étouffée ! Puis, lorsque Peter s'est approché d'elle, sa queue brutale se balançant en marchant, Charlotte a ressenti une vague d'euphorie. Elle était tellement excitée ; elle avait besoin de jouir, son orgasme était impératif et elle ferait... n'importe quoi pour l'obtenir.

"Enlève ta robe", halète Vanessa. Le visage de Charlotte est devenu écarlate d'embarras alors qu'elle défaisait sa robe. Elle a frissonné et fermé les yeux lorsque le vêtement a glissé sur son corps, mais a volontairement accepté l'humiliation si cela signifiait qu'elle se rapprochait un peu plus de l'orgasme.

"Enlève ton soutien-gorge, salope !"

Charlotte a sursauté, tirée de sa rêverie. Elle a hésité, puis a consenti. Peter a murmuré doucement dans sa langue maternelle en voyant les seins pleins et lourds de Charlotte se libérer.

"Mets-lui le collier. Menotte-lui les poignets !" Peter a obéi instantanément. Il a désigné le collier de perles autour du cou de Charlotte. Peu de temps après, les bijoux étaient enroulés sur la robe éliminée de Charlotte. "Touche ses seins, Peter. Serre-les. Suce ses tétons."

Charlotte a ouvert les yeux lorsque les mains de Peter se sont resserrées autour de son corps. Le collier semblait étrange autour de son cou, beaucoup plus serré que les perles, et la chaîne était froide lorsqu'elle pendait entre ses seins, avec son anneau en cuir qui pendait juste devant son nombril. Elle a encore haleté quand elle a vu la queue de Peter se raidir d'elle-même. Il ne pouvait pas grandir plus ! Mais Charlotte a vu que c'était possible.

Peter a caressé et sucé les mamelons de Charlotte. Il a sucé un mamelon entre ses dents, puis a fait de même avec son jumeau. La chair s'est épaissie et a grandi alors que les soucoupes sombres des aréoles de Charlotte se sont contractées à mesure que son excitation augmentait. Le feu entre ses jambes a fait rage.

Vanessa a fixé le couple avec une expression de faim sur le visage et une lueur de désir dans ses yeux verts. Elle a soulevé sa jupe serrée jusqu'à la taille et, étant nue en dessous, a écarté les plis de ses lèvres avec son majeur. Elle a soupiré lorsque ses doigts ont glissé sur son clitoris engorgé.

Elle a titubé momentanément ; son propre désir et les talons aiguilles de ses chaussures noires brillantes comme un miroir l'ont presque fait tomber. Elle a retrouvé son équilibre et s'est accordé quelques secondes de plus d'auto-indulgence avant de se diriger vers Charlotte et Peter.

Elle a ordonné à Peter d'arrêter et a ensuite accroché la boucle de cuir entre les seins de Charlotte avec ses doigts.

Charlotte a ressenti une nouvelle vague de peur lorsqu'elle a été traînée à travers la pièce jusqu'à un canapé en cuir Chesterfield.

Sa culotte a glissé le long de son tibia et est tombée sur le tapis. Vanessa a enroulé plusieurs maillons de la chaîne autour de son poing jusqu'à ce que Charlotte ait une courte laisse et ensuite, avec un regard de mépris, Vanessa a manœuvré la blonde à son goût. Elle a poussé l'épaule de Charlotte avec dédain ; Charlotte est tombée dans l'étreinte fraîche du canapé.

Vanessa a relâché la chaîne alors que Charlotte est tombée en arrière. "Julian", a-t-elle appelé.

Un grand homme est entré dans la pièce. Charlotte a estimé son âge à la fin de la vingtaine et a immédiatement remarqué la ressemblance entre le nouveau venu et Vanessa. La couleur de leurs cheveux était identique : bleu-noir, mais au lieu d'être droits comme ceux de Vanessa, les cheveux de l'homme étaient une masse de boucles lâches. Elles avaient les mêmes pommettes anguleuses et les mêmes yeux verts profonds. Une différence évidente était leur attitude.

L'homme, Julian, le frère de Vanessa, ne partageait pas l'arrogance de sa sœur ; il semblait hésitant, comme si cette situation était relativement nouvelle même pour lui.

Julian était également nu. Il avait la carrure fine d'un coureur de cross-country. Ses jambes étaient longues, avec des cuisses fortes et bien musclées. Ses bras étaient plus fins que ceux de Peter mais bien définis. La bite de Julian était en berne et, bien que de proportions généreuses, n'était pas dans la même catégorie terrifiante que celle de Peter.

Julian a regardé la belle et voluptueuse blonde sur le canapé. Son maquillage était en désordre et ses cheveux en désordre. Elle avait au moins dix ans de plus que lui, mais Julian la trouvait séduisante. Elle était désirable. Sa queue s'est raidie davantage à la perversion de la scène que sa sœur avait arrangée.

"Donne-lui ta queue à sucer, Julian," ordonne Vanessa.

Julian a offert son pénis à Charlotte. La blonde s'est déhanchée sur le canapé et s'est penchée vers l'érection offerte. Ses mains, bien que menottées aux poignets par de larges bracelets en cuir, maintenus ensemble par quelques maillons d'une chaîne solide, pouvaient encore être utilisées.

Il a ouvert la bouche et, avec un regard à Vanessa, a fait sauter le dôme violet entre ses lèvres. Julian a soupiré et a passé ses doigts dans les cheveux de Charlotte.

Charlotte s'est échauffée pour sa tâche. Elle a décidé de faire une bonne démonstration de la façon de sucer une bite devant Vanessa. Elle a sucé vigoureusement la queue de Julian, crachant sur le gland et frottant une tache de la salive et du liquide préséminal de Julian sur ses joues.

Elle a ouvert les lèvres de sa bouche et il était en elle.

"Sa bite est la suivante." Vanessa a fait un geste vers Peter.

Peter a souri. Il a attrapé les cheveux de Charlotte, a fait pivoter sa tête pour qu'elle lui fasse face et a remarqué avec un frisson de plaisir que ses seins lourds se balançaient et se secouaient. Il avait toujours voulu Charlotte.

"Baise sa bouche, Peter", a insisté Vanessa. "Donne une leçon à cette salope…. Étouffe-la avec ça."

Charlotte a ouvert sa bouche aussi grand que possible. Peter a introduit sa bite entre ses lèvres. Il a poussé sa queue vers elle et a utilisé son autre main pour maintenir sa tête immobile. Elle s'est efforcée de prendre la circonférence de son pénis.

Peter a poussé quelques centimètres de plus dans la bouche de Charlotte. Puis, quand il a senti qu'elle était à sa limite, il l'a retiré.

Charlotte a été ravie de remarquer la marque de ses dents sur la tige de Peter, marquant l'endroit où elle l'avait reçu.

"Baise-la maintenant, Peter. Étire sa chatte. Fais-la tourner en dedans et en dehors pendant que Julian baise sa bouche," ordonne Vanessa.

Vanessa avait enlevé la veste de costume sombre et déboutonné le simple chemisier blanc qu'elle portait en dessous. La jupe était encore remontée sur ses hanches ; elle mourait d'envie de se frotter, mais se refusait ce plaisir.

Charlotte pourra la lécher plus tard. Vanessa a souri à l'idée que son employeur lui lèche la chatte.

Peter a poussé Charlotte dans une position allongée sur le canapé. À sa grande surprise, la femme a volontairement ouvert ses jambes. Il a baissé les yeux et a vu la raison de son impatience. Sa chatte était ouverte. Les lèvres vaginales de Charlotte sont lourdes. Peter a soulevé les poignets menottés de Charlotte au-dessus de sa tête et a posé la tête de sa bite contre son ouverture. Il a poussé, il y a eu une légère résistance au début, mais ensuite, à sa surprise, il a glissé à l'intérieur de son corps.

Vanessa a regardé avec des yeux larges et pleins d'attente, alors que Peter s'agenouillait entre les cuisses de Charlotte. Elle s'attendait à un cri de réticence, qui n'est jamais venu. Au lieu de cela, elle a vu la queue de Peter ouvrir Charlotte, mais a été surprise par la facilité avec laquelle la blonde a pris la queue épaisse.

Les couilles de Peter ont claqué contre le corps de Charlotte. Elle a souri en signe de triomphe. La bite semblait énorme à l'intérieur d'elle, c'était facilement la plus grosse qu'elle ait jamais prise, mais elle était si excitée, si mouillée..... Son corps s'était ouvert et avait accepté l'envahisseur. Charlotte a commencé à bouger ses hanches.

Vanessa a changé d'avis sur le rôle de son frère. L'idiot était abasourdi. Elle a donc grimpé sur le canapé et s'est installée au-dessus du visage de Charlotte, qui avait les yeux fermés. Et elle souriait même ! Il s'amusait. Putain ! "Léche-moi, salope", a ordonné Vanessa. "Suce ma chatte".

Charlotte a obéi instantanément.

"Salope", dit Vanessa. "Tu baises cette grosse bite et tu lèches ma chatte. Quelle salope !" Vanessa a rapproché sa gigue collante de la bouche de Charlotte. La luxure dégoulinait du corps de la femme aux cheveux noirs alors qu'elle faisait glisser son clito sur le bout du nez de Charlotte.

Charlotte, excitée à l'extrême par le torrent d'obscénités qui se déversait de la bouche de Vanessa, sans parler du fait que la queue de Peter la faisait entrer en éruption, a senti son orgasme commencer à bouillir.

Au milieu de son plaisir, Vanessa a jeté un coup d'œil à Peter. Elle pouvait voir sur son visage qu'il était sur le point de jouir.

"Non !" dit Vanessa. "Ne le fais pas Peter. Ne jouis pas dans cette pute." Elle s'est jetée sur l'homme.

Charlotte est allongée sur le canapé, haletante. Vanessa avait réussi à retirer Peter d'elle avant qu'il n'éjacule. Malheureusement pour Charlotte, elle aussi n'avait pas encore atteint son orgasme. Elle aussi avait été si proche. Elle a tendu la main entre ses jambes. Ses doigts ont trouvé sa chatte prête à jouir.

Vanessa l'a vue mais l'a arrêtée, "Oh non, tu ne le feras pas !" a-t-elle ordonné et s'est tournée vers son frère qui se masturbait en voyant la scène de sexe. "Garde tes mains loin de sa chatte. Empêche-la de jouer avec elle-même."

"Baise-moi", chuchote Charlotte alors que Julian tire sur ses menottes. "Mets ta bite là-dedans. Baise-moi. Je veux que tu le fasses."

Julian a haleté et a jeté un coup d'œil à sa sœur.

Mais elle était occupée avec une sorte de ceinture ; Vanessa attachait un engin quelconque. Il s'est retourné vers Charlotte. Il a gémi en la voyant, volontaire et désireuse alors qu'elle était allongée les jambes écartées ; sa chatte était une invitation.

Elle a écarté ses jambes encore plus largement. Julian s'est déplacé rapidement. Il a tiré Charlotte en position assise. Il s'est agenouillé sur le canapé et a posé ses coudes sur l'accoudoir bas. Elle a remonté ses fesses et a baissé son torse jusqu'à offrir son arrière à son charmant amant.

"Putain", chuchote Charlotte alors que Julian enfonce ses couilles profondément dans son corps.

"Merde", maudit Vanessa en entendant la voix de Charlotte. Elle a regardé son frère traître qui a commencé à soupirer de plaisir.

Vanessa a entendu le bruit du corps de Charlotte accueillant la queue de son frère. Cela l'a mise en colère. Elle s'est tournée vers Peter. L'épaisse queue en caoutchouc attachée à son corps luisait de lubrifiant et se balançait avec ses mouvements.

Peter a souri. Il savait ce qui allait se passer. Et il s'est réjui.

Sans attendre d'instructions, il s'est dirigé vers l'endroit où Charlotte et Julian baisaient. Il s'est agenouillé pour que son visage soit à quelques centimètres de celui de Charlotte. La blonde l'a regardé avec des yeux pleins de convoitise. Il l'a embrassée. Il a tenu ses joues entre ses paumes et a glissé sa langue dans sa bouche. Charlotte l'a accepté de bon gré.

Vanessa s'est déplacée pour se placer derrière Peter. Elle a vu la femme mûre et le cochon polonais s'embrasser.

Un autre éclair de colère l'a traversée. "Espèce de salaud", a-t-elle marmonné. "Toi, cette pute et mon stupide frère...".

Peter a haleté dans la bouche ouverte de Charlotte alors que Vanessa a forcé la bite en caoutchouc dans l'anus du Polonais.

Au début, son sphincter s'est rebellé, se serrant contre le bout lisse et rond alors que Vanessa poussait fort, mais finalement la force brute de la volonté de Vanessa a vaincu le trou sale de Peter.

La scène s'est transformée en un étalage orgiaque de débauche.

Charlotte a haleté et grogné pendant que Julian la baisait avec des coups vigoureux. Julian lui-même a gémi en passant la main sous le corps de Charlotte et en serrant entre ses paumes ses seins lourds et balancés.

Il a fait rouler les mamelons épais entre ses doigts et a continué à percer la vulve gonflée de Charlotte tout en grignotant et mordant son cou exposé.

Vanessa s'est mordu les seins en punissant Peter pour son intransigeance.

Comment ose-t-il embrasser cette salope ? Elle a maudit son frère pour sa faiblesse alors qu'elle pilonnait sans relâche le cul de Peter.

Par-dessus tout, Vanessa voulait punir la voluptueuse blonde qui, même à cet instant, gémissait dans les petits tremblements du début de son orgasme.

Peter a adoré la sensation du gode dur mais flexible qui remplissait son rectum de façon si solide. Il a adoré les sensations de son cul et de sa queue lorsqu'elle l'a tiré. Il a fixé les yeux de Charlotte et a senti la montée de son orgasme.

Elle s'est retournée et a poussé Vanessa loin d'elle.

Le strap-on a glissé de son anus et est resté suspendu entre les jambes de Vanessa : une parodie obscène.

Peter s'est rapidement levé et a pointé sa queue vers le visage de Charlotte.

La blonde a immédiatement reconnu son intention. Elle a souri et a ouvert la bouche pour parler. "Espèce de sale bâtard..." a-t-elle commencé, mais elle n'a pas pu aller plus loin lorsque la première giclée du sperme de Peter a éclaboussé son visage. D'autres sprays ont atterri sur la peau entre ses coudes, tandis que d'autres sprays ont atterri dans ses cheveux, sur son épaule et sur ses énormes seins.

Julian a éjaculé immédiatement après.

Il a haleté et s'est accroché aux hanches généreuses de Charlotte alors que sa semence pompait dans le corps de la blonde.

Les pulsations chatouillantes du sperme de Julian en elle, ainsi que les éclaboussures chaudes du sperme de Peter, ont déclenché l'orgasme de Charlotte. Elle a haleté et s'est tordue dans l'extase de sa libération.

Finalement, le trio terne a regardé Vanessa.

Les yeux de la femme pétillaient de colère alors qu'elle les fixait.

Finalement, Charlotte a pris la parole : "Tu es si délicieusement en colère, Vanessa". Elle a fait signe à son employé d'un geste de la main. Vanessa l'a regardée, son chemisier ouvert, sa jupe encore haute sur ses hanches et ses chaussures à talons hauts toujours aux pieds.

"Tu es assez sexy pour être léchée", poursuit Charlotte.

Le regard de Vanessa s'est adouci et un sourire narquois a traversé son visage. "Vraiment ?" a-t-elle murmuré. Elle a détaché les sangles qui maintenaient le godemiché contre son corps. "Alors viens lécher ma chatte." Elle s'est dirigée vers la chaise à laquelle Charlotte avait été attachée à l'origine et a accroché ses jambes sur les bras, tout comme la blonde l'avait fait plus tôt.

Charlotte a souri et s'est rapprochée de Vanessa.

Elles se sont embrassées et Vanessa a léché un peu du sperme de Peter sur les seins de Charlotte. La blonde mature s'est agenouillée entre les cuisses de Vanessa ; elle a fixé la fille intensément puis, après un clin d'œil lascif, s'est penchée sur la tâche.

"Lèche Charlotte à ton tour, Peter", dit Vanessa, alors que Charlotte taquine son clitoris excité et pousse deux doigts dans son ouverture. "Suce le sperme de mon frère."

Le Polonais a souri. Il a caressé sa queue et s'est déplacé derrière Charlotte qui, à son tour, tout en continuant à se dévouer à la vulve aux lèvres épaisses de Vanessa, a poussé ses fesses aussi haut qu'elle le pouvait.

Peter a maintenu les lèvres vaginales de Charlotte ouvertes et a été récompensé par la vue d'un filet visqueux de sperme. Le sperme a coulé du trou de Charlotte et a coulé sur son clitoris avant qu'une goutte épaisse ne tombe sur le tapis.

Avec un gémissement, Peter a poussé son visage contre la masse collante et a enfoncé sa langue profondément dans la femme blonde.

Charlotte a gémi et a tourné la tête pour regarder l'homme derrière elle. "Embrasse-moi", soupire-t-elle. "Je veux aussi le goûter."

Peter s'est penché sur le dos de la blonde et l'a embrassée.

Leurs langues ont glissé et dansé, le sperme de Julian agissant comme un lubrifiant collant. Peter s'est retiré et est retourné vers le sexe suintant de Charlotte, tandis que Charlotte elle-même est retournée se concentrer sur la chatte de Vanessa.

Julian, oublié et exclu, s'est contenté de regarder se masturber.

Vanessa, les yeux lourds de luxure, l'a regardé.

Vanessa a gémi et a passé ses doigts dans les cheveux ébouriffés de Charlotte. Ses hanches se sont levées dans une série de secousses spasmodiques et sa tête a basculé en arrière.

"Je suis sur le point de venir... Tiens, mets tes doigts à l'intérieur de moi...". Vanessa a gémi bruyamment et s'est abandonnée aux sensations provoquées par les doigts de Charlotte qui sondaient les parois spongieuses de son corps.

Elle a émis un gémissement de plaisir et a pressé la bouche de la blonde contre son corps. Elle a poussé sa chatte dégoulinante contre le visage de Charlotte et a exprimé son orgasme.

Peter a regardé Vanessa atteindre un orgasme puissant puis, avec son érection renouvelée, a poussé sa grosse bite à l'intérieur de Charlotte.

Charlotte a haleté lorsqu'elle a senti Peter envahir à nouveau son corps. L'intrusion de Peter a fait éclater le dépôt de sperme de Julian autour de la racine de sa queue. La bave a coulé en un filet rapide sur ses boules pendantes et a dégoutté sur le tapis entre ses genoux.

La scène s'est terminée après quelques instants d'activité frénétique de la part de Peter. Il s'accroche aux hanches généreuses de Charlotte, gémit et décharge une deuxième charge de sperme dans son corps.

Le trio s'est affalé dans diverses poses de satisfaction épuisée, tandis que Julian a continué à observer.

Charlotte, épuisée, a reposé sa tête sur les genoux de Vanessa. "Le travail sera... intéressant", a-t-elle murmuré.

Les yeux verts de la femme clignotent avec malice et elle caresse doucement les cheveux blonds de Charlotte.

Elle avait hâte d'être à lundi.

Une idée née du besoin

Aujourd'hui, j'ai décidé de faire l'école buissonnière au travail. Je passe la journée à faire des choses indulgentes que je ne fais pas d'habitude : je commande un café chic au café du quartier, je regarde des jeux télévisés rétro allongée sur le canapé, je me fais livrer des pizzas et je flirte avec le pizzaïolo. Cet après-midi-là, je vais me coucher avec un roman d'amour ringard et un verre de vin. Après quelques chapitres, je me souviens pourquoi ces livres sont appelés "porno de la femme au foyer".

Les scènes de sexe sont si explicites qu'elles ressemblent à la transcription d'un film porno. Je me retrouve à feuilleter les pages d'une intrigue mince et de dialogues ringards juste pour arriver à la prochaine rencontre sexuelle. La dernière scène est tellement excitante que je me sens mouillée en la lisant. Je finis mon verre de vin et discute de ce qu'il faut faire ensuite. Je pense que si cette journée est placée sous le signe de la complaisance, il n'y a qu'une seule façon d'y mettre fin.

Je pose le livre et regarde sous le lit pour trouver ma boîte de jouets. En regardant mes choix, je choisis le butt plug. C'est génial pendant les rapports sexuels car cela rend ma chatte encore plus serrée et entre elle et la bite, j'aime me sentir pleine. Mais ce n'est pas ce que je veux en ce moment, alors je le repose et je prends mon vibrateur anal. Il est plus petit que la fiche, mais les vibrations sont fantastiques. Cependant, ce que je veux vraiment, c'est sentir une bite qui pousse et tire dans et hors de mon cul. C'est la sensation la plus intense, mais presque impossible à reproduire par moi-même. Je trouve difficile de baiser mon cul et de frotter mon clito en même temps. Lorsque j'arrive au point où je suis sur le point d'avoir un orgasme, j'ai du mal à continuer à bouger le vibrateur. Tout ce que je peux faire, c'est continuer à frotter mon clitoris. Tout le reste demande plus de coordination que je ne peux en gérer.

Sur le point d'abandonner mon fantasme anal pour la journée, j'ai une idée. Le vibrateur a une base à ventouse. Si je pouvais trouver une surface lisse à laquelle l'attacher, je pourrais utiliser mon jouet les mains libres. Mes yeux cherchent avidement un endroit pour le monter. Le mur a trop de textures et la ventouse ne collerait jamais. La tête de lit n'est pas fixée au lit et ferait beaucoup de bruit lorsque je claquerais à plusieurs reprises mes fesses contre elle. Après tout, j'ai des voisins. La commode, cependant…. est faite du même bois lisse que la tête de lit, et comme elle est surélevée du sol sur des pieds, je pourrais glisser mes jambes sous elle en étant agenouillée et de retour sur mon jouet. Excitée, je saute du lit et m'accroupit devant la commode.

Je mets mes doigts dans ma bouche et je mouille l'arrière de la ventouse. En évaluant l'endroit où mon fond s'alignerait, je le place sur le devant du tiroir du bas. Cela colle. Dans ma hâte d'essayer ma nouvelle idée, j'enlève mon jean et ma culotte d'un seul geste et attrape le lubrifiant. Je me sens bête d'être nue seulement à partir de la taille ; alors, j'enlève mon haut de ma tête et mon soutien-gorge. Être complètement nue me fait me sentir encore plus coquine. Avec ma main gauche, je vérifie entre mes jambes pour voir si je suis vraiment aussi excitée que je le pense. Le jus sur mes doigts me surprend.

Agenouillée devant mon vibrateur, je presse un peu de lubrifiant sur son extrémité. Je presse un peu plus de lubrifiant sur le doigt de ma main gauche et le frotte sur mon trou du cul. Je me mets à quatre pattes et m'aligne avec le vibrateur. Je me retourne jusqu'à ce que je le sente contre mon trou du cul, je prends une grande respiration et j'essaie de me détendre complètement. Je me balance lentement en arrière, m'empalant sur mon jouet centimètre par centimètre, le sentant entrer en moi, jusqu'à ce que je le trouve complètement enfoui entre mes joues.

C'est tellement bon que je n'ai pas encore envie de bouger. Mes muscles se resserrent et se contractent autour du vibrateur car mon corps sait ce qui va se passer. Je prends la télécommande et déplace le bouton sur le réglage le plus bas. Un grondement tranquille me traverse et un gémissement s'échappe de mes lèvres. Je tire lentement en avant et je sens la longueur du jouet sortir de mon cul jusqu'à ce que seule la pointe soit en moi. Tout aussi lentement, je le repousse et il me remplit à nouveau, les vibrations rendant le mouvement encore plus intense. Je répète le mouvement en me balançant lentement à quatre pattes, en me baisant avec mon jouet. Au fur et à mesure que les sensations augmentent, je bouge plus vite et augmente les vibrations selon mon rythme.

Je déplace mon poids sur ma main gauche et avec ma droite, je trouve mon clitoris. Il est déjà gonflé et sensible. En le frottant, mon derrière se serre sur le vibrateur, mais je n'interromps pas mon rythme. Je gémis bruyamment maintenant, heureuse d'être seule à la maison. J'ai du mal à tenir le poids sur une main ; je me penche donc et utilise mon avant-bras comme levier. Mes mamelons durcis frottent contre le tapis pendant que je me balance d'avant en arrière, les sensations augmentant mon excitation. Je frotte mon clito plus fort, l'attirant plus près de moi pendant que je continue à baiser mon cul. Je sens mes muscles palpiter et je sais que mon orgasme est imminent.

Je me cogne contre la commode, en hurlant des mots inintelligibles alors qu'elle se soulève. Au moment où je suis sur le point de jouir, je pose mes deux mains sur le sol et je pousse en arrière pour pouvoir prendre tout le jouet dans mon cul. Ma tête se lève et pour la première fois, je regarde la porte. Ma colocataire et son petit ami se tiennent dans l'embrasure de la porte de ma chambre, complètement choqués. Mon visage rougit de gêne, mais je suis si proche que je ne peux pas me contenir. Je crie alors que mon orgasme me saisit, envoyant des ondes de choc dans tout mon corps. Je ne peux pas détourner mon regard d'eux pendant que je jouis, et ils ne peuvent pas non plus me quitter des yeux. Je monte mon plaisir devant eux ; avoir un public rend la chose encore plus intense. Finalement, je craque, laisse échapper un dernier cri et m'effondre sur le sol. Lorsque je parviens à reprendre mon souffle, je lève les yeux vers la porte. Une fois de plus, je suis seul.

La partie de poker

Kristen et moi aimons inviter des amis à sortir ensemble le vendredi soir. Nous louons généralement des films, buvons de la bière ou jouons une partie de poker.

Ce soir-là, Kristen avait invité cinq amis pour notre partie de poker : Dave, Catherine, Alex et Vanessa.

Alex est un de mes amis du lycée, il mesure 1,80 m et a des cheveux bruns courts. Vanessa est la petite amie d'Alex.

Elle est une blonde très sexy d'1,80 m avec des cheveux longs. Elle a les fesses les plus sexy dans un jean que j'ai jamais vu de ma vie et des seins de 34C. Elle a une petite portion de taches de rousseur brun clair sur tout le visage qui la rend encore plus mignonne. Elle avait un corps et un visage de tueur, vraiment le genre de fille que tous les hommes voudraient baiser aussi fort qu'ils le pourraient.

Catherine portait un débardeur gris et des leggings noirs moulants qui mettaient en valeur ses petites fesses ridiculement serrées. Catherine portait un débardeur blanc et un jean bleu qui mettait en valeur ses fesses rondes parfaites.

Kristen portait un haut noir avec un jean bleu foncé et je portais un polo blanc avec un jean noir. Dave portait une chemise rouge foncé et un kaki noir.

Je joue très bien au poker et je finis généralement parmi les gagnants, qui sont généralement les 3 meilleurs joueurs. Kristen n'est pas aussi bonne, mais elle a gagné quelques matchs dans le passé. Je n'ai jamais joué contre Catherine ou Dave, mais je peux dire qu'Alex est aussi bon que moi et que Vanessa est au même niveau que Kristen. Nous jouons toujours pour de l'argent car il n'y a aucun intérêt à jouer au poker gratuitement.

Lorsque nos amis sont arrivés, nous nous sommes assis dans le salon et avons bu quelques bières et whisky. Nous avons discuté ensemble, parlé de tout et de rien et puis, après quelques minutes, nous sommes allés dans la cuisine où se trouvait la table de poker.

Nous avons chacun choisi une carte du jeu et nous nous sommes assis sur les chaises définies par les cartes que nous avions choisies. Nous avons chacun payé 20 $ pour le jeu et décidé qu'il n'y aurait qu'un seul gagnant ; par conséquent, la personne qui gagnerait le jeu repartirait avec 100 $. Nous avons commencé la partie avec des blinds de 1/2$ et 1500$ en jetons. Les stores ont augmenté toutes les 10 minutes. Le premier joueur éliminé devra servir des boissons aux autres.

Après 1h30 minutes, Kristen perdait déjà beaucoup de jetons à cause de mauvais appels. Alex est actuellement le chip leader, suivi de près par Vanessa qui joue étonnamment bien ce soir. J'étais en troisième position mais je gagnais lentement plus de jetons.

Alex a mélangé les cartes et me les a remises. J'ai regardé mes cartes et j'ai vu un As de pique et un As de carreau, ce qui me donne des As de poche. Les blinds étaient maintenant 50/100 Tout le monde a vérifié ; donc quand c'était mon tour

J'ai augmenté à 200 $. Personne n'a appelé, sauf Kristen qui faisait tapis. J'ai appelé immédiatement et nous avons tous les deux montré nos cartes.

Kristen a eu une paire de valets. Le flop a montré un 4 de cœur, un 7 de pique et une reine de carreau. Le tournant a montré un 8 de cœur et la rivière a montré un As de cœur, ce qui m'a donné un brelan. Je venais d'éliminer ma petite amie du jeu.

"Tu as bien joué, chérie, c'était la bonne décision à prendre", lui ai-je dit.

"Oui... Jolie main, chérie !" a-t-elle répondu. "Quelqu'un veut un verre ?"

"Tu peux apporter à tout le monde un verre de Jack Daniels ?" Je lui ai demandé.

"Bien sûr..."

Après quelques minutes, il est revenu avec le whisky et s'est assis dans le fauteuil.

"En préparant le whisky, j'ai pensé à quelque chose d'intéressant pour rendre ce jeu encore plus intéressant". Kristen nous a dit.

"Qu'est-ce que c'est ?" J'ai demandé avec curiosité.

"Pourquoi ne pas jouer au strip poker ?"

Je pouvais voir le regard surpris sur le visage de tout le monde à la table, ce qui a fait sourire et rire un peu Kristen.

"Quoi ? Nous nous connaissons depuis toujours, à part Dave, mais tu nous as déjà vus tous les deux nus..... Pourquoi ne pas le rendre un peu plus intéressant ?" a-t-il dit. "Faisons-le à ma façon cependant... Lorsqu'un joueur est éliminé, il doit enlever tous ses vêtements et se déshabiller complètement, puis s'asseoir et regarder le jeu. Le gagnant sera le maître et les perdants seront les esclaves. Les esclaves doivent faire tout ce que le maître leur ordonne de faire. Cela devrait motiver tout le monde à essayer de gagner ce jeu !".

Tout le monde s'est regardé et Vanessa, qui était visiblement ivre, a levé la main et a dit :

"D'accord, merde, j'en suis !".

"OK, moi aussi alors !" dit Alex.

"Ça a l'air excitant, j'espère que je vais gagner ! J'en suis aussi !" dit Catherine avec enthousiasme.

Ça a l'air amusant", ajoute Dave.

"Très bien alors, j'en suis", ai-je dit.

"Cela va être génial ! Pour être juste, puisque j'ai déjà été éliminée, je vais enlever mes vêtements...'. Dit Kristen en me regardant.

Elle a lentement retiré son haut et son soutien-gorge, découvrant ses seins. Ses mamelons étaient durs. Puis elle a tourné le dos au groupe pour que nous puissions voir ses fesses pendant qu'elle enlevait son jean et sa culotte. Elle avait l'air à l'aise et très excitée à ce sujet. Puis elle s'est assise sur la chaise.

Tu as un beau corps, Kristen", lui a dit Vanessa.

"Oui, je suis d'accord", ajoute Alex.

"Merci les gars ! Dommage que je ne puisse pas être le maître. J'ai hâte d'être dominée ce soir !" Elle a dit avec un visage excité.

Nous avons continué à jouer et après quelques mains, Vanessa a éliminé Dave avec une paire de rois. Dave s'est levé et a enlevé tous ses vêtements. Dès que Vanessa a vu la queue dure de Dave, ses sourcils se sont levés et elle a touché sa bouche avec sa main gauche :

"Oh mon Dieu, tu as un si gros pénis ! Je peux le toucher ?" a-t-il dit.

Alex avait l'air furieux que sa petite amie veuille toucher la bite d'un autre homme devant lui, il ne se sentait pas du tout à l'aise.

"Tu dois d'abord gagner ce jeu !" dit Kristen.

Le jeu a duré quelques minutes de plus avant qu'un autre joueur ne soit éliminé. Cette fois, c'était le tour d'Alex. Il a enlevé ses vêtements, révélant une bite en érection qui était évidemment plus petite que celle de Dave, mais plus grosse que la mienne. Je dirais qu'il mesurait environ 7 à 7,5 pouces de long. Kristen a fixé son pénis pendant un moment, en se léchant les lèvres avec sa langue. Je pouvais dire qu'elle voulait vraiment sa queue.

Il ne restait plus que trois joueurs. Moi, Catherine et Vanessa. J'étais maintenant la chip leader, suivie par Vanessa et Catherine. J'avais une énorme érection à la seule pensée de ce que je leur ordonnerais de faire en tant que maître. J'étais confiante et je voulais vraiment gagner ce match.

Quelques mains ont passé et Vanessa a fait tapis avec un as et un roi de pique. Malheureusement pour elle, le flop a révélé deux valets qui ont complété un brelan pour Catherine, qui détenait un valet et un quatre.

Vanessa s'est levée et son visage est devenu rouge de timidité. J'avais hâte de voir son corps de 18 ans complètement nu devant tout le monde. Elle a tourné le dos au groupe, a enlevé son haut et son soutien-gorge, puis a baissé son jean et sa culotte. Alors qu'elle enlevait ses bas, j'ai regardé ses belles fesses et sa chatte qui n'attendaient que ma queue à l'intérieur. Ses fesses étaient encore plus belles en dehors de ce jean. Elle était ronde et parfaite. Puis elle s'est assise sur la chaise et tout le monde l'a regardée.

"Tu es fantastique. Quel beau cul et quelle belle paire de seins tu as, Vanessa !" dit Kristen.

"Oh, hum, eh bien, merci beaucoup Kristen !" Vanessa a répondu d'une voix douce.

Elle a détourné le regard de la table et a joué avec ses cheveux. Elle était très mal à l'aise et extrêmement timide.

"Eh bien, c'est à toi et à moi de décider, Catherine ! J'espère que tu es prête à faire tout ce que je te demande ! Et tu sais ce que tu vas obtenir en premier ? Ma bite dans ton cul. Je vais baiser ton cul si fort que tu ne pourras pas marcher pendant des jours. Tu ne sais pas combien de temps j'ai attendu pour mettre mon pénis là-dedans !" Je lui ai dit.

"Tu souhaites ! Arrête de parler et joue !" a-t-il dit de manière agressive.

Kristen s'est touchée pendant que Catherine et moi nous parlions de choses sales entre nous. Vanessa se sentait de plus en plus à l'aise au fil du temps. Je l'ai vue jouer avec son clito plusieurs fois. Alex jouait avec son pénis, mais très lentement pour s'assurer qu'elle n'atteigne pas l'orgasme avant que le vrai plaisir ne commence.

J'ai gagné quelques mains de plus, rendant Catherine très nerveuse et raide. Elle voulait gagner.

Dans la main suivante, elle a fait tapis et j'ai appelé. Elle a montré une quinte et je n'avais que deux paires. Elle a gagné son all-in, mais comme j'avais plus de jetons qu'elle, il me restait des jetons.

"Prépare-toi à faire tout ce que je demande", m'a-t-il dit avec un grand sourire sur le visage.

Dans la main suivante, nous avons tous les deux appelé all-in. Catherine a remporté la main avec deux paires. Mon visage s'effondre d'horreur et j'attrape ma tête avec mes mains en émettant un fort "putain !".

Catherine s'est levée, toute fière d'elle, et a dit :

"Bien, déshabille-toi connard, tu as perdu !".

Je lui ai fait une grimace et un signe "va te faire foutre" et je me suis déshabillée. Ma bite était dure comme le roc. J'allais être à nouveau l'esclave ce soir et je me sentais très mal à ce sujet. Je voulais vraiment commander mon

des amis pour réaliser tous mes fantasmes. Mais cela n'allait pas se produire, du moins pas ce soir.....

Catherine a enlevé tous ses vêtements, puis a pris Vanessa par la main, l'a fait se lever et lui a dit :

"Tu ne dois avoir peur de rien, contente-toi de t'amuser."

Il l'a embrassée, Vanessa était timide au début mais a ensuite commencé à s'activer.

"Tu es si chaude et jolie, putain. Tu vas être la plus belle ce soir, crois-moi !" lui a-t-il dit.

Catherine a commencé à lécher le bout du nez de Vanessa, puis a mordu érotiquement son oreille. Elle pouvait voir qu'il la voulait tellement. Il a léché son visage comme si c'était de la glace. Elles se sont encore embrassées et après un moment, Catherine a ordonné à Vanessa de s'agenouiller et de sucer la queue de Dave.

"Attends, tu ne peux pas faire ça. Je ne peux pas te laisser faire ça !" dit Alex.

"Je suis désolé, mais un accord est un accord. Tout le monde était d'accord et tu savais ce qui pouvait arriver". dit Kristen.

"Très bien, chérie, amusons-nous. Je ne me mettrai pas en colère contre toi quand ce sera ton tour. Pour l'instant, profite du spectacle !" Disait Vanessa, qui n'était visiblement plus timide.

Vanessa a commencé à sucer l'énorme queue de Dave. On voyait qu'elle n'avait pas beaucoup d'expérience. Dave la guide avec ses mains et elle le suce comme un glaçon.

"Kristen, je veux que tu te mettes sous Vanessa et que tu lui manges la chatte pendant qu'elle suce Dave", lui ordonne Catherine. Elle a fait ce qu'on lui a demandé et a commencé à jouer avec sa langue sur la chatte de Vanessa. Vanessa a émis de doux gémissements en s'étouffant sur le pénis de Dave.

"Tu aimes quand je frotte ton clito avec ma langue, n'est-ce pas, petite traînée ?" dit Kristen à Vanessa.

Kristen a doigté le vagin de Vanessa et l'a léché pendant trois bonnes minutes avant que Catherine ne donne à l'une d'entre nous une nouvelle commande.....

"Jonathan, je sais que tu voulais d'abord baiser mon petit cul serré, c'est pourquoi j'ai décidé de..... te laisser regarder mon cul se faire baiser !".

Catherine m'a regardé avec un sourire au coin de la bouche, m'a fait un signe "va te faire foutre" et s'est penchée devant moi, puis a écarté ses joues de cul.

"Mais d'abord, tu vas lécher mon trou du cul et le baiser avec ta langue, en t'assurant qu'il est suffisamment lubrifié pour la bite d'Alex." Quand Alex a entendu son nom, il a regardé Vanessa d'un air inquiet.

"Très bien, chérie, un marché est un marché. Nous avons perdu et maintenant nous devons faire ce qu'il veut. Je suis tellement excitée, ça fait tellement de bien", lui a-t-elle dit.

Sans plus d'hésitation, Alex a retiré le prépuce de sa queue de 20 cm et l'a fait glisser très lentement dans l'anus de Catherine. Au début, il l'a pénétrée lentement, mais elle lui a ensuite demandé d'aller plus vite et de la prendre plus fort. On pouvait voir la tête de sa bite depuis son ventre et le rythme était si fort qu'on pouvait entendre le son...

de ses couilles qui tapent contre ses joues de cul. Catherine hurlait de plaisir et je la regardais.....

"Cath, pourquoi aimes-tu tant que je te regarde baiser ? Tu as tellement de fantasmes sur moi ? Tu ne veux pas me sentir à l'intérieur de toi ou tu as juste trop peur pour vraiment aimer ça ?" Je lui ai dit, l'air énervé.

Elle a crié et hurlé de plaisir et semblait ne pas se soucier de ce que je venais de lui dire, mais après quelques minutes, entre deux gémissements, elle a répondu

"Tu as raison. Depuis la première fois que je t'ai vue, j'ai eu toutes sortes d'imaginations et de fantasmes à ton sujet. Je te désire encore plus que tu ne peux l'imaginer." Après avoir dit cela, Kristen s'est penchée plus près d'elle et lui a murmuré quelque chose à l'oreille.

"Dis-lui exactement ce que tu viens de me dire Kristen !"

"Je lui ai dit qu'elle pouvait faire ce qu'elle voulait avec toi. Je lui ai dit que tu es tout à elle maintenant."

Mon cœur s'est arrêté de battre pendant quelques secondes. J'aimais vraiment Catherine, j'aurais fait n'importe quoi pour avoir un goût d'elle en moi.

Catherine a sorti la bite d'Alex de son cul et l'a tenue avec sa main droite.

"Si tu me veux tant, tu devras le mériter. Montre-moi que tu peux tout faire pour moi. Viens goûter mon cul à la bite d'Alex !"

Quand Alex a entendu cela, il a essayé de s'enfuir.

"Pas si vite ! Un marché est un marché, tu te souviens ?"

"Mais je ne peux pas faire ça !" Alex a dit.

"Fais ce qu'il demande et tais-toi, tu n'as pas le choix de toute façon". a dit Vanessa. "En plus, j'aime ce jeu, fais-le pour moi", lui a-t-elle dit d'une voix affectueuse.

J'ai attrapé le pénis d'Alex et je l'ai sucé fort. Sa queue était pleine des jus de Catherine et j'en profitais vraiment. J'ai imaginé Catherine en train de sucer ma queue et moi en train de baiser tous ses trous. Si je faisais tout ce qu'elle me demandait, je ferais enfin l'amour avec elle. Et mon garçon, elle allait vraiment le faire.....

"Bon garçon, maintenant penche-toi", a-t-il dit. "Voilà, maintenant écarte tes fesses."

Il s'est mis derrière moi et a commencé à lécher mon trou du cul. C'était si bon. Je pouvais sentir sa langue tourner autour de mon anus et ses mains sur mes fesses qui essayaient d'écarter mon trou du cul le plus possible. J'ai eu un orgasme si fort que je pouvais sentir le liquide préséminal couler de ma queue.

Puis, sans que je le remarque, Catherine a fait signe à Dave de nous rejoindre. Puis elle a craché sur mon trou du cul et l'a doucement frotté. Au début, je pensais qu'elle allait me doigter, mais au lieu de cela, j'étais sur le point de prendre la queue de Dave. Totalement excité par la situation, j'ai perdu mon érection et mon pénis est retourné à son état de repos.

J'ai toujours aimé quand ma copine utilisait ses doigts ou ses butt plugs sur moi, mais rien ne s'approchait de ce que j'ai ressenti quand la bite de Dave est entrée lentement en moi. Il était si énorme que j'ai cru que mon anus allait se déchirer.

Dave a retiré sa queue et Catherine l'a soigneusement lubrifiée, puis l'a réintroduite lentement. J'ai ressenti une douleur extrême dans mon anus et mon estomac, j'ai cru que j'allais exploser. Une fois que mon anus s'est habitué à sa taille, elle a enfoncé sa queue à fond et a commencé à me baiser de plus en plus vite. Au début, ça faisait mal, mais ensuite j'ai commencé à apprécier et j'ai retrouvé mon érection complète.

Quand elle s'en est rendu compte, Kristen s'est allongée devant moi et a écarté les jambes pour que je puisse manger son vagin en même temps.

"C'est ça, baise-le plus fort ! Viole-le, il mérite de souffrir !" dit Catherine.

Dave a alors paniqué et m'a baisé aussi vite qu'il le pouvait, me pilonnant aussi fort qu'il le pouvait. C'était vraiment bien. Je pouvais sentir la tête de sa queue frapper ma prostate.

"C'est assez en levrette ! Lève-toi, assieds-toi sur sa queue et montre-nous à quel point tu aimes être baisée par une queue noire !"

J'ai fait ce que Catherine m'avait ordonné et je me suis mise en position de cowgirl inversée sur sa queue. Kristen a joué avec mon pénis pendant que je rebondissais de haut en bas sur l'énorme bâton de Dave.

"Bien, Jonathan, écarte tes fesses et lève-toi. Kristen, suce la bite de Dave pendant quelques secondes, assure-toi de goûter le jus de ton petit ami et guide ensuite le pénis de Dave en lui," dit Catherine.

"C'est ça, tu n'aimes pas ça ! Maintenant, Vanessa, viens lécher mon trou du cul et assure-toi de cracher dedans plusieurs fois. Alex, va baiser Kristen et assure-toi qu'elle en ait pour son argent. Fais ce que tu veux avec elle, je m'en fiche. Dave, fais sortir Jonathan et donne-lui du cul-vers-bouche,' ajouta-t-il.

Nous avons tous fait ce qu'il nous a demandé. Je goûtais mon propre jus de la queue de Dave et j'adorais ça. Je vivais ma première véritable expérience bisexuelle et je regardais mon amie se faire ma copine par derrière, de la chatte au cul, pendant que je regardais aussi Catherine se faire torcher le cul par Vanessa. C'était la nuit la plus excitante de ma vie.

Et puis est arrivé le moment que j'attendais……

"Eh bien, je pense que mon cul est prêt. Jonathan, viens et baise mon cul, il est tout à toi. Je suis tout à toi maintenant, fais-moi ce que tu veux. Je veux te sentir. J'ai tellement envie de toi, dit Catherine.

Je n'ai pas perdu de temps, j'ai enfoncé ma queue dans son cul et j'ai poussé aussi fort que possible. Je ne me souciais pas de savoir si cela la blessait. Mon pénis n'est pas entré facilement, mais j'ai poussé de plus en plus fort. Catherine a hurlé de douleur. Quand il est enfin entré, j'ai baisé son cul aussi fort que possible, aussi profondément que possible. Catherine a crié dans un mélange de douleur et de plaisir. Je lui ai donné une bonne fessée et j'ai tiré ses cheveux.

Ses joues de cul étaient toutes rouges et on pouvait voir ma main gauche imprimée dessus. Je me suis retiré et j'ai baisé sa bouche et sa gorge aussi fort que j'avais baisé son cul. Je l'ai giflée deux fois et lui ai aussi craché au visage.

J'aime quand tu ne me respectes pas, oh oui, c'est si bon ! Baise mon cul s'il te plaît, monsieur, et ne t'arrête pas !" a-t-elle supplié.

Je suis retourné à son cul et j'ai fait signe à Dave de nous rejoindre. Dave a glissé son énorme queue dans sa chatte et a pénétré dans ses deux trous. Elle a crié de plaisir et en a redemandé. Nous nous sommes toutes deux occupées d'elle.

"Oh mon Dieu, oui, oh mon Dieu je vais jouir !!!!!" a-t-il crié.

On pouvait voir qu'elle disait la vérité car tout son corps tremblait à cause de l'énorme orgasme qu'elle avait. Dave s'est retiré et Catherine a éclaboussé le sol. Nous avons fait la double prise pendant quelques minutes de plus avant que Dave ne se retire et vienne dans sa bouche pendant que je baisais toujours son cul. Elle a avalé et a continué à sucer sa queue en en redemandant. Alex s'est retiré de Kristen et moi de son trou du cul et nous avons tous les deux enfoncé dans sa bouche.

Alex a joui et quelques secondes plus tard, j'ai fait exploser une énorme charge de sperme dans sa bouche. Elle a joué avec notre charge et a ensuite tout avalé. Puis elle a sucé ma queue pour goûter encore un peu à son cul et j'ai joui une deuxième fois dans sa bouche. Cette fois, elle s'est levée et m'a embrassé. Nous avons échangé mon sperme pendant un moment et elle l'a avalé.

Catherine et moi nous sommes embrassés comme un vrai couple pendant que Kristen, Alex et Vanessa regardaient.

"Je te veux encore, tu étais fantastique", dit Catherine.

"Tu le referas bientôt, mais la prochaine fois, je serai le maître et tu seras mon esclave !". J'ai répondu.

"Je ne peux pas attendre", a-t-il ajouté.

Transfert érotique

"Tu sais, Nate, après tout ce temps, j'ai oublié de te demander des nouvelles de ta vie amoureuse. Alors ?"

J'ai attendu ce moment avec impatience et, en même temps, je l'ai redouté pendant longtemps.

"Rien", je chuchote.

"OK, eh bien, y a-t-il quelque chose dans le passé que je devrais savoir ?"

"Non.

"Alors rien du tout ?"

"Non.

"Eh bien, que diriez-vous d'intérêts. Des intérêts romantiques ?"

Et toi, Nell ? Mais je ne pourrai jamais te le dire.

La jupe de Nell est plutôt courte aujourd'hui et elle remonte le long de ses jambes croisées. Il m'est difficile d'empêcher mes yeux de courir sur toute la longueur de chacun d'eux. Mais ce n'est pas pour cela que je l'aime.

Dr. Nell Calkins, ces six derniers mois, j'ai déversé mon âme dans cette pièce, ton bureau. J'ai révélé chaque secret, quelle que soit la profondeur à laquelle il était enterré. J'ai révélé chaque faiblesse, aussi honteuse soit-elle. Tu en sais plus sur moi que n'importe qui d'autre au monde. Comment pourrais-je ne pas t'aimer ?

Mais Nell est une psychiatre, très professionnelle. Si je lui disais la vérité, je ne sais pas ce qui se passerait. En tout cas, je n'ai jamais dit la vérité à une femme auparavant.

Ses sourcils se sont arqués. Est-ce qu'il devenait impatient ?

"Eh bien, il y a une fille que j'aime beaucoup."

"Qui ?"

"Bijou". Il est dans l'une de mes classes'.

"Qu'est-ce que tu aimes chez elle ?"

Je pense à ses jumpers et à ses longues jupes bouffantes qui pendent de son cadre délicat. Comment sa main frôle la mienne quand elle veut que je regarde son travail. Sa voix est si douce que je peux à peine entendre son accent. Et comme je suis absolument amoureuse de la peau pâle de son visage. Comment puis-je mettre tout cela en mots pour Nell ?

"Je ne sais pas.

"Il doit y avoir quelque chose qui le rend différent si tu l'aimes". Un long silence. "Et les autres filles ? Tu crois que l'un d'entre eux t'aime bien ?"

"Oui, il y en avait qui m'aimaient bien. Mais je ne les ai jamais aimés. Ils m'ont simplement collé à la peau. Je ne sais même pas pourquoi je leur ai plu."

"Eh bien, que s'est-il passé ?"

"Rien", je mens. C'est la première fois que je mens à Nell. J'aurais pu lui parler de tout sauf de ça. Je lui ai parlé de tout sauf de ça. Mais je dois être honnête. Elle doit savoir si elle veut m'aider. "Sauf une fois".

"À quelle heure ?" Il touche la gomme du crayon avec ses lèvres. Elle aurait dû tout m'extorquer. Mais lorsque Nell pose des questions indiscrètes, je ne me sens pas intrusive, car je veux tout lui dire.

"Il y avait une fille qui semblait bien, je crois. Elle me draguait de temps en temps et me demandait si elle pouvait m'embrasser." Je me suis sentie devenir rouge. "J'étais curieux, alors je l'ai laissée faire."

"C'est le genre de choses que je voulais savoir lorsque je t'ai demandé de parler d'intérêts romantiques, Nate. Alors dis-moi ce qui s'est passé."

"Je t'ai dit ce qui s'est passé". Je me tortille sur ma chaise.

"Tu as l'air terriblement mal à l'aise à ce sujet. Je pense que quelque chose d'autre s'est produit." Elle secoue le dossier, faisant remonter un peu plus la jupe sur ses jambes.

Je ne lui mens pas seulement, je me mens à moi-même. Je n'ai pas jeté le premier indice parce que je voulais l'aider dans le "processus thérapeutique". Je l'ai fait parce que je voulais me rapprocher d'elle. Je voulais qu'elle accepte la partie de moi dont j'avais le plus honte.

"Elle a essayé d'enlever ma chemise, alors je lui ai dit d'arrêter et je me suis enfui".

"Pourquoi as-tu fait ça ?"

Je n'ai pas d'autre choix que d'être brutal à ce sujet. "Parce que je ne voulais pas qu'il me voie nue !"

"Eh, gymnophobie ? As-tu peur de la nudité ?"

"Eh bien, je veux dire, je peux être nu. Cela dépend. Je me sens moins mal à l'aise avec les personnes qui me donnent confiance en moi. Mais même dans ce cas, c'est bizarre. Je n'aime même pas enlever ma chemise en public. Et je me sens un peu bizarre d'être nu même quand je suis seul."

"Peut-être que ce n'est pas seulement une phobie, si c'est vrai. Peut-être que c'est lié à tes problèmes d'anxiété. As-tu eu d'autres expériences ? D'autres fois, as-tu eu peur d'être exposée ?"

"Eh bien..." Il a choisi un deuxième incident que je ne veux pas revivre. "Au lycée, j'étais à la plage avec des amis. Je portais un short ample et je me tenais dans l'océan. Une grosse vague m'a frappé et a arraché mon short. Quand j'ai vu où ils étaient, ils étaient déjà trop loin pour que je puisse les récupérer. J'ai dû courir jusqu'à la plage et c'était le moment le plus embarrassant de ma vie'.

"Je comprends. Je veux retourner auprès de la fille dont tu parlais tout à l'heure. Serais-tu allée plus loin si ce n'était pas le cas ?"

"Je ne pourrais pas le dire. Cela s'est passé si vite que je ne savais pas si j'aimais suffisamment pour aller plus loin. Et puis le truc de la nudité, je n'ai pas pu le supporter."

"C'est peut-être une herotophobie, alors, du sexe en général. Bien que j'hésite à dire que c'est une phobie, étant donné tes problèmes d'anxiété. C'est peut-être simplement que tu es particulièrement anxieuse parce que c'est la forme de contact la plus personnelle entre deux personnes'.

Comme d'habitude, Nell m'explique mieux que je ne le peux. Je laisse échapper un soupir et mon regard revient sur ses jambes pendant qu'elle griffonne. Si Nell me demandait si elle pouvait m'embrasser, je la laisserais faire. Elle est la seule femme que j'autoriserais à me voir nu, la seule que j'autoriserais à me faire l'amour. Bijou, peut-être, mais elle n'a que dix-neuf ans. Elle est encore une fille, pas une femme.

Et me voilà en train de parler de sexe à la seule femme que je ne peux pas avoir. Et je la regarde se gratter la jambe, alors que sa jupe remonte encore plus haut et que je peux presque voir toutes ses cuisses. Quand elle ouvre ses jambes, j'aperçois sa culotte blanche.

Une sensation de gonflement a commencé. Le fait de me souvenir de ma seule rencontre "sexuelle" m'a aussi fait me souvenir de toutes les sensations qui ont suivi. Et en plus, je le racontais à voix haute, à Nell. C'est un autre problème : je suis sensible, je m'excite facilement. Je dois couper les étiquettes de mes chemises, je peux sentir une eau de Cologne désagréable à des kilomètres et j'éternue quand le soleil est trop fort. Et, bien sûr, je suis facilement excitée en bas.

Quand il s'agit de sexe, il reste dans l'air comme une sorte d'odeur impénétrable. Cette odeur me rappelle trop souvent mon baiser solitaire. L'odeur de framboise de ses cheveux, son ventre qui se balance à cause de sa respiration rapide, sa langue qui explore ma bouche. J'avais eu une érection au moment où nos lèvres s'étaient rencontrées. Et je pense toujours que si les baisers avaient été comme ça.....

Mon excitation n'a fait qu'empirer les choses. Je ne voulais pas qu'elle me voie nu, et encore moins qu'elle me voie dur comme un roc. Mais c'était tellement irrationnel. Il déboutonnait ma chemise - à quoi d'autre pouvait-il s'attendre ? Mais mon esprit revient toujours à cet incident sur la plage. J'ai négligé de dire à Nell que le fait d'être exposé m'avait donné une érection furieuse et que la pensée de la fille me déshabillant avait fait de même.

Chaque fois que je revis ce moment, je ne peux pas m'empêcher de penser à quel point je suis stupide. Et si quelqu'un l'avait vu ? Et si quelqu'un avait été témoin de mes séances avec Nell ? Mon esprit évoque immédiatement un type avec son col relevé et sa casquette à l'envers qui dit : "Jésus, mec, baise-toi ! Tu en fais trop, espèce de mauviette !".

"...tu as besoin d'une chatte", dit Nell, rompant le silence. Je me lève d'un bond sur ma chaise.

"Whuh ?"

"J'ai dit : 'Je ne veux pas être indiscret'".

J'expire, soulagée, mais presque un peu déçue. Mes pensées s'étaient envolées si loin pendant qu'elle était assise en train d'écrire. Je retourne maintenant au présent et je sens mon membre ramper le long de ma cuisse. Je croise mes jambes par sécurité.

"Mais peux-tu m'en dire plus sur Bijou ? Serais-tu allée jusqu'au bout si c'était elle qui t'avait embrassé ?"

"Je ne sais pas. Oui, je suppose. Je veux dire, je serais nerveuse mais je pense que je pourrais le faire."

"Oui, je sais Bijou. C'est une fille sympa."

"Quoi ? Comment ?"

"Je participe à un cours du soir avec elle. Je peux dire qu'elle est une bonne fille. Mais je sais pourquoi tu l'aimes bien. Elle te fait te sentir en sécurité, n'est-ce pas ? Elle te ressemble beaucoup."

Pour la première fois, j'ai l'impression que Nell en sait presque trop sur moi. Mais je ne peux pas nier qu'elle a raison. "Oui", je chuchote.

Le coin de sa lèvre se soulève. "Même la peur de la nudité". Il se penche, prend une toile derrière le bureau et la retourne pour que je puisse la voir. Je saute dans mon fauteuil comme avant. C'est un portrait de Bijou serrant un drap sur son corps nu de sorte que seules ses épaules et un soupçon de jambe sont visibles. Je peux voir les coups de pinceau. Ils créent une image picturale de Bijou, mais de manière négative. Comme une tentative ratée d'impressionnisme. Son côté brut ne lui rend pas du tout justice.

"Est-ce que tu aimes ça ? Je sais que je ne suis pas un artiste, je ne suis probablement même pas la moitié de l'artiste que tu es, mais je pense que je fais des progrès'.

Oh, oui, c'est très bien. C'était la deuxième fois que je mentais à Nell.

"Merci. Le modèle de cette semaine-là ne s'est pas présenté et j'ai réussi à la convaincre de poser pour nous. Elle ne voulait pas faire le nu intégral, cependant'. Il met la photo de côté. "De toute façon, ce n'est pas la question. Maintenant, je pense que nous devons essayer quelque chose de nouveau. Tu viens ici depuis des mois. Je pense que nous avons fait quelques progrès dans cette pièce, mais il semble que la situation reste la même. Et tu m'as dit que les médicaments ont moins d'effet qu'avant. Je ne veux pas être critique, mais je pense qu'il est peut-être temps que tu sautes à pieds joints dans l'eau plutôt que d'y tremper tes chevilles et d'essayer de t'installer pour de bon'.

"Qu'est-ce que tu veux dire ?"

"Je veux dire que nous devons résoudre ce problème. Je n'avais pas réalisé que la sexualité était un problème pour toi, mais je suppose que j'ai considéré le problème comme acquis et que je ne me suis jamais penché sur la question. Je dois m'excuser pour cet oubli. Mais ce que je veux dire, c'est que je pense que si tu pouvais te sentir à l'aise avec ton corps, surtout dans l'intimité, cela t'aiderait dans tous les domaines de ta vie. Si tu peux briser la frontière que tu crains le plus, tout le reste sera un jeu d'enfant'.

"OK.

"Eh bien, nous avons encore quelques minutes. Pourquoi ne pas essayer quelque chose pour commencer ? Je veux juste t'aider à t'habituer à te découvrir, pour ainsi dire. Je sais que cela peut sembler peu professionnel, mais j'ai fait de la sexothérapie quand j'étais jeune. Je veux que tu te déshabilles."

"Quoi ? Juste ici ?" Mon cœur bat la chamade, même si je suis sûre d'avoir mal compris comme avant.

"La première étape, nous allons la faire simplement", dit-il et il tient le dossier sur ses yeux. "Je ne regarderai pas. C'est une situation gagnant-gagnant. Tu peux commencer simplement, en étant nu dans un environnement non familier et en présence de quelqu'un d'autre. Et je peux maintenir mon décorum professionnel parce que je ne verrai rien."

"Tu es sérieux ?"

Il porte le presse-papiers à son visage. "Je m'attends à entendre un bruit de fermeture éclair bientôt, Nate."

J'ai une boule dans la gorge. C'est bon, il ne peut même pas me voir. Ce n'est rien. De plus, depuis combien de temps je fantasme sur quelque chose de sexuel avec Nell ? J'ouvre les deux boutons du col de mon polo. C'est rien, c'est rien. C'est comme prendre une douche.

J'enlève mon polo et le laisse tomber sur le sol. Je défais ma ceinture et frotte le bouton de mon jean. Il n'y a rien là. J'ouvre le bouton, défais la fermeture éclair et laisse tout tomber. Au moment où mon pantalon touche le sol, mon pénis s'élève dans les airs, toujours aussi dur. Le cercle vicieux de l'embarras et de l'excitation a commencé. Bon sang, pourquoi ne pouvais-je pas être normal comme les gars qui ne pouvaient pas se lever quand ils étaient nerveux ?

"Voilà. Tu vois, ce n'était pas si difficile, n'est-ce pas ? Pourquoi ne pas te mettre à l'aise et marcher un peu ?"

Tout ce que je peux penser, c'est : "Je suis nu dans le bureau de Nell". Mes inhibitions me donnent la nausée, mon sens de la normalité se gratte la tête et ma libido hurle de joie. Mais tout revient à cette simple déclaration. J'enlève mes chaussures pour pouvoir glisser mon pantalon jusqu'en bas et marcher en cercle autour de la chaise. Mon érection se balance au rythme de mes pas. Tu sais, ce n'est pas si mal.

"Oh, j'ai une idée encore meilleure. Je veux que tu sois plus à l'aise. Je veux que tu imagines Bijou te voir comme ça." Il tire la toile et l'assoit sur ses genoux, abandonnant le presse-papiers.

Malgré son apparence d'amateur dans le portrait, il semble en sortir tout droit. "'Allo, Nate," dit-elle, puis elle aperçoit ma nudité et halète, couvrant sa bouche d'une main. Je lui fais un sourire penaud et couvre aussi une partie de mon corps.

"Je suis désolée, je ne l'avais pas réalisé". Il souligne la dernière syllabe de chaque mot, comme toujours. Sa main descend vers la mienne. "Tu sais, il n'y a pas de quoi avoir honte. Moi aussi, je suis nu sous ce drap.

Elle lâche le tissu. Mes yeux se posent sur sa silhouette exposée alors qu'elle retire ma main. Je fixe les mamelons dressés de ses petits seins. Sa main m'enveloppe, si délicate et pourtant si stimulante.

"Qu'est-ce qu'il y a ?" Nell demande, me faisant sortir de ma fantaisie. Je me rends compte, d'un seul coup, que ma main fait des mouvements progressifs sur mon membre et que Nell s'expose. Elle tenait le tissu sur son torse et avait remonté sa jupe pour que la longueur de ses cuisses et de sa culotte soit bien visible. Je retire ma main, ne voulant pas laisser de dégâts sur le sol.

"C'est bon". Je n'arrivais pas à croire que je me suis perdue comme ça devant elle, même si elle ne pouvait rien voir. Le portrait de Bijou me fixe toujours.

"Eh bien, notre temps est presque écoulé. Dis-moi quand tu seras habillée." Je glisse mes vêtements et lui dis que je suis prête, en croisant à nouveau mes jambes pour rendre mon problème moins évident. Elle laisse tomber le portrait. "Bien, Nate. Très bien. En fait, cela m'a donné une excellente idée. Je veux que tu poses pour ma classe."

Comme avant, je ne fais pas confiance à mes oreilles. Elle poursuit : "Cela te fera du bien. Et je vais te dire quelque chose. Je ne serai pas là pour entretenir une relation professionnelle. Tout le monde te verra une fois et puis c'est tout, tu es fini'.

"Je ne peux pas faire ça.

"Je veux que tu essaies. Non, je veux que tu le fasses. Je vais dire au professeur que tu viens la semaine prochaine. Je m'assurerai qu'elle te mette à l'aise pendant toute la procédure. La semaine suivante, je pourrai demander à l'un des élèves si tu as tenu ta parole."

Je me retrouve en quelque sorte assise sur un banc dans un vestiaire, vêtue seulement d'un peignoir. Le professeur d'art, Dr MacConnelly, a une main sur mes hanches et une autre sur ma tête, démontrant les poses que je dois tenir.

C'est la faute de Nell. Je n'ai pas pu lui dire non, principalement parce que je me suis laissé croire qu'elle laisserait tout cela se poursuivre. Chaque fois que je quitte son bureau, je me demande si elle pense à moi. J'espère toujours qu'elle le fait, qu'elle pense à moi avec un peu d'affection. Je sais que pour elle, je ne suis probablement qu'une autre triste névrose, probablement un de ses cas bénins. Il ne fait aucun doute qu'elle a affaire à des maniaques enragés ; des cas qui demandent de grands efforts pour être résolus et beaucoup plus d'attention que les miens. Je sais qu'elle essaie juste, comme elle l'a dit, de me jeter à l'eau. Elle ne participera même pas au cours de ce soir.

Le professeur MacConnelly m'escorte jusqu'à la porte en direction de la salle de classe. Je me rassure : ces personnes ne te reverront pas de toute façon. Et ils ont peint nus ou presque nus tout le semestre. Ce n'est rien.

Cependant, lorsque le professeur me raccompagne à la porte, tout change. Tous les yeux sont rivés sur moi. Même si la classe est petite, c'est comme une salle pleine dans un stade de baseball. Je vois Bijou. Elle se couvre la bouche pour étouffer un rire, puis me salue. De toute évidence, si Nell l'avait peinte, elle serait dans cette classe. Je ne sais pas comment j'ai pu le manquer. Mais mon regard se pose alors sur Nell elle-même. Le menteur !

Je saute presque hors de ma peau. Je n'arrive pas à croire qu'elle soit là. Lorsque je lui parle cette semaine et toutes les semaines suivantes, je me sens aussi nu devant elle qu'aujourd'hui. Mais en même temps, cela me donne un sentiment de calme, comme si j'avais une pom-pom girl dans la foule pour moi. Quelqu'un qui sera capable de réparer les choses si elles vont mal.

Le professeur me fait asseoir sur le tabouret devant la classe. "Vas-y", me dit-il. Je détache ma robe de chambre, n'y parvenant que parce que j'ai l'impression d'être entrée dans un rêve, comme si rien de tout cela ne pouvait être réel. Lorsque la robe de chambre s'ouvre, le professeur saisit l'ouverture et l'arrache de mes épaules. "Tiens, je vais accrocher ça pour toi."

Là, je suis nu. Je n'ai même pas eu le dernier mot sur le sujet. Je dois m'asseoir avec ma tête à gauche et mon dos à la classe. Ce n'est pas si mal, je suppose. Tout ce qu'ils peuvent voir, c'est mon dos. Mais du coin de l'œil, je vois deux filles, une blonde et une brune. Ils sont assis presque à mes côtés et je sais qu'ils peuvent presque tout voir.

Ils commencent à chuchoter entre eux pendant que je m'agite nerveusement sur le tabouret. Mes mains s'agrippent aux côtés du tabouret pour trouver l'équilibre. Le professeur s'approche et déplace mes mains derrière mon dos, là où elles devraient être, en disant : "Ne bouge pas, maintenant. Tiens la pose."

Mes yeux se déplacent vers la gauche pour voir les deux filles. L'un d'eux me sourit. Je ne sais pas s'ils peuvent tout voir de moi. Cependant, le fait de penser à ce qu'ils peuvent voir alimente ce cercle vicieux. Je retourne regarder mes genoux, en essayant d'ignorer les filles. Mon pénis tressaute contre ma jambe nue. Regarder l'érection qui monte ne fait qu'empirer les choses, alors je déplace mon regard vers la gauche.

La blonde ouvre un bouton de sa chemise et passe ses doigts sur le col ouvert. La brune joue avec l'extrémité du pinceau, en le touchant avec ses lèvres. Sa langue glisse et lèche le manche de la brosse. Puis elle serre le manche et l'enfonce dans sa bouche, en le léchant. J'avale nerveusement. Elle fait un clin d'œil, remarquant un léger tremblement de ma part.

Je n'avais jamais assisté à un cours impliquant des modèles nus, mais j'avais entendu des histoires de certains de mes amis. Elles ont dit qu'il y avait toujours des filles qui essayaient d'énerver les modèles masculins. Qu'elles taquinaient, ricanaient et grimaçaient pendant que le gars était captif devant elles et qu'elles essayaient de ne pas être trop excitées.

C'est tout, ils jouent juste avec moi. Ne joue pas leur jeu et tout ira bien. Mais maintenant que je sais que les deux filles essaient de rentrer dans ma tête, je ne fais qu'empirer les choses. Ils doivent imaginer plus que la simple peinture de mon corps. Leurs motivations impures poussent des pensées obscènes dans ma tête.

Je détourne à nouveau le regard pour découvrir que mon membre glisse le long de ma jambe. Le frottement de ma peau n'arrange pas la situation. Une sensation de chaleur enveloppe tout mon corps. J'avais pris une triple dose de médicaments avant de venir en classe, juste au cas où, et apparemment, cela m'a rattrapé. Je me sens à moitié ivre.

J'arrête mes petits mouvements alors que les médicaments me calment. Je me demande ce que font les filles. Même si je sais que je ne devrais pas les regarder, je le fais quand même. La blonde a défait un autre bouton, montrant un soupçon de décolleté et le haut de son soutien-gorge. Ses jambes sont suffisamment écartées pour que je puisse jeter un coup d'œil sous sa jupe. La brune suce la brosse encore plus fort, le manche créant un renflement sur sa joue.

J'ai perdu la bataille. Ma queue s'élève dans les airs jusqu'à ce qu'elle pointe droit vers le haut. La blonde donne un coup de coude à la brune et les deux gloussent. Un rougissement traverse mon visage. Il ne fait aucun doute qu'ils peuvent le voir maintenant. Le professeur MacConnelly les distrait un moment en vérifiant leurs progrès, mais avant longtemps, ils sont de retour à leurs tours.

"Deuxième pose !" dit le professeur. Je me fige. Je devrais être face à la classe pour la deuxième pose. Le professeur répète : "Deuxième pose, ma chérie".

Je suis toujours gelée. La main du professeur MacConnelly attrape mon épaule alors qu'elle se penche vers moi par derrière. "Est-ce que c'est", dit-elle en désignant mon érection avec sa main libre, "la raison pour laquelle tu ne veux pas faire la deuxième pose ?".

Les deux filles gloussent encore. Je panique. Les filles me voient et l'enseignante pointe son doigt droit sur mon érection. Je ne peux pas me retourner : des visions de l'incident sur la plage s'insinuent déjà dans mon esprit.

Je claque mes mains sur mon aine et saute du tabouret. Les carreaux sous mes pieds sont du sable. Les élèves sont des filles en bikini qui rient de ma nudité. Mon membre est raide à cause de l'exposition. Je cours vers mon sac pour prendre une serviette pour me couvrir. Les écolières sont ma première maîtresse, elles tendent la main vers les boutons de ma chemise. Je repousse sa main et me couvre avec la serviette. Les deux m'ont procuré un grand soulagement, mais je souhaite secrètement que le groupe de filles de la plage se soit enfui avec ma serviette, que j'aie laissé ma partenaire de baiser me déshabiller.

"Nate, non !" Nell parvient à bloquer la porte avant que je puisse saisir la poignée. "Tu te débrouilles si bien, n'abandonne pas maintenant."

Le professeur MacConelly apparaît à côté de Nell. "Tu sais, c'est normal que les modèles masculins soient excités. Il n'y a pas de quoi s'inquiéter."

Les filles gloussent à nouveau et les autres élèves chuchotent. Malgré leurs commentaires rassurants, je ne pense qu'à sortir de cette pièce. J'essaie de pousser Nell sur le côté, tandis que de l'autre main je me couvre.

"Stop !" Nell dit presque en chuchotant. Ses mains volent vers son chemisier et défont les premiers boutons. Je reste immobile alors que son chemisier s'ouvre.

"Nell, qu'est-ce que tu fais ?" murmure le Professeur MacConnelly.

"Je t'ai dit que cela pouvait arriver. Cela l'aidera. Suis-moi." Alors que Nell fait glisser son chemisier, elle annonce : "Notre modèle est juste un peu timide ; donc tout ce que tu peux faire pour qu'il se sente plus à l'aise sera très apprécié."

Le confort - tout ce qui est à part Nell - a disparu de mon esprit. Les médicaments me frappent encore plus fort et tout, sauf mon adorable thérapeute, cesse d'exister. Elle défait la fermeture éclair arrière de sa jupe et la laisse tomber sur le sol. Alors que mes yeux se régalent de Nell dans son coton blanc, ma queue bat contre mes mains en coupe. Ses mains se retrouvent derrière son dos et la tension de son soutien-gorge se relâche. Elle le laisse glisser de ses épaules.

Je me mords la lèvre alors que ma queue fait un bruit de claquement audible, sautant entre mes mains préservant la pudeur et la peau de mon ventre. La peau de Nell a quelques rides, plis et imperfections naissantes, mais ce sont comme des mirages superposés à une beauté qui ne s'efface pas. Elle se penche en avant et sa culotte glisse le long de ses jambes. J'essaie encore d'assimiler le fait que nous sommes nus l'un devant l'autre lorsque le professeur MacConnelly prend enfin la parole.

"Tu n'as pas besoin de faire ça.

"Non, c'est bon. S'il doit être nu, je n'ai aucun problème à l'atteindre."

"Eh bien, c'est très bien. Je ne peux pas dire que je suis contre le fait de voir la forme humaine, sinon je ne donnerais pas ce cours." Le professeur a souri. "Tant que cela aide Nate".

Mon attention est distraite par le corps de Nell lorsque l'un des gars de la classe dit : "Ouiii ! Je pose des modèles tout le temps, ce n'est pas grave." Il jette sa chemise sur le sol. "Si cela peut t'aider, je n'ai aucun problème à me déshabiller."

Son visage et sa voix efféminée semblent familiers. J'ai certainement assisté à un cours avec ce type, mais je ne me souviens pas de son nom, seulement qu'il est un peu trop flamboyant. Alors qu'il enlève son jean, les deux filles s'approchent.

"Nous le ferons aussi !" J'avale et je les regarde alors qu'ils commencent à se déshabiller.

"Professeur, devons-nous le faire ?" a demandé le seul autre garçon de la classe.

"Si tu te sens à l'aise." Le garçon devient sournois, regardant sans doute les deux filles qui sont maintenant en sous-vêtements. Il enlève sa chemise et baisse son pantalon, mais garde son caleçon. Je regarde Bijou, qui semble mal à l'aise d'être dans une pièce pleine de gens qui se déshabillent.

Il se lève avec hésitation de son tabouret. Je peux compatir à sa situation. Elle est prise entre cette énergie soudaine du groupe, qui lui dit de jouer le jeu, et son sens de la modestie. Son visage résume le dilemme : une nuance de rouge se glisse sur sa peau, ses dents mordent sur sa lèvre inférieure, mais les coins de sa bouche sont tournés vers le haut dans un sourire. Ses mains se déplacent vers ses hanches et descendent sa jupe. Mais elle ne révèle rien, car le long pull cache la zone où se trouvait la jupe. Ses doigts se recourbent et soulèvent l'ourlet du pull-over jusqu'à ce qu'il passe au-dessus de sa tête.

Je suis déçue lorsqu'elle s'assoit à nouveau, montrant clairement qu'elle a enlevé tout ce qu'elle pouvait. Cependant, c'est la première fois qu'elle me montre sa silhouette de poupée, même si elle est encore couverte par son soutien-gorge, sa culotte et ses leggings translucides. Elle lève les yeux de son chevalet vers moi comme pour me demander si cela me suffit.

"Alors, tu veux rester, Nate ?" me demande le professeur. Je hoche la tête et retourne sur le tabouret. Je prends mon siège pendant que Nell prend le sien. "Deuxième pose maintenant, ma chère."

Je scrute mon public non vêtu. Je me souviens du vieux truc : "Pense à eux en sous-vêtements". C'est bien mieux, même si les corps exposés de Nell et des filles garantissent mon érection. Je détache mes mains et laisse la chose se détacher. En glissant mes doigts jusqu'à mes genoux pour poser, je me donne un petit pincement pour être sûre.

Rien ne se passe. Ils ne me montrent pas du doigt et ne se moquent pas de moi, je n'ai pas de crise de panique. Je suis simplement assis à la vue de tous comme si c'était la chose la plus naturelle. Et la vue d'ici. Nell, Bijou, les deux filles, elles aussi me distraient.

Lorsque le professeur revient vers le groupe de chevalets pour donner des conseils aux élèves, les deux filles ricanent. Mon regard se déplace de Nell et Bijou à ma droite. La blonde et la brune ont toutes deux un corps superbe, ce qui est probablement le but de tous les garçons de fraternité, mais n'appartient qu'aux plus tendres.

La blonde tripote ses seins et taquine ses tétons jusqu'à ce qu'ils durcissent. La brune a abandonné la peinture et caresse le pinceau en faisant un visage orgasmique. Sa bouche s'élargit alors que les coups deviennent plus rapides. Elle dit "Oh oui" en secouant le pinceau, envoyant des gouttes de peinture voler au bout.

La brune porte un doigt à ses lèvres, nettoie la brosse et touche les poils sur la poitrine de la blonde. Elle trace une ligne jusqu'au mamelon. La blonde regarde avec surprise la brosse qui chatouille maintenant son point dur. Peu après, la brosse continue son chemin vers le bas, sur le ventre de la blonde, jusqu'à ses poils pubiens. Il danse à travers sa touffe manucurée et atterrit directement sur son clito. La blonde, les yeux écarquillés, donne au bras de la brune une petite tape inquiète. La brune se rapproche et lui chuchote à l'oreille. La blonde acquiesce et permet à ses jambes de s'écarter davantage et à la brosse de travailler plus fort sur son clito. Sa tête bascule en arrière et sa peau rougit.

La brune a l'intention de me donner un spectacle. Elle prend deux autres pinceaux et trace les lèvres de la blonde avec leurs manches. La blonde étouffe un gémissement lorsque la brune la pénètre.

Les pinceaux bougent plus vite et sa respiration devient laborieuse. Il pousse maintenant ses hanches contre les brosses et le tabouret cliquette.

La blonde donne les dernières poussées quand j'entends un grand 'Um'. Le professeur se tient devant le garçon en caleçon et lui lance un regard mauvais. Il se tient juste derrière les deux filles. Je ne doute pas qu'il sache ce qui se passe lorsqu'il retire sa main de son unique vêtement. La brune retire rapidement les pinceaux de la blonde pendant que le professeur chuchote au garçon derrière elles.

Je baisse mon regard. Mon embarras a été remplacé par une pure excitation au cours des dernières minutes. Ma queue le confirme avec ses contractions maintenant évidentes. Elle reste immobile un instant et libère une goutte de liquide préséminal qui dégouline le long de ma tige avant de reprendre ses contractions. La conscience de soi reprend le dessus. Je m'étais habitué à être nu, même avec mon érection. Mais il n'a pas honte d'être remarqué, répétant sa performance et laissant échapper une autre goutte de fluide. Mais c'est honnête : je n'ai jamais ressenti un tel besoin de me toucher auparavant.

Je regarde vers l'autre côté de la pièce. Tout le monde peint avec soin. Le garçon flamboyant a une érection de son côté et j'espère que ce n'est pas parce qu'il me regarde. Mes yeux fuient cette vue et se posent sur Nell et Bijou, assises l'une à côté de l'autre. Voir mes deux amours côte à côte dans leur état déshabillé ne fait qu'ajouter à mon excitation. Le fluide s'est à nouveau précipité hors de ma tête. Bon sang, est-ce qu'un homme peut jouir sans se toucher ?

"Cinq minutes avant la fin du cours", annonce le professeur. Il me faut tout ce temps pour réaliser que je viens de vivre l'expérience la plus érotique de ma vie. "Eh bien, le temps est écoulé. Tu peux ramener ton travail à la maison si tu veux ajouter des touches finales."

Je descends du tabouret, toujours incrédule, et me dirige vers l'endroit où ma robe de chambre est suspendue. Le professeur MacConnelly apparaît à côté de moi et glisse quelques notes dans la poche de sa robe de chambre. "Merci pour ton temps."

Quand il s'éloigne, je sens une claque sur les fesses. C'est le type flamboyant. "Bon travail, mec."

Mais dès que je me retourne, sa présence est remplacée par les deux filles qui se tiennent de chaque côté de moi. Je sens un baiser sur chaque joue, puis un pincement sur chaque fesse. "C'était sympa de travailler avec toi". La brune me fait un clin d'œil et les deux s'éloignent. Je me glisse finalement dans ma robe de chambre et je quitte la pièce, jetant un dernier regard à l'intérieur pour voir Nell et Bijou qui ajustent encore leurs jupes.

J'ouvre l'armoire et son poids touche ma dureté. Je le serre et passe mon pouce sur le manche. Je devrais peut-être trouver la salle de bain avant de m'habiller. J'entends la porte s'ouvrir. Je me couvre quand je vois Nell passer la porte en tenant un chiffon et un sac. Elle est entièrement habillée, à l'exception de sa chemise, qui reste déboutonnée. Elle porte toujours des chaussures plates au bureau, mais aujourd'hui elle porte des talons bobines qui la mettent à ma hauteur.

"Tu n'as plus besoin de te couvrir. Nous nous sommes regardés complètement nus pendant la dernière heure." En me regardant dans les yeux, il se baisse et passe ses bras autour de moi.

Oui, désolé, c'est une sorte d'habitude.

Il regarde mon érection. "Eh bien, tu sembles avoir apprécié. Tu peux être fière. Alors comment ça s'est passé ? Il a serré mon bras.

"Oh, c'était, um...." Je lutte pour révéler à quel point mon humiliation s'est transformée en excitation. Je suis toujours nerveux, rien qu'en étant à côté d'elle comme ça. Finalement, je dois dire la prochaine chose qui me vient à l'esprit. "On peut le refaire ?"

J'ai failli plaquer mes mains sur ma bouche en signe d'horreur. Elle dit : "Mince, il y a peut-être un peu d'exhibitionnisme sous toute cette anxiété, hein ?".

Je ne peux répondre que par un doux grognement d'assentiment. "Tiens, assieds-toi." Il met son bras autour de mon épaule et nous descendons sur le banc. Il fait un mouvement vers mon aine. "Je veux savoir si je te tiens comme ça. Ou c'est pour Bijou ou les deux autres filles ?"

Il était palpitant et émettait un écoulement préséminal. "On dirait que c'est pour moi, n'est-ce pas ? Il n'y a pas de quoi avoir honte si c'est le cas." Il a fait une pause. "Mon Dieu, on dirait que tu as vraiment besoin de te soulager... ça fait si longtemps que c'est comme ça. Tu sais, si tu veux remuer un peu le couteau dans la plaie, ce n'est pas un problème. En fait, je pense que ce serait une bonne chose : encore plus de progrès, en une seule journée."

"OK." Ma main se referme autour de mon érection. S'il y a quelqu'un pour qui je le ferais, c'est Nell. Et avec l'excitation que je ressens, mes inhibitions quittent mon corps. Je commence mon rythme, en faisant glisser ma main de haut en bas. Sa tête repose sur mon épaule et ses yeux fixent le sol. "Tiens, Nate. Mets-toi à l'aise."

Je caresse plus vite, déjà excitée par les événements du cours d'art et encore plus par le fait que je me donne du plaisir pendant que Nell me tient. Je peux voir son généreux décolleté retenu par son soutien-gorge en coton blanc. Je sais que ce ne sera pas long.

"Tiens, tu veux que je t'aide ?"

J'explose presque à ses mots. Bien sûr, comment pourrais-je dire non ? Je hoche simplement la tête, comme si je n'étais pas trop enthousiaste à l'idée de la proposition. Sa main arrive jusqu'à ma tige et prend ma main. La manche de son chemisier est déboutonnée et la manchette me frôle. Il fait claquer sa langue et se lève pour enlever sa chemise. "Tiens-toi à côté de moi."

Pendant que je le fais, elle sort une bouteille de lotion de son sac à main. Elle en vaporise un peu sur sa paume ouverte et le place à la base de ma tige. La fraîcheur de la lotion se mélange à la chaleur de sa main pour créer une sensation incroyable. Lorsque sa main glisse sur ma queue, je laisse échapper de petits gémissements. Je pense à la façon dont elle semble toujours bien me connaître pendant nos séances. Cette fois-ci n'est pas différente : sa main sait mieux que moi ce que ma queue aime.

"Est-ce que je le fais bien pour toi ?"

"Oh, mon Dieu, oui." Alors que je réponds, elle s'approche et m'embrasse sur les lèvres. Elle me prend dans ses bras et m'embrasse à nouveau. Je laisse sa langue entrer dans ma bouche alors qu'elle maintient mon membre immobile contre son ventre. Je suis trop excité pour la laisser s'arrêter, malgré la sensation de contact entre nos langues. Mes hanches poussent en avant, baisant l'anneau que sa main crée et frottant contre son ventre.

Lorsque les baisers s'arrêtent, je pose ma tête sur son épaule. Elle continue à sucer mon cou. Je regarde son dos et mes mains remontent le long de sa jupe. Je tripote la fermeture éclair. Est-ce que c'est le moment ? Est-ce qu'on va faire l'amour ici même ? Est-ce que je lui plais au moins ? Cela fait-il toujours partie de la thérapie ?

Alors que j'agonise sur la situation, mes mains tirent inconsciemment la languette de la fermeture éclair vers le bas. Rien de tout cela n'a d'importance. Ses seins sont pressés contre ma poitrine, la chaleur de son corps m'enveloppe, je ne peux pas m'empêcher de pousser contre la peau douce de sa main et de son ventre. Je suis sur le point de jouir. Je pousse sa jupe vers le bas, impatient de saisir une partie interdite de son corps.

Le vêtement tombe sur le sol. Je serre ses joues rondes, vêtue seulement de sa culotte blanche. Elle chuchote à mon oreille : "Tu peux me sentir en bas, si tu veux".

Une de mes mains descend plus loin sur ses fesses, entre ses jambes. Le tissu de sa culotte est plus torride à mesure que je pousse. Bon sang, elle aime ça aussi. Cette prise de conscience, cependant, me met hors de moi. Je me pousse contre elle une dernière fois alors que ma queue devient rigide.

"Oh, putain, oui !" Je crie, en la serrant très fort. Ma queue palpite contre son ventre alors que je m'accroche à elle. Le temps semble suspendu pendant ces quelques secondes avant que je ne me libère. Et puis le torrent explose. Je me jette contre elle et la pousse en arrière contre une porte de casier. Mes hanches se tordent et j'entends des bruits métalliques. Le sperme éclabousse son ventre et le mien. Une sensation humide et collante grandit avec chaque spasme. Je libère quelques dernières gouttes, puis halète et tombe en arrière, épuisée.

Je lève les yeux vers elle. Ses yeux sont fermés. Elle se tient contre le casier en sous-vêtements, le ventre couvert de mon jus. "Putain, Nell. Je suis vraiment désolée, je ne voulais pas faire ça."

Elle ouvre les yeux. "C'est bon, Nate. C'est bon, tu as bien fait."

"Tiens, cherchons la salle de bain". Je prends sa main et balaie la pièce du regard pour trouver l'entrée de la salle de bain. Une fois trouvée, je la tire dans cette direction.

Il soupire. Je savais que cela allait arriver.

"Quoi ?"

'Transfert érotique'.

"Qu'est-ce que c'est ?" Je demande, en poussant la porte de la salle de bain.

"Transfert et contre-transfert. Tu as développé des sentiments pour moi. Et j'ai développé des sentiments pour toi. Mais ce sont des sentiments très dangereux'.

"Huh ?"

"Je ne t'aime pas, Nate". Je me sens dévastée, même si je ne m'attendais pas à ce qu'il ait réellement des sentiments romantiques pour moi. "Eh bien, je t'aime, mais ce n'est pas un amour normal. C'est comme un amour maternel."

Je déchire un mouchoir en papier dans le distributeur. À ce stade, je suis complètement perdue, alors je me concentre sur le nettoyage de son estomac. J'enlève une goutte de sperme avant qu'il ne trempe dans sa culotte.

"Merci, Nate. Ce que je veux dire, c'est qu'au cours des derniers mois, j'ai développé une sorte d'affection parentale pour toi. Mais ce n'est pas seulement cela - c'est aussi une attraction sexuelle."

"Whuh ?" Je suis décontenancée et je jette la serviette par surprise.

'C'est pour cela que je t'ai menti et que je suis venu ici aujourd'hui. Bon sang, c'est pour ça que je t'ai demandé en mariage. Ici." Il a pris une serviette en papier et a tamponné la tache collante sur mon ventre. "Regarde-toi dans le miroir. Tu es un beau garçon et tu ne devrais pas avoir honte de ton corps. Tu as été payée pour être mannequin aujourd'hui. Et tu m'as fait faire des efforts pour toi. Cela devrait faire comprendre que tu es attirante."

Je pense, c'est-à-dire que je n'ai jamais pensé....'.

"C'est pourquoi c'est dangereux. C'est un cas de transfert érotique maternel. J'ai tous ces sentiments protecteurs et sexuels en même temps. Et les jeunes hommes peuvent facilement voir leurs thérapeutes comme des figures maternelles. J'ai pris soin de tes besoins émotionnels, il est naturel de développer un attachement'.

Je frissonne alors qu'elle essuie l'extrémité de mon membre ramolli. Je comprends ce qu'elle veut dire, mais je n'en ai pas envie. Je la serre contre moi. "Mais pourquoi cela doit-il être si compliqué ? Si nous avons ces sentiments...."

Elle sourit. "Compliqué... Je suis psychiatre, Nate. À quoi t'attendais-tu ?"

"Cependant, je t'aime, Nell". Même si elle l'a compris, se le dire à moi-même est une libération.

Il passe ses bras autour de mon dos, me tirant plus près pour que ma tête repose à nouveau sur son épaule. "C'est le problème. Tous ces sentiments différents se mélangent. C'est vraiment dangereux." J'aimerais qu'il arrête d'utiliser ce mot. "Cela va devenir quelque chose d'œdipien. Quelque chose qui n'est pas sain pour toi. Et je suis une femme mariée, Nate."

Je retire l'attache de ses cheveux, faisant tomber le chignon. Ses mèches sombres et auburn tombent dans son dos. Je saisis une touffe et la porte à mon visage. "Je suis désolé. Je n'aurais pas dû faire ça."

"Non, je devrais être désolée. C'est moi qui devrais savoir quoi faire ici." Je sens une goutte frapper mon épaule. Elle renifle. "Mais tu m'as embrouillé. Nous avons fait tellement de progrès. Je t'ai fait venir au cours et je t'ai aidé à affronter tes peurs. Mais ce que j'ai fait est allé trop loin. Maintenant, j'ai peur de t'avoir blessée, de t'avoir piégée. Tu peux t'ouvrir sexuellement à moi et cela t'aide à t'ouvrir plus que tout autre chose. Mais au final, cela nous fera du mal à tous les deux. Il y a mon mari et je dois garder une attitude professionnelle...'.

C'est au tour de Nell de se défouler sur moi et je ne peux pas l'écouter. Je me sens coupable, mais tout ce que je peux faire, c'est passer mes doigts dans ses cheveux. Tout ce à quoi je peux penser, c'est à quel point c'est bon de la tenir dans ses bras. Tout ce que je peux sentir, c'est sa peau nue contre la mienne. La luxure revient dans mes reins et mon membre recommence à ramper sur son ventre. Nos soucis semblent insignifiants.

J'interromps son flux de paroles. "Tu crois que nous pourrions recommencer ? Juste une fois de plus ?

"Quoi ?"

"Tu sais". J'embrasse son cou en bougeant un peu mes hanches d'avant en arrière.

"Oh, Nate. Je ne pense pas que cela puisse arriver. Je ne sais pas quoi faire. Je pense que nous devons arrêter de nous voir."

"Nell ?"

"Je ne pense pas que je... Je ne pense pas que je puisse résoudre cette situation. Écoute, je vais te recommander un autre thérapeute. Et tu peux m'écrire si tu veux, mais je ne pense pas que nous devrions nous voir pendant un certain temps."

"Mais Nell..." Je ne pouvais pas accepter que je l'avais perdue. La femme à qui j'avais confié tous mes problèmes. La femme qui m'avait mis dans une situation qui m'avait fait une peur bleue et qui m'avait plu. La femme que j'avais autorisée à me toucher pour la première fois. "S'il te plaît, ne le fais pas."

"C'est ce que je craignais, Nate."

"Peut-être juste un peu plus de temps ensemble." Je pousse mes hanches contre elle. Mes mains glissent le long de son dos, trouvant une fois de plus ses fesses. Mon érection pique son ventre.

"Nate !" Il a cassé ma prise et m'a poussée en arrière. En voyant ce que je venais de faire, je réalise qu'il avait raison. "Je vais retourner au vestiaire pour prendre mon sac. Je vais te donner le nom d'un autre thérapeute. Et à partir de maintenant, je veux que tu essaies de penser à Bijou. Je veux que tu aies une relation saine. S'il te plaît, sois courageux et invite-la à sortir et essaie de m'oublier."

Ses yeux sont aussi larmoyants que les miens. Ses lunettes sont embuées. Je hoche la tête. Il me serre dans ses bras et me donne un dernier baiser sur la joue. "Je suis désolée."

***

Je suis assise dans ma chambre et je regarde la toile que Nell a utilisée. Il montre la même crudité que son portrait de Bijou. D'autant plus que je suis assis sur un tabouret, complètement nu, et arborant une érection proéminente sur laquelle se trouvent de petites gouttes blanches. J'ouvre le papier sur lequel figure le nom d'un psychiatre, puis je le froisse et le jette contre le mur.

Quatre filles de l'université

Pendant ma deuxième année d'université, je partageais une maison avec trois autres filles : Virginia, que tout le monde appelle Ginny, une grande fille mince, brune et très ouverte ; il y avait Anne, la plus sensible du groupe, très ordinaire, plutôt petite mais bien proportionnée et aux cheveux noirs ; Lucy était la timide, mais c'était celle que tous les garçons aimaient, un peu moins d'un mètre quatre-vingt, avec de longs cheveux blonds et une poitrine généreuse, elle aurait facilement pu être mannequin ; et puis il y avait moi, bien sûr, Jennifer, ou Jenny, j'ai des cheveux bruns, je suis plutôt mince et j'ai des seins de 36C. Nous nous entendions tous bien et il était normal pour nous de nous promener dans la maison à moitié nus, nous empruntions les vêtements des autres quand cela nous convenait.

C'était un vendredi soir et nous avions choisi de passer la soirée à la maison : nous avons pris quelques bouteilles de vin, un plat à emporter chinois et avons commencé à regarder un film à la télévision. Après la fin du film, nous étions tous assez pompettes. Anne a dit qu'elle allait se coucher avant d'être trop saoule, typiquement Anne. Lucy a bu un autre verre de vin avant de dire qu'elle allait s'arrêter là et de se diriger de manière quelque peu instable vers sa chambre.

Ginny et moi avons ouvert une autre bouteille de vin et essayé de trouver quelque chose à regarder à la télé. En feuilletant les chaînes, nous sommes tombés sur un film porno soft core, nous l'avons gardé et avons fini par rire du mauvais jeu d'acteur. C'était un film assez calme, sans détails graphiques, juste beaucoup de seins, de fesses, quelques chattes et encore moins de bites molles.

Pendant que nous regardions, j'ai réalisé que j'étais légèrement excitée, surtout lorsqu'une scène lesbienne est apparue. Nous avions arrêté de ricaner pendant le film et nous avons toutes les deux regardé attentivement deux femmes faire l'amour. Quand elles faisaient un 'soixante-neuf', j'ai dû laisser échapper un léger soupir, Ginny s'est tournée vers moi et m'a demandé assez franchement si la vue de deux femmes m'excitait.

"Non." Je lui ai dit, en mentant.

En lui parlant, j'ai remarqué que ses tétons étaient durs, clairement visibles à travers le tissu de son t-shirt, et elle trouvait manifestement le film assez intriguant aussi. Nous avons continué à le regarder et, alors que le générique défilait, elle s'est retournée et m'a demandé directement si le film m'avait excité. Je ne pouvais pas mentir, elle m'aurait très bien vu, et puis c'est mal de trouver le porno excitant. Je lui ai posé la même question.

"MMmm juste un peu, mais tu sais ce qui m'a le plus excité ? Les scènes lesbiennes." Il a répondu.

J'ai accepté, en commentant qu'une femme doit savoir comment exciter une autre femme. J'ai regardé Ginny avec désinvolture, ses tétons étaient clairement érigés à travers sa chemise et elle semblait s'agiter légèrement. Sans réfléchir, certainement pas de ma part, nous nous sommes légèrement rapprochés, elle a levé les yeux vers moi et a lentement rapproché nos lèvres, notre premier baiser était plutôt une légère bise, nous nous sommes regardés dans les yeux alors que le baiser devenait plus passionné, mon premier baiser avec une autre femme. Je me souviens de ses lèvres douces, de nos langues qui exploraient la bouche de l'autre ; rien que d'y penser maintenant me donne des frissons d'excitation.

Alors que le baiser continuait, j'ai lentement déplacé mes mains pour caresser ses seins à travers son T-shirt, sentant ses mamelons érigés. Ginny, qui n'était pas en reste, a glissé ses mains sous mon t-shirt et a frotté doucement mes seins à travers mon soutien-gorge ; puis elle a soulevé mon soutien-gorge sur mes seins, lui donnant un accès libre à mes mamelons, et ses mains ont commencé à jouer avec mes mamelons durs, les tirant et les pinçant doucement. J'ai réussi à pousser mes mains vers le haut de sa chemise et à jouer avec ses seins à travers son soutien-gorge.

Après quelques minutes, j'ai retiré une main de son T-shirt et l'ai placée sur sa cuisse, puis je l'ai remontée jusqu'à son aine. Je n'arrivais pas à croire que j'étais devenu si effronté et j'ai commencé à la frotter à travers le tissu de son jean, sentant presque la chaleur provenant de sa chatte. Elle a gémi doucement et a légèrement ouvert ses jambes pour me donner un meilleur accès.

Nous avons continué à nous embrasser et j'ai senti une de ses mains descendre le long de mon ventre et atteindre mon col, alors qu'il frottait le talon de sa main sur mon col, j'ai senti ma chatte se mouiller. Je voulais plus. J'ai défait le bouton de son jean puis j'ai lentement baissé sa fermeture éclair. J'ai glissé ma main dans son jean et mes doigts ont glissé dans sa culotte ; je pouvais sentir ses poils pubiens clairsemés et mes doigts étaient impatients de poursuivre leur voyage.

À ce moment-là, nous avons toutes deux entendu une des autres filles ouvrir la porte de sa chambre et commencer à descendre, nous avons eu juste le temps de nous installer et de ranger nos vêtements. Mais le moment était déjà perdu.

Nous nous sommes tous couchés seuls. Alors que j'étais allongée nue dans mon lit, je n'ai pas pu m'empêcher de passer ma main entre mes cuisses, pour sentir ma mouillure. Alors que j'étais allongée, me frottant doucement, je pouvais entendre Ginny dans la pièce d'à côté. Je pouvais entendre le son de ses doigts qui se doigtent, le son des doigts qui pénètrent sa chatte. Comme je voulais être là avec elle, la regarder, la rejoindre. Je me suis doigté fort, m'imaginant regarder Ginny jouir, puis j'ai entendu un gémissement étouffé à travers le mur lorsqu'elle a finalement joui et que mon propre orgasme a rapidement suivi.

Le lendemain matin, je me suis allongée dans mon lit, appréhendant de descendre pour le petit-déjeuner, je pouvais entendre les autres déjà en bas, supposons que Ginny ait dit quelque chose, mon Dieu, je serais morte d'embarras.

Je suis sortie du lit et j'ai mis un T-shirt sur lequel j'ai glissé ma robe de chambre en soie ; j'ai utilisé la salle de bain, décidant de prendre une douche après mon café du matin, et j'ai descendu les escaliers jusqu'à la cuisine.

"Bonjour à tous. J'ai dit bonjour à tout le monde.

"Bonjour" a été la réponse que j'ai reçue à l'unisson de la part des trois filles.

Je suis allée mettre la bouilloire et j'ai attendu qu'elle bout, tout le monde s'est comporté tout à fait normalement, même Ginny, 'bien' j'ai pensé, elle n'a rien dit à personne.

J'ai regardé où était assise Ginny, qui ne portait que sa chemise de nuit, elle m'a souri, la tête légèrement inclinée ; c'était la première fois que je la regardais autrement que comme une amie. J'ai imaginé le baiser de la nuit précédente, son contact entre mes cuisses.

Je lui ai souri en retour, je pouvais entrevoir ses tétons à travers sa chemise de nuit, alors que mon regard se promenait le long de son corps, elle a lentement, oh si lentement, croisé ses jambes, la chemise de nuit est remontée sur ses cuisses, je pouvais presque voir sa chatte. Je me suis rattrapée et j'ai levé les yeux ; elle m'a regardée droit dans les yeux et a souri.

Je me sentais excitée, ma chatte palpitait, elle voulait de l'attention, je sentais mes mamelons durs qui tendaient le tissu de ma chemise, à chaque petit mouvement, je sentais le tissu les lécher, ce qui les rendait encore plus sensibles. Je savais que je devais rougir. Je me suis servi une tasse de café et je me suis dépêché de remonter à l'étage pour essayer de me ressaisir.

Je me suis assise sur le lit, en buvant mon café, en essayant de rassembler mes pensées. J'ai entendu la porte d'entrée s'ouvrir et Anne et Lucy ont annoncé qu'elles nous verraient plus tard, elles allaient faire des courses. Puis j'ai entendu Ginny monter les escaliers, j'ai senti mon pouls s'accélérer, je n'étais pas prête pour ça, ma bouche était sèche.

"Tu n'as pas besoin de la salle de bain, n'est-ce pas ? Je vais prendre une douche." Ginny a annoncé.

"Non, non merci." J'ai réussi à bafouiller.

J'ai écouté Ginny entrer dans la salle de bain et j'ai entendu la douche démarrer. J'ai poussé un soupir de soulagement. Ma bouche était encore sèche, alors j'ai décidé de me faire une autre tasse de café.

J'ai ouvert silencieusement la porte de ma maison ; j'étais sur le point d'entrer dans le couloir lorsque j'ai remarqué que Ginny n'avait pas bien fermé la porte de la salle de bain ; j'ai jeté un bref coup d'œil à la salle de bain et la vue qui s'est présentée à moi était à couper le souffle. À travers la vapeur, je pouvais voir Ginny ; elle était debout dans la douche, face à moi, ses longues jambes fines légèrement écartées et ses fesses fermes luisant à cause du bain moussant. Je la regardais hypnotisée pendant qu'elle se lavait les seins, de là où je me tenais pour regarder, je pouvais juste distinguer les courbes de ses seins.

Je voulais m'arrêter pour regarder, mais j'avais peur qu'elle se retourne et me surprenne à regarder, alors j'ai continué à descendre pour me verser un autre café.

J'aurais dû rester en bas, mais ma curiosité a pris le dessus, j'aurais peut-être pu apercevoir à nouveau la belle Ginny sous la douche.

Quand j'ai atteint le haut des escaliers, j'ai écouté, je pouvais encore entendre la douche couler, mais il y avait un autre bruit, j'entendais Ginny gémir, je me suis précipitée pour penser qu'elle avait glissé et s'était blessée.

En atteignant la salle de bain, j'ai ouvert la porte, sans être préparée au spectacle qui s'offrait à moi. Ginny était toujours sous la douche, toujours face à la porte, mais ses jambes étaient beaucoup plus écartées ; j'ai regardé avec fascination une de ses mains frotter furieusement sa chatte. Ma propre main a frôlé paresseusement ma chatte à travers ma chemise. Je n'aurais pas dû regarder.

Je me suis rapidement ressaisie, j'ai quitté la salle de bain et je suis allée dans ma chambre. Je me suis assise sur le lit et j'ai rejoué dans ma tête la scène à laquelle je venais d'assister.

Ma main était posée entre mes jambes et, en imaginant Ginny se masturber, je n'ai pas pu m'empêcher de frotter rapidement ma chatte.

En essayant de soulager les démangeaisons entre mes jambes, j'ai jeté un coup d'œil au miroir de ma coiffeuse et pour la première fois, j'ai réalisé que je pouvais voir la salle de bain ; la porte de la salle de bain est partiellement dans le passage, mais en me déplaçant vers le lit, j'ai une vue presque parfaite de Ginny.

Maintenant, elle a levé une jambe sur le côté de la baignoire et a pris la pomme de douche de son support sur le mur et dirigeait le jet d'eau sur sa chatte ; je me suis masturbé de cette façon plusieurs fois.

J'ai détaché le cordon qui maintenait ma robe de chambre fermée et je l'ai laissée tomber ; j'ai regardé mon corps et j'ai vu que mes tétons étaient tendus contre le tissu de ma chemise, j'ai soulevé l'ourlet de ma chemise et j'ai regardé ma chatte, les doigts de ma main droite montaient et descendaient doucement le long de ma fente, je pouvais sentir mes jus qui commençaient à humidifier mes lèvres.

Je me suis tournée vers le miroir et j'ai regardé Ginny qui continuait à se stimuler avec la pomme de douche, je pouvais voir son autre main entre ses jambes qui s'ouvraient.

J'ai appliqué un peu plus de pression avec les doigts de ma main droite, les lèvres humides de ma chatte se sont ouvertes facilement. J'ai frotté lentement le long de ma fente et en même temps j'ai poussé mes hanches vers le haut. J'ai lentement glissé un doigt dans mon trou serré, émettant un doux gémissement en le faisant.

Ginny avait maintenant la tête renversée en arrière, ses doigts frottaient furieusement son clitoris, le pommeau de douche était toujours pointé directement sur sa chatte, j'imaginais qu'elle devait être proche, je me demandais si elle pensait à la nuit précédente. Je l'étais !

Ma main gauche jouait avec mes tétons érigés à travers ma chemise, les tirant et les pinçant. Deux doigts de ma main droite étaient entrés dans mon trou et je pouvais sentir les parois de ma chatte se resserrer sur mes doigts. J'ai déplacé ma main gauche vers mon monticule humide et j'ai lentement rapproché mes doigts de mon clitoris hautement sensibilisé. J'ai commencé à frotter lentement mon nœud dur, en le sentant palpiter.

J'ai senti ma chatte commencer à avoir des spasmes sur mes doigts enfouis. J'ai commencé à frotter mon clito dur, mes doigts bougeant de plus en plus vite, j'ai fermé les yeux et j'ai imaginé Ginny en train de doigter sa délicate chatte, et cela a suffi à me faire jouir. J'ai senti les contractions de ma chatte, mes jus ont commencé à couler dans mes doigts et mon orgasme m'a submergé.

Lorsque mon orgasme s'est calmé, j'ai retiré mes doigts de ma chatte humide et les ai portés à ma bouche, me goûtant, oh comme j'aurais aimé que ce soit le jus de Ginny que je goûte. J'ai ramené mes doigts dans mon trou chaud, finalement ma respiration est redevenue normale et j'ai ouvert les yeux.

"Mon Dieu, tu as l'air excité quand tu jouis." Ginny se tenait dans l'embrasure de la porte ; elle était encore humide de la douche, une main caressant doucement son monticule, les lèvres de sa chatte, rouges et gonflées, étaient légèrement écartées et je pouvais voir sa fente humide scintiller avec son jus.

Embarrassé au-delà de toute croyance, avec ses doigts toujours enfoncés dans ma chatte.

"Alors, as-tu apprécié de me regarder, je savais que tu étais là, je pouvais te voir te refléter dans les carreaux, et as-tu apprécié de me voir me baiser ? Je pensais à toi." Ginny a demandé.

Ginny a commencé à marcher lentement vers le lit et s'est assise sur le bord. J'ai retiré mes doigts de ma chatte et Ginny a pris ma main et l'a portée à sa bouche, elle m'a regardé droit dans les yeux en aspirant lentement mon sperme de mes doigts.

"MMMmm, tu as bon goût, veux-tu me goûter ?".

Ginny a pris ma main et l'a amenée entre ses jambes, je pouvais sentir la chaleur de sa chatte, j'ai tendu un doigt et l'ai placé le long de sa fente, Ginny a gémi et a commencé à déplacer lentement ma main de haut en bas de son monticule. Mon doigt, impatient de plonger dans son trou sucré, a finalement trouvé son chemin et s'est faufilé en elle. Elle était si humide que mon doigt a glissé facilement à l'intérieur d'elle, puis, sans prévenir, elle a retiré ma main et l'a portée à ma bouche. Pour la première fois, j'ai goûté une autre femme, son jus avait un goût exquis, j'ai sucé mes doigts de son jus de chatte.

Ginny m'a embrassé passionnément, sa langue s'est glissée dans ma bouche, nos langues se sont entremêlées et notre baiser est devenu de plus en plus urgent. Pendant que nous nous embrassions, j'ai senti que Ginny posait une main sur mon sein et commençait à le masser doucement à travers ma chemise, en pinçant délicatement le mamelon entre son pouce et son index.

J'ai placé ma main sur sa cuisse, voulant sentir à nouveau sa chatte, et j'ai commencé à la pousser vers son monticule. Mes doigts tracent le haut de sa cuisse. Mes doigts commencent à séparer ses poils pubiens et je sens son humour sur son monticule.

Nous rompons enfin notre baiser et Ginny retire ma chemise, je me lève légèrement, lui permettant de l'enlever complètement. Je me rallonge, Ginny baisse la tête, je sens son souffle chaud sur mes seins, puis je sens sa langue commencer à lécher mes mamelons, puis elle en aspire un dans sa bouche et commence à mordre doucement mon mamelon dur et sensible. Puis j'ai senti une main courir sur mon ventre vers ma chatte.

J'ai gémi quand j'ai senti ses doigts passer dans mes poils pubiens et ses doigts courir doucement le long de mes lèvres humides. J'ai ouvert mes jambes, donnant à Ginny un meilleur accès. Ses doigts ont traîné davantage le long de ma fente et le talon de sa main a poussé contre mon col, me faisant haleter.

J'ai à nouveau déplacé ma main entre ses jambes, mes doigts étant impatients de continuer à jouer avec elle. Mes doigts se sont ouverts facilement entre ses lèvres humides et mes doigts ont griffé sa fente jusqu'à son trou chaud. J'ai poussé d'abord un, puis deux doigts à l'intérieur d'elle, la faisant gémir.

Ginny a soulevé sa tête de mes tétons raides, puis a retiré ses doigts de mon trou humide, les a portés à sa bouche et les a léchés proprement.

"Je veux ta langue." Il a haleté.

Sans un mot de plus, elle s'est agenouillée sur le lit et s'est mise à cheval sur moi, m'a regardé et s'est avancée jusqu'à ce que ses genoux soient de chaque côté de ma tête ; j'avais une vue parfaite de sa fente alors qu'elle se baissait lentement.

Je pouvais sentir son sexe sucré, je voulais le goûter. J'ai levé la tête et j'ai lentement poussé ma langue dans sa fente humide. Ginny a haleté lorsque j'ai poussé ma langue profondément en elle. Elle s'est abaissée et a écarté ses lèvres, ma langue râpant le long de sa chatte, goûtant ses jus sucrés, mon Dieu, j'étais au paradis.

"Suce mon clito." Ginny a ordonné.

Ma langue a serpenté le long de sa fente humide jusqu'à son clito, j'ai embrassé son clito dur et l'ai ensuite aspiré dans ma bouche, je l'ai sentie se crisper alors que je suçais fort son clito palpitant, j'ai commencé à mordiller doucement son clito dur. Alors qu'elle s'ouvrait à nouveau d'une main, elle a atteint derrière moi et a passé un doigt le long de ma fente.

"Jenny, suce mon clito, comme ça, suce-moi, sens comme je suis mouillée par ta langue."

Je mordais et suçais maintenant plus fort son clito, je pouvais la sentir se frotter contre mon visage, ses doigts frottant ma fente chaude, répandant mon jus sur mon monticule. Elle a commencé à pincer et à tirer sur ses mamelons. J'ai placé mes mains de chaque côté de sa chatte et j'ai ouvert ses lèvres ; j'ai maintenant commencé à parcourir toute la longueur de sa fente béante, à chaque coup de langue je faisais courir ma langue dans son trou serré.

Ginny a continué à frotter son monticule sur moi, mon visage étant mouillé de ses jus féminins. Elle a grincé de plus en plus fort pendant que ma langue baisait son trou, elle s'est tortillée sur mon visage jusqu'à ce que je la sente se crisper, puis j'ai senti sa chatte avoir des spasmes, son sperme inondant ma bouche, j'ai léché goulûment son humour pendant qu'elle criait.

Finalement, son orgasme s'est calmé, Ginny s'est allongée à côté de moi, s'est penchée sur moi et m'a embrassé, se goûtant sur mes lèvres. Puis elle a commencé à embrasser mon cou, de petits baisers qui faisaient frissonner ma peau, elle est descendue plus bas, jusqu'au sommet de mes seins, son souffle chatouillant mes tétons très sensibles. Il en a pris un dans sa bouche, la froideur de sa salive l'a fait durcir encore plus, il l'a sucé puis a commencé à le mordre doucement, j'ai gémi.

Une de ses mains a commencé à tripoter mon autre sein, massant la chair et me faisant frémir de désir ; il a pris le mamelon entre ses doigts et a commencé à le frotter entre eux. Sa main a ensuite commencé à descendre le long de mon corps, il a glissé un doigt dans mon nombril puis l'a déplacé plus bas, vers mon monticule douloureux.

Je voulais que Ginny me doigte, j'avais besoin qu'elle me doigte, mon sexe humide avait envie d'être touché, d'être doigté.

Ginny a continué à déplacer sa main vers le bas et j'ai senti ses doigts délicats courir sur mon col, mon corps a tressailli, ses doigts ont commencé à explorer ma chatte chaude et humide, en frottant contre mon col et ensuite ses doigts ont doucement gratté ma fente, je voulais ses doigts en moi.

Sa bouche a quitté mon mamelon et a commencé à embrasser ma poitrine puis mon nombril, sa langue léchant en cercle autour, puis j'ai senti sa langue commencer à descendre plus bas. J'ai baissé les yeux sur mon corps et j'ai regardé Ginny passer sa langue sur mon monticule, puis entre mes jambes.

Ginny s'est mise dans une position plus confortable, à genoux entre mes jambes écartées, les genoux pliés. Je l'ai regardée enfouir sa tête dans ma chatte douloureuse et je me suis involontairement soulevée, voulant broyer ma chatte dans sa bouche avide. J'ai commencé à gémir en sentant sa langue probe commencer à sonder ma fente humide.

Ginny a utilisé ses deux mains pour ouvrir mon sexe, permettant à sa langue d'accéder plus facilement à mon trou impatient, et a commencé à faire entrer et sortir rapidement sa langue dans mon trou de chatte étroit et palpitant.

Je tends les deux mains pour attraper la tête de Ginny, pour la forcer à s'enfoncer plus profondément dans mon monticule, tout en la tenant, je frotte ma chatte aussi fort que je peux dans sa bouche. Ginny frotte mon clito dur, ses doigts glissent facilement sur ma chatte trempée de sperme, je sens mon orgasme approcher, je tiens sa tête en la forçant à me pénétrer de plus en plus profondément.

Je jouis enfin, je sens ma chatte commencer à avoir des spasmes, je sens mon jus gicler dans la bouche de Ginny, mon Dieu je n'ai jamais joui comme ça avant.

Finalement, je relâche ma prise sur la tête de Ginny, qui me donne un dernier coup de langue avant de se retourner vers moi, le visage rouge de l'effort, luisant et scintillant de ma mouillure.

Elle s'allonge à côté de moi, nous sommes toutes les deux épuisées, nous nous serrons l'une contre l'autre et nous nous endormons dans les bras de l'autre.

Le fantasme des jeunes

L'été 1973 venait de commencer et Brandon Mathers venait d'obtenir son diplôme d'études secondaires. Il était censé chercher un emploi, comme il l'avait promis à sa mère, mais ces derniers jours, Brandon s'était découvert un hobby, un hobby qui coïncidait avec l'arrivée de la femme qui avait emménagé à côté.

***

"Bonjour", gazouille Brandon, sa voix grésillant comme elle avait commencé à changer quelques années plus tôt, mais la puberté n'en était plus la cause.

"Rebonjour", a dit la femme en s'appuyant sur la poignée de la tondeuse poussée qu'elle forçait à travers l'herbe haute qui était coupée pour la première fois cette année. "Brandon, n'est-ce pas ?"

"Oui, madame", dit Brandon, en essayant de ne pas regarder le corps de sa nouvelle voisine et en se concentrant plutôt sur le contact visuel, bien que le haut tubulaire rouge couvrant ses seins en forme de cantaloup rende la tâche très difficile.

"C'est Carol, tu te souviens ?", a-t-il demandé de façon ludique et réprobatrice, d'une voix au timbre nettement occidental.

"Oh oui. J'ai oublié", dit Brandon, se rappelant leur conversation de la veille, lorsqu'ils s'étaient rencontrés pour la première fois. "Je suis désolée."

"Il fait déjà chaud aujourd'hui", a dit la voisine de Brandon en s'essuyant le front avec le dos de sa main, et ce faisant, les yeux de Brandon sont immédiatement allés vers son aisselle non rasée, ses cheveux blonds comme des fraises collés à sa peau humide.

"Je..." dit Brandon, en déplaçant son poids pour cacher son érection qui dépassait de l'entrejambe de son short. "Je pourrais le faire pour toi, si tu veux. Tondre, je veux dire."

"Oh ?" dit Carol, en saisissant l'expression de son jeune voisin lorsqu'il regarde sous son bras, ce qu'il semble faire souvent lors des nombreuses rencontres qui ont eu lieu par-dessus la clôture de la cour depuis qu'elle a emménagé. "Que dirait ta mère ? Est-ce que tu tonds ma pelouse ? Après tout, la tienne a aussi besoin d'un peu d'attention, non ?"

"Je peux faire les nôtres quand je veux", dit Brandon, sachant qu'après avoir fini de parler, il courra à l'étage pour faire ce qu'il fait presque continuellement depuis que Carol Brown a emménagé. "Une sorte de bienvenue dans le quartier".

"Eh bien, dans ce cas," dit Carol. "Sois mon invité".

"J'arrive tout de suite", dit Brandon avec enthousiasme en courant dans la maison et en montant dans sa chambre.

Oh, mec," gémit Brandon, courant vers la fenêtre de sa chambre en laissant tomber son short.

La bite de Brandon était dure, comme d'habitude, et il jetait un coup d'œil à travers les rideaux d'une main tandis qu'avec l'autre il baissait ses sous-vêtements et cherchait son voisin.

"Sors, où que tu sois", a dit Brandon, en regardant la tondeuse à gazon sans surveillance et en priant pour que Carol réapparaisse. "Regarde ce que j'ai pour toi".

Brandon n'osait pas caresser sa queue palpitante car il aurait eu un orgasme instantané, alors il est resté immobile, ses doigts serrant la base de son membre pour retenir son éjaculation.

'Tu es là', dit Brandon en voyant Carol s'approcher de la clôture et regarder vers la fenêtre.

On aurait presque dit qu'il pouvait voir à travers les murs, mais cela n'a pas empêché Brandon de jouir alors que sa queue éructait partout sur le mur devant lui. Comme si la femme avait compris ce qu'il espérait, elle s'est passé les mains dans les cheveux en le regardant, ces magnifiques seins se tordant contre le tissu alors qu'elle offrait à Brandon un spectacle exquis pour jouir.

"Merde !" Brandon a marmonné quand il a vu son sperme dégouliner sur le papier peint défraîchi, et en nettoyant le désordre, il a remarqué que le mur était beaucoup plus propre à cet endroit, ayant été nettoyé comme ça au moins une douzaine de fois cette semaine.

***

Brandon a fait un travail rapide sur la pelouse de son nouveau voisin, en partie parce que son jardin était si petit et surtout entouré d'arbres, ce qui signifie que l'herbe ne poussait pas sur les bords. L'autre raison de sa vitesse était le fait que son voisin n'était pas là pour le distraire. Sans sa présence, Brandon a pu se concentrer sur le travail à accomplir.

"Bon travail, Brandon", s'exclame la voix depuis le porche arrière, et lorsque Brandon plisse les yeux en direction du porche arrière grillagé, il voit sa voisine Carol qui se tient là. "Entre et prends un verre si tu as fini."

Brandon s'est dirigé vers le porche, qui semblait sombre et frais, mais ses yeux étaient fixés sur son voisin. Apparemment, Carol avait pris une douche, car elle semblait fraîche et reposée. Son haut rouge avait été remplacé par un soutien-gorge vert citron qui berçait ses seins et les faisait paraître encore plus gros, comme des aubergines au lieu de melons.

Carol avait un pichet de limonade et, après leur avoir versé à tous les deux un verre à moitié plein, elle a agité une bouteille de Southern Comfort devant Brandon.

"Tu en veux ?" dit Carol avec une pointe dans la voix. "Ou tu auras des ennuis ?"

"Je peux boire", a dit Brandon avec un peu de bravade, et quand il a vu Carol verser une quantité généreuse dans les verres, il a avalé de toutes ses forces, en espérant qu'il ne se sentirait pas aussi mal que la dernière fois qu'il a bu.

"Voilà", dit Carol en se dirigeant vers le fauteuil Adirondack appuyé contre le mur de la maison. "Prends une chaise et repose tes fesses".

Brandon s'est assis et a pris une gorgée, surpris par la force de la boisson, et sa réaction a suscité un fou rire chez son voisin.

"Il n'y a pas grand-chose à faire pour les enfants dans le coin, n'est-ce pas ?" demande Carol.

'Je ne suis pas un enfant', dit Brandon avec autant d'attitude que possible.

"Quel âge as-tu ?"

"Dix-huit ans", dit Brandon avec défi, même s'il avait l'habitude d'être taquiné sur son apparence de garçon.

"C'est vrai ?" dit Carol, en posant son verre et en levant les bras, en attrapant le haut dossier de la chaise avec ses mains et en s'étirant.

Brandon a avalé fort en regardant sa nouvelle voisine bouger dans son fauteuil ; ses gestes ont fait ressortir les seins de son père et ont exposé les touffes de poils sauvages sous ses bras, qui étaient maintenant doux et duveteux après la douche.

"Est-ce que je te dégoûte ?" demande Carol, en souriant et en faisant un signe de tête vers son aisselle.

"Non !" dit Brandon, gêné d'avoir accidentellement crié sa réponse. "J'ai envie de dire non. Je pense qu'elle est sexy. Ma petite amie - mon ex-petite amie, je veux dire. Elle ne s'est pas rasée les aisselles non plus."

"Alors tu l'aimes bien, je suppose ?" a spéculé Carol, et Brandon a acquiescé. "Est-ce qu'elle est une hippie ?"

'Plus ou moins. Pas vraiment," dit Brandon. "Il n'y a pas de vrais hippies par ici."

Je suppose que je serai la première alors", a répondu Carol.

"Je pensais que les hippies étaient - tu sais - des gars", a dit Brandon.

"Pas les vieilles dames comme moi ?" dit Carol en riant. "Mon garçon, tu as un don avec les mots, n'est-ce pas ?"

"Je ne voulais pas dire ça", dit Brandon, rougissant d'avoir mis son pied dans sa bouche une fois de plus. "Je ne suis pas très doué avec les jolies filles".

"Wow", dit Carol, pour se corriger rapidement. "Je voulais dire Brandon. Eh bien, je suis vieux. J'ai 44 ans."

"Ma mère a 44 ans", dit Brandon.

'Alors je suis assez vieille pour être ta mère', a dit Carol, regardant le regard vide de Brandon se concentrer à nouveau sous ses bras. "Mon garçon, tu as vraiment un faible pour cette fourrure, n'est-ce pas ? Tu n'as pas de poils sous les bras ?"

Oui, mais pas tant que ça", a dit Brandon rapidement, puis il s'est mordu la lèvre quand Carol a ri.

"C'est une bonne ou une mauvaise chose ?" demande Carol avec un sourire malicieux, en tendant la main et en passant ses doigts dans les cheveux sous son bras gauche.

"Bien, je dirais", a dit Brandon, et même s'il était plus frais sous le porche, il pouvait sentir la sueur couler sur lui. "Il est très beau sur toi".

"Tu aimes regarder, bien sûr", dit Carol. "Je vois que tu me regardes souvent. Depuis la cour et aussi depuis l'étage. C'est ta chambre ?"

Brandon a acquiescé, essayant de regarder son nouveau voisin dans les yeux alors que son cœur battait de plus en plus vite.

"Je parie que je sais ce que tu fais là-haut", dit Carol. "Je connais des garçons de ton âge. J'avais un petit ami un peu plus âgé que toi."

"Va-t-il aussi emménager ici ?" a-t-il demandé, mais Carol a secoué la tête pour dire non et a pris une grande inspiration.

"Es-tu mariée ?"

"Plus ou moins.

"Ton mari vivra-t-il ici ?"

"Non, mais je suis sûre qu'il me trouvera. Il le fait toujours, du moins jusqu'à ce qu'il combatte quelqu'un qui peut se défendre."

"Ton fils est avec lui ?"

"Bon sang, non. Il a rejoint l'armée pour s'éloigner de ce connard. Peut-on changer de sujet ?"

Bien sûr, désolé.

"Donc, comme je le disais, j'ai une assez bonne idée de ce que tu fais là-haut. La question est de savoir si tu le fais de cette façon, demande Carol en prenant son pouce et son index et en les déplaçant rapidement de haut en bas sur une courte distance.

"Ou c'est plutôt comme ça ?" demanda Carol en serrant le poing et en faisant des mouvements de plus en plus longs avec sa main, devenant ainsi si comique que Brandon oublia son embarras et éclata de rire.

"Quelque part entre les deux", a dit Brandon, appréciant que sa voisine ressemble à l'un des garçons, même si elle ne l'était évidemment pas.

"Un gars honnête, hein ?" Carol a craqué. "Au moins, tu ne l'as pas nié. Si tu m'avais dit que tu n'étais pas là-haut en train de faire l'amour, je me serais sentie bête de poser ici tout le temps pour toi."

Brandon n'a rien dit alors que les deux se regardaient pendant un long moment avant que Carol ne passe derrière sa tête et, d'un coup de poignet, détache le nœud de son soutien-gorge autour de son cou.

Le licou est tombé et Brandon a haleté avant que le tissu ne se termine à ses genoux, exposant les seins les plus magnifiques qu'il puisse imaginer. Mieux que toutes les femmes de Playboy, car elles étaient en direct et sous ses yeux.

Carol est restée posée, appréciant la façon dont le garçon fixait les yeux écarquillés sur ses seins pleins avec leurs gros tétons roses poussiéreux. Les taches de rousseur qui couvraient son cou, ses épaules et le haut de sa poitrine s'arrêtaient au sommet de ses seins, faisant paraître sa peau blanche et pâle encore plus éclatante.

"Le chat a ta langue ?" Carol a demandé en regardant la main tremblante de Brandon prendre le verre sans détourner le regard d'elle, et quand il a porté la boisson à sa bouche, il n'a pas grimacé mais a tout avalé d'un trait.

Tu es magnifique", a dit Brandon et lorsque Carol a ri, il a secoué la tête bruyamment. 'Tu l'es. Tu ressembles à cette fille à la télé. La fille d'Archie Bunker."

"Sally Struthers ?" demande Carol. "OK, je vais le prendre. Je pense que tu aimes encore plus mes seins que mes poils d'aisselles."

"Oui. Je veux dire, je vous aime tous", a balbutié Brandon.

"Est-ce que toi et ton ancienne petite amie faites souvent ça ?" Carol a demandé et Brandon a hoché la tête après une brève pause, mais après que Carol l'ait regardé avec un sourcil levé, Brandon s'est affaissé sur ses épaules et a secoué la tête dans la direction opposée.

"Tu es vierge, n'est-ce pas ?" Carol a demandé et quand le garçon a tordu son museau, Carol a souri. "Il n'y a pas de honte à cela. Je l'ai aussi été une fois, je crois."

"Oui", admet Brandon. "Je le suis."

"Tu es d'humeur à le changer ?"

***

"Ici même ?" Brandon a demandé après que Carol l'ait d'abord fait se lever puis lui ait dit de baisser son pantalon.

"Bien sûr", dit Carol. "Personne ne peut voir derrière, sauf depuis ta maison, et personne ne rentre avant - quoi ? Cinq heures ?"

"Oui.

"Aucune raison d'être timide alors", dit Carol. "Il y en a ?"

'Non,' dit Brandon en débouclant sa ceinture et en laissant tomber son jean.

La bosse dans le slip blanc était impossible à cacher et, après avoir pris une profonde inspiration, Brandon a baissé son pantalon, heureux de l'avoir nettoyé.

"OOH !" Carol a gazouillé lorsqu'elle a vu l'érection de Brandon apparaître et, après qu'elle a cessé de rebondir de haut en bas, Carol a fait un signe de tête approbateur à Brandon. "La petite cruche a un grand bec verseur".

"Huh ?"

"Tu as une belle bite pour un petit homme", dit Carol. "Tu fais honte à mon ex-mari".

"'20 centimètres,' annonce Brandon.

"Ta petite amie aux aisselles poilues est-elle à ta hauteur ? Non ? A-t-elle déjà fait quelque chose ?"

"Travail manuel", lui a dit Brandon.

"C'est une honte de gaspiller une belle bite bien raide comme ça", dit Carol. "Viens ici."

Brandon a commencé à traverser le porche et a failli tomber, oubliant ses sous-vêtements encore autour de ses chevilles, mais son nouveau voisin n'a pas ri. Au contraire, elle s'est penchée en avant, les bras tendus, et lorsque Brandon était devant elle, elle a posé ses mains sur ses hanches osseuses.

"Il bave", dit Carol avec un clin d'œil en s'approchant de la queue de Brandon, qui était si raide qu'elle pulsait et commençait à se recourber vers le haut, la peau rose de la tige veinée semblant douloureusement tendue.

Brandon a baissé les yeux et a vu la langue de Carol glisser de sa bouche ouverte et, alors qu'elle tamponnait le bout de sa queue et le dessous de sa couronne, Brandon a crié.

Elle a vu le premier jet de son sperme éclabousser ses lèvres juste avant que sa bouche ne glisse sur sa queue palpitante. Brandon a fait une éruption lorsque les lèvres de Carol ont atteint la base de sa queue et que son nez guilleret a été enfoui dans ses poils pubiens et, en prenant sa tête dans ses mains, il l'a sentie le vider, aspirant chaque goutte de sperme jusqu'à ce qu'il coule dans sa bouche.

"Désolé", marmonne Brandon, ne sachant pas quoi dire à une femme qui avait encore un peu de son sperme sur son nez couvert de taches de rousseur. "Je ne voulais pas faire ça".

Tu es vraiment rapide à la détente, partenaire. Le goût n'est pas mauvais, dit Carol en se léchant les lèvres. "Et maintenant ? Est-ce que tu rentres chez toi et tu appelles tes amis ? Tu vas tout leur dire ?"

"Non", dit Brandon en fronçant les sourcils et en regardant Carol avec une expression confuse. "Pourquoi ferais-je cela ?"

"Dans ce cas, tu veux entrer et jouer un peu plus ?"

***

Le short et les sous-vêtements de Brandon étaient tenus dans sa main alors qu'il suivait Carol dans la maison. La maison était peu meublée et il y avait quelques boîtes dans le salon qui n'avaient pas encore été déballées, mais les yeux de Brandon étaient fixés sur les fesses joliment turgescentes de la femme alors qu'elle le conduisait dans la chambre.

"Alors ?" Carol disait à l'adolescente qui fixait le lit défait derrière elle.

Carol avait enlevé son short et sa culotte et les avait jetés au jeune homme étonné, qui avait remarqué la culotte lorsqu'elle avait volé vers lui. Brandon était trop occupé à regarder le triangle de cheveux blond fraise entre les cuisses de sa voisine pour les attraper.

Carol s'est laissée tomber sur le lit et les vagues créées par l'impact ont fait osciller son corps alors qu'elle attendait que Brandon sorte de sa transe. Cela a pris une minute, mais Brandon a finalement réussi à enlever ses vêtements de ses chevilles et a ensuite grimpé sur le lit, marchant à genoux entre les cuisses ouvertes de Carol.

"Vas-y doucement, mec", a dit Carol lorsque Brandon a essayé sans succès d'enfoncer sa queue molle dans le buisson. "Pourquoi n'attends-tu pas d'abord de recharger ?"

Brandon avait l'air aussi perdu et confus qu'il l'était en réalité avant que Carol ne prenne ses mains et les place sur ses seins. L'adolescente a pressé les globes mûrs d'abord avec hésitation, puis avec un enthousiasme croissant. Carol a apprécié le traitement brutal presque autant que l'adoration débridée de sa jeune amie, ce qui l'a fait sourire en mettant ses mains derrière sa tête avec un soupir.

"Ici. Tu aimes mes seins, n'est-ce pas ?"

Brandon a acquiescé, ses yeux allant et venant entre les seins de Carol et les gerbes de cheveux sous ses bras, tandis qu'il pétrissait ses seins si rudement qu'ils ondulaient encore plus dans les vagues du lit et qu'il a presque perdu l'équilibre en le faisant.

Brandon s'est penché et, après avoir jeté à Carol un regard qui suggérait qu'elle avait besoin d'une approbation, a pris son sein droit à deux mains et a porté sa bouche au mamelon turgescent qui était devenu complètement engorgé.

Brandon a sucé le gros téton avec enthousiasme et, après que Carol lui ait demandé d'y aller doucement, sa succion a ralenti et s'est un peu adoucie.

"J'ai d'autres choses avec lesquelles jouer, tu sais", a dit Carol en faisant un signe de tête vers le bas en direction de sa chatte, et quand Brandon a hésité, elle a tendu la main vers le bas et a attiré son visage vers la jungle intacte entre ses jambes.

Le visage de Brandon n'était qu'à quelques centimètres de la grotte de fourrure et l'odeur de mousse qui flottait dans ses narines était à la fois étrangère et irrésistible pour l'adolescent, à tel point qu'un frisson a parcouru son échine alors qu'il essayait de trouver quoi faire, jusqu'à ce qu'il sente une main à l'arrière de sa tête.

"C'est ça, juste là", a dit Carol en guidant la langue frétillante du garçon vers son clito et elle a commencé à se tortiller lorsque Brandon a commencé à laper frénétiquement en réponse à ses encouragements.

Carol a tendu la main entre les jambes de Brandon et a trouvé ses couilles qui se balançaient librement alors qu'il s'agenouillait à côté d'elle. Elle avait pris sa queue dans sa main et, lorsqu'elle s'est aperçue qu'elle était déjà dure, avec la fine tige recourbée vers son ventre, elle l'a remontée.

"Donne-le moi", siffle Carol en le tirant sur elle et, après qu'il soit monté entre ses jambes et qu'il l'ait piquée avec sa tige, elle l'a attrapé et l'a glissé en elle.

La femme a souri en regardant l'expression du visage de son jeune voisin lorsque sa bite est entrée en elle et, après lui avoir dit de la lui donner avec force et rapidité, elle a procédé ainsi.

Elle savait que Brandon ne tiendrait pas longtemps, mais cela convenait à Carol car elle était sur le point de jouir de toute façon. La sensation de sa queue raide glissant en elle l'a fait basculer et, alors qu'elle s'accrochait à Brandon, qui entrait et sortait frénétiquement comme un cheval sauvage, sa chatte s'est resserrée autour de sa virilité.

"Aww !" Brandon a crié en envoyant son sperme dans Carol, tandis qu'elle s'agrippait à ses joues de cul et criait à son tour.

"Désolé", halète Brandon en sentant sa queue se flétrir à l'intérieur du chaudron gluant de Carol.

'Pour quoi ? demande Carol. 'Tu m'as fait jouir comme un train de marchandises'.

"Je voulais que ça dure plus longtemps", halète Brandon en se tenant au-dessus de la blonde, la sueur dégoulinant sur ses seins comme un arrosage.

"Cela a marché pour moi", dit Carol. "Tu t'es bien débrouillée et tu seras encore meilleure avec l'entraînement".

"Tu veux dire qu'on peut le refaire ?"

"À moins que tu ne sois déjà lassée de moi", a répondu Carol. "Mon après-midi est libre."

***

"Euh - Brandon ?" dit Carol alors que le jeune homme à côté d'elle commence à lui donner des coups sur le côté avec sa queue, qui est à nouveau dure. "Tes parents seront bientôt à la maison, et en plus, je suis un peu endolorie. Cela fait un moment que je n'ai pas eu de visiteurs là-bas et après quatre...".

'Cinq', dit Brandon, corrigeant son amant d'âge moyen.

"Cinq", dit Carol avec un sourire en coin. "Dans tous les cas, c'était génial, mais je suis fatiguée."

"Je peux revenir demain ?" Brandon a demandé avec espoir et lorsque Carol a hoché la tête, il l'a embrassée.

"C'est le plus beau jour de ma vie", a déclaré Brandon en se levant, son érection rebondissant devant lui comme un trampoline.

"Eh bien, comment vas-tu la mettre dans ton pantalon ?" a dit Carol alors que Brandon commençait à mettre ses sous-vêtements et quand il a haussé les épaules, Carol a levé les pieds du lit et lui a fait signe de s'approcher.

"Un pour la route", dit Carol en rapprochant Brandon et en suçant sa queue, déplaçant ses lèvres de haut en bas de la tige.

Son nez s'est heurté à la touffe de poils pubiens emmêlée au-dessus de son membre, dont les poils autrefois doux étaient devenus un enchevêtrement rendu raide par leurs fluides, et alors que Brandon gémissait et déplaçait son poids d'un pied à l'autre, Carol a senti ses mains atteindre ses épaules puis glisser plus bas.

Carol a retenu un rire quand elle a senti les doigts du garçon passer dans les poils sous ses bras, des poils dont elle ne pouvait apparemment pas se passer, après avoir caressé et léché ses aisselles au milieu de l'affection pour ses seins tout l'après-midi.

En un instant, elle a senti le corps de Brandon se tendre, puis ses lèvres ont senti la vague de sperme se précipiter dans sa queue un instant avant qu'il ne jouisse dans sa bouche qui l'attendait pendant que sa main trayait ses couilles.

À contrecœur, Brandon s'est habillé et est rentré chez lui, prenant une douche dont il avait désespérément besoin, qui a été interrompue lorsqu'il s'est rendu compte que l'image de Carol continuait à lui traverser l'esprit.

Le lendemain matin, Brandon s'est levé tôt et, après que ses parents soient partis au travail, il a couru à côté, réveillant son nouveau voisin.

Trop tôt", a marmonné Carol en voyant Brandon à la porte.

"Tu es si jolie", a dit Brandon alors que Carol se reflétait dans la lumière du soleil, et même si ses cheveux étaient en désordre et qu'elle avait des rides de sommeil sur les joues, elle avait toujours l'air fantastique pour le jeune garçon.

"Très bien, entre", dit Carol après avoir trouvé les yeux de chien battu trop pitoyables pour le repousser. "Tu peux dormir avec moi, mais tu dois me laisser dormir."

Brandon a hoché la tête avec enthousiasme et a suivi Carol dans le couloir et dans le lit, se déshabillant en marchant.

"Bien, tu peux te câliner", a accepté Carol après avoir entendu Brandon s'approcher avec une cuillère derrière elle. "Mais ne me pique pas avec ce truc ou je ne pourrai jamais m'endormir.

"Est-ce que ça va ?" Brandon a demandé en tirant sa queue en arrière et en la positionnant dans la voiture du cul de Carol.

Bonne nuit.

"Il est 7h30 du matin", a dit Brandon en serrant l'amour de sa vie contre lui et en faisant de son mieux pour ne pas déranger Carol, mais debout là, avec son visage à quelques centimètres de ses cheveux, sa peau si douce et la sensation de ses fesses contre le dessous de sa bite, eh bien....

"Mon Dieu", a entendu Brandon murmurer Carol alors que son sperme éclaboussait le bas de son dos, résultat du frottement de son membre sur la fente de ses fesses.

"Je suis désolé", dit Brandon alors que sa bite crache encore deux fois.

Bonne nuit.

"Tu es en colère contre moi ?" Demande Brandon.

"Si tu me laisses me rendormir, non", a déclaré Carol, et Brandon a donc fermé les yeux et s'est endormi.

Il était presque 10 heures quand Brandon s'est réveillé ; la cause de son réveil était Carol qui suçait sa queue sous le drap.

"Tu n'as pas arrêté de me piquer avec ce truc dans mon sommeil", a dit Carol en se moquant de la colère en grimpant sur le garçon, en chevauchant ses cuisses et en enfonçant sa virilité rigide dans sa chatte.

"Je t'aime", dit Brandon en tendant la main et en attrapant ses seins qui se balancent alors qu'elle le chevauchait comme une cowgirl.

"Si tu m'aimes", halète Carol. "Assure-toi de ne pas jouir avant moi", et bien qu'il s'en soit fallu de peu, Brandon a réussi à tenir jusqu'à ce que Carol se mette à hurler en faisant une sorte de danse folle sur ses genoux.

***

"Brandon, chéri, je ne peux pas", a déclaré Carol après le déjeuner. "Ma chatte est si douloureuse. Regarde-le. Je parie que c'est frotté."

On ne peut pas vraiment le dire parce que c'est tellement poilu, pensait Brandon en passant ses doigts sur le buisson de Carol.

Eh bien, je vais peut-être me raser, dit Carol, ce à quoi Brandon a pratiquement crié "Non !".

"Oui, je pense que c'est un peu rouge", admet Brandon.

Carol a regardé le garçon avec une érection qui ne voulait pas partir et a secoué la tête, étonnée non seulement par sa virilité mais aussi par la façon dont il la regardait comme il ne l'avait pas regardée depuis des années.

"Si tu veux, tu peux essayer de le mettre ailleurs", a suggéré Carol, et quand elle a vu son expression confuse, elle s'est levée à quatre pattes et s'est approchée de lui.

"Wow", dit Brandon, en regardant le trou du cul bronzé de Carol.

Alors je pense que tu aimes ça, a lâché Carol.

"Que dois-je faire ?"

"Lubrifie-le. Il y a de la lotion sur la table de chevet. Lèche-le, je m'en fiche", a ajouté Carol et ensuite, après avoir senti le visage de Brandon se presser entre ses joues, elle a crié : "Je ne faisais que plaisanter - ooh".

"C'est bon ?" a demandé Brandon après que sa langue se soit insinuée dans la fente fumante, le goût et l'arôme piquants l'ayant en quelque sorte enflammé.

"Oooh !" Carol a gémi. "Quelle langue tu as. Oui... C'est bon - tellement bon. Mets de la lotion sur ta queue - mets-y un doigt d'abord - deux. Maintenant, enfonce ta bite dedans."

Brandon s'est mis à genoux et a tâtonné autour du petit orifice avant de réussir à faire entrer le bout de son membre.

"C'est tellement serré", grogne Brandon en luttant pour insérer sa bite dans l'anus de Carol.

"Ne t'arrête pas maintenant - pousse !" Carol a crié, puis Brandon s'est élancé vers l'avant alors que sa queue s'enfonçait jusqu'au bout et, bien que cela n'ait pas duré longtemps, Brandon a visiblement apprécié et, après avoir enduit les intestins de Carol de sa semence, a attendu que sa queue molle sorte avant de s'effondrer sur le lit à côté de son amante.

Je crois que j'ai failli te corrompre complètement", pensait Carol alors que Brandon l'étouffait d'affection. "Où étais-tu il y a 24 ans ?"

"Hum... Je n'étais même pas né", dit Brandon d'un air penaud. "Pourquoi ? Que s'est-il passé il y a 24 ans ?"

"J'ai fait une erreur, une parmi tant d'autres dans ma vie", a dit Carol. "J'ai épousé quelqu'un que je pensais aimer et j'en paie les conséquences depuis."

"Oh oui. Eh bien, si j'avais été vivant à l'époque, je t'aurais épousé en une minute", a dit Brandon. "Ce serait génial. Je ferais tout pour toi."

"Je sais", dit Carol, ses yeux s'embuent alors qu'elle tend la main et touche la joue de Brandon. "Un jour, tu rencontreras quelqu'un et tu tomberas amoureuse....".

"Je t'aime", dit Brandon. "Je ne te connais pas depuis longtemps, je sais, mais j'aime tout de toi."

"Comme je te l'ai dit, un jour tu trouveras quelqu'un de ton âge", a poursuivi Carol. "Quand tu l'auras trouvée, que tu te marieras et tout ça, fais-moi une faveur. Fais-toi plaisir. Si vous vous fâchez, dites votre opinion, exposez votre point de vue, puis partez."

"Oui, c'est ce que fait mon père", explique Brandon. "Après qu'ils aient commencé à crier, il lève les bras en l'air et crie : "À quoi bon ?" et descend au sous-sol pour taper sur cette bibliothèque qu'il construit depuis des années. Généralement, la nuit suivante, quand nous allons nous coucher, je peux entendre le lit grincer."

"C'est comme ça que tu le fais", dit Carol en gloussant. "Ne frappe pas, pas même une fois. Ne pense même pas à frapper, car une fois que tu le fais...".

"Ton mari. Est-ce qu'il t'a frappé ? Avec ses mains ?"

"Des gifles, des coups de poing, et si par hasard il avait quelque chose dans la main à ce moment-là... Hé !" dit Carol en regardant Brandon s'effondrer sous ses yeux, pleurant de façon incontrôlable dans ses bras. "Hé ! Brandon ? C'est bon. C'est fini."

Carol a serré le garçon dans ses bras pendant qu'il sanglotait jusqu'à ce qu'il n'ait plus de larmes. "Je ne voulais pas te contrarier. Tu es un garçon sensible."

"Si jamais je le vois, je le tue", a marmonné Brandon, et l'expression déterminée du garçon aurait été comique pour la femme si elle n'avait pas été si sérieuse.

"Non, tu ne le feras pas, chérie", dit Carol. "Il pourrait même ne pas me trouver cette fois-ci. Je n'ai jamais été aussi loin de lui auparavant. Il sort bientôt de prison, mais je n'ai dit à personne où j'allais cette fois, alors je pense que je serai bien ici. C'est une ville agréable et j'aime mes voisins".

"Voilà, c'est mieux", annonce Carol lorsqu'elle parvient à décocher un sourire à Brandon. "Maintenant que tu seras épuisée par tout ce drame, peut-être que tu me laisseras finir d'emménager dans cet endroit. Même si j'apprécie beaucoup ta compagnie, je ne peux pas rester au lit toute la journée."

"Mes parents pensent que je cherche un travail d'été", admet Brandon. "Je suppose que je ferais mieux de regarder vraiment."

"Bonne idée. Trouve un travail et gagne de l'argent pour tes livres d'université", a dit Carol. "Mais ne m'oublie pas. J'ai oublié comment c'était sans toi sous les pieds."

"Tu veux dire que tu veux toujours que je vienne ?" Brandon a demandé, et après que Carol lui ait assuré que oui, il a eu l'air soulagé. "Oh, je pensais que tu voulais te débarrasser de moi".

"Ce n'est pas possible. Je n'ai jamais eu quelqu'un d'aussi fou de moi auparavant, et fou est le bon mot," dit Carol. "Donc, jusqu'à ce que tu trouves une fille sympa, n'hésite pas à venir me sauter dessus à tout moment après le petit-déjeuner."

***

Finalement, Carol a déballé ses cartons et Brandon a aussi trouvé un emploi de magasinier dans un supermarché. Ses horaires limités lui laissaient beaucoup de temps pour rendre visite à Carol et à la fin de l'été, il a passé la plupart de son temps chez elle, dormant même chez elle de temps en temps.

Malheureusement, Brandon a aussi eu l'occasion de rencontrer le mari de Carol. Le garçon venait de quitter le travail à 9 heures et roulait à toute vitesse sur son vélo pour traverser sa maison, saluer ses parents, puis se faufiler par la porte arrière et escalader la clôture, mais quelque chose n'allait pas.

Devant la maison de Carol se trouvait un vieux pick-up et il y avait beaucoup de cris, alors Brandon est descendu de son vélo après s'être rangé dans l'allée.

Une voix venant de sa maison l'a fait sursauter. C'était celui de son père.

"J'ai appelé la police, fiston", dit son père en se penchant par la fenêtre. "Ne va pas là-bas".

Brandon était déjà en route, a couru jusqu'à la porte d'entrée de Carol et, après l'avoir trouvée fermée, s'est dirigé vers l'arrière. La porte était entrouverte et, après l'avoir ouverte, Brandon a vu un homme gigantesque au milieu du salon, qui avait été saccagé.

"Qui es-tu, putain ?" a grogné l'homme à l'air répugnant.

"Brandon ! Va-t'en !" a-t-il crié depuis une autre partie de la pièce et lorsque Brandon a baissé les yeux, il a vu Carol sur le sol, son chemisier à moitié déchiré et du sang sortant d'une coupure au-dessus de son œil droit.
"Non !!!"

Brandon était déjà de l'autre côté de la pièce, criant et jurant en se jetant sur le mari de Carol, déterminé à faire ce qu'il avait juré de faire si jamais il le voyait.

***

À Hollywood, les gentils auraient gagné, les méchants auraient été vaincus et tout le monde aurait vécu heureux pour toujours, mais Kingston, New York n'est pas Hollywood.

Après avoir déchaîné quelques coups de poing, des coups qui ont surtout exaspéré le mari de Carol, et être monté sur le dos, Brandon a presque été plaqué contre le mur du salon avant d'être attrapé et assommé d'un coup de poing.

Lorsque Brandon s'est réveillé, la police était présente ainsi qu'une ambulance. Même si l'attaque de Brandon n'avait pas été efficace en soi, elle avait laissé le temps à Carol de prendre un marteau et de frapper son tourmenteur distrait à l'arrière de la tête.

Il a réussi à sortir en titubant avant l'arrivée de la police, promettant de revenir, laissant Brandon et Carol se faire recoudre.

'Ils vont l'attraper', a dit Brandon à Carol après que la police ait noté l'information, mais Carol a secoué la tête.

"Il est plus intelligent que la merde", a-t-il dit. "Il réussira à s'échapper ou il fera quelques mois en prison et sera de nouveau dehors. Pour moi, c'est le moment de voler."

"Tu ne peux pas continuer à fuir", a-t-il dit à l'amour de sa vie et il l'a suppliée de rester, même si les motivations de Brandon avaient un certain degré d'égoïsme. "Je te protégerai".

"Tu étais incroyable Brandon", a dit Carol. "Ce que tu as fait, personne ne m'a jamais aimé assez pour faire quelque chose comme ça. La prochaine fois, cependant, tu seras probablement mieux préparée en sachant que je ne serai peut-être pas seule et que je ne peux pas t'entraîner dans mon enfer."

Carol est partie quelques jours plus tard et même si elle lui a dit qu'elle lui ferait savoir où elle déménageait lorsqu'elle serait installée, il était au courant.

"Tu ne le feras pas car tu sais que je te suivrai", dit Brandon.

"Un garçon intelligent, un homme je veux dire," a convenu Carol. "C'est ma façon de te dire que je t'aime. Mais peut-être qu'un jour, s'il est mis à l'écart pour de bon comme il le devrait....".

***

Brandon est resté à la maison pendant un bon moment, espérant contre toute attente que le coup de fil ou la lettre arriverait, mais cela n'est jamais arrivé et au bout d'un moment, son espoir de retrouver son amour s'est transformé en espoir qu'elle aille bien et qu'elle ait une vie normale. La fin alternative était quelque chose à laquelle il ne pouvait même pas penser.

Finalement, quelqu'un d'autre a emménagé dans la maison voisine, mais ils devaient s'occuper de leur pelouse et n'avaient pas à s'inquiéter que quelqu'un les observe par la fenêtre. Brandon regardait toujours dehors, mais quand il le faisait, il ne voyait que la femme pétillante au sourire effronté qui avait changé sa vie et fait de lui un homme.

L'entretien d'embauche

Le processus est devenu un art : je clique sur la presse, je cours à la salle de bain pour sécher mes cheveux, je ferme ma jupe et enfin je me maquille. Étape deux : J'attrape rapidement mon CV, le glisse dans ma sacoche, enfile mes chaussures noires "d'entretien" et respire profondément en passant la porte, alors que je m'émerveille de ma routine parfaite. Troisième étape : ne remarquant habilement pas le bord incliné du tapis du couloir, je trébuche et tombe en avant alors que mon talon se casse et fait un énorme trou dans mes collants. Oui... lisse comme du beurre.

En jurant sous mon souffle, je me suis dépêchée de repasser la porte à la recherche de nouveaux collants et chaussures. Les seules chaussures noires que je peux trouver sont des stilettos de cinq pouces... Encore plus de malédictions car la seule chose que je peux trouver pour mes jambes sont des bas résilles nus. N'ayant pas d'alternative, je porte les bas et les chaussures en priant que l'interviewer pense que je suis juste à la mode. C'était mon dix-septième entretien en une dizaine de jours : j'envisageais sérieusement de devenir une candidate professionnelle, au mépris de mes ambitions administratives.

J'ai mis les questions de l'entretien dans ma tête, polissant mes réponses en sachant que ce type d'entretien serait pour le moins tendu. Le pré-interview avait été intense, elle avait passé dix minutes à me tirer dessus question après question, s'arrêtant à peine sur mes réponses. La "demande" pour l'entretien en personne était plutôt un ordre de sa part... et mon esprit a tourné si vite que j'ai presque oublié de contempler mon emploi du temps "chargé" en simulacre.

Je n'arrivais pas à croire que j'étais arrivée au deuxième tour. Le poste en lui-même était celui d'assistant de direction d'un "cadre supérieur très occupé", ce que ma meilleure amie et moi avions appelé un oxymore. Le salaire était follement élevé et je savais que j'étais à peine qualifiée, mais je trouvais drôle que mon agence d'intérim ait jeté mon CV dans la marmite. Maintenant, j'étais sur le point de rencontrer M. Busy lui-même.

Lorsque les portes de l'ascenseur s'ouvrent, je prends une dernière inspiration apaisante et je me dirige avec confiance vers la réception. Le grand espace ouvert est vide, à l'exception d'une seule feuille de papier soigné avec des lettres noires.

"Rendez-vous à 16:45 : Troisième bureau à gauche, frappe deux fois et entre".

J'ai gloussé devant l'étrange précision de la note, mais je me suis dirigée vers le couloir, j'ai frappé deux fois à la porte et je suis entrée. Monsieur Busy était assis derrière un grand bureau brun foncé et s'est levé pour me saluer. Il était plus jeune que ce à quoi je m'attendais, avec des cheveux bruns courts et des yeux bruns intenses qui avaient un étrange scintillement que je ne pouvais pas comprendre.

J'ai estimé qu'il mesurait environ 1,80 m et qu'il était l'image même du "business casual" : veste noire, chemise blanche repassée et pantalon kaki gris foncé. Si nous avions été dans un bar et non à un entretien d'embauche, j'aurais flirté au lieu de donner mon chaleureux sourire professionnel.

"Salut, tu dois être Robynn", a salué M. Busy. "Tu peux m'appeler Andrew pour l'instant, fais comme chez toi."

"Ravi de te rencontrer, Andrew", ai-je répondu.

"Merci de m'avoir invitée à entrer. Voici également une copie de mon CV pour toi'.

Andrew m'a regardé attentivement pendant que je prenais place en face de lui. Je lui ai souri poliment et j'ai essayé de ne pas rougir : ses yeux semblaient faire plus que le "regard" habituel, mais pour ce que ce travail payait, je n'étais pas en position de discuter.

"Comme je l'ai mentionné au téléphone, je cherche une personne très spécifique pour être mon assistant. Tu es un peu moins expérimentée que les autres candidats que j'ai interrogés, cependant, en parlant avec toi au téléphone, j'ai senti une certaine étincelle qui pourrait s'avérer utile."

"Merci de me donner cette chance", ai-je répondu.

"Je ne donne pas de 'chances', soit j'ai raison, soit j'ai tort. Je ne suis pas arrivée là où je suis à cause de l'indécision ou de l'émotivité, ni parce que j'ai plus tort que raison. Tu as du potentiel et aujourd'hui nous allons voir à quel point ton potentiel est élevé'.

Je me suis mentalement préparée aux tests standards que je savais qu'il mentionnerait - d'abord la dactylographie, puis l'orthographe et enfin Microsoft Office - en faisant semblant d'être surprise comme s'il était le premier cadre de la planète à penser aux tests logiciels.

"Andrew, je pense que tu trouveras mes résultats à l'agence vraiment exceptionnels. Je tape en moyenne 52 mots par minute avec une précision de 99 %. Je suis également certifiée dans tous les produits standard de MS Office 2007, et j'ai aussi de l'expérience avec Visio et MS Project".

'J'apprécie ta tentative d'anticiper mon évaluation de toi, Robynn, mais tu as tout faux. J'ai vu ton CV. Je sais que tu as les compétences techniques - l'enfer les quatre autres filles en lice pour ce poste ont tes compétences. Ce que tu dois faire, c'est me montrer en quoi tu es différente d'eux. Veux-tu ce travail ?"

"Oui", ai-je répondu, un peu gênée de mon faux pas et confuse quant à ce qu'il allait évaluer. J'ai pris ma décision exécutive et j'ai décidé de suivre le courant.

"Bonne réponse. Tu portes des bas ?"

"Oui", j'ai rougi.

"Pourquoi as-tu choisi les bas ? Des bas résilles en plus, ce n'est pas quelque chose que la plupart des gens choisiraient de porter pour un entretien. Et si je te disais de porter des bas tous les jours ?"

'Je le ferais', ai-je répondu avec à peine un fil d'hésitation. J'ai rougi.

'Tu le ferais,' il a souri légèrement. "Bonne réponse. Lève-toi."

Je l'ai fait. J'ai commencé à ressentir un frisson nerveux dans mon estomac et mon esprit s'est emballé pour essayer de comprendre ce qui allait se passer ensuite. Je n'avais aucune idée si ce type était réel, mais une partie de moi voulait vraiment le découvrir.

"Viens ici et tiens-toi devant moi", m'a-t-il ordonné. Je l'ai fait.

"Maintenant, écoute bien", a-t-il dit alors que ses doigts effleuraient mes cuisses. "Je m'attends à une obéissance totale. Une obéissance inconditionnelle et chaque geste que tu feras quand tu seras avec moi sera à mon avantage. Tu apprendras à anticiper les choses que j'aimerai et que tu aimeras ; c'est un signe d'intelligence."

"Comme les bas résilles et ces talons. Ils feront partie de ton uniforme quotidien. Cela te dérange-t-il ?"

"Non, pas du tout", ai-je dit. Mon esprit était en ébullition. Mes jambes ont picoté lorsque ses doigts ont glissé plus haut sur mes cuisses. L'électricité qui semblait couler du bout de ses doigts me rendait faible.

"Enlève ta chemise, ton soutien-gorge et ta jupe."

Je l'ai fait et j'ai jeté mes vêtements sur la chaise sur laquelle j'étais assise. Il a fixé mes seins, ce qui n'est pas étonnant : ils étaient un 40DD rond et ferme, avec des mamelons rose vif au garde-à-vous. J'ai fait un pas en avant lorsque sa main gauche a glissé entre mes jambes et que sa droite a commencé à frotter sa queue à travers son pantalon. J'ai senti ses doigts glisser au-delà de ma culotte et je pouvais déjà dire que j'étais trempée. Mon souffle s'est pris dans ma gorge lorsqu'il a pincé mon clito.

"Alors que tu as l'air d'une vraie petite assistante, tu es en fait une petite salope, n'est-ce pas ? Montre-nous", a-t-il demandé. "Enlève ta culotte et mets-toi sur le bureau maintenant."

J'ai enlevé ma culotte et j'ai sauté sur le bureau. J'ai écarté les jambes pour être en ligne avec les pieds du bureau et je me suis penchée en avant sur mes bras.

Une bonne fille.

Je l'entendais défaire sa braguette et j'entendais un bruissement autour. Je n'osais pas lever la tête pour voir ce qu'il faisait, mais je devenais encore plus excitée en me demandant ce qu'il préparait. Soudain, j'ai senti une main ferme sur ma cheville, j'ai senti quelque chose se resserrer, puis un léger clic de ce qui ressemblait à un cadenas. Il a répété l'opération sur ma cheville gauche et mes jambes sont restées immobiles. Mon cœur battait la chamade.

Il a fait courir ses doigts de haut en bas de ma chatte humide, s'arrêtant seulement pour caresser l'haltère sur mon clito. "Tu vas devoir répondre à de nombreuses demandes et, ne te méprends pas, je te traiterai très bien si tu fais tout ce que je demande. Tu crois que tu peux gérer ça ?"

"Oui, monsieur", j'ai chuchoté.

Une bonne fille.

Je l'ai senti marcher entre mes jambes écartées. J'ai pris une profonde inspiration nerveuse.

"Tu penses que je vais baiser ta petite chatte humide, n'est-ce pas ?"

"Oui, monsieur."

"Tu as tout à fait raison, mais je vais te faire plus que ça. Tout le monde peut baiser ou être baisé : j'ai besoin que ma fille soit prête à souffrir pour moi. J'ai besoin d'une fille qui se donnera à moi."

Pendant qu'il disait cela, j'ai senti deux doigts glisser dans ma chatte. J'ai gémi involontairement. Il s'est retiré et y est retourné avec trois doigts. J'ai frissonné alors qu'il faisait glisser ses doigts dans et hors de moi.

"Bien, tu veux en avoir plus, n'est-ce pas ?"

Oui, monsieur, j'ai à moitié soupiré.

Il s'est retiré et a glissé quatre doigts à l'intérieur. J'ai crié de douleur alors qu'il pompait sa main à l'intérieur de moi. Il s'est retiré et je l'ai senti enfoncer toute sa main dans ma chatte serrée. La pression sur ma chatte serrée m'a fait haleter et gémir.

"Nous pouvons nous arrêter à tout moment, il suffit de le dire. Cependant, je dois te prévenir que mon candidat idéal doit être capable de résister à tout ce que je veux. Là, je veux mon poing dans toi." Des larmes ont commencé à couler sur les côtés de mes yeux alors que sa main me serrait plus fort.

"Bonne fille, juste un peu plus et tu seras bien", a-t-il dit en poussant davantage en moi. "Tu es une si bonne fille ; en me montrant que tu peux encaisser, tu fais un grand pas pour prouver que tu mérites ce travail."

J'ai crié lorsque sa main a glissé complètement à l'intérieur de moi. Il a glissé sa main plus loin en moi alors que je haletais dans une euphorie induite à moitié par la douleur et à moitié par le plaisir.

"Putain ! Ta petite chatte serrée a tout pris."

J'ai senti sa main libre caresser sa queue contre ma jambe et l'image de ce beau garçon avec mon avenir dans une main et sa queue dans l'autre m'a fait basculer. Mes hanches ont bougé alors que sa main pompait durement ma chatte et j'ai glissé de plus en plus près de jouir sur sa main. Soudain, il a retiré sa main de ma chatte trempée et a glissé ses doigts dans ma bouche.

"Nettoie-les", a-t-il dit alors que sa queue glissait dans mon trou humide et meurtri. J'ai crié alors que ma chatte se dilatait à nouveau et léchait ses doigts. Je n'avais pas encore vu sa queue, mais je savais qu'elle devait être d'une bonne taille si ma chatte endolorie avait l'impression de se déchirer à nouveau. Ma tête pouvait à peine suivre ce qui se passait et j'ai essayé de me concentrer pour lécher ses doigts de toute ma mouillure.

Sans prévenir, il a pris un gros cartable et l'a glissé sous mon ventre. Il a retiré sa queue maintenant humide de ma chatte et a commencé à la faire pénétrer dans mon cul. J'ai gémi de douleur alors que sa large queue s'enfonçait de plus en plus. J'ai essayé de me distraire de la douleur en me concentrant sur le nettoyage et la succion de ses doigts maigres.

"Oh, bébé, juste un peu plus. Tu peux en prendre un peu plus dans ce petit cul serré, n'est-ce pas ? Je suis sûre que tu pourras aussi le faire tranquillement, sans pleurnicher ni sangloter."

J'ai pris une solide et propre respiration et j'ai essayé de ne pas faire de bruit. Il a gémi alors que sa queue entrait et sortait de mon cul serré et tendre. À intervalles réguliers, je pouvais entendre et sentir qu'il crachait sur mon cul pour aider sa queue à glisser encore plus loin. Je haletais et me concentrais sur mon travail qui consistait à lécher sa paume, ses doigts et sa main. Je pouvais sentir et sentir le caractère collant de mon jus de chatte et de ma salive sur tout mon visage.

"Quelle bonne fille, je parie que tu veux en profiter, n'est-ce pas ?"

Silencieusement, j'ai hoché la tête.

"Tu ne penses pas que c'est bien que tu profites en premier, n'est-ce pas ?"

'Non monsieur, je viendrai quand vous me le direz', ai-je soufflé. Je voulais me donner à cet homme... Je voulais qu'il me contrôle. L'idée qu'il contrôle quand et si je jouis m'excite encore plus.

"Une si jolie fille avec son maquillage tout coulant et bavé parce que tu as baisé le patron pendant l'entretien", gémit-elle en pompant de plus en plus profondément en moi. "La seule chose qui serait plus belle, c'est mon sperme sur ces lèvres roses".

Ce faisant, il est sorti de mon cul et a amené sa queue dans mon champ de vision. C'était une queue épaisse de 20 cm, visiblement dure et qui semblait grossir à mesure qu'il la caressait. Sans qu'on me le demande, j'ai ouvert grand la bouche et je l'ai regardé, en essayant de lire le regard sur son visage. Nos yeux se sont rencontrés et il a commencé à gémir profondément et plus rapidement, en pompant sa queue avec sa main encore plus fort.

J'ai senti les rubans de sperme couler sur mon visage dans d'énormes spasmes humides. J'ai léché le sperme qui jaillissait dans ma bouche et je me suis léché les lèvres pour attraper les gouttes là aussi. Quand Andrew a passé ses doigts entre les cordes de mes joues, je les ai léchés avec ma langue avide et j'ai ressenti un frisson de déception quand il a retiré ses doigts de ma bouche.

En silence, il a détaché mes bretelles et j'ai bougé pour m'asseoir.

"Oh, nous n'avons pas encore fini, mon enfant. J'ai quelques autres choses en tête avant de te laisser partir."

J'ai gémi et mon ventre s'est serré d'excitation à la perspective d'une autre série de tests de ma conformité inconditionnelle aux exigences de mon patron potentiel. Même si ça fait mal, mon esprit s'est emballé à l'idée de ce qu'il pourrait planifier ensuite.

"Donne-moi ta main", a-t-il dit.

J'ai tendu ma main, il l'a saisie et m'a tirée vers le haut. La pièce entière sentait le sexe en sueur, rendant l'air lourd et enivrant. Je me sentais presque ivre de l'excitation de me donner à un étranger. Je l'ai regardé ouvrir un des tiroirs de son classeur et en sortir une serviette douce.

"Il y a une cabine de douche dans la salle de bain au bout du couloir, près de la deuxième porte, tu ne peux pas la manquer", a-t-il dit en me lançant la serviette. "Prends ton temps, prends une douche et nettoie-toi. Tu as ton maquillage avec toi ?"

'Oui, l'essentiel, un peu de poudre et un gloss,' ai-je répondu.

Il a rouvert le tiroir et en a sorti un petit sac noir.

"Cela devrait être utile", a-t-il dit en me tendant le sac. "Nous allons faire un petit voyage, alors sois bien préparé, mon petit."

Sans poser de questions, je me suis dirigée vers le couloir et j'ai facilement trouvé la douche. La salle de bain était immense et n'était manifestement pas utilisée souvent, à en juger par les luminaires étincelants et la faible odeur de produits de nettoyage. J'ai allumé la douche et réglé la température jusqu'à ce qu'elle soit bien chaude. Mon corps était endolori et l'eau chaude m'a revigorée.

Je me suis nettoyée du bout des orteils alors que l'odeur du savon au miel de la douche emplissait mon nez. J'ai lavé chaque parcelle de maquillage, de sperme et de sueur de mon visage en sachant très bien qu'un visage propre n'était, selon toute vraisemblance, que temporaire. J'ai doucement lavé ma chatte et mes fesses, persuadée que si quelqu'un inspectait l'un ou l'autre endroit, ce serait Andrew.

J'ai fermé la douche et pris la serviette douce pour me sécher. J'ai ouvert la porte de la salle de bain pour laisser sortir un peu de vapeur. Le jet d'air froid a ramené mes mamelons à l'attention. Mon esprit a passé en revue les deux dernières heures alors que je séchais mes cheveux et les ramenais en queue de cheval. Je me suis maquillée avec de la poudre et j'ai ouvert mon sac noir. Il était rempli de paquets d'ombres à paupières, de liners et de rouges à lèvres haut de gamme, tous non ouverts et tous très brillants. Mon style général était décontracté - le gloss était "élégant" pour moi ; par conséquent, j'ai eu un peu de mal avec l'eyeliner noir et les ombres à paupières vertes, dorées et fuchsia. Je me doutais bien que chaque article du sac était destiné à être ouvert et utilisé, et c'est ce que j'ai fait, en tapissant mes lèvres et en appliquant le rouge à lèvres rouge profond aussi précisément que possible.

Le maquillage était fantastique et en rangeant la salle de bain, j'ai admiré comment le fard à paupières et l'eye-liner rendaient mes yeux bleus déjà brillants encore plus bleus. Je suis retournée au bureau nue pour trouver Andrew habillé et le bureau propre. Il y avait encore un soupçon de l'odeur du sexe qui rôdait, mais si tu n'avais pas été dans la pièce pendant que nous baisions, tu n'aurais jamais su que quelques minutes plus tôt, j'étais attachée à ce bureau.

'Mets la serviette ici', a-t-il dit en me tendant un sac à linge en coton. "J'envoie tes affaires au nettoyage et j'ai jeté les chaussettes. Ne t'inquiète pas, je veillerai à ce que tu aies plein de paires de rechange, petite, elles étaient superbes sur ces jambes et je serais bête de ne pas le faire. Tiens, porte ça."

Elle m'a tendu un rectangle plié de filet fin et j'ai découvert que c'était en fait une robe tube. J'ai fait glisser la robe sur mes hanches puis sur mes seins, remarquant qu'elle les couvrait à peine tous les deux. La chemise elle-même était assez opaque, même si j'étais sûre que certaines parties étaient moins "opaques" que d'autres. Je me sentais très gênée et Andrew l'a remarqué pendant que je tripotais l'ourlet de la robe.

"Viens ici, bébé", a-t-il dit en faisant un mouvement. "Tu es très jolie et c'est un test. J'ai besoin que ma fidèle fille soit capable de faire ce que je demande quand je le demande, sans poser de questions. Tu as fait un travail merveilleux avec le maquillage et tu as fait un excellent premier essai."

Elle a lissé les chemises de ma robe et, bien qu'elle paraisse encore très haute sur mes cuisses, elle était gérable. En silence, elle a dézippé la trousse de maquillage noire et a sorti le fard à paupières. J'ai fermé les yeux sans poser de questions et j'ai senti qu'il époussetait le fard à paupières sur mes paupières.

"C'est fait", a-t-il annoncé. "Une si jolie fille et si obéissante. Je pense que tu as un grand potentiel."

Elle a enlevé l'élastique de mes cheveux et ébouriffé mes cheveux humides. Elle a jeté ma trousse de maquillage dans ma sacoche et l'a portée à l'épaule avec sa mallette. J'ai réalisé que nous arrivions et je me suis dirigée vers le couloir original. Après avoir fermé la porte, Andrew a attrapé ma main, me faisant un peu tressaillir.

"Quoi ? Je ne peux pas tenir la main d'une jolie fille ?", a-t-il souri. "Je ne peux pas t'avoir fait trop peur au travail, tu es toujours là."

Je ne savais pas si j'étais encore là pour le travail ou juste pour voir ce qui allait se passer ensuite. Il a arrêté un taxi, y a jeté nos deux valises et m'a tenu la porte ouverte pendant que je montais. En se glissant à côté de moi, il s'est penché et a tendu quelques billets de banque au chauffeur de taxi.

"Conduis jusqu'à ce que je te demande de t'arrêter ou que je te dise où nous allons. Ne t'inquiète pas pour le compteur ou ma copine et ne pose pas de questions. Si tu peux le supporter, cela en vaudra la peine."

Le chauffeur a actionné le compteur et nous avons commencé à rouler. Nous n'avions pas roulé plus de deux blocs avant qu'Andrew ne s'appuie sur moi.

"Ferme les yeux et ne t'avise pas de les ouvrir avant que je te le dise", a-t-il chuchoté.

J'ai obéi.

"Gare-toi ici à droite, laisse le compteur tourner et assure-toi qu'elle n'ouvre pas les yeux. Elle est très belle mais sournoise : dis-moi si elle ouvre ces yeux bleus, OK'.

Je suis sûre que le chauffeur de taxi a pensé que j'étais folle, me suis-je dit en entendant la porte de la voiture s'ouvrir et se fermer. Je suis restée assise, les yeux fermés, à écouter la circulation et à essayer de comprendre où nous étions. J'ai décidé à ce moment-là que j'allais être aveugle comme une merde. La porte de la voiture s'est ouverte et je pouvais sentir son énergie avant même qu'il ne s'assoie.

"OK, conduis", a-t-il dit. "Ma petite amie a-t-elle ouvert les yeux ?"

"Non, monsieur, il ne l'a pas fait", murmure le chauffeur de taxi.

"Tu n'as pas soudoyé le gentil monsieur pour qu'il mente pour toi, n'est-ce pas ?" a-t-il demandé.

"Non, je suis restée assise ici avec les yeux fermés tout le temps", ai-je dit, les yeux toujours fermés.

"Tu as de si jolis yeux, une si jolie bouche et je parie que tu fais faire aux garçons toutes sortes de choses pour toi", a-t-elle poursuivi alors que sa main commençait à remonter le long de ma cuisse. "Tu es une fille à papa, n'est-ce pas ? Veux-tu ouvrir les yeux, ma fille ?"

"Si tu le souhaites, monsieur", ai-je chuchoté.

Ouvre-les alors", a-t-il dit.

J'ai ouvert les yeux et je me suis retrouvée face à face avec un gros et large butt plug. Je me suis éloignée lorsque sa main a touché mes cuisses ouvertes. J'ai un peu tressailli.

"Ouvre-les et oh oui... changement de plans", a-t-elle ordonné. "Enlève ta culotte, donne-la à notre ami sur le siège avant et fais-le gentiment et poliment comme une vraie dame".

Je n'ai pas objecté que les dames décentes n'enlèveraient probablement pas leur culotte dans des véhicules en mouvement pour la remettre à un inconnu. Néanmoins, j'ai fait glisser ma culotte, je l'ai pliée en un petit carré soigné et je me suis penchée en avant vers le conducteur.

"Je voudrais que tu les aies en guise de remerciement pour avoir été un bon chauffeur de taxi", ai-je dit fermement.

Confus, il a accepté le cadeau et nous a mis en garde contre la caméra qui enregistrait tout.

"Alors tu verras, tu vas mettre ça dans ta chatte, je suppose", a-t-il dit en me tendant le plug géant.

J'ai gémi, sachant qu'il ne serait pas facile de le prendre en moi. En bon boy-scout qu'il était probablement, il a sorti de son sac un peu de lubrifiant et une petite serviette. Il a pulvérisé le lubrifiant sur le bouchon que je tenais et j'en ai étalé partout. J'ai ouvert mes jambes et j'ai commencé à presser la pointe à l'intérieur de moi. En s'élargissant, elle est devenue de plus en plus douloureuse.

"Je n'en peux plus", ai-je gémi.

"Tu y es presque, encore une petite poussée et tout sera dans ta chatte serrée", a-t-il chuchoté. Je pouvais sentir qu'elle se dézippait et je savais qu'elle serait dure comme une pierre. Je savais aussi qu'il se branlait en me regardant essayer de prendre cette chose en moi.

"Pousse ! Encore un essai et il sera là", m'a-t-il exhorté. J'ai senti sa main libre sur la mienne et, avant que je puisse cligner des yeux, il a poussé fort sa main et le bouchon est entré dans ma chatte. J'ai crié et hurlé de douleur.

"Bébé, tu es très dramatique. Il y a quelques minutes, j'avais toute ma main à l'intérieur et tu ne peux pas avoir ce minuscule butt plug ?"

Sa main est passée du bouchon dans ma chatte déchirée à mon clitoris. J'étais mouillée à cause du lubrifiant et de ma propre mouillure, alors ses doigts étaient superbes. Plus il frottait mon clito, plus je semblais mouillée et plus j'avais envie de son toucher.

"Gare-toi n'importe où, dans un parking ou n'importe où ailleurs, gare-toi", a ordonné Andrew.

Le chauffeur de taxi a obtempéré. Andrew a attrapé mon bras et a ouvert la porte en grand. En me retournant, il m'a poussée sur le coffre de la voiture.

"Viens ici et regarde si tu veux. Laisse le compteur allumé, ne t'inquiète pas."

Le chauffeur de taxi a erré sur le côté de la voiture comme si à tout moment il allait être conduit. Andrew n'arrêtait pas de lui dire de se rapprocher de plus en plus.

"Tu la trouves belle ?" a-t-il demandé.

"Oui, ta petite amie est une très belle femme", a répondu le chauffeur de taxi.

"Tu la baiserais, n'est-ce pas ?"

"Elle est très belle.

"Ce n'est pas ce que je t'ai demandé. Je t'ai demandé si tu allais la baiser. Je t'ai vu la regarder avec cette prise. Je parie que tu bandes maintenant en voyant son cul blanc grand ouvert. Je pense que tu vas rentrer chez toi et te masturber en pensant à elle."

"Je la baiserais bien, oui", a murmuré le chauffeur de taxi.

"Tiens, je vais te faire commencer", a-t-il dit en écartant mes jambes et en glissant sa queue dans mon cul brut. Malgré le lubrifiant, j'ai gémi de douleur et de plénitude totale. Sa queue était déjà grosse en soi, mais combinée à un énorme bouchon dans ma chatte, c'était à la limite de l'insupportable... à la limite. Je me suis retrouvée à le pousser pour l'emmener de plus en plus profondément dans mon cul et avec le plug qui remplissait ma chatte, je me rapprochais de plus en plus de l'orgasme.

Andrew s'est arrêté et a fait signe au chauffeur de taxi.

"OK, à ton tour", a-t-il dit, en lançant un préservatif au chauffeur de taxi.

Andrew s'est approché et s'est penché à la hauteur de mes yeux.

"Tu es si belle et tendue pour moi. Je vais laisser ce garçon te faire jouir fort, je pense que tu le mérites", a-t-il dit en caressant mes cheveux. "Et pendant qu'il fait ça, je vais baiser ta jolie petite bouche."

J'ai entendu le bruissement de l'emballage du préservatif s'arrêter et je me suis préparée à recevoir la queue du chauffeur de taxi. J'ai ouvert grand la bouche quand Andrew a glissé sa queue dans ma bouche et a commencé à pomper. Je m'habituais au mouvement dans ma bouche quand j'ai senti le chauffeur de taxi enfoncer sa bite en moi.

J'ai couiné lorsque ma bouche s'est ouverte une fois de plus. Je me suis rendu compte que le chauffeur de taxi était plus petit qu'Andrew, mais j'étais déjà très serré et deux agressions brutales ne m'ont pas fait fondre. J'ai hurlé quand le chauffeur de taxi a trouvé son rythme et qu'Andrew a trouvé son rythme dans ma bouche. J'ai glissé ma main entre mes jambes et j'ai commencé à frotter mon clito pendant qu'on me baisait fort des deux côtés. Je haletais bruyamment et le chauffeur de taxi a poussé le butt plug plus haut dans ma chatte et mon doigt a frotté fort et rapidement sur mon clito en imaginant le goût d'une autre charge de sperme. J'ai gémi bruyamment et profondément en jouissant sur la queue du chauffeur de taxi. Cela l'a fait bondir et il est venu profondément dans mon cul.

Je pouvais à peine respirer quand Andrew est sorti de ma bouche et a pris la place du chauffeur de taxi dans mon cul, mais contrairement à ce dernier, il n'a pas pris la peine d'utiliser un préservatif. Il a poussé sa bite à l'intérieur de moi avec force et rapidité alors que je suppliais pour en avoir plus, encore sous le coup de l'adrénaline de mon orgasme. Poussant en moi avec facilité, il a attrapé mes cheveux et a tiré ma tête en arrière.

"Tu es une si bonne petite salope, n'est-ce pas ?" a-t-elle gémi. "Je pense que je peux faire un usage ou deux de toi et de ce cul serré".

Il m'a pompé juste trois fois de plus avant que je l'entende gémir bruyamment et pousser en moi aussi fort qu'il le pouvait. J'ai senti sa bite spasmer en moi et alors que je venais partout sur sa bite, j'ai réalisé qu'il y avait une énorme charge qui remplissait mon cul. Il s'est à moitié effondré à cause de la libération et je pouvais sentir les battements de son cœur dans mon dos.

J'ai regardé autour de moi et j'ai vu le chauffeur de taxi s'habiller et nous regarder avec de grands yeux. Andrew s'est levé, m'a tiré vers le haut et nous nous sommes tous les deux époussetés, nous nous sommes habillés et sommes remontés dans le taxi.

"Ramenons la jeune femme chez elle", a-t-il dit au chauffeur de taxi et sans rien demander, je lui ai donné mon adresse.

Il tourne à nouveau son attention vers moi : "C'est une super région. Il n'y a pas beaucoup de parcs et de restaurants.

"J'adore la région", ai-je répondu.

"Tu t'es bien débrouillée ce soir. Je sais que tu auras un peu mal demain, mais je pense que ça en valait la peine, n'est-ce pas ?"

Je ne savais vraiment pas comment répondre.

"Ouvre tes jambes", a-t-il ordonné.

Oui, mais je ne pouvais pas imaginer qu'il était prêt pour un troisième tour. Il a tendu la main entre mes jambes et a commencé à retirer le butt plug, que j'avais réussi à oublier dans mes élans de passion, pour ainsi dire.

"Puisque tu as été une si bonne fille, je pense que tu mérites une petite gâterie", a-t-il chuchoté. "Frotte ta chatte".

Alors que je frottais mon tendre clitoris, Andrew a de nouveau poussé l'énorme butt plug à l'intérieur de moi. Ma chatte était tendue et pleine pendant qu'il me baisait avec le plug. J'ai bougé mes doigts de plus en plus vite en rythme avec ses poussées. J'ai commencé à gémir doucement alors que tout mon corps commençait à vibrer de plus en plus près du bord.

"Ici, bébé, laisse papa te baiser. Tu as été une si bonne fille aujourd'hui, a-t-il chuchoté.

Cela m'a fait basculer. J'ai gémi profondément alors que mon corps était secoué par des vagues et des vagues de sperme. D'un geste rapide, Andrew a retiré le bouchon de ma chatte et j'ai immédiatement commencé à faire jaillir impulsion après impulsion de mon propre sperme. Tout mon corps a tremblé comme je ne l'avais jamais fait auparavant.

"Eh bien, je pense que nous avons compris que tu es vraiment une petite fille à papa", a-t-elle dit en souriant. "Tu auras un peu mal demain, mais je pense que tu seras d'accord pour dire que ça en valait la peine".

J'ai souri en retour, ne sachant pas quoi dire.

"Tu es en probation pendant trois mois, tu commenceras lundi", a-t-il chuchoté à mon oreille. "Demain, le coursier t'enverra un paquet avec tes exigences en matière de garde-robe et ton allocation de vêtements. Je m'attends à ce que tu trouves tout ce qui figure sur la liste et les substitutions ne sont pas possibles. Si tu ne trouves rien, envoie-moi un message et je te proposerai une alternative."

"Merci monsieur, vous ne le regretterez pas", ai-je dit en me sentant un peu gênée.

Il m'a ouvert la porte et s'est approché pour récupérer mon sac.

"J'ai mis du maquillage dans ton sac pour toi aussi", a-t-il dit. "Je te dirai quand, où et combien tu dois le porter, tu dois donc le porter sur toi en permanence".

J'ai hoché la tête et mis mon sac sur mon épaule.

"Et voilà", dit-il, en me tendant le butt plug. "Un souvenir de cette nuit, utilise-le souvent et pense à lui. Et oui, je vais te demander si tu l'as fait."

Tous dehors

"Sharon !" J'ai crié. "C'est quoi ce bordel ?"

J'ai été vraiment choquée par ce que j'ai vu lorsque je me suis tournée pour regarder le couple sur le siège arrière. Sharon avait sorti le pénis de Trevor de son pantalon et jouait avec. Je ne l'avais pas remarqué avant parce que je ne m'étais pas beaucoup retournée et quand je l'ai fait, il faisait si sombre que je ne voyais rien d'autre que des visages faiblement éclairés. Mais j'ai regardé en arrière alors que nous approchions de zones plus éclairées, plus proches de la ville, et les genoux de Trevor ont immédiatement attiré mon attention.

Sharon n'avait pas l'air d'être gênée d'avoir été surprise en train de jouer avec le pénis de son petit ami. Ils sortaient ensemble depuis presque un an, mais je n'étais pas au courant qu'ils avaient déjà eu des rapports sexuels en public.

"Oh, Stef," me dit Sharon, "il s'amuse vraiment. En plus, je ne peux pas garder mes mains loin de sa queue. Regarde-le !"

Je regardais. Je ne pouvais pas détacher mes yeux de lui et ensuite elle le tenait par la base, le déplaçait un peu et me le montrait. Cela avait l'air vraiment impressionnant.

Pendant ce temps, Jake essayait de conduire en ajustant son rétroviseur pour pouvoir voir le siège arrière. Lorsqu'il est sorti de la route avec une roue, il a attiré notre attention.

"Hé, fais attention", ai-je dit. "Ne nous tue pas tous". Jake et moi nous connaissions depuis un moment, mais ce n'était que notre troisième rendez-vous officiel. Les choses entre nous n'étaient pas encore allées trop loin. Lors du deuxième rendez-vous, nous n'avions pas du tout été seuls, mais je pensais que cette soirée pourrait être heureuse pour nous deux.

"Je ne peux pas voir ce qui se passe derrière." dit Jake.

"Je joue juste avec la bite de Trevor", a-t-elle répondu. Non, Sharon n'était pas du tout gênée. "Et il apprécie la branlette".

"Oh, oui", murmure Trevor.

"Stef", a poursuivi Sharon. "Si tu t'approches un peu plus, je parie que tu peux trouver une trique dans le pantalon de Jake."

Nous avons failli faire une nouvelle sortie de route avec ce commentaire. Puis j'ai réalisé que j'étais assise de côté sur le siège, une main sur la poitrine de Jake tandis qu'il conduisait d'une main et que l'autre reposait sur ma jambe, sous ma jupe. Soudain, même le siège avant s'est senti un peu tendu. J'ai grimacé au commentaire de Sharon et je pense que Jake aussi, mais nous n'avons pas arrêté de nous toucher. En fait, j'ai senti la main de Jake serrer ma jambe plus fort et je me suis demandé si son commentaire était vrai.

"Sharon, tu es terrible !" Je me suis moqué de toi. Je n'étais pas un ange, mais fondamentalement une "bonne fille". En ce moment, cependant, je ne me sentais pas comme une bonne fille. Alors que je regardais Sharon jouer avec ma queue dure sur le siège arrière, j'ai senti la main de Jake glisser légèrement plus haut sur ma jambe. J'ai aussi remarqué que ma chatte picotait et je me suis dit que l'occasion de savoir si Sharon avait raison était trop belle pour la laisser passer.

Ma main a commencé à glisser le long de la poitrine de Jake et sur son ventre. Je l'ai senti haleter lorsque j'ai atteint sa ceinture et que la voiture a ralenti. J'ai senti une bosse dès que j'étais sous sa ceinture. J'ai mis ma main sur le renflement et appliqué une pression pour être sûr de ce que c'était. Lorsque Jake a laissé échapper un faible gémissement, j'ai su que j'avais raison. Alors que je serrais sa queue, le siège arrière est devenu encore plus intéressant.

Sharon s'est penchée, son visage sur les genoux de Trevor. J'ai entendu des sourires et Jake et moi avons compris ce qui se passait, même si je n'arrivais pas à y croire. Sharon a essayé de se positionner pour que je puisse voir ce qu'elle faisait. Ce n'était pas facile pour elle, mais de temps en temps, je pouvais voir son érection et ses lèvres ou sa langue travailler dessus. Elle s'est retirée, m'a regardé et a souri, mais a continué à pomper, puis a de nouveau baissé la tête.

Au bout de quelques instants, Trevor a rejeté sa tête en arrière sur le siège et a commencé à gémir, poussant ses hanches vers le haut deux fois, puis s'est détendu. Sharon avait sa bouche sur lui et faisait des bruits, ainsi que des halètements. Je pensais savoir ce qui s'était passé, mais je n'arrivais pas à y croire jusqu'à ce qu'elle s'éloigne de lui et me sourie à nouveau. Cette fois, un liquide blanc crémeux était sur ses lèvres et remplissait sa bouche. Elle a avalé comme si elle le faisait pour moi. Quand j'ai regardé la queue de Trevor, j'ai vu plus de crème et quelques gouttes s'échappaient encore du bout. Sharon a serré le manche pour faire sortir quelques gouttes de plus.

"Oh mon Dieu", c'est tout ce que j'ai pu dire. Sharon a souri et a commencé à les nettoyer tous les deux. Je me suis retournée et j'ai reposé ma tête sur l'épaule de Jake, en me tenant à sa queue alors que je pensais à tout cela et à la scène sur le siège arrière. Il ne semblait y avoir que quelques minutes lorsque nous avons tiré dans l'allée.

"Est-ce que sa bite est dure ?" Sharon a demandé.

Jake a rigolé nerveusement et je me suis réveillée de mon état de rêve et j'ai dit "Oui" en le serrant à nouveau.

"Est-ce qu'il est sorti de ton pantalon ?" Il a demandé.

Maintenant, je réfléchissais à nouveau et j'ai été surpris par sa question. Elle était toujours franche et les sujets sexuels ne faisaient pas exception, mais j'ai quand même été surprise.

Quand j'ai dit non, elle a répondu : "Eh bien, sors-le ! Ça ne sert à rien dans ton pantalon'.

"Sharon !" Je me suis exclamée.

"Allons-y", a-t-elle dit. "Celle de Trevor est toujours dehors - et assez dure, je dois dire. En fait, je vais le laisser entrer dans la maison avec sa bite sortie, et je pense que Jake devrait aussi."

Jake a de nouveau ri nerveusement. Il n'a pas semblé objecter. Je me suis dit que j'aimerais certainement voir sa queue et la sentir, puisque les derniers événements m'avaient excitée. Et si Jake était d'accord avec ça, ça ne me dérangeait pas du tout. J'ai commencé à atteindre le haut de sa fermeture éclair et j'ai commencé à la tirer vers le bas. Je m'attendais à ce qu'il lutte. Je ne sais pas pourquoi.

J'ai dû mettre mon autre main sur ses genoux pour baisser la fermeture éclair et cela a fait comprendre à Sharon ce que je faisais.

"Bonne fille", a-t-il insisté par derrière. "Sors-le".

Je me suis sentie gênée, à la fois par les acclamations et par le public, même s'il ne regardait pas vraiment. Mais c'est Jake qui, selon moi, devait être gêné, et il ne se plaignait pas ; j'ai donc plongé la main dans son pantalon, l'ai enroulée autour de sa tige dure et l'ai sortie de son pantalon.

"OK !" J'ai dit comme si j'avais accompli quelque chose de grand.

"Oh, c'est sympa !" Sharon a couiné. "Laisse-moi voir." Elle s'est poussée sur le siège avant, me faisant presque cogner ma tête contre la sienne, jusqu'à ce qu'elle puisse voir les genoux de Jake, où son érection se dressait dans l'air.

"Oh, oui", a-t-elle bavé. "Maintenant, laisse-le là et allons dans la maison."

J'étais confus que les gars arrivent avec une érection devant eux. Vraiment ? Mais ce n'était pas le mien, alors je n'ai rien dit.

La porte de Sharon s'est ouverte en premier, suivie de près par celle de Trevor, qui avait sa bite obscènement sortie de son pantalon. Ils étaient tous les deux hors de la voiture lorsque Jake a ouvert sa porte et Trevor est resté là, souriant, tandis que Jake sortait lentement. C'était une scène très étrange de voir les deux grands garçons avec leurs grosses érections sauter, rire, regarder, essayer de ne pas regarder et s'assurer que leurs bites ne se touchent jamais. J'ai observé la scène depuis l'intérieur de la voiture, oubliant presque que je devais aussi sortir.

"Allons-y", dit Sharon en ouvrant ma porte et nous avons tous marché vers l'entrée. J'espérais que les voisins ne pourraient pas nous voir, mais encore une fois, ce n'était pas ma maison, alors qu'est-ce que ça pouvait me faire ?

Dès que nous avons franchi le portail, une autre voiture s'est arrêtée dans l'allée. Nous l'avons reconnu comme étant la voiture de Paul et il y avait aussi deux couples à bord.

"Ne t'avise pas de ranger ces bites !" Sharon a dit d'un ton bourru aux garçons, puis est allée accueillir les nouveaux arrivants.

Cindy est sortie de la voiture et a parlé en premier. "Nous avons vu ta voiture passer et nous nous sommes demandés ce que tu faisais".

Je ne savais pas trop comment nous allions nous en débarrasser, avec deux bites nues à l'intérieur qui nous attendaient, mais Sharon a pris le contrôle.

"Entre", a-t-il dit, à ma grande surprise. J'ai passé la porte et j'ai vu la confusion sur le visage des garçons qui se tenaient derrière le comptoir de la cuisine, apparemment normaux. J'ai salué nos invités à leur entrée, Sharon arrivant en dernier.

Sharon a parlé au-dessus du bruit des bavardages. "Tu es arrivée au bon moment. Nos garçons ont quelque chose à te montrer." Elle a regardé les garçons à l'air timide et a dit : "Sortez de derrière. Allez, montre-leur ce que nous faisons."

Trevor a bougé le premier, puis a fait signe à Jake de le suivre. Lorsqu'il est sorti de derrière le mur de séparation, il y a eu un mélange de halètements et de rires, suivi de quelques applaudissements.

"Sainte vache !" dit Tara.

"Qu'est-ce qui se passe ?" demande Cindy.

Les nouveaux arrivants n'ont rien dit. Ils étaient plutôt sous le choc.

"Ils font un spectacle impressionnant, n'est-ce pas ?" Sharon a demandé.

Il y a eu un murmure général d'accord, mais personne n'a bougé.

"Maintenant," s'exclame Sharon, "si tu veux rester... et t'amuser..... nous avons besoin de voir... plus de bites."

Nous avons regardé les quatre nouveaux arrivants et ils se sont regardés les uns les autres. Puis Sharon. Un rapide coup d'œil au reste d'entre nous n'a pas aidé, alors ils se sont de nouveau regardés.

Finalement, Cindy et Tara ont commencé à sourire, comme si elles n'avaient aucun problème à exposer un peu de chair supplémentaire. Paul et Ben se sont regardés pendant un long moment, puis Paul a lentement déplacé une main vers sa fermeture éclair. Mon Dieu, je ne pouvais pas croire ce qui se passait.

"Non, non, non", dit Sharon, en arrêtant tout. Maintenant, j'étais vraiment confuse. "Les filles doivent sortir leurs bites. Nous avons retiré les nôtres, maintenant tu retires les tiens." Elle s'est tournée vers les autres filles, comme si les bites leur appartenaient.

Sharon était très énergique. Elle était définitivement en charge. Où avait-elle trouvé ça ? Habituellement douce et détendue, elle ressemblait soudain à un sergent instructeur qui donne des ordres. Et ses expressions étaient encore plus fermes. Il n'avait pas l'air d'être quelqu'un avec qui se disputer.

Les autres semblaient d'accord. Presque à l'unisson, Cindy et Tara se sont regardées, puis ont fait un pas vers les garçons et les ont regardés. Ne voyant rien pour les arrêter, ils ont attrapé leurs fermetures éclair et les ont lentement abaissées. Des bourrelets se formaient dans leurs pantalons.

"Maintenant, tirez-les", dit Sharon aux filles hésitantes. Elles ont toutes deux plongé la main dans le pantalon de leur petit ami et trouvé son érection, Cindy a regardé Paul pendant tout ce temps, Tara n'a pas pu regarder Ben dans les yeux. Lorsqu'ils ont retiré leurs mains serrant leurs pénis, tous les regards se sont tournés vers cela.

On ne peut pas dire que ce soit des érections. Ils n'étaient pas mous, ils avaient commencé à durcir, mais les garçons semblaient trop nerveux pour avoir de véritables érections. Juste au bon moment, Sharon a parlé.

"Allez les gars, ils ne sont pas très forts. Nous voulons des érections. Dur, raide et long. Les filles, faites-les durcir !" Il a dit cela comme s'il signalait le début d'un concours, mais Cindy et Tara ont immédiatement commencé à serrer et à caresser les membres de leurs garçons jusqu'à ce qu'ils soient durs comme du roc.

"C'est fantastique", a exulté Sharon.

"Maintenant, que faisons-nous d'eux ?" demande Tara. Je ne sais pas si elle demandait docilement ou si elle était excitée, mais Sharon semblait être la meneuse.

"Quelqu'un a soif ?" demande-t-il. La question semblait étrange, mais nous avons tous réalisé que nos gorges étaient devenues sèches à cause de l'excitation. "Les gars", a-t-il poursuivi, "prenez quelque chose à boire et apportez-le ici".

Nous avons suivi l'exemple de Sharon, nous sommes allées dans le salon et nous nous sommes assises. Les garçons nous ont rapidement servi des boissons, leurs bites dures faisant place à nous. Ils ont semblé accepter la situation. Bon sang, ils avaient l'air d'aimer ça. S'exposer devant quatre filles, être taquiné et l'anticipation de choses encore meilleures à venir.

"Oh, Trevor, il me faut plus de glace", a dit Sharon, et il est rapidement retourné à la cuisine avec plus de glace pendant que nous regardions tous son érection danser devant lui.

"Est-ce que quelqu'un d'autre a besoin de quelque chose ?" Sharon a demandé.

Tara a dit : "Tu n'as pas d'alcool à mettre dedans ?" et Ben s'est dirigé vers le bar.

Sharon l'a arrêté. "Non, prends son verre et ajoute l'alcool là-bas."

Nous avons vite compris que l'idée était que les garçons continuent de marcher devant nous pendant que nous apprécions le spectacle de leurs bites qui rebondissent, une par une. Nous les avons envoyés faire diverses "courses" pendant un moment, en observant leur amusement lorsqu'ils se trémoussaient devant nous. Leurs érections sont restées fortes, manifestement excitées par les filles qui les regardaient avec tant d'attention, mais pour les remercier de la tâche qu'elles accomplissaient, nous les avons un peu caressées quand elles avaient fini.

Sharon, comme d'habitude, a ouvert la voie. Elle a été la première à tendre la main et à saisir une bite qui n'était pas la sienne.

"Arrête-toi un instant, Paul", a-t-elle dit alors que Paul passait devant elle. Elle a tendu la main et a fermement pris sa tige dans sa main, la caressant trois fois, à notre grand étonnement et au plaisir de Paul.

Cela semblait amener les choses à un nouveau niveau. Maintenant, chaque pénis qui passait était un jeu d'enfant à toucher et à jouer. Les "courses" s'arrêtaient lorsque les garçons passaient d'une fille à l'autre, qui examinait soigneusement leurs bites, les rendant dures comme de la pierre et plus intensément colorées.

Nous nous sommes assis plus ou moins en rang, sur le canapé et les chaises. Je caressais la bite de Trevor et chaque fille avait celle d'une autre.

"Change !" Sharon a donné des instructions et nous l'avons tous regardée d'un air perplexe. "Chaque garçon se déplace vers une fille", a-t-elle poursuivi, en faisant un geste dans une direction. Les garçons ont fait ce qu'on leur a dit et Sharon a continué, "Ben avait besoin d'une pause ou il allait exploser. Nous ne voulons pas que cela se reproduise, OK les filles ?"

J'avais une certaine expérience des garçons et du sexe, mais je n'étais pas sûre de savoir reconnaître le moment où ils jouiraient. J'ai pensé que je devais être prudente et faire attention.

Je faisais vraiment attention aux bites qui défilaient devant moi, car Sharon appelait "Change" toutes les deux minutes et les garçons continuaient la file. J'ai soigneusement examiné chaque pénis pendant que je le caressais, me surprenant moi-même de leur ressemblance, mais me concentrant sur les différences entre eux.

Celle qui se distinguait le plus était celle de Paul, car il était incirconcis. Il était très similaire lorsqu'il était en érection, mais la peau glissait facilement sur la tête lorsque je la caressais. J'étais hypnotisée par cette action : la tête disparaissait chaque fois que je glissais ma main vers l'avant, tirant la peau sur le bout, puis la tête rose vif - ou rouge - ressortait de façon obscène lorsque je tirais ma main vers l'arrière, faisant retomber la peau. Regarder la tête entrer et sortir de sa cachette m'a beaucoup amusé. Mais nous n'avions qu'une ou deux minutes à la fois avec chaque garçon. Ils ont eu besoin de beaucoup de pauses pour ne pas jouir.

Jake et Paul avaient des bites de taille presque identique. Celle de Ben était presque de la même longueur mais semblait légèrement plus fine, tandis que celle de Trevor était légèrement plus longue que les autres. Cependant, il n'y avait rien pour les distinguer, à l'exception de celle de Paul, qui n'était pas coupée. C'était un peu une surprise, car je me souvenais d'un gars que j'avais branlé quelques mois plus tôt et qui était beaucoup plus petit que ces types. C'était une vraie joie pour moi de sentir ces muscles palpitants, de caresser chacun d'eux, d'essayer de percevoir les différences, de les examiner sous tous les aspects.

De plus en plus, je sentais que ma chatte devenait humide. Je suis devenue très excitée en continuant à toucher ces pénis et en les voyant pointés directement vers mon visage. J'ai commencé à penser à eux en train d'exploser du sperme sur mon visage, me couvrant des yeux à la bouche. Je n'avais jamais voulu cela auparavant. En fait, l'idée que cela puisse arriver me dégoûtait, jusqu'à ce soir. Maintenant, je frissonne et frémis dans ma chatte rien qu'à l'idée que cela pourrait soudainement arriver.

J'ai caressé la chair palpitante de Trevor, pensant que cela ne pouvait pas durer beaucoup plus longtemps. Malgré les nombreuses pauses, les garçons devaient mourir d'envie de jouir. Je savais qu'ils ne pourraient pas tenir beaucoup plus longtemps. Soudain, Sharon a aboyé un autre ordre. "OK, les filles, prenez la queue dans vos mains et léchez-la. Puis mets-le dans ta bouche."

Sans même y penser, j'ai suivi son ordre. J'ai tendu la langue pour lécher la tête, puis j'ai laissé ma bouche avaler sa queue. Jusqu'à ce moment-là, je n'avais pas réfléchi à ce que je faisais. Je l'ai sucé pendant quelques instants jusqu'à ce que j'entende Sharon crier "Stop !".

Nous avons regardé autour de nous et j'ai réalisé que nous nous étions arrêtés avant que quelqu'un puisse jouir. D'après les réactions des gars, ce n'était pas un moment trop tôt.

"OK," dit Sharon, "Change encore et suce ces bites jusqu'à ce qu'elles jouissent dans ta bouche".

À présent, j'étais tellement excitée que je frémissais d'anticipation et de joie à cette idée, même si je n'avais encore jamais laissé quelqu'un jouir dans ma bouche. J'ai attrapé la bite suivante, celle de Ben, et je l'ai enfoncée avec fougue dans ma bouche. Je l'ai avalé aussi profondément que possible en un seul mouvement et j'ai commencé à sucer fort. Ma langue a tourbillonné autour de la tête pendant que ma main la tenait par la base, la pressant et la faisant glisser légèrement de haut en bas.

Il s'est écoulé peut-être 15 secondes avant que je ne sente la queue de Ben gonfler et que ses hanches se poussent en avant, le poussant plus profondément dans ma bouche. Soudain, ma bouche s'est remplie d'une substance chaude qui s'est propulsée avec force dans le fond de ma gorge. J'ai avalé rapidement, mais il a continué à envoyer son sperme dans ma bouche. J'ai avalé aussi vite que j'ai pu, mais le sperme est arrivé beaucoup plus vite et s'est accumulé dans mes joues.

Sans même y penser, j'étais déterminée à vider sa queue de son sperme sans lâcher prise. Ma main a continué d'agripper sa base alors qu'il spasmait bruyamment coup après coup à l'intérieur de moi. Je pouvais sentir le sperme s'écouler de ma bouche et dégouliner sur mes lèvres alors que je ne sentais plus son sperme se répandre en moi. Je l'ai tenu dans ma bouche en essayant d'avaler ce qu'il y avait dedans.

Il était difficile d'avaler avec une bouche pleine de bite, mais j'ai fait de mon mieux. Ma main a commencé à caresser davantage sa queue, faisant sortir plus de sperme de sa tige. Finalement, il s'est retiré de ma bouche, mais j'ai tenu bon et j'ai continué à traire le sperme, en le léchant aussi sur son extrémité. J'ai continué à avaler, mais l'épaisseur du sperme était difficile à avaler et je commençais à me fatiguer du processus. Je n'avais même pas pensé à son goût.

Tous les gars ont cumulé très rapidement une fois qu'ils ont reçu la commande. Le dernier à jouir était Trevor, alors que Tara le suçait. Je l'ai entendu gémir son orgasme juste au moment où Ben a fini de tirer sa charge dans ma bouche. Nous nous sommes regardés avec des sourires à la fois embarrassés et excités. Chacun de nous avait du sperme qui coulait de sa bouche, mais Cindy avait des taches de sperme sur sa joue et son menton. Il me semblait qu'elle était la seule à avoir retiré son homme alors qu'il giclait encore.

Les filles se sont assises, se regardant les unes les autres et regardant les bites se ramollir devant elles et autour d'elles. Les garçons ont manifestement commencé à se sentir gênés et se sont dirigés vers la cuisine ou la salle de bain pour se nettoyer. Quand ils sont revenus une ou deux minutes plus tard, je pense qu'aucune de nous, les filles, n'avait bougé, sauf pour s'essuyer la bouche. Nous avons souri aux garçons et ils ont souri en retour nerveusement.

Nous ferions mieux de partir, dit Jake, s'adressant surtout à moi mais vraiment à tout le monde.

Ils ont tous marmonné "Merci" d'une manière ou d'une autre en se précipitant vers la porte après que nous les ayons salués. Nous ne nous sommes pas levés et ils ne semblaient pas vouloir de baiser pour une raison quelconque. Ils étaient pressés de partir.

Je suis restée assise sans bouger, ressentant une sensation de brûlure dans mon ventre, la tête en ébullition pour essayer de comprendre ce qui s'était passé. Ma chatte avait besoin d'attention, mais pas devant les autres. Avant que je puisse penser à quoi faire, Cindy s'est levée et s'est rapidement dirigée vers la salle de bain.

"Il va faire une masturbation", ai-je pensé jalousement.

Puis j'ai regardé vers Sharon et j'ai vu que sa main était dans la ceinture de son pantalon, jouant manifestement avec sa chatte juste là devant nous. En voyant cela, aussi surprise que je sois, je n'ai pas pu m'en empêcher.

Porter une jupe m'a facilité la tâche. J'ai mis ma main sous sa jupe et j'ai atteint ma chatte. J'ai rapidement glissé mes doigts sous ma culotte et j'ai écarté les lèvres de ma chatte. Un doigt est entré dans mon vagin et j'ai soupiré de soulagement. Deux doigts s'enfonçaient et sortaient maintenant rapidement et j'ai aussi trouvé mon clitoris. En moins d'une minute, j'ai joui avec un grand soulagement.

Quand j'ai terminé, j'ai vu Sharon me regarder avec joie, puis nous avons regardé Tara, qui finissait de jouir. Cindy est revenue dans la pièce juste au moment où Tara jouissait, alors nous l'avons toutes regardée. Quand elle a terminé, nous l'avons tous applaudie et avons bien ri ensemble. Oui, même Tara à la fin.

Cependant, nous ne sommes pas restés et n'en avons pas beaucoup parlé. Cela arriverait plus tard, si jamais cela arrivait. En partant, j'ai repensé à cette incroyable soirée. Je n'aurais jamais cru que je pouvais faire une telle chose dans un groupe et simplement parce que Sharon me l'avait dit. J'étais étonnée de moi-même, reconnaissante pour une expérience aussi intense et j'ai décidé de passer plus de temps avec Sharon. Qu'est-ce qu'elle inventerait ensuite ?

Un véritable amant désintéressé

Quand j'ai rencontré Janine, j'avais encore 26 ans et elle avait deux ans de moins que moi. Janine était un peu soumise. Des années auparavant, lorsque nous étions adolescents, je suis rentré chez moi avec elle. C'était à cette période du mois mais elle m'avait fait une fellation avant d'aller au lit et, de mémoire, ce n'était pas très bon, surtout qu'elle n'en avait probablement jamais fait.

Apparemment, elle m'avait toujours aimé ; j'ai appris plus tard que certaines filles m'aimaient bien, mais elles pensaient que je semblais être amoureux d'elle. Janine avait une maison à environ 10 minutes à pied de chez moi et le premier soir, je suis allée chez elle. Elle m'a laissé la lécher jusqu'à l'orgasme et je l'ai immédiatement baisée, finissant par jouir sur son ventre. Lorsque j'ai récupéré, elle est descendue et m'a ramené à la dureté avec sa bouche avant de procéder à une fellation. J'ai mis du temps à jouir et je ne l'ai pas beaucoup senti.

"Je jouis", je crois que j'ai réussi à dire environ cinq secondes avant d'envoyer une grande quantité de sperme dans sa bouche, mais elle était détendue pour me laisser faire.

Il m'a dit que ce serait bien de voir comment les choses évolueraient entre nous et j'ai accepté ; ce serait bien d'avoir à nouveau un baiser régulier. Je suis parti dans la matinée et j'ai accepté de la revoir bientôt. Cela m'a amené à la voir tous les deux soirs et après quelques semaines, il était évident qu'elle était amoureuse de moi. Je lui avais parlé du fait qu'elle aimait être un peu soumise et elle a admis que cela l'excitait quand tout ce que je voulais d'elle me plaisait. À une occasion, nous étions sortis dans un bar et je me suis tourné vers elle sur le canapé.

"Va dans la salle de bain, enlève tes collants et reviens ici", lui ai-je dit et j'ai été surpris quand elle l'a fait.

En la voyant revenir, j'ai vu ses jambes nues et je lui ai dit que nous allions rentrer à la maison pour arranger les choses. Elle a souri joyeusement et a murmuré que je pouvais être aussi violent que je le voulais avec elle. En chemin, nous sommes passés par un vieux quartier de la ville et je l'ai tirée dans une ruelle et lui ai dit de s'agenouiller. Elle m'a fait une fellation fantastique et j'ai tenu sa tête pendant que je faisais entrer et sortir sa bouche. Cependant, je l'ai tirée vers le haut avant de terminer et lui ai dit que nous allions continuer à la maison.

"S'il te plaît, jouis maintenant, je le veux", a-t-il plaidé, mais j'ai secoué la tête.

Nous sommes arrivés chez moi cinq minutes plus tard et elle s'est mise à genoux dès que nous avons atteint le salon. Je me suis assis et je l'ai laissée me travailler à nouveau jusqu'à ce que je vienne dans sa bouche pendant qu'elle gémissait de plaisir. La semaine suivante, nous avons augmenté notre excitation et j'ai eu beaucoup de plaisir à repousser les limites encore plus loin. Nous étions allés chez sa mère pour une fête et après, une de ses amies un peu plus âgée, de 38 ans, est revenue avec nous. Son amie avait l'air malheureuse et normalement, j'aurais été une boulangère entre les mains d'une femme plus âgée, mais cette femme avait l'air timide et peu sûre d'elle.

Nous sommes arrivés chez moi et j'ai ouvert une bouteille de Chablis, Janine s'est assise à côté de moi sur le canapé tandis que son amie a pris place à côté de nous. J'étais un peu pompette, pas ivre, mais certainement stimulée par l'alcool. J'ai pensé à quel point ce serait bien de les avoir tous les deux et j'ai continué à penser à cette idée pendant que je leur parlais. Janine m'avait dit que son amie me trouvait adorable et je voulais aller plus loin. Lorsque son amie est allée aux toilettes, Janine m'a souri.

J'ai hâte d'aller me coucher quand elle sera partie et de te prendre dans ma bouche", m'a dit Janine.

"Pourquoi attendre si longtemps ? Et maintenant ? J'ai demandé.

Janine s'est figée et a souri nerveusement.

"Mais Lynda est toujours là", a-t-il dit.

"Cela ne me dérange pas, est-ce que cela te dérange ? L'idée ne t'excite-t-elle pas un peu ?" Je l'ai pressée.

"Si tu veux, je le ferai, mais je suis inquiet de ta réaction", a-t-il dit.

"Laisse-moi faire. Je vais te dire : tu quittes la pièce et je vais discuter avec elle. Si j'ai l'impression qu'elle n'est pas choquée, alors tu le feras la prochaine fois qu'elle ira aux toilettes, OK ?" Je lui ai dit.

"Hum, OK", a-t-il accepté nerveusement.

Lynda est revenue et Janine s'est excusée pour aller chercher le vin. J'ai immédiatement engagé la conversation avec Lynda et nous nous sommes fait des commentaires légers. J'ai plaisanté en disant que ce n'était pas facile d'avoir un pied de taille 12 et les yeux de Lynda n'ont pas pu s'empêcher d'être attirés par mon entrejambe.

"Oui, c'est une grosse bouchée", ai-je plaisanté et Lynda a ri, moitié nerveuse et moitié excitée.

"Je parie que oui", a-t-elle dit à voix haute, puis elle a eu l'air embarrassée de l'avoir dit.

Janine est revenue et nous avons discuté un peu plus. Lynda sortait d'une relation à long terme et j'ai proposé que nous passions la nuit sur le futon pour éviter de prendre un taxi pour rentrer chez nous. Elle a accepté et nous avons continué à bavarder un peu plus. Je suis allée aux toilettes, tout comme Janine, et finalement Lynda a dû y aller à nouveau.

"Fais-le maintenant", ai-je dit à Janine.

Au début, elle semblait si nerveuse et puis, avec un dernier regard sur la chaise vide de Lynda, elle s'est mise à genoux devant moi. Elle a complètement déboutonné mon jean, baissé un peu mon caleçon aussi et a pris ma queue dure dans ses mains, puis sa bouche m'a englouti. J'ai entendu la chaîne tirer la chasse dans la salle de bain et, confiante, alimentée par la boisson, je savais ce que j'allais dire. Lynda est entrée dans la pièce et n'a d'abord pas tout à fait compris ce qui se passait, puis elle a vu Janine de dos, agenouillée devant moi, la tête ballottée. Lynda a haleté mais n'a pas quitté mes yeux.

"Viens ici", lui ai-je dit fermement, et bien qu'elle ait dû se sentir mal à l'aise, elle s'est approchée de moi.

J'ai tapoté le canapé à côté de moi où était assise Janine et elle s'est assise, l'air timide. Je n'ai pas perdu de temps et me suis penché pour l'embrasser ; heureusement pour elle, elle a bien répondu avant que je ne me retire. Je n'étais pas sûr de ce que Janine pensait, mais elle n'était pas jalouse car je sentais sa bouche continuer son rythme.

"Je veux que tu restes à la maison. En plus, à part le fait que mon grand truc est délicieux, il est vraiment, eh bien, grand. Pourquoi ne lui donnes-tu pas un coup de main ?" J'ai demandé à Lynda.

Je pouvais voir le désir dans ses yeux et elle semblait indécise.

Tirant à nouveau sa tête vers la mienne, je l'ai embrassée et elle a immédiatement répondu. J'étais doublement excité car Janine me tenait toujours dans sa bouche et lorsque nous avons cessé de nous embrasser, Lynda a regardé la tête de Janine qui bougeait toujours.

"A genoux", ai-je dit de manière autoritaire, et c'est ce qui s'est passé.

Elle a de nouveau regardé Janine, puis s'est dirigée vers le sol. J'ai éloigné la tête de Janine de ma queue et j'ai montré mes couilles. Son sourire m'a dit que je ne l'avais pas contrariée et elle a commencé à sucer doucement l'un d'eux pendant que Lynda avançait. Elle a regardé ma queue avec avidité et a finalement amené sa bouche à l'extrémité.

J'ai déplacé la question en appuyant sur sa tête et j'ai senti ma longueur glisser dans sa bouche et sa gorge. Après quelques succions, elle a semblé s'intéresser davantage à la situation et a commencé à me faire une vraie fellation pendant que Janine suçait et léchait mes couilles. Elles ont continué à faire cela pendant environ 10 minutes avant d'échanger leurs rôles et j'ai apprécié cette sensation de bien-être.

"Laquelle d'entre vous va prendre mon sperme ?" J'ai dit tout haut et j'ai senti que Janine augmentait son rythme pour essayer de me faire jouir dans sa bouche.

Je me suis retenu et j'ai échangé à nouveau lorsque Lynda m'a encore avalé. Cette fois, je n'ai plus pu me retenir et j'ai éructé dans sa gorge. Ce qui m'a surpris, c'est quand elle s'est éloignée de moi après la deuxième charge. Janine, rapide comme l'éclair, a avalé mes plus petites charges et j'ai fini sur sa langue. Pendant qu'elle me nettoyait avec amour, j'ai regardé Lynda à genoux savourer le goût de mon sperme.

"Allons à côté", ai-je suggéré et les deux filles m'ont suivie.

Nous étions bientôt toutes nues et Janine a quitté ma queue à contrecœur tandis que Lynda me montait pendant que j'étais allongé sur le dos. Au lieu de cela, Janine m'a monté sur le visage et je lui ai fait une fellation pendant que je baisais Lynda. J'ai fait cela pendant un moment et à un moment donné, je les ai échangées car elles se relayaient. La chatte de Lynda était bien, mais je préférais celle de Janine et elles ont rapidement échangé à nouveau. Cette fois, Janine a joui sur ma langue pendant que Lynda essayait de me faire jouir.

Janine a regardé Lynda se mettre à califourchon sur moi, puis s'éloigner de moi alors que j'approchais de l'orgasme. Pendant que Janine me prenait dans sa bouche cette fois, Lynda a travaillé mes couilles et les filles ont inversé les rôles dans le salon, Janine prenant le gros de la charge et Lynda me nettoyant après.

Nous nous sommes encore amusés ; malgré mes espoirs, les filles se sont embrassées mais ne sont pas descendues l'une sur l'autre. J'avais hâte d'essayer de les baiser toutes les deux le matin, quand Lynda a changé d'avis.

"Écoute, je suis désolé, tu peux m'appeler un taxi ? Je dois travailler demain à midi. C'est génial, mais je dois être prêt à travailler", a-t-il dit.

Je lui ai assuré qu'elle n'avait pas à s'excuser et en une demi-heure, elle était partie, tandis que Janine et moi nous sommes blotties l'une contre l'autre. Nous étions tous les deux épuisés et nous nous sommes rapidement endormis, mais au matin, j'ai entendu un mouvement sous les couvertures. Janine s'est approchée de mes jambes et a rapidement pris ma queue dans sa bouche. J'étais dur en quelques secondes et, avec la gueule de bois, j'étais aussi très excité.

"S'il te plaît, sois brutale avec moi", a-t-elle dit et je lui ai souri, étonné qu'elle veuille cela après la nuit précédente.

"Travaille-moi lentement alors", lui ai-je dit, en poussant sa tête vers le bas jusqu'à ce qu'elle lèche mon cul.

Elle a continué à faire ça jusqu'à ce que je lui permette de sucer mes couilles. Je me suis rendu compte que Lynda avait dégrisé, qu'elle se sentait gênée et, probablement à son honneur, qu'elle craignait d'être gênée le matin, alors elle est partie en taxi. Cependant, mon esprit a rapidement été ramené au présent.

'Je les veux si brillants que tu pourrais te maquiller avec', ai-je dit en attrapant fermement ses cheveux.

Elle a bien répondu et a gémi en léchant et en suçant mes couilles jusqu'à ce que je la laisse aller encore plus haut.

"S'il te plaît, laisse-moi goûter ton sperme", a-t-elle supplié et j'ai senti que je devais lui répondre.

"Ne recule pas", ai-je dit durement et j'ai appuyé sur sa tête alors qu'elle se débattait pour prendre de plus en plus de moi dans sa bouche.

Je l'ai laissée se relever puis j'ai poussé vers le bas avant d'attraper une poignée de cheveux et de baiser fort son visage. Je n'ai pas lâché prise jusqu'à ce que je laisse échapper un gémissement et que je jouisse dans sa bouche. En relâchant ses cheveux, je l'ai sentie avaler et sucer avec amour. Même lorsque je me suis arrêté, elle a continué et j'ai baissé les yeux sur elle.

"Encore ?" Je l'ai interrogée et elle a hoché la tête.

"Oui, s'il te plaît", a-t-il réussi à dire, puis il s'est remis à me sucer.

"Je veux que tu avales à chaque fois, ne gaspille jamais rien, OK ?". J'ai vérifié et elle a fredonné en retour en continuant à me sucer.

La suivante a duré beaucoup plus longtemps, mais a été aussi agréable que la première.

***

Quelques semaines plus tard, Janine m'a dit qu'elle était en train de tomber amoureuse de moi mais qu'elle sentait une sorte de réticence de ma part. J'y ai beaucoup réfléchi et un soir, je suis allée chez elle et nous avons parlé. Janine m'a dit que si je ne ressentais pas la même chose, elle se sentirait trop blessée pour continuer.

Je lui ai dit que je n'étais pas sûr qu'elle soit prête à aborder la relation comme je le voulais. Cela l'a rendue très curieuse et elle s'est demandée ce que je voulais dire, car je suis sûre qu'elle était convaincue que je la quitterais.

"Par exemple, je veux ta bouche beaucoup plus souvent", ai-je dit.

Janine a simplement hoché la tête en signe d'assentiment pendant que je continuais.

"Et généralement faire beaucoup plus de choses perverses. Je sais que tu es soumise, alors profitons de cette relation au maximum de son potentiel,' ai-je proposé.

'Hum, j'adorerais', dit-elle en rafale, mais je l'ai encore interrompue.

"Par exemple, peut-être qu'un soir je viendrai te rendre visite et que tu pourras m'accueillir à la porte avec une veste de travail, beaucoup de rouge à lèvres et une fellation", ai-je poursuivi.

"Ce serait génial", a-t-il poursuivi.

Nous nous sommes réconciliés et le sexe était merveilleux comme d'habitude, mais bientôt, j'ai voulu la pousser de la manière que j'avais suggérée. Je lui ai envoyé un message au travail et lui ai dit que je passerais ce soir-là et que je m'attendais à un accueil très chaleureux. À 18 heures, j'étais chez elle et j'ai sonné à la porte. Elle l'a ouvert, la tête tournée vers la porte et je lui ai souri en entrant. On a tout de suite compris pourquoi elle était si timide, car elle ne portait que sa veste de travail.

S'il te plaît, laisse-moi te donner du plaisir", a-t-il dit avant de glisser à genoux.

Je l'ai laissé me relâcher et me prendre dans sa bouche, laissant échapper un soupir de joie en le faisant.

Petit à petit, nous avons passé de plus en plus de temps ensemble et à présent, elle restait chez moi ou je restais avec elle presque toutes les nuits. Tous les matins commençaient de la même façon, que nous travaillions tous les deux ou que ce soit le week-end. Janine se glissait sous les couvertures et prenait ma queue durcissante dans sa bouche. Puis elle descendait et léchait mes couilles avant de les sucer doucement. Je me suis détendue pendant qu'elle les léchait avant d'aller plus loin et de lécher mon cul.

Puis elle remontait en glissant jusqu'à ce que je sois encore plus excité et, en attrapant ses cheveux dans mon poing, je lui baisais la gorge jusqu'à ce que je sente mon sperme éclater dans sa bouche. Une fois qu'elle avait tout avalé, je me détendais et la laissais sucer et lécher doucement les derniers restes avant que nous sortions du lit. Si c'était le week-end, elle me serrait fort avant de se mettre à quatre pattes pour me laisser la baiser.

Je n'avais pas oublié la nuit où son ami était resté chez moi et j'en avais parlé à plusieurs reprises. Janine a admis qu'elle avait vraiment apprécié et a dit que pour elle, il n'y avait pas de jalousie car elle avait pu me baiser et me sucer et cela lui suffisait.

Un mois plus tard, nous avons réservé des vacances sur une île grecque pendant une semaine. L'appartement était super, près de la piscine et encore mieux, il y avait une famille sur place. La mère et le père avaient un appartement de l'autre côté du pâté de maisons, mais les deux filles en partageaient un à côté de Janine et moi.

Toutes deux étaient danseuses et, apparemment, l'aînée avait 19 ans et sa sœur venait d'avoir 18 ans. Briony était l'aînée, sa sœur était Megan. Je les ai saluées et elles m'ont répondu et Briony m'a fait un sourire. Je ne pouvais pas détacher mes yeux de ses jambes et de ses fesses parfaites et j'ai décidé que je devais faire de mon mieux pour aller quelque part avec elle. Ce n'est pas que je ne me sentais pas à l'aise avec Janine, je me sentais juste excité.

Nous nous sommes installés pour notre première nuit et, après quelques verres, nous sommes retournés à notre appartement. Janine se sentait sale et quand elle se sentait sale, j'étais toujours l'heureux bénéficiaire de ses désirs de soumission. Dès que nous avons été dans notre appartement, elle s'est mise à genoux.

"S'il te plaît, baise ma bouche", a-t-elle supplié et j'ai souri quand elle a baissé un peu mon short.

Dès que ma queue a été libérée, elle a disparu dans sa bouche et, en refermant la porte, j'ai vu sa jeune sœur qui regardait avec étonnement en passant devant notre porte. La porte s'est refermée et j'ai laissé Janine s'y mettre, me faisant une fellation débraillée et alcoolisée.

"Qu'est-ce que tu veux ?" J'ai demandé, en attrapant sa queue de cheval pour maintenir sa tête en arrière.

"Je veux que tu baises ma bouche, que tu me fasses sucer ton énorme queue, que tu jouisses dans ma gorge, Seigneur", a-t-elle supplié et j'ai ri en tirant sa tête en arrière et en claquant dans sa bouche jusqu'en bas.

Après une dizaine de minutes, j'ai senti que j'étais sur le point de jouir et Janine s'est détendue et a commencé à avaler le jet dans sa bouche.

Nous étions tous les deux trop fatigués pour faire autre chose, mais le matin, je l'ai bien baisée. Elle a joui, étouffant ses cris de passion sur l'oreiller avant de retirer sa chatte de moi et de glisser pour prendre ma queue dans sa bouche. Maintenant, elle a avalé chaque orgasme.

***

"Hé, tu as vu les deux filles d'à côté ?" Je lui ai demandé pendant qu'elle me suçait.

"Oui", a-t-elle répondu.

Cette Briony, on peut vraiment dire que c'est une danseuse avec ces jambes, tu sais ? J'ai insisté.

"Il a de superbes jambes", dit Janine.

"Tu aimes que je sois honnête avec toi au lieu de cacher des choses, n'est-ce pas ?" J'ai osé.

"Oui. Au moins, je sais que tu me fais confiance pour partager des choses avec moi", a-t-elle répondu.

'Eh bien, je vais être honnête, si j'étais ici seul, j'essaierais probablement avec Briony. Mais bien sûr, je suis ici avec toi, ai-je testé.

"Tu peux faire ce que tu veux. Je sais que tu passeras toujours la nuit avec moi et que je suis le seul à le faire", a-t-il dit rapidement, marquant son territoire mais avec cette délicieuse touche de soumission qui indique que je peux faire ce que je veux, puisque c'est moi qui commande.

Je n'ai rien dit d'autre mais plus tard, quand il a pris sa douche, je me suis assise sur notre terrasse au soleil. Briony est sortie avec sa sœur et elles m'ont vue, ont gloussé et se sont assises sur leur terrasse à côté de la nôtre.

"Bonjour, Briony n'est-ce pas ? Et Megan ?" J'ai dit.

"Oui, et tu es Dominic". Briony a vérifié alors que sa sœur hochait la tête.

"Bien sûr que oui. Alors, tu as passé une bonne soirée hier soir ?" J'ai demandé.

'Er, juste quelques verres. Est-ce que ton... La petite amie a bu quelques verres ?" a-t-il ajouté avec un sourire.

"Oh toi ? Oh, je vois ce que tu veux dire. Comment le sais-tu ?" J'ai demandé.

Il était clair qu'il faisait référence à la pipe d'hier soir.

Nous t'avons entendu. Oh s'il te plaît, blah blah,' a dit Briony, puis les deux ont ri.

Megan s'est levée pour aller leur chercher des boissons, tandis que je me suis jointe aux rires de Briony.

"Je pense que certaines personnes aiment qu'on leur dise quoi faire et d'autres aiment le faire", ai-je dit en plaisantant.

Briony avait un rire coquin et, malgré son jeune âge, elle était si sexy.

"Je peux être totalement honnête ?" J'ai dit.

"S'il te plaît, fais-le", a-t-elle répondu.

'Eh bien, tu es incroyablement sexy. Peut-être qu'on pourrait,' ai-je dit et j'ai laissé tomber.

"Wow, hum, tu es super sexy aussi, mais tu n'as pas une petite amie avec toi ?" a-t-elle demandé, surprise.

"Ne t'inquiète pas pour elle. Nous trouverons une solution. Es-tu libre demain soir ?" J'ai vérifié.

Elle a hoché la tête et je me suis levé pour partir, mais avant de le faire, je me suis penché vers elle.

"Je te lécherais partout, si nous n'étions pas si à découvert", lui ai-je chuchoté, ce qui a eu l'effet désiré : j'ai vu ses yeux s'illuminer d'excitation.

Je suis retournée à l'intérieur et j'étais sûre que si je m'y prenais de la bonne façon, je travaillerais sur Janine jusqu'à demain soir. J'étais déterminé à faire l'amour avec Briony. J'ai passé toute la journée à mettre Janine à l'aise et à lui dire encore et encore que j'aimais sentir sa bouche chaude et humide sur ma queue.

À un moment donné, Briony est apparue et a sauté dans la piscine pour faire quelques longueurs et je n'ai pas caché le fait que je la regardais. Janine la regardait aussi et avant que Briony ne nous remarque, j'ai fait signe à notre appartement. Nous sommes entrés et Janine était déjà trempée. Elle s'est effondrée sur le lit et je me suis allongé sur elle et me suis enfoncé dans sa chatte.

Pendant que je la baisais, j'ai demandé à Janine si elle trouvait Briony sexy et elle a hoché la tête.

"Que dirais-tu s'il revenait ici une fois ?" J'ai demandé et j'ai poussé plus fort en le disant.

"Oh, putain, c'est si bon. Je ne voudrais pas... Ça ne me dérangerait pas", a-t-elle réussi à haleter, puis à gémir lorsque je suis allé directement à la poignée.

J'ai obtenu la réponse que je voulais et maintenant je voulais que Janine se concentre pendant que je la baisais, au lieu de ruminer ce que je lui avais dit. Ensuite, nous nous sommes effondrés sur le lit et je l'ai laissée me sucer à nouveau avant de partir pour l'après-midi.

Le jour suivant s'est levé et nous avons profité du soleil, faisant même un plongeon dans la piscine. À un moment donné, Janine est entrée dans le petit supermarché et j'ai vu Briony et Megan sortir de leur appartement. Briony m'a souri, mais j'ai remarqué que les yeux de Megan suivaient Janine qui se dirigeait vers le supermarché d'à côté ; j'ai dit supermarché mais ce n'était en fait qu'un petit magasin local qui vendait tout, des ballons de plage aux glaces.

En traversant, Megan est aussi allée au magasin et j'ai approché Briony.

"Tu ne devineras jamais : ma sœur aime, eh bien, ta petite amie," annonce Briony.

"Tu plaisantes. Le suis-je ? Tu veux dire que ta sœur aime les filles ?" J'ai demandé surpris.

"C'est ma sœur, mais oui, elle le fait, ce qui est bien pour moi, puisque je n'ai pas de concurrence quand je cours après les garçons !" a-t-il gloussé.

J'ai proposé de la rencontrer pour un repas et un verre, en lui assurant que ce serait une soirée agréable et elle a accepté. Briony est partie se baigner et j'ai remarqué que Megan discutait et riait avec Janine alors qu'elles revenaient ensemble des magasins. Leurs chemins se sont séparés et je suis entré dans la maison avec Janine.

"Hé, nous allons dîner ce soir avec Briony et Megan. Qu'est-ce que tu en penses ? Je lui ai demandé.

"Um, bien. J'ai discuté avec Megan ; elle est vraiment sympa et elle m'a aussi dit des choses très gentilles," complimente Janine.

"Megan aime les filles", ai-je annoncé, en observant son visage pour voir sa réaction.

Les yeux de Janine se sont levés, elle a souri puis a été choquée.

"Vraiment ? Je n'en avais aucune idée. Je veux dire, elle est toujours une bonne fille, mais je ne savais pas qu'elle avait ce penchant. Pas que cela ait de l'importance,' ajoute Janine.

Cependant, elle n'était pas intimidée et à 18 heures, nous nous sommes rencontrés au bar du complexe. J'ai commandé du vin et nous avons ensuite mangé. Megan, comme je le pensais, a entamé une conversation avec Janine et j'ai tapé un message sur mon téléphone, disant : "Faisons boire ces deux-là, mais pas nous" et, très intelligemment, j'ai tendu mon téléphone à Briony pour qu'elle le lise sous la table.

Elle l'a lu, puis m'a remis le téléphone et a fait un imperceptible signe de tête d'assentiment. Le vin coulait à flots et pendant que nous discutions, je m'amusais un peu. Ma main s'est glissée sous la table et, tandis que Megan engageait Janine dans une autre conversation élogieuse, j'ai caressé les cuisses et la chatte de Janine, cachées par la nappe. Le mélange d'alcool, de conversation et de stimulation excitait Janine, comme je l'avais espéré.

Nous sommes allés au bar et Briony et moi avons bu un peu moins, tandis que les deux autres se sont saoulés. À ce moment-là, j'ai suggéré que nous rentrions et nous avons tous les quatre déménagé dans l'appartement de la sœur. Nous avons ouvert d'autres boissons, puis j'ai proposé que nous jouions à Action ou vérité. D'abord, nous avons tous bu la vérité et Megan a demandé à Janine si elle avait déjà été avec une fille.

À mon grand étonnement, elle a répondu oui, mais elle était ivre et l'avait fait pendant l'université et ne se souvenait pas de grand-chose. Une Briony effrontée m'a demandé quelle était la taille de ma queue et quand j'ai répondu qu'elle faisait 20 centimètres, Janine a hoché la tête. J'ai ensuite demandé à Briony si elle avait déjà joui après avoir été mangée et j'ai obtenu la réponse prévisible de oui. Janine a demandé à Megan si elle avait déjà mangé une fille et elle a répondu oui.

***

Puis nous avons fait tourner une bouteille vide pour jouer. Megan a été la première, mettant Briony au défi de m'embrasser ou d'embrasser Janine. Elle a haussé les épaules et a verrouillé ses lèvres avec moi. Janine respirait plus fort et je pouvais voir qu'elle n'était pas ennuyée, juste très excitée. Briony a mis Megan au défi d'embrasser moi ou Janine et elle a immédiatement choisi Janine. J'ai observé la réaction de Janine, qui devenait de plus en plus dure, et lorsque Megan s'est retirée, j'étais fascinée par le regard de luxure sur le visage de Janine. C'était le tour de Janine et elle a mis Megan au défi de se toucher devant nous tous.

Megan a laissé sa jupe remonter un peu et a touché sa chatte, jouant avec son clitoris pendant une minute jusqu'à ce qu'elle laisse tomber sa jupe. L'atmosphère dans la pièce était maintenant tendue et j'ai utilisé mon défi pour le pousser au maximum. J'ai défié Megan d'embrasser Janine, mais pas sur la bouche. Janine ne m'a même pas regardé, elle a juste fixé Megan et Megan a haussé les épaules et s'est dirigée vers Janine. Lorsque Janine s'est levée, Megan a tapoté le lit et Janine s'est assise au bout de celui-ci. Megan s'est agenouillée et s'est tournée vers Briony.

"Pas si tu regardes", a-t-il dit, et Briony s'est levée, tout comme moi.

Nous nous sommes approchées de la porte du patio et sommes sorties, la dernière chose que j'ai vue, c'est Megan qui a baissé la tête entre les jambes de Janine. Briony m'a attrapé et m'a embrassé passionnément pendant que je passais mes mains sous sa jupe et que je sentais ses incroyables fesses. J'ai fait signe à la clé de ma chambre et elle a souri. Nous nous sommes embrassés encore un peu et ensuite je suis allée à mon appartement, ouvrant la porte patio pour entrer. Une fois à l'intérieur, je lui ai demandé d'attendre un moment et je suis sortie, jetant un coup d'œil à l'intérieur pour voir ce que faisaient les deux autres. La scène m'a excité comme jamais auparavant : Megan était allongée sur le dos sur le lit.

Janine était à califourchon sur son visage dans la position 69 et pendant que Megan mangeait la chatte de Janine, Janine semblait rendre la pareille à Megan. J'ai souri en retournant dans ma chambre. Je me suis agenouillée devant Briony et j'ai fait glisser ma culotte le long de ses jambes, puis j'ai immédiatement léché ses douces lèvres. Elle avait un goût merveilleux et a posé ses mains sur ma tête pendant que je la dévorais.

Finalement, elle s'est allongée sur le lit pendant que je continuais mon assaut oral et que je léchais plus bas jusqu'à ce que je passe ma langue autour de son trou du cul avant d'entrer. J'ai alterné entre ses orifices alors qu'elle gémissait de plaisir et quand elle a atteint l'orgasme, ses cuisses tendues m'ont serré et elle a attrapé un oreiller pour étouffer ses gémissements. Une fois épuisé, je me suis déplacé sur son corps et j'ai glissé facilement en elle.

"Putain, tu es vraiment énorme", a-t-elle haleté alors que je commençais à entrer et sortir de sa chatte.

Nous avons baisé et baisé jusqu'à ce que je sente que mes besoins atteignent un point culminant. J'ai prévenu Briony, elle a souri et m'a dit de me lever. Je l'ai fait, elle s'est assise sur le lit en face de moi et a commencé à me prendre dans sa bouche. La vue de cette fille sexy qui me suce m'a finalement fait jouir. Une fois que nous avons terminé, nous nous sommes levées et sommes sorties sur la pointe des pieds pour regarder à côté. Megan était maintenant sur Janine et le visage de Janine était enfoui dans l'entrejambe de Megan. Nous avons marché et je me suis approchée de Janine et j'ai attrapé ses cheveux.

Tu es tellement sexy en le faisant. Continue, ne t'arrête pas", ai-je insisté.

Janine a eu l'air confuse car elle a probablement réalisé qu'elle mangeait une chatte, puis la luxure a pris le dessus et elle a de nouveau mis son visage contre Megan pour continuer à la lécher. Janine était en train de manger le cul de Megan et je me suis tournée vers Briony. Nous nous sommes dirigées vers l'autre lit à côté de celui de Megan et je me suis allongée dessus, tirant Briony sur moi. Je l'ai positionnée de façon à ce qu'elle soit posée sur mon visage et j'ai commencé à la manger. Me souvenant de ce que faisait Janine, j'ai commencé à taquiner Briony, la faisant soupirer de plaisir. Janine a arrêté ce qu'elle faisait et nous a vues, mais elle a gémi lorsque Megan a repoussé son cul dans son visage et a recommencé à lui manger la chatte et le cul elle-même.

***

Pendant que je léchais Briony, elle a bougé avec excitation sur mon visage jusqu'à ce qu'elle se sente à nouveau proche de l'orgasme. Ses cris de plaisir semblent avoir stimulé les deux autres à un niveau plus élevé et elles semblent aussi atteindre l'orgasme. Lorsque Briony s'est calmée, je l'ai poussée à quatre pattes et je me suis à nouveau enfoncé dans sa chatte. Janine m'a regardé mais ses yeux étaient vitreux. Je lui ai fait un signe de tête et elle s'est rapprochée.

Le regard de convoitise dans ses yeux était incroyable et a pris le dessus quand elle a soudainement semblé se décider et s'est glissée sous moi. Elle a commencé à lécher mes couilles pendant que je baisais lentement Briony. Janine était allongée sur le lit mais tournée vers le bas, au lieu d'être directement sous moi et Briony. J'ai regardé derrière moi et j'ai vu que Megan avait glissé sur le sol et léchait doucement Janine.

Cela a eu pour effet de l'exciter encore plus et puis c'est arrivé. Sa langue, délibérément ou accidentellement, a bougé un peu plus haut et a touché la chatte de Briony. Après une pause, elle a léché à nouveau et Briony a soupiré bruyamment lorsque Janine a commencé à travailler sur son clito pendant que je la baisais. En bas, Megan se régalait et j'ai silencieusement remercié la fille lesbienne d'avoir excité ma copine au point qu'elle n'avait aucun problème à me laisser baiser Briony.

Après l'avoir baisée aussi longtemps que possible avant de jouir, j'ai glissé et attrapé Janine par les cheveux. En glissant dans sa bouche, j'ai tiré ma charge et elle a avalé rapidement. Dès qu'elle a terminé, je me suis retiré et j'ai fait descendre le poids de Briony jusqu'à ce qu'elle soit assise sur le visage de Janine. Janine, à son crédit, a immédiatement attaqué sa chatte et Briony était tellement excitée que je ne pense pas qu'elle se soit souciée de savoir qui la mangeait à ce moment-là. Pendant ce temps, j'ai quitté le lit et j'ai vu Megan sur le sol, toujours en train de lécher Janine. J'ai pris une décision et je me suis allongée sur le sol.

Avant que Megan ne réalise ce qui se passe, mon visage était sous sa chatte et ma langue était à l'intérieur. Peut-être qu'elle n'aimait pas les garçons, mais l'idée de manger une fille lesbienne m'excitait. Elle a commencé à claquer contre mon visage jusqu'à ce que je suce son clito, tandis qu'elle enterrait son visage dans Janine pendant qu'elle jouissait. Je l'ai léchée encore un peu puis je me suis retiré de sous elle. Briony n'avait pas encore atteint l'orgasme et je voulais être celle qui l'aiderait à l'atteindre ! J'ai éloigné le visage de Megan de Janine et j'ai chuchoté à son oreille.

"Pourquoi ne prends-tu pas la place de ta sœur sur son visage ?" J'ai proposé et elle a souri.

Puis j'ai secoué Briony et elle a quitté Janine pour être immédiatement remplacée par Megan. Janine a à peine eu le temps d'enregistrer sa nouvelle chatte, mais elle a léché consciencieusement et Megan, qui venait de jouir sur ma langue, s'est détendue car il faudrait probablement un moment avant qu'elle ne jouisse à nouveau.

Briony et moi avons encore pris l'autre lit et avons fini par faire un 69. La blonde sexy savait vraiment comment sucer des bites et semblait aimer être mangée. J'ai toujours eu du mal à jouir dans la position 69 car je me laisse distraire par le plaisir de l'autre personne et Briony et moi étions égales à cet égard. Périodiquement, elle me suçait, puis faisait une pause pendant que j'assaillais sa chatte, puis reprenait sa succion. Puis elle faisait une nouvelle pause pendant que je frottais son trou du cul et finalement, elle devait faire une pause plus longue car sinon, aucun de nous deux n'y prendrait plaisir.

Elle s'est retournée sur mon visage et alors qu'elle enfonçait sa langue dans la mienne, j'ai jeté un coup d'œil à l'autre lit. Megan avait attrapé les cheveux de Janine, tandis que Janine léchait Megan pour tout ce qu'elle valait. J'ai à nouveau attaqué la délicieuse chatte de Briony et cette fois, elle a atteint l'orgasme en quelques minutes. Finalement, elle a soupiré et s'est effondrée sur mon visage. J'étais moi-même encore dur comme un roc et je l'ai conduite debout vers le mur. Briony a écarté ses jambes comme si elle avait été fouillée, appuyant ses mains contre le mur pendant que je glissais à nouveau dans sa chatte humide. Ce qui m'a encore plus excité, c'est de voir Megan se tourner vers les pieds de Janine, mais toujours assise bien droite.

***

Je savais que je tiendrais plus longtemps car j'avais déjà joui et pendant que Briony et moi baisions, Megan profitait du talent oral de Janine. Cela s'est avéré être le dernier acte, car une fois que Briony et moi avons joui à nouveau, Janine a amené Megan à un orgasme choquant. Briony et Megan étaient toutes deux fatiguées et moi aussi, alors j'ai pris la main de Janine et l'ai conduite à la porte suivante. Nous nous sommes mis au lit et avons dormi presque immédiatement. Le matin, je me suis réveillé et Janine s'est aussi réveillée. Je l'ai embrassée avant de pousser sur sa tête. Elle a compris et s'est abaissée pour me prendre dans sa bouche.

"Alors, tu t'es amusée hier soir ?" Je lui ai demandé.

C'était... incroyable", a-t-il dit doucement.

Il semblait me cacher quelque chose et j'ai essayé de le découvrir.

"OK, qu'est-ce que tu ne me dis pas ? Tu avais l'air de t'amuser avec Megan,' ai-je fait remarquer.

"Je l'ai fait. Elle m'a demandé si je voulais aller à la plage avec elle," admet Janine.

"Laisse-moi deviner. Tu n'es pas totalement contre cette idée ?" J'ai proposé.

"Plus ou moins", a-t-elle répondu.

"Je pense que tu devrais y aller. Hé, ce qui arrive en vacances reste en vacances. Une fois rentrés à la maison, nous aurons tout le temps du monde pour nous faire plaisir. D'accord ? J'ai insisté.

"OK", a-t-il rapidement accepté et a recommencé à me sucer.

J'ai fini par éjaculer dans sa bouche et j'ai pris une douche. Janine est entrée et en sortant, j'ai vu Megan.

"Salut Megan. Comment te sens-tu ?" J'ai demandé.

"Um... un peu de gueule de bois", a-t-elle répondu de manière penaude.

"Je pense que nous le sommes tous. Est-ce que Janine a parlé de la plage ? Je voulais juste dire que ça me va, j'ai proposé.

"Vraiment ? Hum, oui, c'était juste pour avoir un bon bronzage pour la journée. C'est tout, dit Megan.

"Bien. Demain alors ?" J'ai suggéré.

"OK", a-t-il dit en souriant, et il est retourné à l'intérieur.

Nous avons passé une journée très calme et je n'ai rien vu de Megan ou de Briony. Le lendemain, la porte s'est ouverte et Megan était là.

"Hum, Janine, veux-tu aller à la plage ?" a-t-il demandé innocemment.

"Bien sûr, OK ?" Janine a demandé, en vérifiant avec moi.

'Bien sûr, vas-y,' lui ai-je assuré.

***

Les deux filles sont parties et dès qu'elles sont parties, je suis allée chercher Briony. Elle était à la piscine et m'a vu, me faisant signe de venir. Lorsqu'elle s'est approchée de moi, j'ai immédiatement bandé en regardant son corps encore humide s'approcher nonchalamment. Je suis entré dans mon appartement et elle m'a suivi.

J'ai fermé le rideau et me suis agenouillé, tournant Briony face au mur alors que je léchais immédiatement de haut en bas sa raie des fesses. Elle a soupiré lorsque ma langue a commencé à la pénétrer, puis s'est tournée pour que sa chatte puisse aussi voir un peu d'action de la langue.

"Mets-toi sur le lit pour que je puisse m'asseoir sur ton visage", m'a-t-elle finalement dit quand il devenait trop difficile de rester debout et j'ai accepté avec plaisir, m'allongeant pendant que Briony laissait sa douce chatte reposer sur ma bouche et enveloppait ma langue dans ses plis humides.

Pendant que je la léchais, je ne pouvais pas m'empêcher de me demander ce que Megan et Janine faisaient, à part prendre un bain de soleil ! J'ai mis ces pensées de côté et me suis concentrée sur la fille sexy sur mon visage. Alors que le plaisir augmentait, Briony a atteint l'orgasme et a attrapé mes cheveux pour se stabiliser alors qu'elle venait durement sur mon visage. Une fois qu'elle a récupéré, elle a ouvert les yeux et m'a regardé longuement, avant de descendre jusqu'à ce que sa chatte soit sur le dessus de ma queue. En glissant dessus, elle s'est empalée et a gémi pendant que je la remplissais.

"Fais-le fort", a-t-elle dit et j'ai hoché la tête, la faisant rouler en me mettant sur elle.

Je ne me suis pas retenu et j'ai baisé Briony aussi fort que possible. J'ai fait tout ce à quoi je pouvais penser pour m'empêcher de jouir et cela a semblé fonctionner. Au bout d'un moment, nous avons changé de position et je me suis collé sur son corps incroyable pendant que je la baisais par derrière.

J'ai également passé la main autour de sa taille pour jouer avec son clito et cela a semblé fonctionner, car Briony a de nouveau atteint l'orgasme. J'ai continué à la baiser, en laissant son clito tranquille, quand elle m'a finalement demandé d'arrêter. Elle m'a fait asseoir sur le bord du lit et s'est rapidement agenouillée, me prenant dans sa bouche. Alors que je profitais de la fellation, j'ai vu mon téléphone s'éteindre et je l'ai vérifié. Janine m'avait envoyé un message vidéo avec un commentaire disant : "Regarde ce que j'ai enregistré sur le téléphone de ta copine".

***

Intriguée, j'ai appuyé sur le bouton de sourdine puis je l'ai ouvert. La vidéo ne date que de 10 minutes et montre une sorte de kiosque sur la plage, le genre où les gens vont se changer. Cependant, Janine ne pouvait pas être confuse. Elle était à genoux et ne semblait pas remarquer Megan, qui était debout et filmait clairement pendant que Janine lui léchait la chatte. La vidéo a duré deux minutes et Janine gémissait en dévorant la fille lesbienne. Le regarder m'a excité encore plus et j'ai prévenu Briony que j'étais sur le point de jouir. Elle n'a pas arrêté ce qu'elle faisait, mais s'est assurée que sa bouche était collée à ma queue. Regarder son corps parfaitement tendu, sa bouche travaillant pour me faire jouir, m'a fait basculer. J'ai senti mon sperme gicler et je l'ai entendue avaler alors que d'autres sortaient.

J'ai finalement terminé et j'ai lâché la tête de Briony. Elle m'a souri et s'est levée en même temps que moi. Je l'ai fait s'allonger sur le lit et nous nous sommes embrassés pendant un moment. Puis j'ai commencé à embrasser son corps doucement et elle a laissé échapper un soupir de plaisir alors que je faisais lentement le tour de son corps. J'ai aussi embrassé ses pieds, avant de remonter le long de ses jambes. Une fois que j'ai atteint son aine, elle a ouvert ses jambes et je suis allé directement à son cul, léchant et embrassant ses joues avant de m'approcher de son anus. Elle s'est détendue lorsque le travail de ma langue a recommencé, puis elle a dû se souvenir de quelque chose.

"Hé, qui a essayé de t'appeler ou de t'envoyer un SMS tout à l'heure ?" a-t-il demandé.

"Jette un coup d'œil. Tu ne vas pas le croire. C'est en fait ta sœur, lui ai-je dit avant de recommencer à la masser.

Briony a pris mon téléphone et je l'ai entendue haleter car elle avait dû lire le message et regardait le film.

"Ugh, cette Janine est une telle salope. Putain, ouais, remets ta langue comme ça. Putain, c'est génial", a-t-elle déclaré, devenant encore plus excitée en regardant le clip pendant qu'elle se faisait lécher le cul.

"Peut-être qu'ils veulent des vacances romantiques", ai-je proposé.

"Oui, encourageons-les alors. Et nous pouvons en avoir un aussi. En fait, j'ai un petit ami à la maison, mais quand le chat n'est pas là, les souris jouent, comme on dit", a-t-il annoncé.

Je me suis à nouveau approché de sa chatte et j'ai savouré calmement ses jus en la dévorant. Elle a fini par jouir à nouveau, en tenant ma tête vers elle alors que ma langue ne s'arrêtait jamais, jusqu'à ce qu'elle soit obligée de me repousser.

***

Nous avons encore fait l'amour, puis nous avons fait une pause. Plus tard, Janine est arrivée et j'ai aussi vu Megan se diriger vers son appartement.

"Salut. Alors, comment était la plage ?" J'ai demandé avec nonchalance.

Um... oh oui, c'était vraiment bien", s'est exclamé Janine, sans doute inconsciente de la vidéo.

J'ai sorti son téléphone de mon sac et lui ai montré le film ; elle était d'abord stupéfaite, puis est devenue rouge vif.

"Hé, c'est bon, chérie. Écoute, nous sommes en vacances, le temps est chaud et, comme je l'ai dit ce matin, ce qui se passe en vacances, reste en vacances. Tu t'es amusé et tu le referas peut-être. Il n'y aura toujours que nous deux à notre retour", lui ai-je assuré.

"Oh, ça ne te dérange pas alors ? Je ne savais pas qu'il me filmait. C'est juste... Je ne peux pas l'expliquer. Je suis si excitée", a-t-elle balbutié.

"Hé, quand est-ce que cette occasion se représentera ? Peut-être jamais. Si tu veux passer plus de temps avec Megan, c'est très bien. OK ?" J'ai dit.

"OK", dit-elle, apparemment soulagée.

Je n'ai vu aucune raison de mentionner le nom de Briony, car je voulais qu'elle pense que je lui faisais une faveur !

"Écoute, pourquoi ne prends-tu pas une douche et quand tu sortiras, nous passerons du temps ensemble". J'ai proposé.

"Merci", a-t-il murmuré en m'embrassant.

Puis il a jeté un coup d'œil à mon short et a embrassé mon aine avant de courir à la douche. Une fois qu'elle était à l'intérieur, je me suis dépêchée de sortir et de frapper à la porte de la fille. Megan a répondu et a dit que Briony prenait aussi une douche.

"Eh bien, c'est à toi que je voulais parler. Je voulais juste te dire que si tu veux t'amuser davantage avec Janine, ça me va," lui ai-je dit.

"Vraiment ? Je n'étais pas sûr. Ça ne te dérange vraiment pas ?" dit-il en souriant.

"Non. Combien de jours resteras-tu ici ?" J'ai demandé.

"Quatre jours de plus", m'a-t-il dit.

"Eh bien, nous avons aussi quatre jours et nous partons le lendemain soir. Donc si tu veux passer du temps avec Janine, demande-lui si elle veut sortir, ou de n'importe quelle autre manière,' ai-je résumé.

"Mince, merci. Les garçons ne me dérangent pas non plus, mais je préfère de loin les filles. Janine te préfère, mais elle ne semble pas avoir de problème avec les filles, donc c'est une bonne solution. En plus, tu sais aussi te servir de ta langue, a-t-il ajouté de façon taquine.

"Merci et je sais que c'est un vrai compliment venant de toi. Peut-être que notre dernière nuit pourrait être quelque chose de spécial. Assurons-nous que les deux autres ont assez à boire ce soir-là", ai-je dit de manière conspiratrice.

"Je suis d'accord !" a-t-elle répondu, alors que je me suis détourné en souriant.

Je suis rentré et Janine est immédiatement sortie de la douche. Je me suis déshabillé et j'ai souri quand elle s'est agenouillée devant le lit, comme Briony l'avait fait quelques heures plus tôt. Elle m'a pris dans sa bouche et si elle sentait la chatte sur moi, elle n'a certainement rien dit mais a continué avec sa bouche experte. Je me suis laissé tomber sur le lit et me suis détendu, profitant de sa bouche humide qui travaille sur moi. Finalement, j'ai senti le sperme remonter et je lui ai dit, alors qu'il éructait et frappait le toit de sa bouche. Elle a gémi joyeusement et a commencé à l'avaler pendant que je tenais sa tête contre moi.

***

Plus tard, les filles ont laissé un mot pour nous, disant qu'elles devaient rejoindre leurs parents mais qu'elles seraient là le lendemain. Janine et moi avons mangé, puis nous nous sommes retirés pour une nuit de sexe et de sommeil. Nous avons passé une belle journée à la piscine et avons ensuite vu les filles. Megan est venue et sa main s'est posée sur la jambe de Janine alors qu'elle s'accroupissait près de nos transats et nous a demandé si nous voulions dîner avec elles ce soir-là. Nous avons accepté et je savais que Janine était ravie. Nous les avons rencontrés pour un repas et un verre avant de retourner dans les appartements. Nous avons de nouveau suivi les filles et Megan a dit qu'elle avait quelque chose à dire à Janine.

"J'ai ici une pièce de monnaie et je vais la lancer. Pile signifie une chose, face une autre. Es-tu d'accord pour dire que quel que soit le résultat, il est définitif ?" a-t-il demandé à Janine.

J'ai regardé avec extase Janine hocher la tête, en regardant Megan dans sa jupe courte.

"OK, alors têtes et tu passes la nuit avec ton homme. Pile et tu le passes avec moi", a dit Megan et avant que Janine ne puisse réagir, elle a lancé la pièce, l'a attrapée adroitement avec sa main et l'a recouverte avec l'autre.

"Alors ?" demande Janine.

"OK, laquelle c'est ?" demande-t-il nerveusement.

Megan a ouvert sa main : c'étaient des queues.

Janine a haleté et m'a regardé.

"Un marché est un marché", ai-je dit, mais je pouvais voir qu'elle était excitée.

Megan a chuchoté à Briony et Briony est sortie en me regardant une fois et en souriant. Je l'ai suivie et, en sortant, j'ai entendu Megan.

'J'ai pensé à ta langue toute la journée', a-t-il dit tranquillement à Janine.

Briony et moi sommes entrées dans mon appartement et lui avons souri.

"Bien, bien. Ça te dirait d'atterrir dans la file d'attente, hein ?" J'ai gloussé.

"Je suppose que c'est le destin. Mais ils ne sont pas les seuls à pouvoir s'amuser, n'est-ce pas ?" a-t-elle plaisanté et pendant que je regardais, elle s'est déshabillée pour moi.

Je n'ai pas perdu de temps pour la mettre dans le lit et j'ai embrassé chaque partie de son corps avant de goûter à nouveau sa merveilleuse chatte. Briony était excitée et a joui plus vite que je ne le voulais, mais je savais qu'elle jouirait plus d'une fois avec moi ce soir ! Elle s'est rapidement mise à quatre pattes et m'a laissé claquer en elle. Son corps était magnifique dans le clair de lune qui filtrait à travers les fentes des rideaux et j'ai attrapé ses seins en claquant fort dans sa chatte.

Nous avons sucé et baisé, puis sucé encore pendant les deux heures suivantes, jusqu'à ce que nous soyons tous les deux épuisés. Environ dix minutes plus tard, Briony s'est endormie et je me suis glissé hors du lit. En ouvrant silencieusement la porte, je suis allée chez eux, en prenant la clé de Briony. J'ai ouvert silencieusement la porte et j'ai vu une silhouette allongée sur le lit, avec une autre silhouette montée sur son visage. Il était difficile de dire qui mangeait qui, jusqu'à ce qu'ils parlent.

"Ah, ta langue est faite pour l'oral. Mets-le juste dans mon cul", j'ai entendu Megan dire et j'ai réalisé qu'elle devait être assise sur le visage de Janine.

Son souffle m'a dit que la langue de Janine s'était enfoncée encore plus profondément et je pouvais voir sa bouche bouger sur mon visage sous elle.

"Bonne fille, comme ça. Tu sais, je pourrais baiser ton visage toute la nuit, il est si beau,' pensait Megan pendant qu'on la baisait.

"Oh, si tu veux", j'ai entendu Janine marmonner depuis sa position.

"LIsten, qui sait quand tu reviendras à manger de la chatte ? Je veux que tu en manges beaucoup pour le reste des vacances, OK ?" Megan a insisté.

"Oui Megan", grogne Janine, clairement excitée par l'idée de manger Megan pendant les deux prochains jours.

J'ai regardé en silence Janine se diriger vers la chatte de Megan et l'amener à l'orgasme. Une fois que Megan a terminé, elle s'est retirée et s'est mise sur le lit, mais en faisant cela, elle a repoussé la tête de Janine vers son entrejambe.

"Tu n'as pas terminé. Je mangerai des chattes quand je rentrerai au Royaume-Uni, mais c'est toi qui dois t'entraîner ici,' l'ai-je entendu dire et Janine a recommencé à lécher.

Il semblait que Megan voulait s'assurer que son temps avec Janine était sous le signe d'une autre fille lui donnant tout le plaisir.

Je me suis faufilé dehors et j'ai refermé la porte à clé avant d'entrer à nouveau dans mon appartement. Briony ressemblait à une déesse allongée sur le lit et je me suis excité, je me suis baissé et j'ai commencé à embrasser sa chatte. Avant même qu'elle ne soit complètement réveillée, je la dévorais et elle a soupiré comme si elle venait de se réveiller pour trouver la langue de son amoureux des vacances en elle. Dans le noir, je l'ai mangée jusqu'à ce qu'elle vienne et j'ai ensuite glissé le long de son corps. Nous nous sommes toutes les deux endormies alors que je me demandais si Megan allait vraiment faire en sorte que Janine lui mange la chatte et le cul pendant toute la nuit.

***

Le lendemain matin, une aube radieuse s'est levée et Briony s'est retournée pour m'embrasser. Nous avons à nouveau baisé sur le lit avant qu'elle n'envoie un SMS à sa sœur pour lui dire qu'elle retournait à leur appartement. Cela a fait sortir Janine et alors que Megan avait l'air fatiguée mais heureuse, Janine avait des cernes sous les yeux qui témoignaient d'un manque de sommeil. Cependant, elle n'avait pas l'air malheureuse, à ma grande joie !

Les filles ont dû passer du temps avec leurs parents à nouveau et la même chose s'est produite cette nuit-là. Nous avons passé une nuit tranquille et bien que nous ayons fait l'amour et que Janine m'ait endormi avec une fellation et réveillé avec une autre, elle a quand même réussi à dormir beaucoup plus. Le jour suivant était le dernier pour les filles et pour nous. Janine venait de me faire une fellation et de prendre une douche rapide quand la porte s'est ouverte. Megan était là et est entrée.

"Salut Janine. Passons un dernier jour à la plage", dit-elle, puis elle se tourne vers moi et me fait un clin d'œil.

Janine s'est rapidement glissée dans un bikini et m'a regardée.

"Alors vas-y", je l'ai encouragée et elle a souri, avant de suivre Megan à l'extérieur.

J'ai frappé à la porte d'à côté et Briony a répondu.

"Bonjour mon amour, entre," dit-il de manière sexy.

J'ai passé la journée à la baiser et à un moment donné, j'ai reçu un autre message. Cette fois, le message disait "Merci pour l'utilisation de ta salope" et ne montrait qu'une seule photo. Elle avait été prise sans flash, donc Janine n'avait probablement pas remarqué, et elle montrait Janine les yeux fermés, une chatte sur le nez et sa langue sans doute dans le trou du cul de Megan.

Je me réjouissais de notre dernière nuit et j'ai suggéré à Briony que, comme c'était notre dernière nuit, nous devions nous abstenir de faire l'amour car je voulais être prêt pour la nuit. Elle a accepté et nous avons pris un bain de soleil ensemble. Finalement, les filles sont arrivées et Megan était rayonnante, sans doute grâce au travail de la langue de Janine !

J'ai emmené Janine dans la maison et j'ai dit que nous retrouverions les filles pour un dernier repas plus tard. À 18 heures, nous les avons rencontrés et, après un repas copieux, nous sommes allés au bar. J'ai regardé Megan qui, comme moi, se retenait un peu de boire. Briony et Janine étaient déjà ivres et cette fois, nous sommes tous retournés chez nous. Briony n'a même pas vérifié l'état de Janine avant de m'attraper pour m'embrasser, mais j'ai remarqué que Megan avait poussé Janine à genoux devant l'un des lits et s'était assise sur le bord. Pendant que Janine commençait à la lécher, j'ai emmené Briony sur l'autre lit. Elle semblait vraiment excitée et me regardait attentivement.

"Je te veux dans mon cul ce soir", a-t-il dit doucement et j'ai souri avec excitation.

***

Je n'ai pas perdu de temps pour essayer de satisfaire ce désir, descendant et faisant travailler ma langue dans son cul aussi longtemps que je le pouvais. En la dévorant, j'ai vu que Megan était déjà proche de jouir et j'ai attaqué la chatte de Briony jusqu'à ce que je sente qu'elle commençait à frémir aussi. Son orgasme est arrivé et je suis resté sur son clito jusqu'à ce qu'elle soit trop sensible. En glissant de nouveau vers le bas, je l'ai massée pendant qu'elle gémissait dans une félicité post-orgasmique.

Finalement, j'ai bougé et l'ai fait tourner sur le lit jusqu'à ce qu'elle soit à quatre pattes. Au début, je n'ai eu aucun problème à me glisser dans sa chatte, mais j'ai utilisé ses jus et mon précédent massage anal pour glisser deux ou trois doigts dans son cul. Comme elle se détendait, j'ai déplacé ma queue dessus et finalement, après quelques tentatives, la tête a réussi à entrer. Une fois que c'était fait, je me suis lentement inséré à fond, avant de me retirer un peu. J'ai commencé à un rythme très lent pour ne pas la blesser, mais l'alcool a aussi joué son rôle et Briony l'a bien géré.

Megan avait maintenant joui et conduisait Janine vers nous. Elle l'a poussée vers le bas et Janine a baissé la tête sous mon entrejambe, léchant mes couilles pendant un bref instant avant de s'attarder sur la chatte de Briony. Alors que ma queue entrait et sortait lentement du cul de Briony, la langue de Janine a trouvé sa chatte et a commencé à la lécher.

"Oh mon Dieu, c'est incroyable", a déclaré Briony entre deux halètements de plaisir.

Megan s'est approchée de moi et m'a chuchoté à l'oreille pendant que je baisais le cul de Briony.

"Ta salope a enfoncé sa langue dans mon cul et ma chatte tellement de fois que j'en ai perdu le compte. Je voulais juste te remercier et si jamais elle devient complètement gay, envoie-la moi", a-t-il dit puis je l'ai vu sortir un objet.

C'était un strap-on et elle l'a mis et, en agrippant les hanches de Janine, a poussé fort en elle. Cela a eu pour effet de faire gémir Janine dans la chatte de Briony et les vibrations, ainsi que sa langue et ma queue dans son cul, l'ont fait jouir en un rien de temps. À ce moment-là, je suis sorti de son cul et Janine m'a pris dans sa bouche, sans hésiter, alors qu'elle nettoyait soigneusement ma queue.

Une fois que j'ai eu fini, je me suis glissé dans la chatte de Briony cette fois et Janine a travaillé sur son clito pendant que je sentais mes couilles se resserrer et le sperme sortir en giclées. J'ai haleté lorsque mon orgasme est arrivé, puis s'est terminé et je me suis retiré pour sentir une Janine avide de me prendre à nouveau dans sa bouche, nettoyant le jus de chatte et le sperme de ma queue. Une fois terminé, j'ai pointé du doigt la chatte de Briony et elle, comprenant, a commencé à manger le creampie que j'avais laissé là.

Briony adorait cela et j'ai été oublié pour le moment alors qu'elle profitait d'un habile bouffage de chatte. Megan avait amené Janine à un orgasme frémissant alors qu'elle était encore en train de manger de la chatte et, laissant le strap-on enfoncé dans Janine, j'ai glissé avec Megan. Elle s'est mise à cheval sur mon visage, a descendu le long de mon corps et a joui très rapidement sur ma langue avant de m'étourdir et de glisser le long de mon corps. J'étais stupéfait quand elle a fait glisser sa chatte sur ma queue, puis a souri.

"Cela fait un moment", a-t-il dit en commençant à me baiser.

Les deux autres ne nous ont pas remarqués, car nous étions presque hors de vue, mais Megan n'était manifestement pas habituée à un garçon, car elle s'est arrêtée net. Briony était dans les affres de l'orgasme, serrant la tête de Janine contre sa chatte pendant qu'elle lui baisait le visage. Puis c'était fini et pendant que Briony se remettait, Megan a tiré Janine de dessous elle et l'a conduite vers l'autre lit. Elle s'est mise à califourchon sur le visage de Janine et, descendant le long de son corps, a commencé à jouer avec le gode dans la chatte de Janine alors que sa chatte était à nouveau dévorée. La vue de Megan commençant à baiser le visage de Janine est restée dans mon esprit !

J'avais apprécié ma brève baise avec Megan et je n'ai pas perdu de temps pour me glisser dans Briony qui a soupiré de plaisir lorsqu'elle m'a sentie entrer en elle. Après quelques minutes, cependant, elle m'a arrêté.

"Allons à côté", a-t-elle dit et j'ai accepté, me retirant d'elle alors que nous nous levions pour partir.

J'ai gardé l'image de Megan assise, soupirant devant ce qui se passait pendant que Janine la dévorait. Briony et moi avons immédiatement recommencé à baiser et au cours de la nuit, j'ai joui trois fois, deux fois dans sa bouche et une fois dans sa chatte que Janine avait nettoyée plus tôt. Briony était si chaude alors qu'elle suçait ma queue, son corps parfait et tendu alors que sa tête bougeait. Si je ne la baisais pas, ma langue était en elle et cette nuit-là, elle ne se lassait pas des rapports oraux. Nous nous sommes réveillés tôt le matin et avons à nouveau fait l'amour avant que je ne passe presque une heure à lui faire atteindre deux orgasmes avec ma bouche. Mais finalement, c'était fini et Briony m'a donné son numéro.

"Écoute, je sais que j'ai un petit ami à la maison et que tu as Janine, mais si les choses changent, eh bien, restons en contact et voyons ?" a-t-il demandé.

"Ce serait génial, chérie. Vraiment super", lui ai-je assuré alors que nous nous embrassions une dernière fois.

Janine est revenue et avait l'air fatiguée mais heureuse. Elle m'a dit que sa langue lui faisait mal et quand je lui ai demandé combien de fois elle avait fait l'amour avec Megan, elle s'est tournée vers moi.

"À la fin, j'ai perdu le compte", c'est tout ce qu'il a dit.

Les filles sont parties environ deux heures plus tard, sans doute pour évacuer la fatigue des vacances dans l'avion, tandis que Janine et moi avons attendu le soir. Nous nous sommes allongés au bord de la piscine toute la matinée, puis dans l'après-midi nous sommes rentrés et avons baisé à nouveau avant qu'elle ne me fasse une fantastique fellation avant de remballer et de partir, sans doute pour vivre d'autres aventures à notre retour !

Trente-cinq ans

Trente-cinq ans, pensait-il, devrait être le pic sexuel d'une femme.

Pas que tu puisses le dire d'après sa récente expérience. Elle et son mari étaient coincés dans un mariage sans sexe. Bien que leur amour soit sûr et fort, leurs besoins physiques étaient devenus très différents. De plus en plus, ses moments d'éveil oisifs étaient passés à rêver de baiser et d'être baisée. Ses partenaires de rêve, hommes et femmes, jeunes et vieux, plus forts et plus faibles, ont tous fait ce dont son corps avait besoin. Si seulement...

Récemment, ses fantasmes se sont concentrés sur un homme de presque deux décennies son aîné. Leur première conversation avait été professionnelle. Brusque, peut-être. Mais il avait une présence physique et intellectuelle qui suggérait un feu intérieur. Et, pendant un instant, elle avait senti que son regard était franchement attentif. Elle se demandait quelles pensées remplissaient sa tête scintillante et se retrouvait à se demander si sa queue et ses couilles étaient également lisses, brillantes et pleines...

Elle s'est figée et a ramené ses pensées à des sujets plus banals. Son clito, cependant, était encore palpitant et la fois suivante où elle a goûté au plaisir, elle a pensé à sa bouche et à sa langue. Qu'est-ce que ça peut faire, a-t-elle pensé, je vais lui envoyer un SMS et voir ce qui se passe.....

Ses réponses étaient surprenantes, voire stupéfiantes dans leur érotisme sans honte. Ses mots la caressaient, la caressaient et sa chatte devenait humide à chaque relecture. N'étaient-ils que des mots ? Était-il juste un autre vieil homme dont les pensées surpassaient tout ce que son corps pouvait faire ? Ou y avait-il vraiment un véritable pouvoir sexuel ? Il avait dit qu'il allait à la salle de sport et elle a imaginé sa poitrine ondulant pendant qu'il pompait de la fonte de haut en bas, et ses pensées ont glissé de haut en bas sur sa queue couverte de jus...

Il a accepté de la rencontrer pour boire un verre... en public, juste pour discuter avec elle loin des regards indiscrets du lieu de travail. OK, a-t-il pensé, soyons justes, ce n'est qu'un verre pour apprendre à se connaître. Elle a choisi un soutien-gorge marron, une culotte assortie et une robe en tricot simple. Un collier en argent attire l'attention sur son ample décolleté. Les talons, bien sûr, donnaient la forme de ses mollets, mais pas les escarpins à poils longs qu'elle souhaitait porter pour lui.....

Elle a commandé du vin. Un Sancerre, avec des saveurs qui remplissaient sa bouche avec légèreté et explosaient dans différentes parties de sa langue. Pendant tout ce temps, il la regardait droit dans les yeux. Par elle. En elle. Elle a siroté son Sancerre et lui a souri, sachant que c'était la dernière chose même semi-sec de son côté de la table. Pendant qu'ils grignotaient des crudités (cet homme a-t-il déjà été un cochon ?), elle s'est légèrement tortillée et a ressenti une poussée excitante car sa chatte était maintenant trempée de désir. Son parfum musqué s'est élevé de la table. Il a reniflé l'air et un sourire a commencé à effleurer le coin de ses lèvres.

Il savait maintenant qu'elle était mouillée par la passion, mais elle ne savait pas s'il était tout aussi excité. Elle a analysé chacun de ses mots, chacun de ses mouvements, cherchant un signe qu'il faisait vraiment les choses qu'il lui avait décrites dans ses notes. Voulait-il vraiment soumettre son corps ? Allait-il dompter sa chatte et la dresser jusqu'à ce qu'elle lui obéisse, et seulement à lui, complètement ? Ou, lorsqu'il a découvert ses nombreux exploits sexuels, l'aurait-il repoussée avec dégoût ?

Alors qu'elle était assise à écouter son avis sur la politique de son bureau, elle a imaginé à quelle profondeur sa bite explorerait sa chatte. Elle voulait éviter la formalité de la petite conversation, mais elle ne voulait pas l'insulter. Elle faisait semblant d'écouter attentivement, mais en réalité, elle planifiait leur première baise. Elle n'arrivait pas à décider si elle devait être douce ou rude. Allait-il forcer sa tête sur sa queue ou plonger dans sa chatte en premier pour goûter les lèvres humides qu'il sentait.

Elle a décidé de suivre son exemple car il était clair dans ses yeux qui était le responsable. Son apparente indifférence à l'égard de son excitation croissante ne fait que l'enflammer encore plus. Il était temps de voir de quoi il était fait. Elle s'est retirée dans les toilettes des dames pour se rafraîchir.....

Il s'est rassis tranquillement, en croisant ses jambes avec modestie. C'était maintenant ou jamais, a-t-elle pensé. Elle a tendu la main sous la table, l'a prise et lui a passé un monticule de tissu doux et humide.

"Ma culotte", dit-elle, "est trop mouillée pour être portée".

Il les a glissés dans la poche de sa veste. Il a retiré sa main et a respiré profondément son parfum, laissant le bout de ses doigts effleurer légèrement sa langue. Sa queue, déjà dure, s'est raidie à l'idée de la lave chaude qui jaillit maintenant de son sexe. Ses pupilles se sont dilatées en même temps que les siennes.

De la poche de sa veste de sport cintrée, il a sorti une clé en papier sur laquelle figurait le nom d'un hôtel proche. Il l'a fait glisser sur la table. Il a demandé l'addition, a payé et s'est levé pour partir.

"Suite 401, dix minutes", a-t-il murmuré.

Ses yeux ont suivi ses épaules de rue et ses fesses fermes alors qu'il s'éloignait. Après avoir encaissé l'addition et débarrassé les assiettes, le serveur s'est demandé à voix haute pourquoi l'homme avait laissé cette belle femme sans surveillance. Se réveillant de sa rêverie, la femme a fixé le serveur en se demandant la même chose. Elle a alors réalisé que l'homme avait payé le prix d'une chambre en croyant qu'une simple boisson lui donnerait droit à la propriété temporaire de sa chatte. Présomptueux, sûrement.

Prescient, plus qu'elle ne voulait l'admettre. Maintenant complètement distraite par le jus chaud qui coule de sa chatte nue sur sa cuisse, elle engloutit le reste du vin et se dépêche de sortir de l'hôtel.

Quand il est arrivé à la porte de la Suite 401, il a failli frapper. Puis il a réalisé que passer la clé était une instruction implicite pour entrer dans la pièce. Il a glissé la clé dans le lecteur, a vu la LED devenir verte, a tourné la poignée et est entré dans la pièce.

Il était assis à son bureau et ses doigts survolaient un ordinateur portable. Elle les a imaginés en train de taquiner ses mamelons. Sa veste était posée sur le dossier d'une autre chaise et pour la première fois, elle a vu sa silhouette. Ses épaules étaient plus larges que ce à quoi elle s'attendait, sa taille plus étroite. Par réflexe, il a pris la veste, l'a lissée avec ses doigts et l'a accrochée dans l'armoire du hall. Lorsqu'il a fermé la porte, il a réalisé qu'il avait instinctivement suivi une autre instruction implicite. Coïncidence ?

"Bien joué", a-t-il dit.

À partir de ce moment-là, elle a compris que son plaisir était entièrement entre ses mains. Elle ferait tout ce qu'il lui demanderait, confiante qu'il s'occuperait de ses besoins.

"S'il te plaît, prends un siège."

C'était à moitié une invitation, à moitié une suggestion et à moitié un ordre. Il occupait la seule chaise de la pièce. Elle s'est assise sur le bord du lit, fixant l'arrière de son cuir chevelu, se demandant à nouveau si sa queue et ses couilles étaient aussi lisses et fortes et combien de temps elle attendrait pour le découvrir.

"Pourquoi es-tu venu dans ma chambre ?"

La question était assez simple. Mais sa bouche est devenue aussi sèche que sa chatte. Elle a répondu simplement et sincèrement.

"J'ai besoin que tu me baises.

Il s'est tourné vers elle. Ses cheveux bruns roux encadraient un visage d'albâtre. Ses lèvres étaient de la couleur du sang et ses dents brillaient de blanc. Mais ce sont ses yeux qui ont capturé, des yeux qui ont supplié, imploré l'attention. Son besoin était réel, honnête, et il commençait à la consumer. Elle avait besoin d'être satisfaite.

Elle était fixée sur sa poitrine où il avait déboutonné le haut de sa chemise. Les cheveux gris et bouclés se courbaient sur les muscles puissants de sa poitrine, légèrement visibles à travers le tissu translucide. Elle a vu que ses avant-bras étaient épais, puissants et se terminaient par des mains fortes et expressives. Il se demandait ce qu'était sa bite.....

"Tu es trop habillée.

Elle s'est détachée de sa rêverie et a retiré sa robe. Elle s'est sentie vaguement gênée et a croisé ses jambes pour cacher sa chatte glabre. Il a regardé ses seins, toujours contenus dans le soutien-gorge qu'elle avait si soigneusement choisi. Elle l'a regardé d'un air interrogateur. Il a hoché la tête, bien que légèrement. Elle a tendu la main derrière, a détaché le fermoir et ses seins se sont balancés vers la liberté.

Eh bien, se dit-elle, elle accepte bien les instructions. Elle sera une excellente maîtresse lorsqu'elle sera correctement formée. Mais elle doit d'abord être formée à son propre plaisir avant de pouvoir apprendre à satisfaire les besoins des autres.

"Tu feras ce que je demande, sans poser de questions. L'alternative est de partir. Je ne te ferai pas de mal, je ne te ferai pas de mal. Je te baiserai, mais quand je déciderai que c'est le moment de te baiser. Tu comprends ?

Elle a acquiescé sans mot dire.

"Appuie-toi contre le lit, glisse un oreiller sous tes hanches et montre-moi ta chatte."

Il s'est déplacé vers le lit et a commencé à enlever sa chaussure gauche.

"Je t'ai dit d'enlever tes chaussures ?"

Il s'est arrêté et a remis sa chaussure. Il n'y avait aucun doute sur qui était le responsable.

Il l'a embrassée doucement sur les lèvres et dans le cou et a laissé ses doigts glisser doucement sur les amples protubérances de ses seins. Mais il ne s'est pas arrêté ni attardé là. Elle a senti son souffle sur l'intérieur de ses cuisses. Il a inhalé profondément.

"Tu ne porteras du parfum que lorsque je te le permettrai. Tu ne couvriras ni ne masqueras l'odeur de ton jus de chatte, jamais. Tu comprends ?

Elle a hoché la tête.

"Tu ne comprends pas. Tu penses que tu comprends, mais ce n'est pas le cas. Le goût est la combinaison du goût et de l'odeur. Et ta chatte a un goût naturellement délicieux. Je n'aime pas les arômes artificiels. Ton jus est mieux savouré naturellement, ou mélangé à mon sperme."

Elle a étiré sa langue sur toute sa longueur, en a placé le bout à côté de son anus et, d'un seul coup long et langoureux, l'a fait remonter dans la fente entre ses lèvres intérieures et l'a passée avec force sur son clitoris maintenant palpitant.

Il a frissonné d'excitation.

"Est-ce que tu aimes ça ? Tu aimes le goût de ma chatte ?"

Il a répondu avec deux autres longues léchouilles, suçant doucement son clitoris lorsqu'il a terminé. Elle a gémi de plaisir, poussant ses hanches vers son visage. Elle était prête, pensait-il, une bien meilleure élève que celle qu'il avait rencontrée depuis de nombreuses années.

"Le moment est venu de rencontrer ton partenaire d'entraînement. Laisse-moi te présenter... Maître Sybian."

Ses yeux ont suivi les siens vers le côté opposé du lit.

"Oh mon Dieu, c'est quoi cette chose ?" Ses yeux s'agrandissent et son corps se tord. "Je n'ai jamais rien vu de tel". Il a regardé la selle avec sa queue pointant vers le ciel. "Tu plaisantes...."

"Dans ces choses, je ne plaisante pas, je ne plaisante pas et je ne plaisante pas". Sa voix a pris un ton étrangement égal. "Assieds-toi à côté de moi et je vais te le préparer."

Elle a rampé jusqu'au bout du lit et s'est allongée sur le ventre, les talons en l'air, en se demandant dans quoi elle s'était fourrée. Une folle ? Traître professionnel ? Quel genre d'homme garde une machine à cocker plug-in dans sa voiture juste au cas où il en aurait besoin ? Elle a observé son mouvement efficace mais sans hâte pendant qu'il lubrifiait le gode pour son confort. Il pourrait être fou... ou il pourrait être exactement ce dont elle a besoin en ce moment : un homme complètement érotique, confiant et sans peur. Elle a senti sa chatte frémir, imaginant et anticipant ce qui allait se passer ensuite. Son esprit, toujours effrayé par l'inconnu, n'avait jamais pensé que son après-midi se déroulerait de cette façon.

"Tu peux partir si tu veux. Mais tu ne peux pas te cacher. J'ai amené Maître Syb pour toi, pour qu'il t'enseigne. Ce n'est que lorsque tu fais l'expérience de ton propre plaisir illimité que tu peux donner le même aux autres. Es-tu prête à apprendre ?"

Son regard étant maintenant fixé sur la selle de la bite, elle a glissé discrètement du lit et s'est tenue devant lui, nue à l'exception de ses chaussures.

Il demande à son professeur : "Que dois-je faire ?".

"Accroupis-toi. Enfonce le gode dans ta chatte et mets-toi à genoux pour que ton clitoris glisse sur les nœuds."

C'est assez facile, a-t-il pensé. Le godemiché était plus petit que beaucoup d'autres qu'il avait vus et plus petit que le vibromasseur lapin qu'il avait consommé l'année dernière. Il a suivi les instructions et s'est placé devant son professeur, qui tenait un boîtier de commande.

Il a actionné les interrupteurs et elle a senti une légère vibration sur son clitoris. Elle s'est penchée en avant pour se donner plus de plaisir. Elle a permis à son corps de se synchroniser avec le rythme et a laissé la tension de son bassin commencer à se développer. Il a tourné un autre bouton et elle a senti le gode faire des cercles à l'intérieur de sa chatte, excitant son point G à chaque tour.

"Mmmm. Comme c'est agréable..." Ses mains ont volé sur les cadrans et les vibrations, si douces au début, sont devenues plus fortes et plus profondes. "Ohhh".

Elle a senti son orgasme arriver et, à mesure qu'il se rapprochait, elle a senti la rotation à l'intérieur de sa chatte s'accélérer, son point G étant stimulé toutes les secondes environ. Son bassin a commencé à vibrer, son orgasme était sur le point de culminer.

Il pouvait voir sa peau commencer à rougir, ses respirations maintenant courtes et laborieuses. Ses genoux flottaient contre les siens. Il a décidé de doubler les vibrations et les rotations lorsqu'elle a atteint l'orgasme.

"Oh mon Dieu.

Son orgasme a duré environ 40 secondes alors qu'elle s'est accrochée à son épaule, se balançant d'avant en arrière sur la machine. Une lueur est apparue sur son visage, son cou et ses seins, ses yeux suppliant d'arrêter la stimulation pour qu'elle puisse reprendre son souffle. Il a massé le bas de son dos, pressant chaque parcelle de son orgasme.

Il a arrêté la vibration et a baissé la rotation à un niveau bas et doux.

Il l'a serrée contre lui, en murmurant doucement à son oreille.

"Respirez profondément", a-t-il dit. "Laisse le plaisir t'envahir et prends des respirations profondes et régulières."

Son cœur et ses poumons se sont stabilisés alors que la sueur dégoulinait sur sa chemise. Il ne l'a pas remarqué et ne s'en est pas soucié. Lentement, peut-être 90 secondes plus tard, elle s'est assise et a dit : "C'était merveilleux...".

Il lui a souri, a tourné les cadrans et elle a ouvert de grands yeux. Sa chatte avait l'impression d'être pilonnée par l'amant le plus fort qu'elle puisse imaginer, et elle s'est précipitée dans un deuxième orgasme énorme presque instantanément. Cette fois, tout son torse a tremblé de plaisir et cela a duré presque soixante secondes.

"S'il te plaît, arrête...."

Il a abaissé les cadrans et elle est tombée en avant dans ses bras qui l'attendaient. Son cœur bat la chamade et elle renifle l'air comme pour se rafraîchir.

"Respire profondément", a-t-il répété. "Savoure le sentiment".

Elle a hoché la tête. Son clitoris palpitait et sa chatte était maintenant complètement gonflée de plaisir. Son jus a dégoutté sur les côtés de la selle. Lentement, sa respiration est redevenue normale. Elle ne voulait pas le laisser partir, lui, le maître de son plaisir. Mais il l'a ramenée en position verticale.

Ses yeux en disaient long. Elle ne savait pas si elle serait capable de supporter un autre tour sur cette machine, cet instrument de son plaisir. Elle le voulait et elle ne le voulait pas. Elle n'arrivait pas à se décider.

Bien sûr, la décision ne dépendait pas d'elle. Il lui a souri à nouveau et a tourné les deux cadrans à 80% de puissance. Elle a eu un orgasme instantané quand la machine a semblé la prendre de l'intérieur, tirant son ventre, sa poitrine, ses seins, sa gorge et son cerveau dans sa chatte, les secouant dans une danse d'extase. Il a regardé son corps entier se mettre à vibrer et elle a commencé à émettre des sons, des sons animalisés de plaisir orgiaque. Après environ 90 secondes, il l'a vue commencer à s'évanouir de plaisir, a éteint la machine et l'a ramassée, la tirant doucement hors de la machine et sur le lit. Elle s'est recroquevillée, comme un fœtus, et s'est endormie.....

Elle ne savait pas si cinq secondes, cinq minutes ou une demi-heure s'étaient écoulées. Lorsqu'elle s'est réveillée, elle a senti sa langue, maintenant aussi fraîche que la pluie de printemps, lécher sa chatte encore gonflée. Ses pensées étaient confuses et sans forme. Le passé et l'avenir s'étaient brouillés et il n'y avait que l'ici et le maintenant. Elle ne voulait qu'une seule chose, et une seule chose maintenant. Elle voulait sa queue et elle la voulait dans chaque orifice de son corps. Elle voulait être remplie de plaisir pour pouvoir partager le plaisir. Ce n'était plus "juste du sexe", c'était quelque chose de différent, quelque chose de divin.....

Il s'est arrêté pour faire rouler un préservatif sur la tête violette et gonflée et le long de la tige rigide de sa queue. En souriant, il s'est agenouillé brièvement comme pour adorer sa chatte une fois de plus, mélangeant ses jus chauds à sa salive. Il a pressé sa queue contre ses lèvres, l'a introduite et a glissé à l'intérieur. Elle s'est sentie agréablement tendue, puis pleine et a senti la pointe de sa queue contre son utérus. Elle a senti le bout de sa queue glisser contre son point G et a poussé un profond soupir.

"Tu aimes cet endroit, n'est-ce pas ?"

Sa déclaration était plus un gémissement qu'un mot. Il a soulevé ses jambes sur ses épaules, a tiré un oreiller derrière elle pour que son point G soit directement en ligne avec sa queue et a commencé à pousser avec des coups courts et peu profonds. Sa respiration est devenue superficielle et sa peau a rougi. Il savait qu'elle était proche. Il a poussé une fois de plus jusqu'à ce qu'elle soit complètement empalée, frottant son bassin contre son clito.

"Ohhh !"

Elle a joui avec force et rapidité, ses hanches se déhanchant sur lui, déchirée entre le désir de le faire entrer et sortir ou de rester en profondeur. Il a senti les spasmes de son bassin rouler sur sa queue, l'agripper, la pétrir et sentir le besoin en même temps. Il a ramené ses jambes vers le bas, soutenant ses cuisses avec une douceur qui a nourri les séquelles de son orgasme. Elle a pris une profonde inspiration, a ouvert les yeux et a souri.

"A mon tour !"

Avec une force surprenante, elle l'a repoussé et s'est mise à cheval sur sa queue encore dure. Elle l'a chevauché de manière ludique, glissant de haut en bas tandis que ses seins aguicheurs se balançaient d'avant en arrière, juste hors de portée de sa bouche avide et de sa langue frétillante. Elle a savouré l'illusion de pouvoir et de contrôle, en tordant doucement ses tétons et en atteignant derrière lui pour masser ses couilles. Elle a fixé ses yeux et a vu son propre plaisir reflété en retour.

"Je veux que tu jouisses dans ma bouche."

Elle est descendue et a retiré son préservatif. Lentement, à la recherche d'une réponse, elle a fait courir ses lèvres et sa langue autour de la tête de sa queue. Il a souri et soupiré, faisant glisser sa bouche le long de la longue tige jusqu'à ce que sa queue soit logée dans sa gorge. Elle a senti toute sa longueur avec sa langue, appréciant la texture et les saveurs du liquide préséminal, du jus de chatte et de la salive. Elle avait toujours aimé sucer des bites, regarder les hommes se tordre de plaisir pendant que ses mains, sa langue et sa bouche opéraient leur magie.

Mais c'était encore différent. C'était comme si elle sentait qu'il s'abandonnait à elle, qu'il lui faisait confiance. Il ne s'agissait pas simplement de regarder. Son corps semblait excité par son excitation croissante et l'énergie augmentait alors qu'elle le léchait, caressait sa tige et mordillait la fente du bout de sa queue.

Le moment était arrivé. Ses gémissements sont devenus plus profonds et elle a vu son cou, sa poitrine et son ventre se tendre avec anticipation. Elle a senti ses cuisses se durcir et a pris sa queue dans sa bouche. Ses couilles ont durci alors que les jets de sperme savoureux et collant coulaient dans sa bouche et sa gorge. Il a hurlé de joie alors qu'elle continuait à le sucer, profitant des dernières gouttes.....

Il a tendu la main, l'a tirée vers lui et leurs bouches se sont jointes, savourant le goût du sexe. Elle a posé sa tête sur sa poitrine, l'a regardé et, en soupirant une fois de plus, a fermé les yeux pour rêver...

Quand il s'est réveillé, il faisait nuit. Elle l'a vu, toujours nu, devant l'ordinateur portable. Il l'a entendue remuer.

"Que fais-tu ?"

Il s'est à nouveau tourné vers elle, en souriant de façon énigmatique.

"As-tu oublié les règles ? Tu es ici parce que tu as choisi d'être ici. Ce que je fais ne te regarde pas."

Elle a été momentanément secouée de sa béatitude. En la voyant nue et vulnérable, il lui a parlé de manière apaisante, lui suggérant de se rafraîchir et de s'habiller. Elle a accepté sans parler et est retournée s'asseoir sur le bord du lit, là où la soirée avait commencé. Il s'est tourné vers elle une fois de plus, lui tendant un petit sac noir en parlant.

"Tu as des devoirs à faire. Dans ce sac, il y a trois objets et un ensemble d'instructions. Je te suggère de l'ouvrir en privé, car son contenu... va éveiller la curiosité des autres. Bien sûr, c'est à toi de décider si tu fais tes devoirs et si tu me recontactes. Tu as mon numéro et tu sais certainement comment me joindre. Mais tu ne peux pas m'appeler avant d'avoir terminé la tâche et tu ne dois pas m'appeler si tu ne veux pas me revoir'.

Avec cela, il l'a conduite dans l'antichambre, l'a embrassée doucement et est retourné dans l'ombre. Elle a ouvert la porte et est sortie dans la lumière du couloir, retrouvant son monde ordinaire.....

Elle a conduit jusqu'à son bureau, physiquement rassasiée mais mentalement complètement excitée. Heureusement qu'il est tard, pensa-t-elle, sinon ses collègues auraient sûrement remarqué son large sourire et son odeur musquée. Elle a allumé les lumières, s'est dirigée vers la salle de repos et a trouvé du jus dans le réfrigérateur. Elle a laissé les saveurs tourbillonner dans sa bouche, laissant le liquide couler dans sa gorge au lieu des gorgées habituelles.

Il s'est concentré sur les dossiers, réalisant plus de choses dans les deux heures qui ont suivi que dans les deux derniers jours. Ce n'est qu'alors qu'il a réalisé à quel point ses besoins sexuels insatisfaits avaient envahi ses pensées, drainé ses forces et l'avaient distrait des autres activités de sa vie. Soupirant au souvenir de cette journée, elle est rentrée chez elle. Son mari adoré et follement asexué était endormi depuis un certain temps. Elle s'est glissée dans le lit à côté de lui et s'est endormie.....

Le lendemain matin, elle s'est réveillée avec un soleil éclatant filtrant à travers les rideaux. Ses chiens s'agitaient avec insistance sur les draps, lui rappelant que son mari était parti au travail depuis des heures et qu'il fallait les nourrir. Elle a mis une robe de chambre sur ses épaules et est descendue.

Alors qu'elle et les chiens se câlinaient joyeusement - le café devait être meilleur que la nourriture pour chiens - elle s'est souvenue du sac qu'il lui avait donné hier soir. Il a trotté jusqu'à la voiture et l'a récupéré dans le coffre. "Ouvre en privé", lui avait-il dit. Eh bien, pensa-t-elle, les chiens ne comptent pas.....

Il a ouvert le sac et en a sorti le contenu. Il y avait un livre, Orgasms If You're Alone. Il y avait une boîte marquée 'Hitachi Magic Wand'. Et il y avait un accessoire pour la baguette, appelé G-Spotter. Il a déplié les instructions...

Bonjour. Si j'ai bien deviné, tu prends ton petit-déjeuner après un sommeil profond et ta curiosité a pris le dessus. Je vais répéter ce que je t'ai dit hier soir. C'est un devoir. Devoirs. Tu ne le feras peut-être pas à la maison. Tu peux le faire au bureau. Ou chez un ami. Mais ne te méprends pas. Tu dois travailler pour profiter de ....

Pose le vibrateur. Pose l'accessoire. Ta première tâche est de lire le livre. De la première à la dernière page. Chaque mot. La connaissance est le pouvoir et il est temps pour toi de devenir le maître de ta chatte. Je dis la tienne, car tu finiras par en maîtriser beaucoup d'autres...

Elle sentait sa chatte frémir à l'idée de commander et de baiser d'autres femmes, ses mamelons, ses clitoris et ses chattes humides de désir. Il a continué à lire....

Pour maîtriser ta chatte, tu dois maîtriser l'amour de soi. Que cela s'appelle masturbation, que cela s'appelle jeu solo, que cela s'appelle baise avec les doigts, tout est amour de soi. Tu dois apprendre à te donner du plaisir pour pouvoir le partager avec les autres. Maintenant, pose les instructions, mets-toi à l'aise et lis.....

Il a lu chaque page. La matinée s'est transformée en midi alors qu'elle apprenait à quoi ressemblaient les chattes, comment elles fonctionnaient, comment elles pouvaient être entraînées pour être fortes et serrer les doigts et les bites. Mais la partie sur laquelle elle était fixée était l'utilisation de la baguette magique. Le livre donnait des instructions explicites sur la façon d'utiliser la baguette .....

Il a décidé de désobéir. Il a inséré la baguette et a tourné l'interrupteur sur le réglage 'Lo'. La baguette tient confortablement dans sa main droite. Il ne semblait pas si puissant. Écartant ses lèvres avec sa main gauche, elle a doucement amené l'orbe bourdonnant sur son clitoris.

WOWOW. Elle a retiré la baguette, son clitoris et son bassin ont été secoués par une charge d'énergie sexuelle qui semblait exploser au bout de son jouet. L'énergie semblait exploser de son clitoris à son bassin, bien plus qu'elle ne pouvait en supporter. Elle a pris un gant de toilette dans la salle de bain, l'a plié en quatre et l'a utilisé pour amortir son clitoris de la baguette.

Elle a passé les quinze minutes suivantes à se taquiner, faisant courir la baguette à l'intérieur de ses cuisses, vers la fente de son cul, jusqu'à ses mamelons. Elle a fait courir la baguette de haut en bas sur les lèvres extérieures de sa chatte, en la pressant plus fort contre son clitoris. Les jus de sa chatte ont commencé à couler. Elle a jeté la serviette et a tenu la boule bourdonnante pressée fermement contre son clitoris. Son corps est devenu tendu et elle voulait jouir, mais elle ne pouvait pas.....

Bon sang, a-t-il pensé, qu'est-ce qui ne va pas ? Il s'est laissé retomber contre les oreillers et s'est détendu pendant quelques minutes. Il s'est souvenu de ses mots...

...tout est affectueux... tu dois apprendre à te donner du plaisir...

Elle a rallumé la baguette et l'a laissée reposer doucement contre sa chatte, sentant le bourdonnement maintenant familier se répercuter dans son sexe. Elle a fermé les yeux et pensé au doux toucher de son maître, à son sourire, à sa queue et à ses couilles gonflées de désir. Elle a appuyé fermement la tige contre les lèvres de sa chatte, l'a fait glisser vers son clitoris et a senti son corps se tendre à nouveau.

Elle a imaginé sa langue chaude glissant vers sa chatte, remontant sa fente et taquinant son clitoris de plus en plus vite. En tirant sur ses tétons, elle s'est mise à trembler de façon incontrôlable, tout son bassin a eu des spasmes violents et son cerveau s'est rempli de la lumière d'un orgasme profond et satisfaisant, juste avant que le plaisir ne prenne le dessus sur sa conscience...

Elle s'est agitée et a éteint sa baguette, profitant de la prochaine lueur. Ses mamelons, ses cuisses et sa chatte picotent encore. Sans réfléchir, elle a glissé ses doigts entre ses cuisses et a porté l'humidité à sa bouche, laissant la douceur salée couler sur sa langue. Le jus de chatte a un goût merveilleux, a-t-elle pensé, et je pense que j'aimerais en goûter davantage.....

Elle s'est assise. Qu'est-ce que je viens de faire et à quoi je pensais ? L'idée de goûter ses jus, sans parler de ceux d'une autre femme, l'aurait repoussée hier. Aujourd'hui, l'idée semblait... intéressante, presque irrésistible. Elle a pris la baguette, l'a amenée devant le miroir en pied et a fixé son reflet, tenant le vibrateur comme une arme. Un large sourire a traversé son visage. La 35e année, pensait-elle, s'avère bien plus intéressante que la 34e.

Des endroits étroits

Après une première année d'université aventureuse qui comprenait ma première expérience lesbienne, ma première expérience sexuelle avec deux gars à la fois et plusieurs séances de masturbation mutuelle avec ma colocataire, j'étais déterminée à m'amuser tout autant pendant ma deuxième année. Après la première semaine de cours, ma nouvelle colocataire, Tara, et moi avons décidé que les vendredis soirs seraient occupés. Pendant que nous nous préparions, nous avons passé quelques coups de fil et élaboré un plan pour faire le tour de "The Strip", une rangée de bars nichés dans un coin au bord du campus.

Tara mesurait environ un mètre cinquante, pesait environ 55 kilos et avait des seins bonnet B qui se tenaient au garde-à-vous. Elle s'est glissée dans une robe noire moulante qui arrivait à plusieurs centimètres au-dessus de ses genoux. Elle avait de fines bretelles en haut et était décolletée pour donner une vue généreuse de son décolleté. Bien que je n'aie pas prêté beaucoup d'attention pendant qu'elle s'habillait, j'étais presque sûre qu'elle n'avait pas mis de culotte en dessous, s'attendant peut-être à une certaine excitation de la part de son petit ami, Rob, pendant la soirée.

Comme je n'avais pas de petit ami à allumer et que je n'en cherchais franchement pas, je me suis habillée de façon un peu plus conservatrice. J'ai porté un string en satin rouge avec une languette arrière sur mon monticule fraîchement rasé avant d'enfiler une robe de soleil rouge, blanche et noire qui arrivait juste au-dessus de mon décolleté, assez décolletée pour montrer la vallée entre mes bonnets C. Le soutien-gorge n'était pas pratique alors je m'en suis passée.

En descendant les escaliers, nous avons été pris en charge par Rob, qui était accompagné de son ami Trevor. Ils correspondaient tous les deux au cliché du grand, sombre et beau et étaient des stéréotypes typiques des frat boys. Tara et moi avons grimpé sur le siège arrière de sa deux portes et sommes descendues. Nous avons rencontré beaucoup d'autres personnes et nous nous sommes immédiatement mêlés. Tara et moi n'avions pas encore 21 ans, mais nous n'avions jamais eu de problème pour obtenir des boissons dans les bars et ce soir n'a pas fait exception : Trevor et Rob nous ont apporté tout ce que nous voulions. Après quelques verres, nous sommes allés sur la piste de danse et les gars nous ont rejoints.

Je connaissais Trevor depuis la première année de lycée, mais il n'y avait jamais rien eu de sexuel entre nous. Lorsque les boissons sont arrivées, Tara et moi avons commencé à rire et je pouvais voir qu'elle se sentait excitée sur la piste de danse. Je me suis rapprochée de Tara et nous avons dansé face à face. Tara a fait courir ses mains le long de mes hanches, effleurant de temps en temps mes seins et remontant ma robe. J'ai regardé Rob arriver derrière elle et faire le tour de ses hanches, en passant ses mains sur ses seins et ses cuisses. Trevor est arrivé derrière moi et j'ai senti ses mains se poser librement sur mes hanches.

Trevor a gardé une bonne distance, une tentative que je pensais être pour m'empêcher de me sentir gênée, mais avec mon courage liquide et mon état d'excitation actuel, j'ai poussé mes fesses dans son entrejambe et j'ai commencé à les frotter de haut en bas sur son membre de plus en plus gonflé. En un rien de temps, j'ai senti que la queue de Trevor était dure comme le roc et grosse. Trevor s'est penché plus bas que moi, ce qui fait que mes fesses se frottent à la zone située au-dessus de sa queue. J'ai arqué mon dos et fait glisser mon cul de haut en bas de sa tige dure. Trevor a placé une main de chaque côté de mes fesses et a aidé à la guider de haut en bas. En rapprochant ses doigts de l'intérieur de mes joues, Trevor les a serrés et écartés, ce qui a entraîné l'écartement de ma chatte avec eux. Trevor m'a guidé un peu plus en arrière et j'ai senti son membre glisser de haut en bas entre mes joues, séparé seulement par le tissu de ma robe et la fine corde qui passe entre mes joues. Je pouvais sentir la moiteur entre mes jambes et j'ai très prudemment glissé une main entre mes jambes pour vérifier. Un rapide toucher a suffi pour réaliser que ma culotte tachée avait recueilli une bonne partie de mon humidité. Trevor a relâché sa prise, faisant en sorte que les lèvres de mes fesses et de ma chatte reprennent leur place. Quand ils l'ont fait, j'ai senti que ma culotte trempée était tirée dans mon trou de remplissage.

Tara et moi étions face à face au milieu, avec les gars à l'extérieur qui frottaient leurs bites contre nous. En regardant Rob plonger ses mains sous la robe de Tara et en voyant le sourire sur le visage de Tara, je me suis rapprochée.

"Tu n'as pas porté de culotte, n'est-ce pas ?"

"Non.

Sur ce, nous avons tous les deux ri alors qu'elle penchait la tête en arrière pour accepter le baiser de Rob sur son cou. Tara a murmuré quelque chose à l'oreille de Rob et à ce moment-là, j'ai entendu la ligne des partenaires de danse s'approcher. Les mains de Rob ont commencé à se poser sur mes hanches tandis que celles de Trevor sont passées sur celles de Tara. Plus nous dansions, plus les mains se baladaient. Je pouvais voir que la main de Tara était derrière elle et qu'elle frottait apparemment la queue de Rob, comme le confirmaient ses expressions faciales. Trevor a fait courir ses mains sur le devant de la robe de Tara et sur ses seins, s'arrêtant pour tracer son décolleté avec un doigt.

En regardant Trevor passer ses mains sur la petite amie de son ami alors qu'il se tenait derrière elle, je me suis demandé si Tara avait déjà baisé

Trevor, puis la pensée coquine m'est venue que peut-être elle avait été avec les deux en même temps.

Interrompant brusquement mes pensées, Trevor a ramené ses mains sur mon corps et a fait courir une main sur le devant de ma robe pour tester jusqu'où il pouvait aller. À chaque passage, il poussait un peu plus loin et a fini par atteindre la zone au-dessus de mon monticule recouvert de satin. Seules deux fines couches de tissu le séparaient de ma chatte de plus en plus humide. L'encourageant un peu, j'ai relevé un peu ma robe pour que le bas soit juste au niveau de l'entrée de mon trou ramolli. Trevor a laissé sa main s'attarder sur l'ourlet de ma robe pendant qu'il trouvait le courage de se glisser dessous.

Tara a manifestement remarqué ce qui se passait, car je l'ai vue regarder vers le bas, essayant de jeter un coup d'œil à ce qui se trouvait en dessous, tandis que Rob faisait de même. Finalement, Tara s'est baissée et a soulevé le devant de ma robe, se montrant ainsi qu'à Rob ma culotte de satin rouge humide qui avait glissé dans mon trou. Au lieu de couvrir tout le monticule, ils ressemblaient maintenant à une seule bande de tissu qui couvrait à peine ma fente.

La réaction m'a incité à les rabattre, mais il était trop tard, j'avais été découvert. Rob a ri, sachant que Trevor avait perdu la vue. J'ai répondu en tirant sur le haut de la robe décolletée de Tara, qui a révélé un sein. Elle l'a rapidement couvert de sa main alors que Trevor, Rob et moi avons laissé échapper un rire rapide. Rob est rapidement venu à son aide et a glissé ses deux mains à l'intérieur du haut de sa robe, saisissant chaque sein. Rob lui a fait un massage rapide avant de remettre ses mains sur ses hanches.

Après avoir découvert que le bar était très fréquenté, nous avons décidé de quitter la piste de danse. Comme nous étions tous maintenant extrêmement excités, nous sommes retournés à la voiture pendant que Rob et Tara nous taquinaient avec des pincements ludiques et des saisies érotiques. Nous nous sommes tous arrêtés devant la voiture pendant que

Rob allumait une cigarette et que Tara et lui se positionnaient près de la porte du conducteur. Alors que Rob était appuyé contre la porte, Tara se tenait juste en face de lui, frottant délicatement sa queue à travers son jean. Ils n'ont pas essayé de cacher leurs actions alors que Trevor s'est assis sur la botte et que je me tenais face à lui entre ses jambes. Nous avons tous les deux regardé Tara caresser le jean de Rob de haut en bas. Après un moment, Tara a levé les yeux et a réalisé qu'elle était observée. Éclatant de rire, elle s'est arrêtée et a couru pour ouvrir la porte du passager.

Rob s'est mis à la place du conducteur et Trevor derrière lui, tandis que je me suis mise derrière Tara qui était assise sur le siège passager avant. Nous nous sommes assis pendant quelques minutes pour savoir où aller. Pendant que nous le faisions, Tara s'est appuyée contre la console centrale et a mis son bras gauche sur les genoux de Rob. Commençant à frotter à nouveau l'extérieur de son pantalon alors que Rob commençait à sortir du parking, elle a défait son pantalon, sorti sa bite dure et commencé à la caresser.

J'ai ajusté mon angle et je pouvais la voir pomper de haut en bas sur sa queue. Rob avait une belle bite, mais elle ne semblait pas aussi grosse que celle de Trevor lorsqu'il l'a frottée dans mon cul sur la piste de danse. Je voulais voir l'énorme bite de Trevor, mais je n'avais toujours pas trouvé le courage de tendre la main et de la sortir. Rob avait décidé de quitter le strip et nous nous dirigions vers un autre club à l'autre bout de la ville.

Mon côté était appuyé contre le côté passager de la voiture, je pouvais donc voir ce qui se passait sur les genoux de Rob, et Trevor a immédiatement remarqué que je le regardais si attentivement. Trevor s'est glissé dans le siège et s'est assis à côté de moi. Trevor a commencé à regarder Tara qui continuait à caresser lentement Rob. Alors que je m'ajustais pour essayer d'obtenir le meilleur angle, ma robe s'était soulevée et Trevor a pu regarder mes genoux et voir le satin rouge dépasser de mon entrejambe. Trevor a placé sa main sur ma cuisse et a commencé à la faire glisser lentement de haut en bas, se rapprochant à chaque passage de ma peau humide. Je me suis à nouveau ajustée, écartant légèrement mes jambes pour donner silencieusement le feu vert à Trevor.

Trevor a réagi en guidant sa main sur le devant de ma culotte. Avec un doigt, il a commencé à frotter ma fente et a immédiatement remarqué l'humidité qui avait suinté de moi toute la nuit. Trevor a rapidement tiré ma culotte sur le côté et a commencé à faire des cercles sur mon clito gonflé. Après avoir laissé échapper un gémissement rapide, Tara a regardé en arrière et a vu l'action sur le siège arrière.

Après avoir vu l'expression excitée sur son visage, elle s'est penchée sur la console, a mis sa tête sur les genoux de Rob et a commencé à monter et descendre sur lui, en prenant sa queue dans sa bouche. Ma vue sur son membre était maintenant bloquée, mais je pouvais la voir monter et descendre sur lui et j'entendais les bruits de succion produits par le mélange de sa bouche et de son sperme qui coulait sûrement de sa queue à présent.

Pendant que Trevor continuait son lent assaut sur mon clito, Tara s'était mise à genoux sur le siège passager et s'était penchée sur la console centrale. Les fesses de Tara étaient en l'air et sa robe s'était soulevée, laissant apparaître le dessous de ses fesses, donnant à toute personne passant devant notre voiture une bonne vue de sa chatte sûrement humide par derrière. Je me suis approché du siège avant et j'ai passé ma main sur ses fesses. En soulevant un peu plus sa jupe, j'ai montré tout son derrière et lui ai donné une légère claque. Elle a répondu en gémissant dans la queue de Rob tout en continuant à sucer. J'ai continué à frotter ma main sur son cul pendant que Trevor me regardait. Je pouvais voir que son anticipation était en train de monter pour ce qui allait se passer ensuite.

Voulant lui donner, à lui et à elle, une petite secousse, j'ai glissé ma main le long de la fente entre ses joues et j'ai effleuré le bourgeon de son trou du cul avec mon doigt. Je savais que Tara aimait le sexe anal et je savais qu'elle serait excitée en taquinant son bourgeon. Après un rapide massage circulaire, mon doigt a tracé l'extérieur de ses lèvres humides et a appuyé doucement, écartant ses lèvres et sentant les jus se former et s'écouler de sa chatte chaude.

Ramenant ma main sur le siège arrière, Tara a descendu avec sa main gauche, le long de la jambe de Trevor jusqu'à son aine. Attrapant ce qui était manifestement son membre dur, Tara a atteint sa fermeture éclair et l'a baissée. En fouillant dans son pantalon, elle a récupéré sa queue en érection et l'a sortie de l'ouverture. Voyant que je n'avais pas trouvé le courage, Tara a pris les choses en main et a pris ma main, que je lui avais tendue en prévision de ce qui allait arriver. Elle a doucement guidé ma main sur la virilité de Trevor et j'ai commencé à la caresser lentement pendant qu'il glissait un doigt le long de ma fente et au-delà de mes lèvres humides jusqu'à mon ouverture impatiente.

Alors qu'il commençait à gicler dans et hors de moi avec son doigt, j'ai accéléré mes coups sur son énorme queue à deux mains, palpitante. Un bref moment de nervosité m'a assaillie en pensant à la possibilité que cette énorme tige caresse mon trou impatient et au fait que je n'avais jamais rien eu d'aussi gros auparavant. Cela s'est rapidement estompé lorsque Trevor a travaillé mon trou jusqu'à l'orgasme.

Sentant que je suis tendue et proche de l'orgasme, Trevor a accéléré le rythme avec lequel il me frappait avec son doigt. Bientôt, j'ai joui et j'ai éclaboussé sa main de mon orgasme. Alors que mon corps palpite, Trevor a fait glisser son doigt hors de moi et a doucement massé mes lèvres avec mes jus pendant que mon corps se calmait. Après avoir ralenti la caresse de sa queue et repris mon souffle, je l'ai repoussé de son côté de la voiture et me suis agenouillée, plaçant mon visage sur ses genoux pour avoir ma première vue dégagée de son énorme queue. En l'enfonçant dans ma bouche avec ma main, j'ai dû ouvrir ma bouche plus largement que je ne l'avais jamais fait pendant une fellation. J'ai pris la tête dans ma bouche et l'ai entourée de ma langue, puis j'ai retiré ma bouche. J'ai tracé la longueur de sa tige avec ma langue avant de revenir à son champignon et de le prendre aussi profondément que possible.

Alors que je commençais à monter et descendre et à enduire son manche de salive, j'ai senti Rob atteindre l'orgasme alors qu'il commençait à gémir. Je ne voulais rien de plus que de lever les yeux et de le regarder remplir la bouche de Tara de son sperme chaud et épais, mais je ne voulais pas le priver de ce que je donnais à Trevor. Alors que ma bouche pompait sur Trevor, je ne pouvais m'empêcher de penser à la bouche de Tara entourant la queue palpitante de Rob alors qu'il éructait et faisait gicler le liquide chaud dans sa gorge. Puis j'ai pensé à la façon dont j'amenais Trevor jusqu'à ce que l'arrière de ma gorge soit couvert de ses épais jets.

Peu après, Tara s'est assise et nous a regardés, Trevor et moi, en essuyant le mélange de sperme et de salive sur ses lèvres. Lorsque Rob s'est garé sur le parking du club, Tara s'est appuyée contre la porte du passager, les jambes devant elle et les pieds sur la console centrale ; elle a écarté les jambes et a commencé à faire courir sa main de haut en bas sur les lèvres humides et gonflées de sa chatte chauffée. Rob s'est garé, s'est assis et a allumé une cigarette, regardant sa copine jouer avec elle-même pendant qu'elle me regardait faire l'amour avec son amie.

Il était clair que personne n'avait l'intention de sortir de la voiture et d'entrer dans le club. Pour donner un meilleur spectacle, j'ai déboutonné le jean de Trevor et il m'a aidé à le faire glisser jusqu'à ses cuisses. Pour me donner accès à ses couilles, je les ai roulées dans la paume de ma main. J'ai glissé ma bouche sur sa tige et l'ai malaxée avec une puissante aspiration, puis j'ai retiré ma bouche de sa queue. Ma bouche et ma main ont rapidement changé de position alors que j'ai commencé à caresser son manche et à frôler ses boules rasées.

Alors qu'elle taquinait ses couilles et caressait régulièrement son manche, Tara a posé sa main sur mon cul qui était en l'air comme l'avait été le sien. Elle a doucement tracé mes joues avec ses doigts avant de les faire glisser dans le pli de mes fesses et sur mon trou du cul à bouton de rose qui était recouvert d'une fine bande de satin humide. Atteignant le haut de mon string, elle a tiré la ceinture sur mes hanches et l'a fait descendre sur mes cuisses, libérant mes lèvres pour ses yeux. En laissant le string autour de mes cuisses, elle a lentement remonté l'intérieur de ma cuisse avant d'atteindre ma chaleur lisse et lubrifiée en faisant le tour de son clito gonflé. Tara a séparé ses doigts et en a passé un sur chaque côté de ma fente, frottant doucement chaque côté de mes lèvres. En ramenant ma bouche sur la tête palpitante de Trevor, j'ai réalisé qu'il ne tiendrait pas longtemps avant de me permettre de goûter à ses jus. Pendant que je caressais son manche de haut en bas, mes lèvres et ma langue ont bougé de haut en bas, de haut en bas avec férocité.

Après avoir lubrifié ses doigts avec mes jus, Tara a passé ses doigts sur ma chatte et avec deux doigts a entouré mon bourgeon, me faisant assaillir la bite de Trevor encore plus fort.

En entendant Trevor commencer à gémir, j'ai retiré ma bouche de sa queue et je l'ai regardé en la caressant avidement. Son visage m'a dit qu'il était très proche et que ce ne serait pas long. Alors que j'essayais de comprendre comment je voulais son sperme, Trevor a mis sa main sur l'arrière de ma tête et m'a guidée vers sa queue. Enroulant mes lèvres autour de son champignon à l'endroit où il rencontre la tige, j'ai continué à le caresser alors qu'il se déhanchait et libérait une puissante ruée de liquide au fond de ma bouche.

Je n'ai même pas eu l'occasion de le goûter car il est passé devant ma bouche et est descendu directement dans ma gorge. Alors que je sentais la chaleur se déverser dans ma gorge, un deuxième et un troisième jet sont venus, chacun aussi puissant que le suivant. J'ai ralenti mes coups et commencé à tracer son champignon avec mes lèvres toujours autour de sa tête. Il a continué à remplir ma bouche jusqu'au bout avec des coups puissants. Maintenant, le liquide fuit doucement de sa tête et remplit ma bouche plus vite que je ne peux l'avaler. Je pouvais le sentir s'écouler de mes lèvres et fournir à ma main une lubrification continue alors que je le caressais doucement et lentement. Quand il a terminé, j'ai arrêté de le caresser et j'ai lentement passé ma bouche de haut en bas pour nettoyer ce qui avait coulé de ma bouche.

Alors que Trevor venait dans ma bouche, je ne me suis pas rendu compte que Tara avait penché son siège et s'était allongée. Elle avait posé ses pieds sur le tableau de bord et laissait deux doigts pénétrer au-delà de ses lèvres et dans sa chatte en nous regardant, Trevor et moi. Rob avait baissé son pantalon jusqu'aux genoux et montait entre les jambes ouvertes de Tara.

En me redressant et en nettoyant mes lèvres de l'épais sperme de Trevor, j'ai fait glisser ma culotte jusqu'à mes talons et j'ai posé le tissu humide en satin rouge foncé sur la console centrale. Trevor a ramassé le string et l'a frotté sur sa queue, absorbant tous les morceaux de sperme restants et les mélangeant aux jus que j'avais récemment laissés derrière moi. Il a terminé et les a remis sur la console.

Alors que Rob commençait à embrasser Tara passionnément, se positionnant entre ses jambes, elle a fermement saisi son érection nouvellement découverte et l'a guidée vers sa chatte en attente. Il a frotté la tête de sa bite de haut en bas dans sa fente pendant qu'il baissait les bretelles de sa robe sur ses épaules, exposant ses seins guillerets. Lorsque Rob s'est penché pour sucer le téton durci de Tara, elle a exposé sa queue et l'a laissé glisser au-delà de ses lèvres et dans sa chatte juteuse. Alors qu'il entrait, je pouvais entendre la succion et le murmure de la tête de Tara qui écartait ses murs et faisait circuler ses jus, les faisant sans doute dégouliner hors d'elle et sur le siège. Rob a augmenté la vitesse alors que les deux ont trouvé un rythme régulier, Tara penchant la tête en arrière et gémissant.

Intriguée par le fait de regarder Tara se faire baiser, j'ai atteint un nouveau niveau d'excitation. Trevor l'a remarqué et m'a fait m'appuyer contre le côté du siège arrière. Poussant mes jambes vers le haut et les écartant largement, Trevor a pris place entre mes cuisses et a commencé à lécher les lèvres de ma chatte en attente. Trevor a léché ma fente et a commencé à tourner autour de mon clito avec sa langue. Avec sa main, Trevor a taquiné et écarté mon trou, plaçant deux doigts juste après mes lèvres et les écartant. Pendant que Trevor faisait une série de dessins alléchants sur mon clito, j'ai fait glisser le haut de ma robe vers le bas, permettant à mes seins d'être capturés par mes mains et immédiatement massés. Sentant l'excitation de mes mamelons, je les ai pincés et tirés doucement.

En regardant devant moi, j'ai vu Rob qui regardait son ami en train de manger ma chatte. Il a tourné la tête et nous nous sommes regardés dans les yeux. Rob a augmenté le rythme de la chatte de Tara et semblait presque penser au fait que sa queue glissait rapidement dans et hors de Tara, en giclant à chaque fois qu'il le faisait. Tara a posé sa main sur le dossier du siège et a tendu le bras. J'ai pris sa main dans la mienne et l'ai guidée vers mes lèvres. Elle a tracé mes lèvres avant que je prenne un doigt dans ma bouche et le suce doucement. Elle l'a retiré lentement et a tâté mes seins à l'aveuglette, où elle a trouvé mon mamelon dur et l'a fait tourner avec son doigt lubrifié.

Rob a interrompu son assaut et a tiré Tara vers le haut pour la faire tourner. Le dos au pare-brise, elle s'est tournée vers moi, offrant sa chatte dégoulinante par derrière. Rob s'est penché en avant et a facilement glissé sa queue dans son trou. En penchant ma tête en arrière sur le siège, Tara a tendu ses deux mains et a commencé à masser mes seins, pinçant et taquinant mes tétons. Trevor s'était levé et s'est penché pour m'embrasser. Il m'a immédiatement offert sa langue, j'ai rendu la pareille et j'ai goûté tous mes jus de sa bouche.

Alors qu'il continuait à s'appuyer sur moi, j'ai écarté mes jambes aussi largement que possible, une à travers le siège arrière et vers la vitre arrière et l'autre à travers la cloison du siège avant vers le tableau de bord. Je savais que je devais lui laisser plus de place si je voulais prendre toute sa queue en moi. Je savais que j'étais assez mouillée et que je pouvais le prendre sans problème.

Alors que Trevor giflait mes lèvres avec sa queue et la frottait dans ma fente, Tara a retiré ses mains et s'est appuyée sur le siège. Je me suis accrochée à eux comme si j'avais besoin de soutien alors que je prenais cette énorme queue dans ma chatte tendue. Trevor a glissé doucement à l'intérieur de moi et lorsque je l'ai senti forcer dans mes parois intérieures, j'ai tiré la main de Tara vers moi et j'ai glissé deux doigts dans ma bouche tout en empêchant un cri de plaisir d'alerter tout le monde sur le parking de nos actions. J'ai réussi à prendre tout le manche de Trevor en moi. Après quelques poussées lentes, Trevor a commencé à travailler sur mon trou et a progressivement augmenté les poussées jusqu'à obtenir un martèlement régulier qui rendait audible le bruit de ses couilles sous ma chatte.

Je savais que je laissais constamment échapper des fluides vaginaux car je pouvais les sentir gicler à chacune de ses poussées lorsque ses couilles les claquaient. Lorsque Trevor a atteint sa vitesse maximale, j'ai senti que ma chatte commençait à se convulser autour de son énorme queue. Tandis que Trevor continuait à pilonner et à pistoner ma chatte plus largement et plus profondément qu'elle n'avait jamais été étirée auparavant, j'ai commencé à serrer fortement mes seins et à pincer et tirer mes tétons. Alors que j'approchais de l'orgasme, Trevor s'est penché et a pris mon téton dans sa bouche. Ce qui avait commencé par une succion douce s'est rapidement transformé en morsure et en traction.

Tara a continué à charger alors que des orgasmes jaillissaient de ses endroits les plus intimes et devenaient si forts qu'elle a retiré ses doigts de ma bouche et a attrapé ma tête. Tirant ma tête vers elle, sa bouche a rencontré la mienne et elle a immédiatement attaqué ma langue avec la sienne et ses cris ont été étouffés par ma bouche. Je n'ai fait aucune objection et j'ai envoyé ma langue au-delà de ses lèvres à la recherche du sperme laissé par Rob. Rob a ralenti son martèlement pour baiser lentement et doucement et a tendu la main pour tirer sur les tétons de Tara.

Alors qu'un énorme orgasme éclatait à l'intérieur de moi plus profondément que jamais, j'ai émis des cris de luxure dans la bouche de Tara. Trevor a maintenu son rythme alors que mon orgasme me faisait crier plus fort. Tara a rompu notre baiser, a pris mon string en satin mouillé sur la console centrale et l'a enfoncé dans ma bouche. J'ai grignoté le tissu humide pour faire taire mes cris. Alors que mon orgasme commençait à se calmer, Trevor a ralenti son rythme et a retiré sa queue de ma chatte meurtrie en m'attrapant par la taille. Trevor m'a tiré entre ses jambes et était maintenant à cheval sur ma poitrine. Trevor a commencé à faire claquer sa queue sur mes lèvres et comme j'ouvrais la bouche, il a retiré mon string et l'a fait glisser le long de son manche.

Avec mon string qui pendait à la base de la tige de Trevor, Tara a attrapé la queue de Trevor et a commencé à la caresser fébrilement tandis que je faisais passer sa tête devant mes lèvres et l'accueillais avec ma langue. Scellant mes lèvres autour de son champignon, j'ai bavé sur sa tête, suçant mon sperme en attendant le sien. J'ai commencé à masser ses couilles pendant que Tara continuait à caresser son manche.

Sentant sa queue se tendre, Trevor a éjaculé et sa queue a commencé à remplir ma bouche de longs jets chauds de sa crème. Jaillissant sur le toit de ma bouche, il a commencé à dégouliner lentement vers le fond de ma gorge alors que j'essayais d'avaler aussi vite qu'il me remplissait. Je n'avais aucun espoir de tout avaler car elle a commencé à s'écouler de mes lèvres et à dégouliner sur mon menton.

J'ai continué à sucer Trevor alors que sa queue se ramollissait. Rob, après avoir explosé sa charge dans la chatte chaude de Tara, s'était glissé sur le siège du conducteur. Alors que Trevor retirait sa queue de ma bouche et se déplaçait de l'autre côté du siège arrière, Tara s'est penchée sur le dossier de son siège. Lorsque Tara s'est penchée pour un autre baiser, je l'ai rejointe à mi-chemin et nous avons à nouveau échangé nos langues. Tara a rompu le baiser et, avec un doigt, a essuyé la crème épaisse de Trevor sur mon menton. Après me l'avoir montré, elle l'a porté à ses lèvres pendant que j'ouvrais la bouche et le prenais comme si c'était une autre bite. Après avoir sucé le sperme de son doigt, Tara s'est penchée et a léché la crème restante de Trevor sur mon menton.

Trevor a retiré mon string de sa queue et a commencé à le faire glisser le long de mes jambes. Je l'ai aidé à faire glisser la culotte encore chaude et collante sur mon monticule gonflé, rose et suintant. Sentir la culotte trempée sur mon monticule chaud a offert une sensation de chaleur mais de fraîcheur à ma chatte à peine tendue. J'ai remonté le haut de ma robe sur mes seins, vérifiant qu'il n'y avait pas de taches de sperme. En remettant mes jambes sur mon côté du sol, j'ai ajusté ma robe pour la couvrir complètement.

Trevor avait remonté son pantalon et son énorme membre était maintenant caché. Rob avait remonté son pantalon et finissait de fumer une cigarette, tandis que Tara ajustait le bas de sa robe sur ses jambes, laissant le haut en bas et ses tétons toujours en érection. Je me suis approché du siège et j'ai pris un sein dans chaque main en me penchant et en l'embrassant sur la joue. En attrapant mes mains et en remontant le haut de sa robe sur ses seins, nous avons éclaté de rire comme deux petites filles.

Une nuit inoubliable

Je m'appelle Mari, j'ai 40 ans, je mesure 1,70 m et j'ai de longs cheveux noirs, ma silhouette est galbée avec des seins de 36x, oui vraiment !!!

J'avais rencontré Chris, un ami masculin sur Internet, plusieurs fois pour m'amuser et j'avais tellement apprécié que j'en voulais plus. J'étais donc assis devant l'ordinateur à discuter avec certains de mes amis et à leur demander s'ils voulaient réaliser un autre de mes fantasmes : c'était simple, je voulais être baisé jusqu'à ce que je ne puisse plus bouger.

Chris avait déjà accepté, il voulait s'assurer que j'étais en sécurité et qu'on s'occupait de moi ; il ne me restait donc plus qu'à trouver d'autres personnes qui correspondraient à mon plan. Le deuxième allait être Jack, il était célibataire, mesurait 1m80 et avait un corps de tueur, il avait une peau brun chocolat qui me donnait envie de le lécher partout. Le troisième était Bill, il avait 52 ans, il mesurait 1m80, lui aussi avait un bon corps, il commençait à grisonner légèrement et avait une barbe que j'avais toujours envie de caresser avec mes doigts.

J'avais donc prévu de les rencontrer tous dans le même hôtel où Chris et moi avions eu notre réunion secrète, je voulais arriver avant eux pour pouvoir me préparer au mieux pour eux. J'ai pris un bain en mettant un peu d'huile parfumée dans l'eau puis je suis entrée, appuyée contre le dossier et laissant l'eau couler sur moi, détendant mon corps, non pas que j'avais peur de ce qui allait se passer, mais je dois dire que j'étais très nerveuse mais aussi très excitée à l'idée d'avoir trois hommes là pour me donner du plaisir.

J'ai pris le rasoir et me suis passée une fois pour m'assurer que ma chatte était bien lisse, je pouvais sentir mon clitoris gonfler légèrement mais je ne voulais pas encore me toucher, je voulais le garder pour eux. Je suis sortie de la baignoire et je me suis séchée, en faisant attention à ne pas me toucher. J'ai fouillé dans mon sac et en ai sorti ma robe de chambre courte en soie noire et mes bas noirs à lacets et je les ai enfilés. Alors que je brossais mes cheveux, j'ai entendu la porte s'ouvrir et des voix masculines qui m'ont retourné l'estomac.

On a frappé à la porte de la salle de bain : "Hé, chérie, c'est Chris", alors je me suis approchée et j'ai ouvert, le laissant entrer, il m'a regardé dans les yeux et m'a dit : "MMM, chérie, tu es si belle à croquer", et avec ça, il m'a serrée dans ses bras, m'attirant contre lui, posant ses lèvres sur les miennes et m'embrassant profondément.

En me poussant légèrement en arrière, il m'a demandé si j'étais prête à rencontrer les deux autres invités, je l'ai regardé et j'ai hoché la tête, en me prenant par la main il m'a conduit dans la pièce où Jack et Bill m'attendaient. Jack s'est approché de moi, a mis ses mains de chaque côté de mon visage et m'a donné un léger baiser comme pour me saluer, il s'est reculé et Bill a fait de même, j'ai passé mes doigts sur sa barbe en la sentant pour la première fois.

Mon estomac était en ébullition, sachant que ce soir, j'allais vivre le moment de ma vie. Chris a été le premier à prendre la parole, en disant : "Les gars, je ne sais pas pour vous, mais je suis prêt à commencer", et avec cela, il s'est approché de moi et a placé ses lèvres contre les miennes, poussant sa langue dans ma bouche et ses mains couvrant mon visage ; du coin de l'œil, j'ai vu Jack s'asseoir et regarder, tandis que Bill est venu derrière moi et a commencé à m'embrasser sur la nuque, tandis que ses mains caressaient mon dos.

Je tends la main à Chris et commence à déboutonner sa chemise, la retire et caresse sa poitrine avec mes doigts. Puis il se retire et fait signe à Jack de prendre sa place, Chris se tenait à côté de nous et j'ai vu qu'il se déshabillait jusqu'à son caleçon. La bouche de Jack a trouvé la mienne et il a commencé à m'embrasser profondément, j'ai tendu mes mains vers lui et j'ai commencé à enlever sa chemise, voulant voir son corps. J'ai interrompu le baiser et tiré son haut sur sa tête, puis j'ai avancé ma bouche et commencé à l'embrasser sur sa poitrine.

Bill se déplace derrière moi et commence à se déshabiller, restant lui aussi en simple caleçon, je peux voir les poils qui courent sur sa poitrine alors que sa chemise tombe au sol. Jack s'éloigne de moi pour pouvoir se déshabiller lui aussi, tandis que Chris et Bill reviennent vers moi et se tiennent de chaque côté de moi, une main chacun caressant mon dos, leurs bouches sur mes oreilles et mon cou, léchant et mordant doucement.

Jack s'approche de moi et ouvre ma robe de chambre, posant ses mains sur mes seins et effleurant mes tétons avec ses doigts. Chris et Bill saisissent les deux côtés du peignoir et le retirent de moi jusqu'à ce qu'il tombe sur le sol. Six mains caressent mon dos, mes seins et même mon cul. Jack se penche en avant et prend un de mes tétons dans sa bouche, le suçant doucement et le brossant légèrement avec ses dents. J'étais déjà au paradis, mon corps était touché dans toutes ces zones différentes et ma chatte me faisait mal.

Ils ont dû le sentir car je me suis sentie lentement repoussée vers le lit jusqu'à ce que je le sente à hauteur de genou, puis je n'ai rien pu faire d'autre que de m'asseoir. Jack était maintenant à genoux entre mes jambes, caressant mes cuisses puis embrassant l'endroit où ses mains avaient été. Chris et Bill se tenaient à mes côtés et continuaient à me caresser et à m'embrasser partout ; ils ont tous deux pris un sein chacun et ont commencé à taquiner le téton avec leurs doigts.

J'atteins mes côtés jusqu'à ce que je sente les bites dures de Chris et Bill, je glisse mes mains dans leurs boxers, les retire et commence à les caresser.

Jack écarte mes jambes et commence à frotter sa main contre les lèvres de ma chatte, les ouvrant, je sens sa bouche contre moi puis sa langue qui glisse entre mes lèvres jusqu'à ce qu'il trouve mon clitoris, ses doigts glissent sur mon ouverture avant de s'enfoncer en moi.

Mon corps est en feu et je sens Chris et Bill bouger sur le lit, me tirant vers le haut en même temps, me repoussant pour que je m'allonge, Jack soulève mes jambes pour que j'aie un meilleur accès, Chris et Bill attrapent chacun une jambe et m'écartent largement pour l'assaut de Jack sur ma chatte. Je sens ses lèvres s'enrouler autour de mon clito et l'aspirer dans sa bouche. J'entre dans le caleçon de Chris et le baisse, puis je fais de même avec Bill, je remets mes mains sur leurs bites en les caressant, ils se déplacent sur le lit et viennent vers ma bouche, je les attire à moi et commence à utiliser ma langue et mes lèvres sur eux, en me relayant sur chacun d'eux.

Jack a commencé à me baiser plus rapidement avec ses doigts et sa bouche, me faisant gémir plus fort autour de la bite dans ma bouche, provoquant des vibrations de haut en bas de la tige. Je pouvais sentir mon corps commencer à trembler et je savais que j'allais bientôt jouir, alors j'ai sucé plus fort une bite, tout en caressant l'autre plus rapidement. Puis ça arrive et tout mon corps se cambre sur le lit alors que je commence à hurler d'orgasme.

Jack se lève et enlève son caleçon, prend sa queue dans sa main et la fait glisser sur moi, taquinant mon clitoris gonflé avant de pousser profondément en moi, m'écartant largement et me faisant lever les hanches pour rencontrer les siennes. Mes jambes tombent sur ses épaules alors qu'il commence à me baiser, lentement mais profondément. Je recommence à sucer chaque bite à tour de rôle, les prenant dans ma bouche, enroulant ma langue autour d'elles, mes mains toujours sur mes tétons en les tirant, alors que je sens la bite de Jack entrer dans ma chatte maintenant trempée.

Jack déplace sa main vers mon clito et commence à me caresser, mes gémissements remplissent la pièce, leur faisant réaliser à quel point je m'amuse. Jack se retire de moi et Chris et Bill s'éloignent de ma bouche. Leurs mains me font tourner pour que je sois à genoux. Chris s'allonge sur le lit à côté de moi et me tire sur lui, glissant sa queue dans ma chatte, entrant et sortant lentement. Jack se penche au-dessus de ma tête et pose sa queue dans ma bouche, j'ouvre grand et le laisse s'enfoncer en moi pour que je puisse le goûter.

Bill se déplace jusqu'au bout du lit et je sens ses mains caresser mes fesses, je sens qu'il verse de l'huile sur moi et la laisse couler le long du pli de mes joues. Chris commence à bouger plus vite en moi, tandis que je prends Jack dans ma bouche en le suçant et en le léchant, puis je sens que Bill enfonce un doigt dans mon cul, le fait glisser lentement et m'écarte jusqu'à ce qu'il y glisse deux doigts.

Il se déplace derrière moi tandis que Chris reste à l'intérieur de moi, je sens la tête de la queue de Bills qui pousse contre moi, trouvant une certaine résistance au début, mais il est lent et doux et se fraye un chemin, entrant centimètre par centimètre jusqu'à ce qu'il soit profondément dans mon cul. Il commence à entrer et sortir de moi et Chris fait de même et je me sens complètement pleine, ma chatte, mon cul et ma bouche étant baisés en même temps, les sensations m'envoyant à nouveau au bord du précipice et je frissonne quand ils sont tous les trois ensemble.

Les trois entrent et sortent de moi, me poussant plus vite. Jack met ses mains derrière ma tête et commence à enfoncer sa queue dans ma bouche. Chris et Bill bougent tous les deux de plus en plus vite en moi, en rythme l'un avec l'autre, je me tortille entre les deux autant que je peux tout en gardant ma bouche ouverte pour la bite de Jack qui la pousse en moi. J'entends Bill gémir et je le sens remplir mon cul de son sperme, l'injectant profondément et me remplissant. Il se retire et Jack passe de ma bouche à mon cul et pousse directement en moi, en me baisant fort. Bill m'offre sa bite à nettoyer et je la prends dans ma bouche en suçant et léchant tout son sperme.

Bill se déplace et s'assoit sur la chaise, prenant sa queue dans sa main et la stimulant lentement. Jack retire mon cul et l'offre à nouveau dans ma bouche, je le laisse glisser alors que Chris commence à se tortiller sous moi, martelant ma chatte durement et profondément avec sa queue. Jack gémit et je sens sa queue tressaillir dans ma bouche, puis je sens son sperme éclabousser au fond de ma gorge alors que j'en avale autant que je peux. Chris commence à me baiser aussi fort qu'il le peut et je sens que sa queue commence à gonfler en moi. Je me soulève de lui, le prends dans ma bouche et commence à le sucer fort et rapidement, puis il déverse sa charge dans ma gorge également, la sentant glisser dans ma gorge pendant que je l'avale.

Jack se caresse et en regardant Bill, je vois qu'il recommence à bander, je lui fais signe de venir à moi et je le fais s'allonger sur le dos, je chevauche son visage en poussant ma chatte sur sa bouche pendant que je me penche en avant et que je prends sa queue dans ma bouche, la léchant et la suçant tout autour, la prenant profondément. Je sens la bouche de Bills sur mon clito qu'il suce avec ses lèvres. Jack et Chris se caressent tous les deux pendant que Bill se consacre à ma chatte, me léchant partout. Il me fait frotter fort, glissant sur son visage alors que je prends sa queue dans ma bouche, enroulant ma langue autour de sa tige en glissant de haut en bas.

Bill enfonce deux doigts à l'intérieur de moi et me baise à fond et mon corps explose à nouveau, tremblant et secouant sur lui, gémissant autour de sa queue dans ma bouche. Je me retire de sa bouche et glisse le long de son corps et, en attrapant sa queue, je la fais glisser dans ma chatte. Chris et Jack se positionnent de chaque côté de ma tête et je commence à les sucer et à les caresser, tandis que Bill saisit mes hanches et m'aide à monter et descendre sur sa queue, léchant et suçant autour de chaque queue, puis descendant jusqu'à mes couilles pour les taquiner un peu.

Bill me soulève et retire sa queue de ma chatte et la pousse dans mon cul en la martelant fortement. Jack se déplace entre mes jambes et les soulève, il s'enfonce dans ma chatte, poussant fort et profondément. Chris se déplace pour que je puisse consacrer toute mon attention à sa queue, léchant toutes ses couilles et son manche avant de le prendre dans ma bouche, il attrape mes cheveux et commence à baiser ma bouche, poussant sa queue profondément en moi.

Bill et Jack commencent à accélérer le rythme, me baisant tous les deux fort et profondément, alors que je commence à jouir à nouveau, cette fois très fort, mon corps entier tremblant d'extase alors qu'une vague de plaisir après l'autre me traverse. Jack et Bill se retirent de moi et tous les trois s'agenouillent au-dessus de moi et commencent à me caresser fort et rapidement, Bill est le premier à jouir et me frappe sur la poitrine, puis Jack rejoint la charge de Bill. Chris commence à tirer sa charge sur ma bouche, puis sur mes seins. À tour de rôle, j'en prends un dans ma bouche pour nettoyer leurs bites.

Puis je porte leurs seins à ma bouche, léchant ce que je peux atteindre et ramassant le reste avec mes doigts, avant de les lécher. Chacun d'eux se penche pour me donner un baiser avant que nous nous effondrions tous sur le lit. Au moins pendant quelques heures, jusqu'à ce que nous récupérions notre énergie et recommencions.

C'était définitivement une nuit à retenir !!!

Demande simplement

J'ai rencontré William pour la première fois il y a trois ans dans un petit club du centre-ville. Rick, un ami commun, nous a présentés.

Je lui ai souri quand il a embrassé ma main et proposé de m'acheter une RootBeer. Ma main ressemblait à celle d'un enfant à côté de la sienne et il m'a presque fait fondre avec ses yeux bleus perçants. Tout habillé de bleu : jean, T-shirt, veste en jean et même ses baskets, il me dominait comme un géant. Mais pas menaçante. Pas du tout. C'est un véritable ours en peluche : grand, poilu et doux. En sirotant nos RootBeers, nous avons parlé et ri ensemble et appris à nous connaître. Je savais que nous allions devenir de grandes amies.

La fanfare du club s'est lancée dans un numéro de danse lente et William m'a entraînée vers la piste de danse. Il m'a serrée contre lui pendant que nous nous balancions sur la musique. Il a passé ses doigts dans mes longs cheveux blonds et j'ai senti un picotement en dessous. Ses mains ont caressé mon dos à travers mon chemisier en coton blanc et se sont approchées de façon taquine de mes fesses noires en spandex. Je ne l'ai pas découragé, mais il a gardé ses mains respectueusement au-dessus de ma taille. C'était jusqu'à ce que je l'embrasse. Cela a demandé des efforts, mais j'ai réussi à atteindre ses lèvres. Nos langues ont fait leur petite danse et j'ai gémi dans sa bouche quand il a finalement posé sa main sur mes fesses.

Maintenant, je sentais plus qu'un simple picotement dans mes fesses et je me suis accrochée à lui comme une salope en chaleur.

Mais il ne m'a jamais fait sentir qu'il était minable. Il était encore un modèle de gentleman lorsqu'il m'a raccompagnée à ma voiture après le spectacle. Je voulais l'emmener chez moi et le baiser ce soir-là, mais j'étais trop timide pour l'inviter. Nous avons échangé nos numéros de téléphone et il m'a demandé si j'étais libre pour dîner le lendemain soir. Et je l'étais.

Le dîner était excellent, même si le service était lent, et après, William m'a emmené dans une galerie d'art locale, où les œuvres d'un photographe local étaient exposées. C'était très "artistique", bien sûr, mais c'était surtout sexy. Plein de nus très érotiques, dans des situations très érotiques. Par conséquent, notre conversation était chargée d'énergie sexuelle. William m'a invité dans son appartement pour voir une partie de son travail. Oui, bien sûr !" tu pourrais penser, et cela m'a aussi traversé l'esprit. Mais William était vraiment un artiste et il m'a montré ses photos, ses dessins et quelques peintures. C'était vraiment bien, mais je pensais qu'il ne pourrait jamais me baiser !

Pendant qu'il rangeait le dossier, je me suis assise sur son lit. Il s'est approché de moi et a pris ma main. S'asseyant à côté de moi, il m'a serrée dans ses bras et m'a rapprochée pour me donner un tendre baiser sur les lèvres. Et je l'ai embrassé en retour. Avec passion !

Je ne sais pas comment les gens décident, mutuellement, de baiser, mais apparemment c'est ce que nous avons fait. Sans qu'il dise un mot, je savais qu'il voulait me baiser. Et il savait que je voulais le baiser, même si je ne l'avais jamais dit. Du moins pas en paroles. Peut-être que l'un de nous est médium, ou que nous sommes tous les deux bons pour deviner, mais ensemble, nous avons commencé à nous déshabiller.

Bientôt, son T-shirt noir et son jean étaient empilés sur le sol, ainsi que mon pantalon rouge et ma chemise bleue, nous laissant tous les deux en sous-vêtements. William portait un boxer à carreaux rouges et je portais une culotte en soie bordeaux très découpée, avec une délicate bordure en dentelle, et un soutien-gorge assorti. Nous avons exploré nos corps avec nos mains et nos bouches, en embrassant, caressant, léchant et grignotant. Mon corps a pris vie sous ses attentions affectueuses et je me suis bientôt retrouvée à haleter. J'ai soupiré. Un grognement grave s'est échappé de sa gorge alors qu'il mordait doucement mon cou avec ses dents et que je mouillais ma culotte.

Sentant sa dureté contre ma cuisse, j'ai enroulé mes bras autour de lui, essayant de me rapprocher, et il a dégrafé mon soutien-gorge d'un coup de doigts. Il s'est assis sur le lit et m'a tiré sur ses genoux. Mes jambes se sont resserrées spontanément autour de sa taille et j'ai pressé le devant humide de ma culotte en soie contre la dureté du fer sous son caleçon. Les yeux fermés, j'ai senti sa bouche sur mes seins ultra-sensibles et une décharge électrique a atteint mes reins, créant un picotement dans mon clitoris. J'ai serré sa tête contre mes seins alors qu'il commençait à mordiller mes tétons, puis à ratisser mes ongles sur son dos. Des gémissements ont rempli la pièce. Mine. Son. Le nôtre.

Le poussant sur le dos, je l'ai embrassé fort sur la bouche, en frottant ma chatte dans mes sous-vêtements sur sa tige recouverte d'un boxer. Je me suis approchée de lui et j'ai attrapé la ceinture de son short. Tirant et tirant, les arrachant presque, je les ai enlevés et les ai jetés sur le sol avec le reste de nos vêtements. Sa queue a tressailli lorsque je l'ai embrassé et il a passé ses doigts dans mes cheveux. Baissant la tête, j'ai lentement enveloppé sa virilité dans ma bouche et j'ai sucé fort. J'ai tiré ma tête en arrière et j'ai passé ma langue sur la longueur de sa tige pendant que William tirait doucement sur mes cheveux blonds.

William a loué ma capacité à sucer des bites avec des gémissements et des pleurs d'extase et je me suis appuyée sur son genou. En essayant de m'atteindre, il a doucement tiré mes hanches vers sa tête. Il allait rendre la pareille et je n'avais pas l'intention de l'en empêcher. Alors que je passais une jambe par-dessus sa tête, il a enlevé ma culotte saturée et a embrassé ma chatte. Il l'a embrassé tout comme il avait embrassé ma bouche plus tôt. D'abord des petites tapes, puis des baisers plus longs. Puis sa langue a glissé entre les lèvres de ma chatte et a approfondi le baiser. C'était une sensation délicieuse !

Il a gémi dans ma chatte et a poussé son gros pénis dur dans et hors de ma bouche. J'ai senti sa langue passer sur mon clitoris et entre mes lèvres. Ses mains étaient partout sur mes fesses : il les frottait doucement, les pétrissait fort et leur donnait des fessées ludiques. Glissant une main entre mes fesses, il a chatouillé le bord extérieur de mon trou du cul avec un doigt.

Personne ne m'avait jamais fait ça avant et ça faisait du bien. Puis il a fait autre chose que personne ne m'avait jamais fait auparavant : il a fait courir sa langue de mon clito dur, lentement le long de ma fente humide et jusqu'à mon trou du cul ! Il a passé sa langue le long du bord extérieur pendant quelques instants, puis est retourné manger ma chatte. Je ne pouvais pas croire que quelqu'un avait fait une telle chose ! C'était encore plus difficile de croire à quel point j'ai apprécié ! Mon Dieu, je voulais qu'il le fasse à nouveau !

Bientôt, son corps s'est tendu et j'ai goûté son fluide préséminal salé. Je pensais qu'elle allait atteindre l'orgasme, mais au lieu de cela, elle s'est retirée de ma bouche. Cependant, il a continué à lécher ma chatte et, quelques secondes plus tard, a guidé ma tête vers sa queue. Il a répété cette opération deux fois de plus avant que je ne lave son visage avec mon miel d'amour, alors que le premier orgasme de la soirée a déchiré mon corps.

En sentant le goût de mes jus sur ses lèvres et sa barbe alors que j'embrassais et léchais son visage, je me suis exclamée : "Wow ! Comment fais-tu cela ?"

"Faire quoi ?" demande-t-il innocemment.

"Je pensais que tu allais jouir, mais tu as juste .... arrêté !"

"Oh, ça", a-t-il souri. "Lorsque je suis proche, je reste immobile pendant une minute. De cette façon, je peux durer beaucoup plus longtemps et c'est la chose la plus proche d'être multi-orgasmique." Avec cela, il m'a tiré près de lui à nouveau. Il m'a aidée à retirer ma culotte et a glissé ses doigts dans les plis délicats de ma vulve. J'étais encore humide et prête à en recevoir davantage ! Allait-il encore lécher mon trou du cul ? Je l'espérais !

Debout à côté du lit, William m'a attiré près de lui. Il m'a fait écarter les jambes et a fait reposer mes chevilles sur les deux épaules. Embrassant mes orteils, il a touché le bout de sa queue sur mon nœud d'amour dur et l'a ensuite frotté sur toute ma chatte. Alors que je haletais, il a glissé sa bite à l'intérieur de moi. Taquin, il a glissé sa virilité à l'intérieur de moi, puis l'a retirée. C'était merveilleusement frustrant et chaque fois qu'il est entré en moi, c'était comme monter les escaliers du paradis.

Chaque fois qu'il poussait sa bite à l'intérieur de moi, il m'en donnait un peu plus, et quand il avait toute la longueur enfouie dans ma chatte, je criais son nom à tue-tête ! Je voulais qu'il me baise plus fort ! Il a maintenu mes jambes ensemble et a continué à me baiser à un rythme intentionnellement lent, avec un sourire malicieux. Je verrais ce sourire bien plus souvent à l'avenir et il fait encore frémir ma chatte. Finalement, j'ai pris les choses en main et j'ai commencé à me tortiller et à pousser fort contre lui. Avec un gémissement, il a commencé à me baiser avec une envie indomptable, s'adaptant au rythme que j'imprimais à mon corps. Gémissant bruyamment, son corps s'est tendu et il a retiré sa bite de moi, reprenant son souffle.

Il a frotté mon clito avec ses doigts pendant qu'il se remettait de son quasi-climax, puis il a recommencé à me baiser. J'ai gardé sa main sur mon clito et il m'a baisée fort. Il n'a pas fallu longtemps pour que mon corps, rongé par le plaisir pur, atteigne à nouveau l'orgasme ! Mon jus a coulé sur la queue de William, comme un ruisseau de campagne, et il a continué à me baiser !

Bientôt, il gémit à nouveau et frissonne violemment. J'ai cru qu'il allait jouir cette fois, mais il s'est à nouveau retiré de moi. Il s'est mis à genoux et a commencé à m'embrasser. Respirant difficilement, il a laissé une traînée de baisers le long de chaque jambe. Il a passé ses lèvres et sa langue sur tout le devant de mon corps nu, en faisant très attention à mes zones érogènes. Je lui ai dit avec des syllabes dénuées de sens où ils étaient quand il les a atteints. Il savait écouter. Après avoir couvert chaque centimètre de mon front, je pensais qu'il allait revenir et me baiser, mais au lieu de cela, il m'a retournée sur le ventre. Mon dos a reçu le même traitement que mon devant et il a couvert de baisers mes épaules, mes jambes, mes bras et mes fesses charnues ; chaque centimètre de moi. Et je veux dire chaque centimètre !

Il m'a accordé le souhait silencieux que j'avais exprimé plus tôt. Écartant mes fesses, il a glissé sa langue dans la fente de mes fesses, la faisant glisser d'un bout à l'autre. En caressant doucement mes fesses, il a de nouveau lapé mon anus avec sa langue et je l'ai senti dans tout mon corps ! Mes gémissements ont rebondi sur les murs et j'ai cru faire trembler les fenêtres, je le jure ! Il a glissé ses mains entre mes jambes et a frotté mon clitoris, tout en massant mon trou du cul. Je me rapprochais de plus en plus de mon troisième orgasme, mais avant que j'y arrive, il s'est arrêté. Il m'a aidé à me mettre à quatre pattes et s'est mis derrière moi pour me baiser en levrette.

Oh, c'était si bon d'avoir à nouveau sa queue dans ma chatte, et quand il a glissé le bout de ses doigts d'environ un quart de pouce dans mon trou du cul, j'ai presque crié de plaisir ! Et William, pour la troisième fois cette nuit-là, a fait quelque chose que personne n'avait jamais fait auparavant.

En se penchant en avant, il a chuchoté doucement à mon oreille : "Veux-tu avoir ma queue dans ton cul, mon amour ?". De toutes mes vingt-quatre années de vie, jusqu'à ce jour, je n'avais jamais entendu ces mots, et encore moins pensé à répondre par l'affirmative !

J'ai essayé de parler, mais seuls d'autres soupirs et gémissements sortaient de mes lèvres. J'ai essayé de hocher la tête et ça a bien marché. Il a embrassé mon oreille et j'ai tourné la tête vers lui pour un baiser par-dessus l'épaule alors qu'il retirait lentement sa queue de ma chatte. En gardant une main sur mon cul, il a attrapé un tiroir de sa table de nuit et en a sorti une bouteille de lubrifiant à base d'eau. Il en a badigeonné sa queue et en a appliqué, je crois, une tonne sur mon trou du cul. La froideur du liquide m'a fait tressaillir, mais il l'a réchauffé avec ses mains.

La panique m'assaille lorsque William enfonce son gland dans mon anus. S'attendant à avoir mal, je me suis raidie et William s'est arrêté. Il a appliqué plus de lubrifiant sur mon cul et a massé doucement mon dos. Alors que je me détendais, il a lentement poussé sa bite à l'intérieur de moi. Juste le conseil. Cette fois, il ne me taquinait pas. Au lieu de cela, il me permettait de m'habituer à sa bite dans ma porte arrière. Et cela n'a pas pris longtemps. Bientôt, il baisait mon cul lentement et doucement. Oh, si seulement j'avais donné ma virginité à cet homme, au lieu de ce Brad, peut-être aurais-je eu plus que de la douleur pour me souvenir de ma première fois.

Petit à petit, j'ai commencé à accélérer un peu et à m'appuyer sur ses hanches, et je me suis bientôt retrouvée à claquer dans son corps alors que William empalait mon cul encore et encore avec sa grosse bite. Enfouissant mon visage dans un oreiller, j'ai frotté mon clito pendant qu'il s'agrippait à mes hanches et me baisait comme un fou ! Je n'avais jamais rien ressenti de tel !

Mon orgasme se rapprochait de plus en plus et j'ai senti William trembler et se crisper derrière moi. Il a commencé à se retirer, mais je lui ai sifflé : "Non, ne t'arrête pas ! Ne t'arrête pas ! Baise-moi !" Je ne pense pas avoir déjà parlé comme ça auparavant. Une autre nouveauté.

Enfonçant à nouveau sa queue dans mon trou du cul, il a pompé fort et vite et j'ai crié ! Partant de mon anus, mon orgasme s'est précipité sur mon clitoris, puis a traversé mon corps comme une étoile mourante. Je me sentais séparée de moi-même, mais j'étais consciente de chaque partie de ma chair. Cette fois, ma chatte a coulé comme une rivière et, un instant plus tard, William a rempli mon rectum d'un jet chaud de liquide blanc crémeux.

J'ai repris mes esprits après une longue douche sensuelle avec William. Il m'a lavée et séchée avec amour et m'a mise au lit. En nous blottissant nus sous les couvertures, nous avons passé la nuit ensemble et avons parlé jusque tard dans la nuit. Je lui ai raconté comment, lorsqu'il avait léché mes fesses, j'avais silencieusement espéré qu'il le referait. "Chérie, a-t-il dit, si tu veux quelque chose de moi, tout ce que tu dois faire, c'est demander."

"Ce n'est pas très facile pour moi", ai-je dit.

"Nous allons y travailler ensemble", a-t-il répondu en me serrant contre lui.

25 cm de surprise

Mark avait rencontré Linda de manière assez innocente... sur un site de rencontres Internet. Au début, ce sont ses yeux qui ont attiré son attention et elle avait décidé de lui envoyer un e-mail pour le complimenter. En fait, elle avait été impressionnée par sa carrure musclée, ses abdominaux fermes et son sourire éblouissant. À sa surprise, il a répondu. Au cours des semaines suivantes, leurs conversations sont devenues plus approfondies et personnelles, chacune partageant ses sentiments et ses peurs les plus profonds. C'était agréable d'avoir à nouveau quelqu'un à qui parler, surtout si c'était un homme aussi beau et gentil que Mark.

Linda avait environ 30 ans, mais en paraissait 28. Elle traversait un divorce et avait quelques enfants, mais avait un corps d'athlète. Mark avait 35 ans, était célibataire et n'avait pas d'enfants. Il était en très bonne forme et avait un physique musclé. Comme ils vivaient à un état de distance l'un de l'autre, ils savaient tous les deux qu'il y avait probablement peu de chances qu'ils se rencontrent, jusqu'au jour où Mark a reçu la nouvelle qu'il assisterait à une réunion d'affaires dans sa ville ! Quelle chance !

Quand il lui a dit qu'il venait dans sa ville, Linda était à la fois excitée et hésitante. Elle voulait le voir en personne mais avait peur. Linda était avec un homme depuis environ 10 ans et même si l'idée d'être avec un autre homme était tentante, surtout un homme aussi romantique et sensuel que Mark, elle avait quand même peur. Mark lui a donné le numéro de téléphone de son hôtel et lui a dit quand il arriverait, lui laissant le choix.

Lorsqu'il est arrivé à l'hôtel, Mark a déballé ses sacs et a commencé à se rafraîchir. Il a été surpris d'entendre le téléphone sonner. Il a répondu, ne sachant pas à qui s'attendre à l'autre bout.

"Bonjour", dit la voix qu'il a reconnue comme étant celle de Linda.

"Salut, je suis content que tu aies appelé." Mark a répondu.

"Écoute, je veux te voir ce soir", demande Linda. "Je vais venir dans ta chambre. Ne dis rien parce que je ne veux pas changer d'avis. Je serai là dans une demi-heure."

"OK, j'ai hâte de te voir." dit Mark.

Linda a raccroché le téléphone. Elle a mis son manteau, attrapé ses clés et couru jusqu'à la voiture. Après avoir pris une profonde inspiration, elle a démarré la voiture et s'est rendue à l'hôtel de Mark. Elle a souri en pensant aux mots et aux photos qu'il lui avait envoyés. Elle a espéré que tout cela n'était pas une comédie. En dix minutes, elle est arrivée. Ses mains étaient en sueur sur le volant et elle les a essuyées sur sa jupe. Lorsqu'elle est sortie de la voiture, elle a remarqué que la porte d'une des chambres était ouverte. Il était là. Il portait un jean serré, un pull gris et une veste de sport. Elle a avalé profondément, des papillons ont volé dans son estomac. Mon Dieu, il est si beau, a-t-elle pensé.

En s'approchant, elle l'a vu sourire et venir vers elle. Sans dire un mot, il a levé ses grands bras musclés et l'a entourée de ses bras. Son étreinte était forte et la faisait se sentir en sécurité et au chaud. Elle a senti son eau de Cologne et a appuyé sa tête sur son épaule, ne voulant pas la lâcher. Mark l'a attirée contre lui et a reposé sa tête contre la sienne. Son parfum était enivrant et il a senti tout son corps trembler sous son étreinte.

Linda s'est retirée et a regardé dans les yeux bleus profonds de Mark. Elles étaient chaleureuses et relaxantes. Sans s'en rendre compte, elles se sont toutes deux senties plus proches jusqu'à ce que leurs lèvres se touchent. Au début, ils se sont embrassés doucement, savourant la sensation de l'autre. Puis ils ont commencé à s'embrasser plus passionnément, leurs langues glissant dans leurs bouches respectives, dansant une danse érotique que seuls les amoureux connaissent. Mark, réalisant qu'ils étaient sur le parking de l'hôtel, a tiré Linda vers la chambre, interrompant leur baiser.

Il l'a prise par la main et l'a conduite dans la pièce. En entrant, elle a haleté. Mark avait allumé des bougies dans toute la pièce, qui brillaient doucement d'une lumière qui remplissait son cœur de luxure et de passion. Alors qu'ils s'embrassaient à nouveau, leurs mains ont commencé à se balader. Linda a senti la main de Mark caresser son dos jusqu'à ses fesses fermes, la saisir fermement et la tirer contre lui. Elle a senti sa dureté contre elle et s'est poussée contre lui, en gémissant doucement. Mark a fait un pas en arrière et a retiré sa veste.

Elle a souri et a enlevé son pull, révélant son torse musclé à la douce lumière des bougies. Linda s'est dit qu'elle était très sexy. Elle s'est baissée et a commencé à défaire son pantalon. Elle avait pensé à ce moment et pensait que ce serait elle qui accomplirait cette tâche, mais alors qu'il enlevait ses vêtements, elle a trouvé érotique de le regarder. Elle a senti le sang pomper dans ses mamelons et a senti la moiteur entre ses jambes alors qu'il se déshabillait lentement pour elle, tout en souriant. Elle a été frappée par ce qu'elle a ressenti lorsqu'elle l'a regardé dans les yeux. C'était comme si son cœur nageait dans un lac d'émotions et coulait lentement.

Elle est restée debout à regarder son corps nu et a été étonnée par sa taille. Mark l'avait prévenue qu'il était bien doté, mais elle était encore étonnée par la longueur et l'épaisseur de son énorme queue. Linda n'avait jamais connu un pénis aussi gros que celui de Mark. Elle pendait de son aine comme une énorme saucisse suspendue dans une boucherie. Mark a ri en voyant le regard d'étonnement sur le visage de Linda. Puis Linda a commencé à enlever ses vêtements. Elle a commencé par ses chaussures, en s'asseyant sur le bord du lit. Puis elle s'est glissée sous sa jupe et a commencé à descendre ses bas, mais s'est arrêtée, pensant que ce serait plus sexy de les laisser. Au lieu de cela, elle s'est rapprochée encore plus et a retiré sa culotte, écartant légèrement ses jambes pour qu'il puisse la voir. Elle a vu Mark haletant et souriant en regardant sa chatte taillée alors qu'elle commençait à caresser sa grosse bite. Puis elle s'est levée et a enlevé son haut, laissant son soutien-gorge. Se sentant coquine, Linda s'est pincé les tétons par-dessus son soutien-gorge et a gémi. Puis elle a passé la main derrière son dos et a dégrafé son soutien-gorge, le laissant tomber sur le sol.

"Tu es prête pour ça ?" Il a demandé.

Mark n'a pas pu répondre, mais a simplement hoché la tête en signe d'encouragement alors que son érection était maintenant complètement chargée dans ses mains, avec ses 25 longs pouces. Linda a regardé la grosse bite de Marks au garde-à-vous, puis s'est retournée et a défait la fermeture éclair de sa jupe serrée. Lorsqu'elle l'a fait glisser, elle s'est penchée en avant, lui donnant une vue complète de ses lèvres vaginales pleines et gonflées et de sa chatte scintillante.

En sortant de sa jupe, elle a fait courir sa main droite le long de l'intérieur de sa cuisse et a glissé un doigt en elle. La chatte de Linda était complètement trempée et elle s'est retournée pour mettre son doigt dans sa bouche et sucer son jus. Mark s'est approché d'elle et a mis ses bras autour d'elle, la serrant contre lui. Linda a saisi la queue raide de Mark pour la première fois. Elle se sentait bien dans ses mains alors qu'elle continuait à caresser son magnifique pôle d'amour. Ils pouvaient sentir la chaleur de leurs corps respectifs l'un contre l'autre. Lorsqu'ils se sont embrassés, leur passion est devenue plus intense.

Mark a fait s'allonger Linda sur le lit et a cherché un mouchoir dans le tiroir voisin. Il l'a plié et l'a déplacé lentement, comme s'il demandait la permission. Lorsque Linda a levé la tête en signe d'assentiment, il l'a enroulé sur ses yeux et l'a attaché légèrement derrière elle. Elle s'est à nouveau allongée et a attendu. Elle a commencé à sentir ses lèvres bouger sur son corps, jamais au même endroit. Ses lèvres ont caressé ses cuisses, ses mollets, son ventre, ses bras, ses joues et ses lèvres. Soudain, Linda a senti quelque chose d'autre, quelque chose de plus doux. Il a commencé à se déplacer sur son corps avec de longs coups qui faisaient visiblement frissonner tout son corps. Elle a légèrement écarté les jambes lorsque l'objet a remonté le long de l'intérieur de sa cuisse et l'a senti passer lentement sur ses lèvres et son clitoris. Elle a arqué ses hanches vers l'objet et a gémi bruyamment alors que Mark continuait à faire bouger l'objet sur elle. Puis elle l'a senti descendre le long de son ventre jusqu'à ses seins et ses mamelons en érection. La sensation de l'objet doux qui glisse sur elle l'a fait trembler. Puis, sans prévenir, elle a inspiré profondément par le nez et a senti le parfum inimitable d'une rose. Mark a baissé son bandeau et dans sa main tendue se trouvait une grande rose rouge sans épines.

"Pour toi", a-t-il dit.

Elle a pris la rose de sa main et l'a posée sur la table après l'avoir reniflée une fois de plus. En posant la rose, elle s'est tournée vers Mark et l'a trouvé entre ses jambes. Sa langue a commencé à glisser le long de ses jambes. Il était si chaud et humide que l'idée de le sentir en elle l'a presque fait jouir. Linda a écarté ses jambes, les tirant en arrière, mais Mark a saisi ses mains avec douceur.

"Non, laisse-moi te rendre heureuse. Détends-toi et profite de mon amour pour toi." Il a dit, se déplaçant à côté de ses jambes, faisant face à son côté. Lorsqu'il a osé la regarder, il a réalisé qu'il n'avait rien dit de mal ; au contraire, ses mots étaient exactement ce qu'elle avait besoin d'entendre.

Lorsqu'elle n'a rien senti immédiatement, elle s'est demandée ce qu'il faisait, mais lorsqu'elle a senti son doigt glisser en elle, elle a su que ce serait quelque chose de bien. Avec sa main droite, il a commencé à frotter son intérieur et avec deux doigts de cette main, il a écarté les lèvres de sa chatte. Sa main gauche s'est posée sur ses poils pubiens et, après avoir appuyé fort, il s'est retiré. Quand sa langue l'a effleurée, elle a réalisé qu'il avait complètement exposé son clitoris sensible et elle a ronronné quand il a commencé à le lécher doucement.

Sa langue était magique et en quelques minutes, elle s'est sentie prête à jouir. Linda a commencé à gémir légèrement alors que sa respiration ralentissait jusqu'à une expiration longue et superficielle. Ses soupirs de plaisir ont incité Mark à fronder encore plus vite la chatte de Linda. Elle a commencé à bouger ses hanches en rythme avec ses mouvements et a attrapé ses cheveux, attirant sa bouche sur elle alors qu'elle jouissait. Le corps de Linda s'est tendu avec passion, ses muscles se sont contractés et elle a joui par vagues. Il pouvait sentir son jus s'écouler de son corps vers son cul. La sensation était incroyable. Le corps de Linda s'est affaissé après quelques minutes de plaisir intense. Son cœur battait la chamade alors qu'elle était allongée sur le lit, complètement épuisée. Mark a une tête fantastique, se dit-elle.

"Mmm..." dit Mark, interrompant l'extase de Linda. "Tu peux tirer tes jambes en arrière maintenant."

Comme étourdie, elle a fait ce qu'il lui a demandé, atteignant ses genoux et les tirant en arrière pour exposer son cul et sa chatte dégoulinante. Elle a senti sa langue toucher son cul et glisser jusqu'à son clito. Il a commencé à lécher alternativement son cul et sa chatte, léchant tous ses jus. Quand il a recommencé à lécher son clito, elle l'a arrêté, voulant lui donner du plaisir comme il lui en avait donné.

"Mets-toi sur le côté du lit", lui dit-elle.

Pendant ce temps, elle s'est mise à genoux sur le lit et a essayé d'avaler la grosse tête de sa queue. Elle a fait glisser sa queue épaisse aussi profondément que possible dans sa bouche. Son pénis était chaud et épais et elle en appréciait le goût en passant sa langue autour de sa tête. L'énorme pénis de Mark était à nouveau en érection. La main de Linda ne pouvait pas atteindre sa circonférence, tant il était grand. La tête de Mark a basculé en arrière alors qu'elle commençait à utiliser sa main et sa bouche à l'unisson, émettant des sons audibles qui l'excitaient. Linda a pompé le long manche de Mark avec ses deux mains tout en suçant la grosse tête ronde de sa bite.

Il a essayé d'avaler sa queue du mieux qu'il pouvait, mais il n'a pas pu en avaler la moitié avant d'avoir des réflexes de bâillonnement. Il était si grand. Puis elle s'est arrêtée et a roulé sur le dos, la tête sous sa queue. Elle l'a pris dans sa main et a commencé à le caresser tout en suçant doucement ses couilles. Mark a gémi de plaisir lorsque Linda a tiré et pressé ses couilles avec ses mains. Puis elle a remis sa queue raide dans sa bouche et a tendu ses mains vers le cul de Mark, le tirant à l'intérieur d'elle. Elle a senti son rythme s'accélérer et puis, sans prévenir, il a retiré sa queue de sa bouche.

"Je ne veux pas jouir encore, bébé", a-t-il dit.

Mark s'est installé sur le lit avec elle et s'est tenu à côté d'elle. Il a commencé à l'embrasser amoureusement et à déplacer ses mains sur son corps, doucement. La main de Linda a trouvé sa grosse bite de 10 pouces et a commencé à la caresser, la tirant vers sa chatte palpitante. Elle a mis ses jambes sous les siennes et les a enroulées autour de sa taille.

"Fais-moi l'amour, baise-moi avec ta grosse bite", lui a dit Linda en enroulant ses bras autour de ses épaules musclées.

Elle a senti la tête de sa bite s'approcher de sa chatte et il a lentement poussé sa grosse érection à l'intérieur. Sa chatte humide était très serrée et Mark était déterminé à faire entrer sa grosse érection dans la chatte fumante de Linda. La sensation était merveilleuse et ils ont tous deux gémi de manière audible. Ses mouvements étaient lents et délibérés. La chatte serrée de Linda s'est étirée pour accueillir la bite monstrueuse de Mark.

Mark a continué à avancer lentement son érection dans le trou d'amour humide de Linda. Elle pouvait sentir chaque mouvement qu'il faisait en elle. Finalement, Mark a réussi à introduire tout son membre de 25 centimètres dans Linda qui a gémi bruyamment. Mark a commencé à pomper sa queue raide dans et hors de sa chatte.

Il a commencé à frotter sa tête contre son point G, faisant involontairement bouger ses hanches avec lui. Après dix minutes de baise intense, Mark a fait rouler Linda sur elle-même, la laissant sur lui. Il a attrapé la base de son énorme saucisse et l'a réintroduite dans sa chatte. Elle s'est lentement laissée tomber sur son membre rigide alors que sa chatte humide absorbait chaque centimètre de lui.

Linda a commencé à bouger ses hanches, frottant son clito contre sa grosse queue raide et savourant la sensation de ses doigts qui chatouillent doucement son dos et de ses lèvres douces contre les siennes. Puis elle s'est assise et a commencé à bouger ses hanches en faisant de petits mouvements circulaires. Les mains de Mark se sont déplacées vers ses seins et ont doucement pressé ses tétons. Elle a senti sa queue en érection frotter son col de l'utérus et a poussé plus fort contre lui, savourant la sensation d'être complètement pleine. Linda et Mark étaient tous deux en extase.

Mark l'a fait rouler hors de lui et elle, comme par instinct, s'est mise à genoux et a reposé sa tête sur l'oreiller, les fesses arquées en l'air. Elle l'a senti s'approcher derrière elle. Mark a saisi la base de son énorme queue avec sa main gauche et a agrippé la hanche de Linda avec sa main droite. Au premier coup, il a glissé sa bite à fond et a commencé à la baiser plus fort qu'avant. Il a attrapé ses deux hanches alors que ses couilles claquaient contre son clito à chaque mouvement vers l'intérieur et elle a senti qu'il se préparait à jouir à nouveau.

Linda s'est mise sous elle et a commencé à masser sa chatte par en dessous pour augmenter le plaisir. Mark a encouragé Linda à se masturber pendant qu'il enfonçait son énorme queue dure dans la chatte fumante de Linda. Le mouvement de Mark s'est accéléré jusqu'à ce qu'il atteigne un rythme régulier que Linda a beaucoup apprécié.

"Oh Dieu... oui... plus fort... plus vite.... n'arrête pas !" Linda a gémi lorsque sa main a accéléré le frottement de son clito.

"Tu te sens si bien, mon ange. Je ne veux jamais que ce sentiment se termine." Mark a chuchoté en continuant son attaque par derrière.

Son rythme s'est accéléré alors que la grosse bite de Mark glissait facilement dans et hors de la chatte gonflée et humide de Linda. La chatte de Linda était maintenant tendue autour de l'érection de Mark et est devenue faible lorsqu'elle est venue violemment sur lui. Elle a poussé son cul dans son corps alors que sa chatte pulsait autour de son énorme tige et la serrait fort. Son orgasme a atteint son paroxysme avec un gémissement fort alors qu'elle explosait. Quand elle a terminé, elle s'est éloignée de lui et s'est déplacée sur le dos.

"Je veux que tu jouisses en moi pendant que je te regarde dans les yeux", a-t-il dit.

Mark s'est déplacé sur elle et Linda a de nouveau attrapé sa queue dure et a enfoncé le gode charnu dans sa chatte trempée. Son rythme était rapide et ferme et elle a enroulé ses jambes autour de son cul, le tirant plus fort à chaque coup. Soudain, elle a senti qu'il commençait à gonfler et à jouir.

"J'éjacule ! Oh mon Dieu !!!" Mark a crié.

Elle a levé les yeux vers lui et l'a vu la regarder directement alors que sa queue commençait à gicler du sperme dans sa chatte chaude et gonflée. Elle a senti son sperme exploser de sa queue et remplir sa chatte. Le regard sur son visage était si incroyable et érotique qu'elle s'est sentie recommencer à jouir, en même temps que lui. Elle n'avait jamais ressenti une telle passion.

Elles ont toutes les deux crié à pleins poumons lorsqu'elle a retiré sa queue palpitante de son intérieur, sa chatte le trayant jusqu'à la dernière goutte. Mark a continué à exploser, tirant une charge de sperme collant dans la chatte gonflée de Linda. Lorsque Mark a enfin terminé, elle s'attendait à ce qu'il se lève et s'habille ou qu'il se couche pour aller dormir. Au lieu de cela, il s'est allongé sur elle, sa grosse bite de 10 pouces toujours en elle, et l'a embrassée.

À sa grande surprise, elle a senti quelque chose d'humide sur sa joue. Elle a bougé la tête et a vu qu'une larme était tombée de ses yeux, mais son sourire lui a dit que ce n'était pas de la tristesse. Il s'est déplacé derrière elle, tirant les couvertures sur eux et enveloppant ses bras forts autour d'elle. Il a doucement embrassé son cou et son épaule, l'a serrée contre lui et elle s'est endormie. Lorsqu'elle s'est réveillée au milieu de la nuit après un rêve agréable, elle s'est retrouvée encore dans les bras de l'homme de l'Ohio. Elle l'a serré dans ses bras et s'est rendormie.

Tout ou rien

C'était la soirée bowling pour Jeff Tailor et ses amis de l'équipe de football, qui profitaient au maximum de leur première semaine de liberté en tant que diplômés. Il y avait tellement d'applaudissements que Jeff n'a pas remarqué la fille dans le couloir à côté de lui avant qu'ils ne soient à la moitié du premier jeu.

C'était Melody Spincer, sa voisine et sa némésis de longue date. Ils ont croisé leurs regards avant qu'il ne puisse détourner le sien et tous deux ont fait l'habituel sourire mutuel d'irrespect.

Jeff et Melody avaient grandi ensemble, leurs maisons étaient juste en face. Elles avaient été les meilleures amies depuis leurs premières années jusqu'à leur adolescence, jouant ensemble de l'aube au crépuscule dès qu'elles le pouvaient. Ils étaient tous deux de bons athlètes et partageaient un esprit de compétition qui les amenait parfois à s'affronter, même si au bout de quelques jours, ils redevenaient toujours amis.

En entrant dans l'adolescence, elles ont commencé à s'éloigner les unes des autres et au moment où elles étaient au lycée, elles étaient devenues comme le jour et la nuit. Jeff a eu une poussée de croissance et lors de sa première année, il mesurait 1,80 m et pesait plus de 90 kg, devenant ainsi un grand joueur de football. Il aimait la pêche et la chasse et était un homme à part entière. Melody mesurait 1,70 m et pesait 60 kilos, était une gymnaste de haut niveau et une militante écologiste. Pendant leurs années de lycée, il semblait que les deux étaient constamment dans des camps opposés ; ils étaient donc en mode confrontation constante. En fait, tout le monde à l'école était au courant de cette querelle. Maintenant qu'ils avaient tous deux 18 ans et qu'ils avaient obtenu leur diplôme, ils avaient peu de chances d'interagir à l'avenir.

Le destin a voulu qu'ils se retrouvent tous les deux dans la position de jouer au bowling juste à côté l'un de l'autre au même moment. Ils n'ont pas pu s'empêcher de se reconnaître.

"Salut Melody", a-t-il marmonné.

"Salut Jeff", a-t-elle répondu.

Les deux ont commencé à avancer en même temps, puis se sont arrêtés. Jeff a fait un pas en arrière et a donné une poignée de main digne d'un gentleman.

"Les dames d'abord", a-t-il dit avec un sourire triste.

Melody a hoché la tête poliment et s'est préparée à jouer de nouveau au bowling. Au moment où elle se préparait à faire le premier pas en avant, elle s'est arrêtée et a pris une expression espiègle. Elle a regardé Jeff de biais.

"La meilleure balle gagne un tour de tortue", a-t-il lancé comme défi.

Jeff l'a regardée d'un air absent pendant un moment, puis progressivement une image s'est formée dans sa tête et un sourire est apparu lentement sur son visage. La balade en tortue était quelque chose qu'ils faisaient quand ils étaient enfants : le cavalier grimpait sur le dos de l'autre cavalier pour lui faire traverser le ruisseau. Jeff a souri à la fois au souvenir et à l'image ridicule de Melody le portant sur son dos.

"J'en suis", a-t-il dit en souriant.

Melody s'est alignée et a fait rouler sa balle sur l'allée comme une pro, en l'incurvant latéralement. Bien que la balle soit en position parfaite, une épingle est restée debout. Cependant, quand elle est revenue, elle avait l'air plutôt confiante.

"Neuf quilles", a-t-il dit. "Je t'ai regardé jouer au bowling, tu aurais de la chance si tu en obtenais cinq."

Jeff a fait semblant d'être sérieux. "Mais c'était avant que je sache ce qui était en jeu", a-t-il dit. "Un tour de tortue n'est pas une partie de plaisir".

Il a trébuché sur l'allée avec toute la finesse d'un rhinocéros aveugle, a laissé partir la balle trop tard et l'a envoyée s'écraser au centre de l'allée. Dans un acte aléatoire de chance débile, la balle a trouvé le moyen d'éliminer les dix quilles, faisant de Jeff le gagnant.

Il a souri d'une oreille à l'autre en se retournant vers Melody, qui se tenait debout, les mains sur les hanches et la bouche grande ouverte.

"Tout est dans le poignet", a-t-il dit avec suffisance. Il a montré sa chemise et a ajouté : "Dommage que tu ne manges que des légumes, avec un peu plus de protéines, tu aurais pu faire baisser la dernière épingle."

Melody a baissé les yeux sur la chemise qu'elle portait et a rougi. Les végétariens le font mieux', peut-on lire. Elle était une végétarienne convaincue. Elle a senti son sang bouillir en se rappelant une discussion plutôt animée qu'elle avait eue avec Jeff sur le sujet pendant le cours de débat. Melody avait soutenu que les végétariens étaient meilleurs pour l'environnement, tandis que Jeff affirmait que manger de la viande était nécessaire à la survie de l'homme.

Quelques instants plus tard, ils se sont retrouvés tous les deux debout l'un à côté de l'autre, prêts à jouer à nouveau. Jeff a détourné le regard pour cacher un sourire en coin, mais alors qu'il était là, il a senti une tape ferme sur son épaule. Il s'est retourné et a vu Melody qui le regardait doucement.

"Que dis-tu de double ou rien ?" a-t-il demandé.

Jeff a eu un autre flash-back de sa jeunesse. Quand ils étaient enfants, Jeff et Melody avaient un accord de pari permanent qui permettait au perdant de demander le double ou rien. Si le perdant perdait le nouveau pari, il devait payer le double, mais s'il gagnait, il ne devait rien.

"Je vais prendre le pari", a-t-il dit. "Mais je vais déterminer les enjeux."

"Bien", a-t-elle répondu.

Jeff a réfléchi un moment avant de répondre. "OK, si je gagne, tu dois porter mon T-shirt préféré pendant une journée."

"Que dit ton T-shirt préféré ?" a-t-il demandé.

"Les amateurs de viande s'amusent plus", a-t-il souri.

Melody a fait une grimace. "Quoi qu'il en soit, il n'y a aucune chance que je perde à nouveau."

Malheureusement, la pression a eu raison d'elle et elle a lancé une balle faible qui n'a fait tomber que sept quilles. Jeff s'est avancé avec rien à perdre et a lancé une boule horrible qui a réussi à faire tomber huit quilles, laissant les deux personnes dans des coins opposés. Melody avait encore perdu, mais elle planifiait déjà son avenir.

"Quitte ou double, tu ne peux pas finir ce spare", a-t-il défié.

"Hmm, la division de sept à dix est pratiquement impossible, alors les enjeux devront être élevés", a-t-il dit. "Je vais te dire : si je gagne, tu devras te changer en maillot devant moi".

Sans réfléchir aux implications de cette déclaration, Melody a simplement haussé les épaules. "Vas-y, tu ne réussiras jamais ce tir".

Il savait que c'était un pari sûr. Il savait aussi qu'il n'avait aucune chance, il s'attendait à perdre. Mais ils avaient tous deux tort. D'une manière ou d'une autre, la balle de Jeff a touché la quille numéro sept avec juste le bon angle pour glisser et toucher la quille numéro dix. Elles ont toutes deux regardé le ten-pin vaciller lentement d'avant en arrière, puis tomber. Les amis de Jeff et tous ceux qui l'ont vu ont poussé un rugissement d'approbation... et ils n'étaient même pas au courant du pari qu'il avait gagné.

Melody est devenue trois fois plus rouge lorsqu'elle a réalisé ce qu'elle avait fait.

"Voyons voir", dit Jeff. "Une balade en tortue, tu dois porter ma chemise pendant une journée et je dois te voir seins nus..... Je ne suis pas un si mauvais lanceur après tout."

Melody a gémi tout le long du chemin jusqu'à sa chaise. Il a fallu plusieurs cadres avant qu'elle ne récupère suffisamment pour penser correctement. Jeff a essayé de ne pas être suffisant, mais chaque fois qu'il la regardait, il ne pouvait pas s'empêcher de rire. Il avait fini de jouer au bowling et se préparait à partir quand Melody s'est approchée et a mis un petit doigt dans sa poitrine.

"Ping pong", a-t-il dit. Demain à midi. Chez moi." Puis il est parti.

Les amis de Jeff, qui savaient qu'ils ne s'entendaient pas, ont demandé pourquoi il en était ainsi, mais Jeff ne les a même pas écoutés. Il se souvenait d'une autre règle de son enfance : peu importe le montant du pari, le perdant pouvait s'en sortir en gagnant au ping-pong. Il ne pouvait pas s'empêcher de sourire en pensant à certains des matchs épiques qui avaient eu lieu dans sa salle de jeu. Dans la plupart des cas, elle s'en souvient, elle avait gagné.

Le lendemain, à midi, Jeff s'est présenté à l'heure prévue chez Melody. Melody a ouvert la porte elle-même et Jeff a immédiatement reconnu une stratégie de distraction. Elle portait un short court et soyeux et un T-shirt à tirer qui mettait en valeur ses abdominaux toniques, et elle sentait délicieusement frais et léger. Son bronzage estival était fantastique et elle lui a souri gentiment.

"C'est bon de te voir Jeffrey", a-t-elle dit, en utilisant le nom qu'elle n'avait pas entendu depuis 10 ans. "J'ai hâte de jouer au ping-pong." Elle s'est retournée et a ouvert la voie à l'intérieur, en donnant un bon coup d'œil à Jeff.

Il n'était pas entré dans la maison de Melody depuis de nombreuses années, mais il s'est souvenu du chemin vers la salle d'arcade pour pouvoir la surveiller au lieu de savoir où elle allait. En la regardant marcher devant lui, Jeff s'est rendu compte qu'il n'avait jamais remarqué le corps sexy qu'elle avait. D'habitude, quand il la regardait, il était trop irrité pour y prêter attention.

"Wow, je me souviens que cet endroit était beaucoup plus grand", dit Jeff lorsqu'ils entrent dans la salle de jeux.

"Tu veux une boisson fraîche ?" Melody a demandé, en désignant un seau rempli de glace et de bière.

"Ah… tes parents sont à la maison ?" Jeff a demandé nerveusement.

"Je suis absent de la ville pendant quinze jours", a-t-il dit. "Prends-en un s'il te plaît."

"Pas de problème", dit Jeff avec un clin d'œil. "Je veux être au mieux de ma forme pour cela".

"OK, alors jouons", dit Melody en lui lançant une pagaie.

"Attends, nous devons d'abord établir les enjeux, tu dois doubler la mise", dit Jeff. "La dernière fois que j'ai vérifié, tu me dois un tour de tortue, tu dois porter ma chemise pendant un jour et tu dois enlever ta chemise devant moi."

"Alors je devrais faire monter les enchères à partir de là, tu ne crois pas ?" dit Melody. Elle s'est dirigée vers lui et s'est tenue devant lui. "Je vais te dire, quitte ou double, si tu gagnes, tu me verras… complètement nu."

Jeff a senti le sang quitter sa tête lorsqu'il a entendu ces mots. Il est resté dans un silence stupéfié et en sueur pendant que Melody se tournait et s'éloignait lentement de lui. Je vais peut-être prendre cette bière", a-t-il dit.

Melody a souri. Son plan fonctionnait parfaitement.

Si parfaitement, en fait, qu'il menait 7 à 1 lorsque Jeff a fini sa deuxième bière et a réalisé qu'ils jouaient. Cela l'épuisait, non pas à cause du ping-pong, mais du fait qu'il se déplaçait autour de la table, se penchait et soufflait sur les balles avant de servir. Il était comme une boule dans ses mains. La seule chose à laquelle il pouvait penser était qu'elle était nue et cela n'aidait pas son jeu.

Il a rattrapé un peu de terrain, mais elle menait 15-9 lorsqu'il y a eu un point long dramatique. Elle l'envoyait d'avant en arrière et a fini par frapper un énorme slam, qu'il a réussi à plonger et à frapper, envoyant un long coup haut qui est miraculeusement descendu et a claqué dans le coin de la table.

À partir de ce moment-là, elle s'est figée et il ne pouvait plus faire d'erreur. Lorsque le dernier point s'est terminé par sa victoire 21-19, elle a jeté sa raquette à travers la pièce et a crié. Tant pis pour le stratagème du chaton sexuel.

Jeff avait du mal à croire qu'il avait gagné, il s'attendait à perdre. Il se tenait debout avec un sourire stupide et la regardait se pavaner comme une furie et ne pouvait s'empêcher de remarquer à quel point elle était sexy. Il a décidé d'agir comme un gentleman.

"Melody, tu n'as pas à payer le pari, c'était juste une blague", a-t-il dit.

Elle l'a regardé avec des yeux ou une fureur irrationnelle. "Pas question", a-t-elle crié, se rapprochant et se tenant à nouveau devant lui. "C'est quitte ou double, encore une fois."

Jeff commençait à se sentir un peu mal à l'aise. Il se sentait coupable d'avoir gagné le pari, mais il était aussi très excité par cette petite vipère en colère devant lui, surtout quand il l'imaginait se déshabiller pour lui. Il était tellement excité que son short de sport commençait à se voir et pendant un instant, il a cru qu'elle l'avait remarqué. Sa tête était au niveau de sa poitrine lorsqu'ils étaient tous les deux debout.

Il s'est levé pour enfoncer un doigt dans sa poitrine. "C'est tout ou rien, c'est le pari", a-t-il dit. "Si pendant une semaine tu deviens 100 % végétarien et ne manges pas de viande, alors je te quitterai...".

Sa voix s'est brisée en un mélange de colère et de confusion alors qu'il cherchait les bons mots. Puis il a baissé le regard vers le renflement dans son short.

"Je te laisserai le mettre n'importe où", a-t-il dit.

"Quoi ?" dit Jeff.

Melody a de nouveau baissé son regard pour ne pas avoir de doutes. Tu as raison, a-t-elle répondu.

"Où ?" Jeff a demandé.

"Partout", a-t-elle répondu.

Quelques heures plus tard, Jeff était toujours assis sur le trottoir devant sa maison, regardant vers la maison de Melody. Son choc s'est manifesté à plusieurs niveaux. On lui avait offert la possibilité de baiser le voisin qu'il détestait depuis de nombreuses années, de la manière qui lui convenait. Mais il devait être sans viande pendant une semaine. Il n'avait pas eu le temps de cliquer sur l'horloge de l'affaire que son esprit était dominé par deux pensées. L'un d'eux l'a vu occupé à baiser impitoyablement Melody. L'autre pensée l'a vu assis devant un cheeseburger dégoulinant.

Pendant la semaine suivante, son esprit a été occupé par des variations de ces deux pensées. Une nuit, il a même rêvé de la baiser en mangeant un biscuit au poulet.

Melody n'a pas rendu les choses plus faciles pour lui. Un soir, elle lui a envoyé une pizza pepperoni. Un autre soir, elle a invité un groupe d'amis et a fait griller des hot-dogs... dans l'arrière-cour. Elle l'a même suivi dans un restaurant, espérant le surprendre en train de tricher, et a payé la serveuse 20 $ pour qu'elle lui apporte une succulente côte de boeuf au lieu de la salade qu'il avait commandée.

Mais Jeff était résolu et a poursuivi le régime pendant une semaine entière. En fait, il a été très surpris de voir à quel point il se sentait mieux avec le régime végétarien : il s'attendait à ce qu'il le rende faible et fatigué.

Donc, exactement une semaine après avoir fait le pari fatidique du double ou rien, à 17 heures un jour d'été pluvieux, la sonnette de la maison de Melody a sonné et il y avait Jeff, ressemblant à un enfant le matin de Noël, bien que sans dinde pour le dîner.

Melody a ouvert la porte dans une robe de chambre courte et soyeuse et Jeff a été impressionné qu'elle n'ait pas essayé de s'enlaidir pour tenter de le persuader de ne pas participer au pari. Elle était très jolie, même si son expression était un peu malade et résignée.

"Je n'ai pas mangé de viande depuis une semaine", a-t-il dit.

"Finissons-en", a-t-il dit en se tournant pour entrer dans la maison.

Il l'a conduit à l'étage dans sa chambre, qui ne lui semblait que vaguement familière. Elle s'est arrêtée au milieu de la pièce et s'est tournée vers lui.

"OK, eh bien, je suppose..." commença-t-elle. "Où veux-tu le mettre ?"

Jeff était nerveux et mal à l'aise, mais il n'a pas pu s'empêcher de glousser. Tu sais vraiment comment parler gentiment à un gars, a-t-il souri.

Il a pris une grande inspiration. "Écoute Melody, tu as prouvé ton point de vue, je sais que tu es douée pour payer le pari, mais je ne vais pas te demander de le faire, c'était pour rire."

Elle l'a interrompu presque avant qu'il ait terminé. "Pas question Jeff, j'honore mes paris", a-t-elle balbutié, avec du feu dans les yeux.

Bon sang, elle est toujours aussi têtue et entêtée qu'il y a dix ans, a-t-il pensé. 'Je ne veux pas que tu fasses quelque chose que tu ne veux pas faire', a-t-elle dit.

"Je ne veux pas, je dois", dit-elle avec un regard mauvais. "Maintenant, enlève tes vêtements."

Ce n'était pas une demande et Jeff a soudainement décidé qu'il n'avait pas le choix. Il s'est déshabillé jusqu'à son caleçon et s'est tenu devant elle.

Melody était peut-être en colère d'avoir perdu le pari, mais voir Jeff devant elle en caleçon lui a pratiquement coupé le souffle. Il était grand, bronzé et parfaitement tonique et musclé. Elle n'a pas pu s'empêcher de déplacer ses yeux de haut en bas, l'observant lentement. À un certain moment de la semaine dernière, lorsqu'il était devenu évident qu'elle allait perdre, elle avait décidé qu'elle pouvait continuer à profiter de lui. Elle appréciait déjà le simple fait de le regarder.

Après quelques instants de silence, elle s'est approchée et a desserré l'attache de son peignoir, l'a ouvert lentement puis l'a retiré de ses épaules en le laissant glisser sur le sol. Elle se tenait devant lui, complètement nue.

Jeff était complètement abasourdi. Il a d'abord été stupéfait par la réalisation soudaine que cela se passait vraiment et ensuite par la prise de conscience que Melody avait un corps absolument fantastique. Ses seins étaient fabuleux, plus grands que ce à quoi il s'attendait et merveilleusement formés.

Son ventre tonique descendait vers des hanches et des jambes athlétiques. Tout son corps était absolument parfait. Ses yeux se sont déplacés lentement sur chaque centimètre d'elle. Le moment érotique était multiplié par le fait qu'il savait que ce fabuleux petit corps devant lui était à son entière disposition.

"Eh bien ?" sa voix a brisé le long silence.

'Melody, tu es absolument magnifique', a-t-il balbutié après avoir fermé la bouche.

"Je sais", dit-elle. "Je veux dire, où veux-tu.... le mettre ?".

Jeff était encore trop abasourdi pour dire quoi que ce soit alors que son esprit passait en revue toutes les différentes options qui s'offraient à lui.

Après quelques instants de béance, Melody s'est approchée de lui en souriant. On dirait que je vais devoir t'aider, dit-elle.

Elle a glissé ses doigts dans son boxer et l'a baissé. À mi-chemin, il a entrevu le paquet en pleine érection de Jeff et a haleté.

Melody n'avait pas vu beaucoup de bites dans sa vie. Certains vivent, d'autres de toutes tailles sur Internet. Mais elle n'était pas préparée à cela.

Jeff avait une grosse bite. Sa bite était plus grosse que son imagination la plus folle. Elle a senti ses genoux faiblir, s'est agenouillée devant lui et l'a regardé avec étonnement. Ses yeux sont devenus vitreux et, alors que ses yeux parcouraient son corps nu, elle a pris pleinement conscience du fait que le parfait spécimen masculin se tenait nu dans sa chambre. Il avait une très grande et très belle queue et elle ne pouvait pas détacher ses yeux de lui.

Jeff a rompu le silence. Je pense que j'aimerais le mettre dans ta main", a-t-il dit.

Il a fallu quelques secondes à Melody pour sortir de sa transe et obéir à son simple ordre. Toujours à genoux, elle a tendu sa petite main en avant. Sa bouche est restée ouverte et ses yeux étaient énormes lorsque ses doigts fins et délicats sont entrés en contact avec le monstre dur comme de la pierre. Son toucher a fait tressaillir sa queue, ce qui l'a fait sursauter puis ricaner. Hypnotisée, elle a tendu le bras à nouveau et l'a pris dans sa main, maintenant une prise légère tandis qu'elle déplaçait sa main vers le haut de la tige, puis vers la base.

En regardant sa petite main le caresser légèrement, Jeff avait complètement oublié de respirer. La légèreté de son toucher le chatouillait presque et il a combattu l'envie de se tortiller à nouveau.

Melody le sentait palpiter et augmentait progressivement la pression de sa prise chaque fois qu'elle déplaçait sa main de haut en bas de son manche. Il avait gagné le pari, mais elle avait le contrôle total. Elle a glissé un peu en avant, déplaçant son visage à quelques centimètres du sien, et a placé son autre main sur sa queue ; puis les deux mains ont travaillé de haut en bas et quand elle a levé les yeux vers lui, il a laissé échapper un gémissement de satisfaction.

Étant un jeune adolescent excité, il savait qu'il ne tiendrait pas longtemps et quand elle a accéléré le rythme de sa masturbation, il a senti son orgasme arriver. Il a essayé de l'avertir avec un gémissement, mais c'était trop tard.

Il a explosé, jaillissant dans l'air, dans ses mains, sur elle. Il était trop pris par le moment pour le contrôler, il s'est presque évanoui et n'a pas pu voir pendant quelques secondes. Quand il a repris le contrôle de ses facultés et a baissé les yeux, il y avait Melody à genoux devant lui, les mains, la poitrine et une partie du visage couverts. Sa bouche était ouverte et elle avait l'air à la fois étonnée et furieuse.

"Melody, je suis désolé, je l'ai perdue", a-t-il balbutié, attendant l'inévitable tirade.

Elle l'a regardé pendant quelques secondes, puis le regard furieux a fondu en un sourire presque satisfait. "C'est bon", a-t-il dit. "Cela arrive".

À sa grande surprise, Melody a frotté le liquide de ses mains sur sa poitrine, puis s'est allongée devant lui. Complètement prise par le moment, elle a fait un show sexy, frottant son sperme sur tout son torse et faisant aussi un show en léchant ses doigts.

C'était maintenant au tour de Jeff d'être hypnotisé. Son ancien ennemi juré s'était soudainement transformé en une vipère sexuelle, allongée devant lui et couverte de son sperme. Il s'est pincé pour s'assurer que ce n'était pas un rêve.

"J'aime bien ce truc d'esclave sexuel", dit doucement Melody. "Dis-moi où tu veux le mettre ensuite."

En disant cela, il a mis son doigt dans sa bouche et l'a fait glisser très, très lentement, les yeux rivés sur lui pendant tout ce temps. Jeff a haleté et a immédiatement réalisé qu'il était déjà excité à nouveau. Il ne lui a pas fallu longtemps pour répondre. "Je le veux dans ta bouche", a-t-il dit.

Une sorte d'interrupteur s'était déclenché chez Melody et elle était passée de la haine des tripes de Jeff à l'excitation incroyable d'être son jouet de plaisir. Elle s'est de nouveau mise à genoux et a approché sa petite bouche de sa queue. Malgré tous ses efforts, elle n'a réussi à en prendre que la moitié, mais ce qui lui manquait en profondeur, elle le compensait par son enthousiasme. Jeff était stupéfait et choqué de voir la faim avec laquelle elle le suçait, gémissant et gémissant alors qu'elle léchait sa tête puis l'enfonçait profondément dans sa bouche.

Soudain, il s'est éloigné, puis s'est baissé et l'a attrapée par la taille avec les deux mains. Comme une poupée de chiffon, il l'a soulevée brusquement en l'air, jambes écartées, et a déplacé son entrejambe juste au-dessus de sa queue. Il l'a soulevée de quelques mètres puis est redescendu, touchant presque sa bite géante. Il a fait cela plusieurs fois, la soulevant plus haut à chaque fois, comme s'il l'alignait pour l'écraser sur sa queue.

Les yeux de Melody se sont agrandis d'horreur. Depuis le moment où elle avait vu à quel point il était grand, elle avait redouté ce moment. Son plan avait été de l'épuiser avec ses mains et sa bouche, mais il semblait clair qu'il avait compris et qu'elle serait maintenant punie pour avoir perdu le pari. Puni profondément.

Il l'a soulevée et l'a maintenue en l'air. Elle a jeté un dernier regard à l'outil qui serait enfoncé en elle, a fermé les yeux et s'est préparée à un monde de douleur.

Mais au lieu d'être poussée vers le bas, elle s'est soudainement sentie soulevée dans la direction opposée. Avant de réaliser ce qui s'était passé, elle s'est retrouvée à dix pieds de hauteur, à califourchon sur le visage de Jeff. Elle a ouvert les yeux pour le regarder, il lui a fait un clin d'œil puis a doucement glissé sa langue en elle. Il lui descendait dessus, sauf que cette "descente" était une "remontée".

L'effet a été immédiat. Tout son corps a frissonné. Normalement, elle aurait été horrifiée à l'idée de se retrouver dans une position aussi précaire, avec sa tête à trois mètres du sol et ses jambes assises sur ses épaules. Mais il était si fort et agile qu'elle se sentait en sécurité et incroyablement excitée. De plus, il était étonnamment habile avec sa langue.

Si habile qu'en un rien de temps, Melody se tortillait de façon incontrôlable sur son visage. Elle avait ses jambes enroulées autour de sa tête et ses mains dans ses cheveux, et le chevauchait avec le dos arqué et les yeux fermés. Si elle était tombée de deux mètres sur le sol, elle ne l'aurait pas remarqué.

Puis son corps entier a fondu dans un orgasme intense et elle est devenue molle. Le haut de son corps, soigneusement maintenu par Jeff, a glissé vers l'arrière jusqu'à ce qu'elle soit suspendue à l'envers. La langue de Jeff était toujours plantée en elle et ses bras la tenaient fermement contre lui. Alors qu'elle reprenait lentement conscience, elle a réalisé que depuis sa position renversée, la bite de Jeff n'était qu'à quelques centimètres de sa bouche. Elle l'a voracement repris dans sa bouche, en partie par passion et en partie pour se préserver à l'avenir. Elle ne pouvait pas risquer de mettre cette chose en érection en elle.

Heureusement, sa force et sa formation de gymnaste lui ont permis de réaliser facilement le 69 à l'envers debout, et Jeff a même réussi à les accompagner jusqu'au miroir en pied pour qu'il puisse observer le reflet de cette étrange position. Il a décidé que Melody était superbe à l'envers avec sa queue dans la bouche.

Après avoir profité de 69 pendant un bon moment, Jeff l'a soulevée de lui-même et d'un geste rapide l'a fait tourner de 180 degrés dans les airs, de sorte qu'elle était maintenant sur son côté droit, face à lui. Il l'a aperçue dans le miroir alors qu'il la tenait en l'air comme une poupée de chiffon. Elle faisait littéralement la moitié de sa taille et, grâce à sa force écrasante, elle était totalement à sa disposition. Il a réalisé que ses fesses étaient posées sur sa queue et qu'il n'avait plus qu'à la faire descendre jusqu'à ce qu'elle soit empalée sur sa lance.

Puis il a fait ce qu'elle craignait, la faisant descendre et sentant la dureté de sa queue entrer en contact avec ses fesses. Elle a fermé les yeux et prié pour qu'elle s'évanouisse, mais soudain, il a laissé sa queue glisser vers l'avant de sorte qu'au lieu de la pénétrer, elle courait le long de sa fente. Elle a regardé dans le miroir et a vu qu'il chevauchait sa queue comme une poutre d'équilibre.

Elle a aussi vu qu'il lui souriait. Elle a souri en retour et a commencé à frotter ses hanches contre lui, frottant son clito contre le haut de sa queue. Ils étaient tous les deux hypnotisés en regardant la scène dans le miroir, l'énorme montagne d'un homme se frottant à une petite fille de la moitié de sa taille. Elle a glissé une main entre ses jambes pour ajouter une stimulation amicale.

Il semblait chevaucher la poutre sur laquelle il avait passé tant d'heures de gymnastique, et il semblait aussi chevaucher une poutre en bois. En fait, en regardant son reflet dans le miroir, elle a réalisé que pendant qu'il utilisait ses mains pour la maintenir immobile, la majeure partie de son poids reposait sur sa queue. Ses pieds ont été soulevés du sol et elle a enroulé ses jambes autour des siennes. Incroyablement, il a complètement retiré ses mains d'elle et elle est restée en équilibre, voire soulevée, par sa magnifique érection.

Pendant un court instant, Jeff a eu envie de tirer sa queue en arrière puis de la faire entrer de force, mais il s'est dit qu'il ne pouvait pas faire ça, ce serait trop pour elle. Elle était trop petite.

Cependant, elle appréciait vraiment le voyage et il s'est rendu compte qu'elle approchait d'un autre orgasme. Elle s'est frottée durement contre lui, les yeux fermés et la bouche ouverte. Elle a crié, puis gémi, avant de devenir complètement molle et il a abaissé son corps sur le sol et s'est allongé à côté d'elle. Elle ne pouvait pas bouger pendant un moment et Jeff commençait à s'inquiéter lorsqu'elle a roulé sur le côté et a posé sa main sur sa poitrine.

"Alors, y a-t-il un autre endroit où tu veux le mettre ?" a-t-il demandé doucement.

Il l'a regardée attentivement. Je vais bien... Je ne veux pas te faire de mal", a-t-il dit.

Elle a souri. "Tu ne m'as pas encore fait de mal", a-t-elle souri. "Monte sur le lit".

Jeff a obéi, grimpant sur son dos, et Melody s'est mise sur lui et l'a chevauché. Il a pointé sa queue en l'air, s'est mis en position et a commencé à descendre.

"Melody attends", a-t-il dit. "Tu es sûre de ce que tu fais ?"

Elle a hoché la tête avec détermination et s'est approchée.

Attends, il y a autre chose, dit Jeff.

"Qu'est-ce que c'est maintenant ?" dit-il presque impatiemment.

"Je ne l'ai jamais fait", a-t-il dit lentement. "Je ne suis jamais allé jusqu'au bout".

"Quoi ?" s'exclame-t-elle en reculant et en s'asseyant sur ses genoux. "Monsieur le sportif de football avec toutes les filles qui le poursuivent n'est jamais allé jusqu'au bout ?"

Il a rougi. "Je suppose que ça n'a jamais été bien avant", a-t-il dit.

Elle l'a regardé attentivement. "Est-ce que tu te sens bien maintenant ?" a-t-il demandé.

"Oui, mais je ne veux pas que tu le fasses parce que tu dois le faire", a-t-il dit.

Elle est sortie du lit, est allée dans l'armoire à côté du lit et a sorti une bouteille d'huile de massage. Elle est remontée sur le lit, l'a chevauché à nouveau et a versé l'huile sur sa queue, l'étalant sur ses jambes, son ventre et sa poitrine. Puis elle s'en est versé un peu sur elle-même, en frottant lentement et en regardant Jeff la regarder se donner en spectacle.

"Fais-moi confiance", a-t-il chuchoté. "Je le fais".

Elle s'est positionnée sur lui, les mains sur le lit à ses côtés, et s'est penchée sur sa queue. L'huile a fourni suffisamment de lubrification pour lui permettre de le prendre en elle avec une facilité surprenante, bien que ses yeux soient devenus encore plus grands lorsqu'il l'a remplie. Elle a réussi à le pénétrer à peu près à moitié avant de s'arrêter et de remonter lentement, puis de redescendre. Elle s'est mise dans un rythme progressif, se tenant en équilibre sur lui alors qu'elle prenait lentement mais sûrement un peu plus à chaque fois qu'elle descendait.

Il a fallu beaucoup de détermination de la part de Jeff, mais il est resté immobile tout le temps. Il avait envie d'attraper ses hanches et de pousser à fond, mais il ne voulait pas lui faire mal. Il sentait que ce n'était pas facile pour elle, mais il pouvait aussi voir à ses expressions qu'elle aimait ça.

Enfin, après ce qui semblait être une heure de lente absorption, Melody s'est assise et a posé ses mains sur ses seins. Elle s'est soulevée pour être en équilibre sur le dessus de sa queue, puis a soupiré et a laissé son corps s'enfoncer dans lui. Il a regardé avec stupéfaction comment elle a glissé complètement à l'intérieur d'elle.

Elle est restée immobile un moment, s'habituant à être remplie si complètement, puis a frissonné et a immédiatement commencé à rouler lentement sur lui. Ses gémissements passionnés lui ont indiqué qu'elle ne souffrait pas et ses mains ont trouvé ses hanches et ont commencé à bouger doucement avec elle.

Leurs yeux se sont croisés un instant puis, de façon choquante, Melody s'est penchée en avant et l'a embrassé. Au début, elle l'a embrassé doucement, puis elle est devenue plus passionnée et soudain, comme elle avait commencé, elle s'est arrêtée, s'est penchée en arrière et a rougi. Elle faisait l'amour avec l'homme qu'elle n'aimait pas depuis de nombreuses années.

"Je suis désolée", a-t-elle dit. "Je me suis laissé emporter par le moment, je suppose."

Jeff l'a regardée fixement pendant un moment, puis s'est assis sur le lit. Il l'a prise dans ses bras, l'a serrée contre lui et l'a embrassée en retour. Dans l'obscurité de la fin d'après-midi, deux amis d'enfance, ennemis d'adolescence et amoureux réunis se sont embrassés doucement mais passionnément alors que le reste du monde s'effaçait.

'Je ne m'attendais pas à ce que ce soit comme ça', a chuchoté Melody à son oreille.

Il l'a regardée dans les yeux avec confusion.

"C'est ma première fois aussi", a-t-elle dit à voix basse. Elle a baissé brièvement son regard, presque gênée, puis a levé les yeux pour rencontrer les siens. "Aussi étrange que cela puisse paraître, j'ai toujours su que ce serait toi."

Quand il l'a regardée dans les yeux, les années qui les séparaient ont semblé fondre et il a ressenti un sentiment de connexion écrasant. Ils se sont embrassés et se sont serrés l'un contre l'autre, faisant l'amour pendant un très, très long moment.

Plus tard, alors qu'ils étaient allongés sur le lit, fatigués mais satisfaits, leurs bras et leurs jambes entrelacés et sa tête sur sa poitrine, ils ont tous deux partagé des souvenirs de leur jeunesse, riant en reconstruisant le lien qui avait été rompu. Ils n'ont pas pu s'empêcher de rire aussi de l'étrange concours de circonstances qui les avait réunis à nouveau.

"En fait, je pense que j'aime être végétarien", dit Jeff. "Je me suis sentie assez forte cette semaine."

La main de Melody est descendue et a légèrement caressé sa queue. "Eh bien, je pourrais devenir un mangeur de viande occasionnel", a-t-elle dit en souriant.

"Eh bien, j'ai décidé que je ne te ferai pas porter ma chemise", a-t-il dit. "Mais tu me dois toujours un tour de tortue".

Melody a fait un sourire diabolique et s'est mise à quatre pattes sur le lit, en cambrant son dos de manière séduisante. "Monte à bord", a-t-elle dit. "Double ou rien".

Qu'est-ce que j'ai fait ?

J'entre dans la chambre, heureuse d'être à la maison après une longue journée de travail. Tu es assise sur le lit et tu as l'air en colère. Je suis surprise de te voir là car je ne pensais pas que tu étais déjà rentrée. Je souris et commence à marcher vers toi. "Salut chérie, comment s'est passée ta journée ?"

L'expression de colère sur ton visage m'arrête. Je réalise que tu as eu une mauvaise journée et je commence à penser à ce que je peux faire pour que tu te sentes mieux. Un bon dîner, une bouteille de vin, un massage, une fellation.... de ton expression je pense que tu pourrais avoir besoin de tout cela. J'ouvre la bouche pour suggérer que nous allions dîner, mais tu m'interromps.

"Viens ici", me dis-tu. Je m'approche de toi, m'attendant à ce que tu aies besoin d'un câlin. Au lieu de cela, tu m'attrapes par le bras et me tire sur tes genoux. Par instinct, je me tortille contre toi lorsque tu soulèves l'arrière de ma jupe courte. C'était une journée chaude et je ne portais donc pas de bas. La seule chose qui couvre mes fesses est le petit morceau de filet rouge qu'est ma culotte. Je reste immobile pendant que ta main me donne la fessée, surprise dans la soumission.

Quelques fessées supplémentaires sur mes fesses me réveillent de ma stupeur alors que la brûlure commence. Tu ne m'as jamais donné de fessée en colère auparavant. Habituellement, la punition est ludique et c'est mon idée. Aujourd'hui, tu passes ta colère sur moi et cela me fait un peu peur. J'essaie de couvrir mes fesses avec mes mains pour pouvoir en parler. Tu saisis brusquement mes deux poignets avec ta main gauche et les tiens devant moi. Ta main droite continue de fesser mes fesses, me plaquant sur tes genoux.

Soudain, tu t'arrêtes. Je pousse un soupir de soulagement, en essayant d'ignorer les élancements. Je sens tes ongles qui grattent ma chair tendre. Le léger contact ne me dérangerait pas normalement, mais la fessée m'a rendue si sensible que je grimace. Je t'entends glousser. Puis tu enfonces deux doigts dans ma chatte. Nous sommes tous les deux surpris de voir à quel point je suis mouillée et tes doigts glissent facilement à l'intérieur de moi. Je gémis lorsque tu les fais glisser. Sans prévenir, tu déchaînes un barrage de claques sur mes fesses. C'est presque comme si tu étais en colère que je sois mouillée, car même si j'ai peur et que je ne suis pas sûre de ce qui se passe, je suis toujours excitée. Je crie alors que tu me punis, parvenant à peine à reprendre mon souffle.

Tu fais une pause et je tourne la tête pour te regarder. "Qu'est-ce que tu veux de moi ?" Tu y réfléchis un moment et tu me dis ensuite de me lever. Je lutte pour me composer, baisser ma jupe et me tenir devant toi. Déshabille-toi, tu m'ordonnes. Ne sachant pas quoi faire d'autre, j'obéis.

Mes doigts tremblent alors que je déboutonne ma chemise et la retire de mes épaules. En passant la main derrière moi, je détache ma jupe et la laisse tomber sur le sol. Je reste dans mon soutien-gorge en maille rouge et mon bikini assorti, ainsi que mes talons en cuir verni noir. Des chaussures de stripteaseur, tu as déjà plaisanté.

Je fais une pause, incertain de savoir si tu veux que je sois nu ou non. "Enlève tes sous-vêtements, garde tes chaussures". Je regarde ton visage pour voir si tu es sérieux. Tu es. Je détache le fermoir avant de mon soutien-gorge et mes seins se répandent alors que je laisse tomber le soutien-gorge sur le sol. Enfin, j'accroche mes pouces sous les côtés de ma culotte et la fait glisser sur mes hanches et sur mes talons. Je me redresse et me tiens devant toi, complètement nu et vulnérable.

Tu ne dis rien, tu fais juste un geste pour que je m'approche. Je le fais, pensant que maintenant je dois te déshabiller. Je me tiens devant toi et tu tends une main vers ma poitrine. Je pense que tu veux me caresser. Au lieu de cela, tu ouvres ta main et gifle mon sein gauche. Je suis de nouveau surprise par toi. Tu le gifles à nouveau, en le regardant se balancer alors qu'il rougit. Je commence à tressaillir. Tu tends ton autre main et serre fort mon téton droit. Si j'essaie de me retirer, ça fait encore plus mal, alors je n'ai pas d'autre choix que de rester là et de te laisser me fesser les seins. Je gémis alors que tu leur donnes une fessée, me giflant et me pinçant jusqu'à ce que je puisse à peine tenir debout. Tu finis par t'arrêter.

'Je vais te dire ce que j'attends de toi', dis-tu en te levant et en commençant à déboutonner ton pantalon. "Je veux te prendre dans le cul. Mets-toi à quatre pattes." Tu secoues la tête en direction du lit. J'hésite pendant un moment. Tous les jeux anaux que nous avons faits auparavant ont été doux et faciles, en prenant notre temps pour que ce soit aussi confortable que possible. Aujourd'hui, je réalise que tu ne veux pas être douce et cela m'effraie. Tu retires la ceinture des boucles et la fais pivoter vers moi. Il clique contre le haut de ma cuisse, laissant une marque. C'est toute la motivation dont j'ai besoin. Je monte sur le lit à quatre pattes, les fesses en l'air. J'enterre mon visage dans l'oreiller et j'attends de voir comment cela va se passer.

Je t'entends t'installer sur le lit derrière moi. Je t'entends défaire ta braguette et sortir ta queue. Tu ne prends même pas la peine de te déshabiller pour cela. Tu attrapes la bouteille de lubrifiant sur la table de chevet et je te remercie qu'au moins tu ne vas pas essayer de me sécher. Je sens quelques gouttes froides sur mon trou du cul, qui se raidit. Tu en as étalé sur toi-même. Puis je sens la tête de ta queue s'approcher de ma porte arrière.

J'expire lorsque la pointe entre en moi. Les sensations familières de la douleur et du plaisir se mêlent alors que j'essaie de me détendre pour pouvoir te prendre entièrement. Cependant, tu ne vas pas aussi lentement que d'habitude et je sens ta pleine longueur me remplir rapidement. La douleur devient intense lorsque tu essaies de pousser davantage en moi et que je me raidis.

Tu te retires presque complètement, la douleur diminuant jusqu'à ce que tu pousses à nouveau en moi. Tu es frustré que je sois trop serrée pour que tu puisses me baiser aussi fort que tu le veux, alors tu commences à me fesser le cul en poussant. Je ne peux plus me retenir. Je dois me soutenir avec mes coudes, mes cris étant étouffés par l'oreiller. Mes seins frottent contre la couette alors que tu pousses en moi. Ils sont encore sensibles d'avant et la façon dont ils se sentent contre le tissu m'excite. Je m'élargis à cause de toutes tes poussées ; il est donc finalement plus facile pour toi de me baiser fort.

Tu te penches et dis à mon oreille : "Joue avec toi pendant que je te prends". Je descends et trouve mon clito. Elle est très humide à cause de tous mes jus qui sortent. J'essaie de le nettoyer du mieux que je peux afin d'avoir suffisamment de friction pour venir. Je me frotte, ce qui fait que mes muscles se resserrent autour de ta queue, la faisant jouir à nouveau. Tu ne ralentis pas.

Tu continues de pousser à l'intérieur de moi, frappant de temps en temps mon cul en le pompant. Je frotte mon clito rapidement et fort, sentant mon orgasme monter. Tant de sensations à la fois ; c'est presque trop alors que je me sens monter. D'après mes gémissements et mes cris, tu réalises que je suis proche et tu continues à baiser mon cul avec le même rythme, en tirant mes hanches vers toi. Tu casses enfin alors que mes muscles se contractent et que je crie contre l'oreiller, inconsciente de ce que je dis, concentrée uniquement sur l'intensité de l'orgasme.

Les pulsations de mes fesses sur ta queue t'amènent à la limite et tu jouis, en te poussant contre mes fesses frémissantes, en tirant ton sperme en moi pendant que tu cries de plaisir. Finalement, tes poussées s'arrêtent lorsque tu finis. Tu fais une pause pendant une seconde puis tu te retires de moi alors que je halète une dernière fois et que je m'effondre sur le lit. Je t'entends reboutonner ton pantalon et te diriger vers la porte. Je me tourne pour te regarder lorsque tu pars. Tu as l'air moins en colère maintenant. Tu t'arrêtes dans l'embrasure de la porte et tu me regardes. "Quand tu te sentiras d'attaque," dis-tu, "nettoie-toi et je t'emmène dîner". Je suppose que c'est ma récompense pour avoir été punie.

Surprise ?

La journée allait être longue.

Claire n'a jamais aimé le monde de la romance. Elle avait toujours été plus pragmatique, essayant de trouver comment survivre ou, quand survivre n'était pas un problème, comment gérer la vie à un niveau de base. Alors quand sa colocataire l'a embrassée il y a un mois environ, ce n'était pas seulement de la confusion parce qu'une fille l'embrassait. C'était plutôt parce que quelqu'un l'embrassait.

Depuis, les choses étaient... pas gênantes, mais compliquées. Gretchen avait fait un bon travail en lui donnant du temps... c'était quelque chose. Mais plus Claire y pensait, moins c'était un avantage. Avec toute la folie du carnaval et de son père, elle en arrivait au point où elle voulait quelqu'un dont elle pourrait être proche. Elle avait des confidents, elle avait des gens qui comprenaient sa situation, elle les avait depuis des années.

Ce qui la rendait folle maintenant, c'est que sa vie était toujours si chaotique qu'elle n'avait jamais le temps de s'arrêter et d'être réconfortée ou d'ignorer, même pour quelques heures, qu'elle n'était pas et ne pourrait jamais être normale. Et vu qu'elle n'avait qu'une seule amie ici... elle en avait assez de devoir maintenir une "distance minimale de sécurité" avec elle.

C'était un après-midi de merde ce jour-là : il pleuvait dehors, les éclairs tombaient à verse. D'après ce que Claire pouvait voir de sa fenêtre, les passerelles commençaient à être inondées. Elle a soupiré et a laissé les rideaux ouverts, s'allongeant sur le lit à l'envers pour regarder la tempête. De plus, il faisait TROP chaud et le climatiseur était en panne.

Clair ne se sentait pas entièrement à l'aise dans ses sous-vêtements roses en dentelle (et elle ne se souvenait même pas quand elle les avait achetés), mais elle avait déjà commencé à faire la lessive avant que cette journée ne tourne au désastre. "Pas de cours aujourd'hui", marmonne-t-elle, sans enthousiasme, "Whoo". Elle a penché la tête en arrière pour éviter la pluie torrentielle et a fixé le plafond, s'ennuyant à mourir. Cela avait été l'un de ces jours. Celles où elle ne pouvait pas s'arrêter de penser. Et comme il n'y a rien à faire, c'est de pire en pire.

Elle a maladroitement penché la tête vers l'arrière (et, pour toute autre personne, probablement très inconfortablement) lorsque la porte a claqué. Gretchen, portant un poncho noir détrempé et trop grand, s'est glissée dans la pièce et a claqué la porte derrière elle, en s'appuyant dessus. Elle a laissé tomber son sac en reprenant son souffle, ayant couru à travers le campus depuis son dernier cours avant que la tempête ne ferme l'école pour la journée. Il a ouvert la bouche pour dire quelque chose et s'est arrêté : ses yeux se sont un peu élargis en baissant le regard pour voir Claire allongée et cambrée dans ses sous-vêtements. Claire a vite compris que ce n'était peut-être pas la meilleure façon de se rafraîchir, mais elle ne pouvait certainement pas mettre quelque chose. Du moins pas sans être couvert de liquide vaisselle et d'eau.

"Jour de lessive", dit Claire, un peu docilement, en se retournant, allongée sur le ventre et peut-être un peu moins provocante.

"Oh... c'est vrai, c'est le jour de la lessive", a répondu Gretchen, en faisant de son mieux pour ne pas avoir l'air gênée ou fixée et en secouant légèrement la tête. Elle a enlevé son poncho et s'est retirée dans l'armoire pour se changer. Claire a gémi et a enfoui sa tête dans ses bras, se sentant comme une garce enragée pour ce qu'elle venait de faire subir à son amie. 'Je veux dire, ce n'est pas comme si tu ne l'aimais pas,' s'est-elle admise intérieurement, 'alors pourquoi ne peux-tu pas être une femme et lui dire?'. Cela faisait des jours qu'elle se disputait avec elle-même en plus de tous les conflits, deux faits qui étaient probablement liés, mais c'était quand même pénible.

Il a soudainement levé les yeux avec détermination, puis a de nouveau regardé la fenêtre. C'était une journée de merde. La journée a été longue. Il n'était que 10 h 55 du matin et elle avait déjà été exposée, surchauffée, stressée et frustrée. Alors fais quelque chose", se força-t-elle, "arrête d'être une mauviette et ...". OK, Claire. Lève-toi. Trouve une solution. Fais-le. C'est facile. Elle s'est retournée sur son siège et a regardé la porte de l'armoire légèrement entrouverte, où elle pouvait entendre un léger bruissement de vêtements. Il a inspiré profondément et s'est levé, se dirigeant à pas rapides vers elle.

Claire s'est arrêtée, sa main étant sur le point de frapper à la porte. Elle avait chaud, mais pas seulement à cause de l'air conditionné cassé. Elle était nerveuse et plus qu'un peu excitée. Sa main s'est abaissée alors qu'elle réfléchissait à ce qu'elle ferait, se rendant à peine compte que ses impulsions agissaient pour elle. Lorsque ses doigts se sont enroulés autour de la poignée, elle a à peine bougé. Elle a baissé son regard vers sa main fermée et a expiré, puis a ouvert lentement la porte.

Gretchen s'est retournée, les mains tirées derrière son dos et par-dessus l'agrafe de son soutien-gorge. Elle s'est arrêtée, autrement complètement déshabillée, et a fixé Clair pendant une seconde. "Je peux t'aider ?" demande-t-elle tout aussi nerveusement, en éloignant un peu ses jambes de Claire. Même si Claire ne voyait pas d'inconvénient à ce qu'elle montre ses fesses fermes et pâles, elle ne pouvait pas s'empêcher de penser qu'elle agissait de façon un peu étrange. C'est plus étrange qu'elle ne le pensait dans ce scénario.

"Si j'étais douée pour les civilités, j'aurais une blague de soutien-gorge", dit Clair, incapable de s'éloigner de la porte ou d'entrer dans l'armoire, "mais je ne le suis pas. Alors j'espère que cela te donne une idée de la raison pour laquelle je suis ici seule." Gretchen a incliné la tête en signe de confusion pendant un moment, puis a émis un "Oh !" en arrivant au but.

"Claire... ce n'est pas que je ne veux pas ?" Gretchen a répondu en rougissant un peu, "Mais... il y a des choses sur moi que tu ne connais pas. Et ce sont des choses dont la plupart des gens ont un peu peur. Ok, eh bien, l'un d'entre eux l'est." Elle a fermé les yeux un instant et a hoché la tête. Claire l'a regardée avec une certaine appréhension, ne sachant pas de quoi elle pouvait parler.

Elle n'a pas eu à attendre longtemps pour le découvrir. Gretchen a jeté son soutien-gorge sur le côté et s'est retournée, permettant à Claire de la voir d'un seul coup. La plupart des choses étaient comme elle s'y attendait : elle a vu ses seins de taille moyenne mais guillerets, son ventre plat, le ton pâle de sa peau, ses longues et gracieuses jambes qui étaient en fait un peu plus toniques que dans son souvenir... et une chose qu'elle n'a pas vue. Entre ces jambes pendait ce qui semblait être un pénis assez grand et un ensemble de couilles, complètement rasé pour qu'il n'y ait aucune erreur sur ce qu'il regardait. Il s'est mis au garde-à-vous, presque comme s'il la fixait.

"Oui... pendant environ cinq ans," Gretchen s'est forcée à dire après quelques secondes, tandis que Claire, un peu choquée, la fixait. "Pas la partie fille, mais ça. Je me suis réveillé un jour et . Oui. Je ne sais pas comment ni pourquoi... Ok, écoute, je suis désolé de ne pas te l'avoir dit tout de suite, mais après que tu m'aies repoussé, je ne pensais pas... Je ne pensais pas que tu aurais besoin de savoir. Je suis très douée pour le cacher. Mais... pas maintenant." Elle a fermé les yeux, grimaçant un peu d'embarras. Ses joues étaient rouges et il souhaitait être ailleurs, pas ici, en ce moment.

Claire a finalement trouvé le courage d'intervenir juste à ce moment-là, en se dirigeant vers elle. Elle s'est soulevée un peu, plus bas que sa colocataire qui était maintenant complètement nue devant elle, et l'a embrassée. En plaçant une main sur sa hanche et l'autre derrière sa tête pour la tirer vers elle, Claire a senti le corps de Gretchen se tendre puis se détendre. Ses mains se sont déplacées vers le côté de Claire et l'ont tirée vers elle. Claire a senti le membre dur contre son sexe et a haleté dans la bouche de Gretchen, ce qui a poussé cette dernière à rompre le baiser.

"Alors... ce n'est pas un problème ?" Gretchen lui a demandé, en baissant le regard avec un sourire nerveux. Claire a souri en retour et a secoué la tête, heureuse de pouvoir la sentir proche. De plus, elle devait admettre qu'elle était très intéressée par la situation... unique de Gretchen. Elle n'avait jamais été intime avec quelqu'un et l'idée même lui semblait étrangère et excitante. Que cela puisse être avec cette belle femme et une queue très impressionnante... n'était pas une situation perdante.

Claire s'est retirée et est retournée dans la chambre, conduisant Gretchen par la main vers le lit. Elle s'est assise dessus pendant que Gretchen se glissait entre ses jambes et l'embrassait à nouveau, ses mains descendant lentement le long de son corps. Claire a tendu la main en arrière et a dégrafé son soutien-gorge tandis que sa langue glissait doucement le long des bords de la bouche de l'autre fille, l'écartant rapidement pour libérer ses seins, dont les mamelons étaient durs et avides d'attention.

Gretchen a embrassé son cou, suçant un peu et son pouce a glissé sur les bords de la culotte de Claire. Elle a tendu la main et les a tirés vers le bas alors que ses lèvres s'enroulaient autour du mamelon droit de Claire après les avoir embrassés doucement. Claire a haleté et a remué ses jambes pour libérer sa culotte alors que ses mains commençaient à s'entrechoquer contre les couvertures. Gretchen s'est déplacée vers son autre sein et l'a sucé lentement alors que ses dents mordaient à peine. Ses mains sont remontées le long des jambes de Claire, serrant un peu ses cuisses. Claire s'est sentie illuminer, les nerfs commençant à sauter pendant que Gretchen jouait avec elle.

Elle s'est mordue la lèvre en regardant Gretchen descendre le long de son corps, embrassant son ventre et descendant jusqu'à sa chatte. Elle a senti qu'elle était déjà mouillée et a haleté un peu plus lorsqu'elle a senti la langue de son amie entrer lentement dans sa fente. La main de Gretchen a glissé entre les jambes de Claire en même temps que sa tête et a lentement glissé deux doigts de sa main droite dans le monticule de Claire. Les doigts de Claire se sont crispés sur les draps alors qu'elle commençait à gémir, la langue de Gretchen léchant son clitoris alors que ses doigts glissaient en elle. Son esprit a tourbillonné et une de ses mains s'est levée et a enroulé ses doigts dans les cheveux noirs de Gretchen, se stabilisant et poussant un peu plus vers le bas.

Les yeux de Claire se sont un peu écarquillés de surprise lorsqu'elle a senti Gretchen remplacer les doigts d'une main par ceux de l'autre, puis piquer ses doigts glissants sur son trou du cul. Elle a compris que Gretchen attendait une invitation ou un refus, alors, malgré sa résistance interne initiale, elle a écarté ses jambes un peu plus. Claire s'est souvenue qu'elle ne pouvait pas ressentir la douleur en invitant Gretchen dans sa zone la plus étroite et la plus interdite, et a gémi lorsque ses doigts ont lentement caressé son cul pendant que sa langue et son autre main travaillaient son sexe.

Le clito de Claire était engorgé et commençait à palpiter alors que Gretchen la travaillait avec acharnement, les muscles palpitant alors qu'elle se sentait au bord de l'orgasme. "Oh, mon Dieu, ne t'arrête pas !" Claire halète : "S'il te plaît, ne t'arrête pas !" Elle a gémi bruyamment, ses muscles se contractant pour saisir le doigt de Gretchen alors qu'elle jouissait. Elle a poussé Gretchen dans son monticule et a senti ses doigts s'enfoncer dans sa paume contre le lit, basculant la tête en arrière alors que son ton augmentait entre deux respirations laborieuses.

Elle a relâché sa prise et s'est laissée glisser sur le lit, reprenant son souffle pendant un moment. Gretchen a levé les yeux d'entre ses jambes, extrayant ses doigts de Claire et se redressant pour regarder son corps nu et frémissant.

"Comment ça s'est passé ?" a-t-il demandé, avec un sourire qui n'était plus celui, timide et nerveux, auquel Claire était habituée. C'était plus espiègle, un sourire complice qui reflétait sa capacité à pousser Claire au-delà de ses limites normales. Claire s'est redressée et l'a embrassée profondément, se goûtant elle-même alors que leurs langues se heurtaient doucement l'une à l'autre.

"Super, mais tu le savais déjà", a répondu Claire après quelques secondes, "Frimeur". Maintenant, allonge-toi." Claire s'est levée et a poussé Gretchen vers le lit. Gretchen s'est mise à genoux et s'est allongée complètement et Claire l'a chevauchée. Elle a poussé son sexe humide contre la queue dure de Gretchen, sans la laisser la pénétrer alors qu'elle commençait à se frotter contre elle. Gretchen a soupiré et a attrapé les hanches de Claire, la tirant fortement vers le bas.

"Qui est l'exhibitionniste ?", a-t-elle réussi à haleter alors que Claire la taquinait. Claire a poussé et a commencé à tourner plus fort.

"Tu veux me baiser ?" Claire a demandé, un peu surprise de voir à quel point cela sonnait sale.

"Tu sais que c'est ainsi, tu peux sentir que c'est ainsi".

"Je sais. Mais tu ne peux pas le faire si tu ne me le dis pas."

"Méchant !"

"Encore plus méchant dans quelques secondes...".

"Oui, je veux te baiser. Je veux me pousser en toi et te chevaucher comme un cheval de course sanguinaire. Heureux ?

"Très bien", a répondu Claire en recommençant à haleter un peu, devenant ainsi excitée. Elle s'est égayée et a tendu la main sous elle pour attraper la queue de Gretchen. Elle l'a aligné avec son sexe et l'a laissé entrer lentement en elle. Bien qu'elle soit vierge, son hymen a maintenant complètement disparu à cause du traumatisme physique que son corps a subi et il n'y avait pas de sang alors que Claire s'étirait autour de l'outil massif de Gretchen.

Elle s'est penchée et a commencé à sucer les seins de Gretchen tandis que ses hanches bougeaient doucement, chevauchant légèrement son amie tout en appréciant son corps. Les mains de Gretchen sont passées des hanches de Claire à ses fesses, les saisissant fermement et les tirant vers elle ; ses respirations sont devenues plus profondes lorsqu'elle a senti Claire bouger sur elle. Claire a souri, appréciant à la fois la sensation de contrôle et la façon dont Gretchen se sentait en elle.

Elle a commencé à pousser ses hanches plus fort en se soulevant, ses mains reposant sur le lit. Elle a haleté lorsque les mains de Gretchen sont revenues sur ses hanches et que les deux poussées ont alterné.

Claire a rebondi sur Gretchen, en gémissant alors que son sexe se resserrait autour de la queue de Gretchen. Elle pouvait sentir qu'elle commençait à transpirer alors qu'elle poussait sur la belle femme sous elle, ses nerfs en feu et la chevauchant de plus en plus fort. Gretchen haletait et laissait de temps en temps échapper un gémissement ou un souffle en sentant Claire se contracter autour d'elle pendant qu'elles baisaient. Claire commençait à peine à monter à l'intérieur d'elle quand elle a senti Gretchen s'arrêter et sa prise se resserrer pour l'empêcher de pousser vers le bas.

"Quoi ?" Claire a haleté, clairement impatiente.

"Je ne peux pas... continuer à te baiser", dit Gretchen en reprenant son souffle, "Je n'ai pas de préservatifs".

"Parce que..."

"Eh bien, je ne m'attendais pas vraiment à ce que ce soit ton plan pour passer la journée enfermée dans la maison", a dit Gretchen. Claire s'est soulevée de Gretchen, émettant un faible grognement de frustration lorsque sa bite est sortie de son sexe. Claire s'est levée et s'est arrêtée un moment pour réfléchir, puis elle s'est tournée vers le lit de Gretchen et s'est penchée dessus, les mains posées sur le lit, et a regardé Gretchen avec un sourire malicieux.

'Tu ne peux pas continuer à baiser ma chatte...' dit Claire en secouant légèrement ses fesses à Gretchen. Gretchen s'est assise, les yeux un peu écarquillés d'incrédulité. "Je ne ressens aucune douleur", explique Claire, "et j'ai aimé quand tu m'as mis un doigt dans le cul. Alors pourquoi pas ? Gretchen a haussé les épaules et s'est levée, s'approchant de Claire par derrière.

"Tu marques un point", a-t-il finalement dit en attrapant les fesses fermes de Claire et en écartant ses joues. Il a aligné la tête de sa bite avec le trou serré de Claire et l'a lentement enfoncée. Claire a gémi, déjà trop sensible d'avoir joui et d'avoir été initiée. Ses fesses ont saisi la queue de Gretchen comme un étau alors qu'elle l'enfouissait complètement en elle. Les mains de Gretchen se sont déplacées vers ses hanches et elle a commencé à pousser, sa tige dans un étau dans le cul de Claire.

Claire a gémi ouvertement lorsque Gretchen a augmenté sa vitesse et ses efforts, ses nerfs sensoriels acceptant librement le plaisir sans être gênés par l'inconfort normal. Elle se sentait exposée et sale, mais aussi confiante que Gretchen ne lui ferait pas de mal même dans un état aussi ouvert. Ses ongles se sont pressés contre ses mains alors qu'elle repoussait les poussées de Gretchen, cambrant son dos alors que ses muscles commençaient à se contracter à nouveau.

Avant longtemps, Gretchen s'est retrouvée à palpiter dans le cul de Claire alors qu'elle le caressait d'une manière qui aurait été cruelle pour n'importe qui d'autre. Claire, de son côté, a gémi et respiré fortement, à deux doigts de jouir à nouveau. La sensation de l'énorme bite dans son cul était beaucoup plus intense et elle s'est sentie serrée alors qu'elle commençait à jouir.

Cette fois, Claire a crié, incapable de se contenir, car sa chatte a aussi un peu giclé. Le martèlement constant de Gretchen l'a entraînée, trempant une petite partie du tapis sous elle. Gretchen n'était pas loin derrière, le cul serré de Claire la serrant de près n'était pas quelque chose à laquelle elle était préparée. Elle a gémi en commençant à jouir, envoyant sa semence chaude dans le cul de Claire, vague après vague, jusqu'à ce qu'elle se sente presque vide. Claire, de son côté, s'est sentie incroyablement pleine lorsque Gretchen a craché du sperme chaud dans son cul et s'est effondrée en avant sur le lit. Gretchen est sortie d'elle et a tiré ses jambes sur le lit, puis s'est assise à côté d'elle.

"La journée a été bien meilleure que je ne le pensais", marmonne Claire tandis que Gretchen écarte ses cheveux de son visage, les bras de Claire reposant sur ses côtés et elle se sentant trop engourdie pour le faire. Alors qu'elle se sentait commencer à céder au bruit de la pluie dehors, Gretchen s'est blottie contre elle et a souri.

Parce que cette fois, elle était contente que la journée soit longue.

Chercher l'amour et Foucault

"N'oublie pas que tu as des cheveux de type 3, alors promets-moi d'utiliser un bon après-shampooing et de ne pas emprunter celui d'une autre fille", a-t-il dit.

"OK, maman, tu peux y aller maintenant, moi et mes cheveux, ça ira."

"Et chérie, la partie la plus importante de cette année est le recrutement. Commence donc à faire des recherches sur les fraternités très tôt et concentre-toi sur celles qui sont les plus élevées et dont tu penses avoir une bonne chance."

"Oui, maman..."

"Et ne prends pas l'habitude de grignoter. Le "freshman 15" a compromis les chances des filles de contracter la sclérose en plaques plus que les drogues ou l'herbe."

"OK, maman ! Tu peux y aller..."

"Ma petite fille, partie à l'université...", a-t-elle commencé à pleurer.

"Pas ici, maman !" J'ai dit, en redevenant plus formel.

"Bien", dit-elle, et elle se ressaisit. Des années de compétition - elle avait été Miss Agriculture de bas-fond en 1977 et Miss Soja en 1978, tandis que j'avais été Miss Cledmore County et m'étais classée troisième à la finale de l'État l'année dernière - lui ont permis de surmonter ses émotions et de faire bonne figure. "Amuse-toi bien et trouve un gars merveilleux, de préférence un qui va à l'école de médecine ou de commerce", a-t-elle dit, en me donnant un baiser sur la joue, puis il n'y a eu que le cliquetis de ses talons dans le couloir.

J'ai regardé autour de ma chambre privée : Maman avait insisté pour en payer une, elle était très inquiète que je ne me retrouve pas avec une colocataire qui pourrait m'empêcher de trouver le bon mari. Vu comment elle s'était débrouillée avec papa, le beau-père Jim et le beau-père Brad, elle pouvait se permettre de donner le meilleur à sa petite fille. Elle n'avait pas la touche personnelle de maman - elle n'avait pas eu le temps de la peindre en rose poussiéreux - mais on aurait dit qu'une usine de fleurs avait explosé ici. C'était son style, c'est sûr.

J'ai déballé quelques affaires et repensé, avec une certaine nostalgie, à mes derniers jours à Croweville avant de déménager ici à l'Université de Sparta. Mon dernier rendez-vous avec Trent s'était mal passé. Il savait qu'il avait été largué, que maman voulait que je trouve quelqu'un de plus collégial qu'un type qui travaillerait probablement dans l'atelier de carrosserie de son père pour le reste de sa vie, alors il a essayé de me convaincre de le faire avec lui.

Comme d'habitude, je m'en suis sortie en lui faisant une fellation - maman m'avait appris très tôt qu'il y avait des moyens de rendre un homme heureux sans risquer un bébé - mais alors que je travaillais sur son poteau épais, bosselé et puant jusqu'à ce qu'il fasse gicler son sperme sur les mouchoirs que j'avais à portée de main, je n'ai pas pu m'empêcher de penser que c'était un prix assez élevé à payer juste pour avoir un homme avec qui traîner de temps en temps. Le sexe avec le futur mari médecin de rêve de maman aurait-il été plus satisfaisant ? Ou est-ce que cela aurait juste été le prix à payer pour la maison, les voitures et les voyages ?

Cette nuit-là, alors que j'étais allongée dans mon lit pour ma première nuit loin de chez moi, j'ai pensé au chemin que maman avait tracé pour moi, pour la première fois, ou du moins j'ai eu l'impression que c'était la première fois. C'était si simple et avait si bien fonctionné avec elle que je ne l'avais jamais remis en question : trouver le premier mari, si les choses ne marchaient pas, l'encourager à avoir une aventure en le coupant dans la chambre, puis le prendre sur le fait, la belle affaire, trouver le mari suivant, répéter autant de fois que nécessaire. Cela semblait être un plan génial, sauf pour une chose : qu'en est-il de l'amour ?

Quel rôle l'amour a-t-il joué ? Où se situent la recherche de l'âme sœur et le fait de vieillir ensemble ? Maman n'a plus personne à part moi et j'ai maintenant disparu de sa maison, du moins, si ce n'est de son contrôle. Est-ce ainsi que je me voyais, dans une vingtaine d'années : envoyer ma copine à l'université et rentrer dans une grande maison, certes très grande et belle, mais vide ?

Soudain, l'université m'a rendue très triste et effrayée.

* * *

La vie sociale dans un dortoir est si intense les premières semaines que je n'ai eu aucun mal à faire la connaissance de nombreux garçons. Mais ils étaient si nombreux et tous pareils - tous les coudes et les pattes osseuses - que je pense que mes doutes ont commencé à se manifester. J'ai entendu quelques commentaires vagues sur "ennuyeux" ou "arrogant" ou "ne semble pas intéressé". Et tu sais quoi ? Ils avaient raison. J'étais un peu effrayée à l'idée de devoir passer en revue tous ces jeunes taureaux étalons et de décider lequel avait le meilleur potentiel de gain pour moi, puis de l'attacher et de le marquer.

Pendant ce temps, j'entrais dans la partie scolaire de l'université, crois-le ou non. Le travail au lycée avait toujours été facile pour moi, mais pour la première fois, j'avais des professeurs qui ne se contentaient pas d'enseigner aux plus bêtes de la classe, mais me forçaient à réfléchir, à analyser les choses, à utiliser ma tête. Ma mère m'avait toujours mise en garde contre le fait de paraître trop intelligente, ce qui aide rarement une fille à gagner un homme, mais soudain, l'intelligence ne semblait plus être un obstacle, même s'ils étaient parfois surpris d'entendre quelque chose de brillant sortir d'une grande blonde aux belles habitudes.

J'ai donc laissé tomber ma participation à la partie sociale et me suis concentrée sur les cours pendant un moment, même si cela aurait déçu maman. Nous avons parlé tous les jours et je pouvais voir qu'elle commençait à être un peu frustrée par le flou de mes réponses sur les personnes que je voyais et les événements sociaux que j'avais prévus pour la semaine suivante.

Un après-midi, je suis allée à la librairie du campus à la recherche de livres d'un auteur dont un de mes professeurs m'avait parlé et qui semblait avoir des choses intéressantes à dire sur le sexe. Je savais seulement comment prononcer le nom, pas comment l'épeler, et je n'avais pas beaucoup de chance de trouver l'auteur sur l'étagère, alors j'ai cherché quelqu'un qui pourrait m'aider. Le premier type aidait un autre client, alors j'ai continué à errer à la recherche de quelqu'un qui pourrait m'aider et je me suis bientôt retrouvée au rayon enfants.

Puis je l'ai vu.

Qu'est-ce qui m'avait impressionné chez elle ? Ce n'était certainement pas la beauté. Elle était en surpoids et, à ce moment-là, montrait un grand écart à l'arrière de son jean alors qu'elle était assise par terre, mettant en rayon une pile de livres d'images. Ce n'était pas le style : elle avait des cheveux noirs et bouclés ébouriffés, des lunettes à monture noire et aucun maquillage, ce qui lui donnait un certain air de garçon.

Non, ce qui m'a frappé, c'est qu'elle semblait libre. Libérée de toutes les choses avec lesquelles j'étais venue à l'école : le besoin de m'habiller comme si chaque jour était un entretien d'embauche (ce qui, pour maman, était le cas), d'impressionner les garçons, d'être quelqu'un que je ne savais pas si je voulais être.

Elle a levé les yeux vers moi. "Je peux t'aider ?"

"Oui, je cherche un livre sur un philosophe français, quelque chose comme Fooko ou Fuckall...".

"Feuh-kohh," dit-il, en traînant la dernière syllabe.

"Bien," ai-je dit.

Puis il m'a souri et a dit : "Je vais voir si nous avons quelque chose... pour toi". Comme si quelqu'un comme moi n'avait jamais pu, en un million d'années, comprendre ce génie français. J'ai senti mon visage rougir - heureusement que mon fard à joues dissimulerait le fait - alors qu'il me conduisait à la section philosophie.

Nous avons regardé les livres pendant une minute - elle en a choisi un intitulé Foucault pour les nuls et je l'ai écarté d'un regard hautain - et sommes finalement arrivées à un mince volume d'introduction. Pendant tout ce temps, cependant, je la regardais : ses gros seins relâchés sous son T-shirt Obama, un rouleau dépassant d'un côté de ses hanches, ses fesses amples rentrant dans son jean. Elle avait quelque chose de monstrueux, grande et poilue comme elle l'était, quelque chose de repoussant et en même temps de magnétique, la vue d'une femme de mon âge si complètement dévouée à une façon différente de se présenter au monde. J'ai essayé d'imaginer de lâcher prise comme ça... non, c'était trop affreux. Pourtant, je n'ai pas pu m'arracher.

J'ai pris le livre et je l'ai remerciée ; alors que je m'éloignais, elle a secoué un peu la tête et a souri à nouveau, comme étonnée de la créature exotique qu'elle avait rencontrée aujourd'hui.

* * *

J'ai dévoré le livre et suis retournée à la librairie dans les deux jours qui ont suivi. J'attendais avec impatience l'œuvre principale de Foucault, L'histoire de la sexualité, mais je voulais surtout lui acheter, pour lui montrer que j'avais été capable de lire une telle œuvre et de la comprendre.

J'ai beaucoup pensé à elle ces deux derniers jours, en essayant de comprendre ce que cela pouvait être d'être quelqu'un comme ça. Se présenter au monde comme ça. Est-ce que je pourrais le faire ? Serais-je capable de me changer si radicalement et de changer la raison pour laquelle je suis ici ? Pourrais-je faire face à la dépression nerveuse que maman déclencherait ?

J'ai erré dans les couloirs, Foucault à la main, mais je ne l'ai pas vu. Résignée, j'ai trouvé le département de philosophie et l'ai feuilleté, mais je n'ai pas vu le premier volume, La volonté de savoir. J'ai feuilleté le deuxième volume, mais il portait sur la Grèce antique et semblait moins intéressant.

"Tu cherches toujours Foucault ?"

Je me suis retournée et elle était là, telle que je me la rappelais : rugueuse et négligée. Pourtant, il y avait quelque chose d'adorable dans sa peau pâle, mise en valeur par ses cheveux noirs, même si certains d'entre eux poussaient là où ils auraient dû être arrachés.

"J'ai fini ça, alors je voulais lire ton Histoire de la sexualité", ai-je dit.

"Tu l'as terminé ?" Elle a toujours l'air déconcertée par moi, la garce. "Qu'est-ce que tu en penses ?"

"J'ai trouvé ça intéressant", ai-je dit, fulminant devant une déclaration initiale aussi peu convaincante. Je me suis empressée d'ajouter : "J'étais intéressée par son concept de répression comme moyen de contrôler notre sexualité, mais aussi la façon dont nous nous définissons. Si la société ne fixait pas les limites, nous ne serions pas en mesure de…'.

"Construis une identité", a-t-il dit.

"Bien," ai-je dit.

"Parce que la seule chose que nous voyons autour de nous, c'est que certaines personnes ont des identités construites très fortes", a-t-il dit, en me regardant à travers ces cadres noirs.

"Et cela peut amener les personnes qui ont leur propre identité construite à faire des hypothèses sur les autres qui sont peut-être trop limitées", ai-je dit.

"En fait, leur identité pourrait être plus fluide", a-t-il dit.

"Il pourrait y avoir beaucoup de fluidité", ai-je dit.

"Alors, lequel cherchez-vous ?" a-t-elle demandé. "Quel livre, je veux dire."

"Oh, hum, le premier volume de l'Histoire de la Sexualité", ai-je dit. "Mais il ne semble pas être disponible".

"Je l'ai", a-t-il dit.

Je l'ai regardée, me demandant ce qu'elle voulait dire.

"Si tu veux venir prendre le thé, je peux te le prêter", a-t-il dit.

* * *

"Le pouvoir ne consiste pas seulement à ordonner aux gens de faire quelque chose", a-t-il dit. "Pour Foucault, c'est tout un système qui te pousse à faire quelque chose. Cela peut être la moralité, la science ou le marketing. Il n'est pas nécessaire que ce soit un homme avec une arme qui te donne des ordres."

Nous étions assis sur un grand canapé bouffant, allongés face à face avec nos tasses de thé dans les mains. Elle était gonflée aussi, un paysage qui roulait et se courbait sur le canapé, je me sentais très osseux à côté d'elle. 'C'est donc ce que tu entends par hégémonie ? Les idées sont si profondément ancrées que c'est la façon dont tu vois le monde entier...'.

"C'est vrai. Tout autre plan d'action serait impensable."

"Et c'est pourquoi il est si concentré sur la discipline...".

'Eh bien, peut-être que ce n'est pas la seule raison', a-t-il dit avec une sorte de sourire.

"Qu'est-ce que tu veux dire ?"

"Eh bien, c'était aussi un gay qui aimait le sado-masochisme et des trucs comme ça", a-t-il dit. "Je pense donc que son intérêt pour la discipline était plus qu'académique, si tu vois ce que je veux dire."

"Oh," ai-je dit. Nous sommes restés silencieux pendant un moment. "Alors, qu'en est-il de la liberté ? Est-ce que ça existe ?"

"Eh bien, je pense que c'est sa vision du pouvoir", a-t-il dit. "Nous créons le pouvoir en nous rebellant contre lui et en le définissant."

"Mais est-ce une mauvaise chose ? Ne sommes-nous pas au moins en train d'influencer la situation en poussant contre elle ?"

"Oui, je pense que cela fait partie de la façon dont Foucault est différent de beaucoup d'autres philosophes", dit-elle en enlevant ses sandales, exposant ses longs orteils. "Les marxistes voient le pouvoir comme un jeu très rigide avec deux équipes. La vision de Foucault est beaucoup plus dynamique : il ne s'agit pas seulement de la religion ou de l'État...".

'C'est dans toutes les façons dont nous traitons les gens', ai-je dit. Ma main s'est heurtée à la sienne. Il est resté là, sentant la chaleur de sa peau.

"Bien," dit-elle.

"Comme la façon dont les membres de différents groupes sociaux se comportent les uns envers les autres sur le campus. Ils considèrent certaines choses comme acquises chez l'autre, alors que peut-être...". J'ai dit, en m'interrompant.

"Ils veulent la même chose et ils ne le savent pas", a-t-il dit. "Et ils doivent surmonter la façon dont la société les définit...".

À ce moment-là, j'avais fini de parler de Foucault. Alors je me suis penché en avant et je l'ai embrassée.

Ses lèvres étaient si douces et dociles que je n'avais jamais embrassé Trent ou un autre garçon. J'ai adoré la chaleur qui se dégageait de sa bouche lorsque nos lèvres fusionnaient. Je voulais la dévorer.

Elle a posé sa main sur mon sein et j'ai attrapé le sien, fort, le gros sein rond qui était sous son T-shirt en coton. Je pouvais sentir le mamelon qui devenait dur sous son soutien-gorge et je savais que je devais le sucer, tout de suite. J'ai donc attrapé son T-shirt et l'ai remonté. Elle a ri : "Quelqu'un est pressé", semblait-elle dire. Elle a tendu la main derrière elle et a enlevé son soutien-gorge, alors ces beaux gros seins sont sortis et j'ai plongé sur l'un d'eux, suçant son téton et pressant l'autre contre mon visage. Mon Dieu, ils étaient si doux et merveilleux, de gros seins spongieux, je voulais les sucer pour toujours, vivre parmi leurs doux rebonds roses.

Elle m'a repoussée et a commencé à déboutonner mon chemisier. Je suis restée debout à la regarder, seins nus, la plus belle chose que j'avais jamais vue, ses boucles noires indisciplinées tombant sur son visage, ses gros seins qui pendaient devant moi, son ventre doux qui se balançait d'un côté à l'autre, un grain de beauté avec un petit poil qui dépassait juste sous ses seins, adorable.

Elle a dégrafé mon soutien-gorge au milieu, puis a attrapé mes petits seins et a commencé à passer sa langue sur mes tétons, mes orteils se sont recroquevillés, c'était merveilleux. Elle est remontée et m'a embrassé à nouveau et j'ai sucé sa langue, goulûment, en même temps que je touchais son sein qui pendait.

Puis j'ai roulé sur elle, ses gros seins se balançant sur les côtés pendant que j'embrassais le long de sa taupe poilue jusqu'à son ventre. J'ai attrapé son pantalon et j'ai commencé à le baisser et, ce faisant, une magnifique forêt de cheveux noirs et bouclés a poussé. Son aine était aussi sauvage et poilue que le reste de son corps, peut-être même plus, et c'était maintenant mon endroit sauvage, à lécher et sucer pour me soumettre.

Je n'ai ressenti aucune hésitation quant au pas que j'allais faire ; je savais que c'était ce que j'étais, que je ressentais pour sa chatte ce que je n'avais jamais ressenti pour aucune des bites que j'avais eues dans mes mains ou dans ma bouche, crachant leur sperme puant sur moi. Une chatte est une chose naturelle et belle et ce serait à moi de la lécher jusqu'à l'extase.

J'ai écarté ses jambes et elles étaient là, dans toute cette fourrure noire, les lèvres gluantes et violettes dégoulinantes attendant ma langue. J'ai plongé et les ai séparées avec ma langue, léchant de haut en bas la longueur de leur féminité glissante et chaude. Ils avaient le goût du sel, du métal et du velours humide... non, ils avaient le goût d'eux-mêmes, de la chatte, la chose dont je savais que j'avais besoin à partir de maintenant. C'était quoi cette histoire d'identités construites ? C'était mon identité, depuis ma naissance, je le savais maintenant, en léchant sa chatte humide, en sentant ses pétales se balancer sous ma langue pendant que je pétrissais ses grosses fesses rondes. Oh, les heures que je passerais à aimer ce gros derrière.

J'ai glissé un doigt dans sa chatte, puis un autre, la baisant lentement pendant que je léchais son clito. Elle a commencé à gémir, son gros cul faisant trembler le monde devant moi, puis elle a serré ses cuisses douces et épaisses autour de ma tête et j'ai senti sa chatte serrer mes doigts, en rythme. Je l'avais fait jouir, moi, mes doigts et ma langue, sa chatte me répondait, elle s'était abandonnée à moi.

Nous nous sommes câlinés pendant des heures, en nous tripotant partout, en jouant avec les nouvelles joies d'une poitrine douce et grasse, d'un ventre mou, d'une touffe poilue et de longs orteils. J'étais intarissable, voulant lécher son sexe pendant des heures, voyant des étoiles quand elle grimpait sur moi, me baisant avec les doigts pendant qu'elle suçait mes tétons et m'embrassait le visage avec son jus. Nous n'aurions pas pu être plus différentes, moi blonde et soignée, longue et élancée, elle pâle et sombre et désordonnée dans tous les sens avec ses cheveux sauvages, ses sourcils monophasés et ses rondeurs. Mais elle était tout ce que je voulais sous moi, en mon pouvoir.

Foucault aurait compris, je pense.

* * *

Au début, maman l'a mal pris, si l'on peut appeler cela une fausse tentative de suicide (quatre Midols et une coupe de champagne ont peu de chances d'être fatals, même si tu laisses une note de trois pages). Mais avec le temps, j'ai remarqué un changement dans son attitude envers Liz et moi et j'ai fini par comprendre ce que c'était : elle a vu que nous étions amoureux et je pense que c'était quelque chose qu'elle n'avait jamais vu auparavant.

Maintenant, nous allons faire du shopping ensemble (elle est un peu plus féminine que Liz, bien qu'il y ait encore beaucoup de chemin à parcourir pour qu'elle devienne Miss Agriculture sans labour) et nous traînons pendant la pause, en buvant du chardonnay et en parlant des femmes. J'ai aussi commencé à me poser des questions sur maman… aurait-elle pu être si malheureuse dans ses relations, du moins sur tous les plans sauf celui de l'argent, parce que… ? C'est une pensée étrange, mais elle a pris soin d'elle-même et ses mariages l'ont certainement laissée bien installée. Elle serait un bon parti pour une fille. Elle devrait peut-être retourner étudier pour son Ms.

Se venger de mon homme

C'est samedi en fin d'après-midi, je suis sous la douche et j'attends avec impatience la soirée. Les parents de mon petit ami sont hors de la ville pour le week-end et il organise une fête, ma première "vraie" fête. Je reste aussi chez moi, ayant dit à mes parents que je restais chez un ami. Je vais me laver les cheveux et raser soigneusement toutes les parties poilues pour être parfaite pour lui lorsque nous ferons l'amour pour la première fois ce soir. Ce ne sera pas ma première fois, mais ce sera plus spécial que ma première fois, je le sais.

Mon esprit glisse sur lui si naturellement, sur la façon dont il se sent quand je le serre dans mes bras, son odeur quand nous sommes si proches, son goût quand je l'embrasse. Son goût quand je le suce. Nous sommes ensemble depuis assez longtemps et tout ce que j'ai envie de faire depuis des semaines, c'est de céder à ses avances et de le laisser venir en moi.

Mes doigts se posent sur mes parties fraîchement rasées alors que j'imagine comment elle se sentira à l'intérieur de moi, voulant déjà que son corps complètement nu recouvre le mien. Je me ramasse, rince et revitalise mes cheveux, laissant mon impatience monter lentement tandis que je me sèche les cheveux et pense à ce que je vais porter.

En parcourant ma garde-robe, je joue à un jeu avec moi-même : je sais exactement ce que je dois porter. Je devrais, j'ai planifié cette soirée depuis des semaines, depuis qu'il m'a dit qu'il y aurait une fête. Pour une raison quelconque, il était nerveux de me demander, même si nous étions ensemble depuis un moment. Il était si heureux quand je lui ai dit que bien sûr que j'irais. Il était encore plus heureux quand je lui ai dit que ce serait notre première fois.

En fait, nous étions tous les deux si excités par l'idée qu'en quelques instants nos mains étaient dans le pantalon de l'autre, puis ses doigts ont glissé à l'intérieur de moi alors que je me penchais pour le prendre dans ma bouche toujours avide.

Je retire mes doigts de mes cuisses, où ils semblent être magnétiquement attirés, et tire le maillot de bain noir avec le décolleté de l'armoire, le tenant contre moi devant le miroir en pied. J'ai peur que ce soit un peu trop sexy pour une fête de maison, mais je veux être parfaite pour lui ce soir.

Je l'accroche à la balustrade de la tente, pour pouvoir la voir pendant que je porte une culotte française toute neuve (noire aussi, bien sûr) et ma robe de chambre pendant que je me maquille et me coiffe. Je fais très attention à la petite quantité de mascara et de rouge à lèvres que je mets. Je boucle un peu mes cheveux pour leur donner cette légère ondulation qu'il m'a dit un jour aimer. Je vaporise un peu de parfum sur sa gorge et ses seins. Pendant tout ce temps, mes yeux reviennent sur ma robe, impatiente de la porter. Plus vite je le mets, plus vite je l'enlève.....

Enfin, après avoir vérifié l'heure, je l'enfile, le pose sur moi et vérifie que mes tétons nus ne sont pas trop visibles sous le tissu serré. Devant le miroir, j'admire ses lignes, vérifiant qu'il ne met pas en valeur mes fesses lorsque je me penche un peu. Elle est plutôt courte, atteignant la mi-cuisse, mais elle est à la limite de la salope. Tout simplement.

En souriant, j'imagine la réaction de mon petit ami à ce que je porte, puis je complète la tenue avec une paire de bas noirs et mes élégantes chaussures plates. Simple mais sexy est ma devise pour cette opération. Classique mais... simple ? Est-ce que j'ai l'air trop sexy ? Je me vérifie à nouveau dans le miroir, me rassurant que je suis désirable mais pas trop évidente. Non, je vais bien. Les bas sont bien au-dessus de la ligne de la robe, mes fesses sont couvertes et mes seins sont entièrement enveloppés par les plis du corps de la robe.

Je suis prête à partir, et à l'heure aussi, puisque j'avais dit que j'arriverais à 8h30. Je prends mon sac et me glisse hors de la maison, saluant les deux parents à travers les portes fermées. Je saute dans un bus et en quelques instants, je suis au coin de sa maison. Mon estomac se retourne un peu tandis que j'ajuste ma robe et vérifie mon maquillage dans mon petit miroir, puis, avant de m'en rendre compte, je m'approche de la maison, de la chambre, du lit où il me couchera ce soir.

Dans un sens, je m'attendais à être la première à arriver, mais quand l'un de ses amis ouvre la porte, une bière à la main, je me dis que c'est une fête, elle a dû commencer tôt.

Le fait que cela ait commencé plus tôt que je ne le pensais m'est immédiatement apparu lorsque j'ai entendu des cris et des rires provenant du jardin. Le type qui m'a fait entrer est parti dès que je suis entrée, alors j'ai accroché mon sac au vestiaire et j'ai cherché mon petit ami.

Le salon et la cuisine sont vides, il semble que tout le monde soit dans le jardin. Non pas que je m'attendais à ce qu'il soit derrière la porte à attendre que j'arrive, mais je me sens quand même un peu mal à l'aise et un peu seule lorsque j'entre dans la cuisine, remplie de bière, de sacs de snacks et d'un type qui ouvre des bouteilles tout en buvant rapidement dans une autre qu'il tient.

J'ignore le type de la bière (il a l'impression d'être un "type") de plus en plus nettement lorsque je le dépasse pour atteindre le jardin où je vois enfin *lui*. Il a l'air si parfait. Je prends un moment volé et l'observe avant qu'il ne m'espionne. Il ne porte qu'une paire de shorts longs et ces vieilles baskets qu'il refuse de jeter. Sa poitrine a enfin atteint son visage et ses bras et il bronze avec le soleil d'été. Sa poitrine est assez glabre et j'adore presser mon visage contre elle, taquinant ces petits tétons avec ma langue. Il est un peu tonique mais aussi un peu mince. En ce moment, il ressemble à un dieu, comme peut l'être un adolescent maigre.

Je sens mes tétons se durcir et mon aine se réchauffer un peu en me demandant à quel point son derrière sera blanc sous ce short. Je n'ai jamais eu un bon aperçu de ses fesses. Je le ferai bientôt.

Mon regard s'élargit pour observer les quatre ou cinq gars avec lui, ses amis que je ne connais pas bien. Ils sont tous assis sur des chaises et des bancs dans le patio, riant et sirotant des bouteilles et des canettes. Il finit par me voir et je le salue timidement depuis mon siège près de la porte, où je me tenais comme une violette. Il me fait signe de venir et je m'assieds à côté de lui, il me tapote la joue et j'essaie de participer à la conversation et aux rires. Il ne m'ignore pas, mais je me sens égoïste et je le veux pour moi toute seule.

Si je pouvais, je me lèverais et l'emmènerais directement dans sa chambre, au diable les autres personnes présentes. Je me sens un peu mal à l'aise en compagnie de tant de personnes que je n'ai jamais rencontrées auparavant. L'étranger, conscient de chacun de mes gestes et très attentif à ma tenue. Les yeux des autres gars qui me regardent ne m'aident pas à me sentir à l'aise, chaque fois que je regarde autour de moi, leurs yeux s'éloignent de mes jambes ou de mes seins.

Arrête de gâcher ma soirée parfaite avec tes regards lubriques. À part quelques regards timides, je ne fais que penser.

L'heure ou les deux heures suivantes passent de la même façon, nous parvenons à discuter un peu seuls, mais de plus en plus de personnes semblent arriver et je me demande à quel point mon petit ami est populaire. Peut-être que nous avons juste des casseurs. La musique remplit le fond sonore des gens qui parlent et rient, dansent et s'amusent. Tout le monde semble s'amuser comme un fou, sauf moi. Les quelques moments que j'ai avec lui semblent presque volés et sont toujours interrompus par l'un ou l'autre de ses amis imbéciles qui l'entraînent en lui promettant quelque chose de bon à voir.

Je suis fatiguée très tôt dans la soirée, j'ai presque envie de boire pour me mettre dans l'esprit de la fête. Pour passer le temps, je discute avec des personnes que je connais à peine, en me faufilant aux toilettes aussi souvent que possible pour avoir un peu de temps pour me détendre. Pendant l'une de ces nombreuses pauses, je me rappelle que tout ce que j'endure maintenant vaudra la peine dans deux ou trois heures, quand je pourrai enfin le sentir entre mes cuisses.

Je ne vais pas t'ennuyer avec les deux heures suivantes de ce qui, pour moi du moins, ressemblait à quelque chose sorti de la fin de Dante ; à la place, nous allons passer à un montage de gamins qui font des boulets de canon dans la piscine, de canettes de bière qui s'empilent, de CD qui sont changés et de gens qui sont malades, souvent pas dans les toilettes. C'était *cette* sorte de fête. Un succès selon les critères de la plupart des gens.

Ma seule mesure du succès de la soirée était la vitesse à laquelle je pouvais me déshabiller, et selon cette mesure, la soirée était un échec. Mal.

Vers une heure du matin, les gens commencent à s'endormir, soit loin de la maison, soit dans une version inconsciente du sommeil. Après avoir vérifié presque toute la maison, je trouve enfin mon homme en train de jouer au poker avec certains de ses amis dans l'une des chambres d'amis. Je m'approche et m'appuie sur lui pour regarder le match.

Je peux dire sans risque que je connais très, très peu de choses sur le poker. Je connais les bases, comme le brelan, le full house et ainsi de suite. Je sais qu'il existe des choses appelées couleur, full house et quinte, mais je n'ai aucune idée de laquelle est la meilleure. Une fois que j'ai dépassé le quatre-bet, le trois-bet et deux cartes de même valeur, je suis perdue. Je n'y ai que rarement joué. Avec la canasta, je pourrais battre n'importe qui....

Alors je me concentre sur la sensation agréable d'être dans le creux du bras de mon petit ami. Comment il sent, même s'il est un peu mûr maintenant.

Je devrais suggérer une douche sexy avant l'action principale. Il se penche pour m'embrasser rapidement entre les mains et, sous l'odeur de la bière et de la fumée dans son haleine, il est assez évident qu'il a été malade au moins une fois ce soir. L'alcool aura déjà éliminé les microbes. Petite consolation. Peut-être que je peux lui faire boire quelques tasses de café avant qu'il ne me le fasse ? Et le dentifrice. Définitivement le dentifrice.

Pendant que je pense à tout cela, alors que le jeu continue de défiler devant mes yeux flous, je retourne enfin dans le monde réel avec mon petit ami qui jure lourdement contre l'un de ses amis, mais de manière amicale. D'une manière généralement amicale. Un coup d'œil à la table confirme mes soupçons : il a perdu tout son argent. Il termine sa petite diatribe en demandant qui veut une autre bière et va ensuite chercher les boissons.

Plus désintéressée que jamais, je regarde le jeu continuer sans lui. Cinq de ses amis se retrouvent à jouer pour des livres et cinquante pence. Josh semble aller mieux, avec un énorme tas d'argent devant lui, tandis que Dave et Peter n'ont presque plus d'argent. Phil et John ne s'en sortent pas trop mal, mais là encore, ils ne semblent jamais miser autant et John semble à deux minutes de l'inconscience.

Mon petit ami revient enfin, titubant, et distribue les bouteilles. Vraiment, combien une personne peut-elle boire en une nuit ? Aucun des autres gars ici ne semble être aussi énervé que lui. Il a pensé à m'apporter une limonade au lieu d'une bouteille de bière, contrairement aux autres fois où il est allé me chercher un verre ce soir. Je suis assez malade des liquides gazeux à ce stade, mais une limonade est meilleure qu'une bière. Sauf que c'est chaud. Et plat. Merveilleux...

Je laisse le verre sur le buffet qu'ils ont traîné au centre de la pièce pour servir de table de jeu et l'accompagne avec sa bière fraîche vers le lit double, dos au mur, appuyée contre lui et essayant d'être câline avec lui. Ses yeux et son attention restent fixés sur le jeu, il rit des mauvaises mises et des pires mains. Comme s'il était l'expert....

Quand sa bouche se libère de la dernière bouteille, je lui donne quelques baisers en cachette. J'essaie de murmurer des choses sexy et secrètes dans son oreille en suçant le lobe de son oreille. Je fais courir mes doigts le long du col de la bouteille et sur sa poitrine nue. Ses réactions sont... limitées... c'est le moins que l'on puisse dire. Un tripotage rapide de mes seins, un baiser français et des phrases marmonnées, qui, j'en suis sûre, ne sont pas le côté romantique de la conversation sexy.

Finalement, j'abandonne et j'essaie de l'attirer dans sa chambre pour rester avec lui et regarder le match encore un peu. Il ne remarque pas mon humeur fraîchement givrée et il est très probable qu'il ne me remarque pas du tout. Nous ne faisons aucun effort pour nous parler pendant 10 bonnes minutes, jusqu'à ce que ce terrible silence devienne trop lourd pour moi, je suis presque en larmes de voir comment notre soirée a été gâchée. Je blâme ses amis.

C'est jusqu'à ce que je me tourne pour le regarder et que mes excuses meurent dans ma gorge. Il est inconscient. Sa tête est inclinée en arrière contre le papier peint floral, ses paupières vacillent à peine. Un grognement sort de sa bouche, rapidement suivi du soupir le plus désapprobateur que j'ai jamais laissé échapper. Je retire son bras de mes épaules et je me lève du lit. Un léger bruit sourd me fait tourner la tête pour le regarder. Il est tombé sur le côté, le visage contre la couverture du lit, toujours à moitié assis, tordu autour de sa taille de façon inconfortable.

En ce moment, la seule chose que j'ai envie de faire est de le frapper, de lui donner des coups de pied et des gifles jusqu'à ce qu'il se réveille, puis de larguer son cul désolé pour qu'il se sente aussi mal que moi en ce moment. Les choses que j'ai faites pour lui... les choses que j'ai promis de faire pour lui ce soir....

Si la déception auditive était une épreuve olympique, mon "tsk-soupir", ma sortie du lit, aurait facilement obtenu un 5.8 ou 5.9 de la part des juges réunis. Au lieu de cela, le seul public que j'avais était les amis losers de mon petit ami. L'un d'eux me demande ce qui ne va pas chez moi, puis les autres se mettent à rire en voyant ma prostration. Je roule les yeux en simulant la désapprobation pour cacher ma vraie désapprobation en colère.

L'un d'entre eux, Josh, me demande si je veux me joindre au jeu, espérant clairement trouver un autre pigeon à plumer pendant qu'il est dans sa période de chance. Je secoue la tête et explique que je ne sais pas jouer au poker et que je n'ai pas d'argent sur moi de toute façon. La première chose, comme je l'ai expliqué plus tôt, est vraie. Le deuxième, par contre, est un mensonge pur et simple, mais comme aucun d'entre eux ne m'a vu arriver avec le sac, aucun n'a besoin de le savoir. Cela me sort d'une situation qui ne peut que mener à l'embarras, en prouvant ma totale inaptitude à un jeu auquel je n'ai jamais joué.

Que penses-tu du strip poker, alors ?", me demande Dave. Soudain, mon besoin de vengeance contre mon stupide (désormais ex) petit ami évanoui trouve un exutoire possible. Est-ce que je pourrais ? Vraiment ? Nous sommes tous les cinq ? Une étincelle s'allume dans mon estomac, le faisant bouillonner.

Je m'excuse sans répondre et me dirige vers la salle de bain de la chambre de ses parents, pensant qu'elle sera peut-être moins horrible que la salle de bain principale. Je n'y vais que pour prendre mes propres décisions. Si je le fais, je veux m'assurer que c'est en toute connaissance de cause et non en prenant une décision irréfléchie.

Après avoir observé le contenu de la cuvette des toilettes, j'abaisse le couvercle et m'assois dessus, en tirant la chasse cinq fois de suite pour m'assurer que le contenu a complètement disparu. Comme je rougis comme si j'avais un TOC sévère, je pèse le pour et le contre de ce que je suis sur le point de faire. Vais-je vraiment être une salope et baiser cinq des meilleurs amis de mon petit ami pendant qu'il est allongé inconscient dans la même pièce ?

Il m'a promis que je ferais l'amour ce soir. Je m'attends à faire l'amour après cette fête depuis que j'ai été invitée, et *il* n'est clairement pas assez intéressé par moi pour rester sobre et me donner ne serait-ce qu'un petit coup rapide de cinq minutes. Alors pourquoi pas ? Laisse-le se réveiller demain et sentir que tous ses amis ont pu jouer avec sa meilleure fille juste devant lui. Peut-être que l'un d'entre eux prendra même des photos juste pour lui.....

Cette pensée m'excite tellement, de tant de façons, que je dois me battre pour ne pas être excitée à ce moment précis. Au lieu de cela, je vérifie mon maquillage, volant fugitivement un peu du mascara de sa mère. Je m'assure que mes sous-vêtements et mes bas sont en place et retourne dans la chambre d'amis. Des regards furtifs et des chuchotements saluent mon arrivée, puis tout le monde me regarde lorsque j'entre. Il est clair que les sujets de conversation n'ont été que moi et le strip poker depuis mon départ. Ils semblent tous plus attentifs que lorsque je suis partie et Phil rougit lorsque je leur souris.

Alors quelles sont les règles ? Je demande en m'asseyant dans le fauteuil laissé vacant par le morceau de merde qui ronfle maintenant doucement sur le lit. La question est accueillie par un silence incrédule. Finalement, Josh répond, se sentant clairement chanceux à plus d'un titre ce soir.

'Les chaussures et les chaussettes ne comptent pas, seuls les vêtements visibles peuvent être retirés. La pire main après deux échanges perd'.

Je baisse les yeux et vois qu'ils sont tous pieds nus et, à l'exception d'un Phil en chaleur, en short. Au-dessus de la taille, ils portent des T-shirts, dont quatre que je reconnais dans l'armoire de mon petit ami. Je me tourne vers Josh pour hocher la tête en signe d'assentiment et je trouve ses yeux sur ma poitrine, essayant peut-être de déterminer si j'ai porté un soutien-gorge ce soir. Si avant cela m'aurait fait soupirer et me sentir légèrement sale, maintenant cela fait juste durcir mes tétons. Ils veulent peut-être qu'il les voie à travers les plis de ma robe. Peut-être que je veux qu'il puisse voir que tout ce qui se trouve entre lui et mes seins nus est juste ce petit déplacement. Il le découvrira bien assez tôt. Tout le monde le découvrira.

Les cartes sont distribuées à mes explications renouvelées sur le fait que je n'ai jamais joué à ce jeu auparavant, qui sont accueillies par des sourires de plus en plus larges. John commence à me parler des différents types de poker et de ce qu'est celui-ci, mais j'écoute très peu, hochant de temps en temps la tête juste pour être poli.

Au lieu de cela, je les regarde tous aussi attentivement qu'ils me regardent. Josh est plutôt mignon, bien qu'il ne soit pas vraiment mon type, plutôt grand et large, il fait visiblement beaucoup de musculation, avec des cheveux noirs courts. Il sait exactement à quel point il est mignon, ce qui est exactement le genre de gars que je peux regarder en toute confiance. Phil est un peu plus grand, pas tout à fait gros, mais un peu potelé au visage et pas tout à fait mince à la taille. Il a un visage plutôt ouvert, à bien des égards encore enfantin, la peau lisse autour de sa mâchoire et de sa lèvre supérieure trahissant le fait qu'il n'a pas encore commencé à se raser correctement.

John et Dave sont tous deux, je pense, normaux. Ils sont de taille moyenne, ont des bras quelque peu toniques et des cheveux bruns coupés très près de façon alarmante. Ces gars devraient s'appeler avant de sortir et coordonner leurs coupes de cheveux. Le dernier est Peter, de loin le plus calme du groupe, presque timide mais avec un regard intelligent et complice. Il est plutôt petit, à peine plus grand que moi avec ces talons, et plutôt mince. S'il était plus grand, il aurait l'air un peu maladroit, mais il a un visage angélique sous une masse de boucles brun clair.

Ce sont donc les gars avec qui je vais jouer ce soir, je suppose. Je souris à moi-même : si une fille doit avoir une orgie au hasard, elle pourrait vraiment faire beaucoup, beaucoup pire que cette collection. En levant mes cartes, je commence à me demander ce qu'ils ont dans leur pantalon.

Je passe les premières mains habillées, à ma grande déception, alors que Dave et Peter enlèvent tous les deux leurs chemises et que Josh enlève son short d'une manière plutôt réservée, juste pour être différent. Il peut regarder tant qu'il veut, car je le fais à mon tour, mes yeux se posant sur le renflement de son caleçon, pour espérer qu'il y a plus que ce que l'on voit sous cette enveloppe de coton serrée.

Phil enlève également sa chemise, rougissant fortement, visiblement peu habitué à exposer son ventre légèrement bancal à qui que ce soit, et encore moins habitué à se déshabiller dans ce genre de situation. L'air est épais, les boissons ont diminué alors que les cartes se concentrent. Lorsque j'obtiens la cinquième bonne main d'affilée (3 rois, c'est plutôt bien, non ?), je m'excuse et descends chercher une canette de coca non ouverte.

À mon retour, je trouve mon petit ami toujours hors jeu et un air d'innocence dans la pièce alors que les cinq garçons sont assis, les mains fixées. Chacun n'échange qu'une seule carte. J'en échange deux, deux fois. De façon surprenante, et avec une certaine invraisemblance statistique, ils ont tous des mains extrêmement bonnes. Je perds la première main. Enfin.

Je reste assise un moment pendant qu'ils me regardent, aucun d'entre eux n'osant m'encourager, au cas où je me retirerais. Je serre fort mes cuisses, sentant mon clitoris commencer à frémir comme lorsqu'un garçon embrasse mon ventre avant de me manger.

En me levant, je souris et attrape la cravate derrière mon cou. Une fois la cravate défaite, je me tiens debout avec seulement ma culotte et mes bas, mes seins nus et mes tétons durs exposés à la vue de tous. Je défais lentement la cravate. Je les fais attendre, en regardant chacun d'eux pour profiter de leur anticipation de ma quasi-nudité. Ils ne savent même pas que je suis sans soutien-gorge ici…..

…maintenant ils savent. Ma robe tombe parfaitement sur le sol et je me rassieds, jetant mes cartes au milieu de la table. Josh boit une longue gorgée de sa bouteille et ses yeux restent rivés sur moi pendant tout ce temps avant de commenter que j'ai de superbes seins. Je le remercie et les serre des deux mains, mon doigt et mon pouce de chaque côté se rejoignant pour pincer complètement les mamelons.

L'atmosphère déjà tendue vient de devenir 200% plus tendue. J'essaie de jeter un coup d'œil furtif aux deux aines qui sont dans mon champ de vision pour voir si je provoque plus qu'un simple regard, mais le short est plutôt ample des deux côtés. J'espère le découvrir bientôt.

Après trois mains, je commence à penser que je devrais devenir un joueur de poker professionnel ou quelque chose comme ça. J'ai clairement gagné toutes les mains, dont une fois avec une quinte. Apparemment. Viens avec moi. Le résultat de ce succès de ma part a été la réduction de la taille de Dave, la perte de son haut par John et la réduction de Josh à son seul pantalon moulant. Même lui n'avait pas l'air beaucoup plus prometteur au fond. Dave, par contre, était définitivement à moitié dur d'après le rapide coup d'œil que j'ai réussi à obtenir avant qu'il ne s'assoie en face de moi après la dernière main.

Les regards sur mes seins n'ont pas diminué, ce qui pourrait faire avancer ma série de victoires. En fait, j'ai commencé à jouer avec eux entre les mains, en me contentant de toucher ou de caresser leurs tétons de manière taquine. Je veux voir jusqu'où je peux pousser ces gars avant qu'ils oublient les cartes et commencent à jouer avec moi.

À la neuvième main, je me retrouve avec une paire de trois, ce que même moi je sais être de la merde, mais Peter a un simple huit comme meilleure carte et rejoint Dave en sous-vêtements. Comme il est assis à ma droite, j'ai un bon aperçu de la tente de son caleçon. Je me lèche les lèvres sans m'en rendre compte, puis je croise son regard. Je ne pense pas avoir déjà vu quelqu'un rougir autant. Je ricane et prends la main suivante.

Encore une fois, ça ne craint pas. Je commence à penser que quelque chose est en train d'être réparé ici. Une main de plus et toujours pas de nudité. Je suis sûre qu'une fois que l'un de nous sera nu, les choses tourneront au vinaigre... et vite. Au lieu de cela, John est le quatrième des garçons à rester en sous-vêtements. Une fois de plus, j'ai l'occasion de jeter un coup d'œil à ce qui semble être une belle et longue queue tenue à l'intérieur d'un boxer vert et rouge aux motifs éclatants. J'adorerais m'asseoir sur cette queue, mais il semble que nous soyons tous coincés dans ce faux jeu de cartes.

Pour accélérer un peu les choses, j'annonce avec mes mains que je vais chercher un autre coca et je leur dis que je vais leur apporter des bières. Je me dépêche de descendre les escaliers, de trouver les boissons et de glisser mes doigts dans ma culotte pendant que je suis dans la cuisine.

Quel soulagement lorsque le bout de mes doigts effleure mon clitoris. Je fais glisser un doigt jusqu'à mon trou, en écartant mes lèvres, je suis si complètement, carrément, humide. Je fais glisser mon doigt jusqu'à l'intérieur de moi, puis je le retire avant de l'aspirer et de reprendre mes boissons.

Je distribue les boissons à mon retour, sans même prendre la peine de vérifier si la belle endormie est toujours dans le coma. J'espère vraiment que cette main a été réparée. Sinon, je vais jeter toutes les cartes décentes que j'ai. Si on ne me touche pas bientôt, je vais devoir m'allonger sur le sol et en finir.

Les gars essaient d'avoir l'air aussi innocent que possible quand je vois ma main. Un deux, un quatre, un huit, un valet et un as. Bien. J'échange les deux sans réfléchir et je ramasse un as. Je le jette et remets l'as d'origine avec le valet. Il ne me reste plus qu'un neuf comme meilleure carte. Ma chatte se resserre en prévision de ce qui va suivre.

Je perds facilement et heureusement. Je me lève. Je regarde autour de moi les cinq gars qui me fixent. J'enfonce mes pouces dans la ceinture de ma culotte française. J'entends la respiration laborieuse des garçons. Les garçons n'arrivent pas à croire que je fais vraiment ça. Moi non plus. Je me penche en avant, très en avant. Je pousse ma culotte jusqu'à mes genoux. Ils tombent sur le sol. Je me redresse lentement.

Je reste presque nue dans des bas et des chaussures noirs. Mes mains montent jusqu'à mes seins sans que mon cerveau s'en mêle. Ils me fixent encore un peu plus. Je les fixe alors qu'ils font courir leurs yeux sur ma chair. Je sens mon excitation. J'attends que quelque chose se passe, que l'un d'entre eux fasse le premier pas. Je ne peux pas attendre, je veux que leurs mains soient sur moi, qu'elles m'attrapent et me déchirent. Piquer, doigter, presser, pincer ma peau pâle. Allez...

Josh brise enfin le silence : 'belle chatte'. Il ramasse les cartes et commence à les mélanger. Quoi, c'est tout ? Confus, je me rassieds. Cela devient très étrange. Une autre main est distribuée. Je pense qu'aucun d'entre nous ne se concentre sur ce sujet. Je perds à nouveau, cette fois par pure chance ou par mauvaise stratégie.

Je fais remarquer que je suis déjà nue à part mes bas, un fait dont je suis à peu près sûre que tout le monde est conscient. Un Josh souriant me dit que je dois plutôt faire un défi. J'accepte avant qu'il ait fini de prononcer les mots. Il termine son verre avec une dernière gorgée et pose la bouteille sur la table. Il me regarde dans les yeux. Je t'emmerde avec ça.

Mon Dieu, ce type est arrogant, mais pour l'instant, je m'en fiche. Je prends la bouteille dans ma main et pousse ma chaise à quelques mètres de la table à cartes improvisée. Je regarde mon corps en caressant le haut de la bouteille sur mes lèvres, les séparant doucement avec le verre froid. Je le fais glisser vers l'avant, le frottant contre mon ouverture. Ma main gauche revient sur mon sein et le serre fort pendant que je fais glisser le long cou froid de la bouteille de bière dans ma chatte humide.

Mes yeux se ferment instinctivement et mon dos se cambre alors que je le fais glisser hors puis à l'intérieur, commençant à me baiser lentement. Mon Dieu, j'aimerais que le col de la bouteille soit plus long, plus épais et plus strié d'une manière ou d'une autre. Je l'enfonce aussi profondément que je peux, en tordant mon poignet pour faire tourner la pointe à l'intérieur de moi, ouvrant ainsi ma chatte. En le tenant profondément, je fais glisser mon pouce de son corps froid à mon clito chaud, en appuyant dessus et en le frottant doucement en petits cercles.

Un cri de protestation " Mec " me fait ouvrir les yeux et je vois Dave qui tient son téléphone devant lui et me filme. Peter le regarde, probablement inquiet que cela me fasse interrompre le spectacle. Putain si ça le fera. Je souris à la petite cible, retire la bouteille de ma chatte et la porte à mes lèvres, laissant ma langue serpenter sur et dans l'ouverture comme si je la lançais. Peter hausse les épaules avant de retourner son regard vers moi.

Je suis assise là, les jambes et les lèvres grandes ouvertes, la main sur mon sein, suçant une bouteille de bière comme si c'était la meilleure bite du monde. Je les regarde à tour de rôle. Toutes leurs mains sont sur la table, alors qu'elles essaient de jouer les muettes, comme si elles ne voulaient pas se masturber en ce moment devant moi. Les deux paires de boxers que je peux voir s'étirent de manière impressionnante et je donne à John une évaluation très lente.

Je comprends soudain pourquoi aucun d'entre eux ne bouge. Mon petit ami, leur ami, est affalé sur le lit, inconscient, à moins d'un mètre cinquante de l'endroit où je réalise leurs fantasmes de Playboy. Je me tourne pour vérifier qu'il est toujours inconscient, et il l'est. Bien.

Alors, qui veut être le premier ?

Ma main dépose la bouteille sur le sol, indiquant ainsi que j'en ai fini avec le numéro de cirque et que je suis prête à devenir l'attraction principale. Je me penche et écarte largement mes lèvres, lui laissant voir ma couleur rose intense. Je glisse le bout d'un index à l'intérieur, le frottant fermement contre mes lèvres, alors que Josh revendique son rôle de mâle alpha, se lève, enlève ses sous-vêtements blancs moulants et marche vers moi avec sa bite de cinq pouces qui le guide.

Il pousse les cartes et les pièces de monnaie de la table, m'attrape sous les bras et me soulève, me faisant coucher sur le dos. Puis, sans aucun préambule, il pousse mes jambes en l'air, s'appuie contre moi en les tenant en l'air, et ensuite sa bite est en moi. Je gémis, plus par la sensation d'avoir quelqu'un dans ma chair que par une grande satisfaction sexuelle. Il me baise fort et rapidement pendant que les autres regardent. Je remarque que Dave a placé son téléphone sur la planche de la fenêtre pour pouvoir tout filmer. Je lui donne un petit baiser pendant que Josh me baise.

Il écarte suffisamment mes jambes pour approcher sa tête de mes seins et commence à les embrasser et à les lécher goulûment, prenant chaque téton à tour de rôle entre ses lèvres et le suçant. Je gémis lorsqu'il fait cela et cela l'incite à me baiser plus vite et plus fort, utilisant chaque centimètre qu'il a pour s'enfoncer plus profondément en moi. Je suis presque certaine qu'il est sur le point de jouir et, même si je prends la pilule, je préfère qu'aucun d'eux ne jouisse dans ma chatte. Quel gâchis...

S'il te plaît... jouis sur moi, je veux le sentir sur ma peau." À ce moment-là, il se retire instantanément et prend sa queue dans sa main, la branlant avec force et rapidité alors que mes jambes s'écartent et qu'il commence à jouir fort sur mon ventre, quatre jets épais laissant de longues traînées de sperme le long de mon ventre plat et pâle. Je trempe un doigt dans l'un d'eux et le goûte pendant qu'il me dit que je suis une sale pute.

Sale comme tu veux", réponds-je en goûtant davantage son sperme, attendant la prochaine queue. Au lieu d'un seul, je reçois les quatre. Ils se sont tous déshabillés et soudain, ma tête est basculée en arrière du côté de la commode et une bite beaucoup plus grosse que celle de Josh est poussée presque complètement dans ma bouche, ce qui me fait bâiller. Dans cette position couchée, je ne peux pas voir qui c'est, ni qui est entré dans ma chatte. Celle-ci se dilate délicieusement lorsqu'une nouvelle bite me remplit complètement, mes jambes sont poussées vers le haut et chacune de mes mains est guidée vers une bite. Je les caresse en rythme avec la baise que je reçois.

Une bouche, une chatte et des mains pleines d'une bite dure et palpitante, j'adore ça. Je suce fort, utilisant ma langue autant que je peux, mes mains sur mes seins, sentant mes mamelons se pincer et se tordre alors qu'ils se rapprochent l'un de l'autre. Celui qui est dans ma chatte dit aux autres combien je me sens bien, combien je suis mouillée. Il commence à slammer de plus en plus fort, de plus en plus profondément. Avec de longs et lents coups, il pousse chaque morceau de lui-même en moi. L'homme dans ma bouche fait de même, poussant sa tête jusqu'à l'ouverture de ma gorge et m'y maintenant pendant qu'il me bâillonne avec sa tête. Le liquide préséminal tache mes papilles gustatives et ses couilles palpitent contre mes paupières fermées.

Le garçon dans ma chatte déclare qu'il veut jouir dans la bouche de la salope et les deux se changent très, très vite, échangeant leurs extrémités en quelques secondes. Je lève les yeux et vois John qui se masturbe sur mon visage, frottant sa tête sur mes joues et mon front. Puis sa main attrape mon menton et il se retrouve avec ses couilles dans sa bouche, jouissant continuellement, pompant ses hanches alors que de plus en plus de sperme jaillit de lui. J'avale goulûment et une dernière giclée me laisse un souvenir alors qu'il se retire, nettoyant sa queue dans mes cheveux avant de rejoindre Josh assis par terre avec une bière.

Tout cela dure environ une minute, pendant laquelle je reçois la troisième queue dans ma chatte, pas si grande mais un peu plus grosse, qui m'écarte et me presse de manière délicieuse. Ceci, ainsi que le sperme qui remplit ma bouche, me fait frissonner vers mon premier orgasme de la nuit. Je crie en jouissant fort et en frissonnant, ma chatte en proie à des spasmes et des envies vocales de me baiser fort. Cela pousse Dave, qui est apparemment celui qui est à l'intérieur de moi, à se trémousser de plus en plus fort contre moi, jusqu'à ce qu'à la dernière seconde, il se retire, se penche en avant et asperge mon ventre et mes seins de sa crème. Il rejoint le sperme de Josh, maintenant dur, qui recouvre mon ventre.

Ces gars sont vraiment rapides, j'ai à peine le temps de reprendre mon souffle que Phil est entre mes cuisses, frottant sa tête sur mon trou maintenant trempé. Pendant ce temps, Peter se caresse devant mon visage, me regardant pendant que j'essaie de prendre sa bite de bonne taille dans ma bouche. Il finit par l'enfoncer et je commence à le sucer avec ma bouche tachée de sperme.

Je n'ai pas eu l'occasion de réaliser à quel point la bite de Phil est *grosse*. Alors qu'il se penche sur moi, les jambes écartées sur le buffet et son poids appuyant sur moi, je réalise enfin exactement ce qu'il a là-dessous. Bon sang, il est grand ! Même dans mon état lubrifié, il a du mal à entrer en moi. Je me sens complètement pleine quand il glisse enfin complètement en moi.

Puis, alors que je suce Peter bruyamment, il commence à pomper, lentement au début, comme s'il avait peur de me faire mal, puis rapidement et plus fort. Ces deux gars durent plus longtemps que les autres et me baisent fort pendant que les autres regardent. Leurs mains se déplacent sur mon corps, je gémis contre la bite dans mon visage lorsqu'elle pince un téton et je suis récompensée par une claque sur mon sein, ce qui me fait gémir encore plus.

Enfin, un, puis deux orgasmes me déchirent, chacun plus puissant que le précédent, le liquide pré-séminal coule dans ma bouche en prévision d'un troisième et je suis épuisée. Cela ne les empêche pas de baiser mes deux trous aussi fort qu'ils le peuvent, en augmentant finalement le rythme. Puis ils changent de côté et je peux goûter le résultat de mes orgasmes sur la grosse bite qui me les a donnés. Je lèche Phil du mieux que je peux, ne suçant que la tête, incapable d'en prendre plus dans ma bouche.

Peter fait de son mieux de l'autre côté, mais à présent, je suis tellement mouillée, tendue et tendre qu'il fait peu pour moi. Du coin de l'œil, je remarque que les autres gars continuent à nous regarder et à nous branler, tous les trois de nouveau en pleine action. Je me libère de Phil et Peter et m'agenouille sur le sol, leur faisant signe de se tourner autour de moi.

Je les suce et les caresse à tour de rôle, prenant une bite après l'autre dans ma bouche pendant que je les fais tourner. Mes mains et mes lèvres sont constamment pleines de bites parfumées au sperme. Je presse les boules douces, je saisis les tiges dures, je lèche les yeux et les crêtes. Je les porte tous, avec un peu de chance, à ébullition en même temps.

Je ne vois même pas qui est le premier. Le sperme atterrit sur mon front. Je sens que ça coule vers mes yeux alors que le gars suivant se déchaîne sur moi, et celui d'après, tous jouissant sur mon visage. J'ouvre grand la bouche pour prendre ce que je peux et le reste me recouvre littéralement, de la racine des cheveux au menton. Mes doigts trouvent le chemin de mon clito douloureux et je le chevauche avec force, tout en léchant chaque bite, et je jouis à nouveau, fort, en tremblant sur mes genoux, en serrant mes cuisses et en coinçant ma main entre elles. J'ai du sperme dans mes yeux et mes cheveux, sur mes lèvres et mon front, sur mes joues et mes seins. Je regarde le téléphone qui nous filme encore, je prends un doigt et je le suce lentement.

Je frotte le sperme de mes yeux, puis je me lève, le visage sale, et me tourne vers le lit. Mon petit ami s'est enfin réveillé un peu après mon dernier accès vocal. Il est groggy et confus. À moitié ivre et à moitié avec la gueule de bois.

Je lui souris, me penche et l'embrasse, en étalant le sperme de ses amis sur mon visage et mes lèvres. Il reste au sol, déconcerté, et avant qu'il ne puisse comprendre pleinement la situation, j'attrape ma robe et cours dans les escaliers pour récupérer mon sac. Je glisse ma robe dans l'ombre du jardin et appelle un taxi.

En attendant que la voiture arrive, je m'essuie soigneusement le visage et j'espère que ce fils de pute ignorant apprécie de regarder la vidéo de moi prenant tous ses amis à tour de rôle lors de ce qui était censé être notre nuit spéciale.

Une milf fantastique !

Pendant trois semaines, je l'ai observée, une des mamans de l'école de mon fils, la regardant aux portes de l'école, définitivement une de mes MILF. Longs cheveux blonds, beaux yeux bleus, toujours habillée sobrement, en jeans bleus ou en pantalons à clochettes.

Un jour, elle a remarqué et j'ai remarqué qu'elle me regardait, pour voir si je portais mon alliance, bien sûr, j'ai regardé sa main et l'absence de l'alliance ne m'a rien dit. La semaine suivante, on m'a attribué une nouvelle maison et j'ai emménagé en face de la sienne. Les jours suivants, j'ai essayé de vérifier son statut et je suis arrivé à la conclusion qu'elle était veuve, célibataire ou avait un mari qui travaillait en dehors de la maison.

La semaine suivante a été pleine de moments de flirt, rien d'évident, juste des sourires et des hochements de tête et quelques commentaires, jusqu'à aujourd'hui.

J'avais fait un saut au supermarché local et je l'ai remarquée dans l'une des allées ; en accélérant le pas, je l'avais presque rattrapée quand je me suis arrêté. Sa combinaison habituelle avait été remplacée par une jupe courte, et quand je dis courte, je veux dire une minuscule jupe en jean, le genre qui te fait te demander si la femme est nue en dessous. Elle s'est retournée pour me sourire et ma bouche est presque tombée ouverte : son t-shirt habituel avait été remplacé par un débardeur moulant, ses seins pressés contre la matière blanche et transparente qui couvrait à peine sa peau nue.

Putain de merde, j'avais gémi. Je l'avais suivie dans le magasin en essayant de comprendre ce qu'elle portait sous cette jupe : une culotte en coton blanc ? Un string en dentelle ? Complètement nu ? Ses mouvements n'avaient rien révélé, me laissant contempler les possibilités alors que je me tenais quelques sièges derrière elle dans la file d'attente.

Elle avait payé les marchandises, poussé le chariot vers le mur le plus éloigné, puis s'était délibérément penchée pour récupérer les articles, s'assurant que tout le marché appréciait la vue de ses fesses fermes et nues. "Troisième option", a presque crié mon esprit. "Elle se met à poil et laisse le monde entier le savoir."

Elle avait jeté un coup d'œil par-dessus son épaule, avait vu mon regard et s'était lentement penchée en avant pour que je puisse avoir une vue complète de sa superbe chatte ; elle était manifestement une de ces femmes qui s'épilaient au maximum, il n'y avait pas un seul poil pubien pour orner cette superbe vue. Elle avait changé de position et j'ai pu apercevoir son sexe scintillant, elle savait que tout l'endroit la regardait et elle en profitait. En jetant les quelques articles dans le sac en plastique, elle s'était retournée et avait souri avant de partir.

J'étais arrivé en tête de la file d'attente et j'avais pratiquement jeté mes marchandises dans le sac, j'avais payé la femme et je n'avais même pas pris la peine d'attendre la monnaie, je n'avais qu'une seule chose en tête à ce moment-là, cette femme et sa chatte et y enfoncer ma queue douloureuse.

En passant devant chez elle, j'avais remarqué la porte ouverte et l'avais prise comme une invitation ouverte après le spectacle qu'elle avait donné ; laissant mon sac, je m'étais aventurée à l'intérieur pour la trouver debout dans les escaliers.

"Tu as aimé ce que tu as vu, n'est-ce pas ?"

"Oui.

"Tu as envie de me baiser depuis des semaines, n'est-ce pas ?".

"Mon Dieu, oui.

'A l'étage alors.

Mec, est-ce que ça se passe vraiment ? Je me suis demandé s'il était vraiment capable de se faire plaisir aussi librement. Elle a regardé mon expression et a hoché la tête : "Troisième porte à droite.

En prenant les escaliers deux par deux, j'ai atteint le palier et j'ai regardé derrière moi pour la trouver en train de me suivre, le haut remonté et les mains passant sur ses seins. Les voir à découvert était quelque chose d'autre, pendant des semaines je me suis demandé comment ils étaient toujours cachés par les chemises qu'elle portait, mais ils étaient autre chose, énormes mais définitivement pas tombants et définitivement réels, sans chirurgie plastique.

"Est-ce que tu aimes ça ?" Elle avait ronronné

Définitivement.

"Eh bien, si tu es gentil et que tu me donnes ce que je veux, je pourrais te laisser me toucher."

"Je vais te donner ce que tu veux maintenant", avais-je gémi, ma queue poussant douloureusement contre mon jean.

"Pas avant que je t'aie donné ce que tu veux", il avait fait un signe de tête vers la porte derrière moi, "Entre et assieds-toi sur la chaise".

Je suis entrée dans la pièce parfumée derrière moi, son odeur planant dans l'air, et je me suis assise sur la chaise en face de son lit.

"Je t'ai vu regarder ma chatte tout à l'heure, as-tu aimé ce que tu as vu ?"

"Mon Dieu, oui.

"Tu voulais toucher, n'est-ce pas ?" Elle avait souri de façon séduisante "Tu m'as suivie dans la boutique en me demandant si j'étais nue sous cette jupe, en te demandant si ma chatte était mouillée".

"Oui", ai-je répondu.

"Eh bien oui, ça dégoulinait pratiquement, je savais que tu me regardais, j'ai vu la façon dont tu regardais mes seins, j'ai vu que tu regardais ma jupe, et je savais ce que tu pensais et tu sais quoi, j'ai failli te laisser me baiser juste là" Elle s'était mise devant moi et avait remonté sa jupe "Tu voulais faire ça" Un doigt avait glissé dans sa chatte en croisant mon regard "Mais je sais que tu aimerais autre chose".

"Oui, je veux te baiser."

"Je sais, mais je sais aussi ce qui t'excite d'autre."

En partant, elle a grimpé sur son immense lit et a pris quelque chose dans une boîte sur la couette : "Tu es un homme à fesses, n'est-ce pas ?"

"Quoi ?" Je l'avais regardée avec surprise, me demandant comment elle savait..... Oui, j'aime baiser une chatte autant que le prochain gars, mais me faire botter le cul par une femme est mon plus grand fantasme, ce à quoi mes partenaires n'ont jamais consenti.

"J'ai dit que tu es un homme de cul, tu n'aimerais rien de plus que de botter le cul d'une femme".

"Mmm"

"Eh bien, regarde-moi."

Pendant l'heure qui a suivi, je l'ai regardée violer son petit cul avec divers jouets, le petit bouton de rose se développant au fur et à mesure qu'elle se faisait plaisir, chaque objet devenant progressivement plus gros, des petites perles thaïlandaises avec lesquelles elle avait commencé à un gode de taille normale, s'efforçant d'atteindre l'orgasme à chaque fois. J'étais abasourdie, je n'avais jamais vu une femme travailler comme ça, oui, j'avais vu mes partenaires précédents se doigter, mais baiser leur propre cul était autre chose.

Je l'ai regardée jouir à nouveau, le drap sous elle était maintenant mouillé par les fluides chauds qui avaient coulé de sa chatte. Soupirant de satisfaction, elle a tourné son regard vers moi et ses yeux ont erré sur moi jusqu'à atteindre ma queue maintenant palpitante.

"Tu veux savoir ce que ça fait de baiser mon cul, n'est-ce pas ?".

"Oui" après une heure d'observation, c'était tout ce que je voulais, je voulais attraper ces joues et faire mon chemin à l'intérieur d'elle, faire du piston à l'intérieur d'elle et découvrir ce que ça fait de tirer ma charge dans ce petit canal serré.

"Viens, alors", avait-il tendu la main vers moi, "viens me rejoindre".

Je me suis déshabillé et je me suis tenu devant elle, mon énorme bite frétillant devant son visage et je pouvais dire qu'elle aimait ce qu'elle voyait. Sans me vanter, je suis assez grand et j'avais hâte de sentir comment ce cul s'enroulerait autour de moi.

"Très bien", a-t-il murmuré en se léchant les lèvres, "Je devrai te sucer la prochaine fois".

"La prochaine fois, pourquoi pas maintenant ?"

"Parce que cette fois je te veux strictement dans mon cul et c'est ce que tu veux aussi".

Il était retourné dans sa boîte et en avait sorti le plus gros gode que j'avais jamais vu, méticuleusement modelé sur un garçon, parfait dans les moindres détails. "Pourquoi tu n'utilises pas ça sur moi ?"

"Excuse-moi ?"

"Baise-moi avec ça.

J'ai regardé le jouet avec doute, puis son cul alors qu'elle était à quatre pattes devant moi : l'objet était énorme, il n'y avait aucune chance qu'elle puisse tout prendre, même après une heure à jouer avec son cul, il ne tiendrait jamais.

"Tu es sûre ?"

"Oui, utilise-le et ouvre-moi pour que tu puisses me baiser plus tard."

J'ai regardé sa chatte scintillante et j'ai commencé à glisser ma queue à l'intérieur avec l'intention de la lubrifier un peu, mais elle a repoussé ma main. "Non, mets-le juste en moi."

"Je... ne pense pas...".

"Fais-le, baise mon cul."

Et je l'ai fait, je l'ai enfoncé en elle si fort qu'elle a crié, un cri qui m'a fait comprendre que pour elle, c'était de la douleur et du plaisir purs. Je l'ai regardée pendant que son petit trou accueillait la bite qui était au moins aussi grosse que mon poing, quelque chose que n'importe quelle autre femme aurait eu du mal à enfoncer dans sa chatte, sans parler de son trou du cul, et je l'ai baisée jusqu'à l'oubli en perdant le compte du nombre de fois qu'elle a joui, me concentrant uniquement sur son cul et la façon dont sa chatte répandait du sperme chaud sur les draps.

Finalement, il s'est arrêté et a regardé par-dessus son épaule : "Maintenant, c'est ton tour, il est temps de vivre ton fantasme.

Je me suis mis en position derrière elle, en regardant son magnifique trou du cul, sachant que je le revendiquerais comme mien, que je découvrirais enfin comment baiser une femme de cette façon.

Lèche-moi d'abord", avait-il gémi.

En me déplaçant vers elle, ma bouche s'était automatiquement dirigée vers sa chatte dégoulinante.

"Non, mon trou du cul, mange-moi là comme tu veux".

Christ, j'ai répondu à l'invitation, j'ai écarté ses joues et j'ai léché son glorieux trou du cul qui, bien que violé à l'extrême, était encore serré. Ma langue avait tourbillonné sur la zone encore et encore, essayant de trouver comment je pourrais la sonder davantage.

"Ouvre-moi, bébé" avait-elle gémi "Ouvre-moi et lèche-moi".

J'ai placé deux doigts à l'ouverture et j'ai poussé doucement, surprise de la facilité avec laquelle ils l'ont ouverte, j'ai inséré ma langue de manière expérimentale et j'ai su que j'avais appuyé sur le bon bouton quand j'ai senti qu'elle se contractait et jouissait immédiatement. Bon sang, je ne l'ai qu'effleurée, mon esprit vacillant alors que ma langue s'enfonçait plus loin, son trou s'est ouvert plus largement me permettant de la pénétrer davantage. J'avais léché son doux petit cul, émerveillé par son goût, écoutant les gémissements profonds qui venaient d'elle. "Putain, je suis sur le point de jouir à nouveau."

J'ai continué à bouger et avant que je ne le sache, elle criait, du sperme chaud dégoulinant librement de sa chatte. J'ai inhalé profondément et mes sens ont été submergés par l'odeur de son sperme et de son cul.

Baise-moi, avait-il beuglé, baise-moi maintenant.

Même si je le voulais, je profitais trop de l'emprise que j'avais sur elle. Oui, il n'y avait rien que je voulais plus que d'enfoncer ma bite endolorie dans son trou, mais en même temps, je profitais de ses réactions à mes actions répétées avec ma langue, réalisant enfin mon fantasme de lécher le cul d'une femme comme j'avais léché la chatte tant de fois auparavant.

"Baise-moi, baise-moi", avait-il exigé, "Baise-moi et remplis-moi, sinon c'est fini".

Ce sont les mots qui m'ont fait reprendre mes esprits Si je n'avais pas obéi, je n'aurais pas eu la chance de baiser cette belle femme dont le trou du cul m'attendait, attendant que je le remplisse de mon sperme. En me plaçant derrière elle, j'ai placé ma pointe sensible sur son canal en attente.

"Enfonce-le", avait-il crié, "Enfonce-le putain et fais-moi".

J'avais poussé et je me suis retrouvé à glisser à l'intérieur d'elle, me demandant comment elle pouvait me prendre sans lubrification, ses muscles étant manifestement entraînés à accepter tout ce qu'on lui fourrait dans son doux petit cul. J'ai déplacé mes mains vers ses hanches et j'ai claqué fort dans son corps, impatient d'assouvir ses désirs et de la remplir.

"Oh mon Dieu, putain, ils sont là, ils sont là".

J'avais senti ses muscles se refermer, sa chatte spasmer et envoyer de délicieuses contractions autour de ma queue douloureuse, et avant de m'en rendre compte, je jouissais moi-même, envoyant charge après charge de sperme chaud et collant dans les profondeurs de son cul. J'ai continué à pousser en faisant monter mon orgasme dans son orifice serré, adorant son corps qui se tortille contre le mien, ses poussées sur ma queue encore dure.

"Baise-moi encore", avait-elle gémi, "baise mon cul jusqu'à ce qu'il dégouline comme ma chatte".

Ses mots avaient eu l'effet désiré et je m'étais sentie durcir alors qu'elle montait et descendait le long de ma tige, voulant désespérément sentir mon sperme la remplir à nouveau. Après vingt minutes à pilonner son cul sans relâche, nous avions joui à nouveau, nous nous sommes tous les deux effondrés dans un tas de cris.

Les choses ont continué de cette façon pendant les deux heures suivantes, je violais son cul encore et encore, avec mes doigts, avec ma langue, avec ma queue, peu importe lequel, la seule chose qui comptait était la sensation constante d'une partie de moi fourrée dans son trou.

Quand je me suis séparé d'elle, je me suis rapidement habillé et je suis parti, le goût de son trou du cul encore sur mes lèvres se mêlant au sperme que j'avais léché sur elle.

En fermant la porte d'entrée derrière moi, je me suis rendu compte que je ne lui avais pas demandé son nom, qu'elle n'était autre qu'une des mères que j'aurais aimé baiser.

Remerciements

Si tu as aimé le livre, je t'invite à laisser une critique et n'oublie pas de suivre ma page Facebook :

fb.me/roxanneduvalxxx

Printed in France by Amazon
Brétigny-sur-Orge, FR

17414209R00278